煉獄のアイルランド

免疫の詩学/記憶と徴候の地点

木原 誠
Kihara Makoto

彩 流 社

For N.andH., K.andH.

煉獄のアイルランド ――免疫の詩学／記憶と徴候の地点　目次

まえがき　方法としての免疫の詩学――おもざしの作法

ああ／人類の道程は遠い／そしてその大道はない／自然の子供等が全身の力で拓いて行かねばならないのだ／歩け、歩け／どんなものが出てきても 乗り越して歩けこの光り輝やく風景の中に 踏み込んでゆけ／僕の前に道はない／僕の後ろに道は出来る

――高村光太郎「道程」

この洞窟がホメロスの創案ではなく、彼以前に神々に捧げられたものであったということを証することができるなら、この聖地は古の叡智の宝を明かしてくれることとなろう。そのためにも入念な探求の価値があり、その聖地の象徴的な性格を明かす必要がある。

――ポルフュリオス『ニンフたちの洞窟』

手法そのものを体現している人物は誰かと尋ねられたら、私は水脈探知者（水占い師）だと応えるでしょう。水脈探知者は隠された実在性を探知し、見えない水源と水が湧き出るのを願う社会の仲介をします。フィリップ・シドニーは『詩の弁護』のなかで以下のように述べています。「ローマにあって詩人はヴァテス、すなわち占い師と呼ばれていた」と。

――シェイマス・ヒーニー「言葉の手触り」

これは、ある未知の方法を用いて、ある事象が歴史に与えた潜在的な影響力について、ある地点の闇を掘る作業をとおして、明らかにしようとする書物である。

未来（未知）の方法によって歴史の潜在性を問おうとする試み、それは論理的には二重の意味で矛盾している。だが、未踏の地を歩む者の「道＝方法」（“way”）は、たえず踏み出したあとにできるのであり、歴史が潜在性、すなわち未来を孕んでいることを信じない者に、明日の道は用意されていない。これもまた事実だろう。迷宮のなかをさまよったテセウスが携えたアリアドーネの一本の糸は、怪物を退治して戻るとき、はじめて方法となった。少なくとも、目下、この〈マラナタ（主よ来たりませ＝希望）の方法〉に望みを託す以外に、かの地点で起こったかの事象、そこに宿る潜在的ないまだ在らざる意味を現出させる術を知らない。ただ、もしもこの未知なる方法によって、そのテーマのもつ知られざる意味が告げられるならば、そのとき事象のもつ未来の意味（歴史）と同時に、未来の方法までもが産声を上げることになるだろう。そのとき方法と内容が、過去と未来が、かの地点でめぐり逢いを果すことになるだろう。

方法の名は「免疫の詩学」、事象の名は「煉獄」、地点の名は「聖パトリックの穴」である。

はじめに――「西方の詩学（ヒスペリア・ポエティカ）」の方へ

さて、ここでいま記そうとしているところは、いうまでもなく「はじめに」に相当する「まえがき」の部分である。通常、論考の「はじめに」、あるいは「序」で想定されているのは、これからはじまる知の冒険、その道程を地図上に線を引いて示しておくことだろう。その場合、線の引き方は筆者に委ねられているものの、パラダイム（前提）としての地図とその見方は、予め読み手と共有されていなければならないはずである。ただ、この度の知の冒険には地図そのものがない。未知の方法による未知のテーマを描こうとする地図は白紙のままである。線を引くためには地図を描かなければならない。しかも、その地図が未知のものであれば、地図自体の見方の説明文まで記しておく必要がある。だが、説明文を書くということは、通常、本文を記すことを意味している。しかも、そこに輪郭線を引いていくのだから、それはほとんど結論を記すことに等しい。これはもはやパラドックスである。「はじめに」（「まえがき」）を書くために用意されたはずの紙面に、詳しい本文の内容を伴う「結び」を書こうとし、しかも、その結びは未来のなかにあるからだ。そして、実際、これから記そうとするところは、「はじめに」という名のいまだ在らざるはずの「結び」となるだろう。序もまた同様である。「まえがき」では、新しい精神史の地図を描きながら、免疫の詩学の輪郭線を引こうとしている。「序」（あるいは第一章）においては、新しい文化学の地図を描きながらその線を引こうとしている。そして、二つの輪郭線が重なり合うところに、この詩学が志向するひとつのスタイルを提示しようと目論んでいる。二つの輪郭線になんの重なり合いもみられなかった場合、どうなるのだろうか。結論などそもそも存在していなかったことになるのかもしれない。しかも、もしも本文全体が、その存在しないはずの輪郭線をさらに太く描きだそうとしているのだとしたら、どうだろう。これほどの不条理もあるまい――「輪郭線は存在するのかしないのか、それが問題である。」

では、本書の「結び」はどうなるのだろうか。同語反復を回避するためには結論を最小限にとどめ、むしろ、新しい知、その未来の道程を展望する「はじめに」を記さなければならないだろう。"River"ではじまり"The"で終わる、ジェイムズ・ジョイスの循環する奇書、『フィネガンズ・ウェイク』に倣い、「川」の出発点に到着点を孕ませ、到着点に出発点を孕ませるという奇妙な方法を用いるほか、これまた術がないと予め断っておくべきだろう。小説ならばいざ知らず、論考においてこのような奇妙な手続が認められるのかどうか、それさえ定かではない。だが、すでに賽は投げられている。かのドン・キホーテの精神を手本として、進むしかない。「歩け、歩け　どんなものが出てきても　乗り越して歩け」である。あるいは、ここはひとつ覚悟を決めて、この詩学の方法を「西方の詩学」と呼んで不条理を恐れずに進むこと、それもひとつの手であるのかもしれない。そうだ、本書のテーマは近代の合理性そのものを否定するアイルランド的思考の問題である。ウンベルト・エーコは『フィネガンズ・ウェイク』で用いられたその独自の方法を「西方の詩学（ヒスペリア・ポエティカ）」と呼んでいる。しかも、その本が手本とした『ケルズの書』、そこに顕れる不思議な輪郭線は西方の方法そのものである。一枚の羊皮紙のなかで無限に増殖を繰り返しながらたえず未来を志向し、それでいてアリアドーネの一本の糸であるというあの奇妙な輪郭線＝方法である。

世界は私にとって徴候の明滅するところでもある。それはいまだないものを予告している世界であるが、眼前に明白に存在するものはほとんど問題にならない世界である。これをプレ世界というのならば、ここにおいては、もっともとおく、もっともかすかなもの、存在の地平線に明滅しているものほど、重大な価値と意味を有するものではないだろうか。それは遠景が明るく手もとの暗い月明下の世界である。（中井久夫『徴候・記憶・外傷』）

そういうわけで、以下、「存在の地平線に明滅するプレ世界」、その輪郭線を、「遠景」の方から「手もと」に向かって引いていくことで、この奇妙な物語の「はじめに」（「まえがき」）を紡いでいくことにする（なお、本文各章のおよその内容、および構成については、「序」の五を参照のこと）。

一　方法としての免疫の詩学

免疫の詩学が「おもざす」世界

まなざしに頼む認識のあり方、その最大の死角は自己認識にほかならない。自己の瞳に映りえないもの、それは自己の瞳だからである。まなざしの認識にみられるこのパラドックス、それは他の五感においてもおよそ当てはまるだろう。例外となるひとつの感覚を除いて。

私たちは自己の声を、自己の匂いを、自己の味を知らない。これは身体がもつ欠陥であるまえに、自然の摂理であるというべきだろう。自己に反応すれば、対象と自己が混ざり合い、感覚は誤作動を起こしてしまうからである。人は直接的にではなく、一旦、自己を対象化（相対化）してのみ自己を知ることができる。故郷を久しく離れた者は、帰郷してはじめて故郷の匂いを知る。生家、母校の香りにはじめて出会う。そして、あの日のなつかしい自身の面影にはじめて出会うことになる。自己に対する記憶とはたえず未知（未来）との遭遇である。

だが、触覚だけはそうではない。私たちは自己の肌触りを直接に知ることができる。言い換えれば、五感のなかで触覚だけが自己に対する現在形の記憶を宿していることになるだろう。「触覚の経験においては、ひとは、主体と客体、能動と受動、等々の決定的な二元的世界に先立って、むしろ、分節化された世界の出現に立ち会う」（坂部恵『鏡のなかの日本語』）ことになるからである。

とはいえ、触覚はそれ自体、独立した（自己完結）システムにおいて自己を認識しているわけではない。触覚作用は神経系システムのなかに組み込まれることで自己を一旦、対象化し、そのことではじめて自己を認識できるのである（「何かがいま私に触れている」と感じることができるのは神経系システムが対象として自己を認識しているからである）。

ところが、身体のなかには神経系システムとは無縁に、自己完結した固有の作用によって直接、自己を認識できるひとつの〈触覚細胞〉がある。免疫細胞がそれである。免疫細胞は触覚と同じように自己に対する現在形の記憶を宿している。しかも、それは触覚作用のように神経系経路を通じて自己を認識しているわけではない。免疫作用はたえず自己の「面（おもて）」＝表面に刻印された自己記憶（DNA）を、他者の面（DNA）と触れ合わせることで、自他をじかに識別しているからである。すなわち、免疫は自己認識がそのまま他者＝対象認識であるという主体的な作用をもっているのである。免疫が宿すこのような主体的な認識法のあり方を既存の概念によって説明することは難しいが、ひとまず世阿弥が『花鏡』で説く能の面（おもて）の作法に倣って、〈まなざしの認識法〉に対する（坂部恵がいう）〈おもざしの認識法〉と呼ぶことにしたい。すなわち、「心を（自己の）後に置く」「離見の見」によって自己の姿形を見、また同時に指先まで演目の所作を記憶（写）した身体という〈鏡＝面（おもて）〉を他者という合わせ鏡に映す（写す→映す→移す）自己認識法であるとひとまず定義しておく――「〈おもざし〉とは、〈見るもの〉であると同時に〈見られるもの〉であり、まさにこの両義性をその存立の境としている。〈おもざし〉は、また、視線をわずかにおとした軽いおもてぶせの姿をその典型とすることによって、まさに、〈おのれ〉が〈おのれ〉の〈かたちなき姿〉に見入り、沈黙の声に聴き入る、そのような境を存立の場所としている……それは、〈われ〉と〈ひと〉との間の反転可能＝相互主体的な合わせ鏡の構造（をもつ認識法である）」（坂部恵『仮面の解釈学』）。

興味深いことに、免疫細胞というこのミクロの世界、この固有なる触覚の世界では、過去と未来、記憶と徴候が、たえず現在においてめぐり逢いを果たしている。ここでの「記憶」の想起は現在形であると同時に、他者との接触によって変貌する自己（記憶）、その予兆の顕れともなるからである。

免疫がもつこの認識法の深い意味は、現在の医学の最先端、免疫学、その「超システム」の理論をもってしてもいまだ解けない未知の領域にあるという（多田富雄『免疫の意味論』参照）。だが、私たちの心は、はるか昔から、この認識法のあり方、その根本を、潜在的に身をもって知っているはずである。スフィンクスの神話が伝えようとするところの核心は、まさにそこにあるからだ。

テーベの免疫、オイディプス

あるとき、自然はテーベというひとつのコミュニティに、一人の刺客を送り込んだ。刺客の名は「スフィンクス」である。彼女はまなざしの認識、その盲点を突くひとつの問いを発し、知を誇る者たちのまえに立ちはだかった――「ひとつの声をもち、朝は四本足、昼は二本足、夜は三本足のものは何か？」もちろん、その答えは「それは私＝人間」である。だが、観察する脳（眼球）はこの問いにけっして答えることができない。このため、テーベの知者たちは次々と彼女の大太刀の前に自慢の頭部を切り落とされ、果てるほかなかった――「スフィンクスはいまだ答えのない問いである。問いはいつも問い続ける。汝は己の眼を見ることができるか。」（エマソン『詩集』「スフィンクス」）

こうして、テーベは危機に瀕することになった。だが、一人の放浪者だけは違っていた。その名は「腫れた足」を意味する「オイディプス」。彼は、自身の疼く足の刺し傷をとおして、自己の名前＝しるしに秘められた呪いの運命を問い続け、そのことで自己を深く認識するにいたっていたからである。「朝は四本足、昼は二本足、夜は三本足の者、それは（足に「しるし／名前」をもつ）私（＝人間）である。」

この答えが密かに告げていること、それは、この漂泊者こそテーベの免疫だったということである。なぜならば、身体というコミュニティにおいて、「私である」と答えることができるもの、それは、臓器機能の役を免れ、身体という〈チューブ〉の周縁を巡る漂白の細胞、「免疫（インミュニティ）」をおいてほかにはないからである――免疫は、自己の身体に刻印された自己のしるし（自己記憶）によって、自己と非自己を認識・識別する作用、すなわち身体全体の主体を宿す唯一の細胞だからである。空間の支配下におかれた内部臓器にも、身体の頭部に位置する脳にもこの役割を担うことはできない。すなわち、それらに身体の主体は宿ってはいないのである。臓器も脳も、身体の内部あるいは頭部に位置づけられることで、身体空間という組織の一駒になるほかないからである――脳を含め、あらゆる臓器を自己の身体から排除できる作用をもっているのは免疫をおいてほかにはない。すなわち、免疫細胞だけが身体全体の主体者なのである。

身体は各臓器、あるいは脳にそれぞれの「役＝ミュニティ（コミュニティの原義は役を共有すること）」を命じ、各々はその役をつつがなく遂行することを誓う。この誓約によってこそ各臓器・脳は互いに縁を結び、ひとつの身体＝「共同体」の一員（内部者）になることが認められる。ただし、身体はひとつの例外、内部のなかに一人の外部者、周縁の漂白者の存在を許し、その者に特殊な任務を命じる。共同体全体の縁を無縁の作用で結び、身体全体の主体者になるという役割である。身体における主体のパラドックス、コミュニティとインミュニティ、縁と無縁、中心と周縁の逆説がここにある。

さて、オイディプスは、スフィンクスの問いに答えることで一躍テーベの英雄となり、ついには王（頭部）の座に君臨することになった。だが、彼は王になることで、皮肉にもまなざしの認識法、その奴隷となってしまった。つまり、彼は、自己の唯一の使命（自己認識）を放棄してしまったのである。彼が己の使命を放棄した、そのことを知った自然は、次なる刺客をテーベに送り込んできた。「疫病」がその名前である。自然は、テーベの免疫であるオイディプス、彼がおもざしの認識をもって対峙しなければならない最大のもの、それが「疫病」であることを承知していたからである。
　事実、疫病は、スフィンクスの問いとその根本においてまったく同じ問いを（民衆を通じて）発した――「共同体を危機に陥れるこの疫病、その原因は誰にあるのか。」神の使い、ナタンがダビデ王に発したあの問いと同じものである。あるいは嵐の海に飲まれようとする舟中で船乗りたちが預言者ヨナに発した問いと同じものである。そして、この度の答えもまたそうであった。自己認識作用である免疫に求められる答え、それはつねにひとつしかないからである――「それは私である。」そして、事実、疫病によるテーベの危機の原因は彼にあった。オイディプスが使者を遣わし、危機の原因が何であるかを神託に伺ったとき、アポロンが下した神託、それは、まさに彼にかけられていたあの呪いの運命だったからである。
　アポロン――この神は疫病の神というもうひとつの顔をもつ――が免疫である彼に告げる神託は多くはない。いやひとつである。己の身体に刻印されたしるし（自己記憶）をとおし、自己を正しく認識すること、これに尽きる――「汝自身を知れ。」その意味で、ソクラテスもまた〈アテネの免疫〉であった。アポロンの神託は彼に、「汝自身を知れ」を告げていたからである。しかも、彼もまたオイディプスと同じように、ひとつの供犠のしるしをもって誕生していたからである（後述）。彼が説く認識の文法、それが、対話法（弁証法）以外の一切を認めなかったこともこれにより説明される。免疫は他者と対峙するとき、自己の面と他者の面を互いに突き合わせるのであり、免疫はこの直接の認識法以外の一切を知らないからである。これが免疫の〈おもざしの作法〉の基本である。その意味で、まなざしの認識法は、これに著しく反するがゆえに、この作法からみれば、無作法者のそれと映るだろう。

免疫への問い――免疫の死は供犠か戦死か？

　たしかに、ソクラテスのおもざしの作法は、ジャック・デリダがいうとおり、「ロゴス（パロール）の特権化＝ロゴス中心主義」を生む根本原因になっただろう。だが一方で、この特権によってこそ免疫は身体の主体者となって、身体のアイデンティティを保つことができるのである。少なくとも、この特権化が近代の病の根本原因だとする彼の主張は、ソクラテスこそアテネの免疫、ひいては近代の知の免疫であったことを逆説的に告白しているに等しい——「近代の知、その病の原因は誰にあるのか。」「それはソクラテスである。」ということになるだろう（近代の知の病、その原因をソクラテスにみるデリダ、この点において彼は紛れもなくニーチェの弟子である）。

だが、果して、近代の知において自己認識を忘れ、オイディプス王になったのはソクラテスが体現する「パロール（発話言語）」であったか。ソクラテスが警告したとおり、自己の主体から遊離し独り歩きする「エクリチュール」（文字言語）こそ、知の王、「ロゴス」として君臨しているのではなかったか。中世から近代にいたるまで、知の発言がエクリチュール以外に公式で認められたことなどあっただろうか。デリダもこのことを十分認めているではないか——「というのも、書き物が最終的に公の場に落ちないことなどないからだ」（「ソクラテスのパルマケイアー」）。

むろん、エクリチュールそのものの存在意義を否定しているのではない。プラトンが師の掟を破り、"scribe"、すなわち、「木の皮を爪で引っ掻いて痕跡を残してくれた」からこそ、私たちはソクラテスを知ることができるのである。すなわち、オイディプスもソクラテスもキリストも「語った」が、「書かなかった（掻かなった）」。だが、私たちは彼らの痕跡＝エクリチュールをとおして彼らを知っている。この意味はあまりにも峻厳である——彼らはその身を供することによって文化をしるしづけた。だがそのしるしは、後の者たちがその供犠の骸を引っ掻いて痕跡を残すことによってのみ不滅のしるしとなった。換言すれば、親であり師であるパロールは、子であり弟子であるエクリチュールによって裏切られ、「父＝師殺し」されることによってのみ蘇ったのである（この点ではデリダも見解を同じくしている——「エクリチュールは親殺しなのだ」）。一粒の種パロールはエクリチュールに供されることによってのみ発芽すると言い換えてもよいだろう。これが「聖なる暴力＝供犠」でなくてなんだろう。

供されることで蘇るパロールの運命、一体、これは何を意味しているのだろうか。それは、「言葉の動物」である人間、その生の営為である文化をしるしづけもの、その根本が供犠であることを密かに告げている。これは、人間の生に対するあらゆる楽観論を否定し、そこに「原罪」（キリスト教）と「業」（仏教）を刻印している。言語そのものに刻印された原罪と供犠と贖罪。そして、文化におけるこのパロールの運命、すなわち、供犠を身体コミュニティにおいて引き受けるもの、それこそが免疫である、とこの詩学は告げることになるだろう。

こうして、免疫の詩学は、ここに詩的なヴィジョンとしてひとつの命題を夢想することになるだろう——オイディプスはテーベという身体の外縁を漂白するT細胞としての免疫の象徴ではないのか。一方、ソクラテスはアテネという身体の内縁を巡回するB細胞（脊髄細胞）としての免疫の象徴ではないのか。プラトン（『ティマイオス』）に倣えば、ソクラテスはポリスのなかで特定の場所をもたない「第三の種族」ということになるだろう。しかし、いずれも周縁者として生きる免疫の運命を負っていることに変わりはない。それではその運命とは何か。それは、身体のアイデンティティを保つために、自己の面（身体）を差し出さねばならないこと、すなわち「パルマコス（供犠）」としての運命、これである——「パルマコスの人物はスケープ・ゴートに喩えられた。悪と外、悪の排出、都市の身体の外（都市の外）への排除、これこそが、パルマコスという人物と儀礼的実践の二つの主要な意味である。……オイディプスとパルマコスという二人の登場人物をこのように接近させる必然性……」（「ソクラテスのパルマケイアー」）。

だが、そのことをとおして、コロヌスのオイディプスは最後に大地に飲まれ、免疫はテーベをしるしづけた。一方、ソクラテスは「毒薬＝パルマコン（良薬／毒薬）」を飲んでアテネのトラウマとなり、このトラウマによってこそアテネをしるしづけた。すなわち、アテネを「タブー（原義はしるしづける）」化し、デリダがいうとおり、アテネ＝ロゴスを「特権化」し、「都市国家は自分自身を境界づけ」たのである。ソクラテスが生まれた日が、アテネを飢餓、疫病から守るためにパルマコス（供犠）を生贄に捧げる儀式、タルゲーリア祭の第六日であったことは注目に値するだろう。

都市の固有の（清潔な）身体は、脅威あるいは外部からの攻撃の代理表象を自己の領土から暴力的に排除することによって、自己の統一性を取り戻し、自己の内心の安全へと再び閉じこもるのであり、アゴラの境界のなかで自分を自分自身に結びつけるパロール（約束）をみずからに果たすのだ。……しかし外部の代理表象は、それでもやはり、共同体によって構成され、規則的に配置されたのであり、こう言ってよければ、共同体の胎内において選ばれ、共同体によって維持され養われたのである。……「ペストや旱魃や飢餓といった災厄が都市を襲った場合には、こうした排斥された者たちのなかから二人を選び、贖罪の山羊として犠牲にするのだった。」……そのソクラテスはタルゲーリア祭の六日目に生まれたのだった。ディオゲネス・ラエルティオスはそれを証言している。「彼はタルゲーリア祭の第六日目、すなわちアテナイ人たちが都市を純化する日に生まれた」……。（「ソクラテスのパルマケイアー」）

このようにみれば、ソクラテスの誕生日、それはオイディプスに刻印された呪いの運命のしるしと同一の意味、すなわちパルマコスであると理解されるだろう。デリダがいうとおり、パルマコス（供犠）、パルマケイア／パルマケウス（医師／魔術師 ＊その処方箋＝方法はパルマケイアー）、パルマコン（良薬／毒薬）は語根を同じくするからである。

だが、免疫の詩学は、これらの隠れた語根の意味を、デリダのように「特権化されたロゴス」の「しるし」とはみない。免疫であることの紛れもない供犠のしるし＝証であるとみるのである。この語根は供犠の身体であるパロールから発芽した三つの意味が三位一体をなして「蜜蜂の巣（宿り木）」＝エクリチュールを作り、そこに甘味な蜜（ロゴス）が宿ることを告げているからである。W・B・イェイツが詩「揺れ動く」のなかで記した難解な問い、「蜜蜂の巣と獅子の謎かけ、聖書はこれを何と説いているか」もここにかかっているだろう（後述）。

すると、ここにひとつの素朴な疑問が生じてくることになるだろう。その疑問とは以下のものである。デリダがいうとおり、供犠とは各文化が自己のアイデンティティをしるしづけるために、人身を供する儀式である——「パルマコスの儀式は内と外との境界線上で演じられるのであり、この儀式の役割は、この境界線をたえず線引きしては引き直すことに存する。」そして動物の供犠は、ルネ・ジラールに倣えば、その原初的な人身供犠の象徴＝余波（なごり）である。したがって、供犠とは自文化の自文化による自文化のための主体的な殺害——被殺害者からみれば殉死——である。そうであれば、この殺害は自文化にとって、自己の身体に刃で深い外傷を残すことで自文化をしるしづける行為とみなければならないはずである。その意味で、他文化によってもたらされる一切の死は、それがいかに自文化を守るためのものであったとしても、供犠ではない。自文化内の殺害ではないからである。したがって、戦死は供犠でも殉死でもない。自爆テロもまたそうである。これらは自文化内の死＝自文化による殺害ではないからである。この点をけっしてあいまいにしてはならないだろう。そうでなければ、戦争やテロによる死は、「殉死・殉職・殉教」の名のもとに正当化されてしまう。ハーバーマスがいうとおり、戦争にもテロにも「大義を与えてはならない。」あるいはデリダがいうとおり、テロは免疫自体の病、免疫が自己である身体を攻撃するという病、「自己免疫」と定義すべきである――「自己免疫のプロセスとは、自己自身の防衛作用を破壊するように働く、すなわち『自己自身』を守る免疫を、自らに与えるように働く、あの奇妙な作用のことです」（ハーバーマス／デリダ／ボッラドリ『テロルの時代と哲学の使命』参照）。

それでは、免疫の死は戦死ではないのか。この問いは、本書全体に深く関わっている。そのため、予めここで結論だけははっきりと述べておかなければならないだろう。免疫の死を戦死とみるのは、免疫学が発生する前の旧来の免疫にかんする漠然としたイメージ――「聖戦士」のイメージ――を踏襲していることに起因する完全な誤解である。したがって、免疫の死は戦死ではない。供犠そのものである。これが本書における重要なひとつの命題であり、また結論である。ただし、この問題は、免疫の主体に宿る生命原理を念頭に、免疫作用のもつ「超システム」の問題にまで踏み込んで考えていかなければ、誤解を招く恐れがある。したがって、証明は「まえがき」の終わりを待って、およそのところを語るつもりである。さらに本書全体、とくに第五章を通じて詳しく語っていく、といまは断っておく。そのうえで、ここではこの問題をひとつの比喩をもって説明することにしておきたい。

免疫の使命はひとつのコミュニティに広がる疫病に苦しむ患者、その治療のために使わされた誠実な医師（パルマケイア）のそれのイメージにより近いと考えられる。そしてこの場合、その医師の死は戦死ではなく、隣人愛による殉職（パルマコス）とみるべきである。むろん、彼は殉死のナルシシズムに酔って殉職するために疫病患者のまえに対峙したのではないはずである。その意味で、彼は最初から殉職者であったわけでなく、たまたま殉職者＝パルマコスになっただけのことである。言い換えれば、彼は最初から善きサマリア人であったのではなく、善きサマリア人になったのである——「この三人のうち誰が、強盗にあった者の隣人になったか。」（「ルカによる福音書」十章）。

免疫の夢想／象徴としての免疫

さて、免疫の詩学、その夢想はさらに続く。これを象徴的なしるしのなかで解読せよ、とこの学は急かすのである。象徴こそ詩学の華であり、事実としての歴史、その背後に潜む潜在的な影響力を幻視する業（わざ）である、とこの詩学は承知しているからである——象徴こそが歴史の背後にある潜在力（アリストテレスがいう「デュナミス」）＝未来の可能性を解く術である。表象と事実だけを追う者は、開かれることを待ち望む未来の扉を自ら閉ざしているに等しい。

こうして、免疫の詩学は、未知（歴史の未来）の扉を開け、象徴においてヨーロッパの歴史の潜在的影響を以下のように解読することになるだろう——大地に飲まれたオイディプスは〈身体の免疫〉の象徴的意味をもっている。ソクラテスは〈知の免疫〉の象徴である。そして、ルネ・ジラールが供犠の最終的帰結（成就者）とみるキリスト、彼は〈魂の免疫〉の象徴である。

象徴によって世界の解読を試みたアイルランドの詩人、W・B・イェイツも『ヴィジョン』のなかで、そのように捉えている。

そのとき、雷の響きわたるなかで大地が〈愛によって裂け〉口を開き、オイディプスの肉体と精神とはともに大地の下に沈んでいきました。私はオイディプスを考えるとき、立ったまま十字架にかかり、象徴的な意味で天のなかに肉体も精神もともに入っていったキリストと釣り合っているとみなします。

キリスト自身、自らの供犠による死（と復活）をひとつのしるしのなかにみていたのではなかったか。

悪い、姦淫の時代はしるしを求めています。だが預言者ヨナのしるしのほかには、しるしは与えられません。ヨナは三日三晩大魚の腹の中にいましたが、同様に、人の子も三日三晩、地の中にいるからです。（「マタイによる福音書」12：39－40）

ルネ・ジラールと供犠のしるし

おそらく、この夢想が最終的に描こうと欲するところのもの、それは、供犠によってしるしづけられたヨーロッパ共同体、その象徴的な相貌ということになるだろう。そうすると、ここにまたひとつの疑問が生じてくることになるだろう。なぜ、このしるしづけをまえにして、ヨーロッパの精神は沈黙するのだろうか。おそらく、その応えは、この「しるし」自体の意味のなかに潜んでいるだろう。

ポリネシア語である「タブー」の原義は、「しるしづける」である。すなわち、各トーテム（血統による各部族とは異なる）、各文化を区分し、差異化するもののことを「タブー」と呼ぶのである。こうして、各文化のアイデンティティ（主体）はタブーによって保たれることになる。この場合のタブーとは、一般的には各トーテムが象徴的に崇める聖なる動物を指すが、タブーとされる動物を日常（ケの情況）において食すことはおろか、語ることさえも禁忌とされることが多い。ただし、しるしづけられた動物は、各文化を区分する境界線上に置かれているため、その意味は「あいまい」（M・ダグラス『汚穢と禁忌』）であり、むしろ、ハレとケガレの「両義性」（山口昌男『文化と両義性』）を有している場合が多い。

このタブーのもつ両義性を「不気味なもの」と捉えたうえで、それを各個人の心理的なアイデンティティをしるしづけるものとみなしたのがフロイトである。そして、彼はその核心に「エディプス・コンプレックス」をみるのだが、彼にとってタブーとは心理の深層に隠蔽された自己の恥部（タブーの侵犯への欲望）と表裏関係にある。しかも、彼は最後の著作『モーセと一神教』において、この心理的なしるしづけの作用を民族のもつ集団意識にまで適用し、ユダヤ民族は父であるモーセを十戒の山、シナイ山で殺し、その集団的トラウマによってユダヤ民族（エジプト人からユダヤ人）になったという途方もない供犠の理論まで提唱している（スーザン・ハンデルマン『誰がモーセを殺したか』も参照）。いずれにせよ、しるしづけはタブーであるがゆえに秘められ、秘められることによって自文化、自己のアイデンティティは形づくられることになる。供犠としてのしるしが隠蔽されているのはこのためだろう。ただし、それではなぜ、聖なるものとしての供犠が秘められなければ文化の自己性は保たれないのか、この疑問は依然として残るのである。

そこに独自の解釈を施したのがルネ・ジラールである。彼によれば、「文化の危機」としての文化内の暴力は均質化によって起こる。差異によって保たれた文化は内部に同一者が二つ以上存在することを均質化による文化存亡の危機＝差異の消滅とみなすからである。だが同時に、「模倣の欲望」をもつ人間は「モデル」――フロイトがいう父親＝権力者ではなく自己のスタイルをもつ共同体のなかの主体的な行為者、模倣者にとっての「ライバル」と捉えるべきだろう――を真似る。そして、そのことで「対象」（母親＝スタイル）を手に入れようと欲する。この関係性を彼は「欲望の三角関係」と呼んでいるが、模倣は文化の均質化を助長する（『欲望の現象学』参照）。しかも、文化内においては、モデルを模倣する者は一人に限定されているわけではない。むしろ、模倣の欲望は「媒体」を通じて疫病のごとく「伝染」していくことになる。こうして、文化内は均質化の危機に瀕する。すなわち、模倣者の間で暴力が発生することになる。これを食い止める唯一の手立てがモデルの殺害である。すなわち、疫病の原因を最終的にオイディプスに求めたように、互いの争いの原因をモデルに求めるという集団心理、いわば〈祀り下げの方法〉を取ることで、モデルをスケープ・ゴート化し、殺害するのだという。この際、殺害は「全員一致」が大原則である。そこに一人でも反対者がいれば、それがまた不和の種となって、「暴力は文化内に伝染していくことになるからである。全員一致のこの「集団リンチ」の施行によって、均質化は団結へと反転する。自らが犯した殺人を肯定するためには、暴力の共有による団結しか術がないからである。団結によって暴力が回避されたことで、模倣者たちは原因のすべてがモデルにあったことを確認する。確認しなければ、自己の罪を再確認しなければならないからである。こうして、犯罪の共有によって、模倣者の団結は深まっていくとともに、文化内にモデルのスタイルが共有され、文化は他文化と差異化され、平和が回復される。だが、ここでもう一つの心理的な反転が起こる。すなわち、模倣者たちは、文化に平和がもたらされたのは殺害されたモデルのお陰であったとみなし、モデルを今度は逆に祀り上げるのである。このプロセスは殺害者の心理に立てば、当然の帰結である。ここにいま平和が保たれている原因とその未来の維持は、死者であるモデルの力に求める以外に帰結点をみないからである。しかも、この反転によって、模倣者が密かにケガレとして表象を貼っていた殺害したモデル、そのスタイルまでもがハレに転じるのである。すなわち、密かに共有された殺害者たちのスタイルは、正々堂々と文化内の晴れの舞台で共有されるのである。これを前提にすれば、ケガレの表象を負わされたオイディプスが、なぜ、死後、土地の守護神に祀り上げられたのか、その謎も解ける。あるいは『モーセと一神教』にみられる謎、なぜ父（モデル）であるモーセを殺したユダヤ人が、モーセの十戒を厳守する民になったのかという疑問も解ける。こうして、モデル固有のスタイルは聖化され、モデルの死は各文化を差異化するしるしづけとなっていく。その後、日常（ケ）のなかでしだいに風化していく原初的な殺害の記憶（しるしの劣化）を活性化するために、あるいは復讐の悪の連鎖を断ち切るために象徴的に動物による供犠が定期的に捧げられることになる（彼によれば、供犠を奴隷・外国人・周縁者・動物といった共同体の外部＝無縁のものに求めるのは復讐という模倣の悪循環、その輪を絶ち斬るためであるという）。このようにして、殺害という原初的な供犠のあと、文化は定期的に象徴的なしるしづけを行い、文化は活性化され差異を保つことができるというわけである（『暴力と聖なるもの』参照）。このゆえにこそ、供犠の核心にある原初的な殺害、それは「世の初めから隠されていること」になる、と彼はいう（『世の初めから隠されていること』参照）。ケガレの表象を貼られて殺害された者が聖なる供犠者に祀り上げられ、しかも供犠の真相がたえず秘めておかなければならないこと、このことが、彼の供犠の文化理論によってかなりの程度説明できるのである。

生と死の合わせ鏡に映る供犠

彼の供犠の文化論が独創的であるのは、一般にいわれるように、神話を儀礼によって儀礼を神話によって説明するという循環論に陥っていない点だけではあるまい（マルセル・モースの『供犠』はこの循環論に陥っている――「いけにえを殺すということは、それが聖なるものであるが故に犯罪的である……けれども、いけにえが殺されなければ、それは聖なるものとならないだろう」）。その独創性は、生者の心に映る死者の面影の移りゆきにみることで、文化を生者と死者との連関のダイナミズムのなかで捉えようとしている点に求められるだろう。すなわち、文化の主体を生者の社会のなかに閉じ込めてしまうのではなく、生者と死者の主客の移りゆき（ジラールがいう「転移」）のなかで捉えられている点にある。そのメカニズムを『欲望の現象学』を念頭において説明すれば、こうなるだろう。

死者は通常、生者からみれば非存在のはずである。模倣者＝「欲望の主体者」と「モデル」の関係もまたそうである。模倣者は媒体がなければ、「モデル」のスタイル＝「対象」を知ることができず、したがって、「欲望の主体者」にとって「モデル」は非存在、死者にも等しいからである。モデルにとっての模倣者の関係もこれと同様である。媒体の存在をとおして、はじめてモデルも模倣者の存在に気づくからである。つまり、ジラールがいう「欲望の三角形」が成立するためには「媒体」が絶対条件であり、つまりは、この関係性において唯一の主体者は実は媒体（メディア）であるという逆説がここに成り立つだろう。これをジラールは『欲望の現象学』のなかで見事な表現で記している――「〈対象の変貌装置〉の泉はまさしくわれわれ自身のなかにある。けれども湧水そのものは、媒体が魔法の杖で岩をたたかない限り噴き出してこないのだ。」（ここでいう媒体の働きをもち、かつたえず「モデル」の働きをするという二重の役割、これこそ免疫作用の特徴である。だからこそ、免疫は身体唯一の主体者になれるのである）。ところで、媒体とは実在するものではなく、記憶のなかで生成されていく現象である（媒体の様態は〈ある〉ではなく、〈なる〉である）。媒体が記憶と結びついた現象である限り、媒体が生者（存在者）同士の関係性のなかでのみ働くと考えることはできないはずである。欲望の主体者もモデルも媒体によって互いに他者の存在が告げられるまでは、自己にとって他者は非存在＝死者に等しく、したがって、媒体は生者と死者、存在と非存在を関係づけていることになるからである。ジラールがモデルは死者であろうが実在しないものであろうが一向に構わないと考えるのはそのためである。また実際に、先述したように、媒体を通じてモデルは死後に生者の心に移りゆくことで生者になっていることを忘れてはなるまい。ここに媒体を通じて移りゆく文化の主体のあり方を、生と存在の世界に閉じ込めることなく、存在と非存在／生と死の連関のダイナミズムのなかで捉える彼の独自な現象学的観点がある。

生の営為としての文化を、生と死の合わせ鏡——鏡のなかで「転移」し「変貌」していく「幻像」——をとおして捉えようとする彼の観点は、オーギュスト・コントの有名な命題——死者が生者を支配する——とは異なるものである。それはむしろ、我が国における民俗学者、谷川健一、彼が説く御霊信仰の命題などに通じるところがある——「日本では先祖とのつながりはあるにしても、普遍的な死者と生者の連帯はない。あるのは対立だ。しかも死者が生者を支配するのだ。」（『魔の系譜』＊彼の死者の捉え方の延長線上に、たとえば小松和彦の『憑依信仰論』や『異人論』、赤坂憲雄の〈生と死の境界論〉などがあるだろう）。

だが、〈生者中心主義〉としてのヨーロッパの思考のなかで、ジラールの観点は独創的なものがあるように思われる。また、免疫の詩学にとって、彼の観点は重要な示唆を与えるものがある。彼が解く文化理論と免疫学の「超システム」の理論の間にはある程度、平行関係がみられるからである。実際、ジラールは『暴力と聖なるもの』において、供犠のメカニズムを免疫作用によって比喩的に説明しているところが散見され、その意味で免疫の詩学の一歩手前まできているといえる——「天然痘のような伝染病にはそれ自身の特別な神があると信じる社会が実在する。病気が続いている間中、病人たちはその神に捧げられる。彼らは共同体から切り離され、一人の〈巫女〉、あるいは、望みとあらばその神の司祭、つまりかつてその病気にかかり死なずにすんだ人間の看護に委ねられる。こうした人間はそれ以後、幾分かの神の力を持っていて、神の暴力のさまざまな効力にたいして免疫になっているのだ。……そうした庇護、そうした免疫はあきらかに西欧文明自体が、そうした免疫を作り出した結果なのである。」

そこで、今度は、先述のジラールの供犠の命題を、免疫作用のメカニズムに重ねながら再解釈を施してみたい。そのことによって、免疫の詩学自体に対する理解も深まるのではないかと思われるからである。

身体の主体は紛れもなく免疫に宿っている。その主体は「浮遊」（ポスト・モダン的な言説）などしない。ただし、免疫とは現象であり、現象とは時間のなかに存在（実存）するものであるから、免疫に宿る主体は空間にではなく、時間に宿っている。そして、時間とは浮遊するものではなく移りゆくものであるから、主体は「ある（空間のなかに存在する）」のではなく、「なる（時間のなかで生成される）」のである。つまり、免疫の主体は先述の善きサマリア人（時のなかで生成される供犠）のそれということになるだろう。これこそが免疫の詩学とジラールの供犠の理論の共通分母といってよいだろう。

免疫は、先行者のＤＮＡの記憶（身体の主体）を自己の面にたえず映し出しているが、自己に反応しないため、自己自身によって主体を開示することはできない（これはジラールが『欲望の現象学』で定義した「モデルの無関心」に置き換えられるだろう）。したがって、免疫における主体は、他者（異物）が侵入し、身体の記憶を真似るときにはじめて顕れる。すなわち、他者が自己を真似て、細胞の表面に自身の新しいアイデンティティをコード化（ＤＮＡの記号化）し、提示するとき、はじめて免疫は自己の主体を開示することができる。この段階は、モデルの模倣段階と平行している。文化の主体はモデル（創造者＝主体的な行為者）、そのスタイルに宿る。模倣者は身体の侵入者――外部から侵入する細菌のみならず癌細胞のように身体内部で発生する自己＝他者細胞も含まれる点に留意――がモデルの面に映るスタイル（主体）を自己の面に写し真似るように、モデルになりすまそうとする。言い換えれば、善きサマリア人になろうとする。しかし、この時点で、いまだ主体は移動していない。なぜならば、彼らは善きサマリア人のスタイルを真似たままであり、モデルのように主体的に行為者（創造者）にはなっていないからである。依然として文化の主体はモデルの方にある。ただし、モデルは免疫が自己に反応しないように、模倣者が自己のスタイルを真似るまでは、自己のスタイル（主体）がなんであるのかを知らない（「モデルの無関心」）。だが、モデルは自己の面に映るスタイルと他者の面に模写され、それが提示されたとき、彼らの模倣スタイルの存在に気づく。気づく者は自己（のスタイル）を認識することができる主体者としてのモデルだけである。模倣された面にモデルが気づいたことを知った彼らは、自己が主体なきモデルの「分身」になることを恐れ、全員一致の集団リンチにより彼を殺害する。真の善きサマリア人であるキリストを全員一致で殺害したように、である。そうだとすれば、彼らがモデルを殺害したとき、文化は主体者を失い、文化は一旦、死滅することになるだろう。唯一の善きサマリア人が殺されてしまったからである。だが、死によって、モデルは生者である模倣者のうちのある者たち――自己の罪を深く認識する者たちに――の心理的な記憶のなかで蘇り、反転によって浄化（聖化）され、生者である彼らの心のなかでモデルの主体は生きることになる。模倣者のある者たちはこのときはじめて、善きサマリア人になったのである。このとき、主体は彼らの方に〈うつった（映る→移る）〉のである。キリストの弟子たちの心にキリストが映り、移ったように、である。そして、この主体の移動は文化を蘇生させ、他文化との差異化を促していく。こうして生者と死者の連関性のなかで文化の主体は生き、文化は保たれることになる。ジラールがキリスト教的な立場から供犠論を展開していることを思えば、上述した解釈が必ずしも論の飛躍とはいえないだろう。

　以上が、ジラールやデリダの供犠論を一部敷衍しながら、免疫の詩学がその〈面（おもて）／鏡〉のなかに映し出したヨーロッパ共同体、その象徴としてのおよその輪郭である。むろん、これはひとつの仮説というにはあまりにも主観的な夢想（イメージ）の域を出ないことは認めなければならない。そのため、この未知の方法がどの程度、具体的に精神史、あるいは文化学を論じる際の有効な方法となりうるのか、それこそ未知数である。要するに、この方法とイメージをともになんとか受肉させなければならないということである。そのためには、この方法が適用される具体的な対象、場所と事象（テーマ）の発見が待たれるところである。すなわち、ヨーロッパ共同体、その身体・知・魂のしるしが歴史的に刻印されているような象徴的な舞台とそれに相応しい象徴劇の内容（テーマ）を見出さなければならないということである。だが、これらの要素をすべて満たすような、ひとつの象徴的な交点などそもそもヨーロッパに存在しているのだろうか。ここで、演繹法も帰納法も完全に暗礁に乗り上げてしまうことになるだろう。

　だが、待て、それならば、原始的にして「未来の方法」と呼ばれる〈第三の方法〉を用いてみてはどうだろうか。すなわち、直感と直接認識としての自己の触覚の認識に基づいて未来を予想する知のあり方、「徴候知」の方法である。しかも考えてみれば、「未知の方法」、「触覚」、「徴候」、これらはいずれも免疫の詩学の志向するところのものではないか。プラトンは『ティマイオス』において、この到来を予感して、これを「一種の私生児的な推理」と呼び、それを「すべてのものの刻印が刻まれた知の台」＝「コーラ」と呼ばなかっただろうか。あるいはジュリア・クリスティヴァは『詩的言語の革命』のなかで、この「コーラ」のことを表層・散文的な言語の意識、その深底に横たわる潜在・詩的な無意識の段階、セミオティーク＝記号界と呼ばなかっただろうか。

免疫がおもざす『ハムレット』と知の博打（アブダクション）

　厳密な科学である宇宙物理学において、徴候知の方法を用いて、壮大な宇宙生成論を展開した一人に、チャールズ・パースがいる。彼にとって徴候知とは「当て推量（アブダクション）」の謂いであるが、現在、その方法が（記号論の立場から）大いに見直されている。彼は宇宙の謎を解く鍵をスフィンクスの謎のなかに求め、その謎を解く方法を「当て推量」（「スフィンクスの謎に対する当て推量」）と呼んだ。彼にとって、スフィンクスとは、真理（宇宙の秘儀）を守る道の番人であり、生命の木と善悪を知る知恵の実を守るケルビムであったからだ。それゆえ、スフィンクス／ケルビムの謎を解くことが、すなわち宇宙開闢（かいびゃく）の謎を解くことに等しいと彼は考えたのである（伊藤邦武『パースの宇宙論』参照）。彼が用いたこの方法は、スフィンクスの謎のなかに、「世の初めから隠されていること」の秘儀（象徴の奥義）を解こうとする免疫の詩学にとって、きわめて示唆的なものである。

　そこで、彼が用いた知の方法を念頭におきながら、さっそく象徴的にして具体的な対象を設定してみたい。ひとまずその対象を、ある劇のセリフに求めることにする。選定理由は、ひとつの問いとして提示されたこのセリフが、それ自体、スフィンクスの問いの一変容であると「推し量る（アブダクションする）」からである。かの有名なハムレットの独白のセリフ——“To be, or not to be, that is the question”——がそれである。まなざしの認識法からみれば、なぜ、ここに注目するのか理解に苦しむことになるかもしれない。だが、免疫の詩学のおもざしの認識法に立てば、ここに面の触覚を当てるのは必然であるといえる。

さらに興味深いことに、免疫の文法によってこのセリフを解読していけば、それがあるひとつの地点を指し示していることに気づくことになるだろう。ひょっとすると、この地点こそ、免疫の詩学が求めるあの象徴的な交点に当たるのではないか、アウグスティヌスが語ったという「秘密の隠された場所」(ジャック・ル・ゴフ『煉獄の誕生』)と「推し量る」のである。そこで、以下、免疫の詩学の方法を具体的に説明する目的で、この地点に行き着くまでの推理の流れ、そのあらましを記しておくことにしたい。

そもそも方法とは、ある対象に対峙したとき、はじめて自己を開示するもの、すなわちひとつの現象である。その意味では、免疫もまたそうである。自己自身に無反応である免疫の作用は、他者に対峙し、おもざすとき、はじめて「それは自己であるか、非自己であるか、それが問題である」という問いを発し、その問いのなかでこそ自己を開示するからである。「免疫の方法」に立脚するこの詩学であれば、なおさらそういうことになるだろう。したがって、対象に対する処し方=スタイルをもって、この未知なる方法、その潜在的な可能性をここに開示してみたい。もちろん、このように述べる前提には、このセリフが、パースがいう意味での「スフィンクスの問い」にほかならないという「推量」があることはいうまでもない。

先にみたとおり、免疫のおもざしの認識法がもっとも敏感に反応するのは、スフィンクスの問いである。この未知なる詩学の立場からすれば、スフィンクスの問いに対して答えを用意できるもの、それは免疫の文法だけであり、この問いに答えること、それこそがこの詩学の存在理由でさえあるからだ。

さて、スフィンクスの問い、そこでもっとも警戒しなければならないのは、無知ではなく、むしろ知の先入観である。まなざしの認識を用いて得た知識は、それを知れば知るほどスフィンクスの術中に嵌まることが珍しくないからである。知識というバナナが入った猿罠に手を入れたら最後、知者はそれを手放さないことを彼女は熟知していると言い換えてもよいだろう。『ハムレット』のなかで、シェイクスピア自身もこのことを暗示するように、「真意を見抜く智天使ケルビム」と述べている点に注意したい。この場合のケルビムとは『マクベス』のなかの「丸裸の赤子／ケルビム」と同様に、無垢な眼のイメージを含意している（ただし、後述するように、ユダヤのスフィンクスであるケルビムは恐るべき炎の剣をもつ智天使でもあり、たえず両義性をもつ存在であって、『ハムレット』においてもそのように捉えられている）。

通常、このセリフは「生きるか死ぬか、それが問題である。」といった意味で解釈されているようだ。すなわち、主語を生者ハムレットと捉え、彼の生と死の二者択一の苦悶としてこのセリフを読むのである。だが、このセリフを含む三五行に亘って展開されるハムレットの独白は、三五行中三十行が死後の世界の問題に費やされていることに注意したい。しかも、その最初の五行においてでさえ、「私＝ハムレット」が主語であることを明示するものは何もなく、先入観を持たずに解釈すれば、生きている間、人とはそもそもいずれの道を選択した方が「より高貴であるのか」と述べているにすぎないのである（主語の曖昧化はここでの作家の狙いによる）。そう考えると、このセリフはますます異界の住人スフィンクスの臭気を漂わせてくることになるだろう。それならば、得策は、やはりユダヤのスフィンクスであるケルビムの無垢なる眼、あるいは「超人／赤子」（ニーチェは『ツァラトゥストラ』のなかで「超人」とは「赤子」であるとしている）やパースの面（おもて）をもつことにあるだろう。

ともかく、あらゆる先入観を捨てて素朴に解釈してみる——「（X）は存在しているのか否か、それが問題である。」このように解釈すれば、これがスフィンクスの問いの一変容である可能性が高まってくる。なぜならば、通常、私たちは、存在（実在）するかどうかを眼によって識別しているからである。かりに、このセリフをスフィンクス第三の問い——「一方が他方を生み、生んだ女が生まれた女によって生み出される姉妹とは何か（答え：昼と夜）」——風に読み替えて以下のように問うてみてはどうだろう——「（見える人には）見えるが、（見えない人には）見えないものは何か？（見える時もあれば見えない時もあるものは何か？）」『ハムレット』の文脈からみて、答えは多くはない。いやひとつのはずである。父の幽霊である。ハムレットには見えたが、母ガートルードには見えなかったことを思い出したい。あるいは、父の幽霊は昼の間、「監禁場所」に戻って勤めを果たさなければならないため、夜にしか顕れない（見えない）ことを思い出したい。

さらに深く、この問いを「超人＝赤子」、すなわちケルビムの「赤子の眼」をもって深くさぐってみよう。すると、この問いが存在の根源的演劇、「いないいないいない、ばあー」の赤子の遊戯の暗示が潜んでいることに気づくはずである。むろん、これは大人のための「いないいないいない、ばあー」の遊戯である。したがって、「私は存在しているのかいないのか、ばあー」とハムレットが観客に向かって遊戯しているはずがない。すると、このセリフは、むしろ子が親の遊戯（仕草）を真似ながらよくやるように、子供の方から親に向かって遊戯をしているとみることができるだろう。その場合、子供は自己が存在していることの確認をしているわけではない。手で目隠しをすることによって、他者である親が不在となり、手を広げたとき、親が存在することを確認しているのである。もちろん、ここでのハムレットの場合、親とは父の幽霊＝死者ということになる。大人のための遊戯といったのはこの意味である。すなわち、生者にとって死者（幽霊）はつねに大人＝未来であり、生者が死者として「もう一度生まれ変わるためには」（ニコデモ）、死という通過儀礼を受けなければならず、そのために、ハムレットは死者である親を真似て〈死のお遊戯〉を行い、通過儀礼に備えて準備体操をしているというわけである（実際、彼の通過儀礼のときは間近に迫っていた。あるいは『中世の幽霊』のジャン・クロード・シュミットによれば、中世ヨーロッパにおいて親近者の幽霊の出現はそれを視た者の死期の予兆になったという）。つまり、このセリフの真意は、「父よ、あなたは存在しているのか否か、それが問題である（お父さんは、いないいないいない、ばあー）。」＝「幽霊は存在しているのか否か、それが問題である。」ということになるだろう。幽霊である父親の方がまず先に、甲冑の「バイザー効果」（デリダ『マルクスの亡霊たち』）を用いて、死者（親）による生者（子）のための大人の「いないいないいない、ばあー」の遊戯、その手本を示している点に留意したいところである。（「悲劇＝トラゴーディア」の独白は、本来、異界の住人であるコロス、すなわち半人半獣の山羊たちに向かって語られるものであった点にも注意を向けたい）。

もちろん、この遊戯は、ニーチェがいう「超人」が欲する「命がけの遊戯」（“Spiel”）に相当しているため、きわめて重い問いでもある。父の幽霊が存在するか否か、それはハムレットにとって国の存亡の危機を左右する大問題だったからである。存在すれば、クローディアスはデンマークというコミュニティに毒（パルマコン）を盛る方法（パルマケイアー）を知る偽りの医師（パルマケイア）となる。一方、幽霊が存在しないのであれば、クローディアス王を殺害しようとする彼／私こそが国を妖術（パルマケイアー）を用いて妖かしの幽霊——ソクラテスにとって、それは人を毒の泉に誘う妖精パルマケイアである（『パイドロス』）——を現出させ、国を混乱に陥れる妖術師（パルマケウス）ということになるのである（「ソクラテスのパルマケイアー」におけるデリダに倣えば、「パルマコンは自己自身に対する反転をつねに可能にする自己との非＝同一性に存する」のである）。

ここで注意すべきは、問いの主客がいつの間にか反転しているという事実である。父の幽霊＝死者に向かって発せられた根源的遊戯としての問いが、合わせ鏡のように主客を入れ換え——合わせ鏡に映る鏡の中の鏡はたんなる入れ子構造ではなく、主客を入れ換えるところの入れ子構造——、ハムレット自身の未来の行末を知らずして徴候として映し出す問いへと反転することになっているからである。すなわち、「父＝幽霊は存在しているか否か、それが問題である」の問いがいつの間にか、「私（その背理としてのクローディアス王）はパルマケウスであるか否か、それが問題である。」へと変化することで、父とハムレット、その主客が入れ換っているのである。

しかも、パルマケイア、パルマケウスがパルマコスと語根を同じくすることに気づけば、ある重要な事実に気づくことになるだろう。すなわち、ハムレットは自身が知らぬ間に、「私はパルマコス（供犠）であるか否か、それが問題である。」と自己の未来を徴候として開示する問いを投げかけているということである。これは、生者であるハムレットが我知らず自身の身を、異界の者スフィンクス（死者＊ハムレットからみれば他者としての父の幽霊）に対峙するテーベの免疫、オイディプス（生者＝私ハムレット）であると告白しているに等しい。なぜならば、互いに他者を自己の面（おもて）に映し出すスフィンクスとオイディプス、その面は合わせ鏡であり、そこに映るものはまずは互いの姿（面影）であるものの、次には主客を入れ換えて互いの面に自己の面影を映し合うからである。こうして、ニーチェがいうとおり、合わせ鏡の主客の入れ換えによって、問う者と問われる者、生者と死者の関係は無限に反転を繰り返し、問いは無限に向かって延びていくことになる（このことを私たちは潜在意識のなかで承知しているからこそ、スフィンクスの問いと同様、このセリフは不滅の問いとなるのではあるまいか)。

このスフィンクスにむかってわれらの側からも問いを発しても、また怪しむには足りない。いまわれらにむかってわれらの側からも問いを発しているのは、そも何者であるのだろう?……さらに根本的な疑問の前に、歩を止めて凝立した。……両者のうちのいずれがスフィンクスであったろう? いずれにしても、疑問と疑問符とがここに相会した。(ニーチェ『善悪の彼岸』)

少々、長々と解釈を試みたが、それは、免疫の詩学がいかなる方法であるのか、具体的に説明するためである。すなわち、免疫のおもざしの認識法は、まず自己の面に手をじかに当てながら、他者の面と対峙し、自己の面を他者の面に触れ合わせることで存在の根源的遊戯、自他認識を行う身体の文法、「いないいない、ばあー」の命がけの遊戯であると定義できる。

だが次に、この詩学の方法は、免疫と他者(異物としての細菌)が合わせ鏡の効果を用いて、一旦、自他の主体を入れ換えるように、問う者と問われる者の関係を反転させる。ただし、この合わせ鏡を形成する相手は絶対的な他者(異物)であることを前提としている。それでは、生者にとっての沈黙する絶対的な他者=異者とはなにか。死者であり幽霊である。すなわち、この合わせ鏡の作用は、生と生の同語反復のリアリズムの鏡ではなく、生と死(生にとっての絶対的他者=免疫にとっての「非自己」)の逆説の合わせ鏡ということになるだろう。

そして、最終的には、免疫の詩学は自己の問いのなかに自己の運命の予兆が宿っていることを我知らず告げるのである。その運命とは、もちろん供犠のことである。ハムレットが、自己の運命がパルマコス(デンマークのスケープ・ゴート)であることを、合わせ鏡に映る自己に呼びかけ、我知らず告げたように、である(ハムレットが免疫細胞のひとつの特徴である漂白の王子=留学生であった点にも留意)。もちろん、この供犠は、文化を生者の営為に閉じ込め、生を生によって解こうとする同語反復の誤謬法によって解くことはできない。生と死の合わせ鏡の連関のなかにおいてみるとき、はじめて意味づけられるものである。したがって、供犠の問題をフーコー的な排除理論＝生者の問題にだけ限定して読むことは、生を生によって解こうとする同語反復の論理的誤謬を犯していることになるだろう（もっともフーコーは、彼の理論の安易な模倣者とは異なり、『狂気の歴史』において「狂人」を乗せた「阿呆船」の発生を、此岸と彼岸の境界線＝「分割／裂け目」という比喩を用いて説明し、彼一流の排除の理論に死後世界の観点を微かに忍ばせている点は看過できない――「狂人が気違い船にのっておもむく先は、あの世である。船をおりて帰ってくるのは、あの世からである」）。

未来を噛るもの／免疫の詩学

さて、セリフのなかに潜む存在Xが父の幽霊であるとひとまず措定してみよう。すると、ひとつの重要な歴史的事実に気づくことになるだろう。すなわち、ヨーロッパにおいては、幽霊が存在するためには、ある特定の場所の存在が不可欠な条件であったという事実である。その場所とは「第三の場所」として知られる「煉獄」である。実際、『ハムレット』を細かく再読してみると、だまし絵、透かし絵、踏み絵といった巧妙なからくりのなかで、密かに煉獄が浮かび上がるように仕組まれていることが分かる。つまり、ハムレットの独白は、「煉獄は存在するか否か、それが問題である。」という問いでもあるのだ。このことは上演当時の英国を考慮すれば、確認できるはずである。当時、煉獄の存在を認める者は、厳しい弾圧の対象であった〈隠れカトリック〉であることを意味していたからである。すなわち、観客にとってこの問いはひとつの〈踏み絵〉であったということになる（しかも、上演の年に亡くなった父ジョンは、カルロ・ボッロメーオの「霊的遺言書」を隠しもっており、その書に倣い、煉獄の苦しみを軽減するために、贖罪の儀式を行ってほしい旨を述べた遺書を密かに遺族に残している）。

興味深いことに、『ハムレット』の作家は、この煉獄を抽象的なあの世の概念としてではなく、ヨーロッパに実在するある具体的な場所として想定している。ちょうど「トロンが旧約聖書の他の注釈者たちに反対して、冥府（シェオール）を描写する用語は或る場所に対して用いられており、隠喩的なものではないと説得力のある主張をしている（ジェック・ル・ゴフ『煉獄の誕生』）」ようにである。つまり、『ハムレット』の作家は煉獄に具体的な場所の名前をしるしづけているということになるだろう。

免疫の詩学の立場からみれば、これはきわめて重要な意味をもっている。身体の文法としての免疫の詩学は、観念的な問題を対象とすることはできないからである。先の幽霊もたんなる死の観念としてではなく、甲冑を纏い、地に足がついた父の幽霊であるからこそ、おもざしの対象になるのである（ただし、それが明白に実在するか判断に苦しむがゆえに、自己か非自己か決めかねて「それが問題である」という問いとして提示されている）。もちろん、天国も地獄も時間を超越したひとつの観念であるため、この詩学の対象外である。ダンテの「煉獄」もまたそうである。この場合の煉獄とは、この世に実在しない詩的なイメージだからである。ただ、ハムレットの「煉獄」は実在するある地点を想定している。このため、免疫の詩学の対象になりえるのである。

免疫の詩学とは、象徴的にして具象的なもの、すなわち歴史の潜在的な影響、可能性としての「真実（エナルゲイア）」（カルロ・ギンズブルグ『ピノッキオの眼』参照）へ向かって問いを発する詩学である。その意味で、この詩学は、「物質的想像力」（バシュラール）を前提とする幼児の想像力に接近している。幼児はあらゆるものを噛ってみるが、この場合、噛っているのは即物的な事実ではなく、彼らにとって未知のもの、すなわち〈未来を噛る〉＝確認しているのである。幼児にとって、そこにあるすべてのものは未来として潜在的に存在しているからである。そして、実際に免疫の認識法は他者が表示するタンパク質で出来たDNAの凸を、自己の凹の口でいわば噛って確認することにより、未知なるものを認識＝確認しているのである。『ハムレット』の作家も、未来の煉獄を噛るためにこそ、観念ではなく具象としての煉獄を用意している。夜の間、街をさまよう幽霊たちが、「雄鶏の号令」とともに、雌鳥よろしく具体的なある地点、「監禁場所」（"confine"＊国境、境界の意味もあることに留意）に戻ると記されている点を思い出したい。

むろん、当時、〈隠れカトリック〉の踏み絵であった煉獄の在処がテキストにあからさまに表現されているわけではない。だが、巧みな暗号、たとえば「聖パトリックに誓って"By Saint Patric"」「いたるところ"hic et ubique"（＊煉獄の祈りの際の慣用句）」などによって、該当する地点までもが暗示されている。それでは、『ハムレット』の作家はその地点をどこに求めているのか。デンマークから輸入された鶏が望郷の念に駆られ、戻らないように用意された鶏の巣（幽霊の「監禁場所」）があった場所、すなわち、ヨーロッパの周縁＝「境界＝国境（"confine"）」、極西アイルランド、その北西部ドニゴールにある湖、ダーグ湖に浮かぶ小島にある穴、「聖パトリックの煉獄の穴」に求めているのである（"confine"にはお産の床を設けるの意もあるが、アイルランドでは「監禁場所」は〈雌鳥の巣箱〉を意味していたと考えられる。というのも、栩木伸明の『アイルランドモノ語り』によれば、鶏はデーン人が侵略のための〈生物兵器〉としてアイルランドに持ち込んだものだが、養鶏が定着した後、雌鳥が望郷の念に駆られ祖国デンマークに戻ることを恐れたアイルランド人は〈快適な監禁場所＝巣箱〉を用意することにしたからである。なお、『アルスター年代記』によれば、聖パトリックの煉獄＝ステーションを八三六年、最初に破壊したのはデーン人であった）。

かくして、免疫の詩学の面、その穿たれた瞳は「世の初めから隠されていること」のイメージ、その象徴的にして具体的な対象とテーマをここに見出すだろう。ここにアウグスティヌスが語ったと目される「秘密の隠された場所」を求めることになるだろう。さらにその禁断の果実（未来）を噛ってみることを欲するだろう。免疫の面（おもて）の触覚をこの地点に近づけて、知のダウジングを試みれば、激しく反応すると「推し量る」ことができるからである。私たちは、アイルランドの詩人、シェイマス・ヒーニーに倣って、「水脈探知者（"the diviner"）」になるべきかもしれない――「手法そのものを体現している人物は誰かと尋ねられたら、私は水脈探知者（水占い師）だと応えるでしょう。水脈探知者は隠された実在性を探知し、見えない水源と水が湧き出るのを願う社会の仲介をします。フィリップ・シドニーは『詩の弁護』のなかで以下のように述べています。『ローマにあって詩人はヴァテス、すなわち占い師と呼ばれていた』と。」（シェイマス・ヒーニー『プリオキュペイションズ』「言葉の手触り」）

とはいえ、ここで早急に、〈知の博打〉を打って莫大な投資をする前に、まずは冷静に考えてみる必要があるだろう。そこで、第一候補地として、この地点とそのテーマが推挙するかどうか、ここでもう少し踏み込んで考えてみることにしたい。

「ヨナのしるし」としての聖パトリックの穴

煉獄といえば、中世の特徴を「身体」にみたジャック・ル・ゴフ(『中世の身体』参照)が、ヨーロッパの中世、その最大のパラダイムだと捉えている概念である。彼によれば、天国と地獄の概念は世界のいたるところに存在している。だが、煉獄の概念は、ヨーロッパ固有のものであるという。このゆえに、彼は煉獄を、ヨーロッパの心性、そのアイデンティティを見定める鍵になるとみているわけである。

天国と地獄の間に存在する「第三の場所」(マルティン・ルター)は、未来をもつという意味で、この世と共有する時間をもっている(天国と地獄は時を超越しているために、未来をもたない〈永遠の現在〉である)。しかも、煉獄とは此岸と彼岸、生者と死者を繋ぐ「第三の場所」でもある。それは現実のレベルでは、シェイクスピアの父ジョンが密かに遺書で煉獄の儀式を行うように嘆願したように、生者が死者のとりなしの祈りを行う際に想定される場所を意味している。ところで、死者をとりなすとは半ば生者が死者の身代わりになってともに苦しむことを意味しており、現実に生者はこの儀式を行うために、精神のみか、経済的にも時間的にも多くの犠牲を払わなければならなかったのである。そのひとつの証左として、J・C・シュミットの『中世の幽霊』の独自の歴史解釈を挙げることができる。彼によれば、一〇三〇年にクリュニー修道会によって開始された「死者のためのとりなしの祈り」の制度化によって、中世ヨーロッパでは「生者と死者の交換システム」がしだいに確立されていったという。そしてこれが煉獄の概念と密接に結びついていくことになった。これにより煉獄は、現実の生臭い政治的な問題を抱え込むことにもなる。カトリックは煉獄のとりなしの制度の確立により莫大な資金を得ていたからである。ジャック・ル・ゴフがいう「あの世の会計学」の発生である。要するに、煉獄の概念の発生によって生者は死者の肩代わり、すなわち供犠になることを迫られたということである(死者のための儀礼は「ミサの生贄」“sacrificio singular”と呼ばれていたのもこのためだろう)。

このような煉獄の概念が発生したまさにその時空の一点に聖パトリックの煉獄の穴が存在していることの意味はきわめて大きいといえる。形容詞として浮遊する煉獄の茫漠とした観念が名詞化（具現化）されたその時期（一二世紀後半）に、この穴は名詞としての「煉獄」"purgatorium"を名乗ったからである（ル・ゴフによれば、煉獄の概念は三世紀から七世紀にかけて、とくにアウグスティヌス、グレゴリウス大教皇などを通じて、ある程度、概念化されていたという。だが、「この時期には体系の倫理をつきとめるまでには至らず」、七世紀以降、煉獄の概念はむしろ後退していったという。『煉獄の誕生』参照）。しかも、この穴のイメージを下敷きにすることによって、煉獄の概念に決定的な影響を与えたダンテの「煉獄」は誕生をみたのである。そのため、ル・ゴフはこの地点が「煉獄の誕生」に果たした歴史的な意義を重くみている。とはいえ、それはあくまでも煉獄という概念、その形成の枠内においてである。だが、免疫の詩学が志向するところの煉獄は、概念のまえに、まずはその身体としての実在性をもつものでなければならない。そうでなければ、天国と地獄と同様に対象外となってしまうからである。

このようなことから判断し、本書ではル・ゴフも注目する十二世紀後半に書かれたひとつの書物、『聖パトリックの煉獄』に注意（面）を向けることにしたい——「その最後の物語『聖パトリキウスの煉獄』は、煉獄の誕生、複式地理学（現世の地理学と死後世界の地理学）の生成の上で、決定的な段階を画するものとなろう」（『煉獄の誕生』）。おもざしの方法を用いる理由は、この書物がこの穴を観念的なイメージとして描いているのではなく、世界地図のなかにその実在を明記し、さらに、それがその実在を証するために記されたという経緯をもつからである。

もっとも、この書物は、通常、これと前後して書かれた様々なアイルランドの冒険譚、そのひとつとみなされているようである。だが、他の冒険譚はいかに異界が生々しく描かれようとも、明白に世界の地図のなかにそれが記されているものではない。たとえば、この書物としばしば対にして捉えられている『トゥヌクダルスの幻想』は、主人公の夢のなかに顕れた幻想であって、実在する場所が設定されているわけではない。そのため、免疫の詩学は無反応とならざるをえないのである。ところが、この書物だけはそれを明記し、しかもそれが歴史的な事実であると強く主張している。この書の影響のもとに、十二世紀～十五世紀の間、イギリス、フランス、イタリア、ハンガリーなどヨーロッパ諸国から多くの巡礼者がこの地を訪れ、煉獄巡礼を行ったあと、煉獄幻視の証言者となっていることからも、このことは裏づけることができる。それならば、免疫の詩学の対象となりえるはずである。この書物が中世のベストセラーのひとつになり、中世最大の都市伝説となっていったのも首肯できるというものである。都市伝説は、事実とフィクション、具象と象徴のあわいに独自の住居を構えるからである。

それでは、この書物はどのような内容をもつのだろうか。詳細は本文第三章に譲るが、免疫の詩学にとってきわめて重要な一点に限り、ここで述べておくことにしたい。この書物によれば、この穴は煉獄の入口であり、そこから地底の世界が広がっていると記されている。ただし、この地底は完全に地上に平行しており、しかも地上よりもさらに世界を具象的な身体として描いている。すなわち、東西南北（この時期の中世では東西は南北とみなされている）は、煉獄を経巡ると、エルサレムを地球の臍として、キリストの身体が立ち顕れるように巧妙に描かれている。ヨーロッパ共同体が、本来、キリストの「聖なる身体＝コミュニオン」だったことを思えば、免疫の詩学にとってこれほど貴重な具現化された象徴もそうざらにはあるまい。免疫は、ここで描かれた煉獄巡礼さながらに、身体というチューブのなかを経巡る身体運動の習性をもつからである。

もっとも、聖パトリックの穴は、アイルランドがキリスト教を受け入れる以前から、その存在が確認されていた（現在、文書で残っている資料からだけでも、七世紀以前にあったことが確認される）。そのため、この穴は様々な古代ケルトの伝説に彩られている。ただし、その多くは、この穴に龍（羽をもつ蛇）のような怪物が棲んでおり、毎年、多くの人の生贄（パルマコス）を捧げなければならなかったと記されている。そして、これを最終的に退治したのが、アシーン（フィン）物語群ではフィアナの騎士（フィン等）、キリスト教伝説群では聖パトリックであるとされている。聖パトリック（あるいはフィアナの騎士）によって退治された怪物の血で湖は赤く染まり、そのため、この湖の名はゲール語で「白い湖」を意味する「フィオン湖」から「赤い湖」を意味する「ダーグ湖」になったともいう。

それでは、どうしてこの穴が煉獄と呼ばれるようになったのだろうか。考古学的な観点から捉えれば、古代アイルランドにおいて、ダーグ湖とエルネ湖の間にはかつてタタラ場の聖地があり、それがキリスト教を受け入れたあとで、煉獄のイメージへと変化したのではないかと推測される。タタラ場の女神ブリキッド＝聖ブリジットをこの地の守護神＝守護聖人として尊ぶ煉獄巡礼の風習はそのひとつの根拠となるだろう（歴史的にみれば、ダーグ湖の創設者は、聖デロッグとみるべきだろうが、一説ではデロッグのゲール語の原義は「鍛冶」に由来しているという）。

一方、伝説の観点、すなわち『聖パトリックの煉獄』によれば、その理由は以下のように捉えられている。すなわち、見えない神の力を信じない当時のアイルランドの民衆を回心させるために、イエスが聖パトリックを荒野に呼び出し、そこで煉獄の穴を指し示したというのである――「かの民は、キリストに帰依するとしたら、パトリキウスが行う奇蹟を見ることとでも、その説教によってでもなく、彼らの内のある者が悪人の拷問場と善人の享楽の場を己が目でみることによってのみである。それは、彼らが約束よりも実物を見ることで確信を得るからである」（『聖パトリックの煉獄』）。

この書物には、聖パトリックがこの穴に入ったとは記されていない。だが、口承伝承（ゴールウェイの民間伝承など）においては、クジラ（大魚）の腹に入ったように、フィアナの騎士と化した聖パトリックが怪物に飲み込まれたあと、聖なる杖で怪物を退治し生還することで（バプテスマ＝通過儀礼のイメージであることに留意）、神の力を証したと伝えられている。これが証になるのは、煉獄を肯定するカトリックの釈義の伝統においては、キリストは死から蘇る三日間、黄泉に下り、そこで、死者たち（旧約の人々や洗礼を受ける前に死んだ幼児）に福音を述べ伝えたあと、そこから帰還＝蘇ったとされているからである。そして、この場合の、黄泉とは「リンボー」としての煉獄にほかならないのである（キリストの黄泉下りは、カトリックにおいて煉獄が存在することのひとつの根拠とされている。なお、ジャック・ル・ゴフによれば、煉獄とリンボーはともに十二世紀に誕生したという）。

つまり、煉獄の実在性を証する聖パトリックの穴は、可視的な証拠としてのしるしを求める民衆に対する「ヨナのしるし＝証」だということになる――「だが預言者ヨナのしるしのほかには、しるしは与えられません。ヨナは三日三晩大魚の腹の中にいましたが、同様に、人の子も三日三晩、地の中にいるからです」（「マタイによる福音書」12：39－40）。当然、『聖パトリックの煉獄』もヨーロッパに対する「ヨナのしるし＝証」のために記されているのである。この穴に入り生還できた者は「罪から浄められる」（"purgatur"）と記されているからである。

以上、述べたことから、煉獄とは民衆にとって観念的な異界の概念ではなく、可視化された「ヨナのしるし」にほかならないということが理解されるだろう。

「ヨナのしるし」としての煉獄

煉獄の概念が詩的なヴィジョンであるまえに、本来、ヨナのしるしとして用意されていたという事実、これは心性史の領域においてきわめて重要な意味をもっている。ダンテの煉獄のイメージ（一大パラダイム）の圧倒的な支配下のもとで、忘却されていた煉獄の概念を、その原点に立ち返る観点を与えてくれるからである。上昇する（アナバシス）円錐型のファルス（男根）的な男性原理のイメージから、下降する（カタバシス）マトリックス（子宮）的な女性原理のそれに回帰する術を与えてくれるからである。ヒーニーは、ダーグ湖の煉獄巡礼をテーマとする詩集、『ステーション・アイランド』の冒頭の詩、「地下鉄」においてい、これを暗示的に語っている。すなわち、彼はこの詩で、「僕たちはあの納骨堂のような地下鉄のなかを走っていた。」と記すことからはじめ、そこにオルペウスの地底の黄泉下りを暗示させているのである。

カタバシスするマトリックスの穴としての煉獄のイメージ、この観点を手に入れることが、いかに意義深いものであるかは、たとえば、ミハエル・バフチンの『フランソワ・ラブレーの作品と中世・ルネッサンスの民衆文化』を読めば、すぐにも理解できるところである。ここで展開されている「カーニバル」の理論は、この観点の発見によって一部もたらされているといっても過言ではないからである。しかも、バフチンはラブレーの作品を引用しながら、煉獄の概念に免疫のイメージまでも忍ばせている。その証左となる箇所を引用してみよう。

「では私は免疫ですな。」……最後にバニュルジュの言葉のなかに、当時ごく普通に使われていた〈ジブラルタルの穴〉と〈ヘラクレスの柱〉という地理学的なイメージがあることに注意しよう。……これらの地理的点が西方に向かっていることに注目しよう――これらの点は古代世界の西限にあり、この二点の間を冥界と至福の島への道が通じているのである。

バフチンによれば、当時のパリの民衆にとって、道徳劇はカーニバルの「見世物」であり、その最大の見せ場は「内蔵巡り――同時に子宮下りを意味していただろう――」に喩えられるような、上述した冥界巡礼の具体的（具象的）な場面であったという。もちろん、この「古代世界の西限」、「西方」にある冥界とは「煉獄」であり、その煉獄は「ジブラルタルの穴」＝「聖パトリックの穴」のことである――「アイルランドの冥界伝説の中で、特殊な意義を持っているのが、〈聖パトリックの洞穴〉と関係あった伝説である。この穴は煉獄に通じることになっていた」）（バフチン）。ここにおける内蔵巡礼、すなわち聖パトリックの穴の「煉獄巡礼」は、先のヨナのしるしの言い換えであるとみてよいだろう。ヨナのしるしとは、クジラ（大魚）の内蔵から生還するというひとつの証にほかならないからである――「ヨナは三日三晩大魚の腹の中にいましたが、同様に、人の子も三日三晩、地の中にいるからです。」（「マタイによる福音書」12：40）好奇心だけでこの穴に入るものが生還できないというのも、その裏返しの証にすぎない。そこは生贄に飢えた怪物の胃袋でもあるからだ。あるいは、生の宿ること（受胎告知）を望む **“spirit”**（精子／魂）たちの命がけの営為（受精）であるのかもしれない。

しかも、ヨナのしるしとしての煉獄のイメージは、中世の道徳劇をもって終わったわけでない。〈光学の道徳劇〉ともいうべき「ファンタスマゴリア」によって復権をみたからである――暗室のなかで浮かび上がる揺らめく幽霊たち、そのもがき苦しむ様は、さながらクジラの内蔵のなかで苦しむ巡礼者たちのイメージをもつものである。

ファンタスマゴリアの原義は、アタナシウス・キルヒャーが発明（1644 - 45）した幽霊（スペクタクル）を生み出す「魔術ランタン（幻燈）」に由来する。だが、これを現代の恐怖映画に単純に置き換えて考えてみることはできまい。なぜならば、キルヒャーはイエズス会士であり、彼は（表向きは）ファンタスマゴリアをキリスト教の教義を布教させる目的で考案したからである。『闇の歴史』のカルロ・ギンズブルグによれば、「キルヒャーは魂の行進をスコラ哲学者が想像した虚構の実体、そして宗教改革者が聖書に導かれて葬り去った煉獄の発明に結びつけた」という（『闇の歴史』参照）。そして、そこで上演されたものの多くは、スティーブン・グリーンブラット（『煉獄のなかのハムレット』）などによれば、煉獄で苦しみ幽霊の様であった。その意味で、民衆の視点に立てば、ファンタスマゴリアも道徳劇も『聖パトリックの煉獄』も同じひとつの意味の別の表現にすぎなかったといってよいだろう。すなわち、民衆にとって煉獄とは、観念的な死後のイメージであるまえに、きわめて身体的なヨナのしるし＝証であったということになる。ここに煉獄が歴史に与えた潜在的にして具体的な影響をみることができる。しかも、この影響は、潜在的であるがゆえに近代から現代にまで及んでいるとみることができるのである。フランスの象徴詩からイェイツの詩にまで影を落とす「ファンタスマゴリア」の影響力ひとつ取り上げても、そのことは理解されるだろう――「僕はファンタスマゴリアを意のままに出来るのだ」（ランボー『地獄の季節』）。「詩人とはつねに個人的人生について書く。ただし、悲劇から取られた最高傑作ともなれば、そこにはつねにファンタスマゴリアが存在しているのである」（W・B・イェイツ「我が作品のための総括的序文」）。

聖パトリックの『告白』と「緑の殉教」

伝説の霧のなかにおぼろげに浮かんでくる歴史の影、証としての「ヨナのしるし」、それは同時に、免疫の詩学が志向する供犠のしるしでもある。このことは、伝説の発生源である聖パトリックの穴、その歴史的推移を少し辿ってみただけでも、ある程度確認できるだろう。その後、この煉獄の穴を守るアイルランドの修道僧たちは、ここに「蜜蜂の巣（ビーハイブ・ハッチ）」と呼ばれる貧しい仮の庵を構え、そこで日夜、聖パトリックが説く「告白」の精神にしたがって、自己を「この世に繋がれたすべての絆を断って神の召命に生きる亡命者」（聖パトリック『告白』）とみなし、「贖罪巡礼」を実践する「緑の殉教者」となっていったからである（聖パトリックの煉獄のあるステーション島には、現在六つの「懺悔の寝台」があるが、これらは「蜜蜂の巣」の修道院の名残であることが考古学的に検証されている。ヨランデ・デ・ポンテファンシィ編共著『聖パトリックの煉獄中世の巡礼』参照）。

自己の罪を告白すること、ここから「聖パトリックの煉獄巡礼」ははじまるのであるが、この行為が意味しているのは、自己の主体を棚上げすることなく、それを厳しく認識する免疫の応答だということである。「その原因は誰にあるのか」の問いに対し、「それは私である」と応答するのが免疫の根本的な姿勢だからである。むろん、この行為が「自己に十字架を負わせる」殉教精神の発露であることはいうまでもない――「自分の十字架をとるとは、キリストのためにすべてを失い、殉教の苦しみを甘んじて受けること。そして難儀、貧困、虚弱の中にある者の苦しみをも自分の十字架とすることである。なぜならば、皆がキリストの身体なのだから」（『カンブライの説教集』）。こうして、彼らは我知らず「キリストの身体」における免疫の巡礼者になっていったのである。このことは聖パトリックの精神を受け継ぐ聖コルンバーヌスの以下の表現からも確認できるだろう――「私は生まれてから死ぬまでこの世の道を歩む旅人である。私の生活は日々変わっている。昨日あった私は今日は同じではない。明日もそうだろう。こうして残る日々も変化していくだろう。」聖パトリックの『告白』を規範として生まれた「贖罪規定」（六世紀に確立）を遵守しながら自己を厳しく省み、「虚弱者の苦しみを自己の十字架」として負い、自己を絶えず生成するものと捉える精神、これは身体における免疫のあり方（作用）そのものだからである。

この免疫的志向が煉獄の穴の回りに集う修道僧の精神の共通認識であったこと、このことはここが「聖パトリックの煉獄」と呼ばれている事実そのものが証するところである。そこが聖パトリックによって開闢（かいびゃく）されたという歴史的根拠はないにもかかわらず、そう呼ばれるのは彼の告白の精神を遵守する姿勢によってしか説明できないからである（現在、残されているダーグ湖の回りにある巡礼の道を辿ってみたが、そこに所縁の聖人たちのなかに聖パトリックの痕跡を見出すことはできなかった）。彼が説く「告白」の精神こそ「贖罪苦行の辛苦において自己の欲望を絶つ」という「緑の殉教」の精神であり、これがそのまま煉獄巡礼の規範となっているからである。こうして「告白」の精神は、アイルランド修道会を初期西方教会から区分する特徴ともなっていった。後者は七世紀以降、前者の告解を制度として採用するまでは、それを厳しく禁止していたからである（ただし、後者の制度化＝強制された告解とは異なり、前者の告白は自己修錬の一環であるため、制度化されるとまったく意義を失うとともに、ミシェル・フーコーが鋭く指摘しているように、ときに精神を縛る管理システムの危険な武器にさえなってしまう）。

煉獄巡礼の規範となる「告白」、すなわち「緑の殉教」は厳密にいうと、「白・緑・赤」の色分けによってその殉教観は区分されている。「赤の殉教」は「白」と「緑」の分母となるものであるが、それは「キリストのために生命そのものを与えること」を意味している。「白の殉教」とは具体的には「修道士が故国を心身共に離れ、異郷の地へ完全な巡礼者として赴く」ことである。これに対し「緑の殉教」は「修道者が自国にいながら精神的には国を離れ、愛着や願望を断ち切り、教会と人びとに奉仕すること」を意味していた（盛節子「アイルランド修道院文化と死生観」参照）。外国人であった聖パトリックにとって白と緑の殉教に区別はないが、聖コルンバーヌス以降、二つの殉教のあり方は明確な差異をもつようになった。この区分にしたがえば、煉獄巡礼はアイルランド人にとって「緑の殉教」の典型的な一例であるといえる。

「緑の殉教者」としての煉獄巡礼は初期アイルランド教会においてすでに確立されていた。このことは、十二世紀に煉獄の概念がヨーロッパにおいて誕生するはるか以前から地獄と煉獄を異なる概念として区分して用いていることからも確認されるだろう（盛節子によれば、アイルランドでは七世紀に煉獄的なイメージが発生していた。このことは『イシドールの偽書』によって確認することができ、さらに十世紀には『死者のための贖罪規定書』が書かれ、「地獄"infernum/infern"」という用語と異なる「煉獄的な場"purugatorius ignis"」が用いられていることからもわかる）。

供犠のしるしとしての「蜜蜂の巣」と蜂蜜

自己を供犠として捧げる「緑の巡礼の殉教者」たちの修行の場を初期アイルランド教会においては、「蜜蜂の巣（ビーハイブ・ハッチ）」と呼んでいた。これは注目に値する。通常、この呼称はその形態が視覚的に蜜蜂の巣に類似することによるとされるが、それだけではないからである。すなわち「緑の殉教」と「蜜蜂の巣」はともにアイルランド自体の運命を象徴するもの、供犠のしるしを暗示するものであるとみることができるのである。

蜜蜂の巣、その象徴的意味の核心である蜂蜜の秘儀は、文化にとって普遍的にパルマコン（良薬／毒薬）にしてパルマコン（供犠）を象徴するものである。このことは、レヴィ＝ストロースの『蜜から灰へ（神話論理Ⅱ）』における蜂蜜の分析からも確認することができる。

彼によれば、料理は火の文化的使用と腐敗の自然的方法という二つの極の方法によって構成される（『生のものと火を通したもの（神話論理Ⅰ）』参照）。だが、蜂蜜と灰（タバコ）はこの区分の体系を逸脱する「料理の周縁」に置かれているという。蜂蜜は自然的方法によって前もって作られた「超自然的料理」である一方、「タバコは料理の手前ではなく向こう側に置かれた」「超文化的料理」だからである。この意味で、蜂蜜と灰はともに料理（文化）の「過剰的諸様式」であるといえる。蜂蜜の場合、この「過剰性」は文化と自然の間の均衡を保たせる働きをもつ一方、蜂蜜に内在する「狂気」と「女性（交換価値と繁殖能力をもつ者）」によってその「正しい使用法を無視した消費が行われる」ことで、文化（秩序）をカオス化する作用を発動するという（各部族にとって女性は交換価値をもつものであるが、性の狂騒によって女性が子を孕むと各部族間の均衡が破れることになる）。このため各文化（各部族）は、蜂蜜を「テーブル・マナー（規則）」によって律し秩序を回復しようとするのだという。

ここにおける彼の理論を本書の文脈に引きつけて再解釈すれば、文化にとって蜂蜜とはパルマコンにしてパルマコス（供犠）であるということになるだろう。なぜならば、文化にとってカオスをもたらす蜂蜜は、この場合、一方で日常＝ケと化した文化内の秩序を、一旦、無秩序を持ち込むことで日常を活性化する働きをもっていると解することができるからある。むろん、パルマコンは毒薬の意味をも有している。このゆえに、バーナード・デ・マンデヴィルは『蜜蜂の巣の寓話』（一七〇五年）において、蜜蜂の巣と蜂蜜を資本の過剰により社会を腐敗させるものの表象、すなわち毒薬として蜂蜜を捉えているのである。こうして、二つのパルマコンとして文化に作用を及ぼす蜂蜜は、これが最終的には秩序により律されることで文化をしるしづける周縁の料理になる。つまり、蜂蜜は供犠(パルマコス)の働きをもっていることになるだろう。原始社会の儀式において、蜂蜜が供される料理として用いられていることも、これによりうまく説明がつくのである（文明と自然の〈際〉に生き、「荒野で叫ぶ者」であるバプテスマ＝通過儀礼のヨハネ、彼はヘロデ王の前でその首を供されることになったが、彼の食べ物は「野蜜」であった点にも留意したい）。

　このことは歴史的にみてもいえそうである。ヨーロッパ文化圏において、蜜蜂の巣と蜂蜜が伝統的に象徴しているものは供犠だからである。まずは、ホメロスの『オデッセイア』中のイタカの洞窟の以下の描写に注目しておこう――「港の岬には葉叢を繁らせた一本のオリーヴ樹がある。その近くに心地よくも暗い洞窟がある。ナイアデスたちと呼ばれるニンフたちの聖地。そこには石造りの広口壷(クラテル)や口長壷(アンフォラ)があった。そこに蜜蜂たちが蜂蜜を蓄える。」

　ここに表れている「蜜蜂と蜂蜜」それ自体謎めいているが、この謎に挑んだのが、三世紀のギリシアの哲学者ポルフュリオスの『ニンフたちの洞窟』である。彼によれば、ここにおける「蜜蜂の巣」は、「水辺のニンフたちの洞窟」と結びつくことで、「知性（洞窟の泉が意味しているものは「知性」であるという）」と「魂」と「肉体」の「浄化」の場所を暗示するものであるという。水も蜂蜜も浄化作用があり、蜜蜂は腐敗防止に用いられるからである（ここにのちの洞窟としての煉獄の概念の萌芽がみられる点に注意）。ただし、この場合の「浄化」とは、魂が天国にいたるための場所を象徴しているのではなく、この世にもう一度誕生するための「入信儀礼」の場所を意味している。蜜蜂たちは必ず巣に戻る性質があるからだ。この場合、蜜蜂が象徴しているのは「魂」であり、魂が回帰する場所としての「肉体(コルプス)」、現世である。そして、もちろん蜜蜂の巣に宿るものは蜂蜜であるから、蜂蜜は「生成」の象徴であるという。ただし、すべての魂が身体（生）に回帰できるわけではなく、蜜蜂が「節制」の象徴であるように、生のなかで苦行したもののみが回帰できるという。この場合の蜜蜂が志向しているのは生であるが（ポルフュリオスはこの生のあり様をヘラクレイトスに倣い、「生中の死、死中の生」と呼んでいる）、同時に「古人たちにとって、蜂蜜とはまた死の象徴でもあった」という。「それゆえ彼らは冥界の神々に蜂蜜を撒き供した。」つまり、蜜蜂と蜂蜜はまた供犠の象徴でもあることになる。こうして、『ニンフたちの洞窟』においては、「蜜蜂の巣」は回帰する魂と肉体、浄化の場所（煉獄）、そして供犠をひとつに結びつけるイメージとして捉えられているのである。しかも、この場合の供犠とは洞窟が「知」と「魂」と「肉体」の浄化の場であることから、これら三つの供犠を含意したものということになるだろう。

アイルランドの修道院を「蜜蜂の巣」と呼ぶ習いが生まれた背景には、蜂蜜のもつ普遍的（共時的）な意味と同時に、ポルフュリオスが行ったような「蜜蜂の巣」にかんする解釈の伝統が潜在的に存在していたということはできまいか（ジャック・ル・ゴフが『中世の身体』や『中世の夢』のなかで述べているとおり、「養蜂」は文明人に対する「森人」の象徴であり、森人とは普遍的な意味において、文明と自然の縁辺に住む周縁者である。しかもケルト的文脈においては「ドルイド」、すなわち「樫の木＝森の賢者」、古代ケルト文化の象徴的な存在である点にも留意しておきたい）。

少なくとも、『ニンフたちの洞窟』にみられる「蜜蜂の巣」の解釈の伝統は現代のアイルランド文学に大きな影を落としていることは事実である。このことはW・B・イェイツが用いた「蜜蜂の巣」の比喩がこの書物から強い影響を受けていることからも確認できるだろう——「〈生成の蜜〉という表現はポルフュリオスの『ニンフたちの洞窟』から採用したものである」（「学童の間」の註）。あるいは、蜜蜂とその蜜が聖パトリックの時代からアイルランドにおいては供犠を象徴していたことは、聖パトリックの『告白』からも知ることができる——「彼らは森で野生の蜂蜜さえも見つけてきてくれた。そして『蜜を分けてあげよう』といってくれた。ある者は『これは供犠として捧げられたものだ。』といった。それを聞いて、神に感謝したものの、私は蜜を一口も食べなかった。」

もっとも、ポルフュリオスの解釈の伝統を待たずとも、普遍的に蜜蜂の巣が上述したイメージを想起させるものがあることは先述したこととは別の観点からも確かめることができる。

『空間の詩学』のバシュラールに倣えば、そもそも生物の巣とは世界の縮図として認識されるものである。その巣のなかでも、もっとも象徴的な存在は鳥や貝のように個人的な住居ではなく、集合住宅としての蜜蜂の巣だろう（ただし、『空間の詩学』においては、個人的イメージとしての世界の縮図を前提にしているため、蜜蜂の巣を強調しているわけではない）。勤勉な蜜蜂たちは巣をつくり、そこに彼らの努力の結晶体としての蜜を収める。しかも、彼らの寿命は一ヶ月以内とされている。その間、彼らは蜜を集めるために勤勉に働き、そして寿命を全うし、死をむかえる。このようにみれば、蜜蜂の人生自体が供犠を象徴するに十分なものであることが理解できるだろう（蟻の巣はヴァイキングたちの棲家のイメージを伴うため、世界の縮図のイメージにはなりにくい）。

アイルランドの魂は、この蜜蜂の巣に、宇宙、世界、そして民族の集合体を幻視する。なぜならば、彼らにとって蜜蜂の巣は供犠としての煉獄の具現化にほかならないからである（蜜蜂にとってその巣はたんなる彼らの棲家ではなく、未来のための自己犠牲そのものの象徴であるだろう）。

それでは、アイルランドの「緑の殉教者たち」にとって、蜜蜂の巣に宿る蜂蜜とは何を意味しているのだろうか。聖書の写本をおいてほかにはないだろう。すなわち、彼らは、その巣のなかに宿る身体と知と魂の蜜を、聖書の写本に視たと考えられるのである。『ケルズの書』に代表されるあの不可思議な写本がそれである。

とはいえ、この蜜を宿す宇宙は、天敵スズメバチ、すなわちヴァイキングの脅威にたえず曝されていた。そのため、彼らは「スケルグ・マイケル」に代表されるような、自然の要塞ともいえる切り立つ絶海の孤島に自己の巣を構えたのである。ただし、蜂蜜の巣は絶海の孤島にばかり建てられたわけではない。蜂蜜の巣を構えるのに実際にはもっと適した場所があるからである。荒野の湖に浮かぶ小島である。この点を忘れるならば、アイルランドのもつ自然のイメージ、その半分を失ってしまうことになるだろう。

二つのエグザイル、イムラヴァとエクトライ

海と航海のイメージばかりがアイルランドのイメージではない。あるいは、アラン島とスケルグ・マイケル（スケルグ・ヴィヒール）だけがアイルランドの島ではない。アイルランドは湖とそこに浮かぶ小島の強烈なイメージをもってい

るからである。そして、蜜蜂の巣は天敵である海鳥たちが巣をつくる絶海の孤島よりも、湖島に構えるほうが望ましい。いずれのイメージが蜜蜂の巣に結びつくか、少し考えてみればすぐにも分かるはずである（妖精のイメージもまたしかりである。妖精は森の湖によく似合う）。

だが、意外にも、この事実は、アイルランド研究においてひとつの盲点ともなっているのではあるまいか。その最大の原因は、「イムラヴァ」（"immrama" 原義は舟を漕ぐこと）＝「航海譚」と「エクトライ」（"echtrai"）＝「冒険譚」の根本的な違いを曖昧にし、前者をことさらに強調するところに起因しているように思われる。だが、二つが志向するところは本質的に異なっている点を看過すべきではないだろう。前者は『聖ブレンダンの航海』に代表されるように、そのベクトルは内から外に向かって延びていく。そして、外延的なこの志向は、現在のＳＦ小説にも通じるグローバルなマクロ世界／宇宙の旅のイメージをもっている。これに対し、後者のベクトルは逆に外から内に向かって収斂されていく。この求心的な志向は、ローカルな内的世界の旅＝ミクロ世界・身体内の旅のイメージをもっている。その代表作こそまさに『聖パトリックの煉獄』である。

二つの志向にみられる根本的な差異によって、当然、そこに表れる島のイメージも異なってくる。すなわち、前者の島は海に浮かぶ孤島のイメージであり、後者は湖に浮かぶ小島のそれである。免疫の詩学にとって、二つの島の差異は根本的に重要な問題を孕んでいる。後者がおもざしの認識法の対象となりえるからである。

海の孤島の「蜜蜂の巣」（修道院）には、供犠のしるしが鮮明には顕れない。海には境界がなく、したがって、自文化をしるしづける線が引きにくいからである。供犠のしるしが顕れるためには、『ケルズの書』がそうであったように、「ヨナ」を意味する「アイオナ」の島、そのいわばクジラの内蔵から一旦海に投げ出され、内なる浜辺に漂着し、アイルランドの漁民に拾われなければならない。そのことで、はじめてこの写本は『アイオナの書』から『ケルズの書』へと変貌を遂げる。外延化のベクトルは求心化のベクトルへと反転し、そこではじめて供犠、ヨナのしるしが顕れるのである。アイルランド内では、イムラヴァとしての修道僧の苦行を「白の殉教」と呼び、エクトライの苦行を「緑の殉教」と呼んで、差異を設けることも、二つの志向性を念頭におけば理解できるだろう。

いずれにせよ、蜜蜂の巣に供犠のしるしが強く顕れるのは、〈湖島産〉のものである。J・S・フレイザー（『金枝篇』）がはじめて祭祀王に供犠のしるしをみたのは、ウィリアム・ターナーが描いたネムの湖であったことも、そのひとつの証左となるだろう。苦行の証は海の絶海の孤島に、供犠のしるしは荒野の湖の小島に宿ると言い換えてもよいだろう。

アイルランドの学僧（修道僧）には志向を異にする二つの聖者がいる。〈イムラヴァの聖者〉と〈エクトライの聖者〉である。これは同時に二つのアイルランド的なエグザイルの志向の差異を意味している。一方は内から外に向かって自己を追放していく志向、他方は外から内に向かって自己を追放していく志向である。文学的にみれば、一方の志向の延長線上にはジョイスが、他方にはイェイツがいるといってよいだろう。聖者においてこの志向を体現するものは、一方が聖コルンバーヌス、他方が聖パトリックである（聖コルンバは二人の境界線にあるだろう）。一方は外延しながら天国を目指して「行進」（"progress"）する巡礼者であり、他方は、内なる煉獄の一点に向かって求心的に収斂する巡礼者である。

この後者の巡礼の志向を象徴するものこそ、聖パトリックの穴で展開される煉獄巡礼である。二つはアイルランド的な想像力、その志向の表裏であるものの、免疫の詩学が志向する巡礼のあり方は後者である。すなわち、免疫の詩学は、聖パトリックの巡礼を志向するのである。彼に体現される湖の小島の煉獄巡礼の志向、そこにヨナの証、供犠のしるしが顕れるからである。

湖島の志向／煉獄の志向

おそらく、ヨーロッパにおいて、フレイザーに先立って、湖に宿る供犠の秘儀に気づいた最初の人は、W・B・イェイツではないだろうか。これは本書にとって重要な問題を孕んでいるため、以下、少し紙面を割いてイェイツの作品をとおして、このことを具体的にみておきたい。

ダーグ湖の聖パトリックの煉獄について、イェイツは全作品のなかで、散文で二回、詩においては一回、直接その名を挙げて言及している。初期の散文、「文学にみるケルト的要素」においては、彼は、エルネスト・ルナンを引きながら、この煉獄の「巡礼者が視る幻がヨーロッパの思想に豊かな懺悔の象徴を与え、その影響はダンテの『神曲』にまで及んでいる」としたうえで、「巡礼者を聖なる島に運ぶウロの木のある舟の話からも立証できるように、それはかつてケルトの異教徒が視た幻である」と記している。晩年の詩「巡礼」では、放蕩の老人のペルソナを借りて、一部、茶化すように煉獄巡礼を描写している。これら二つを見る限り、そこには湖島の聖パトリックの供犠のイメージが顕れてこない。だが、煉獄巡礼が言及されている箇所をこの散文全体の文脈のなかにおいてみると、供犠のイメージが顕れてくることになるだろう。『探究』に収められている散文、「もしも私が二四歳だったら」(1919)においても、一見すると、同様な印象を受ける。

この散文によると、イェイツは二三～四歳の頃、電光石火のごとく、ひとつの一文が脳裏を走ったという——「汝の思念をハンマーでうち叩いて、統合せよ。」ここでいう思念とは、当時、彼の「三つの関心事」であった「文学の形式」と「哲学の形式」と「民族への信仰」のことである。この散文の文脈を踏まえたうえで、本書の命題に引きつけて「三つの関心事」を読み替えてみるならば、魂(彼にとって文学は魂)と知(哲学)と身体(不滅の身体としての民族)ということになるだろう。したがって、これら三つを「ハンマーでうち叩いて統合すること」が彼の目標だったということになる。それでは、三つが統合されて一体何が誕生するというのだろうか。この点に関する限り、一読しただけではアイルランド民族の詩的なイメージが現出されるという程度のことしか理解できまい。

だが、この点に注意しながら再読してみると、彼が「ハンマーでうち叩いて」現出させようとしているものが、もっと具体的なものであることが分かってくる。それは、イェイツの詩学の核心、「仮面(マスク)」のことである。しかも、この文脈における「仮面」は、アイルランドを差異化する供犠のしるしと等価であることが分かるだろう。少なくとも、そう読まない限り、以下の煉獄巡礼の記述、その真意を読み解くことはおよそできないはずである——「もし、私が二四歳の頃ならば、……クロー・パトリックとダーグ湖の巡礼者となり……ダーグ湖の司祭を説得し、羽のない翼をもつ長足鳥のかたちをした悪霊にかつて包囲されていた聖パトリックの穴に宿るヴィジョン、その封印を解けと告げるだろう。」
この文章はいかにも唐突な表現である。なぜかというと、これだけではどうして二四歳の頃に限って煉獄巡礼に行くべきなのか、まったく分からないからである。たんに煉獄巡礼がケルト的要素のイメージをもつ異界の怪物を幻視することが目的であるならば、あえて二四歳に限定する必要などないのである。
これを解く鍵は、いうまでもなく「二四歳」のときに起こった出来事のなかに求められるだろう。その出来事とは何か。ここでは「失恋」という言葉で暗示的に語られている。その恋の対象は、二四歳の彼が初めて出会った「運命の女」＝モード・ゴーンのことだろう。だが、これは妙な話である。この頃に彼の彼女への熱愛がはじまったのであり、その失恋はずっとあとのことだからである。それならば、二三〜四歳頃の詩人に起こったもうひとつの出来事のことだろうか。ウィリアム・ブレイク研究の開始がそれである。だが、このように解釈したのでは、先の「失恋」は意味を失ってしまう。ブレイク研究と「失恋」、二つの交点に何かあるはずだ。この散文中のブレイクが言及されている以下の記述のなかにその重要なヒントがあるように思う。

シェイクスピア、ヴィヨン、ダンテ、あるいはセルバンテスでさえも、その力と重さの起源は悪への没頭に由来している。一方、シェリー、ラスキン、そしてワーズワス、彼らの公式的な信仰がいかなるものであれ、ブレイクがそうみたように、彼らはルソーの弟子であり、すべての解決を善のみに置いている。……彼らに劇的な感覚が欠如しているのはそのためである。すなわち、彼らが描く人間には相対立するもの＝敵対者（"antagonist"）が欠落しているのである。

ここにおける「敵対者」のことを「月の静寂を友として」においては「反対自我」（"antiself"）と言い換えているが、これこそイェイツにとって「自我」がたえず対峙（相対立）すべき「仮面」（"mask"）であることを意味している。つまり、イェイツ一流の「仮面」の詩法とは、自我に対して反対自我を対峙させる行為（合わせ鏡の方法）であることをここで暗示させていることになるだろう。

ところで、イェイツは二八歳の頃、エドウィン・エリスとの共著『ブレイク研究』（彼が二八歳の年一八九三年に出版された先のブレイク研究の成果の結実）において、この「仮面」のことを、「ケルブ（ケルビムの単数形）」であると明記している（「ケルブ」についてイェイツが言及したのは生涯でこの一回だけである）。この点を踏まえるならば、「ハンマーで叩いて統合され」現出されたものは「仮面＝ケルブ」である可能性がでてくる。しかも、時期をほぼ同じくして（おそらく二五歳の年）イェイツとモード・ゴーンが入会した「黄金の夜明け団」（「薔薇十字団」の流れを汲む秘密結社でマクレガー・メイザースが設立）秘儀のことを想起すれば、さらにこの可能性が強まるだろう。その秘儀とは「ケルビム（ケルブ）」にほかならないからである（イェイツが二六歳のときに書いた「あなたが年老いた時」に記されている「巡礼の魂」とは、「黄金の夜明け団」で説かれる魂の巡礼のあり方、すなわち回帰と業の法則に従い、反対物との闘争＝ケルビムと対峙しながら輪廻の道を巡礼する魂のイメージが暗示されているとも解される）。それでは、このケルブと「失恋」はどのように関係しているのだろうか。イェイツにとって、彼女がケルブの具現化だったとみれば二つは結ばれることになるだろう。「炎の女」であるモード・ゴーンは、イェイツの求愛を生涯にわたって拒み続け、そのことで彼女は彼の心に刺さる剣、〈永遠の失恋（ノン）〉になっていったからである（詩において、この苦しみは繰り返し語られている）。換言すれば、彼女は、「炎の剣」で愛の楽園に入ろうとする詩人を拒む者、彼にとっての智天使ケルビム／ケルブのひとつの具現化とみることができるだろう。そして、もちろん、彼にとってケルブの性別は、スフィンクスと同じように、男ではなく女であった。

このことを前提にするならば、彼にとって、先の引用に表れた鳥の悪霊とはたんにケルト的異界の魔物ではなく、煉獄の番人としてのケルブ／ケルビムを意味していることになるだろう。さらに、このことを念頭におけば、この魔物＝ケルビム／スフィンクスに対峙するある存在の姿に気づくことになるだろう。それはダーグ湖の小島巡礼の創設者、煉獄の守護聖人聖パトリックのことである。そうであるならば、ここにおける聖パトリックはアイルランドのオイディプス＝供犠の象徴ではないのかという仮説が生じてくる。さらに、これを先の「三つの関心事」を踏まえて解釈すれば、ここにおける聖パトリックは、イェイツにとって先述の知と身体と魂、それら三つの供犠のしるしの体現者と捉えられているという可能性がみえてくる。

もっとも、このような解釈は、この時期、イェイツが二四歳の時に書いた『アシーンの放浪』を知る読者にとっては、いかにも奇妙な深読みと映るかもしれない。だが、そうではない。『アシーンの放浪』は古代アイルランド＝アシーンVSキリスト教＝聖パトリックといった単純な二項対立を前提とする読みではとうてい解けない深い意味をもっているからである。すなわち、アシーン＝〈記憶の印〉と聖パトリック＝〈徴候の徴〉によって形成される合わせ鏡の方法をそこにみることができるということである。このように読めば、この作品は『鷹の井戸』の老人とクフーリンにみられる「仮面」の詩法を予兆するものとなり、さらにここでの聖パトリックはとりなしの祈りをする煉獄の聖者のイメージをもっていることがわかるだろう。

しかも、このことをさらに明白に根拠づける作品があるのだ。この散文の先の引用を記したイェイツの念頭にあったこの時期（二四歳の時）に書かれた詩、「イニスフリー湖島」がそうである。つまり、この詩のなかで巧妙に仕掛けられた透かし絵がその証となるということである。この透かし絵に顕れるものは供犠のしるしとしての聖パトリックにほかならないからである。

「さあ立って、イニスフリーに行こう。土を練って小枝を組んで小さな庵をそこに建てよう。蜜蜂の巣箱をつくって一人住もう。」にはじまるこの詩は、通常、望郷の念に駆られる詩人の心情を詠ったものだと解されているようだ。むろん、そのような解釈も可能ではある。だが、望郷のイメージは真意を「ケルビム（原義は覆う）＝仮面化」（後述）するためにカモフラージュされたものにすぎない。この詩には三箇所の引用文があって、それらの三点を一つに結ぶと、ひとつの透かし絵、煉獄の聖パトリックが顕れるように巧みに構成されているからである。以下、その引用を結んで、透かし絵を現出させてみよう。

一つ目の引用文は福音書の放蕩息子の喩え話の一節、「さあ、立って父のもとに帰ろう」"I will arise and go to my father"、二つ目は、湖の向こう岸、ゲラサの男に憑依する悪霊レギオンの叫びの一節（「マルコによる福音書」５：５）、「彼は、夜昼となく、墓場や山で叫び続け、石で自分のからだを傷つけていた。」（"And always, night and day, he was in the mountain......"）三つ目は、聖パトリックの『告白』のなかの一節、「『聖なる兄弟である少年よ、どうか私たちのところに戻ってきてください。』その声に私の心の核心は完全に刺し貫かれた。」（"I was utterly pierced to my heart's core"）である。この三つを結べば、湖島の蜜蜂の巣の伝統の礎を築き、アイルランドの歴史に決定的な影響を与えた人物の姿が顕れてくるはずである。

そこでまず、この詩の最終行に記された表現に耳を澄ますことからはじめたい――「その波の音を私は深い心の核心に聞く。」ここでの、湖の波の音とは「余波（なごり）」であり、余波とは「影響」（漢字）の原義である。それでは、この湖の影響は、誰によってどのようにもたらされたのか。ここで詩人は、『告白』を踏まえた微妙な暗示によって語る――「深い心の核心」（"the deep heart core"）。

イギリスで誘拐されアイルランドに奴隷として売られた聖パトリックは、この地を脱出し、幸運にも帰郷することができた。「両親は私を長い間失ってしまった息子のように私を歓迎してくれた。」「あんなにつらい目にあったのだから、もうけっしてここを離れない」と彼は決意する。『告白』におけるこの箇所は明らかに、「失った息子」を「走り寄って迎える」父に対し放蕩生活を懺悔する息子の描写を下敷きにしている。そうだとすれば、この描写はなんとも奇妙である。だが、それは次に起こることの伏線として用意されているにすぎない。

ある日、彼に「夢のなかでひとつのヴィジョンが顕れる。」それは先述の「心の核心を刺し貫く」「アイルランドの声」であった。こうして、彼はアイルランドにまた戻ることを決意する。この決意は二重の意味で転倒している。放蕩するために郷里を離れたのではなく、誘拐されて運ばれた地、そこを聖霊に導かれ脱出し郷里に戻ったその彼が、「さあ、立って異教の地に帰郷しよう」といっているようなものだからである。イェイツの『自叙伝』にみえるこの詩に関する言及を分析すれば、彼が聖パトリックのこの転倒を理解し、これを踏まえて、冒頭の引用文を記したことが明らかになるだろう。つまり、イェイツはこの詩において、いわば〈逆放蕩息子〉のイメージを意識的に想起させようとしているのである。もちろん、ここにアングロ・アイリッシュとしての詩人自身の複雑な思いも重ねられていることはいうまでもない。

この転倒した放蕩息子の志向、外から内へというエグザイルの志向こそエクトライとしての煉獄巡礼の志向である。そして、その体現者こそ聖パトリックであり、その方向性を明白に示したものが、『聖パトリックの煉獄』にほかならない。先の散文において、なぜ唐突に、「もしも私が二四歳だったら、クロー・パトリックとダーグ湖巡礼に行く」といっているのか、その理由も、これによりおよそのところ理解できるだろう。二つの巡礼はいずれも聖パトリックを表象に掲げる内なる巡礼だからである。しかも、二つの巡礼地はクロー・パトリックからダーグ湖に逃げこんだ怪物伝承によってひとつに結ばれているのである。この点にも留意したいところである。

聖パトリックのアイルランドへの帰還の決意、それが意味しているものは殉教としての供犠である。タルゲーリア祭のパルマコスとして供されるものは、本来、外国人の奴隷だったことを想起したい。そうでなくとも、通常、脱出した外国の奴隷に待ち受けているのは死刑だろう。母国に帰り、郷里で平和に暮らすことそれ自体を、放蕩生活とみなし、異教徒の国に〈帰郷〉し、厳しい迫害に耐えて布教し、供されてアイルランドをしるしづけること、それが「戻る」ことの意味であり、ここに「緑の殉教」の伝統、その源泉がある。

イェイツはこのことを承知すればこそ、ゲラサの悪霊レギオンの箇所を引用しているとみることができる。それはこういうことである。

アイルランドに帰郷した彼は、諸国行脚の布教をはじめ、あえて厳しい荒野に次々と「蜜蜂の巣」、すなわちアイルランド固有の修道院を建てていった。その「巣」のまわりには、この詩に暗示されているように、「土を練って小枝を組んだ小さな庵」が点在していた。これは師の巣のまわりに集まる弟子たちの貧しい庵として用いられたものである。ダーグ湖の島に実際にあった蜜蜂の巣とそれを囲む小枝の庵もその一例である。だが、聖パトリックの伝説が記しているように、本来、この湖の小島には怪物が棲んでいた。キリスト教徒である聖パトリックにとって、その怪物は、湖畔に棲む「ゲラサの悪霊・レギオン」を意味していただろう。そして、怪物／悪霊であるレギオンは、毎年、多数の人間の生贄を求めて民衆を困らせていた。なぜならば、「レギオン」とは「多数の軍団」を意味しているからである。ただし、イェイツが引用している「マルコによる福音書」によれば、多数の悪霊は多数者に取り憑くのではなく、一人の男に取り憑き、「夜昼となく、墓場や山で叫び続け、石で自分のからだを傷つけていた」という。一人の男に多数が取り憑くこと、これは彼がゲラサの村人の身代わりの山羊であることを意味しているだろう。少なくとも、ジラール（『身代わりの山羊』）はゲラサの描写をそう解している。「石で自分の身体を傷つけていた」、これもまた「石打の刑＝集団リンチ」を暗示する供犠のしるしであるとも、彼は述べている。ただし、村人は彼を生かさず殺さずの状態におくことで、すべての災いを彼に帰せるのである。それならば、彼の狂気の叫びは供犠の叫びということになる。その叫びは湖畔の地ゲラサから波に反響し、その「波音」は遠く届き、「アイルランドの声」ともなって聖者の「心の核心を貫いた」だろう。かつて、ゲラサの叫びをガリラヤ湖畔で聞いたキリストは、ゲラサ人にとっての異邦人として「舟を漕いで（イムラヴァ）」、向こう岸に渡り、そこで〈エクトライ〉をはじめた。外国人の奴隷であった聖パトリックもまた湖に船を漕ぎだし、エクトライをはじめたのである。むろん、エクトライの聖パトリックは、イムラヴァの英雄パトリックのように怪物を退治することはない。悪霊と対峙し、囚われた男の身代わりになるのである（実際、ダーグ湖に纏わるアシーン物語群のひとつによれば、毒のハーブを調合する鬼婆の化身である怪物を聖パトリックは退治するのではなく説き伏せて、湖の底に棲まわせたという）。タルゲーリア祭に用意された異邦人の奴隷、パルマコスとして。つまり、聖パトリックはレギオンを退治するのではなく、まず悪魔たちが憑依する男のまえに対峙し、男のまえに面を上げ、レギオンという名の疫病に感染した男の病原菌のすべてを一旦、自己の心にうつす（憑依させる）のである。このことは、聖パトリックに関する聖人伝説のなかに、山賊に取り憑いた悪霊に名を語らせ、犯した罪を告白させる聖パトリックの姿が描かれているものがあることからも確認できるだろう。

この行為が意味しているのは、パルマコン（毒）を飲むことにほかならない。こうして、聖パトリックはアイルランドのパルマケイア（医者）／パルマケウス（妖術師）、アイルランドのパルマコン（供犠）、ソクラテスと化すことになるだろう。この怪物が人に取り憑くことを好むレギオンだとすれば、退却する保証は実際のところどこにもないからである。完全に退却すれば聖者のなかの聖者と呼ばれるものの、そのまま悪魔が居着けば聖者は狂人か、さもなくば妖術師と呼ばれることになるだろう。実際、先述したアシーン物語群によれば、湖の底に棲むようになった怪物はその後、波が荒れると生贄を求めて波間にうめき声を轟かすのだと記されている。このことは怪物がまたいつ何時、聖パトリックを襲ってくるか分からないことを意味している。アイルランドの聖人伝説に、鳥の巣の聖人／狂人王スウィーニー、蜜蜂の巣の聖人／狂人ケヴィン隠修士など様々な狂人伝説が残っていることも首肯できるところである。ヒーニーが『ステーション・アイランド』において、自己の分身を漂白の狂人スウィーニーに求めたのも道理である。あるいは、**“alienation”**「疎外」の原義が「主体の転移、譲渡」を意味する法律用語であり、そこから「狂気」が派生したことも必然的であるとみることができるだろう。先述のイェイツの発言、「かつて悪霊に包囲されていた（憑依されていた）ダーグ湖の穴のヴィジョンを解放せよ」も、悪霊に対峙する聖パトリックのこの処し方を想定すれば、理解できるというものである。ケルトの怪物／悪霊は退治してはならない。面＝「仮面」を上げて穿たれた目をもって対峙しなければならない。なぜならば、イェイツにとって、悪霊レギオンの名、それはケルビムだからである。

イェイツが「イニスフリー湖島」に湖の蜜蜂の巣の秘儀、すなわち供犠のイメージを忍ばせているという根拠は、もうひとつある。イニスフリーの湖島に纏わる伝説のなかに、青年の供犠の伝説が残っており、青年イェイツはその伝説に感動を覚え、それがもとでこの詩を書いたという経緯があるからだ（『自叙伝』参照）。その伝説とは、島に棲む怪物によって守られた禁断の果実、いわばパルマコンを欲しがる恋人のために、怪物と格闘し、それを持ち帰った青年が、それを先に食べて（毒味の暗示か？）果てたという物語である。

アイルランドの魂、その「深い心の核心」に映るものは、湖島の蜜蜂の巣に宿る蜜と供犠のイメージであることをこの詩は静かに伝えている。

蜜蜂の巣に宿る蜜／『ケルズの書』

伝説がいうように、湖島の蜜が禁断の知恵の実、パルマコン（毒薬）であったとすれば、蜜蜂の巣の蜜としての写本、これもまたパルマコンを含意しているだろう。それならば、蜜を生み出す緑の写字僧たちはパルマケイアであり、同時にパルマケウスということにもなる。写字僧（スクリベ）が、エクリチュールそのものの表象であるとすれば、なおさらそういうことになるだろう。この点を確認するために、ここでは少し写本自体に面（おもて）を向けて、その闇の一端をおもざしてみたい。

本来、写字僧とは、聖なるロゴスを一言一句誤ることなく羊皮紙に写しとっていく者の謂いだろう。緑の写字僧たちもまた蜜蜂のように、黙々と聖書を羊皮紙に〈うつしていく〉者たちであった。だが、彼らは通常の写字僧のようにロゴスを忠実に写しはしない。聖なる言葉を心に映したのち、別の形態に移し替えてしまうからである。いわば、言葉それ自体が主体を宿すひとつの生命体へと変貌を遂げているのである。おそらく、緑の写字僧にとって、神の聖なる言葉（ロゴス）とは、今なお無限の渦巻き運動のなかで旋回し、増殖し続ける何かであると映っていたことだろう。彼らが描いたロゴスは、パロールとエクリチュールのあわいを縫って走るひとつの生命体のようにみえるからである。

それでは、この旋回し、増殖するロゴスをいかなるイメージによって表現することができるだろうか。もっとも原始的な植物、羊歯類であるつる草のイメージに相当するだろうか。だが、この写本のなかに表現されているのは植物だけではない。人間を含め様々な動物たちも描かれている。しかも、ここでの動物たちはそれ自体が一本のつる草、否、蛇と化して何かに巻きつき螺旋運動を展開しているように描かれている。それはむしろ動物のもっとも原始的な形態であるアメーバーのそれに近いような印象を受ける。死の原理を知らないアメーバーはつねに増殖を繰り返しながら、途切れることのない生命の一本の軌道を描いていくからである。だが、アメーバーの軌道にはどうみても巻きつき旋回していく動的なイメージが欠けている。彼らの生の運動のイメージは、旋回する線のそれというよりは、浮遊する線のイメージだからである。それでは、いかなるイメージが相応しいだろうか。身体というチューブの軌道を巡回する身体のアメーバー、免疫のイメージが相応しいと言いたい。免疫は、この写本が羊皮紙の表面に螺旋を描くように、二重螺旋構造の形状をもつDNAをその表面に映しながら、身体の表面を巡回し続けるからである。

供犠の観点からも、この写本にはいかなるイメージが相当するのか、と問わなければなるまい。なぜならば、この写本は、他のいかなる写本にもまして、より深くエクリチュールのもつ供犠のしるしをその身に刻印しているからである。羊皮紙がキリストの聖なる骸の象徴であるとすれば、それを尖った白い鵞の羽のペン先で、掻き毟る（"scribe"）という行為それ自体、聖なるものへの冒涜行為であり、しかもそれをいつ果てるともなくこの写本は続けているからである——「写字僧は神を讃える聖句の余白に引っ掻き傷や爪痕をつける。彼らは近視眼的な怒りを文字の端々に閉じ込め、まっすぐに延びた羊歯の頭部のような大文字に激怒の種を宿すのだ」（ヒーニー『ステーション・アイランド』）。

実際、この写本には供犠の象徴、十字架に磔にされているキリストの姿が描かれており、その周りを原罪の象徴である蛇さながらにとぐろを巻いている様が窺われる。原罪を知らないいつる草やアメーバーには、このような冒涜行為を行うことはできないし、彼らに供犠の象徴を負わせるのは酷というものだろう。このイメージを負うに相応しい存在は、やはり免疫をおいてほかにはないだろう。身体の供犠を負うことが彼らの使命だからである。

さて、免疫の詩学の立場からいえば、この写本をみていく場合、問題にすべきは、表紙の形態である。面に面を向けることこそ、免疫の認識法、その基本だからである。そこで、『ケルズの書』の表紙をおもざしてみよう。そこには、四画で囲まれた枠のなかに、四つの生き物がそれぞれ描かれている。獅子、鷲、牛、人間である。これは四福音書のマタイ、マルコ、ルカ、ヨハネにそれぞれ対応し、これらはキリストの聖なる四つの属性を象徴するものである。むろん、四福音書にこの生き物の属性が記されているわけではない。この生き物は「エゼキエル書」において預言者エゼキエルが幻視した四つの生き物（四つの顔）をキリストのペルソナの各々の予表とみて、描かれたものである。

「エゼキエル書」によれば、四つの生き物は智天使ケルビムの属性を暗示するものとして記されている。聖書におけるケルビムの初出は、「創世記」の楽園追放の描写の箇所にある。善悪の木になる禁断の果実を食べたアダムとエバは「喜び」

を原義とする「エデン」を追放される。そのとき「神ヤハウェは、生命の木にいたる道を守るため、エデンの園の東にケルビムと揺れ動く剣の炎を置いた」と記されている。こうして不死であった人間は、「死ぬべき者（"mortal"）」になったというわけである。これをキリスト教では原罪の起源とみる。つまり、ケルビムは、神の側からみれば、不死の聖なる園、エデンを守る聖なる智天使であるが、人間の側からみれば、楽園復帰を阻み、人間に死を告知し、肉体に死の棘（炎の剣）を突きつける残忍なる異界の怪物、スフィンクスということになるだろう。この両義性こそが他の天使にはみられないケルビムの属性といえる。この両義性は、彼が聖なる場所（エデン）と俗世（エデンの東）の境界線上に立つものであることからも理解される。

不死の園と現世、次元の異なる二つの空間の境界に立つケルビムの特性は、一方で、キリスト教的な想像力においては、中保者としてのキリストの象徴に変貌していく。ケルブ（ケルビムの単数形）とはヘブル語の原義は「覆うもの」であり、人類の罪を自己の愛の身体で「覆い」、供犠（十字架）の死によって罪を贖う救済者のイメージへと変貌を遂げているからである――「また箱の上には、贖罪蓋を翼でおおっている栄光のケルビムがありました。こういうわけで、キリストが新しい契約の中保者です」（「ヘブル人への手紙」）。だが、他方でケルビムは、この世と隣接する唯一の異界である煉獄とこの世の境界線に立って、人間の隠れた罪を「見抜き」、永遠の刑罰を執行する恐怖の天使＝悪魔（閻魔）に変貌する。このイメージは、エゼキエルが幻視した四つの生き物自体の性質からみて必然的であるといえるだろう。エゼキエルの生き物は、「ダニエル書」に記された「荒らす憎むべきもの」（「黙示録」では「666」のしるしをもつ悪魔）ときわめて類似する破壊者のイメージとして描かれており、そこに救済者のイメージはほとんどみられないからである。

このようにみれば、『ケルズの書』の表紙が象徴する四つの生き物は、一方で供犠のしるしをもつ贖罪者／救済者、他方で煉獄の番人／異界の魔物スフィンクスのイメージをもち、しかも二つは表裏であることが理解されるだろう。写本の表紙は、当時、魔除けのために用いられていたという事情をも加味すれば、さらにそういうことになるだろう。『若き芸術家の肖像』（ジョイス）の主人公、スティーブン――その名は殉教者ステパノスの英語名――が『ケルズの書』に描かれた四つの生き物の幻覚に襲われ、『王宮の門』（イェイツの戯曲）の詩人シャナハンが殉教のいまわの際で幻視したものが「エゼキエルの幻」＝ケルビムであったことも道理である。

イェイツとケルビム

イェイツの象徴体系において、もっとも重要な象徴はなにかといえば、それはおそらくケルブ／ケルビムといってよいだろう。その根拠は、逆説的であるが、彼が全作品においてその象徴を隠蔽し続けていることに求めることができる。これほどまでに、彼が生涯を通じて隠し続ける象徴はほかにはないといっても過言ではないからである（ただし、先述したように、彼は生涯でただ一度だけ「ケルブ＝仮面」であると明記している）。

人は自己のアイデンティティにかかわる核心的な部分であるからこそ隠す。だが、同時に人は他者に自己を理解してもらうためには、これを開示しなければならない。このジレンマのなかで、人が取り得る唯一の方法は、隠しつつ開示することである。つまり、核心部分は空洞化し、その穿たれた沈黙のまわりをドーナツ状に囲みながら〈語らずに語る〉のである。これは、イェイツの詩法の核心である「仮面」の詩法の根本をそのまま説明するものでもある。しかも、彼がこの詩法に最初に気づいた時期は、彼がブレイク研究を開始し、「黄金の夜明け団」、その秘儀がケルビムであることを知った二四～五歳の頃と期を同じくしている。ケルビムの原義が「覆い」、すなわち隠すこと、「仮面」を被ることであることを考えれば、二つの時期が重なっていることも首肯けるところである。彼の「仮面」はその穿たれた瞳のなかで語るからである。

ただし、イェイツがいう「仮面」は虚偽の意ではなく、先述したように、自己の逆説としての反対概念（反対自己＝「仮面」）の意味であることは注意しておかなければならない。すなわち、自己と反対自己をつねに対峙させ、それを互いの合わせ鏡＝面として主客を無限に入れ替えながら、穿たれた瞳のなかで自己認識を深めていく詩法のことを、彼は「仮面」と呼ぶのである。この合わせ鏡の自己認識のあり方をイェイツは永遠に主客――イェイツの言葉でいえば、一方が光であるとき他方が影となる――を入れ換える「二重螺旋運動」と呼んでいる。このゆえにこそ、彼の「仮面」の詩法にとって、ケルビムはオイディプスに対するスフィンクスと同じように、つねに絶対的な他者として対峙する存在でなければならないのである。

みられるとおり、これは免疫の詩学が志向するおもざしの方法と完全に一致するものである。もちろん、これは偶然の一致ではない。「仮面」の完成は、能との出会いによってもたらされたからである。

先述したように、免疫の詩学は、「世の初めから隠されていること」、それを供犠であるとみる。それならば、穿たれた沈黙のなかで語るイェイツの「仮面／ケルビム」の詩法もまた、供犠に向かって接近していくことになるだろう、とひとまず措定してみることができる。その仮説を示せばおよそ以下のものとなるだろう。

イェイツの「仮面」は、身体・知・魂という三重の供犠の意味を発生させながら、その意味の源泉に向かって詩的に接近していく。その源泉とは『ハムレット』が巧みな暗号によって記した地点、聖パトリックの煉獄の穴である。ただし、イェイツにとって、この穴は、暗い魂の記憶が監禁、あるいは封印されている場所だけを意味しているわけではなかった。彼にとって、そこは約束の地、古代アイルランドでもあるからだ。だが、そこには、一匹の魔物が番をしており、約束の地への侵入を阻んでいる。その魔物とは「ロマン派の想像力を阻むもの」（ハロルド・ブルーム『イェイツ論』）、ケルビムである。能の影響のもとに書かれた彼の戯曲、『鷹の井戸』のもうひとつの隠れたテーマも実はそこにある。したがって、「聖なる井戸」を守る「鷹の女」、その「仮面」の正体はケルビムである。炎の剣の羽に身を包み、古代エジプト風の化粧をした鷹の女、その舞いが暗示しているものは、ケルビムの「炎の剣の舞い」のイメージをもっているからである。そうだとすれば、ここにおける「聖なる井戸」には、聖パトリックの穴に象徴される煉獄のイメージが重ねられているとみることができるだろう（中世においては、聖パトリックの煉獄の穴は「聖パトリックの井戸」と呼ばれることもあり、同一視されることも少なくなかった）。イェイツの作品においてはケルビムのイメージが顕れるところ、そこにはかならず煉獄のイメージが顕れるからである。逆もまたしかりである。

これがおよその仮説であるが、ここにおける煉獄とケルビムのイメージ連鎖は、わたしたちの通常の理解をはるかに超えているように思われるかもしれない。だが、そうではない。歴史的にみても、二つのイメージが結びつく必然性は十分にある。たとえば、四世紀（煉獄の概念が誕生するはるか以前）に、すでにラテン教会の教父、聖アンブロシウスは煉獄を連想させるような浄罪の場とケルビムを結びつけて以下のように記している――「蘇った者たちの前には火があって、誰もが絶対にこれをくぐりぬけなければならない。これは洗礼者ヨハネによって告げられた火の洗礼、聖霊と火によるバプテスマであり、天国を守護するケルビムの燃える剣であって、これを是非ともかいくぐらなければならない」（ジャック・ル・ゴフ『煉獄の誕生』）。

煉獄の祈りのために用いられた宗教画、そのなかにもアンブレシスの教義以来の伝統を踏襲している作品が散見される。そこでは煉獄と地獄が舟として描かれ、一方の舟を天使が他方の船を悪魔が綱を引いている姿が描かれているものがあるからだ。すなわち、ここにおける天使と悪魔をケルビムの表裏とみればよいのである。これは、フィリップ・アリエスが「己の死」と呼んだ中世の死生観を反映するものとみることができるが、これもまた同じことがいえるだろう。彼によれば、死を前にした人間の前に、幻が顕れ、天使と悪魔が綱引きをして自己の魂を測る様が視えるという。天使が勝てば自己の魂は天国、悪魔が勝てば地獄に堕ちることになる。これが「己の死」の死生観の特徴であると彼はみている。興味深いことに、この「己の死」が発生した時期と煉獄が発生した時期は重なるのである（十二世紀後半）。ジャック・ル・ゴフも主張しているように、これはけっして偶然ではない。この綱引きの死後の情況を、先の煉獄の舟に乗る魂の情況に置き換えれば、二つは同じことを意味していることになるからである。

ここにみられる煉獄で綱引きをする天使と悪魔の姿は、先の宗教画と同様にひとつの存在の表裏とみるべきだろう。アウグスティヌス以後の西洋の伝統においては、「彼岸と此岸との仲介を果たす霊は天使だけであり、その中には悪しき天使も含まれていた」（J・C・シュミット『中世の幽霊』）ことを想起したい。そうすると、そこに、たえず二つの両義性のなかを揺れ動くひとつの存在、ケルビムが立ち顕れてくることになる――原罪を知らない無垢なるエデンの園と現世の間を「炎の剣」で「揺れ動く」もの、人間に「死」を告げる魔界の住人にして智天使、ケルビムの姿である。イェイツが煉獄の穴＝聖なる井戸を守る園の番人、「鷹の女」にスフィンクス風の衣装を纏わせたのも道理である。しかも、彼は、このような聖なる井戸の周りで展開される夢幻能の世界、それを「（成仏を希求する魂による）夢見返しの世界」＝「ファンタスマゴリア」と置き換えたうえで、さらにそれを「仏教的な煉獄」の世界にほかならないとしているのである。もちろん、彼がファンタスマゴリアを煉獄の世界と等価におくのは、先述したように、それが光学を用いた煉獄現出のマジック・ショーに起源をもつからでもある。しかも、マックス・ミルネールの『ファンタスマゴリア』に倣えば、ファンタスマゴリアの光学の核心は「隠しつつ開示すること」に求められるというのである――「あらゆる物語文学の根底には隠しながら見せるというゲームが存在しているが、幻想はファンタスマゴリアを通してこのゲームを危険なゲームにしてしまう。このゲームのなかでついには死の虚ろな眼によって見つめられていることに気づくからだ。」それならば、穿たれた瞳で語るイェイツ的「仮面」が「ファンタスマゴリア」に置き換えられているのも歴史的にみて当然であるといえるだろう。

スフィンクス／ケルビム、最後の問い

「仮面」の詩法は供犠に向かって接近していく。その最終地点は聖パトリックの穴であると措定する。この接近の仕方は、免疫の詩学が対象をまえにして接近する方法と完全に重なり合うものである。免疫の文法、おもざしの認識法は、先述したとおり、能の面の作法に一致するのであり、能のこの作法を習得することによってこそイェイツは、「仮面」の方法を完成させたからである。

　そこで、約束の地点に向かって接近していく「仮面」／免疫の詩学の方法を、イェイツが仕掛けたひとつの謎かけを解くことによって、具体的に開示してみたい。これは、「まえがき」における最後のスフィンクスの問いへの応答となるだろう。

その謎かけとは、「揺れ動く」の最終連に記された以下のものである――「蜜蜂の巣と獅子の謎解き、聖書はこれを何と説いているか。」この謎かけは、もうひとつのスフィンクス、ケルビムの問いであるとみることができる。その根拠は、この詩の第一連で提示されている指示する言葉をもたない謎の"it"、その正体がケルビムだからである――「両極の間を／人は己が道程を走る／一本のたいまつか、炎の息が昼と夜のこれらいっさいの二律背反を／破壊しにやってくる／肉体は、それを死と呼び、こころは、自己呵責と呼ぶ。だがもし、こう呼ぶことが正しいとすれば／喜びとは、一体なんなのか。」これまで述べてきたことから判断すれば、「それ」が具体的に指示するものがなんであるか、もはや明らかだろう。それは、「喜び＝エデン」の番人、「揺れ動く（ペケット）――おそらくこの詩のタイトルはここから取られたもの――」「炎の剣」をもつケルビムのことである（肉体の棘＝原罪の象徴でもあるケルビムは、人間の存在状況そのものの象徴という意味で、オイディプスの答え、「それは私である」に等しい）。

このように巧みに指示するものが隠蔽された"it"をイェイツ詩の全体のなかに求めるとすれば、おそらく「ビザンティウム」のなかの一節、「私はそれを生中の死、死中の生と呼ぼう」における「それ」、および「彫像」の冒頭に記された「ピタゴラスがそれを計画したのだ」における「それ」、これら三つだけだろう。三つを隠蔽するイェイツの狙いは何か。三つの「それ」を「覆う」＝「仮面」の詩法を用いて、ここで詩人は、煉獄の唯一の番人がケルビムであることを〈隠しつつ開示する〉ことにあるだろう。「彫像」における「それ」についての説明は、第五章に譲るが、ここでは「ビザンティウム」と「揺れ動く」の「それ」について概説しておく。

「ビザンティウム」に描かれている世界は、ビザンティン帝国というよりは、煉獄としてのアイルランドのイメージをもっている。しかも、この詩で描かれている煉獄アイルランドは、肉体に巻かれたミイラの包帯を解いていく螺旋運動のイメージである。これはいかにも暗示的である。ミイラとはピラミットのなかで眠る太陽神ラー、それとの一体化を志向するファラオの象徴であり、それを守るものこそスフィンクスだからである。「揺れ動く」の最終連ではそれを以下のように言い換えている――「かつてファラオのミイラの内蔵をくり抜いたあの同じ手が　近代でも聖者の肉体を不滅にしたのか。」二つの詩を相互補完させて読めば、二つの「それ」の秘められた言葉、その正体が煉獄の番人、ケルビム／スフィンクスであることがみえてくるだろう。

さて、以上述べたことを念頭において、最終連の謎かけに応答を試みたい。

この謎かけは、先述したポルフュリオスの『ニンフたちの洞窟』の解釈を念頭においたものであるが、直接的には聖書の「士師記」に記述されたサムソンの謎かけを捩ったものである。その謎かけとは、「食らうものから食べ物が出、強いものから甘いものが出た。」というものである。その本来の意味は次のものである。

サムソンは、聖なる部族ナジル人であったが、タブーを犯し、異邦の女デリラに逢うために、ペリシテに向かっていた。その道すがら、一匹のライオンに出会ったが、彼は聖なる力でそのライオンを引き裂いて殺した。しばらくして、彼がその地を訪れてみると、その死骸から蜜蜂が巣をつくり、蜂蜜を出していた。得意がって、サムソンはこれをひとつの謎として、ペリシテ人に問うたのがこの謎かけである。だが、実は、この謎かけは、供犠として自らをイスラエルのために捧げなければならない自己の運命を予兆するものであった。なぜならば、彼は、恋人デリラの裏切りによってペリシテ人の手に落ち、眼を潰され――オイディプスが自己の眼を抉った行為を想起――鎖に縛られ、見世物にされるため、宮殿の柱と柱の間に置かれたからである。だが、サムソン（獅子）は、最後に柱を倒して、宮殿を破壊し、自己の死をもってペリシテ人のまえに果て、ペリシテからイスラエルを守る救済者（人柱）となったのである。つまり、自己＝獅子の死をもって、イスラエルに同胞愛を示した（＝蜜を生じさせた）ということになるだろう。この謎かけは、先に述べた、オイディプス、あるいはハムレットが、自己が問い続ける謎の真意、それが実は供犠として捧げられる自己の運命の予兆となっている点で共通している。だからこそ、イェイツの「仮面」はこの謎かけを〈おもざし〉ているといえよう。

イェイツはこの供犠者（英雄）の盲目性を、徴候として示すために、この詩の第二連において、J・G・フレイザーの『金枝篇』の祭祀王殺しの記述を念頭におきながら次のように記している――「凝視する激情と盲目に緑なす葉の間に　アッティスの心象を掲げ、祀る者は　自分の知るところを知らぬが、悲しみも知らぬだろう。」これは免疫の詩学からいえば、免疫が身体のしるし、自己記憶を宿しながらも、自己の悲劇の運命を知らないことの置き換えとみることができる。ただし、キリスト教の釈義の伝統においては、このサムソンの謎かけは、自身の身体を人類のために捧げたキリストの死と博愛のしるし、その予表と解されている。獅子（王の王）であるキリストが十字架の死によって、人類愛をもたらしたことの予表となるからである（もっとも、キリスト教的な解釈においては、キリストは自己の死に対して盲目ではなかったとされる。キリストの眼は潰されていないからである。このゆえに、キリスト教においては、ジラールがいうように、最終的供犠の成就者とされるのである）。

だが、イェイツはこの釈義を承知したうえで、これをむしろ自らの眼を潰し、最後に「愛によって大地が割れて」供犠として捧げられたオイディプスの象徴と捉え、キリストの供犠と対峙させるのである。歴史の闇で働く影響の力＝象徴を捉えるものは眼ではなく、彼にとっては穿たれた「仮面＝面」の眼（能のおもざし）にほかならないからである。こうして、身体と魂の供犠のしるしは重なり合いひとつのイメージとなっていく（最終連では、「ホーマー」と記されているが、『ヴィジョン』のなかでイェイツは「ホーマーの時代の象徴はオイディプスである」と述べている）。

ただし、ここには知の供犠が残されていることは看過できない。イェイツの「仮面」は、ここでソクラテスの代わりに、知の供犠として「蜜蜂の巣」をおもざすという方法を取っているからである。そこには二つの狙いがある。一つは、アイルランドこそヨーロッパにおける知の供犠の源泉であることを暗示させること。もう一つは、三つの供犠の源泉が煉獄アイルランドにあることを象徴的に示すことである。イェイツにとって「蜜蜂の巣」とは、アイルランドのエクトライの殉教者の象徴だからである。

こうして、イェイツにとっては、「蜜蜂の巣」は聖書が密かに伝えようとした「世の初めから隠されていること」、「事の核心」の秘儀となっていく。彼がこの詩行を謎かけによって提示しているのもそのためである。供犠は秘めておかなければ、自己のアイデンティティは保たれないのである。そして最終的には、この詩人にとってオイディプスは身体の、キリストは魂の、緑の殉教者は知の供犠の象徴＝秘儀となっていくだろう（大江健三郎は「揺れ動く」にみられる秘儀としての供犠の意味を、『揺れ動く』三部作において、「救い主」と呼ばれる「ギー兄さん」の死の意味にみている）。

それでは、なぜ、イェイツにとって、緑の殉教者が知の象徴になるのだろうか。その鍵は六～八世紀のアイルランドの歴史にみることができるだろう。『ケルズの書』に象徴されるアイルランドの写本が「緑の殉教者（写字僧）」によって描かれていた頃、ヨーロッパでは偉大な写本が戦火に燃え、ヨーロッパは蛮化し、己の記憶が刻まれた文字（ギリシア語とラテン語）さえも忘却しようとしていた。その危機を救った立役者こそ「蜜蜂の巣」で苦行に励む緑の殉教者たちだった、とイェイツはみているからである。

ここでの殉教者たちが、直接的には写字僧であることは重要である。これこそ、羊の皮（キリストの亡骸の象徴）の上をペンで引っ掻き、聖なる文字をしるしづける者たちだからである。シャイマス・ヒーニーの先の表現を借りれば、「彼らは神を讃える聖句の余白に引っ掻き傷や爪痕をつけているのだ」ということになるだろう。すなわち、「獅子」であるパロール（キリスト）の皮を引き裂いて、そこから知と愛の蜜（アガペー）＝言葉（ロゴス）を発生されるエクリチュール（キリストの弟子）としてのヨーロッパの知者のイメージを、イェイツはここに象徴的に読むのである。祝福されていると同時に呪われており、呪われていると同時に祝福された周縁に宿る「聖なる四文字」（テトラグラマトン／キリスト／ケルビム）、これをしるしづける知と魂の緑の殉教者、彼はここにヨーロッパの知の供犠のしるしを幻視するのである。

かくして、「仮面」の詩法は、「蜜蜂の巣と獅子」の謎かけのなかに、ヨーロッパの供犠のしるしとしてのアイルランドを幻視し、聖パトリックのように、内なる煉獄の地アイルランドに向かって「ビザンティウム（イムラヴァ）」から船出（エクトライ）することになるだろう。あるいは、外延化のベクトルから求心化のベクトルへと煉獄の螺旋運動を反転することになるだろう。

もちろん、歴史的にみても、煉獄の穴の周囲には、当時、多くの「蜜蜂の巣（ビーハイブ・ハッチ）」があった。このことは、ステーション・アイルランドにある六つの「懺悔の寝台」が蜜蜂の巣の名残であったことからも確認することができる。またこの穴からそう遠くないところに、アイルランドの知の至宝、『ケルズの書』の制作を企図した聖コルンバ縁の場所が点在していることも看過すべきではないだろう。『ケルズの書』の写字僧、聖コルンバは聖パトリックの穴をもつドニゴール州の聖人であり、聖パトリックと並んで、この穴の守護聖人に祀られているからである。

このように、イェイツの仮面の詩法から接近を試みても、この穴が「世の初めから隠されていること」、その象徴的な地点に相当することが〈ダウジング〉される。少なくとも、免疫の詩学という〈未知のシャベル〉で、この穴の闇を掘るという〈知の博打〉を打ってみる価値は十分にありそうだ。シェイマス・ヒーニーもこの場所が世の初めから隠されている秘儀の発生する場所であることを詩人固有の「水脈探知機」を通してダウジングしている点は興味深いところである――「僕がその野道を下って行く時／生け垣で向きを変える風は喘息を病んだ老人の話し声のようだった。僕は成仏できない言葉の煉獄にいることを悟った。……その時、僕は気づいた。なぜこの野原が／世の初めから僕に息を吹きかけてくるのかを」（『ステーション・アイランド』）。

以上が、免疫の詩学の方法によって、聖パトリックの穴の闇を掘り、煉獄に孕む潜在的な影響力を明らかにしようとした理由、および本書のいまだ在らざる輪郭、「西方の詩学（ヒスペリア・ポエティカ）」のスタイル、その開示のための基礎づけということになるだろう。

むろん、免疫の詩学は未知の方法であるため、その出自ともいうべき定義を、もう少し丹念に記しておく必要がある。要するに、免疫の詩学、その学としての位置づけを行っておきたいということである。そうでないと、未来に踏み出すエクトライの足場さえも、存在しないことになりかねないからである。

二　免疫の詩学とその出自

『詩学』のなかの詩学

ヨーロッパ最古の詩学の書、『詩学』のなかで、アリストテレスは歴史と詩の志向性の違いについて以下のように記している――「歴史家はすでに起こったことを語り、詩人は起こる可能性のあることを語るという点に差異がある。したがって、詩作は歴史にくらべてより哲学的であり、より深い意義をもつものである。というのは、詩作はむしろ普遍的なことを語り、歴史は個別的なことを語るからである。」ここにみられる歴史と詩の優劣の問題はおくとして、彼がここで、歴史が顕在化された事象を記述する行為、詩作が潜在的に（可能性として）存在している事象を意味づける行為であると捉えている点は興味深い。可能性（潜在性＝デュナミス）とは未だ在らざる事象（象徴）という意味で未来であり、そうすると、詩学の使命とは未来の徴候（潜在的な事象）を現在において意味づける行為だということになるからである。それならば、ここでの彼の詩の定義は、本書が目指すこれまで述べてきた詩学の志向に完全に符合していることになる。

もう一点、ここでの重要な指摘は、詩を「普遍的」であると述べている点である。なぜ普遍的であるのか。彼によれば、それは、物語のプロットが必然的な因果関係をもっているからだという。これを近現代の歴史解釈に読み換えてみると、歴史の背後に潜むものをひとつの原理（プロット／象徴的意味）として捉えるということになるだろう。この点でも本書が目指す詩学と、その方向性をともにするものがある。

さて、以上、述べたことを考慮しながら、本書が目指すべき詩学のあり方を、要約して述べれば、おそらく、それは〈精神史としての詩学〉と言い換えることができるだろう。ただし、「精神史」にしろ、「詩学」にしろ、目下、公が認める学問の軒下を借りてひっそりと暮らしているというのが実情である。いわば、一方が歴史学か哲学の、他方が文学の軒下を借り、一方が顕在化に対する潜在化、他方が真実に対する虚構の問題を取り扱う特殊専門職を生業にして細々と暮らしているといったところである。これら二つが交差する「精神史としての詩学」ともなれば、さらに軒下は小さくなり、なんとも形見の狭いものがある。アリストテレスの『詩学』にまで遡ることができる由緒ある学だというのに、これも時流なのだろうか。もっとも、この学が日の当たる場所よりは、たえず日陰を好む習性をもっていることを思えば、この実情は必然的なものであるのかもしれない。

精神史としての詩学

精神史としての詩学は、歴史学の片隅でひっそりと生きる〈周縁の時間学〉である。それは、時が紡ぐ事象そのものよりは、その事象に同伴する影法師に向かって問いかける学である。あるいは、それは、歴史という奥深い山の湖畔の洞窟、そこに身を潜めるこだまに向かって呼びかける学である。けれども、この学は、ただ歴史学に従属して生きているわけではない。むしろ、歴史の原理を牽引する真の主体がそこに宿ることを知ればこそ、この学はあえてそこに立脚するのである。「影響（エコー）」という言葉は、なによりもこの学の立場、その正当性を証している。

影響とは、寄せては返す潮騒が波打ち際に残す「余波（なごり）」を原義とする。波打ち際に残るものは、小魚や貝や海藻、漂着物や貝殻などである。人はそれらを称して「雑魚」と呼ぶ。だが、子供たちは雑魚と戯れ、うずまき貝を見つけては、その小さな洞窟の入口にそっと耳を当てる。聞こえてくるのは悠久の時を告げる潮騒のエコーである。詩人はそのなかに歴史の影響、その主体が宿っていることを知っている――「ぼくの影はなりひびく貝をつくる　そして詩人はかれのからだの影の貝殻のなかで　かれの過去に耳をかたむける」（ガストン・バシュラール『空間の詩学』）。

詩人はそこに、湖の奥底に沈んだナルキッソスの「影」を視、湖畔の洞窟に潜む「響（エコー）」を聴き、それを「影響」という名で呼ぶ。そしてそこに歴史の主体をみる。「影」と「響」の恋の物語が生まれたそのときに、王（上位者）は何をしていたか、誰も知らないその理由を知る者こそ詩人だからである――「神話は一方に歴史の主体を認め、他方に主体を認めなかった。だから当時の王のことなど誰も知らないのだ」、と詩人ならばいうだろう。この詩学もまたそういうのである。人が「雑魚」と呼ぶその余波にこそ、「事（歴史）の核心」が潜むことをこの学は承知しているからである。

この詩学はいうだろう。海の主体者はクジラでもサメでもマグロでもない。海の真の主体は小魚と海藻であり、さらにいえば、その主体は海藻に付着する微生物の悠久の営為のなかにこそ宿る。陸上においても、この原理はなんら変わるところはない。ハムレットもクローディアス王に以下のように明言しているではないか――「食ってるんじゃなくて、食われているのさ。……食うことにかけちゃ、うじ虫は天下一の皇帝様なのさ。俺たち人間は自分を太らせるために動物を太らせるが、なあに自分を太らせるのはうじ虫を太らせるためさ」（シェイクスピア『ハムレット』）。

この詩学はまた、子供たちが夢中で集める海のガラクタ、漂白物に記された異国の文字に目を注ぐ。そこに相互に浸透する潮騒の音を聴き、そこに歴史の影響のしるしを視て心騒ぐからである。島崎藤村もこのことを、「海の道」を説く晩年の柳田國男に倣って以下のように詠っている――「名も知らぬ遠き島より 流れ寄る椰子の實一つ／故郷の岸を離れて／汝はそも波に幾月」（島崎藤村「椰子の實」）。

詩学と徴候の知

精神史としての詩学、その未来に向かう志向は、カルロ・ギンズブルグがいう歴史学の方法、「徴候の知」に接近していく。彼はこの知の方法の源泉を森に分け入る狩人の知にみて、こう述べているからである。

> 人は何千年もの間、狩人だった。そしていくたびも獲物と追跡するうちに、泥に刻まれた足跡や、折れた枝、糞の散らばりぐあい、一房の体毛、からまりあった羽毛、かすかに残る臭いなどから、獲物の姿や動きを推測することを学んだ。人は絹糸のように微細な痕跡を嗅ぎつけ、記録し、解釈し、分類することを学んだ。人は密のしげみや、罠でいっぱいの空き地で、こうした複雑な精神作業を一瞬のうちに行えるようになったのである。狩人は何代にもわたって、この識別能力を充実させ、後代に伝えてきた。（『神話・寓意・徴候』）

彼によれば、このような原始的な知の方法を近代に復権させたのが『シャーロック・ホームズ』の作家、コナン・ドイルであり、その愛読者であった若きフロイトであった。分野を異にする二人がこの知の方法を復権させたのは偶然ではない、と彼はいう。指紋や髪の毛のような微細な痕跡から犯人（犯罪の主体者のアイデンティティ）を特定する探偵の推理の方法は、微細な言い間違いのなかに、心理的病患の徴候を見、そこから個人のアイデンティティの在処＝トラウマを特定していく精神分析学の方法と相通じるところがあるからだ（後述）。

臨床心理学者、中井久夫がギンズブルグの説く「徴候の知」に共鳴するのも道理である。ただし、彼が説く「徴候の知」は、心理的、身体的な個の主体の働きを重視している点で、精神史としての詩学が求める方法とさらに接近していくものがある。このことは彼の著書、『徴候・記憶・外傷』のなかの印象深い以下の一文からだけでも容易に読み取れることができるだろう（このすぐれた心理学者は影響の意味を五感で知る、いかにも詩人である）。本詩学が求める知の方法を一部代弁しているように思われるため、いささか長文になるが、引用しておく。

ニセアカシアは現在であった。桜は過去であり、金銀花はいまだ到来していないものである。それぞれに喚起的価値があり、それぞれは相互浸透している。「この世界が、はたして記号によって尽くされるのか。なぜなら、記号は存在するものの間で喚起され照合され関係づけられるものだからだ。」「世界は記号からなる。」という命題にふっと疑問を抱いた。「いまだあらざるものとすでにないもの、予感と余韻と現在あるもの——現前とこれを呼ぶとして——そのあいだに記号論的関係はあるのであろうか。」「嘱目の世界に成立している記号論と、かりに徴候予感や過去のインデクス（索引）と余韻を含む記号論があるとして、それを同じ一つのものというのは、概念の過剰包括ではないか。そのような記号論をほんとうに整合的意味のある内容を以って構成しうるのか。」「世界は記号によって織りなされているばかりではない。世界は私にとって徴候の明滅するところでもある。それはいまだないものを予告している世界であるが、眼目に明白に存在するものはほとんど問題にならない世界である。これをプレ世界というならば、ここにおいては、もっともかすかなもの、存在の地平線に明滅してものほど、重大な価値と意味とを有するものでないだろうか。それは遠景が明るく手もとの暗い月明下の世界である。」

今日の詩学を代表する記号学、その多くが科学に接近しようとするあまり、閉ざされた言語構造内の文法を捏ね回し、皮肉にも失ったもの、詩の心、すなわち詩学のアイデンティティをこの心理学者は復権させようとしているようにみえる。しかも、遠近法を逆転させ、「遠景が明るく手もとの暗い」というあたり、未来に開かれた学を目指す詩学、その指針ともなるくだりまで、彼は用意している。キルケゴールが詩人特有の方法と呼んだもの、未来から現在へ向かって後退りしながら現在を「反復する」(意味づける)という詩人固有の方法とも響き合っている。

徴候の知から免疫の詩学の方へ

とはいえ、中井が説く徴候の知は心理学の方法として適用することを前提としている。心理学とはいうまでもなく個人史にかかわる問題であって、これを集団的な心性の歴史にそのまま適用できるとみるのは、論の飛躍というものだろう(ただし、フロイトは『トーテムとタブー』と『モーセと一神教』で、個人史は民族史となるという自説を展開している)。それを補完するものとして、やはりギンズブルグが説く徴候の知を考慮しておく必要があるだろう。おそらく、二つの徴候の知が交差する地点に精神史としての詩学が求める知の方法があるだろう。中井の徴候の知は、心理の詩学の方法であっても、精神史のそれではないし、他方、ギンズブルグの方法は、心性史の方法であっても、詩学のそれとは必ずしもいえないからである。

もっとも、『闇の歴史』で用いられた徴候の知は、歴史と神話のあわいを巧みに縫い上げているという意味では紛れもなく一つの詩学の方法であるといえる。ただ、逆にいえば、ここにおける徴候の知は歴史(記憶)のなかの徴候に限定されており、未来に起こる事象の徴候として現在の事象を捉えようとする方法ではない。

それでは、二つの徴候の知の交点にある知の方法として、具体的にはどのようなものが想定されるだろうか。免疫の詩学こそそれであると言いたい。とはいえ、これは唐突に語るにはあまりに大きな命題である。そこで、このような命題を立てた根拠のあらましを本文に先立って、以下、少し紙面を割いて示しておきたいと思う。これにより、「まえがき」

の一で示した免疫の詩学の方向性、その輪郭線がさらに鮮明になるとも考えられるのである。その際、二人の徴候の知を詩学の立場から紡いだうえで、さらにその寄り糸の延長線上にあるものを探究していくという手順で進めていくことにしたい。

二つの徴候知を紡ぐ

わたしたちの生がいま現にここに在ることを生々しく受けとめる場、現場とは、過去と未来が交わる際（きわ）、現在という時の周縁にかかる一本の吊り橋のようである。それは一本の撚り糸によってできているが、一方の端がいまは在らざるものへの記憶の柱、他方の端がいまだ在らざるものへの期待の柱に結ばれている。いかにも危うい橋だが、記憶と期待の結束を信じて渡っていくほかない。現場とはつねにそういうものだろう。ピンと張った糸は危機意識を煽る。だが、それこそが現場に必要不可欠な条件である。弛んだ糸では渡れないからである。

記憶と期待の柱の間にかかるピンと張りつめた現場という一本の糸、その上を走る一つの知力がある。「徴候知」である。それは、森という危険に満ちた現場に分け入る「狩人」、その張りつめた知を源泉としている。十九世紀末の美術史家モレッリ、臨床医フロイト、推理作家コナン・ドイルもこの知に魅了され、そのあとで各々独自の方法を確立していったという（カルロ・ギンズブルグ『神話・寓意・徴候』参照）。

それでは徴候知とは何か。それは、この知の提唱者、ギンズブルグと中井久夫の知見を参考に私見を挟めば、過去が残した些細な「痕跡」のなかに未来が投げかける「徴候＝謎」を見出し、それを自らの身体に宿る記憶の「索引」を手引きに（索引＝indiciality の語源は「徴候を示すこと」）、瞬時に推理・解読していく現場の知力、換言すれば、過去（記憶）をつねに己の未来（期待）に瞬時に変換していくことで、過去と未来を現在（現存在）において結束させていく方法である、とひとまず定義できるだろう。そのうえで、本書が前提とする「徴候知」の特質を以下のようにさらに措定しておきたい。

人は、過去に存在したもの（物・事・概念）、現前に存在するものに対して名づけ分類することで定義を試み、世界を記号化する術を心得ている。「世界は記号からなる」という一つの命題が成り立つ所以である。この場合、「記号するもの」と「記号されるもの」とは明確な一組の対応関係をもっている。辞書の存在はこのことを証している。だが残念ながら、未来を記す辞書は存在していないし、したがって、いまだあらざるものを現前する世界と関係づけることは困難である。それを可能とするものこそ「徴候知」である、と中井はみているようである。

彼の考えの延長線上に浮かぶものは、〈徴候知の任務とは未来の事象を定義するための辞書の編纂〉という一つの知見である。むろん、徴候の辞書は普遍的な辞書ではなく、各個人の心（中井がいう「メタ世界」）のなかに存在する主観的な辞書のことである。しかも、すでにメタ世界の辞書は存在している。「表象」という名の辞書である。だがこれは、記憶（過去）と現在を結ぶ心の辞書であって、未来の辞書ではない。しかも、この辞書は、ときの権力者たち、あるいは権力システムによって大いに改ざんされている恐れがある。このような表象の辞書を修正するためにも未来を記す徴候の辞書の編纂が望まれるところである。記憶（過去）としての表象をまた別の記憶によって修正しようとする行為は同語反復の誤謬の恐れがあり、徴候としての未来によってこそ改めなければならないからである。しかも、表象は、その多くが現に存在するものに貼りつく習性をもつため、空間に呪縛され易いが、時を住処とする徴候は空間の支配を免れる。すなわち、徴候知は空間に貼りつく表象を改めるに時間をもってするということである。

さて、以上述べたことを踏まえて、二人の徴候知をさらに紡いでいくことにしたい。そこでまずは徴候の世界がいかなる相貌をもっているのかについての確認作業をしておく。この点に関して中井は、この世界を不可思議な遠近のパラドックスによって成り立つ世界であるとして、それを先の引用文にあるようなすぐれた比喩で説明している。これを前提にすれば、以下のように考えることができるだろう。

かつて、星に「徴（しるし）」を見たマギーたち（東方の三博士）は、足下の暗い世界を星に導かれてベツレヘムへと向い、そこで己が求める未来と出会う。ここに徴候知の形而上的な顕われかたの一つの典型がある。だが俗なる世界の徴候知のあり方は、これとは異なる顕われ方をする。たとえば「狩人の知」がそうである。この場合、己が未来は彼らに対し一筋の星の光明として「徴」を示すことはない。微かな痕跡を暗い森に残すのみである。遠い月影は明るく、足下は暗く、痕跡はいかにも見えにくいが、森の狩人にとってそれは必ずしも問題にはならない。狩人は視覚の世界が前提とする静寂の星明と月明ばかりを頼りに徴候を見出すのではないからである。すなわち、狩人は全身に張りめぐらされた触覚によってこそ、些細な痕跡のなかに月明が示す徴候を〈映し視る〉のである。これもまた徴候知の世界のあり方である。

ただし、森の狩人だけが狩人ではない。心の真実を求める別の狩人が存在するからである。彼らが注視するのは獣が残す痕跡ではなく、人が残す心の痕跡であるから、その方法もおのずから異なってくる。獣は己の痕跡を残すことに無頓着であるが、人は意識的にそれを隠蔽するからである。〈人は自己を成り立たせているものの核心をこそ隠蔽する。なぜならば、その核心に潜むものはタブーだからである〉というフロイト流の精神分析の第一定理がここに適用されるだろう。そしてこの定理は、歴史の闇に潜む真実にも適用されるはずである。なぜならば、歴史の闇は人の手によって意図的に掘られたものだからである。歴史家ギンズブルグと精神科医中井久夫、分野を異にする二人の知が交わる結節点がここにある。

心の闇に結ばれた〈タブー＝触れることの禁忌〉としての結節点、二人はあえてここに触れようとする（これは免疫の詩学の方法、おもざしの認識との交点でもある）。一つの「メッセージ」としての結節点を「マッサージ」（マーシャル・マクルーハン）するようにである。一方は強く歴史の身体を「逆なで」するように、他方は心の身体を優しく撫でるように接触を試みる。むろん、二人の〈臨床医〉によるマッサージ法は表裏一体であり、二人の指先に宿る徴候知も表裏一体の関係をもつ。二人はこの結節点が過去と未来を結ぶしるし＝タブーであることを承知しており、また表象（記憶）と徴候（期待・不安・恐怖）の激しくせめぎ合う磁場であることも熟知しているからである。

徴候知のなかの糸と痕跡／方法と検証

カルロ・ギンズブルグは『糸と痕跡』のなかで、徴候知における方法と事例の相互置換的関係性を「アリアドーネの一本の糸と迷宮でテセウスが残した痕跡の関係」に喩えている。歴史学者である彼にとって、「糸」とは歴史の因果律であり、「痕跡」とは歴史が残した各事象（事例）のことを意味しているだろう。歴史学者は、因果律を手がかりに各事象を検証していき、最後に時系列の糸に並ぶ数珠を完成させていくことを目論むからである。

ただし問題は、方法としての糸は所与のものではないということである。その意味で、歴史学者にとっての糸は、迷宮から帰還するテセウスにとっての「糸」が意味するものとは大いに異なる。むしろ、怪物退治のために迷宮のなかに入るテセウスにとっての「糸」が意味するものにより近いといったほうがよいだろう。歴史の探究とはつねに迷宮に入っていく行為(プロセス)を意味するのであって、帰還はその終焉（思考停止後の作業・整理）を意味しているにすぎないからである。

怪物という未知の獲物を追って迷宮をさまよう狩人テセウスにとって、糸＝方法はつねに生成過程にあり、いまだ在らざるもの＝未来である。一本の糸＝方法が完成するのは、怪物退治を果たし、帰還に向かおうとするまさにその瞬間におのずと生じてくるものだからである。自己が残した痕跡にかんしては、テセウスにとっては迷宮への進入と帰還のいずれにおいても何の意味もない。意味があるのは、彼の迷宮の軌跡を追うもう一人の狩人、歴史学者にとってだけである。その意味では、二人の立場はまったく異なっている。

迷宮に進入するテセウスとは異なり、迷宮に入る歴史学者にとって「糸」はすでに完成をみたはずのものである。ところが、歴史はその糸を消し去るのが常である。少なくとも、ギンズブルグのように、歴史の真実は闇の奥にこそ潜むと考えるものにとっては、そう映ること必然だろう――「興味深いことはすべて闇のなかで起こる。人間たちの本当の歴史など誰も知らない。」（『チーズとうじ虫』のエピグラフ）「歴史」は勝者によって書かれ、勝者はいとも容易く闇の糸を消し去ってしまうからである。このゆえにこそ、迷宮のなかでさまよった者の証＝痕跡は糸（＝方法としての因果律）を見出すための唯一の手がかりとなる。換言すれば、歴史という闇の迷宮に挑む狩人にとって、痕跡は未来から投げかけられたひとつの謎＝徴候であり、徴候のなかに糸は宿っていると考えることができる。だが、その糸は次の痕跡を指し示すことによって己を「隠しつつ開示」し、帰還のきわまで完成を遅延・差延させ、その全貌を顕すことはない。方法＝一本の糸はテーマの探究のあとに訪れるからである。ギンズブルグのほとんどすべての著書において、一本の糸が見出されるのが個々の実例の検証のあとであるのも、このことによって説明される。たとえば、『神話・寓意・徴候』の序文における以下の記述などそれを端的に示している――「今となってみると、『形態学』と『歴史』との関係が、本書の全体を貫く導きの糸になっていると私には思える。」（しかも、その糸は次の著書におけるテーマの探究のたんなる糸口となるにすぎず、一本の糸はさらに生成を続けるというのが、彼の著作全体を貫くひとつのスタイルである）。

迷宮の森に分け入る狩人が求める知の方法はたえず未来を志向する。だが、彼が愛してやまない未来は、過去に痕跡を残したまま、人知れず足早に過ぎていく。狩人はその痕跡をいまだ在らざるものの気配、すなわち徴候として全身全霊で受けとめる。そのとき痕跡はたんなる博物館の陳列台に時系列に並べられる遺物としてではなく、未来から投げかけられた〈一筋の謎の光〉となって彼の前に立ち顕われてくることになるだろう。そのとき、森の世界は彼にとってこの謎を解くための「索引」の織物となるだろう。彼の知のすべてが〈徴候化〉した瞬間がここにある。本書で探究を試みる徴候知の方法もこれに倣うものである。

徴候知と推理（サスペンス）小説

ギンズブルグは徴候知の方法としての一本の糸を「歴史の糸」とは呼ばず、あえて「物語の糸」と呼んでいる。これは彼の歴史に対する一貫した立場を考慮すれば興味深いところである。彼は従来の素朴な歴史家のように、歴史を時系列に並ぶ事実の集積などとは考えていない。また逆に、現代のポスト・モダン的な流行に乗って、歴史はすべてフィクションであり、立証不可能なものであるとも考えていない。彼の立場は一貫して、歴史の真実はときの権力者たちによって歪められ、闇の奥に深く隠蔽されているためにその姿を容易に見せはしないが、それでも依然として歴史の真実は存在しており、それを立証することは不可能ではないと考えているのである（『歴史・レトリック・立証』参照）。したがって、彼がいう「物語の糸」はたんなる虚構（フィクション）の糸を意味しているのではない。彼がいわんとしているのは、探偵シャーロック・ホームズが事件現場に残された些細な痕跡から真実の糸を探し出すように、歴史家は「記述者」が消し忘れた微かな痕跡から歴史の真実の糸を導き出すことができるといっているのである。それはいうなれば、推理小説に特権的に与えられたところの「物語」の一つの特性ということになるだろう。

ジークフリート・クラカウアーがいうように、「推理小説」においては、事件は社会の周縁で起こるように巧みに構造が組み立てられている（『探偵小説の哲学』）。その周縁の闇で事におよんだ犯人がまず先に試みる行為は、自己の存在の気配を消すことである。これは通常の生のあり方を逆しまにする論理である。人生において人は自己が生きた証を痕跡として残したいと願うからである。つまり、探偵は逆しまの人生の論理学によって、すなわち〈顕われを願う個性〉ではなく、〈隠蔽を願う個性〉にこそ注視しながら事件の謎を解くのである。若きフロイトがシャーロック・ホームズに注目するのも無理はない。ホームズが身体の周縁である指先、その痕跡としての指紋から犯人を割り出すように、彼は些細な「思い違い」から隠蔽された「個性」を見抜く独自の心理学的方法を確立していったからである。

この推理力のなかに、徴候知をみたギンズブルグはこれを歴史に適用し、独自の方法を考案することになる。すなわちベンヤミンに倣い、「古き良きもの」としての「歴史を逆なでし」、闇の奥に深く隠蔽された真実を、たとえば魔女裁判の記録に残る微かな矛盾・ずれ・ずらしのなかに歴史の徴候をみて、その推理・解読を試みていくのである。

歴史（事実）と物語（虚構）の二立背反を繋ぐ徴候知を推理小説の構造のなかにみる彼の知見は、以下のように人間の置かれている存在状況を考慮すれば、必然の帰結であるように思われる。

フランク・カーモード（『終わりの感覚』）に倣えば、人はすでに事がはじまっている競技場に投げ出されるようにして突如産み落とされ、競技を強いられたあと、競技半ばにして突然死をむかえる宿命を負っている。そこにはじまりもなければ、終わりもない。かくして人の生は、たえず不安定な「宙づり＝サスペンス」の情況に置かれることになる。だが、はじまりも終わりもない宙づりとしての人生に、人は耐えることができない。この宙づりの情況が意味しているのは、人生の無意味性にほかならないからである。このゆえにこそ、人ははじまりと終わりのある物語を乞い願い、そこに己が人生の意味を見出そうとすることになる。物理的には「チック・チック」であるはずの時計の針の音を「チック・タック」と呼び、「タック」に意味ある時間（内的時間）を求めるのもこのためである。こうして、「チックはささやかな創世記、タックは微力な黙示録」となり人生は一本の糸のもとに意味づけられ、こうして「記憶」と「期待」は現在だけがもつ虚構の作用（意識）によって結束されることになる。ここに物語＝文学の始源がある、とカーモードはみるのである。

このような人間の存在状況、すなわち記憶と期待の狭間の「宙づり情況」を承知したうえで、それを巧みに心理的に利用し、閉じられた虚構空間のなかで危機意識を煽り、それを好奇心へと変換することで絶大な人気を誇る一つの小説のジャンルが近代に誕生した。「推理小説＝サスペンス小説」である。

サスペンス小説は、犯人（過去）が残した痕跡を未来が投げかける一つの謎として受けとめることで、痕跡を徴候化していくところに一つの特徴がある。ただし、一つの痕跡が徴候化されたからといって、それで事件の謎がすべて解けるというほど事は単純ではない。一つの事件の立証は次の痕跡＝徴候を見出すための糸口（方法）になるにすぎず、痕跡と謎解きは相互に置換されながら、最終的な解明は最後まで遅延されることになる。その際、読者は物語の終了まで心理的に宙づり情況に置かれ、このことによって「サスペンス」された人間の存在状況を強く意識させられることになる。結果、読者ははじめと終わりの完結を希求して読み進めざるをえなくなる。〈早く先を読みたい〉という読者心理はおよそこのようなものだろう。このような読者心理が成り立つ前提には、人生は宙づり情況にあるが、意味づけられた物語にははじめと終わりという枠組みが存在するという共通認識がある。すなわちアリアドーネの一本の糸は最後まで隠されているにせよ、確かに存在しているという前提のもとで読者はサスペンス小説を読み進めるのである。

このように考えてみると、この一つの小説ジャンルがキリスト教の精神風土から誕生したことは歴史的な必然であるといってよいだろう。そもそも円環的時間を前提とする文化圏においては、人生を宙づりの情況であると意識する感覚さえ希薄だろう。または「チックはささやかな創世記、タックは微力な黙示録」というカーモード的な隠喩が心に響くのも、キリスト教の時間概念が前提にあってこそである。ここからも分かるとおり、新約における徴候と予表の関係がサスペンス小説の構造をおのずから説明するものとなっているのは、前者が後者に与えた大いなる影響の結果に拠るのである。このゆえに、探偵の優れた推理を追体験する読者はみな、作家が提示する痕跡の謎を前にして、我知らず「ミドラーシュ」の方法を用いるように仕向けられることになる（ミドラーシュの方法については第二章を参照）。ギンズブルグの徴候知の方法が推理小説の探偵の方法に類似しているのも、この同じ理由によって十分説明可能である。

「徴候」と「タブー」

人は意図的に痕跡を隠す動物であるので、心の闇に分け入る狩人は森の狩人のように痕跡を探し出すことはできない。この点についてはすでに述べた。心の闇、あるいは歴史の闇に分け入る狩人が痕跡を見出していく探偵的方法についても、フロイト、ギンズブルグの方法を例に取ってある程度触れたつもりである。ただ文化の闇に挑む狩人と痕跡の関係についてはいまだ触れていない。そこでこの点について少し掘り下げて考えてみたいと思う。

歴史の闇に挑むギンズブルグ、心の闇の解明を試みるフロイト、二人が痕跡を求める際、ともにタブーに注目している点は特記してよいだろう。タブーは社会・文化の闇に分け入る狩人にとっても、痕跡を探し出す目印になるからである。すでに述べたように、タブーは文化人類学の特殊用語で、それがのちにフロイトなどを通じて心理学にも応用されていったという経緯をもっている。してみると、どうやら鍵はタブーと徴候の関係性のなかにあるといってよさそうである。しかもタブーと徴候、二つが交わるところに心が残した痕跡の「しるし」が文字通り認められるとすれば、さらにそういって間違いないはずである。

「タブー」の原義はポリネシア語で、ta（＝印をつける）とpu（＝強烈さを示す副詞）の結語で、「はっきり印をつけられた」「区分される」である。もちろん、「徴候」における「徴」はしるしの意である。英語では徴候は今日病理学で多く用いられる"symptom"であることからも、「(未来の"sym")徴」の含意を推し量ることができよう。もっとも、ギリシア語由来の"symptom"の原義が"chance"(偶然)"accident"(事故)"mischance"(不幸)"disease"(病気)であることから「しるし」の含意は直接的には確認できない。だが"symbol"との語源的派生形態にも目を向ければ、「しるし」の原型的な表れが想起されるだろう。

自文化は、〈しるしづけられたもの〉のなかに瞬時にハレとケガレの両義性を読み取り、それが自文化の内部に侵入してくることを恐れ、タブー視することで「触れない」ようにする。だが、触れることを禁止する背理にはたえず〈接触可能性＝隣接性＝非排除〉が暗示されていることを看過すべきではない。外部に完全に排除されるものであれば、あえて触れることをタブー視する必要などそもそもないからである。つまりタブー化とは自文化の内部作用＝周縁化の問題であって、この作用を完全に外部へと排除してしまう作用とみなす見解は単純にすぎるだろう。ここに「排除化」と「周縁化」、二つの作用のもつ根本的差異がみえているのである。

「タブー」としての「スケープ・ゴート」

タブーに直接関わるキータームの一つに「スケープ・ゴート(捨て山羊)」がある。この言葉は暗黙のうちに排除の記号＝表象として用いられているようである。だが、この理解は語源的にも文化学的視点からみても、およそ誤認であるといわざるをえない。「スケープ・ゴート」は〈排除化の表象〉ではなく、〈周縁化の徴候〉だからである。誤解の背景にあるものは、文化的もののもつ両義性への認識の欠如、さらにこの両義性を成り立たせている時間に対する認識への著しい欠如(範疇化＝可視化への社会学的呪縛)であるとみる。誤解を解くために以下「スケープ・ゴート」の初出の記述を引用することにしたい。

雄山羊二匹を受け取り、それを臨在の幕屋の入り口の主の御前に引いて来る。アロンは二匹の雄山羊についてくじを引き、一匹を主のもの、他の一匹をアザゼルのものと決める。アロンはくじで主のものに決まった雄山羊を贖罪の捧げ物に用いる。くじでアザゼルのものに決まった雄山羊は生きたまま主の御前に留めておき、贖いの儀式を行い、荒れ野のアザゼルのもとへ追いやるためのものとする。（「レビ記」16：8－11）

この記述における「アザゼル」とは、歴史的には旧約的世界に与えたオリエント文化の影響の痕跡が見て取れるが、聖書の生成過程は論者の手にあまるものであるため、以下、形態学的な視点に絞って考察を試みることにする。まずは儀式の情況を確認することからはじめたい。贖罪のために捧げられる雄山羊は対をなす二匹＝一組（対で一つの儀式的機能）であり、二匹はいずれも聖別されることで〈しるしづけられている〉、すなわちタブー化されている。二匹はくじ引き（宗教的には神の選択、論理的には偶然性）によってのちに〈未来の可能性において〉聖なるもの（ハレ）と悪魔的なもの（ケガレ）に区分されるが、二匹は予め区分されたものではない。したがって、二匹は本来相互置換的なものであるといってよい。二匹はともに文化の内側にいる。ただし、未来において内と外（荒野）に区分される可能性をもっている。二匹は儀式の際には生きているが、のちに一匹は殺され、一匹は生きたままである（現実的には荒野のアザゼルに喰われることはないはずである）。一匹は拘束され、一匹は荒野に解放される。これらを整理して述べれば、二匹はタブー化＝聖別化されることで、ハレとケガレ、内と外、死と生、拘束と解放という両義性を相互補完的・相互置換的に担う、一つの文化機能＝儀式を意味していることになるだろう。

ここまでは、山口昌男の「周縁化」のもつ「両義性」の理論を想定すれば、十分理解のいくところである。ただ免疫の詩学が求める徴候知は、山口の理論が終わった地点から探究をはじめなければならないだろう。すなわち二つの区分を成り立たせているタブー化の軸（しるしづけ）は何であるのか、これを解明しなければならないのである。予め結論を述べれば、しるしづけの軸を回すものの正体、それは空間（範疇化）ではなく、時間（現象化）であるということになるだろう。

〈あ・うん〉の〈間〉に宿る狛犬＝二匹の山羊

まず、二匹を区分するための文化装置は何であるかに注意を向けたい。それは「くじ引き」であって、民俗学的には占いとしての〈徴候（予言）〉であり、ユダヤ教的には「預言」を意味している。いずれにせよ、くじ引きとは現在と未来の間に置かれた時間の文化的装置であり、つまり時間による聖なる区分法であるといえる。このゆえに二匹の区分は、すべて未来＝可能性として提示されている。こうしてタブー化された二匹は現在形においては過去＝呪いの記憶を贖う（消し去る）ための〈しるし＝表象〉となり、未来形においては現在の苦しみの情況——「臨在の幕屋」が暗示する砂漠をさすらう情況——を未来（期待）によって意味づける〈期待のしるし＝徴候〉を体現することになる。すなわち二匹のしるしづけ＝タブー化の原理は、表象（記憶）と徴候（期待）という時間軸において展開されていることになる。

ユダヤの民にとって二匹の山羊が意味する機能は、同じ「レビ記」の記述を参照すれば、神の臨在を証する「契約の箱（アーク）」と「至聖所の垂れ幕」に対をなして飾られている一組の知天使「ケルビム」に等しいものと考えられる。

ケルビムが象徴しているものは、先述したように、神の臨在と穢れた人間存在のもつ不可思議な両義性であり、このゆえにこそケルビムは聖なる楽園（内）と俗なる園外の際（きわ）に置かれる必要がある。すなわち、一方は本来人間とは不死の楽園の従者＝聖なるものであり、他方人間は楽園を追放された死ぬべき者＝穢れたものであるという二つの両義的象徴の機能をもっている。こうしてケルビムはこの両義性において人間の自己同一性を形成するユダヤ的なタブーの徴ともなる。

ただし、二つの象徴機能には根本的差異があることをも看過すべきではない。すなわち、一方はユダヤ的世界観を空間認識によって、他方が時間認識によって提示したものだということである。換言すれば、二匹の山羊は空間表象としてのケルビムを時間表象＝徴候に置き換えたものであるといえる。この点については、もう少し具体的な補足説明が必要だろう。

ケルビムおよび二匹の山羊の二つの象徴的機能を併せもつすぐれた文化装置が日本には存在する。狛犬である。空間的にみれば、狛犬の配置はケルビムのそれに等しい。と同時に時間認識においては、狛犬は「あ・うん」の対をなすことで、二匹の山羊と同じ象徴的機能をもっている。すなわち二匹の山羊がユダヤ固有の時間概念、現在と未来の〈際〉＝周縁の時間感覚を意味しているように、「あ・うん（の呼吸）」は「間（ま）」としての東洋的時間概念の顕われとみることができるだろう。

二匹の山羊の一匹は「くじで主のものに決まった雄山羊を贖罪の捧げ物に用いる。」これは過去＝ユダヤ的な記憶から引き出された〈現在＝あ〉の「表象」である。もう一匹の山羊は「生きたまま主の御前に留めておき、贖いの儀式を行い、荒れ野のアザゼルのもとへ追いやるためのものとする。」これは〈現在〉から引き出された〈未来＝うん〉の「徴候」である。アザゼルがいまだ荒野に放たれておらず、「生きたまま主の御前に留めておく」ことの意味に留意したい。こうして二匹の贖罪の山羊が象徴する〈時の間〉にユダヤの民は立たされることになる。この時の間が意味しているものは、民（人間）の置かれている存在状況そのものであることはもはや言を待たないだろう。

みられるとおり、二人の徴候の知を紡いだうえで、さらに精神史としての詩学の立場から探究していくと、そこに顕れるものは、「まえがき」一で示した免疫の詩学の志向性と完全に重なり合っている。二人の徴候知の交点に精神史としての詩学、免疫の詩学があることが多少なりとも根拠づけることができたのではないかと思う。

とはいえ、そもそも精神史としての詩学と免疫の詩学、通常の理解からすれば、それは一見、「解剖台の上のミシンと洋傘」のようにまったく無関係にみえることだろう。だが、実はそうではない。分母をともにする、ここにおける「詩学」の対象が文学テキストに限定されず、むしろ文化というテキストであることを前提にしていることを思えば、二つは縁が深いことが理解されるはずである。文化学とは〈精神の免疫学〉であるとさえいってよい側面があるからである。

詳細は本文第一章で述べるが、文化学と免疫学との間に並行関係が成り立つ点についてはさしあたり、文化作用を説明する際に用いられるキーターム、「同化」「異化」「排除」といった文化人類学に派生する用語が、免疫用語のキータームと意味を共有している点を挙げることができるだろう。あるいはもう一点挙げるとすれば、免疫が身体の一つの風景であることから脱却し、完全に前景化される時期、つまり医学における免疫学の誕生の時期と文化が歴史・社会のたんなる風景から脱却し前景化されることで文化学が誕生をみた時期が一致すること（ともに六十年代）、以上二点を挙げておくことにしたい。

以上が、白紙の地図に記した旅の道程のおよその輪郭、および免疫の詩学、その出自ということになる。

「まえがき」の終わりに――命題：免疫は身体における供犠

最後に、前半部分で約束しておいたひとつの命題――「免疫は供犠である」に対して免疫の文法からの応答を試みなければなるまい。この命題は本書全体にかかわる重要な命題だけに、これを棚上げしてこれ以上進むわけにはいかないからである。

どのように否定しようとも、人は死という運命を免れることはできない。科学的にいえば、人間の死は誕生のときにすでにプログラミングされているからである。この運命は細胞において明白に顕れている。一定の期間の役割を終えると、細胞は死滅するようにプログラミングさせているからである。死滅しなければ、新しい細胞は誕生できないのである。

この細胞の運命、そのさらなる明白な顕れが免疫細胞の死とみることができる。免疫の母体である胸部胸腺のなかで誕生をみた免疫細胞（T細胞）の96％以上は己の使命を果すことなく、その母体のなかで死滅するようにプログラミングされている。その死滅のメカニズムはいまだ解明されていない。

免疫の母体である胸部胸腺は、完全に人の生と平行しており、それゆえ別名、「生物時計」とも呼ばれている。老衰で死ぬ人の胸部胸腺はほとんど消滅しているという。つまり、老化と胸部胸腺の縮小化は完全に平行し、免疫力の低下が老化の直接の原因であるとさえいえるのである（多田富雄『免疫の意味論』参照）。言い換えれば、身体は自己の死を、免疫をとおしてプログラミングしているということになるだろう。

さて、この母体である胸部胸腺を巣立ったわずか４％未満の免疫細胞も、ほとんどがすぐに死滅し、そしてまた新しい免疫が誕生する。それは、障害物に触れ合った途端、壊れて消えるシャボンの泡のさだめのようである。免疫T細胞の認識作用は接触認識であるため、異物との接触によって自他を識別し、K（キラー）細胞に指令を送るが、常識的には、異物に直に接触したT細胞は「原初的な死」を免れないと考えられるからである。だが、シャボン玉とは異なり、このT細胞にはたしかに主体が宿っている。そのため、いまわの際で指令を発し、自己の主体を顕して消滅していくことになるだろう。その死の顕れ方はけっして英雄の最後のような見栄えがするものではない。外敵と戦うT細胞の一種であるK細胞でさえも、二つのベクトルの異なる力が衝突し、いずれかの一方の力=現象が消滅するという力学のイメージが相当であり、そこに聖戦士のイメージを重ねるのはいささか滑稽である。むしろ、宮澤賢治の「わたくしという現象」にみられる明滅する生命の光のそれのようである――「わたくしといふ現象は　仮定された有機交流電灯の　ひとつの青い照明です　（あらゆる透明な幽霊の複合体）　風景やみんなといっしょに　せはしくせはしく明滅しながら　いかにもたしかにともりつづける　因果交流電灯の　ひとつの青い照明です　（ひかりはたもち、その電灯はうしなはれ）……」

仏教者として彼がここでみているものは、個や身体の生を超えた生命原理であり、免疫学に置き換えてみるならば、システムを超えたシステム=「超システム」であるといってよいだろう。あるいは南方熊楠が粘菌のなかにみた生命原理、「南方マンダラ」であるといってもよいだろう。粘菌は個々に動物として存在しながら、突然、個体を超えた生命原理=「マンダラ」の声を聴き、ひとつの集合体=植物へと変貌を遂げる。そのとき個体としての粘菌は死滅しており、次に新たなる粘菌として誕生するときには、細胞と同じように、先行者の記憶（DNA）を宿す別の個体となっているだろう。その意味で、免疫細胞の死と誕生は、有機交流電灯の明滅、粘菌の死と誕生によく似ている。だが、これを個体とみれば、やはりひとつの死であるといわなければならない。

では、この死をどう意味づければよいのか。そもそも、明滅するように生まれ死んでいくあらゆる細胞、その死は犬死であるのか。生命原理の相のもとからみれば、あらゆる細胞の死は、未来のための個体（現在）の死というほかあるまい。その死を意味づけするとすれば、やはり「殉死」ということになるだろう。それでは免疫細胞の場合はどうか。彼らは外敵から身を守った戦死者なのだろうか。生命原理からみれば、免疫の死もやはり身体自体がその死（運命）を命じている、すなわち身体中もっともプログラミングされた死――他者との衝突で死を遂げる免疫は稀で、ほとんどはその前に自然消滅する――であるという意味で、戦死ではなく殉死である。

むろん、他の細胞とは異なり、わずかに生き残った免疫のなかのあるものは、異物との接触によって死ぬ。だが、それを戦死と定義することはできまい。それは、疫病患者を治療する医師が疫病に感染し死亡したとき、その医師を戦死者と呼ばないこととほとんど同じ意味である。彼らは殉職者だからである。しかも、その場合、殉職を医師の運命＝天職であったと意味づけてこそ、彼の死は犬死から免れるだろう。実際、医師が主体的にその職業を選び、主体的に患者の「隣人」になったとすれば、その死は紛れもなく殉死である。しかも、その医師が自らの死をとおして、他の医師に治療方法を身をもって伝えたとすれば、なおさらそういわなければならないだろう。免疫の死もこれに等しい。疫病に対峙する免疫は、自らの死をとおして、記憶を伝達したからである。これを生命原理の相のもとでみるならば、その免疫の死による記憶の伝達は、「超システム」という文化の深淵に刻まれた〈大いなる外傷＝しるし〉を意味することになるだろう。実際、この免疫の供犠の死による外傷を記憶することによってのみ免疫は抗体をつくることができる。またそのことで身体は新しい自己の主体（記憶）を獲得し、新たに自己をしるしづけていくことになるのである。

免疫の死はひとつの供犠である。

【読者の皆様へ】
本書の「まえがき」は文中にもございます通り、序章以降の「地図」として書かれたものです。そのため分量も多く、本文と重複する文章も多々出て参りますが、本文を読まれる皆様がご自身の地点を「まえがき」にて確認出来るような構造として意図的に書かれております。またこの実験的な構造を、タイトルにございます「煉獄」のような循環を体現した文章としてお楽しみいただければ幸いです。

序　文化学としての免疫の詩学——周縁と無縁の原理

家を建てる者たちの捨てた石。それが礎の石となった。これは主のなさったことだ。私たちの目には不思議なことである。

――「詩篇」118：22

これらの人々はみな、約束のものを手に入れることはありませんでしたが、はるかにそれを見て喜び迎え、地上では旅人であり寄留者であることを告白していたのです。

――「ヘブル人への手紙」11：13

人間は、動物と超人とのあいだにかけ渡された一本の綱である、――一つの深淵の上にかかる一本の綱である。一個の危険な渡り行き、一個の危険な途上、一個の危険な回顧、一個の戦慄と停止、である。人間において偉大なところのもの、それは、人間が一個の橋であって、目的ではないということである。人間において愛されるところのもの、それは、人間が一個の過渡であり、一個の没落であるということだ。

――ニーチェ『ツァラトゥストラ』

未知なる方法としての免疫の詩学、それはすでに受胎している。このことは、「まえがき」において、精神史の文脈のなかで、ある程度、確認したところである。ここでは、文化学の文脈のなかで、この未知なる詩学を位置づけてみたい。精神史と文化学の文脈のなかで、描かれた輪郭が重なることがあれば、そのとき、この詩学とその方法は己の出自を得ることになるからである。そこでまずは、胎に宿る子になり代わり、新しい文化学としての免疫の詩学、その誕生を思い切って宣言（予兆）することからはじめたい。

宣言

身体における「自己」のアイデンティティは、脳にではなく、臓器機能の役を免れ、身体という〈チューブ〉の周縁を巡る漂白の細胞、免疫（インミュニティ）に宿る。身体全体の記憶を宿し、自己と非自己を認識・識別する作用（主体）は脳にはなく、免疫にあるからだ。身体としての文化もまた、その真の主体は、社会の頭部・中心・内部にではなく、「コミュニティ（共同体）」の役を免れ、縁を解かれた無縁者たちの宿場、「インミュニティ（免役／アジール）」に宿るだろう。ここに、社会の原理とは異なる文化固有の逆説の原理、縁を無縁の糸で紡ぐ主体の原理がある。日本三大芸能（能・歌舞伎・文楽）が等しくアジール（無縁所／駆込寺）に、「ヨーロッパ共同体」の一粒の種が一人のディアスポラ（漂白者）の「コミュニオン（聖なる身体）」に宿ったのもこの逆説によるだろう——「家を建てる者たちの捨てた石。それが礎の石となった。これは主のなさったことだ。私たちの目には不思議なことである。」

この原理には、今日の文化学（地政学）によって皮肉にも「沈黙する絶対的な他者存在」へと貶められた孤高の周縁者、その主体的な抗いの声が響いている——「カエサル（社会の権力・監視機構）の主体と文化の主体に何の関係があるというのか。文化の主体は無縁の原理に導かれ、内部と外部の際（きわ）を駆け巡り、各文化を見えない糸でしるしづける周縁に宿るからだ。」あるいはここには、言語構造をモデルに構築された〈脳の文法〉としての静的な文化形態学、その死角を突く反語の問いが潜んでいる——「身体としての文化の文法が脳の文法に従属（平行）するという根拠はどこにあるのか。

文化は〈コギト〉が生み出す幻とでもいうのか。」

ここに、暗黙のうちに文化の主体の座を社会の頭部や内部システム、あるいは頭脳の言語システムにみる閉ざされた文化学、そのあり方を身体の文法によって異化する、ドラマツルギーとしての免疫の詩学の発生をみることができる。免疫という筋書きのないドラマは、他者との偶然の交流・衝突をとおして自己を認識し、そのことで自己をたえず変化、変異、飛躍させていく開かれた身体の異化作用、自己認識の即興劇（コメディア・ディラルテ）だからである——シクロフスキーがいうように、「異化」とは「奇異なるもの＝芸術」との衝突によって生じる生への気づき、自己認識の方法＝詩法だからである。その意味で、免疫とは「一個の渡り行き」（"ein Übergang"）、すなわち「超人」（"Übermensch"）であり、したがってその文法は超人の詩法である。

かくして免疫の詩学は、文化の根源的にして潜在的な力である「無縁の原理」、その主体的な働き、その逆説のダイナミズムを捉える新しい文化学となる。

一　免疫の舞台／聖パトリックの煉獄

「まえがき」では、精神史の文脈において、免疫の詩学が求める舞台を「聖パトリックの煉獄の穴」に設定し、ドラマの内容を煉獄に求める根拠を記した。そこで今度は、文化学の文脈において、このことが当てはまるのかどうか、考えてみたい。

文化学の舞台は、免疫の詩学を名乗る以上、免疫の現場としての周縁／アジール、その名に恥じない地点に求めなければなるまい。その際、選定の決め手となるものとして、舞台に深く刻み込まれた二つのしるしに注目したい。免疫作用が活発に働く現場には、必ずや時制の異なる二つのしるし、〈記憶の印〉と〈徴候の徴〉が顕れるからである。すなわち、免疫が自己を非自己から識別するためには身体全体の記憶が刻まれた印をもたなければならず、その印による識別のプロセス〔抗体生成のプロセス〕において、免疫は他者との接触による〈ケアン〔供犠の塚〕〉を徴候の徴として残すからである。少なくとも、これ以外に、自己に反応しない免疫の主体の顕れを確認する術を、いまのところ私たちは持ち合わせていないだろう。

とはいえ、それだけでは舞台を絞り込むのはいまだ困難である。漂白する旅芸人である免疫の舞台は、たえず移動していく。そのため、身体のどこにでも舞台は設置されることになるからである。

そこで思い出したいのが、一九六〇年代に医学に革命をもたらしたひとつの発見、すなわち免疫T細胞の母体にして教育現場である胸部胸腺の発見である。この発見によって、未来の免疫が潜在的にもっている作用をある程度、固定化した状態で、探究していくことが可能になったからである。もちろん、その作用とは自他を識別する自己認識作用のことであり、その作用の顕れが二つのしるしであることはいうまでもない。つまり、胸部胸腺とは、その二つのしるしを潜在的に宿す身体唯一の現場、時空の象徴的な交点であることになる。歴史の影響が潜在的＝象徴的に宿る地点の発見を目指す本書にとって、この発見はなんとも心強いものである。

それでは、免疫における胸部胸腺に相当するような時空の交点が、ヨーロッパ文化において果して実在するのだろうか。あると言いたい。免疫の現場であることの証、ヨーロッパ共同体の記憶と徴候のしるしを潜在的に宿し、その生成過程がはっきりと見て取れる交点が少なくともひとつは存在するからだ——古きヨーロッパの魂の記憶と徴候が宿る、ある秘められた名前の隠し場所である穴がそれである。その名前とは「オクシデント〔日没／没落の地〕」である。

それではなぜ、秘められた名前が隠されている交点に、胸部胸腺の象徴をみようとするのか。それは、およそこういうことになるだろう。

フロイトを待つまでもなく、自己の真の主体は、自己が誇る正の表象のなかに宿ることはない。むしろ、自己が深く隠蔽し、語ること自体を「タブー」とする負の記憶（トラウマ）のなかに宿り、それが深く自己を「しるしづける〔タブー化する〕」のである。ヨーロッパという文化は、「オリエント〔日が昇る地〕」という輝かしい名前をもつ文化に対峙したとき、「優越感」ではなく劣等感を懐き――『オリエンタリズム』のサイードはフロイトの「投影」の理論を転倒させてしまっている――、自己の呪われた名前の意味、「没落（オクシデント）」の意味を問い続けなければならなかった。そして、そのことをとおして深く自己を認識するにいたったのである。ヘーゲルがいう「オリエントの象徴」としてのスフィンクス、彼女と対峙したオイディプス（ヘーゲルがいう「ヨーロッパ」）が、己の疼く足傷――オイディプスは腫れた足の意――によって、自己の名前＝しるしに秘められた呪いの運命を問い続け、そのことで自己を認識したように――「ひとつの声をもち、朝は四本足、昼は二本足、夜は三本足の者、それは（足に「しるし／名前」をもつ）私（＝人間）ではないのか。」

こうして、ヨーロッパはこの秘められた名前に自己の負の記憶をしるしづけ、そのことで自己を認識する術を覚えていった。これは否定的意味でいっているのではない。ユング流に解釈すれば、この場合の投影とは「自己疎外」（フロイト）であるまえに、肯定すべき「個性化の原理」に向かう過程であり、ニーチェに倣えば、これは「超人」が欲すべき「没落」（"Untergang"）の道程だからである――自己の記憶を宿す〈免疫のしるし〉、ヨーロッパの秘められた「薔薇の名前」、「オクシデント（没落）」。「超人」の道標（みちしるべ）。

それでは、オクシデントというこの名前が隠された地点はどこにあるのか。その名を隠すのにもっとも相応しい場所、オクシデントのなかのオクシデント、西のなかの西の地点にあるとみるのが理にかなっている。それでは、その地点は具体的にはどこを指すのか。ヨーロッパの周縁、極西アイルランド、その北西部に位置するドニゴール州の湖、ダーグ湖に浮かぶ小島のなかの異界に通じる小さな穴、「聖パトリックの煉獄の穴」を指している。そこは「ヨーロッパ共同体」が形成、生成、展開されるうえで、根本的に重要な役割を果たしたひとつの概念、「煉獄」が発生し（十二世紀）、いまも働き続けるまさにその地点だからである。

二　カタバシスとしての煉獄

ダンテは、この煉獄の穴を自らの想像力の巨大な溶鉱炉のなかに溶かし込むことで、ヨーロッパの詩魂に決定的な影響を与えた巨大なモニュメントを建てることに成功した——円錐形の聖なる山のイメージ、〈アナバシス＝上昇としての煉獄のイメージ〉。こうして、私たちの心象に映る煉獄の相貌はいまや完全に彼のものとなっている。だが、煉獄の源流を辿っていくならば、その元型は〈カタバシス＝降下としてのいと小さき穴〉であることが確認されるだろう。

とはいえ、このいと小さき古き穴を軽視してはならない。この穴は、ダンテの煉獄にはみられないすぐれた個性をもっているからである。ダンテの煉獄があの世に存在する以上、そこは個人の内面にのみ存在（実存）するイメージである。これに対し、この穴は煉獄の入口であり、そこはこの世界に実在し、したがって、黄泉下り（煉獄巡礼）の経験を心のみか身体においても共有することができるのである。その意味で、この煉獄の穴は天国と地獄と袂を分かち、現世にもっとも接近する異界であるともいえる。文化人類学者、ヴィクター・ターナーに倣って、ここを「生の墓場にして再生の子宮」"tomb and womb"と呼ぶことも可能だろう。それならば、私たちはもう一度、ダンテの圧倒的なイメージのまえにいまや忘却されたかのイメージ、このもうひとつの煉獄を「想起（アナムネシス）」し、「降下（カタバシス）の道を歩む方法（"Untergang"＝没落の方法）」を学び直す必要があるだろう。この洞窟の歩き方を覚えるとき、煉獄というひとつの異界がもつきわめて重要なある観点を手に入れることができるからである。すなわち、身体をもつ異界、体感できる煉獄という観点である。この穴の出自と煉獄の地上における実在性を証する『聖パトリックの煉獄』が中世のベストセラーとなり、中世の都市伝説に導かれ、多くの巡礼者が異界の身体性（実在性）を体感しようと集まってきたのも道理である。あるいは、この事情を知ればこそ、シェイクスピアは身体をもって顕れた父の幽霊に慄くハムレットに、かの有名な独白を語らせたのではなかったか——「（煉獄は）存在するのかしないのか、それが問題である」。身体の文法である免疫の詩学が、煉獄の穴に関心を寄せるひとつの理由も、この煉獄のすぐれた身体性に求めることができる。身体というチューブの周縁を巡り行く免疫細胞とダーグ湖の煉獄の穴の巡礼者、二つのイメージが身体運動において重なるのも偶然ではあるまい。

こうして煉獄は、身体と魂、この世（生）とあの世（死）、天国と地獄を切り結ぶ「第三の場所」（マルティン・ルター）となっていく。かくして、煉獄に対峙したヨーロッパは、免疫さながらに己の生を異化し、そのことで自己を真に認識する詩法を覚えていくことになった。すなわち、ヨーロッパは、〈第三の場所＝第三の身体〉をもつことによってこそ、身体を身体、心を心、現実を現実、生を生、自己を自己によって認識しようとする同語反復を免れ、自己を逆説によって異化する独自の自己認識の方法を身につけていったのである。彼岸と此岸、善と悪、正と負、真実と虚構との対立、この堅牢なるヨーロッパの二元論的世界において、二つの間の架け橋となるものを想定することなしに、自己の生への深い洞察と認識に至ることができるとはおよそ考えられないからである。否、この二元論的世界のなかにあればこそ、ヨーロッパは第三の場所を見出し、その存在に向かって深い問いを発し、そのことによって自己への認識が異化され、知は研ぎ澄まされていったのではあるまいか。およそ人間は完全な善人（天国の住人）でも完全な悪人（地獄の住人）でもない以上、煉獄の喪失とともに、（死後の世界を信じる中世ヨーロッパにおいては）人は死後の住み家を失ってしまうからである。〈第三の存在への問い〉が発生する所以がここにある。実際、歴史的にみても、この問いによって「小罪＝許されるべき罪」と「大罪＝死に至る罪」との区分が生じ、前者の罪を「免罪」とし、その罪を贖うための「告白（告解）」の儀式が制度化され、その儀式を経て煉獄から天国に至ることができるという教義、さらに現在にまで影響を及ぼす中世の法が練上げられていったのである（ジャック・ル・ゴフ『煉獄の誕生』参照）。この場合、彼岸の法（教義）と此岸の法を結びつけるもの、それが煉獄に内包された身体性であったこと、この点は重要である。なぜならば、煉獄の刑罰はそのほとんどが身体の比喩を用いて説明されており、だからこそあの世とこの世、時限の異なる二つの法を結びつけることができるからである（煉獄の刑罰を軽減するために行われる「贖罪や禁欲、苦行や断食は体を通じて行われた」点にも留意したい。ジャック・ル・ゴフ『中世の身体』）。煉獄がもつ身体性（虚構の身体）のイメージが魂のイメージを引きつけたというべきだろう。

こうして、煉獄の此岸の車輪は回りはじめ（一二世紀）、その運動はヨーロッパの社会に地殻変動を起こし、都市の中産階級という「第三の階級」を発生させる大きな原動力になっていった。このような背景のもとに、此岸と彼岸の際に実在する〈第三の身体〉の象徴、聖パトリックの煉獄をおけば、それが歴史に果たした潜在的な意義の大きさがおのずと理解されるはずである。しかも、煉獄の概念と密接に結びつく「告解」が、実は聖パトリックの「告白」を淵源とするアイルランドの「贖罪規定」（六世紀）をモデルに作られていたとすれば、なおさらそういわなければならないだろう。

もちろん、この煉獄の穴は先述したとおり、免疫の証、ヨーロッパ共同体の魂の記憶と徴候／予兆のしるしが（現象としてではなく）潜在的に顕れている磁場でもある。そこは、魂の外傷（生前の罪）を浄化する地点であり、「死に至る病」〈地獄に堕ちる魂〉の徴候が顕れる〈絶望の修羅場〉であるとともに、永遠の癒し（天国にいたる魂）への予兆を孕んだ〈希望の修羅場〉でもあるからだ――「煉獄は天国と地獄に欠けている未来を表示している点で、ポエジーにおいて両者に優る」（シャトーブリアン）。

魂の浄化を希求する者たちは、死者たちばかりではない。身体をもつ異界であるこの地には、生者たちも記憶の浄化を求める魂の巡礼者、「緑の殉教者」となって、厳しい身体の苦行をとおして、未来（死後）の希望、天国の予兆を得ようと集まってくる。ここは身体としての異界、もうひとつの現世でもあるからだ。むろん、アジールにして「第三の場所」であるこの地点には、この世の地位も名誉もまったく無効である。「巡礼者はこの世の非成功者でなければならない」とまでヴィクター・ターナー（『キリスト教文化における巡礼とイメージ』）は述べている。この小さな穴に入る者たちはみな等しく内蔵のごとき穴を這いずりまわる〈白い衣の巡礼者（＝うじ虫）〉、その身体運動を覚えなければならないからである。煉獄巡礼は「白い衣の修道会」、シトー派修道会によって創立されたことを忘れることはできまい。あるいは、ハムレットのセリフをここでもう一度、思い出したいところである――「太った王様も痩せた乞食も、目先を変えた献立、同じ一つの食卓にならぶ二つの皿の料理にすぎないのさ。……ただ王様が（うじ虫のように）乞食の内蔵のなかを這いずりまわる（煉獄）巡礼の様を述べたまでのことさ」（『ハムレット』）。

その意味で、そこは身体と魂、此岸と彼岸、ケガレとハレ、過去（記憶）と未来（徴候）、絶望と希望、乞食と王、その両岸にかかる「ヨーロッパ」という詩魂が渡る〈一本の危険な橋〉である。そこは「通過儀礼」(ヴァン・ジェネップ)、あるいは「リミナリティ(境界)」(ヴィクター・ターナー)としての煉獄、詩魂が通過するヨーロッパの闇を穿つ煉獄の穴である。

と同時に、そこは、文字通りヨーロッパの二つの精神、二つの国家が衝突しせめぎ合う境界線・国境でもある。すなわち、そこは、アイルランド共和国(カトリック)とイギリス領北アイルランド(プロテスタント)の境界線上に位置する地点である——そこは、プロテスタントによる激しい弾圧と破壊、カトリックによる防衛と再生を繰り返しながらも、一二世紀から今日にいたるまで「煉獄巡礼」の唯一の聖地、「ステーション・アイランド」として世界から巡礼者を集めるヨーロッパの政治史、その闇の舞台でもあるのだ。煉獄の穴は身体=実在する穴であるがゆえに政治の現場となることができるのである。

かくして、ここで相反する二つの学、ポエティクス(虚構の学)とポリティクス(現実の学)はめぐり逢いを果すことになるだろう。本来、二つの学は互いの合わせ鏡として機能するものであったはずだからである。

ここはまさに免疫形成の母体にして、(免疫細胞の生存率4%以下と伝えられる)修羅の道場、古代ギリシア人が「魂の座」と呼んだ免疫システムの中枢器官、胸部胸腺と呼ぶに相応しい象徴的な地点、脳の文法を異化する〈身体/魂の文法〉としての免疫の詩学に最適な象徴劇の舞台である。

三　聖パトリックの煉獄の〈影/響〉

社会史の観点から眺めれば、この地点がヨーロッパの歴史に与えた影響は些細なものに映るだろう。それは、わずか三五グラムに満たない胸部胸腺が一九六〇年代の免疫学の発生の時期まで無意味な器官とみなされていたことに事情がよく似ている。だが、胸部胸腺のなかのT細胞の発見は、〈臓器主義〉としての近代医学に大いなる革命をもたらした。

それならば、この地点で働く無縁の原理の解明もまた、文化のアイデンティティという根本命題を棚上げし不在化することで成立している〈頭部・頭脳システム主義〉、あるいは〈エリア主義〉としての文化学、そこにひとつの革命をもたらす要因になるかもしれない。

革命の予兆は、文学史、文化史、あるいは心性史のなかにすでに顕れている。『神曲』（「煉獄篇」）のダンテのみならず、『ガルガンチュア物語』のラブレー、『ハムレット』のシェイクスピアなどすぐれた言語のアルケミストたちは、自身の想像力の溶鉱炉のなかに、この穴から湧き出す煉獄のイメージを巧みに溶かし込むことで、ヨーロッパ文学を異化する傑作を創出した。しかも、この穴の作用は現代の作家たちにまでおよんでいる。たとえば、W・B・イェイツの作品の深底にはこの地点の水脈が一貫して流れている。彼は、この穴から湧き出す彼岸の水が日本の能に表れる井戸の清水と成分を同じくすることに気づき、生の同語反復に陥ったリアリズム文学を異化する術をそこに見出した。その水脈は、ジェイムズ・ジョイスを通過して、シェイマス・ヒーニーの秀作、『ステーション・アイランド』にまでいたっている。ヨーロッパ心性史（アナール学派）の重鎮、『煉獄の誕生』のジャック・ル・ゴフはもとより、構造主義と一線を画し文化象徴のダイナミズム——「コミュニティ＝構造」に対する「コミュニタス＝反構造＝流動性」——のなかで捉える文化人類学者、『キリスト教文化における巡礼とイメージ』のヴィクター・ターナー、「新歴史主義批評」の旗手の一人である文学研究者、『煉獄のなかのハムレット』のスティーブン・グリーンブラットも、この舞台が歴史に与えた影響とそこで展開されるドラマの行方に大いに注目している。

彼らはみな、記憶と徴候に導かれ、この穴に刻まれた免疫のしるしを独自に見出した者たちである。『ハムレット』のなかの〈マギーたち〉もすでに星に記憶と徴候を視て叫んでいる——「つい昨夜のこと、北極星が西に見える、ほら、あの星が、今も燃え輝いている大空のあの地点を照らそうとさしかかったそのときだ。」

四　供犠と深淵――「序」の結びに代えて

ここは、ヨーロッパの記憶と徴候をしるしづける周縁／免疫の地点、幾多の悲劇の歴史において、破壊と再生を繰り返しながらも、漂白する心の旅人、「緑の殉教者」（アイルランドの修道僧）たちが、ヨーロッパ文化のアイデンティティを守り抜いた地点である――彼らの働きがなければ、ヨーロッパの詩魂が渡る煉獄の橋は消滅していただろう。あるいはまた、ヨーロッパの〈知魂〉が渡る橋さえもが喪失していたかもしれないのである。ヨーロッパの偉大な写本が戦火に燃え、ヨーロッパが蛮化し、己の記憶が刻まれた文字（ギリシア語とラテン語）さえも忘却しようとしていた六～八世紀、その危機を救った立役者、それは「蜜蜂の巣」の修道院を仮の庵とした心貧しき緑の殉教者たちではなかったのか。

ではなぜ、彼らがヨーロッパのアイデンティティを死守することができたのか。「移りゆく者」は応答する――「それは、この地がヨーロッパという共同体の周縁に位置していたからである。そして、その周縁の地にこそ文化の主体的な作用、無縁の原理が宿るからだ」、と。私たちはさらに「超人」に向かって問いかける――「汝、一つの深淵の上にかかる一本の綱よ、汝は、なぜ、一個の危険な渡りゆき、一個の危険な途上、一個の危険な回顧、一個の戦慄と停止であるのか。それは人間がもう一度四足の動物に戻ることに恐怖するためか。」危険な綱は応えるだろう――「そうではない。綱のはるか眼下に横たわる文化の深淵を覗き見て慄くからだ。その深淵には、ひとつの文化、そのアイデンティティが保たれるために流された、赤と緑と白き殉教の血が幻視されるからだ。その血こそが文化をしるしづけるものであるのだ――『蜜蜂の巣と獅子の謎解き、聖書はこれを何と説いているか。』（W・B・イェイツ）」こうして「世の初めから隠されていること」、身体の文法のもつ深淵のまえで、私たちは回顧し、戦慄し、停止を余儀なくされることになるだろう。だが、それでもなお、この危険な問いに対し、私たちは沈黙することなく、応答する責任を負わなければならないだろう。足を震わせながらも一本の危険な綱を超えていかなければならないだろう。

――かくして、免疫ツァラトゥストラ、その「没落＝オクシデント」という名の夜明けのドラマがはじまった。

五　本文の構成と内容

本書の構成は六章立てである。第一章は、通常の書物であれば、序論として示すべきものである。だが、「まえがき」の冒頭部分で記したように、未知の方法による未知のテーマであるため、序と結を半ばさかしまにするという道程を選択した。そういうわけで、第一章は、「まえがき」と「序」のあとに用意されたもうひとつの序論という意味合いをもっている。ただし、この序論自体が長文に亘るため、理解の補助線として、第一章に限り、以下にその概要を記しておく。なお、「まえがき」と「序」で、すでに述べた点については、割愛する。

第一章は、身体の文法としての免疫作用の構造の輪郭を素描することからはじめる。そこで明らかになることは頭脳の文法である言語文法と身体の文法との著しい対照である。この対照を、前者を「まなざしの文法」、後者を世阿弥が『花鏡』で説いた能の奥義に因んで「おもざしの文法」と呼ぶことにする。二つの文法の根本的な認識の差異がこれらの表現に集約されているとみるからである――一方は「まなざし」という言葉が暗示しているとおり、自己認識を最大の盲点とする観察による対象の客観的な認識法である。これに対し、免疫の認識法は、たえず自己の「面（おもて）」に映る自己の記憶に言及しながら、他者とのわずかな差異によって自他を識別する主体的（主観的）な認識法である。換言すれば、一方が主体（自己認識）不在による固定型（脳・眼球の身体内での固定化）の客観的な対象の認識法、他方が主体の働きを前提とするノマド（移動）型の主観（省察）と客観（観察）の一致による自他認識法であるとみるのである。

そのうえで、免疫の文法と身体としての文化の主体のあり方に平行関係が成り立つことを、（一）：語源からのアプローチ、（二）：多田富雄が説く免疫の作用と網野善彦が説く歴史に働く「無縁の原理」、二つの学説の響き合い――二つの分母には時空を超えて漂白する芸能としての能のイメージがある――に着目しながら解いていく。さらに、このことを踏まえて、免疫の詩学を今日の文化学、具体的には構造主義、前期フーコーの排除理論、サイードの「オリエンタリズム批評」と対峙させながら論じていく。その結果、今日の文化学の多くが、自己の主体（自己認識／自己記憶）を不在化する頭脳システム主義＝言語主義のパラダイムを前提に成り立っていることが明らかになるだろう。さらに、この理解に立ったうえで、今日の文化学のあり方を異化する免疫の詩学、その固有の意義とその具体的な方法を提示することになるだろう。歴史の見方に関する限り、免疫の詩学は、カルロ・ギンズブルグと網野善彦にみられる下位者側からの歴史認識、あるいはバシュラール、ミンコフスキー、中井久夫にみられる共鳴・余韻・予感としての詩的な歴史認識――〈影／響の詩学〉――の立場に接近することになるだろう。

その際、身体の文法の固有の個性を、免疫が働く現場において顕れる二つのしるし、記憶の印と徴候の徴に求めることになるだろう。こうして、免疫の詩学は、〈しるしの学〉と位置づけられることになるだろう。その特徴は、フロイトの「エディプス・コンプレックス」にみられるトラウマの二つのしるし（記憶と徴候）と一旦は交差するものの、最終的には父権の主体性の問題をめぐって決別することになるだろう。このしるしの学は、フロイトのトラウマに反定立するルネ・ジラール、彼が提示する供犠の概念に接近していくことになるからである。このことは、免疫の詩学の観点からオイディプス神話を読み直す作業を通じて行われることになるだろう。そこで着目するのは、ケガレとしての供犠が聖化されるまでの過程で繰り返される、対象に対して起こる認識者の逆転現象、すなわちハレからケガレ／ケガレからハレへと転じる不可思議な認識作用による自己の主体の変貌の問題である。

第二章から第六章までは、表題からも分かるとおり、取り扱われるテーマはいずれも煉獄である。第二章ではキリスト教のひとつの概念である煉獄が発生するまでの情況、すなわち歴史のなかの潜在的な可能性を「マタイによる福音書」に記されている四人の「赤いタブーのしるし」をもつ女たち、彼女たちの人生の歩みを手がかりに読み解いていくことになるだろう。第三章～第五章は舞台を「聖パトリックの煉獄の穴」に求め、シェイクスピア、W・B・イェイツなどの作品を手がかりに、歴史の闇で働く煉獄の潜在的にして象徴的な影響力を、精神史、文学史、文化史の文脈を交差させながら読み解いていくことになるだろう。ただし、第三章に関しては、煉獄の穴やそれに関連する地域のフィールド・

ワークで得た知見を踏まえたうえで分析を試みる。象徴をテキストのみならず、フィールド・ワークを取り入れて分析する方法は、文化人類学者、山口昌男やヴィクター・ターナーのすぐれた方法、すなわちターナーがいう「経験の考古学＝現実の効果と肉体を有する人類学」の方法から着想を得たものであると断っておく。第六章では、オクシデントの合わせ鏡として相応しい「オリエント」の地点、アイルランドからみて極東、日本、その「東」の関所である鎌倉（「もうひとつの鎌倉」）を舞台に、異界との通路がいまだ微かに覗く「七口切通し」や日本最古のアジール、縁切尼寺である東慶寺を中心に、「もうひとつの煉獄」の相貌を「オリエント的煉獄」と措定したうえでみていくことになるだろう。この章においても、フィールド・ワークで得た知見を踏まえて論じていく。歴史の潜在的な影響は過去のなかで閉じられてしまうものではなく、現在において息づくものだと考えるからである（その典型的な例を桑田佳祐の作品世界にみることになるだろう）。なお、この試みは、第二章のタブーの女たちと対照させ、東西を合わせ鏡にみるという方法を開示する狙いもある点を付記しておく。

本書は、第一章を除く、第二章から第六章までは、いずれも副題に「免疫」を冠している。これは免疫の詩学、その方法が様々な対象を前にして、いかなる相貌として立ち顕れてくるのかをみていく指標とするためである。方法とはひとつの現象であり、対象の処し方のなかに己のスタイルを開示すると考えるからである。第二章は、免疫の文法としての二つのしるし、すなわち記憶と徴候のしるし、それを免疫の詩学の方法として想定し用いている。第三章は、いまなお生成し続ける煉獄の概念を捉えるドラマツルギーとしての免疫の詩学の方法を提示する試みである。フィールド・ワーク＝おもざしの認識法による検証もその方法の提示の一環である。第四章では、「まえがき」においてすでに記したように、おもざしの方法による対象に対する固有の接近方法を提示する。この方法によって、文学テキストの背後にある潜在的な意味、あるいは歴史の闇に埋もれた当時の民衆の声（民間伝承）に接近可能となると考えるからである。第五章では、合わせ鏡の方法としての免疫の詩学の相貌が明らかになるだろう。この方法により、作家が深く秘めていたひとつの象徴、その存在が立ち顕れてくることになるだろう。また、そこでは、免疫の詩学の方法としてのおもざしの認識法がイェイツの「仮面」の詩法と一致していることが確認されることになるだろう。第六章は、合わせ鏡の方法を表象学に応用した場合の可能性が問われることになるだろう。この方法は、従来の比較文学・文化学のあり方を異化する狙いもあることをここに付記しておく。

第一章　免疫の詩学／身体の文法——まなざしか、おもざしか

ウォルターベンヤミンが言うように歴史はしばしば勝利者の視点から書かれてきたのだが、また歴史から長い間——マルク・ブロックはこれを告発している——身体が、肉体が、臓腑が、その喜びと悲しみが剥奪されてもいたのである。したがって、歴史に身体を返してやることが必要であった。そして、身体に歴史を与えることが。

——ジャック・ル・ゴフ『中世の身体』

食ってるんじゃなくて、食われているのさ、政治に長けたうじ虫たちはみんな仲良く食事中。食うことにかけちゃ、うじ虫は天下一の皇帝様なのさ。俺たち人間は自分を太らせるために動物を太らせるが、なあに自分を太らせるのはうじ虫を太らせるため……ただ王様が乞食の内蔵のなかを煉獄巡礼なさる事の次第を述べているまでさ。

——シェイクスピア『ハムレット』

すべてはカオスである。すなわち、土、空気、水、火、などこれらの全体はカオスである。これらの全体は次第に塊りになっていった。ちょうど牛乳のなかからチーズの塊ができ、そこからうじ虫があらわれてくるように、このうじ虫のように出現してくるものが天使たちなのだ。

——カルロ・ギンズブルグ『チーズとうじ虫』

一　身体の主体者としての免疫

生物学的には自己のアイデンティティは脳にではなく、免疫に宿る。免疫は自己と非自己を識別し、非自己を異物として排除することで自己性を保つのであるが、免疫は脳にはないため、拒絶されるのはむしろ脳の方だからである。[1]自己のアイデンティティを暗黙のうちに脳に求める近代的な知のあり方に対し、ここに身体の文法の方からひとつの反問が投じられていることになる――「我惟うところに我はなし。我を惟う我の脳に我の主体は宿っていないからだ。コギト（我惟うゆえに我ありと我惟う循環論者）よ、このパラドックスをなんと解くか」と。脳の作用がもっとも頼みとする視覚認識、その最大の欠陥が自己認識であることを思えば、さらにこの反問は近代の知にとって鋭い刃となって迫るだろう。自己の主体の有無は、自己認識作用をもつか否か、そこにかかっているからである。

自己の主体が脳に宿っていないこと、その根拠は、コギトの特徴的な方法である「観察」、その認識のあり方が皮肉にも暴露している。観察とは視覚認識を基礎におくが、その視覚にとって最大の盲点とはまさに自己認識だからである――瞳にけっして映りえないもの、それは自己の瞳にほかならないのである。

このことを暗示的に語っている一例として、たとえばデカルトの『方法序説』第六部のなかに記されている以下の洞穴の比喩を挙げることができるだろう。ここでの「コギト」は、もはやプラトンの洞窟の比喩（「イデア」）ではなく、「カメラ・オブスキュラー」という装置のなかで、観察する眼の怪物に変貌していることの比喩でしかないからである（小林康夫『表象の光学』参照[2]）。

この点で、彼らのすることは、盲人が目明きに対等の条件で打ちかかるために、相手を真暗な洞穴の奥につれこむのに似ていると私には思われる。そしてそういう人々には、私が、みずから用いている哲学の原理の公表をひかえることは、有利であるといってよい。なぜならその原理はきわめて単純できわめて明白であるゆえに、それを公表することによって私は、彼らが打ち合うために降りていった洞穴に、いくつかの窓を明けて光を入れるに似たことをするわけだからである。[3]

この比喩をまじめに受け取るならば、「コギト」は「洞穴」という名の「カメラ・オブスキュラーの装置」でしかなく、そこに決定的に欠けているものは、皮肉なことにコギトの目的であるはずの自己認識（「自己省察」）」だということになるだろう。「窓を明（開）けて光を入れる」ことを必要とするのは対象を観察する視覚認識であり、本来、自己認識には光学の装置など必要としないからである。

観察者が頼みとする視覚認識は、自己認識を排除することによってのみ対象を識別することが可能となる作用、言い換えれば、主体を不在化することでのみ成立する知のひとつのあり方である。眼球に自己（主体）が映れば眼球映像は朦朧とし、視覚の客観性（映像の鮮明性）を失ってしまうからである。

このゆえに、観察としての科学的思考は自己の主体を「主観」と呼ぶことで排除し、自己疎外された「客観」と「実証」というレンガを積み上げて、バベルの塔の建設を目指すことになる。「デカルト主義」を名乗り「バベル言語」を標榜する文法――言語学者チョムスキーはデカルト主義を公言している――もこれに準ずることになるだろう（後述するとおり、免疫学とチョムスキー言語文法との〈平行言説〉が完全に破綻してすでに久しい）。

観察のあり方、そのもうひとつの特徴は、自己と対象の固定化にある。蛙のような高度な動体視力をもたない人間の視力は、必然的に視点を固定化し、対象を空間にピン留めする方法を志向する。こうして得られたデーターはカテゴリーごとに分類されることになるが、これは（精神と物質の二元論を前提に）時間（自己記憶）を排除することで成立する空間による典型的な認識法である（物体を空間の「延長」のもとにみるデカルトの認識のテーゼを想起したい）。だが、自己の生は開かれた生成のダイナミズム、時間のなかにあるわけだから、この方法によって生成する自己を捉えることなどできるはずがない。この点に関しては「観察」のアンティ・テーゼとして「触診」という観点、いわゆる「身体の実存主義」を説くメルロ・ポンティ（『知覚の現象学』）も同様な見解を示している。観察による認識法の盲点が自己認識であることがここでも確認されるわけである。

さらに、コギトの空間認識法を痛烈に批判する時間の哲学者ベルクソンの主張を受け入れるならば、さらにそういうことになるだろう。すなわち、ベルクソンによれば、頭脳は記憶の貯蔵庫さえも保持しておらず、頭脳とは脳以外のどこかに蓄積されている記憶――厳密にいえば、記憶の蓄積という見方そのものをベルクソンは否定しているので、これは比喩でしかないのだが――を引き出すために「指揮棒を振る」「パントマイムの指揮者」にすぎないという（『物質と記憶』を参照）[4]。脳の作用と記憶の作用が水と油の関係、すなわち一方が観察・客観・空間的判断を志向し、他方が省察・主観（主体）・時間（記憶）的判断を志向するとすれば、脳に自己記憶（主体）が宿らないとするベルクソンの考え方は論理的にも筋がとおっているように思われる。

このように概略的に脳の認識の特徴について列挙しただけでも、脳と免疫、二つの認識のあり方にみられる著しい対照はもはや明らかだろう。すなわち、一方は主体（自己認識）不在による固定型の客観的な対象の認識作用、他方は主体の働きを前提とする移動型の主観（省察）と客観（観察）をたえず一致させていく自他認識作用であるとひとまずいうことができる（免疫における主観と客観の一致についての詳細は後述）。

それではどうして免疫だけが身体の主体者になれるのだろうか。それは、免疫が「共同体」の内部臓器の働きから無縁であり、つまり「（臓器機能の）役を免れ」、「身体というチューブ」（多田富雄）の内と外との境界線、周縁を駆け巡る〈身体のディアスポラ〉だからである[5]。空間の支配下におかれた内部臓器にも、身体の頭部に位置する脳にもこのような〈時の旅人〉としての役割を担うことはできない。臓器も脳も、身体の内部あるいは頭部に位置づけられることで、身体空間という組織の一駒になるほかないからである。

身体は各臓器、あるいは脳にそれぞれの「役」を命じ、各々はその役をつつがなく遂行することを誓う。この誓約によってこそ各臓器・脳は互いに縁を結び、ひとつの身体＝「共同体」の一員（内部者）になることが認められる。ただし、身体はひとつの例外、内部のなかに一人の外部者、周縁者の存在を許し、その者に特殊な任務を命じる。共同体全体の縁を無縁の作用で結び、身体全体の主体者になるという役割である。身体における主体のパラドックス、縁と無縁、中心と周縁の逆説の作用がここにある。

真理はコギトの循環論のなかにではなく、身体の逆説のなかに宿るというべきだろう。

二　文化と免疫

このような逆説の免疫作用の特徴を踏まえたうえで、本書では、文化の構造と言語／頭脳の構造が平行するという文化学の一大パラダイムを異化するもうひとつの命題を提示したい。免疫作用にみられる主体の逆説が、身体としての文化＝「共同体」に平行するというのがそれである。すなわち、「役（"munitus"）を共有（"co"）するもの」としての「共同体」"community"の主体は、その反対概念である「役を免れた（"im"）」無縁者、「免疫」"immunity"に宿ると措定するのである。

文化学と免疫学に平行関係が成り立つ点についてはさしあたり、文化作用を説明する際に用いられるキーターム、「同化」「異化」「排除」といった文化人類学に派生する用語が、免疫用語のキータームと意味を共有している点を挙げることができるだろう（他文化を差別用語が含意される「異文化」と呼ぶのは明らかに免疫における「異物」を念頭に置いているからだろう）。あるいはもう一点挙げるとすれば、免疫が身体の一つの風景であることから脱却し完全に前景化される時期、つまり医学における免疫学の誕生の時期と文化が歴史・社会のたんなる風景から脱却し前景化されることで文化学が誕生をみた時期が一致すること（この点については後述）、以上二点を挙げておきたい。

身体の免疫と文化の免疫の間に密接な関係があることは、「文化」の語源が暗示するところでもある。"culture"の原義は「（土地を）耕作する」であるが、耕作するとは土地に酸素を送り込みバクテリアの触媒作用を促すこと、つまり語源的には土地の免疫性を活性化させることが「文化」の第一義的な目的であるということになるだろう。この原義を今にとどめている言葉、"agriculture"「農業」、"germ culture"「バクテリアの触媒作用」は、その証左である。

このことは、文化がひとつの有機体としてまずは考えてみるべきことを示唆している。すなわち、文化の作用を合理的な頭脳による言語のメカニズムとして捉えるまえに、まずは生物学的なオーガニズムとして捉える観点が求められているということである。イギリスの詩人、T・S・エリオットは『文化の定義に関する覚書』のなかで、この観点を忘れずに指摘している。(6) また、この観点を取ることによって、彼はここで文化におけるサブカルチャーの重要性にいち早く気づくことにもなった。

これに対して、今日の文化学、とくに文化形態学の多くは、頭脳の認識作用である言語構造をモデルに構築されているようである。むろん、その前提には、文化の文法と言語文法／脳の文法との間に平行関係が成り立つという見解があるだろう。この見解は、文化内で交わされるコミュニケーションの多くが言語を通じて行われていることを思えば、ある程度妥当性をもっている（レヴィ＝ストロースが主張するように、言語と文化は構造的諸関係、諸差異の体系、記号、交換関係といったように同じ素材でできている点も認めることができるだろう）。だが、同時にこの点だけをあまりに強調すれば、あたかも文化が頭部の神経系頭脳システムによってのみ成り立っているような印象を受けてしまう。そこで忘却されているものは、文化のもつ歴史性の問題、および（メルロ・ポンティがいう意味での）「歴史に果たした身体の意味」である。本書において、脳の文法としての文化形態学を異化する身体の文法、免疫の詩学を掲げるのはこのためである。むろん、それを「文法」あるいは「詩学」と呼ぶからには、ある法則をもった構造がそこに存在していなければならない。本書では、その法則を言語文法と著しい対照をなす免疫の文法に求めるのである。

それでは、免疫の文法の構造（仕組み）はどうなっているのか。そのあらましを、免疫学者・多田富雄の著書（『免疫の意味論』や『免疫・「自己」と「非自己」の科学』など）に依拠しながら、ここで概略的に述べておくことにしたい。

免疫システムの中核的な機能を果すT細胞は、古代ギリシア人が「魂の座」と呼んだ胸部胸腺のなかで誕生し、そこで育成される。(7) 彼らはそこで徹底した身体教育を受けることになるが、その学校の教育理念は多くはない、いや一つである――ソクラテスに与えられたデルフォイの神託、すなわち「汝自身を知れ」、これに尽きるだろう。ただし、自己を知る術を習得するのは至難の業であり、晴れて卒業できる生徒数はわずか4%未満にすぎない。この習得には途方もない難題が待ち受けているからである。すなわち、自己を認識するためには、身体全体の記憶のすべてを覚えておかなければならない。しかも、自己記憶は他者との接触によってたえず更新されていくため、生成する自己に柔軟に対応する能力をも身につけていかなければならないのである。落第者は情け容赦なく抹殺されてしまう。身体は自己認識法を習得できない生徒をコミュニティに送り出すことの危険を承知しているからである（免疫が自己を認識できず、自己に反応した場合、身体コミュニティは崩壊の危機に瀕する。これを「自己免疫の恐怖」と呼ぶ）[8]。こうして、免疫の「アカデミア」は妥協なき修羅の道場と化すことになるだろう。

自己認識作用を完全に取得したT細胞は、免疫の学校を巣立ったあと、己が使命を果すことになる。ただし、T細胞の自己記憶による認識作用は、しばしば誤解されているようなDNAのたんなる機械的な複写作用などではない。あるいはプラトンの「イデア論」やチョムスキーの生成文法にも通じる生来的に内在された普遍的記憶（文法）という考え方もすでに過去のものになって久しい[9]。T細胞の働きは、何とも曖昧、不確定、冗漫な作用、「その都度の記憶」による自己認識法だからである。いうなれば、免疫の記憶作用はその都度の「自己に言及しながら」現在の自己を再解釈し、自己を意味づけることで自己を生成、変貌させていく〈移りゆき〉、一つの現象であるというべきだろう。たえず超えていく者、ニーチェがいう「超人」としての免疫の相貌がここにある――「わたしはきみたちに超人を教える。人間は、超克されるべきところの、何ものかである。」（ニーチェ『ツァラトゥストラ』）

三　免疫の文法

それでは免疫の認識法とは具体的にはどのようなものだろうか。免疫作用の第一定理は「自己に反応しない」というものである。しかもこの定理は異物である他者にも適用される。異物のすべてに反応していては、食物摂取は成り立たないからである。免疫は異物が自己の内部に忍び込むことにはまったく無頓着である。こうして異物は易々と自己の一部を非自己化することに成功する。だがこの際、非自己化された抗原は、細胞の表面に自身の新しいアイデンティティをコード化（DNAの記号化）して提示する。これを「抗原の提示」と呼ぶ。[10] 侵入した異物にまったく無反応であるT細胞が反応できるのは、異物が抗原を提示し、あえて表面に己の抗原を浮上させ、新しい自己を映し出すからである。T細胞の表面にアンテナを張り、自己を記憶し、自己を認識するT細胞の一つ、抗原レセプター（TCR）はこのとき初めて反応を開始する。こうして、異物に対し攻撃指令を発動し、T細胞の一つ「K細胞（キラー）」が指令を遂行し、異物は除去されるというわけである。つまり、免疫作用の根本は内部作用ではなく表面作用、表面と表面の映し合いの技法であるといえる。すなわち、異物は非自己化した己を表面に映し、T細胞の方は表面にアンテナを張り、そのアンテナは同時に自己記憶を内包していることから、絶えずアンテナ＝表面に自己性を映し出す。この表面に映る自己性と、異物が表面に映し出す他者性、これを表面で重ね合わせながら、そのわずかに生じる差異を通じて自己と非自己を識別しているわけである。免疫の認識作用において主観と客観、省察と観察とが完全に一致するのはこの技法のゆえである。

この表面作用は鏡の作用に類似するが、この場合の「鏡」とは、西洋的な意味での鏡の概念では説明できまい。鏡による認識法は客観と主観、観察と省察が完全に一致することなどありえないからである。むしろ、大和言葉にみえる〈うつすもの（写す→映す→移す）〉（坂部恵著『仮面の解釈学』と『ペルソナの詩学』参照）としての鏡、能における面（おもて）の作用によって説明するのがより適切だろう。ここにおいては、客観と主観は一致をみるからである。坂部恵に倣って、この免疫の認識法を、脳の認識法としての「まなざし」に対する能の詩法（ドラマツルギー）としての「おもざし」と呼ぶことにしたい。[11]

能におけるおもざしの方法はおよそ以下のように説明することができるだろう。能楽師は能舞台のもっとも聖なる場所である「鏡の間」で面を装着する。しかし一般に誤解されているように、面を被った瞬間に神秘的な自己忘却の憑依現象が起こるわけではない。そうでなければ、能劇のプロットは一過性のものとなり、歴史的継承などありえないはずである。自己忘却するのではなく、「離見の見」をもって自己の所作のすべてを冷静に心に「うつす」、これが能、少なくとも『花鏡』における世阿弥が説く奥義とみることができる。このことをさらに具体的に説明すれば以下のものとなるだろう。

「面」は能における実践面においてもっとも重要な機能を果たしているとともに、能的ドラマツルギーの中核的概念それ自体を意味している。その概念を一口でいえば、「存在」を「うつす鏡」の機能であるといってよいだろう。ただし、ここにおける「鏡」は西洋的な二項対立の鏡ではない。西洋にとって「鏡」とは、ニーチェがおそらく『善悪の彼岸』で最初に指摘したように、プラトンの根本的命題としての「イデア（『国家論』）」以来、あくまでも実体＝本質＝真理（イデア）に対する仮象（ときに虚像）、光に対する影、面に対する仮面、表に対する裏であるという暗黙の二項対立の前提（言説）がある。しかも当然、この場合の二項対立は前者を正、後者を負とみている。ジャック・デリダの根本命題、西洋の二項対立としての「ロゴス中心主義」に対する批判も、この西洋的な「鏡」の概念の批判的な言い換えであるとみることも可能だろう。これに対し、能における「面＝鏡」には裏という概念がそもそも存在していない。面を「仮面」と呼ばず、「おもて」と呼ぶのはそのためである。マスクを被ればそれが「おもて」であり、面をはずせば「直面（ひためん）」となるだけである。したがって、この鏡には実体に対する仮象という概念が存在しない。あるいは現実と仮象、光と影は表裏一体、互いに可逆的であるといってもよい。

面のこの概念は、しかし能独自のものというよりは、古き日本の心、「大和心」——この場合の大和心は、能の志向性からみて、「ますらおぶり」というよりは「たおやめぶり」の感受性により近いのではあるまいか——の継承とみるべきであり、これは面に「うつす」という言葉の語感に微かに名残をとどめているものである。能面師は面を「彫る」とはいわず「うつ」というのもこのことによって説明することができる。すなわち、「うつ」とは「うつす」に由来し、この場合の「うつす」とは、「（心に）写す→映す→移す」とみてよいだろう。

能楽師はまずは徹底的に個性を殺し、過去の演目を指先の微妙な所作にいたるまで記憶し、すなわち身体で「写す（複写する)」ことでなければならない。個性を一つずつ殺していくこと、それが能楽師にとっての自己修行の基本である。個性を殺せば、自我による偏見も消滅し、そこで初めて他者を映す澄み切った鏡＝面＝心となるからである（この過程は能面師の面打ちにも適用される）。だがそうはいっても、演者に生まれつきの個性というものがあるのは当然である。したがって能における個性とは、自己を徹底的に殺し、伝統を写す行為（ミメシス）とそれでも残るわずかな自己との差異のなかに微かに映るものであり、初めから伝統を無視して個性的に演じようとすれば、かえって個性を殺すことになってしまう。面に表現された能面師の個性もこれに等しいだろう。

この最終段階が他者の魂を自己のなかに「移す」行為、聖なるものの憑依である。この「写す→映す→移す」の一連の動作がたくみの技によって舞台で受肉するとき、観客は初めて心を打つのであり、ここに見る者と見られる者は「鏡＝面」の「うつす」作用を通して消滅し、共通感覚を伴う聖なる舞台がここに現出されることになる。

このようにみてくると、面にうつり、うつす記憶の作用は、自己記憶／自己認識としてのＴ細胞にみられる免疫作用と酷似していることが分かってくるだろう。さらにこの自己記憶の類似性は、負の記憶と自己認識をテーマとする、いわば精神の免疫ドラマとしての夢幻能と重ね合わせてみるならば、さらに理解できるものとなるだろう。

さて、上述したおもざしの方法を念頭において、免疫Ｔ細胞の作用を説明すれば以下のようになるだろう。最初に免疫の記憶の作用はＤＮＡの忠実な複写、〈写す〉作用を行う、いわば免疫のミメシスとしての記憶作用の段階である。他方、異物の方は、非自己化することで自己変貌を遂げているわけだから、写すのではなく〈移す（自己を他者へと移し替える異化作用）〉といわなければならないだろう。「抗原提示」された他者をＴ細胞のアンテナが捉えるときの作用は、自己の面に他者を〈映す〉という表現が相応しい。なぜならば、そのとき、自己は自己に言及しながら他者を自己の面に映し、自己と他者を重ね合わせながら、そこにできた僅かな差異を他者として認識するからである。これはデカルトがいう「省察／反省（レフレクション）」の段階に平行しているようにもみえるが、そこにわずかな誤認も認められない点で省察の認識法とは根本的に異なっている。主体の面は客体の面を憑依させる（映す→移す）ことで、主観と客観、省察と観察とが完全に一致をみるからである。むしろ、この段階は、能楽師が鏡の間で面をかけ、他者を自己の身体に憑依させる瞬間に喩えるのがよいだろう。そして最後に、免疫は他者との衝突による傷である負の記憶を（「超システム」において）伝達することをとおして抗体をつくり出し、すなわち新たなる自己へと自己を〈移す（移し替える）〉ことで、自己を変化、生成、ときに飛躍（突然変異）させていくのである。

このようにみれば、T細胞の自己認識における免疫作用において、鍵となるのは更新された自己記憶のあり方であり、その際、記憶の想起を促しているものは実は異物であることが分かってくる。なぜならば、免疫の第一原理は自己に反応しないということであり、したがって無菌状態のなかではいわば免疫は不活性になり、免疫作用は退化していくからである。しかもこの退化によって免疫の病、自己免疫が起こる要因となるとすれば、さらにそういってよいだろう。すなわち免疫が活性化され、その都度自己記憶を想起させていくためには、異物が逆説的にもっとも必要とされるということになる。つまり、異物との遭遇により自己を劇化させ、その衝突の傷こそが免疫抗体をつくり出すことになる。言い換えれば、負の傷こそが新たな記憶として刻印され、それをその都度意味づけていく自己劇化の行為こそが自己記憶の作用ということになるだろう。要は、免疫における新たに生成された記憶は、負の記憶の積み重ねであり、これを土台にして自己認識を行うとすれば、過去の自己と現在の自己とを識別する自己認識作用は根本的に負の記憶作用によるといえるだろう。

言語の文法構造と対照をなす免疫の文法構造は、およそ以上のものである。ただし、言語学でいう「記号表現」（能記／シニフィアン）に相当するもののしるしの表れ方が、いわゆる「記号学」などで用いられるものとは著しい対照を示している点も、ここで特記しておかなければならないだろう。

二つの文法の根本的な違いは時制の問題に現れている。言語学の記号表現は、それが言語（パロール）として日常のなかで流通されている限りにおいて、たえず現在形であることが前提となっている（あるいは時制をもたない＝排除すると考えた方がよいのかもしれない）。記号表現自体に主観的な記憶としての過去形や主観的な未来形（予測）が持ち込まれると、コミュニケーションの共通基盤が失われ、伝達としての会話が成り立たなくなってしまうからである。伝達の客観的なツールとしてのコミュニケーションは純粋に記号化されている方が都合がよいのである（むろん、記号内容／シニフィエにはおのずから時制を伴う、すなわち発話者の記憶＝時制が持ち込まれることは免れない）。

これに対し、免疫の記号表現は、純粋に現在形でありながらも、その根本は過去形と未来形、すなわち記憶と徴候から成り立っている。そうだとすると、ここでもまた、言語文法と身体文法の著しい対照が現れていることになる。それはこういうことである。

一見、ＤＮＡのバーコードを表面にかざすＴ細胞は、言語の記号よりもはるかに徹底して合理的で機械的な現在形の作用をもっているようにもみえる。したがって、言語記号と同じように時制は現在形であるかのような印象を受けるだろう。かりに、それだけの作用しかもたないのであれば、免疫は主体をもちえないし、抗体をつくりだすこともできないはずである。だが、他の細胞とは異なり免疫細胞は主体をもっている（現代の最先端医療で用いられる免疫療法は、たとえば癌細胞に主体がないことにより有効に作用しているという）。とはいえ、免疫の主体性の作用はきわめてファジーであり、たえず自己を変化させつつ、それでいてその都度の自己認識は完全であるという不可思議な現象である。つまり、記憶は純粋に過去の記憶（生誕の際に与えられた初期記憶）を完全に保持しながらも、それでいて抗体ができた段階で未来の異物とのコミュニケーション（衝突）に備えて未来形の記憶をも宿していることになる。言い換えれば、免疫の記号は、過去と未来の時制をもつ記号であるといえる（この不可思議な免疫の時制が免疫学者の頭痛の種となっているようである）。ただし、通常の言語学的な時制として免疫の記憶の時制を定義すれば、「まえがき」で記したように「現在形としての記憶」というほかないだろう。

通常、これは主体的な作用であるから、この場合の過去形と未来形は、言語学的には記号内容であると定義するのが相当ではないかと思われるかもしれない。だが、ソシュールの言語理論を前提とするならば、そう定義できないはずである。言語においては、記号表現と記号内容の関係は恣意的であるが、免疫においては、表現と内容は完全に一致するからである。つまり、表現＝内容であるから、言語学的にみれば、免疫の記号内容は存在していないと考えるべきだろう。一方、免疫における記号表現は過去と未来を兼ね備えた現在形と定義するのが相当だろう。

ただし、観察者側の視点に立てば、免疫の記号表現は、もうひとつのしるしをもっていることが分かる。徴候としての徴がそれである。すなわち、自己記憶の印は他者を自己から識別するプロセスにおいて、免疫は他者との接触の〈ケアン（供犠の塚）〉としてのしるしを残すからである。もちろん、このしるしは、私たちの目には進行する病患の徴候＝未来の徴として映るのである。

以上のことを踏まえると、免疫作用が起こる現場には、過去と未来、二つの時制の〈しるし〉が顕れるとみることができる。すなわち、記憶の印と徴候の徴である。これは裏を返せば、これら二つのしるしが交差するその地点に免疫の現場があるということを意味していることになるだろう。

この理解は、身体としての文化、その主体を宿す免疫の在処を見定めるうえで重要な文字通り「しるし」になる。というのも、文化人類学でいうトーテム（各文化）を区分するものは「タブー＝しるしづけ」と定義されているからである。

周知のとおり、フロイトは『トーテムとタブー』において、この観点を直ちに精神分析学に応用し、彼一流の理論を打ち立てた。ただその際、彼は各個性を区分するものとしての「タブー（禁忌）」に、文化人類学とは異なり、免疫の文法と同じように、過去と未来、二つの時制のしるしを持ち込んでいる点は注意しておく必要があるだろう。すなわち、幼児期における心理的外傷（トラウマ）のしるし（記憶）が同時に一定の潜伏期間を経て顕在化する未来の病患の徴候（しるし）となることを彼はそこにみているのである。

だが、意外にも、フロイト以降、トラウマは、過去のしるしにばかりに目が向けられ、未来のしるしとしての側面にはあまり注意が向けられていないように思われる。その理由は、臨床としての医学の現場においては、病患が顕れている現在形から過去のトラウマへと遡って考えてみる以外の視点を取ることが困難だからである。だが、この臨床の盲点を突いてミシェル・フーコーは『夢と実存』（「序文」）において、以下のように述べている点は興味深いところである――

「夢の本質的な点は、過去を復活させることではない。未来を予告するところにある。……夢はトラウマ的な過去の強迫観念である以上に、歴史の予兆なのである。[12]」

一見、唐突な見解であるようにもみえるが、フロイトの一大命題のモデルとなったものが、オイディプスの外傷であることを思えば、これはむしろ理にかなった判断であるといえる。すなわち、オイディプスの外傷は、幼児期（過去）に足に受けた文字通り「外傷」であり、それが自己の運命の徴ともなったからである（後述）。ジョルジョ・アガンベンも『事物のしるし』において、フーコーのこの指摘を引用しながら、徴候としてのしるしのもつ意味の重要性を指摘している。[13]

臨床の心理学者、中井久夫もまた『徴候・記憶・外傷』において、言語記号としての世界に対し、未来を宿す徴候の重要性を説いている。その指摘は、すでに「まえがき」において引用したとおりである。[14]

以上が、本書における免疫の詩学が前提とする免疫の文法、その構造およびその特性の概要である。

四　文化学の発生／免疫学の発生＝一九六〇年代

人文学における風景であった「文化」が前景化され、「文化学」が一つの組織的な学問として誕生したのは一九六〇年代のことである。この時期は医学における免疫学の発生と軌を一にしているが、医学においては免疫学の台頭は一つのコペルニクス的転換をもたらした。近代医学は脳を身体の中心＝主体のありかと措定したうえで――脳死を人の死と捉えるパラダイムがその根拠となる――、身体臓器をパーツごとに細分化し、各臓器の関係性を検証する「臓器主義」を前提としていた。だが、免疫学はこの前提を覆し、身体の主体のありかを臓器機能の役を免れ、身体の周縁を巡る〈漂泊者〉、免疫という現象＝作用に求め、免疫（＝時空を流動する主体）との関係性において身体全体を捉え直す新しい認識＝現象学へと医学上の転換を迫ったのである。この転換が、医学においていかに大きなものであったかは、その目覚ましい成果によって確認することができる。ノーベル医学賞をはじめ医学上の世紀の発見のほとんどが免疫に関連するものだからである。

むろん、古くから免疫の存在は知られており、ある特定の病原体の感染を受け、これから回復した患者は、同じ病原体に対しては抵抗力をもつことが経験的に理解されていた。このため古代ギリシアにおいては、ペストの病人にはペストから治癒した人だけが看護を任されていた。十八世紀においては、イギリスの医師E・ジェンナーが牛痘を人為的にヒトに接種することにより、天然痘を予防することに成功した。さらに十九世紀末には、R・コッホ（独）、パスツール（仏）により病原微生物が分離され、純粋培養ができ、伝染病の原因も明らかとなった。あるいは、E・フォン・ベーリングと北里柴三郎によってジフテリアおよび破傷風菌に対する抗毒素がヒトの血清中にあることが発見されたこともよく知られているところである。

だが、それにもかかわらず、これら従来の免疫学は、免疫が非自己を認識し、排除するための身体の一つの器官、ないしは一作用としかみなしていなかったようである。この考え方に対し今日の免疫学は、免疫作用を自己の全一性を保証するための自己認識＝自己記憶の作用、すなわち免疫を身体のアイデンティティを決定する作用＝身体の主体のありかであるとみている。もちろん、この場合の全一性の保証とは、たんに非自己の排除だけを意味するものではなく、排除、同化、異化等を包括するものであることはいうまでもない。ただし、この全一性の保証という理解が得られるためには、各免疫作用を関連づけ、統御する免疫の中枢器官の発見を待たねばならなかった。したがって、中枢器官としてのT細胞の発見を待ってはじめて今日の免疫学が誕生したというべきだろう。

免疫作用に対する前者と後者の見方の違いは、文化学にとってそれこそ天地の差であり、後者の認識を待ってはじめて文化学は免疫学の方法を適用することが可能になる。なぜならば、自文化は基本的には異文化を一端は排除する傾向をもつものの、ときに応じて異文化を自己のなかに同化させ、あるいは自己を異化することによって自己を絶えず生成、変化させながら自己の全一生を保とうとする柔軟な自己認識作用をもつからである（ちなみに、今日の免疫学がもっとも問題になっているところは、免疫システムのあまりに柔軟でファジーな自己認識の作用であるという）。

一方、文化学の歩みはどうだろう。免疫学が誕生した六〇年代は、「カルチュラル・スタディーズ」（Cultural Studies）の発生によってこれまで文学の風景として副次的に取り上げられていた「文化」が前景化され、ひとつの学として成立した時期と重なっている。もっとも、今日では「カルチュラル・スタディーズ」のあり方も多様化し、その学を一口に定義することは困難になっている。[15] だが、この学の父がニューレフトの旗手、レイモンド・ウィリアムズであることから、文化を歴史的展開のなかにみる視座をもっている点ではいまだ分母を共有しているといってよいだろう。

五　構造主義としての文化学

一方、同じ六〇年代は、文化の構造を言語の構造によって解こうとするいわゆる「構造主義」の台頭をみた時期でもある。その騎手はいうまでもなくレヴィ＝ストロースである。彼は「野生の思考」にみられる神話の構造が普遍的な文法構造をもっていることを解き明かし、独自の理論を展開した。すなわち、「音素」（ヤコブソン）という言語活動においてもっとも物理的制約を受け易い記号の組み合わせによって、人は無限に差異化された文を組み立てていくように、野生の思考は一定の素材＝「神話素」を器用に組み合わせて（「ブリコラージュ」して）、様々な神話のバリエーションを生み出すと捉えるのである。[16] 換言すれば、閉じられた言語構造のなかで、人は開放された文化構造を生み出すことができるということになるだろう。これは裏を返せば、一見、無数に存在しているようにみえる各文化のもつ神話内容も、言語内容が文法構造によって制限されているように、構造自体は閉じられており、したがって形式（組み合わせの方法＝文法）のバリエーションの数は制限されているということになる。つまり、形式の成り立ちを明らかにすることによって、各文化の成り立ち（構造）が理解され、これにより文化の普遍文法と各文化のもつ個別的特徴（差異）が明示されるということになるだろう。

興味深いことに、彼の理論は、八〇年代前半までの免疫学の基礎理論、ニールス・K・イェルネが唱える「ネットワーク説」――免疫ネットワークに内在する「内部イメージ」の省察を通して自他を認識する「閉鎖性（の中の構造）によって成立する開放性」の理論――に酷似している。実際、イェルネは一九八四年ノーベル賞受賞講演で、自らの理論を「チョムスキーの生成文法論をひきながら、免疫学的認識構造が、言語と同様に限られた組成のつながりによって生成していく旨を述べている」（多田富雄『免疫の意味論』[17]）。

だが、免疫学とチョムスキー言語学との平行関係は、多田によれば、「超システム説」の台頭のまえに八〇年代後半に完全に崩壊し、現在にいたっている。イェルネの「内部イメージ」も「言語構造」も、いまや語ることさえタブーであるという。他者との偶然の接触によってその都度、自己を異化し、突然変異を繰り返す免疫システムを、静的な言語構造の「内部イメージ」によって解明しようとするのは土台無理があったというべきだろう。身体の主体者である免疫、その身体の文法が脳の文法である言語構造に平行しているという根拠はどこにもないからである。

それでは、文化学における構造主義の歩みはどうだろう。思想としての「構造主義」は、いわゆる「脱構築主義」の批判に曝され、以前の勢いはもはやない（脱構築主義の台頭は免疫学における超システム説の発生と軌を一にしている点に留意したい）。ただし、文化人類学におけるレヴィ＝ストロースの地位はいまだ揺るいではいないようである。このことは山口昌男が指摘するところである。彼によれば、文化人類学におけるレヴィ＝ストロースの優勢は論文の引用件数によって確かめることができるという。「供犠と暴力」といった身体活動を重視する文化人類学者ルネ・ジラールの理論は、彼が一〇〇に対し二つ程度だというのである[18]。

レヴィ＝ストロースがいまだ支持される大きな理由のひとつは、フィールド・ワークを重視する彼の姿勢によるだろう。これに対して、ルネ・ジラールやJ・S・フレイザーの不支持はその裏返しとみてよいだろう。だが、それだけではあるまい。彼の文化理論は他の追随を許さないほどに緻密にして、それでいて柔軟性に富むものがあり、そこに彼が提唱する文化人類学の独特のスタンスが読み取れるからである。

　彼は一般に誤解されているように、歴史（通時性）に対し構造（共時性）を単純に対立させることで、文化における歴史の意味を無視しているわけではけっしてない。彼が『野生の思考』において標的にしているのは歴史そのものではなく、ヨーロッパの歴史を普遍的な歴史基準においた、サルトルに代表される歴史観である点を忘れてはなるまい[19]。歴史を無視するどころか、逆に彼は、繰り返し文化における歴史的視点の重要性を説いているからである。しかも、今日の歴史家の多くが歴史における身体を忘却しているなかで、彼は歴史における身体の重要性を強調してやまない（歴史学者であるジャック・ル・ゴフが彼の構造主義のあり方を高く評価するのもこの点にある）。

　歴史上、そしてとりわけ世界の中で、人間が過去にその身体を用い、今も用いつづけている、そのあらゆるありかたの分類と記述である。われわれは人間の営みが作り出した生産物を収集している。書かれた書物をあさり、話された言葉を書きとめている。しかし、人間の体という普遍的で万人の手の届くところにあるこの書物が、また一方でいかに多様で変化に富んだ可能性をもちうるのか、まだ相変わらず知らないのである。（マルセル・モース『社会学と人類学』所収のレヴィ＝ストロースによる序文[20]）

彼がこのように述べる背景には、歴史を無視し、言語文法の構造に閉じこもるところの「構造主義」の危険を危惧しているからだろう。すなわち、彼は文化が歴史と身体をもっており、それゆえ、文化的営為が構造のなかで自己完結することなどありえないこと、文化という生命体は、接触すれば必然的に相互に異化作用が起こり、互いに変容していくものであることを、長いフィールド・ワークをとおして身をもって知っているからだろう。したがって、彼の神話理論の根本が人間と自然、文化と文化の相互浸透性にあることを忘れるべきではないのである。彼にとって、神話に表れる諸関係は、「人間、動物と超自然的存在物」、「食物の諸形態」、「有用な動物と植物」、「風景、気候、天体等の諸カテゴリー」、「音と沈黙」、「匂いと味」との相互に浸透する記号体系として捉えられているからである。その意味で、彼の文化理論は、

「超システム」としての現代の免疫学とむしろ足並みを揃えているとさえいえる。

とはいえ、根本的に言語構造と文化構造の平行を説く構造主義が、身体の観点をいかに持ち込んだとしても、そこには限界がある。身体を独自の文法によってではなく、言語の文法によって解釈してしまうことは、その方法論からみて避けがたいからである。このことは、構造主義に対してしばしば指摘される批判、「自文化の問題を棚上げにして、未開文化ばかりを対象とする構造理論は、複雑な現代社会のメカニズムを解くことができないではないか」が一部言い当てているところである。ただし、これが解けない理由は別のところにあるだろう。すなわち、構造主義が現代の自己の社会を解明できないのは、それが複雑であるからではなく、構造主義が頭脳の文法である言語文法に依拠しているからだろう。つまり、対象認識法である頭脳の作用は自己認識を知らず、したがって、言語文法によって、自己の生を包摂する現代とその文化・社会を認識することはできないと考えることができる。

だが、もう一度、構造主義というものが、どこから発生したのか振り返ってみると、意外にも言語構造という名の袋小路(アポリア)から抜け出す手立てがあるようにも思われる。構造主義のもうひとつの源泉は、ロシア・フォルマリズムの父、V・シクロフスキーが「方法としての芸術」のなかで提示したあの有名な「異化」の命題に求められると考えられるからである。

> 生の感覚を回復し、事物を意識せんがために、石を石らしくするために、芸術と名づけられたものが存在するのだ。知ることではなしに見ることとして事物に感覚を与えることが芸術の目的であり、日常的に見慣れた事物を奇異なものとして表現する「非日常化」の方法が芸術の方法であり、そして知覚過程が芸術そのものの目的であるからには、その過程をできるかぎり長びかせねばならぬ(21)……

みられるとおり、ここには今日の構造主義の最大の盲点となるもの、自己の生、すなわち自己認識の方法=詩法について語られている。そして、その方法こそが異化作用だというのである。しかも、その方法は言語文法としてではなく、芸術の詩法として捉えられている。すなわち、自己を包摂する「生」を異化する＝「奇異なるもの」にするための最良の「方法」として芸術が存在しているというのである。ここでは、芸術とは自己の生の外に立つひとつの異物のようにみなされており、したがってこの異物＝芸術の投入によってこそ認識は活性化され、生＝自己の認識は刷新されると解かれていることになるだろう。しかも、その方法は完成することに意味があるわけではなく、むしろ「その過程をできるかぎり長びかせる」こと、すなわち、プロセスこそが芸術の意義であるというのである。これは予め文化を言語構造内に閉じ込める構造主義とまったく逆の立場を取っているといってよいだろう。そうであれば、この主張はむしろ構造主義に対するアンティ・テーゼ、開かれた身体の文法、「超システム」としての免疫の詩学が志向するテーゼと響き合ってさえいる。ここで記されている「芸術」をワクチン（投与）と言い換えれば、それはほとんど免疫作用を説明することになるからである（ワクチン効果は持続性、すなわち効果をどれだけ「長びかせ」ることができるかに、その優劣の評価はかかっているだろう）。

構造主義が、ここでの「芸術」を言語に置き換え、限定することで身体としての異化作用の意味を忘却したのに対し、身体パフォーマンスを重視する芸術、演劇は異化を己のものとすることで、ブレヒト劇やベケット劇にみられるように、演劇界に一つの革命をもたらした。それならば、構造主義はもう一度、身体としての異化に立ち返ることが求められているのではあるまいか。その意味で、いわば身体の文化人類学者、山口昌男の以下の指摘はいまだ古びることのないひとつの卓見といってよいだろう。

ところが、不思議なことに、例えばヴィクトル・シクロフスキーの『手法としての芸術』が、オストラネーニエ（異化）との関係においてしばしば言及されているにもかかわらず、この概念を具体的にどのように使っていくかという追究はあまりなされていないようである。ましてや、今日の記号論や構造分析のなかで、この概念が果たし得る役割について言及した研究は殆どみられない。今日、構造論および記号論があまりにスタティックなモデルのために幾分行きづまりを見せている時に、この種の方向性を探すことは決して無駄ではないように思われる。[22]
もちろん、いまや私たちは、現代の多くの文化人類学者が、文化に現象学的な視点を取り入れることで、フッサールがいう「生活世界」としての身体、あるいは自己の主体の問題（「間主観性」）に立ち返ろうとしていることを承知している。だが、言語の文法を異化する身体の文法にまでいたっているとはおよそいいがたい。免疫の詩学の独自の観点が求められる所以である。

六　カルチュラル・スタディーズの発生

六〇年代、フランスにはじまる構造主義としての文化人類学に対し、先述したように、イギリスでは、マルクス史観のもとで文化のもつ歴史性を重視する「カルチュラル・スタディーズ」の発生をみた。[23] マルクス史観に立脚するこの学は、当然のことながら、「労働する身体」に重きを置いている点では身体の視座をもっているといえる。だが、その場合の「身体」とは、先述のT・S・エリオットが提唱する有機体としての身体ではなく、社会における身体の意義にとどまるものである（ただし、「社会としての身体」にすり替えてはいないことは、全体主義的な思考に餌を与えないという点でその判断は賢明であるといえるかもしれない）。それればかりか、有機的身体としての文化という観点を否定するところにこの学のひとつの特徴があるとさえいってよいだろう。この学の誕生の経緯を考えれば、その理由はおのずから説明される。というのも、「カルチュラル・スタディーズ」の父レイモンド・ウィリアムズは、エリオットの高踏的（アングロ・カトリック的）な「文化」の定義に批判的立場をとり、「長い革命」を志向する「ニューレフト」（イギリスのマルキシスト）の旗手だったからである。彼が目指した文化学はエリオットの文化論に反定立するところからはじまっているとさえいえるだろう。

文化の定義を多義的に捉え、文化と社会の意味に明確な差異を設けないことで、文化学を半ば社会学化（ポリティクス化）しようとするこの学のその後の戦略の背景にも、父である彼に由来するニューレフトの伝統があるとみてよいだろう。

ニューレフトの立場から眺めれば、文化に対するエリオットの観点は、社会を全一的身体に見立てる全体主義の言説を連想させるものがあり、そのため危険な思想に映るのかもしれない。だが、真の危険は、文化の主体性の問題を不問に付すことで、文化の原理を社会の原理に従属させようとする「凡庸なる」心性風土に求めるべきではあるまいか。全体主義的な主張はほぼ例外なく、文化的身体を社会的身体にすり替えたうえで、自己が所属する社会を特権化するという政治的戦略を取るからである（全体主義に右も左もないことは、スターリン主義を批判する社会主義者ジョージ・オーエルの『1984』が説くところでもある）。その意味では、労働する身体の歴史を重視しながらも、これを「身体としての社会」にすり替えることを避けたカルチュラル・スタディーズの判断は、一方において妥当性があるといえるだろう。だが他方で、そのことによって文化のもつ身体性の問題を不問に付したその責任をこの学は免れないだろう。

七　フーコーの排除理論 VS カルロ・ギンズブルグの『チーズとうじ虫』

一方、イギリス型の文化学とは別に、今日の文化学のもうひとつの潮流は、（主に前期の）ミシェル・フーコーに端を発する〈排除システムの理論〉に求めることができるだろう。これら二つの文化学は、マイノリティの文化を擁護する立場を取る点では理解を共有している。だが、一方が民衆の視点から「サブカルチャー」の意義に注目しているのに対し、他方は、民衆文化の主体的なあり方をほとんど問題にせず、社会的上位による下位の抑圧のメカニズムの解明に主眼を置いている点で、二つの視点は対照的である。すなわち、一方が下位の方から文化のあり方を、他方が逆説的であるにせよ、上位システムの方から文化のあり方を捉えようとしている点である（この対照性は、後者だけがマイノリティ文化のあり方を「沈黙する絶対的な他者存在」と定義している点に端的に表れている）。

一見、二つは表裏の関係にあるようにみえるが、実はそうではない。後者の場合、下位文化の主体的な働きを暗に否定しているからである。その意味で、後者はたえず批判的な精神のもとでみていく必要があるだろう。というのも、かりに確たる根拠もないまま、文化は社会のなかに包摂されるという前提で、文化史的な影響までも地政学の傘下におさめ、さながら立て板に水を通すように、歴史の影響は一方的に上位から下位へと「流入＝インフルエンス」していくものであると捉えてしまうならば、結局のところ、社会的下位者はひたすら滝壺のなかで影響を享受するだけの、余波(なごり)をとどめぬ哀れな無数の泡と定義されることにもなりかねないからである。

その意味で、『チーズとうじ虫』の著者カルロ・ギンズブルグの以下のフーコーに対する厳しい批判は注目に値する。

「民衆階級によって生み出された文化」ではなく「民衆階級に押しつけられた文化」を研究しようとするとすぐに、問題の様相は根底からちがってくる。……このような新しい懐疑主義は、そのもとで土台をなしているものがミシェル・フーコーの研究であるから、一見したところ逆説的であるように見える。すなわち最大の権威とされるものが、『狂気の歴史』のなかでの、それを通じて私たちの文化が形づくられてきた排除、禁止、制限などに注意を向けた研究が土台となっているからである。しかしよく見てみると、逆説的であるのは表面だけのことにすぎない。とくにフーコーの関心をもっていることは、排除という行為であり、またその基準である。排除されたものたちへの関心は少ない。……実際にはこの絶対的な他者的存在とは分析し説明することの拒否の産物でしかない。(24)

要するに、フーコーは「沈黙する絶対的な他者的存在」という自己が掲げる歴史原理（彼がいう「系譜学」）を主張するあまり、本来、沈黙などしていなかったはずの者たちに対してまでも沈黙を強いてしまった、というわけである。むろん、この批判は、フーコーだけにとどまらず、今日の文化学に絶大な影響を与えている『オリエンタリズム』のエドワード・サイードにも向けられているとみてよいだろう。サイードの命題は、彼自身認めているように、このフーコーの排除理論をその土台に据えているからである。このことは、彼が具体的な実例として挙げているものが歴史的に名のある政治的権力者（排除する側）の発言に集中している点からも確認できるところである。ギンズブルグが実例として示したものが、一地方の粉挽屋の魔女裁判、その審議報告であることを思えば、二人の歴史認識には対照的なものがある。『チーズとうじ虫』の優れている点は、たんなるフーコー批判に終わっていない点である。というのも、この著者は、上位から下位へと「流入」していく「存在の大いなる連鎖」としての「影響」の原理のなかで、歴史から完全に抹殺された（二度の魔女裁判により火あぶりの刑に処せられた）十六世紀イタリアの粉挽屋メノッキオに、永遠の沈黙を破って以下のように叫ばせているからである――「すべてはカオスである。この全体は次第に塊になっていった。ちょうど牛乳のなかからチーズの塊ができ、そこからうじ虫が顕れてくるように、このうじ虫のように出現してくるものが天使たちなのだ。[25]」

　ここで問われているものは、一口でいえば、歴史における影響とは何かということだろう。すなわち、フーコーが影響を上位から下位への「インフルエンス」とみるのに対し、ギンズブルグは影響を水平的な「インフルエンザ」とみることで反定立させているとみることができる。それでは、いずれが真の歴史認識に相当するとみるべきだろうか。「影響」に纏わる神話が密かに告げているところにしたがえば、ギンズブルグの見方に大いに理があることになるだろう。

　ギリシア神話によれば、ナルキッソスは水面に映る自己の〈影（姿身）〉に恋をし、〈響〉（エコー）は彼に恋をし、その後、一方は深水、他方は洞窟に眠り、二人は深淵のなかで夢想を続けることになったという。二人の屈折したこの恋の物語は、別の視点から眺め直せば、西洋における「影／響」が何を意味しているかを示している点で興味深いものがある。すなわち、真の影響とは、上位から下位へ流入する「インフルエンス」のそれではなく、人間の深淵で夢想され、それが神話のなかで人知れず受け継がれていき、やがて人の心に深く作用しながら「インフルエンザ」していくものであると理解されるのである――現代の私たちは、この神話が生まれた社会の上位者の言動を誰も知らない。その言動など世々に言い伝える価値など少しもないと神話は判断したからである。それにもかかわらず、この神話の「影」と「響」については誰もが承知している。神話は二人の秘めやかな恋の物語の方は言い伝える価値が十分にあると判断したからである。しかも、影響に対する神話のこの判断が、ある種の普遍性をもっていることは、東洋における「影響」という言葉の成り立ちから考えてみても理解できる。

「影響」という漢字は、中国の『五経』にすでに表れており、もとの意味は、「影が形に従い、響きが音に応じるように関係が密接で、速やかに相応ずる」というものであり、その原義は「なごり」に近い。「なごり」とは、「波残（なみのこり）」の変化形とされ、本来「余波」と書き、「名残」は当て字にすぎない。「浜、磯などに打ち寄せた波が引いたあと、まだ、あちこちに残っている海水、小魚、海藻類」がその原義であり、転じて、「ある事柄が起こり、その事がすでに過ぎ去ってしまったあと、なおその気配・影響が残っていること、余韻、余情」という意味が派生したという。つまり、ここでもまた、滝の流入としての影響に対して、寄せては返す波間の影響＝インフルエンザの勝利を「余波」は密かに伝えていることになる。このように述べれば、上位者の視点から歴史を眺める者たちによって、以下の反論を受けることになるかもしれない――「所詮、余波とは雑魚にすぎないではないか。我々は雑魚など漁っている暇などない。我々が狙う獲物はクジラだ、マグロだ。」だが、それは明らかに間違っている。歴史という潮流の主体者は、食物連鎖の視点からみれば、雑魚と海藻、いやさらに海藻に付着するバクテリアであって、クジラもマグロも所詮、その傘下にある小さなひとつの存在にすぎないのである。余波にこそ歴史の影響の主体は宿るというべきだろう。このゆえに、歴史の真の影響を知ろうとするものは、詩人の耳をもたなければならないことになる――「ぼくの影はなりひびく貝をつくる／そして詩人はかれのからだの影の貝殻のなかで　かれの過去に耳をかたむける」（ガストン・バシュラール『空間の詩学』[26]）。

／バシュラールと同様、『精神のコスモロジーへ』のＥ・ミンコフスキーにとっても、「影響」はこのようなものとして捉えられている。このことは以下の引用からだけでも十分理解できるはずである。

精神の原初的な形態を眼前に据えた後、その形態がどのように活気づき、生気に溢れるようになるかという問題を考えるならば、われわれは新しい力学的、生命的な範疇、つまり反響するという宇宙の新しい特性を見出すだろう。たとえば閉じた器のなかに水が出る源があり、そこから打ちよせる波が繰りかえし器の内壁にあたって、その音が器全体を充たしている場合がそうであり、また、狩人の角笛の音が到るところで反響して、どんなに細い苔の茎も振るわせ、森全体を充たしながら、音と振動の世界に変えてしまう場合がそうである。……ことばを換えていえば、それらをわれわれにとって単なるイメージにしているものとは、音のする水源、狩人の角笛、閉じた器などであり、またその反響（エコー）、器の内壁にあたる波の反響（レフレクション）などである。(27)

後述する壮大な歴史のヴィジョンを説いた『ヴィジョン』のW・B・イェイツの原点も、バシュラールと同様に、波間に残る「うずまき貝」に宿る潮騒の響であったことも忘れてはならないだろう。なぜならば、うずまき貝に宿る声こそ、彼にとって二重螺旋運動の展開としての歴史のヴィジョンを宿す声そのものであるからだ――「だから捜すな／光学レンズを覗きこみ、過ぎゆく星の旋回する軌道を追い回す星学者の知識などを／……／打ち寄せる浜辺のそばに行き／拾い集めるがよい／潮騒のこだまを宿すうずまき型の貝を／そしてその貝の唇に／汝の物語を語るがよい……」（「悲しき羊飼い」(28)）

しかも、イェイツにとって、歴史のヴィジョン＝うずまき貝のイメージが煉獄の穴のイメージ（死後世界のイメージ）と重なり合っていることもここで予め指摘しておく必要があるだろう。煉獄の穴に響く声は、後述するとおり、二重螺旋の記憶（ＤＮＡの形状）を宿し身体というチューブの周縁を駆け巡る免疫の「影響」と共鳴しているからである。

いずれにせよ、このような観点に立って、改めて歴史の影響の声に耳を澄ますとき、一見、いかにも稚拙な思想にも映る先のメノッキオの声が実に深い意味を帯びて響いてくる様が確認できるだろう。しかも、先述した「文化」の派生語である“agriculture”、“germ culture”の意味を踏まえて考え直してみても、この命題がむしろ生物学的には正論であることが分かる。彼の見立て通り、チーズは酵母菌により生じ、媒体者（ヘルメス）である蝿が産みつけた卵がふ化してうじ虫が誕生するのであり、したがって、彼は疫学のもとに「世界」を捉え直していることになるからである。

さらに、彼の掲げた命題は、本書の命題と重なるところ大である点でも支持できるものがある。すなわち、歴史の背後に潜みながらも、文化史に作用する「影／響」とは、粉挽屋メノッキオが有する周縁（ミクロ）／免疫学的思考から眺め直してみるならば、一方的に上位から下位へと滝のように「流入」するマクロ世界の「インフルエンス」ではなく、細菌のような微小で周縁的ものこそが主体者となって「伝染」していく、ミクロ世界の「インフルエンザ」として理解されるのである。

一見すると、『チーズとうじ虫』は名もない一介の粉挽屋が歴史の闇に葬り去られたひとつの悲劇を語っているようにも読める。もし、それだけのことならば、やはり、滝のごとき歴史の流れのまえでは、ミクロの伝染は無力であったといわねばなるまい。だが、ここでギンズブルグはむしろ逆のことを述べている点はいくえにも注意が必要である。彼が伝えようとしているところの要点は、以下のように理解されるからである――社会的上位の内部システムが、いかにメノッキオの懐くコスモロジーを排除しようとしても、それはできないはずである。なぜならば、彼の主張の背後には民衆文化と知の最先端を走る文化との間に相互に浸透される広範な民衆のネットワークが存在し、そのため文化の主体自体を根こそぎ排除することまではできないからである。それは、牛乳のなかの酵母菌からチーズが発生し、そこに「うじ虫」が発生するという生命原理を誰も排除できないのと同様である。

それならば、メノッキオの主張は、免疫の詩学の立場からみれば、フーコーの排除理論や「オリエンタリズム批評」などよりも、はるかに倫理的にも科学的にも信じるに値するものがあるだろう（もっとも、後期のフーコーが身体を重視する立場を取ることで前期の頭脳システム主義に大幅な修正を加えている点は特筆しておかなければならないが）。免疫の詩学は、細菌との文化触媒作用（germ culture）と文化作用との平行関係に注目する、否、おもざすからである。

八　「オリエンタリズム批評」の根本的問題

文化のダイナミックな営為を「相互浸透性」――相互浸透性は、先にみたように、中井の「徴候の知」としての「相互浸透」、あるいはメルロ・ポンティやE・ミンコフスキーの「相互浸透」という見方とも共鳴している点に留意――のなかにみるギンズブルグの観点は、隣接する文化間に相互異化作用が起こるとみる免疫の詩学の観点と重なるところ大である。これに対し、『オリエンタリズム』のエドワード・サイードが掲げる命題は、免疫の詩学の立場からは（マイノリティを擁護しようとするその心情だけは十分理解できるものの）、およそ認め難いものである。彼は、「オリエント」を「沈黙する他者存在」へと貶める近代帝国主義の排除システムの核心を、ヨーロッパ文化が抱く「優越感」に求めながらも、それを「投影」の心理的メカニズムによって説明しているからである。

ヨーロッパ文化は一種の代理物であり深層の自己でさえあるオリエントからみずからを疎外することによって、みずからの力とアイデンティティとを獲得したことが明らかになるだろう。……それはオリエンタルの後進性に対するヨーロッパ人の優越感を繰り返し主張し、……オリエンタリズムは、戦略としてあらゆる情況において優越的な位置を制することを常としていた。[29]

一見、申し分のない知見のようにみえるかもしれない。だが、この文章が心理学者でもあったフーコー経由のフロイトの「投影」の理論を敷衍していることに気づけば、心理学上およそ認め難いものとなる。投影とは、自己が懐く劣等感のゆえに心理的に隠蔽された自己の負性を他者に投影し、自己が投影された他者を捨て山羊（代理物）として排除するという自己疎外の心理的メカニズムを指すからである。この場合、自己疎外の根本にあるのは劣等感であって、彼がいうような「優越感」ではない。誰も自己の心理的な宝である優越感（誇り）を他者に投げ渡し、荒野に捨て去るような愚行を犯すはずがないからである。したがって、ここでのサイードは、優越感による差別意識と劣等感による投影とを混同するという心理学上の根本的な過ちを犯していることになるだろう。『オリエンタリズム』の第二章において、「ヨーロッパにとってイスラムとは癒やすことのできないトラウマであった」と記していることをも考慮するならば、オリエントに対する彼の「優越感」の主張はさらに矛盾を露呈するものになる。

この理論は、一見すると、フーコーあるいはデリダの排除理論と平行しているようにもみえる。だが、実はそうではない。二人は「内部の外部性」あるいは「外部の内部性」にみられる「絶対的他者」の排除のメカニズムを問題にしているのであり、その場合、内部は己の恥部＝コンプレックス（あるいはフロイトがいう「不気味なもの」）を外に排除することを前提にしているからである。その意味で、二人の投影の理論に転倒はない。これに対して、サイードはこの転倒によって、ヨーロッパ文化が他文化に懐くすべての感情を人種差別意識のもとに一刀両断に切る万能の方法を、彼の追随者たち――『オリエンタリズム』におけるサイードは「オリエント」をかなり限定した意味で用いている――の手に与えることになってしまったのである。（ヨーロッパが「黒人」に懐く感情、「オリエント」に懐く感情、あるいは「ユダヤ人」に懐く感情には各々差異がある。それゆえ、この差異の探究の方が安易な同一化によるレーシズムの探究などよりもはるかに文化学的には意義があるだろう。なぜならば、各文化のアイデンティティは同一化にではなく、差異に宿るからである）。

たしかに、近代帝国主義としてのヨーロッパの精神には、オリエントに対する差別意識がしだいに高まっていったことは認めなければなるまい。だが、その一部分だけを歴史から切り取って殊更に強調することはおおいに問題である。オリエントがヨーロッパに対して主体的に果たした歴史的意義を不当に評価することになるからである。

さらに、彼が掲げる歴史の観点には、文化接触にみられる相互異化作用（相互浸透性）の観点が著しく欠如している点で、「間文化学」の立場からみれば、問題視されるべきものがある。互いに隣接する二つの異なる文化が、さながら滝が上から下に流れるように、社会的上位が一方的に下位に影響を与えるという見方は、生物学的にも歴史的にみても、およそ認めがたいものだからである。ギンズブルグもこの点については同様の見方を示している点に留意したいところである──「これらの類似をたんなる頂点から底辺への普及として説明することは、思想というものが専ら支配階級のなかでしか生まれないというおよそ支持しがたいテーゼに与することを意味している。[30]」

かくして、「インフルエンザ」と免疫との間で繰り広げられる「インフルエンス」という名のドラマは、滝の流入としての「インフルエンス」のメロドラマに対し、粉挽屋メノッキオとともに抗いの声を上げることになるだろう。この見方に反対すればこそ、彼は火炙りの刑のなかで沈黙することなく、叫び声を上げて、〈チーズとうじ虫／世界と天使の逆説理論〉を主張したに違いないからである。

ところで、彼が火炙りの刑に処せられた一六〇一年は『ハムレット』の初演の年にあたっている。興味深いことに、そこで王子ハムレットもまた、ときの権力者（クローディアス王）に対してうじ虫に事寄せて、抗いの声を上げ、社会的上下の転倒論を説いているのである。一見、二つの〈うじ虫言説〉の一致は歴史の悪戯のようにみえる。だが、その背景には、ルターなどを中心とする宗教改革を巡るヨーロッパ民衆文化のもつ広範なネートワークが存在していたことに注意を向けたい。そうすれば、そこに歴史の奥にある見えない糸、すなわちそこに必然性がみえてくるからである（詳細は本文第四章を参照）──「食ってるんじゃなくて、食われているのさ、うじ虫たちはみんなで食事中。食うことにかけちゃ、うじ虫は天下一の皇帝さま。俺たち人間は自分を太らせるために他に動物を太らせるのだが、なあに自分を太らせるのはうじ虫を太らせるためさ。太った王様も痩せた乞食も、目先を変えた献立、同じ一つの食卓にならぶ二つの皿の料理にすぎないのさ。……意味なんかあるものか。ただ王様が乞食の内蔵のなかを這いずりまわる煉獄巡礼の様を述べたまでのことさ。」（ここで述べられた巡礼は直接的には聖パトリックの煉獄巡礼を指している。この点については第四章を参照）。

ここでもまた、余波としての「雑魚」に宿る歴史の主体の声がこだましているのである。

さて、これら二つのうじ虫のメタファーによる「カーニバル（カニバリズム）」（ミハエル・バフチン）的な上下転倒論──天使とうじ虫／皇帝とうじ虫の転倒＝カオス理論──は、身体としての文化、その周縁に宿る主体を高らかに宣言し、頭部（社会の上位者）の主体の不在をあざ笑う免疫の声と化している。そしてその声は、文化間の交流というものが滝の一方通行ではなく、相互に異化・浸透するものであることを証しているのである。そして、実際、数千年におよぶオリエントとヨーロッパの文化交流のあり方を俯瞰すれば、このことは容易に確認されるはずである。

「一八世紀にまでおよぶ長い中世」（ル・ゴフ）において、ヨーロッパはオリエントに対して軍事ばかりか文化的にも圧倒的に劣勢に立たされていた。これは紛れもない歴史上の事実である。そのようなヨーロッパが今日にみられる文化的繁栄（社会的繁栄とはいわない）をみたのは、ヨーロッパが覇権争いに勝利し、そのことでオリエントを沈黙させたからではない。二つの文化が交流と衝突を繰り返すことで互いに異化し合う術を覚えたからにほかならない。このことは覇権争いばかりに目を奪われるとまったくみえてこないが、二つの間で展開される文化のダイナミズムに注目すれば、おのずからみえてくるはずである（『オリエンタリズム』の第二章で、サイードは文化間の相互浸透性の問題を「このイスラムの法外な攻勢を前にして、ヨーロッパはただ恐怖感とある種の畏怖心とをもって反応するだけで、……ヨーロッパはイスラム教徒がもっている学術や高度な文化に興味をもつことができなかったのである」と述べることで、この問題を不問に付してしまっている）。たとえば、スコラ哲学の支柱であるアリストテレス哲学の主要な作品は（他の多くのギリシア哲学と同様）、一二世紀――煉獄の概念が誕生した世紀と重なっているのは偶然ではない（第三章を参照）――にアラビア語の翻訳によりヨーロッパにもたらされたのである。あるいは、近代ヨーロッパが誇る科学（幾何学・代数・天文学・医学）でさえもその多くはアラビア経由である。プトレマイオス、ユークリッド、アルキメデスもアラビアを通じてヨーロッパに逆輸入された経緯をもっている（"algebra"＝代数がアラビア語である点にも注目[31]）。この僅かな例からも分かるように、二つの隣接する文化が接触した場合、必ずや相互に異化作用（触媒作用）が起こるのである。これは紛れもない歴史の真実であるとともに、自然の摂理でもある。二つの生命が接触すれば、一方だけが異化されることなどありえないからである。

ただし、その唯一の例外があるとすれば、それは、非接触による対象認識法としての頭脳の作用によるだろう。そうだとすれば、サイードがいう帝国主義としての近代ヨーロッパ文化の相貌は、さながら自己認識（＝主体）不在の身体なき頭脳の塊のそれと化していることになるだろう。サイードが注目するフーコーの排除理論が主体不在（あるいは自己主体そのものの排除）を前提とする頭脳システム主義を基礎としているとすれば、さらにそういわなければならない。だが、サイードの命題は論理的に破綻している。他者を排除するためには自己を認識できなければならず、自己を認識するためには自己の主体がそこに存在していなければならないからである。

このように様々な角度から少し眺めてみただけでも、「オリエンタリズム批評」が掲げる命題はおよそ認めがたい様々な問題を抱えていることが分かるだろう。ただ同時に、この命題はさらに突き詰めていくと、免疫の詩学にとってきわめて重要なひとつの観点をうちに秘めていることに思いが至るのである。『オリエンタリズム』に提示されたこの観点だけが、（「序」で少し触れておいたように）、免疫が発生する舞台、アジールとしてのある地点の重要性を逆照射的に指示しているからである（後述）。その意味で、それがいかに逆説的であるにせよ、歴史の闇に葬り去られた言葉、「オクシデント」をもう一度、現代において顕在化させたサイードの功績はきわめて大きいといわなければなるまい――「オリエンタリズムとは〈オリエント〉と（大抵の場合）〈オクシデント〉との間に設けられた存在論的、認識論的区分に基づく思考様式なのである」（『オリエンタリズム』）。少なくとも、この命題は本書にとって重要な意味をもっていることだけは確かである。

九　「無縁の原理」、アジール、免疫

歴史の闇のなかで働く周縁の主体的な働きを探求していくこと、ここにギンズブルグの一貫した歴史家としてのスタンスがある。このスタンスを共有しながら、これを歴史の原理にまで高めようと企てた日本の歴史学者として、網野善彦の名を挙げることは不当ではあるまい。彼は文化の主体の在処をいち早くアジールに求め、そこに宿る歴史の原理を「無縁の原理」と定義し、これを生涯のテーマとしたからである。前期のフーコーの理論を土台にして近代の排除システムばかりを問題にする昨今の文化学の風潮、これに抗う彼の独自な視点とその視野の広さは高く評価されてしかるべ

きだろう。
彼は「公」における「人民」が有する「無縁の原理」を「幻想」であり「欺瞞」であるとみる歴史解釈を、「人民生活に根をもたない知識人特有の傲慢」であると厳しく批判しながら、以下のように述べている――「たとえそれが支配者の狡知――『イデオロギー操作』――によって、自らをしばる軛になったとしても、支配者をして否応なしに『公』の形をとらざるをえなくさせた力は、やはり、社会の深部、人民生活の中に生き、そこからわきでてきた力といわなくてはならない」（『無縁・公界・楽』）。

これにとどまらず、彼の膨大な数におよぶ著作の一部を読むだけでも、彼には「アジール」が果たした歴史的意義を説くことが、すなわち「沈黙する絶対的な他者存在」に貶められた周縁者の名誉を回復するとともに、全体主義の危険を回避する手立てとなること、このことに対する深い認識があることはおのずと理解される。しかも、彼が掲げるアジールの観点は、本書の命題を歴史的に根拠づけるためのもっとも重要な鍵を与えるものである。この点でも、大いに支持できるものがある。

彼がいう「アジール」とは、ギリシア語の"asulon"（侵すことのできない、神聖な場所の意）を語源とするが、ラテン語に"asulum"と翻訳される際に「（不可侵権を有する）逃れの場」という意味に変化し、今日にいたっている。これに対し"immunity"もアジールと同じように、元来、法律用語であった。この言葉は"munitus"「役」というラテン語の法律用語を語幹にもっており、その派生語として"immunity"「役を免れること／不可侵権をもつこと」が生まれた。つまり、「役を免れる権利」をもつ対象が人であるか場所であるかで意味が区別されるものの、二つの言葉の原義はほぼ同じであるということになる。もっとも、"immunity"の対象が人を指すことから、近代（一九世紀後半）の医学用語として、「役」を「疫」と解し、「免疫」の意味で使われるようになり、現在ではもっぱら医学用語として用いられている。こうして、身体における「アジール」は「免疫」、文化における「免疫」は「アジール」と区別して呼ぶ習いになったわけである。このような次第で、語源から判断しても、「アジール」は文化における免疫と呼ぶことに支障はないはずである。

さて、興味深いことに、網野が説くアジールに宿る「無縁の原理」は、先にみた多田富雄が説く身体における免疫作用と酷似する働きをもっている。チョムスキー文法としての免疫理論が破綻して、「超システム」の理論に移行した一九九〇年代以降の現代の免疫学においても、アジールの「無縁の原理」は依然として有効である。それどころか、むしろ二つの作用はますます接近しているように思われる。免疫作用は無縁の原理のメタファーによって説明され、逆に無縁の原理は免疫作用のメタファーによって説明されることで、二つは相互補完されて理解が深まっていくという印象さえ受けるからである。

網野によれば、「無縁の原理」に支えられた自由都市ギルドは、山岳である日本の地形においては、陸の周縁ともみえる「岬」や「中州」、あるいは山野を走る河岸などを拠点に、海路・河川といったウォーターフロントを通じて発生、発展していったという。このギルドは治外法権により役を免れ、階級制度からも土地の私有からも無縁の場であるが、この発展には、神社・寺の祭事の折に開催される市に集まってくる「乞食」と呼ばれた旅芸人が重要な役目を果たしていた。能・歌舞伎・文楽を演じる芸能者も、元はこの乞食に属していたのだという。したがって、乞食とは、かつてはたんなる物乞いの意ではなく、芸能や特殊技能といった「能」を有し、それを披露、伝授することで金銭を得る旅芸能者や「職人」のことを意味していた。「座頭」と呼ばれた僧侶階級の最下位に属する托鉢僧、琵琶法師などその典型であるが、彼らが諸国を遍歴しながら、琵琶に合わせて仏の道を庶民に説いていくことで、鎌倉仏教は裾野を広げていったのだという。『平家物語』なども琵琶法師の語る説話から発生したものの一つであることは周知のとおりである（琵琶法師についての詳細は第六章を参照）。あるいは、ヨーロッパ近代演劇に衝撃を与えつつ受容された複式夢幻能の様式化されたプロットもまたそうである。すなわち、世阿弥によって確立された駆込寺を仮の宿にする旅の僧侶、その夢のなかで過去の記憶と縁を切ることができず悶え苦しむ女の霊に出会うという様式も、網野の歴史的観点に立脚すれば、旅する琵琶法師と無縁寺の密接な結びつきを語るものだということになる。[32]

さて、網野氏はその代表作の一つ『無縁・公界・楽』の第一章で、「無縁の原理」について、自らの子供の頃に行なった「エンガチョ」という鬼ごっこ遊びによって説明している。突然、みなが彼に向かって〈エーンガチョ〉とはやしたてはじめ、彼から逃げてしまう。彼は孤独をおそれ、友だちを追いかけまわし、足の遅いものに追いついて手を触れるとエンガチョはその子に移り、彼は助かったというのである。

通常の社会学的判断に基づけば、これは社会的排除としての「スケープ・ゴート」化の萌芽として捉えられる。しかもこの遊びは、あたかも自己に保菌された病原菌を他者に「触れ」、「移す」ことで、自己は免疫がついて〈疫を免れる〉ことを示唆している。そうすると、この場合の社会史的影響、「インフルエンザ」はたんなる悪影響の比喩でしかないようにさえ思えてくる。しかし、網野氏は、「全くその通りだ」と述べたあと、通説となっている歴史の裏側の真実にこそ目を配る。彼の弁はこうである。

ただ鶴見氏は、ここで〈エンガ〉の魔力だけをしきりに強調しているが、どうも私はその点については賛成できない。……さきの〈エンきった〉というまじないの方の〈魔力〉は〈縁切り〉のそれと見るべきであり、〈エンガチョ〉の〈エン〉も〈縁〉なのかもしれない。いずれにしても、後者の〈魔力〉を考えに入れた方がこの遊びの意味はずっとわかり易い、と私は思う。そして、〈エンガチョ〉の遊びは、この〈縁切り〉の原理のもつ表と裏をよく示しており、人間の心と社会の深奥にふれる意味をもっている。……これは〈縁切り〉そのものの別の側面、もともと〈縁〉と無関係なもの、〈縁〉を拒否したものの強さと明るさ、その生命力を示しているといえる。[33]

このようにみれば、網野がいうアジールに宿る「無縁の原理」と多田が説く免疫の作用の間の平行関係はもはや明らかだろう。それどころか、互いに相互補完し合うことで、互いの学の理解が深まっていくという印象さえ受けるのである。実際、本書で行った多田の免疫学についての説明は、半ば『無縁・公界・楽』や『日本中世都市の世界』などによって得た網野の知見を念頭におきながら再解釈したものである。免疫学を文化学の文脈で説明しようとするとき、網野の無縁の原理のメタファーを用いるのがもっとも適切だと思われたからである。

　ではどうして、一見、相反するようにみえる二つの学が、ここにおいては、あたかも互いに合わせ鏡のようにうまく機能しているのだろうか。おそらく、それは、二つ（二人の研究者）が用いる鏡が、通常の鏡ではなく、先にみた坂部がいう「能の面」、すなわち〈身体の鏡〉を前提に解かれているからだろう。そうだとすれば、ここでの鍵は能という演劇のもつ固有のあり方に求められまいか。

　先述したとおり、網野は無縁の原理を歴史的に説明する際に、もっとも注目した芸能のひとつに能とそのあり方がある。ただし、彼にとっての能とは、現在のように祀り上げられることで、半ば定住化してしまった高尚な芸能の意ではない。折口信夫がいう時空を漂白する能を有する乞食が、異界の面をかけて、「マレビト」となってコミュニティの周縁に顕れ、そこで演じられるところの「神と乞食の芸能」（戸井田道三）の意ということになるだろう。もちろん、定住する芸術家と異なり漂泊の芸人にまず求められるものは、その身体的能力の高さである。事実、演劇という身体パフォーマンスを前提とする一文学ジャンルである演劇、そのなかでも、もっとも身体を求められるものが能なのである。能は演劇であるまえに、舞踊だからである。移住型（ノマド）文化を説く網野が、歴史のなかに身体のもつ動的ダイナミズムの象徴のひとつとして能をみるのも当然だといえよう。

　多田の場合はどうか。実は、彼は能に対する造詣が深く、能に関する多数の著作もある。免疫学と能などといえば、一見無関係に思われかもしれない。だが、彼が向かう二つの関心には十分必然性がある。身体の文法を解く免疫学のありかたと身体の文法（所作）を説く能のあり方には類似性がみられるからである（その意味で、身体の所作のあり方を説く『風姿花伝』は世界で稀なる身体の文法書であるとはいえまいか）。自己の身体のなかで、時空を漂白する免疫細胞のイメージ、身体のなかに異界の存在を憑依させることで時空を漂白する能のイメージ、彼にとって二つは重複されて映っているはずである。相対性理論を掲げて時空の旅人となったアインシュタイン、彼をシテにして多田が手がけた現代能、『一石仙人』（「アインシュタイン」の邦訳は「一石」）はこのことを暗示するに十分である。あるいは、『能の見える風景』のなかで、彼が述べた以下の引用文からも、このことは確かめることができるだろう。

地獄語りの凄まじさも特異である。……挙句の果てには顔面に冷や汗をながしながら、神がかりになって震え戦くのだから、われらは彼の一挙手、一投足に目を奪われるほかなくなる。能の劇はこのように仕組まれている。異形の人は、橋掛かりの向こうの暗がりから、時空を超えてこちらへやってくる。たった三間の長さの橋掛かりは、この世と異界をつなぐ文字通りの橋なのだ。……お能とは異界からの使者たちが現れる場である。……今でも私たちが能楽堂に足を運ぶ理由は、このような異界からの使者たちに出会うためではないだろうか。(34)

ここでの彼の視線は、能の演者の身体に注がれ、その身体を自己に憑依させて観劇することで、彼もまた時空を超えて異界の世界に心の面を映し、移していく。『ハムレット』の父の亡霊が身体をもって語る煉獄のあり様に震え戦くハムレット、彼の心象に異界が映り、かの有名な独白を彼が語ったようにである（第四章参照）。

こうして、私たちは、今一度、文化の主体に向かって根本的な問いを発することになるだろう――日本三大芸能、能・歌舞伎・文楽はいったどこに発生したのか。いずれも流浪のホカイ人、旅芸人たちの〈宿り木〉、アジールに発生したのではなかったのか。「ヨーロッパ共同体」の根本理念である「聖なる身体（コミュニオン）」はどこに発生したのか。ディアスポラのユダヤ、そのなかのもっともアジールな場所、ガリラヤの一人の漂泊者の「身体」のなかに発生したのではなかったか――「鳥には巣があり、狐には穴がある。だが、人の子には枕するところがない。」（「マタイによる福音書」８：20）

十　テーベの免疫、オイディプス

言語学者がいうように、思考の認識法と言語の文法はおそらく平行しているだろう。ただし、言語の文法を身体の文法としての免疫の認識法にまで適用するのは、明らかに誤りであるといわねばなるまい。だが、T細胞のシステムを最初に発見したイェルネがそうであったように、知らず知らずのうちに、私たちは思考の認識法（言語文法）と身体の文法を平行させてしまう誤謬を犯してしまう。なぜだろうか。認識の仕組み（文法構造）を私たちは脳によって考えてしまうからである。つまり、脳の認識法を身体の文法に投影してしまい、まなざしの思考パラダイムによっておもざしの認識法を解こうとしてしまうからである。ここにコギトの呪縛が潜んでいる。このことは、プラトンの『国家論』における洞窟のなかでの囚人の比喩（イデア論）、デカルトの『方法序説』にみられる盲人と洞窟の比喩（コギト論）、フーコーの『事物と物』にみられるカメラ・オブスキュラーとしての絵画空間論、同じくフーコーの『監獄の誕生』における「パノプティコン」（一望監視収容所）論にいたるまで倦むことなくまなざしの認識法に、文字通り「光を当てる」哲学・美学の流れを少し追っただけでも確認できるだろう。

だが、一方で私たちは、集団意識（潜在意識）においては、コギト＝まなざしの呪縛を解くもうひとつの認識法、おもざしに気づいていたのではあるまいか。オイディプス神話が私たちに一貫して伝えようとしているのはまさにこの点に違いないからである。

〈アテネの免疫〉、ソクラテス（その意味は後述）に「汝自身を知れ」とデルフォイの神託を告げたアポロンは、オイディプスに対しては、父ラーイオス王を通じて密かに呪いの神託を告げた――「汝は父を殺し、母を妻とするだろう（お前の子はお前を殺し、お前の妻を娶り、子をもうけるだろう）。」

二つの神託は、一見、まったく異なる内容にみえながら、実は同じ意味の別の表現にすぎない。フロイトのテーゼ、エディプス・コンプレックスを援用すれば、呪いの神託が意味しているものは、心理学における「自己」のアイデンティティである自己によって隠蔽されたトラウマ＝「タブー（の破戒）」の発見、すなわち自己認識ということになるからである。ポリネシア語に由来する「タブー」が、元は文化人類学用語であり、その原義が各トーテム（文化）を「はっきりと区分する／しるしづける」ことである点を思い出したい。すなわち、フロイトは各文化のアイデンティティをしるしづけるものとしての「タブー」、その破戒を、心理的な自己（各個性）のアイデンティティをしるしづける「外傷（トラウマ）」に転用したわけである（フロイト、『トーテムとタブー』を参照）。「オイディプスよ、汝自身を知れ。」、フロイトの心理学上の命題はここにかかっているからである。そして、もちろん、この神託は王と王子のみに下されたものではなく、テーべというひとつのコミュニティ全体にかかるものであったことはいうまでもない（『トーテムとタブー』においてフロイトもこの点を強調している[35]）。

自然はテーべというひとつの文化に対し、おもざしの認識法を代弁するある刺客を送り込んだ。刺客の名は「道（真理）の番人」、スフィンクスである。彼女はまなざしの認識の盲点を突くひとつの問いを発し、知を誇る者のまえに立ちはだかる――「ひとつの声をもち、朝は四本足、昼は二本足、夜は三本足のものは何か?」その答えは「それは私＝人間」である。だが、観察する脳（眼球）はこの問いにけっして答えることができない。視覚作用の最大の盲点は自己認識にあるからだ。こうしてテーべの知者たちは、免疫によって脳が排除されるように、彼女の大太刀のまえに、その自慢の頭部を切り落とされ果てるほかなかった――「スフィンクスはいまだ答えのない問いである。問いはいつも問い続ける。汝は己の眼を見ることができるか。」（エマソン「スフィンクス」）

ただし、一人の放浪者だけは彼女の不滅の問いに答えることができた。なぜならば、彼こそテーべの免疫だったからである。彼の名はオイディプス。その意味は「腫れた足」である。彼は自身にかけられた先述の呪いの予言により、生まれてすぐに父から両足を刺され森に捨てられた。そのことで、二本足のみか、四本足、三本足で歩く跛足の放浪者となってしまった。だが、歩くごとに疼く身体のこの傷によってこそ、彼は「それは（足に傷をもつ）私のことである」と答えることができたのである[36]。しかも、その傷は心の外傷（記憶と徴候）と連動しているがゆえに彼を苦しめ、彼は自己とその運命＝未来を問い続けなければならなかったのである。もちろん、その未来とは父を殺し、母を妻とするという運命にほかならない。だが、彼のこの運命は、実は、彼の名前、すなわち「腫れ足」のなかに記憶とともに徴候としてのしるしが暗示するものであった。なぜならば、両足を負傷した彼は、通常の人間のように二足で歩くことができず、杖がなければ、四足の獣と化すことになってしまうからである。これは、吉田敦彦のすぐれた指摘に倣えば、すでに人間であることのタブーを犯す行為の徴候を示している――「親を殺したり、母親と相姦して子をもうけるようなことは、古代ギリシア人のあいだでも一般に二足のあいだではけっしてあってはならぬ不倫だが、四足の獣のあいだではあたりまえのことと見なされていた。[37]」つまり、オイディプスが自己のアイデンティティである名前、「腫れ足」の由来を問うことそれ自体が、自己の呪われた運命を問うことになるのである。そうだとすれば、この身体に刻まれた負のしるしこそ、彼が免疫であることの何よりの証といえるだろう。このしるしには免疫の二つの証が顕れているからである。すなわち、一方で身体に刻まれたこのしるしは、己の幼児期の痛ましい外傷（記憶）としての「印＝タブー」であるとともに、他方で未来に訪れる己の病患――トラウマが心的疾患として顕れるのは思春期を待たなければならない――、その徴候の「徴＝タブーの破戒」だったのである。心理的な自己と身体としての自己、心理学と免疫学がこの傷をとおしてここで交差する。こうして、彼はしるしづけられた足を引きずりながら地を巡り、自己を問い続ける疎外された放浪者、テーベの免疫となっていく。

このことは、その後の彼の足取りによってさらに確認できるだろう。スフィンクスの謎を解いた彼は、テーベの英雄となり、ついにはテーベというコミュニティの支配者＝王に推挙され、その後、知らずして母を妻とすることになる（しかも、この時点で彼はすでに父を殺している）。だが、免疫者としての彼の務めは頭部に君臨し、国家の支配者（主体者）になることではなかった。他者から自己である身体を守ること、それが免疫としての彼の使命であり、そのためにはむしろコミュニティから無縁の放浪者でなければならないのである。

己の使命を忘れた彼に対し、自然は次なる刺客をテーベに送り込んだ。刺客の名は「疫病」であった。自然は、疫病からコミュニティを守ることができる者が疫／役を免れた無縁者、彼をおいてほかにはいないことを承知していたからである。だが、いまや彼はコミュニティの頭部・頭脳に君臨することで空間＝まなざしの奴隷に成り果ててしまっている。そのため瞬く間に疫病は蔓延し、テーベは危機に瀕することになる。疫を免れた者のみが身体に抗体を造り出すことができるが、免疫がその使命を放棄したとき、疫病は容赦なく身体コミュニティ全体に襲いかかるからである。

窮地に立たされた民衆は彼に嘆願する――「スフィンクスの謎を解いた救い主である我らの王よ、疫病から我らを救う手立てをお示しください。」この嘆願は、実際には、「疫病の原因が何であるのか、神託をお示しください」を意味していた。その意味で、民衆の問いは、自己の使命を放棄した預言者ヨナに対して船乗りたちが発した問い――「嵐の原因は誰にあるのか、神命を問おう（くじを引こう）。」――と根本において同じ問いであるとみることができる。だが、この度の問いに対し、彼は答えることができなかった。まなざしの認識に曇る彼の面（おもて）は、免疫に求められる唯一の答えが「それは私である」ということを完全に忘却していたからである。もちろん、この度の問いの答えもまたそうであった――「疫病の原因、それは私である。」事実、彼が負った呪いの運命こそ疫病発生の原因であったのだ。彼は放浪の道すがら知らずして父を殺し、母を妻としていたからである。この行為が意味しているのは、自然と人間＝文化を分ける差異の消滅、すなわち文化の消滅にほかならない。なぜならば、先述したとおり、父を殺し、母を妻とする行為は、二足歩行の人間が四足の獣と化すことを意味していたからである。つまり、オイディプスの身体のしるし＝名前そのものが自然と文化の境界線上＝周縁にあって、二つのものを切り結んでいたわけである。

宮殿の玉座に座り頭部になった彼にはもはや足のしるしは問題ではなくなっていた。危機を叫ぶ民衆のまえに、彼が宮殿の中から顕れる劇――『オイディプス王』（ソポクレス）――の冒頭のシーンはいかにも暗示的である。つまり、彼はこの時、すでにしるしを喪失していたのである。そして、しるしの喪失は、人間と動物、文化と自然を差異化するしるしづけの喪失を意味していた。このゆえに、疫病はコミュニティに容赦なく襲いかかり、人間は動物化し、文化は自然のカオスのうちに飲み込まれようとしていたのである（吉田は、『オイディプス王』の背景には、上演当時のアテネにおけるペストの流行によるアテネの危機、そのトラウマがあったのではないかとみている[38]）。そこで彼はようやくアポロンの神託を受けるために使いをやることになるが、神託は「ラーイオス先王の殺害者が穢れの原因」であることを告げる。最終的に王＝父の殺害者が自分であることを知った彼は、周縁を流離う者となる道に帰ることを決意する。このことが暗示しているのは、免疫者としての彼の使命、すなわち（まなざしによらず）おもざしの自己認識法に立ち返り、コミュニティの周縁を巡って、テーベをしるしづけることである。この行為は同時に、テーベのために荒野を彷徨うスケープ・ゴート（供犠）として生きねばならない彼の運命をしるしづけることでもあった。実際、彼がコミュニティの外（周縁）に捨てられる道を選んだとき、疫病は静まったのである。それは、くじに当たったヨナが船内から海に投げ出されることで嵐が静まったことと同じ意味である。コミュニティを守るために、自らを供犠者、スケープ・ゴートとして生きねばならないこと、これが峻厳なる身体の文法の秘儀、「世の初めから隠されていること」の真実ということになるだろう――「今の時代はよこしまな時代である。しるしを欲しがるが、ヨナのしるしのほかには、しるしは与えられない。つまり、ヨナがニネベの人々へのしるしとなったように、人の子も今の時代へのしるしとなるだろう。ヨナは三日三晩大魚の腹の中にいましたが、同様に、人の子も三日三晩、地の中にいるからです。」（「ルカによる福音書」11：29－30）。生存率４％に満たない狭き門を突破した免疫、その使命は、周縁を駆け巡り、他者のまえに自己の身体をおもざし、コミュニティを守ることに求められるからである。この点については、彼の最後を描いた『コロヌスのオイディプス』によっても確認される。彼に関する最後のアポロンの神託は、「死後、彼は土地の守護神になるだろう」というものだったからである。

十一　ルネ・ジラールの供犠の理論

免疫の詩学によるおもざしが最終的に向かうトポス、それは『暴力と聖なるもの』、『世の初めから隠されていること』、あるいは『身代わりの山羊』のルネ・ジラールの命題、文化が根源的にもつ「暴力としての供犠（人身供犠）」ということになるだろう。これはいかにも人間存在の根源に横たわるもっとも暗い記憶であり、それゆえにこそ人類にとって「世の初めから隠されていること」になるのだ、とジラールはみている。各文化を成り立たせるのは差異であり、この差異は供犠＝原初的殺害によってのみしるしづけられている、と彼はみているからである。もちろん、差異＝しるしの消滅は文化の消滅と等価であることはいうまでもない。したがって、彼の命題にしたがえば、文化にとっての最大の敵は内なる均質化ということになるだろう。少し、唐突に彼の命題を提示したようだ。そこで、彼の命題を手短に整理してその概略を以下記しておくことにしたい。

彼によれば、「文化の危機」としての文化内の暴力は均質化――「世界は一つ」という耳通りの良い合言葉を合唱するグローバリゼーションの政治戦略、それ自体に内在する危険、「自己免疫としてのテロル」(デリダ)を想起したいところである――に起因する。神話にみられる双子や兄弟同士の殺害もこれによって解くことができると彼はいう。カインによるアベルの殺害、エソウとヤコブの争いなどがその代表例である。[39] 差異を前提とする文化は内部に同一者が二つ存在することを均質化による文化存亡の危機とみなすからである。だが同時に、「模倣という欲望」をもつ人間は「モデル」(モデルはフロイト的な父権者ではなく、むしろ自己のスタイルをもつ主体者、模倣者にとっての「ライバル」)を真似ることで、「対象」(母親=スタイル)を手に入れようと欲する(彼がいう「欲望」とは本能ではなく模倣のことを指す)。これを彼は「欲望の三角関係」と呼ぶ。しかも、文化内においては、モデルを模倣する者は一人に限定されているわけではない。むしろ、模倣の欲望は「媒体」を通じて「疫病」のごとく「伝染」していく。こうして文化内は均質化の危機に瀕することになる。フロイト的にはモデル=父を殺し、対象=母を手に入れることが可能かもしれないが、これが社会的な問題となれば、それだけでは済まされない。対象を手に入れようとする者は当然のことながら複数存在するからである。こうして、模倣者の間で暴力が発生することになる。これを食い止める唯一の方法がモデルの殺害である。すなわち、疫病の原因を最終的にオイディプスに求めたように、互いの争いの原因をモデルに求めるという逆の心理的方法、いわば〈祀り下げの方法〉を取ることで、モデルをスケープ・ゴート化し、殺害する。[40] この際、殺害は「全員一致」が絶対的な原則である。そこに一人でも反対者がいれば、それがまた不和の種となって、暴力は伝染していくからである。古代社会にみられる全員一致の「石投げの刑」がその典型的な例である。全員一致のこの「集団リンチ」の実行によって、均質化は団結へと反転することになる。自らが犯した殺人を肯定するためには、暴力の共有による団結しかないからである。団結によって暴力が回避されたことで、模倣者たちは原因のすべてがモデルにあったことを確認することになる。確認しなければならないからである。こうして、暴力の共有によって、模倣者の団結はますます深まっていく。だが、ここでもうひとつの心理的反転が起こることになる。すなわち、模倣者たちは、文化に平和がもたらされたのは殺害されたモデルのお陰であったとみなし、モデルを今度は祀り上げることになる。これは殺害者の心理に立てば、当然起こるべき過程であるといえる。殺害により、疫病神は消えた。しかし、当然、疫病神はまた再来するはずである。ところが、今、それは来ていないどころか、むしろ、コミュニティは繁栄をみている。その原因は誰にあるのか。当然、それは彼らの殺害によっては説明できない。では、誰が平和をもたらしているのか。死んで守護霊となった彼以外に求めることはできない。また、そう考えれば、その未来の維持にもこの死者は、おおいに助けになるはずである。つまり、彼を祀り上げれば、コミュニティの繁栄は約束されることになるからである。しかも、この反転によって、模倣者が密かにケガレとして表象を貼っていた殺害したモデル、そのスタイルまでもがハレに転じる。すなわち、密かに共有された殺害者たちのスタイルは、正々堂々と文化内の晴れの舞台で共有できるのである。これを前提にすれば、ケガレの表象を負わされたオイディプスが、なぜ、死後、土地の守護神に祀り上げられたのか、その謎も解ける。こうして、モデル固有のスタイルは聖化され、モデルの死は各文化を差異化するしるしづけとなっていく。その後、日常（ケ）のなかでしだいに風化していく原初的な殺害の記憶（しるしの劣化）を活性化するために、あるいは復讐による悪の模倣連鎖を断ち切るために象徴的に（あるいは原初的な記憶の名残として）供犠の代替物として動物が定期的に捧げられることになる（彼によれば、供犠を奴隷・外国人・周縁者・動物といった共同体の外部＝無縁のものに求めるのは復讐という模倣の悪循環、その輪を絶ち斬るためであるという）。このようにして、殺害という原初的な供犠のあと、文化は定期的に象徴的なしるしづけを行い、文化は活性化され、差異を保つことができるというわけである（ただし、彼によれば、これもいずれ効力を失うものであるため、最終的にはキリストの死をまってはじめて供犠は終結するという）。このゆえにこそ、供犠の核心にある原初的な殺害、それは「世の初めから隠されていること」になる、と彼はいう。ケガレの表象を貼られて殺害された者が聖なる供犠者に祀り上げられ、しかも供犠の真相がたえず秘めておかなければならないこと、このことが、彼の供犠の文化理論によってかなりの程度説明できるのである。

みられるとおり、ジラールの文化の見方には、私たちを安心されてくれるような合理的な営為としての文化の相貌はどこにも見当たらない。むしろ、彼はニーチェよろしく、一本の綱の上を渡りながら、はるか眼下に横たわる文化の深淵を覗きこんで、身震いし、歴史の根源へと「回顧し、戦慄し、停止し」、文化の根本にある暴力に向かって問いかけているという印象を受ける。構造主義人類学に慣れ親しむ者の目からみれば、彼の文化の解釈は、いかにも「グロテスク＝奇異なるもの」に映るだろう。実際、山口昌男によれば、彼の文化論は、文化人類学界においてきわめて評判が悪いという。彼を「机上の文化人類学者」と呼び、その命題をJ・S・フレイザーの「王殺し」とともに、学会から排除する現象さえみられるという。山口は、この現象それ自体が、文化学でいう「スケープ・ゴート」のひとつのモデルを提供しているとさえみている（彼によれば、メアリー・ダグラスは二人と類似する命題――ただし、彼女は『汚穢と禁忌』などにおいてフレイザーを強く批判している――を立てるが、フィールド・ワークと王殺しのテーマを避けたことにより歓迎されているという[41]）。

だが、シクロフスキーの「異化」の理論、あるいはデリダがいう「差異の差延化」（"differance de la difference"）の観点――「差異の差延化」とは「異化」の「引き延ばし（効果）」へと読み替え可能だろう――に立てば、だからこそ彼の奇異なる観点は価値があるということになる。差異と異化（差異の差延化）の消滅は文化の消滅に等しいからである。事実、彼の観点は、構造主義の盲点（あるいは隠蔽している問題）、文化の根源にある暴力（身体の力学）を捉えているのである。

生の営為としての文化を、生と死の合わせ鏡――鏡のなかで「転移」し「変貌」していく「幻像」――をとおして捉えようとする彼の観点は、オーギュスト・コントの有名な命題――死者が生者を支配する――とは異なるものである。それはむしろ、我が国における民俗学者、谷川健一、彼が説く御霊信仰の命題などに通じるところがある――「日本では先祖とのつながりはあるにしても、普遍的な死者と生者の連帯はない。あるのは対立だ。しかも死者が生者を支配するのだ。」（『魔の系譜』＊彼の死者の捉え方の延長線上に、たとえば小松和彦の『憑依信仰論』や『異人論』、赤坂憲雄の〈生と死の境界論〉などがあるだろう)[42]。

だが、〈生者中心主義〉としてのヨーロッパの思考のなかで、ジラールの観点は独創的なものがあるように思われる。また、免疫の詩学にとって、彼の観点は重要な示唆を与えるものがある。彼が解く文化理論と免疫学の「超システム」の理論の間にはある程度、平行関係がみられるからである。実際、ジラールは『暴力と聖なるもの』において、供犠のメカニズムを免疫作用によって比喩的に説明しているところが散見され、その意味で免疫の詩学の一歩手前まできているといえる——「天然痘のような伝染病にはそれ自身の特別な神があると信じる社会が実在する。病気が続いている間中、病人たちはその神に捧げられる。彼らは共同体から切り離され、一人の〈巫女〉、あるいは、望みとあらばその神の司祭、つまりかつてその病気にかかり死なずにすんだ人間の看護に委ねられる。こうした人間はそれ以後、幾分かの神の力を持っていて、神の暴力のさまざまな効力にたいして免疫になっているのだ。……そうした庇護、そういた免疫はあきらかに西欧文明自体が作り出した結果なのだ[43]。」

そこで、今度は、先述のジラールの供犠の命題を、免疫作用のメカニズムを念頭において再解釈を施してみたい。そのことによって、免疫の詩学自体に対する理解も深まるのではないかと思われるからである。

身体の主体は紛れもなく免疫に宿っている。その主体は「浮遊」(ポスト・モダン的な言説)などしない。ただし、免疫とは現象であり、現象とは時間のなかに存在(実存)するものであるから、免疫に宿る主体は空間にではなく、時間に宿っている。そして、時間とは浮遊でなく移りゆきであるから、主体は「ある(空間のなかに存在する)」のではなく、「なる(時間のなかで生成される)」のである。つまり、免疫の主体は先述の善きサマリア人(時のなかで生成される供犠)のそれということになるだろう。これこそが免疫の詩学とジラールの供犠の理論の共通分母といってよいだろう。

むろん、彼ばかりが、この方法を用いているのではない。生の営為としての文化を、生と死の合わせ鏡のなかで捉える彼の観点は、我が国においては民俗学者、谷川健一の御霊信仰論、小松和彦の憑依論などにもみられるところである。だが、〈生者中心主義〉としてのヨーロッパの思考のなかで、ジラールの観点は独創的なものがあるだろう。また、免疫の詩学にとって、彼の観点は重要な示唆を与えるものである。彼が解く文化理論と免疫学の「超システム」の理論の間にはある程度、平行関係がみられるからである。

ただしそうはいっても、彼の供犠の理論は、人類の築き上げた文化の意義を根底から揺るがしかねないものであるため、学術的には受け入れることができても、おそらく心理的に容易に受け入れられないものがあるかもしれない。少なくとも、彼がいう原初的な殺害の背後にあるもの、すなわち原罪、あるいは業といった理性や合理では割りきれないもの、エリアーデがいう「宗教的感覚」を失って久しい私たち現代人にとっては、容易には受け入れられないだろう。

そういうわけで、再解釈にあたって、彼の供犠の理論の表裏にあるひとつの比喩を用いて説明してみたいと思う。その比喩とは「善きサマリア人」の喩え話である。二つは表裏であり、キリストの別の喩えによれば、真の善きサマリア人は殺害されることになっているからである。

免疫作用の第一定理は「自己に反応しない」ということである。すなわち、免疫の主体は、他者との偶然の出会いがなければ、現象学的には存在していないことに等しい。その意味で、免疫の主体は「善きサマリア人」のそれである。善きサマリア人は、最初から旅先で倒れている者の隣人であったわけではない。旅先での偶然の出会いにおいて〈隣人になった〉、すなわち、そのとき、はじめてサマリア人は、「隣人」という名の主体的な行為者になったのである——「この三人のうち誰が、強盗にあった者の隣人になったか。」(「ルカによる福音書」10)。免疫の主体もまたそうである。つまり、免疫は予め身体の主体者であるわけではなく、たまたまその都度、〈主体者になる〉のである。「ある」に対する「なる」としての善きサマリア人、換言すれば、空間に内在化された主体ではなしに、時間のなかに〈実存〉する主体と言い換えてもよいだろう。

とはいえ、善きサマリア人にみられる主体の移動は、いわゆるポスト・モダン的な発想、すなわち〈浮遊する主体〉とか〈主体の不在〉というものではない。その発想は、生命原理の観点に立脚すれば、およそナンセンスな発想である。主体なしに、人は他者＝隣人であることを認識できないし、自己の生命そのものが維持できない。このことは明白な生物学な真実＝自然の摂理である。

その摂理を免疫の詩学の立場から説明すればこうなるだろう。免疫は、先行者のＤＮＡの記憶（身体の主体）を面にたえず映しているが、自己に反応しないため、自己自身によって主体を開示することはできない。したがって、免疫における主体は、他者（異物）が侵入し、あるいは癌細胞のように自己が他者化し、身体の記憶を真似るときにはじめて顕れる。すなわち、他者が自己を真似て、細胞の表面に自身の新しいアイデンティティをコード化（ＤＮＡの記号化）して提示するとき、はじめて免疫は自己の主体を開示する。この段階は、（模倣者が身体の侵入者ではないことを別にすれば）、モデルの模倣段階と平行している。文化の主体はモデル（創造者＝芸術家）、そのスタイルに宿る。模倣者は身体の侵入者――外から侵入した細菌のみならず癌細胞のように身体内部で発生する自己／他者細胞でもある点に留意――はモデルの面に映るスタイル（主体）を自己の面に写すことで、モデルになりすまそうとする。すなわち、善きサマリア人になろうとする。しかし、この時点で、いまだ主体は移動してはいない。なぜならば、彼らは善きサマリア人のスタイルを真似たまでであり、彼のように主体的な行為者（創造者）にはなっていないからである。依然として文化の主体はモデルの方にある。ただし、モデルは免疫が自己に反応しないように、模倣者が自己のスタイルを真似るまでは、自己のスタイル（主体）がなんであるかを知らない。だが、モデルは自己の面に映るスタイルと他者の面に模写され、それが提示されたとき、彼らの模倣されたスタイルの存在に気づく。気づく者は自己（のスタイル）を認識する主体者としてのモデルだけである。偽りのスタイルにモデルが気づいたことを知った彼らは、自己が主体なきモデルの「分身」になることを恐れ、全員一致の集団リンチにより彼を殺害する。真の善きサマリア人であるキリストを全員一致で殺したように、そうするのである。そうだとすれば、彼らがモデルを殺害したとき、文化は主体者を失い、文化は一旦、死滅することになるだろう。主体者である唯一の善きサマリア人は殺されたからである。だが、死によって、モデルは生者である模倣者のうちのある者たち――自己の罪を深く認識する者たち――の心理的な記憶のなかで蘇り、反転によって浄化（聖化）され、生者である彼らの心のなかでモデルの主体は生きることになる。模倣者のなかのある者たちはこのときはじめて、善きサマリア人になったのである。キリストの弟子たちがそうなったように、そうなるのである（ジラールがいうように、ペテロの「鶏が三度鳴く前の」裏切り行為は、すでに弟子たちがキリストの供犠に密かに加担していることを暗示している。この点にかんしては、神学者カール・バルトも『イスカリオテのユダ』のなかで彼と同様な見解を示している。[44]）。

こうして生者と死者の連関性のなかで文化の主体は生き、文化は保たれることになる。

十二　ソクラテスと供犠

「世の初めから隠されていること」、この言葉自体、福音書から取られたものであることからも分かるとおり、彼の供犠の理論の背景にあるのは、キリスト教的な理解である——「私は口を開いてたとえを話し、世の初めから隠されていることを、声を上げて言おう」（「マタイによる福音書」3：35）。だが、このキリスト教を前提とする理論は、一見、彼の立場と真っ向から対立しているようにみえるデリダの立場（「砂漠のメシアニズム」）と不思議にも供犠の解釈においては響き合っている。すなわち、供犠に捧げられたソクラテスという見方と共鳴しているのである。実際、ジラールは自らの供犠の理論を説明するために、デリダの「ソクラテスのパルマケイアー」を引いて説明している。[45] あるいは、供犠論に関して、二人は知の共同戦線を張り、構造主義のもつ文化に対する合理的な解釈を「脱構築」しようと目論んでいるのである（アンドリュー・J・マッケナ著『暴力と差異』参照[46]）。もちろん、その最終的な矛先はレヴィ＝ストロースに向かっていることはいうまでもない。[47] そういうわけで、ここではデリダの供犠理論の外観を「ソクラテスのパルマケイアー」から、免疫の詩学に引きつけながら少し考えてみたい。

デリダによれば、『パイドロス』には、その冒頭からソクラテスの供犠の徴候が密かに記されているという。ソクラテスはアテネの城壁付近で青年パイドロスと出会い、二人は一緒に「城壁の外」に出て、イリシス川のほとりの木陰に腰を下し、対話をはじめる。その内容は、この川のあたりには伝説があり、それによれば、彼女オレィテューオスがパルマケイアと一緒に遊んでいるとき、ボレアスという名の風が吹いてきて、彼女を近くの岩から突き落とし、彼女は死ぬというものである。そしてここから彼女がボレアスにさらわれて行ったという伝説が生まれたという。この際にデリダは、『パイドロス』の冒頭に、ソクラテスの運命が徴候として刻まれているとみるのである。(48) その徴のひとつは、ソクラテスが常に城壁の内部者であるものの、ここでは城壁の外の泉の伝説にさそわれて、うっかり城壁の外に出て（エグゾダス）しまっていること。このことは『ティマイオス』（プラトン）をも念頭におけば、ソクラテスのポリス文化内における特殊な立場を暗示するものとなる。「内部の人」である彼は、ポリスのなかで特定の場所をもたない「第三の種族」に属しているからである（デリダ『コーラ』も参照(49)）。これを免疫に置き換えて再解釈すれば、身体の外周（城壁）を巡るオイディプス型漂泊者＝免疫Ｔ細胞に対し、彼は脊髄から生成される血管内を巡る免疫Ｂ細胞ということになるだろう。

もうひとつは、彼を城壁の外にさそう泉＝パルマケイア（の伝説）が一方で乾きを癒す唯一の薬＝パルマコンであると同時に、他方で人を死に至らしめる毒薬＝パルマケイアであったということである。パルマケイアはパルマコン（良薬／毒薬）と語根を同じくするからである。パルマケイア／パルマコンの両義性は、いかなる良薬も使用目的に反するならば、毒薬になることからもすぐに理解されるだろう（しかも、彼を免疫Ｂ細胞とみなせば、生命の水がそれ自体、もっとも危険な毒薬であることが理解されるだろう。血の朋友にして天敵は水だからである。血液は水分から成っており、ともに流れるものであるが、血液を消すものもまた水である）。

デリダによれば、このパルマケイアこそ実はソクラテス自身であるという。なぜならば、パルマケイアとは、パルマコン（薬）の処方箋を知る者（パルマケイアー）＝医師の意であり、ソクラテスは知の医者＝哲学者だからである。しかし、医師はその処方箋を別の用途に用いれば、知に毒を盛る偽りの医師にもなってしまう。それは白魔術の方法（パルマケイアー）を知る魔術師（パルマケイア）がその表裏として黒魔術の方法を知っていることと同様である。このゆえに、医者と魔術師（呪術師）はともにパルマケイアと呼ばれるのである。つまり、パルマコン（良薬／毒薬）、パルマケイアー（良き方法／悪しき方法）、そしてパルマケイア／パルマケウス（良・悪医師／良・悪魔術師）はつねに表裏であり、両義的であり、その語根はすべて同じものであるということになるだろう。

ところで、これらと語根を同じくするもうひとつの言葉がある。パルマコス（供犠）である、とデリダはみる。このように述べる彼の前提には、これらがパルマコン（薬）から派生しているという理解があるだろう。だが、それにしても、なぜ、医師と供犠が結びつくのだろうか。それは、免疫の詩学からみれば、当然であるといえる。患者に向かうものは医師であり、そのため患者の病原菌に感染し死亡する危険をもっとも被るものは医師だからである。古代より、疫病で死亡しなかった者（抗体ができた者）に患者の治療を任せたのもそのためである。つまり、医者はコミュニティの免疫としての役割を負っているのであり、すなわち医師は免疫であり、免疫はパルマコス（供犠）であるいうことができるだろう。換言すれば、良薬を処方する医者は、たえず毒薬を飲まされる（毒味する免疫の）役割、その可能性を必然的に負わされていることになる。

デリダによれば、ソクラテスが最後に自ら毒（パルマコン）を飲んで死んだことも、彼がパルマケイアーを知るパルマケイア、すなわちパルマコスの運命を負っていたからであるという。その際、彼が着目するものは、ソクラテスがパルマコスを供する「タルゲーリアの祭り」の月の第六日に誕生したというディオゲネス・ラエルティネスの唱える説である。パルマコスとは、本来、古代ギリシア、とくにアテネで、タルゲーリア祭で犠牲に供されるために雇われた外国人の奴隷たちを意味していた。そして、タルゲーリアの祭りは、旱魃、飢饉、飢饉などポリスが危機に見舞われたときに、ポリスを浄化し、災いを沈静化するためのいわば「治療薬＝パルマコン」として、二人の男たちを神に供犠として捧げる儀式のことである。

外国人の奴隷であるパルマコスは、ポリスの城壁の周縁に置かれた外部の内部者である。ではなぜ、これがデリダにとって、内部者の象徴であるソクラテスに適用されるのだろうか。それは、冒頭に暗示された城塞の外の泉の伝説にさそいだされたソクラテスの位置に密かに暗示されていると彼はみている。すなわち、ソクラテスは「外部の内部性」／

「内部の外部性」、あるいは外部と内部とを区分する境界線の決定を不可能にする位置に立っているからだと彼はみるのである。デリダにとって、ここにおける内部者とはロゴス中心主義としての父パロール＝ソクラテスであり、外部に連れだされたロゴスはパロールの私生児エクリチュール＝ソクラテス／プラトンである。この点にデリダの最終的な狙いがあるようだが、ここでは「まえがき」で示したように、本書は見解を異にするため、これ以上この問題については立ち入らないことにしたい。ただし、ソクラテスの立ち位置そのものがパルマコス＝供犠の置かれている「コーラ」（地点）であり、これによって、文化がしるしづけられているという彼の主張だけは了解しておきたい。このようにみれば、「まえがき」で提示したように、免疫の詩学は、象徴的身体としてのヨーロッパ共同体を形成する三つの免疫＝供犠のしるし、その顕れをみることができるからである。すなわち、身体の免疫としてのオイディプス、知の免疫としてのソクラテス、魂の免疫としてのキリストがそれである。

十三　負の表象としての「オクシデント」

これら三つの供犠のしるしの象徴的なひとつの結晶体を、本書では、煉獄に求め、その具体的な地点を聖パトリックの煉獄の穴に求める。その根拠と経緯については、「まえがき」と「序」であらかた述べたが、そこで最終的に問題になってくるのは、ヨーロッパのもうひとつの名前、「オクシデント」であった。そういうわけで、この点に絞ってここではもう少し踏み込んで考えてみることにしたい。

私たちにとって「世界」とは客観的空間として存在しているわけではない。「世界・内・存在」として個々人の記憶のなかで解釈（意味づけされた）「表象」として存在している。つまり、「世界」は精神のなか、時間のなかに存在し、認識されることによってのみ現出されるものである。しかしそうだとすれば、世界は地球上に住む人間の数と同じ数だけ存在するということになってしまう。それは結局のところ、世界など存在していないといっているにも等しい。これに対しエリアーデがいう「地球軸」とは、世界を意味づけるための共通基軸のことであり、その基軸に自己と世界の主体のありかを置くことによって、世界を共通感覚のもとで認識しようとする一つの姿勢である（エリアーデ『聖と俗』を参照[50]）。

ここで注意を向けたいのは、彼が世界の主体のありかを「軸」と呼んでいる点である。その前提にあるのは、地球は一つの基軸を中心に回転し、さらにその基軸は一つの軌道をなして「永遠回帰」するという見方である。もちろん、この地球の自転運動が時間そのものであるから、「地球軸」は空間にではなく、時間のなかに存在することになるだろう。物理学においては、これは南北のN極とS極の磁力、すなわち磁場として捉えられるものである。これを軸に東西という方位が生まれてくる。だたし、通常私たちは、地球の自転を前提として時を認識しているわけではなく、太陽（あるいは太陰）の周行をとおして時間をひとつの表象として認識しているのである。すなわち、日の出から日没までを昼の時間とし、日没から日の出までを夜の時間としている。換言すれば、南北の軸によるいわば地動説を東西の天動説に置き換えることによって時間を認識し、半ば時を空間に変換しているのである。プトレマイオスがいう「日の出」「日の入り」としてのセプテムトリオ＝東西分割（これに対し南北はメリディエス）という概念にもこの理解があるだろう。

しかし、ともかく世界は私たちにとって、表象として存在しているのであり、表象は記憶としての時間の問題であるから、記憶の軸は太陽の周行、すなわち日の出と日没の時間軸が、人間の認識において、昼と夜を分かつ重要な両極の対称の位置に置かれていることだけは確かだろう。そしてこの日の出の方位を東、日没の方位を西と呼び、それを前提に空間を位置づけているわけだから、空間は本来時間によって規定されていることになるだろう。

ここまでくると、一つの仮説が成り立つ。すなわち、エリアーデがいう地球軸は「日の出」と「日没」を結ぶ基軸によって表象するのがもっとも相応しいのではないかということである。洋の東西を問わず、人は「日の出（ご来光）」に聖なるものの顕現を見、「日没」を眺めては、一日、あるいは過ぎ去りし日々の記憶を辿るものである。つまり、この時の基軸に人間の心と記憶が宿っているとみることが十分可能であると考えられるのである。しかも、東西文化はこの基軸によって二分されているのであるから、ここに〈世界文化軸〉を置くことは可能だとみえるのである。

もっとも、「東と西」、「イーストとウエスト」という方位的区分は意味論的にはきわめてニュートラルな記号であり、文化的記憶＝表象を有してはいない。だがこれに対し、文化表象そのものとなる表現がある。「日の出るところ」＝「オリエント」と「日が没するところ」＝「オクシデント」である。エドワード・サイードの『オリエンタリズム』を待つまでもなく、二つはたんなる東西の方位的記号ではなく、様々な主観的（ときに偏見的）な記憶が宿る文化表象の坩堝でさえあるからだ――「歴史的実在性はいうに及ばず、地理的実体にして文化的実体物である〈オリエント〉と〈オクシデント〉という地理上の区分は、（ヴィーコがいうように）人間によって創られたのである」（『オリエンタリズム』[51]）。

ただし、ここにすでに深刻な問題が発生していることに気づくことになるだろう。オクシデントという表象はオリエントに対して心理的対称性をもちえず、むしろ文化的に隠蔽される宿命をさえ帯びているという事実である。オクシデントは「日没／没落＝死」を意味し、民俗学でいう「ハレ」の表象としての「日の出＝生」に対して「ケガレ」を意味しているからである。このことは、表象としてのオリエントに相対するものが記号としての「ウエスト」、あるいは「地中海の波の周期運動」を象徴し、すなわち初めから対称をもたない自己完結した西洋世界の一つの象徴であるはずの女神エウロペー＝「ヨーロッパ」がオリエントの対称とされているという事実を想起すればある程度理解されるだろう。（『オリエンタリズム』の「序」においてサイードが「オクシデント」を記す際、きまってそのすぐあとでそれをもう一度「ウエスト」と言い換えなければならない不都合が生じている点に注意したい。すなわち、「オクシデント」がもはや死語と化しているからこそ彼はそう言い換えなければならないのである）[52]。こうして「地球軸」はオクシデントが隠蔽されることによって軸として機能しえないということになる。

だが上述したことは、逆照射的に免疫の詩学が志向する地点の発見に結びつく何らかの鍵をオクシデントが握っていることを暗示するに十分なものである。オクシデントは負の記憶であり、秘められており、ハレとケガレが表裏一体をなすものであり（「日の没するところ」とは〈日の墓場〉だろう）、内と外との境界（日没は昼と夜との境界線）だからである。

十四　スフィンクスとオクシデント

太陽の周行を基軸におくことで成立しているオリエントとオクシデントという概念、このことに改めて気づかせてくれるものがある。それはまたもやスフィンクスの問いである。ただし、この度のスフィンクスの問いは、先に述べたスフィンクス第一の問いだけではなく、彼女の第二、第三の問いをも考慮しなければならないだろう。これら三つの問いを相互に関連し合う間テキストとして読み解くならば、東西文化の主体のあり方を指し示す一つの問いとなるからである。

よく知られたスフィンクスの謎かけには以下の三つのものがある。(一)：「一つの声をもち、朝は四本足、昼は二本足、夜は三本足のものは何か？」(二)：「生まれるときもっとも大きく、盛りのときに小さく、老いてふたたび最大になるものは何か？」(三)：「一方が他方を生み、生んだ女が生まれた女によって生み出される姉妹とは何か？」答えは順に「人間」、「影」、「昼と夜」である。これら三つの謎かけを各々個別的に読むのではなく、一つの問いだとみなして、解釈してみよう。そうすると、私たちは一つの興味深い事実に気づくことになるだろう。そこにはある明確な意図が働いており、その意図をとおして私たちのまえに、東西文化が織りなす一つの壮大な歴史のヴィジョンの相貌が浮かび上がってくるからである。

そこでまず注目したいのが、三つの謎かけの共通分母が、朝→昼→夕（昼→日の出と日没→夜）、すなわち太陽の周行に求められるという点である。この共通分母をさらに細かく分析すれば、第一、第二の問いは、日の出と日没が正午という時間を挟んで差し向かいに、第三の問いでは昼と夜が日の出と日没を挟んで差し向かいに置かれていることが理解される。つまり、三つに共通するものは、「日の出」と「日没」、そして「差し向かい（の状態）」、以上、三点ということになる。それでは、これら三つを何と解くべきだろうか。

「日の出」とは生の時間であり、また「日の昇るところ」としての「オリエント」＝方位としての「東（方）の文化」

であり、「日没」とは死の時間であり、また「日の沈むところ」としての方位、すなわち「オクシデント」＝「西（方）の文化」であり、これが差し向かいに置かれているとは、二つが誕生（日の出）と死（日没）とを分けるいわば時の河（軸）を挟んで対岸に置かれ、互いが互いの合わせ鏡の状態に置かれているということである。

ところで、この合わせ鏡は、一つの図形の存在によって成立している点は重要である。太陽の軌道が描く正三角形がそれである。正午（第一、第二）、あるいは午前／午後0時（第三）を頂点として、底辺の両点、日の出と日没を結べば〈時のトライアングル〉が形成されるからである。むろん、この正三角形は昼の時間からみた場合にそういえるのであって、夜の時間からみれば、正三角形は反転し、逆正三角形を形成していることになる。つまり、正三角形（表の鏡）と逆正三角形（裏の鏡）を日の出と日没という時間軸、時の折り目に沿って開いていけば、そこにひし型ができることになる。

さて、このひし型、その軸をなしているものが日の出＝生＝オリエントと日没＝死＝オクシデントである点は興味深い。すなわち、スフィンクスの三つの問いは、最終的には、東西文化を時間の相のなかに置くことによって成立していることがここで確認できるだろう。

このようなスフィンクスの問いのなかに、オリエントとオクシデントとしてのヨーロッパ精神の意味を初めて見出したのはおそらくヘーゲルだろう。ヘーゲルによれば、スフィンクスが体現しているものは自然であり、アジア的なもの＝オリエントであるという。これに対し、オイディプスが体現しているものは人間＝精神であり、西洋であるという。この理解のもとに彼は、スフィンクスの第一の問いに対し、それは「私＝人間＝ヨーロッパ」であると答え、彼女に勝利することによって人間精神は自然に、西洋はオリエントに勝利し、ここに人間＝ヨーロッパ精神は自己を認識することを覚え、もって精神の「止揚」＝「自己展開」がはじまるとみるのである[53]。

むろん、ヘーゲルはスフィンクスの第一の問いを前提にして、このように述べていることはいうまでもない。だが、彼女の第二の問い、第三の問いを考慮し、これらを先述したようにひとつの間テキストとして読めば、ヘーゲルの見立て通りにはならないことが分かるだろう。むしろ、ここでのヘーゲルのヨーロッパ＝オクシデントの勝利宣言は、西洋文化の自己疎外の悲劇を告白していることになるだろう。すなわち、三つの問いは、オリエントとオクシデントの合わせ鏡の作用を意味しており、一方の鏡の消滅は他方の鏡の消滅を意味していることになるのである。しかも、第三の問い、「一方が他方を生み、生んだ女が生まれた女によって生み出される姉妹とは何か？」を思い出すならば、第一の問いに答えを出すことによってもたらされるオリエント＝スフィンクスへの彼の高らかな勝利宣言は、オクシデントにとって、姉妹殺し、母殺し、子殺し、そして最後にその矛先は自己へと向かい、すなわち自死の絶望宣言を意味していることになるのである。

ヘーゲルはスフィンクスの意味しているものを、おそらく初めて理解した。だが、彼は合わせ鏡の理解にまではいたらなかった。ヨーロッパがこの理解にいたるためには、ニーチェを待たなければならないだろう。ニーチェは『善悪の彼岸』においてこう述べているからである。

このスフィンクスにむかってわれらの側からも問いを発しても、また怪しむには足りない。いまわれらにむかってわれらの側からも問いを発しているのは、そも何者であるのだろう？ ……さらに根本的な疑問の前に、歩を止めて凝立した。……両者のうちのいずれかがスフィンクスであったろう？ いずれにしても、疑問と疑問符とがここに相会した。(54)

「両者のうちのいずれがスフィンクスであったろうか？」と問うニーチェの前提には、謎をかける者（主体＝スフィンクス）と謎をかけられる者（客体＝オイディプス）との主・客の入れ替え（可逆性）がある。この主・客の可逆性を可能にするためには、合わせ鏡を想定してみるほかあるまい。実際、彼はこのことを語った『善悪の彼岸』の「序」のすぐあとで、西洋精神における「実相」に対する「仮象（としての鏡）」という、いわば〈鏡の西洋系譜学〉にみられる二項対立の概念――それはプラトンからヘーゲルにまで至っていると彼はみている――を退け、二つの並列関係を反問によって提唱している。

このことを彼の文化の命題としての「太陽」の「永遠回帰」に重ね合わせてみるとき、彼がスフィンクスの謎にみられる「オリエント」と「オクシデント」を主・客を無限に入れ替える合わせ鏡に映る永遠回帰の相のもとに眺めていたことが明らかになるだろう。

このことは、ニーチェの『ツァラトゥストラ』によっても確認することができる。その冒頭部分で語られている「精神の三段階」、「超人（赤子）」へといたる「移りゆき」の道程で繰り返される「没落／日没 "Untergang"」は、オクシデントの言い換えであり、その際、ニーチェが一貫して念頭においているのはスフィンクスの問いにほかならないからである。

『ツァラトゥストラ』の冒頭は、「精神の三段変化」、すなわち「ラクダ→獅子→赤子（超人）」、あるいはこれと並行する「越境＝上を歩く→没落／日没＝下を歩く→超越＝上を歩く人」、"Übergang → Untergang → Übermensch" の（ウームラウトを含む）〈U 文字三段活用〉ではじまる。これは、先述のスフィンクスのトライアングルを念頭においているとみることができるだろう。

ある朝、ツァラトゥストラはあかつきとともに起き、太陽を迎えて立ち、つぎのように太陽に語りかけた。「偉大なる天体よ！　もしあなたの光を浴びる者たちがいなかったら、あなたははたして幸福といえようか！　……そのためにはわたしは下へとおりて行かなければならない。あなたが、夕がた（"des Abends"）、海のかなたに沈み、さらにその下の世界に光明をもたらすように。」……わたしもあなたのように没落（"untergehen"）しなければならない。わたしがいまからそこへ下りて行こうとする人間たちが言う没落を、果たさなければならない。……——こうしてツァラトゥストラの没落（"untergang"）ははじまった。人間において愛さるべきところ、それは、彼が移りゆき（越境）であり没落（"ein Übergang und ein Untergang"）であるということである。わたしが愛するのは、没落する者として以外には生きるすべを知らない者たちである。……わたしが愛するのは、おのれの没落し、……わたしが愛するのは、認識するために生きる者、いつの日か超人があらわれるために認識しようとする者である。こうしてかれはおのれの没落を欲するのだ。……なぜなら徳は、没落への意志であり……こうして一切の事物がかれの没落となる。……
わたしはあなたがたに、精神の三段の変化について語ろう。どのようにして駱駝となるのか、駱駝が獅子となるのか、そして最後に獅子が幼子になるのか、ということを。(55) ……

まずは「精神の三段変化」がなぜ「砂漠」で展開される必要があるのか、と問うべきだろう。砂漠に立つスフィンクスの問いの比喩となるからである。ではなぜ、精神の第一段階は駱駝である必要があるのか。駱駝は自己の存在の「責任」（＝彼女への「応答可能性」）を自己の咎として我が身に負い、自己の主体を棚上げしないからである（『道徳の系譜』の「責任」の概念参照）。すなわち、砂漠を「移りゆき、上って歩く（“Übergang”）」「三本足の老人、腰を曲げて「歩く＝“Gang”」の比喩となるからである。この際、三本足で歩く老人はまず「上（“Über”）」の位置、すなわち「日の出＝オリエント」からはじまるという逆説に注意を向けたい。つまり、日の出とともに一人の老人が産声を上げ三本足で「歩き＝”Gang”」はじめたのである。「歩く」者としての人間をニーチェが強調している点――原文では“ein Übergang und ein Untergang”と一際大きな字が用いられている――は重要である。すなわち、明らかにニーチェは、スフィンクスの第一の問い、人間を定義する「足で歩く」を念頭においているとみることができるだろう。スフィンクスにとって人間は、パスカルに対する誤読によって生じた「考える葦」（固定型認識）ではなく、〈おもざして移りゆく足〉（移動型認識）だからである。

老人は日の出とともに産声を上げたあと、すぐさま歩行をはじめた。だが老人であるから、上を歩き「移りゆこう」とするものの、背中に瘤をつけたように身を曲げて砂漠を「越境“Übergang”」せねばならず、したがって、おのずから視線は地面＝死をみつめる。だが当然、地面は土から生まれ土に帰るアダム（土塊）の「大地」なのであるから、大地は生と死を円環的に結ぶものでもある。したがって、老人は産声を上げた瞬間から、四本足（あるいは腹這い）で歩き視線を地面に向ける赤子＝超人と同様、「大地に忠実であれ、そして地上を超えた希望などを説く者に信用をおかない

（おこうにもおけない）」者なのである。老人リア王が骨の髄まで承知しているとおり、老人と赤子は生の意味を、死を凝視することによって逆説的に理解する存在だからである――「われわれは泣きながらこの世に生まれる。初めて空気を嗅ぐとき、おぎゃおぎゃと泣きわめくではないか。」これが三本足と四本足で歩く者のすぐれた点である。だからこそ、第二の問い、死の「影」は、等しく彼らをもっとも大きく映すのである。つまり“Übergang”していた「日の出」に生まれの老人は、気づけばＵの字の弧を下方へと描きながら、「下を（向いて）歩く“Untergang”」のである。

　しかし、東の日が正午を向かえ、老人は老いることで若くなっていき、ついにＵの字の底に辿り着いたとき、砂漠の猛々しい若き「砂漠の獅子」へと変貌する。こうして「我欲す（「汝なすべし」を知らない欲望の声）」を叫び、二足で得物に食らいつき「強奪する」若き彼は、実はＵの底を歩く（Untergang）者である。だからこそ己の生だけを謳歌し、死の意味（不安）を忘却した彼には「影」が差さない。正午に影は差さないからである。「影」は彼の存在そのものに非在を告げ、彼が生に頼り、影（己の死）を忘却するがゆえに、影もまた彼の存在を忘却するのである。スフィンクスの第一の問い、光の位相からみれば、真昼の陽光のなかに立つ彼は、背筋を伸ばし二本足で歩き、それゆえ、身を屈め三本足で歩く老人、あるいは四本足で歩く地を這う者としての幼子より背丈を大きく映すが、「影」の問いは光＝生（第一の問い）を逆説化するのである。

　だが、日が西に傾きはじめるとき、〈光のメメントモリ〉、死の影は彼とともに歩む「インマヌエル」となって、また彼の前にその姿を見せはじめる。そして、彼の老い／若返りとともに彼の存在をしだいに大きく映し出す。彼の老いはいよいよ増し、そして最後に、彼は〈幼子＝超人（“Übermensch”）〉としての誕生の日を向かえることになる。すなわち、彼は〈日没“Übergang”〉のなかで四本の足で歩き、〈没落“Übergang”〉の産声を上げるのである。日の出とともに老人として産声を上げた彼は、オリエントを後にして、移りゆく光と影のもとで生を逆説化しながらＵの字の弧を描くように砂漠を越境してゆき、若き獅子となり、ついに己の魂の古里、「夕の刻の国（“Abendlands”＝西洋）」、すなわち「日の沈むところ」＝オクシデントに辿り着き、そこで「没落」の産声を上げることになるだろう。

ここまでくれば、ニーチェが自己自身である西洋精神に対し、何を語ろうとしているのか理解することは、もはや難しくはない。ドイツ語では「西洋」とは、オクシデントの記憶をとどめる「夕の国」"Abendland (s)"であり、これと「没落/日没」を巧みに重ね合わせることで、西洋精神にもう一度、失われた「太陽」の日没=没落の負の記憶を想起させようとしているのである。すなわち、日没の記憶を再生したものこそ、「没落する者」であり、没落する者は「移りゆき=越境("Übergang")」する者であり、越境する者は(世界=自己)を「認識する者」であり、「認識する者」は「超(え)ていく)人("Übermensch")」である、とニーチェ一流の「山から山を越えていく(論理を超越する)」、アフォリズムとアフォリズムの谷間、間テキストのなかで記憶(時の声)を反響させ増幅させようとしているのである。

十五　没落としてのオクシデント

だが、残念ながら、ツァラトゥストラが語る「没落」の真意について、当時、西洋において理解するものはほとんどいなかった。彼の真意の正しい理解は、一人の西洋の当時まったく無名の人物、シュペングラーを待たなければならなかっただろう。『西洋の没落』が出版されたときの西洋精神の驚きは何よりもこのことを雄弁に語っている。翻訳すれば、『西洋の没落』となるが、原文は何とも控えめで叙情的でさえあるタイトル、*Der Untergang des Abendlandes*、すなわち直訳すれば、『夕の刻の地の日没』にすぎない。なぜ西洋精神はこのタイトルに衝撃を覚えたのだろうか。

このタイトルは、本来、たんなる同語反復によるいかにも陳腐な標題である。「夕の刻」と「日没」は同意であり、したがって、これは「夕の刻/日没の地」と言い換えることができるからである。つまり、「オクシデント=西洋」と述べたまでである。これが何故に西洋にとって一つの悪夢ともなって、彼らを震撼させるに十分なタイトルになりえたのか。それは、西洋精神が己の実存性において深く隠蔽=忘却していた自己の負い目、オクシデントを目覚めさせたからであり、すなわち一つのスフィンクスの問いとなって、彼らの認識の盲点、瞳を射抜いたからにほかならないだろう。

『西洋の没落』は一般書としては不向きな難解な論文であり、これが当時の読者にどれほど理解されたのか、はなはだ疑問である。にもかかわらず、この著書は空前のベストセラーとなり、彼は一夜にして西洋にその名を知られるようになった。西洋精神はこの書物を明らかに現代の「黙示録」として読んだのであり、シュペングラーがニーチェ／ヴィーコ的「観想学＝詩学」のヴィジョンによって提示したもの、記録としての歴史によっては描くことができない記憶としての歴史をそこにみたからにほかならないだろう。つまり、彼はいくえにも隠蔽された西洋の本当の自身の名前、「没落」を意味する悲劇的宿命の名前、「オクシデント」の封印を解いたのである。

西洋精神がキリスト教の逆説を受け入れ、これを精神の礎としていなかったとすれば、ニーチェ的／シュペングラー的なヴィジョンは、西洋にとって、現代の「黙示録」になりえなかったはずである。この点をさらに理解しようとすれば、キリスト教の逆説をおよそのところ理解しておく必要があるだろう。

十六　オクシデントとキリスト教の逆説

ニーチェは西洋精神の根本を、先述のサイードの『オリエンタリズム』にみられるように優越感にではなく、逆に劣等感に置く。そしてこれを『道徳の系譜』において、「ルサンチマン」＝「奴隷道徳」による「復讐心」と呼ぶ。つまり、己の負の記憶、ニーチェの言葉を用いれば、「己に然りを発する英雄的応答＝責任」の反対概念としての「自己の負い目」、これに自己呵責し、耐えかねた西洋の魂が「価値の転倒」を行うことによって、負の価値を正とし、正を負の価値へと転倒させ、オリエント（ディオニソス的もの）に復讐したとみるのである。ニーチェがここにキリスト教＝西洋精神の根本にあるキリスト教の逆説を見抜いていることは明らかである。すなわち、「選民（＝文化的内部者）」＝聖なるオリエントの民（この場合、ユダヤはオリエントのなかのオリエントとみなければならない）の外に置かれ負の表象としての「異邦人（＝文化的に排除された外部者）」＝穢れた罪人であるオクシデントの民が、復讐心のゆえに内と外とをひっくり返すという意味での価値転倒＝逆説である。

この場合の〈外なるものは内になり、内なるものは外となる〉という価値転倒は、キリスト教徒にとって、キリストの言葉、「見よ、先の者は後になり、後の者は先になるであろう」において完全に聖なる預言となり、正当化されるものとなる。もちろん、この内と外、先の者と後の者との価値転倒のニーチェ的な視点の前提にあるのは、「オクシデント」としてのヨーロッパがオリエントに対し、絶えず優越感ではなく、劣等感を懐いていたということである。この西洋が懐く劣等感は精神史的な視点から眺めるならば、あまりに明白である。なぜならば、旧約聖書はオリエントにとっての聖なる書物であり、ここに精神の規範を置くオクシデントは暗黙のうちにオリエントを精神の両親とすることを認めなければならないからである。これを希望へと、辺境を中心に変貌させるものは、先のキリスト教の逆説以外にはないはずである。

まずオクシデントの典型をローマ帝国に求めなければならない。十字架のキリストに手と足に釘を刺し、キリストを最後に槍で刺し貫き、ユダヤ人およびキリスト教を弾圧、迫害したのはまさにローマ人だからである。したがって、オリエントにとって、ローマこそ悪のなかの悪、使徒パウロがいうように「異邦人のなかの異邦人」であったことになる。しかし、一度、キリスト教の逆説を受け入れるとき、キリストを刺してつけた傷は、オクシデントにとって聖なる傷跡、「聖痕」としての選民ローマ、その約束の証へと変貌を遂げることになるのである。あるいは、キリストの十字架上の罪状を書き記した聖書中唯一のラテン語は聖なるロゴスとなるのである。

この逆説は同時に、太陽が西から昇り、東へと沈むようになったことを直接意味していた――「日の沈むところは、今や日の昇るところに変容した。これが新しい創造の意味である。なぜかといえば、正義の太陽は西方に急ぎ赴き、日没を曙に変え、死を十字架にかけて生命に変えたからである」（アレキサンドリアのクレメンス）[56]。そしてこの地球の自転が逆回転するというこの途方もない逆説は、キリスト教内部においても、繰り返し起こり続けなければならないひとつの逆説の宿命となる。つまり一度、異邦人＝外が内＝選民となり、自己を選民と規定した瞬間、主・客を入れ替えていく合わせ鏡のなかの入れ子状の映像のように、さらなる逆説が生まれ、彼らはまたもや異邦人＝外部者へと転落する可能性を同時に孕んでいるからである。

ローマ・カトリックはまずキリスト教における「オリエント」である「東ローマ帝国（＝ギリシア正教）」と正統性（東に対する西の逆説的優位性）を巡って「フィリオ・クェ論争」を展開し（詳細は第三章を参照）、あるいはまた〈東の言語〉であるギリシア語に対し〈西の言語〉としてのラテン語の逆説的聖典性を主張することとなった。いわゆるギリシア語を聖典とする「トラディション」の東方教会の「伝統性」に対する西方教会の「トランスレーション（翻訳によるロゴスの変貌）」の「正統性」の優位である。西方教会からみれば、東方教会は伝統の継承であり、伝統には逆説の展開（展開としての歴史）がないがゆえに、むしろ正統とはなりえないとみたのである。だが、この自己の逆説による正統性の主張は両刃の剣ともなる。事実、カトリックに対するプロテスタントの台頭はローマにとって、逆説の不安を現実のものとするに十分なものであった。

このことを念頭におくならば、マルティン・ルターが「マタイによる福音書」２章において、救い主の誕生を星によって知らされた東方からユダヤに訪れた三人の博士（マギー）の物語をあえて「モルゲントラント（日の昇る地）から」と訳した意図が理解されるだろう。すなわち、ユダヤは東方からみれば「アーベントラント」であり、日の没するところこそキリストの誕生した場所であるがゆえに、自己を正統とするカトリックに対する異邦人としての私たちこそ、新しく生まれた約束の民、真のキリスト者であることを暗示させているのである。事実、「アーベントラント」は彼の翻訳の反意語として生まれたものである（ちなみに、『ツァラトゥストラ』はルター訳『聖書』をパロディ化するために、ルターの文体を真似ている）。

だがそのプロテスタントですらも、一度、一つのドグマが確立され自己のみを正統とし、逆説の展開を止めた瞬間、すなわち、自己のみを中心＝選民とみるや、たちまちこれに反旗を翻す新たなる宗派の台頭を許すことになる。プロテスタントが無限に増殖する宗派をもつのは、あるいはこのゆえであるのかもしれない（プロテスタントにおける各宗派は自己がそう命名したがゆえに生まれたのではなく、多くの場合、その宗派のもつ特徴的なドグマを他者が批判、揶揄することから生まれている）。少なくとも、このキリスト教の逆説は、無限の生成と展開を宿命づけていることだけは確かだろう。要するに、キリスト教徒にとって、日が西から昇り、東へと没する逆説運動は展開によってのみ可能なのである。彼らが他の如何なる宗教にもまして、布教に熱心であり、外部者として他文化に入り、迫害のなかで布教し続ける理由もこの逆説の宿命によってある程度説明がつくだろう。しかもこの布教の熱心さは「後の者」＝東方↓西方↓プロテスタント↓新興キリスト教と下るほど熱心であり、この精神がヘーゲルを経て、マルクスの「革命」の概念に受け継がれているとみることも可能である（もちろん、布教の前提には、世界が「神の国＝キリストの身体＝キリスト教圏共同体」となったとき、再臨が訪れるという終末論的な精神がある）。

十七　オクシデントの地、アイルランド

太陽を東から昇らせ、西に沈ませるこの逆説は、回転する独楽のように展開によってのみ維持される。展開が止まれば、そこにあるのは「没落＝オクシデント」である。これは裏を返せば、独楽の軸＝中心がオクシデントであることを証しているのに等しい。事実、歴史的にみても、表象としての「オクシデント」を貼られたものは、かならず展開をはじめている。「伝統」としてのギリシア（東ローマ帝国）に対し、西ローマ帝国は逆説と展開によって応答し、さらにその西であるゲルマンは西ローマ帝国を逆説化し、ヨーロッパ中を巻き込んで展開をはじめ、このゲルマン的な展開に対し、それよりさらに西であるヒスペリアのスペイン・ポルトガルは他の列強国に先駆けて大航海時代に踏み切り、舞台を世界に向けて展開を開始したのである。こうして、オクシデントを軸に、「帝国主義」という名の独楽が逆回転しながら、展開をはじめることとなった。

この逆説の展開は、負の記憶（コンプレックス）の代償として「オリエント」を失われた楽園と定め、その約束の地に向かって外延化される螺旋運動となって顕れている。それはヨーロッパにとって希望に満ちた船出、ハレの航海としての「イムラヴァ」

であった。

だが、ここにもうひとつの展開、もうひとつの航海があったことを忘れることはできない。自己の内なるもの、すなわち、自己自身の名前である内なる闇の軸に向かって収斂されていく「エクトライ」への船出である。それは、自己の負の記憶が隠されたある地点、あらゆる意味でオリエントの楽園に対し、対照的な地理的位相の性質を帯びた一点、オクシデント＝没落の地点に向かっていく——「こうしてツァラトゥストラの没落がはじまった。」この船出が目指す一点こそ、オクシデントのなかのオクシデント、自己の〈事の核心（原罪）〉が隠蔽された地点、U字型をした聖パトリックの煉獄の穴とみるのである。象徴的な意味において、この穴をおいてほかにその地点に相応しい場所はヨーロッパには実在しないと推測されるからである。すなわち、キリスト教の精神を逆説化したツァラトゥストラの旅をもう一度逆説化すれば、そこに顕れるものは、この穴に向かうエクトライである。

この穴に向かう煉獄巡礼の旅は、駱駝が背中に瘤を背負うように己が生前の罪を背負い、その荷を下ろす（贖う）ためにオクシデントの砂漠、泥炭（ボグ）の荒野に向かう。たどり着いた地はオクシデントのガリラヤ湖畔、ダーグ湖畔である。そこから『ケルズの書』を写字した「聖コルンバ」の名が記された船——この船は現実に「聖コルンバ号」と呼ばれている——に乗って小島、「ステーション・アイランド」に渡る。船内では誰もがかつてヨナが聴いたあの船乗りたちの問いを聴かなければならない——「その原因は誰にあるのですか。」そして、誰もがこう答えなければならない——「それは私です。」こうして、彼らは湖中に投げ捨てられ、大魚のような小島の口（穴）に飲み込まれることになる。

U字型の没落の内蔵（はらわた）で荷を下し、罪に老いた身体から猛々しい若獅子に変貌するために、一匹の獅子の骸に出会わなければならない。その骸は供犠の骸であり、それはヨーロッパの秘められた名前、オクシデントの身体（コミュニティ）を形づけるヨナのしるしだからである。彼らは、その骸に宿る「イザヤの熱き炭火」（イェイツ「揺れ動く」）を飲み込まなければならない。なぜならば、この炭火は「蜜蜂の巣と獅子の謎かけ」の答え、すなわち供犠から発生した血の蜜だからである。あるいは、免疫の口は未来を舐めることによってのみ、自己を認識することができるからであると言い換えてもよいだろう。それでは、その味はどのようなものであるのか。預言者たちによれば、それは甘味だという。これを飲んだ者たちだけが死して蘇り、U字型の底から生還し、「超人」、すなわち罪なき「赤子」になって産声を上がることができるのである。そのとき、彼らは煉獄巡礼の証、聖痕をその身に刻印されて誕生する。このしるしこそヨナのしるしであり、超人、聖者、そして赤子の証である。

以上がこの地点までの地図の輪郭である。以下、いよいよこのエクトライ、煉獄巡礼に向かって漕ぎだしていきたい。

第二章　煉獄のシンデレラ——免疫のしるし／記憶と徴候

ベンヤミンの天使が過去に眼差しを固定しながら未来へと進んでいくとすれば、メランドリーの天使は未来を眼差しながら過去へと退行していく。どちらも、見ることも知ることもできないものへと進んでいく。これら歴史の進歩の二つのイメージの不可視の目的地とは、現在である。現在は、天使たちの眼差しが交差しあう点にあらわれる。このとき、過去に到着した未来と未来が到着した過去とがひととき一致する。

——ジョルジョ・アガンベン『事物のしるし』

ギリシア神話によると、テセウスはアリアドーネから一本の糸を贈られたという。その糸でテセウスは迷宮に入っていき、ミノタウルスを見つけて殺す。しかし、テセウスが迷宮をさまよいながら残した痕跡については、神話は語っていない。……各章を結びつけているものがあるとすれば、糸——私たちが現実の迷宮のなかに入っていくのを手助けしてくれる物語の糸——と痕跡の関係である。

——カルロ・ギンズブルグ『糸と痕跡』

神秘主義が内向的な巡礼であるように、巡礼とは外向的な神秘主義とみなされるだろう。巡礼は肉体的に神秘的な道程を歩む。神秘主義者は内向的で精神的な巡礼の道を踏み出すのである。

——ヴィクター・ターナー『キリスト教文化における巡礼とイメージ』

一　聖書のなかの煉獄巡礼

煉獄はキリスト教の精神風土を土台にして誕生したヨーロッパ独自の異界の概念である。その概念は、「一度限りの生を通して獲得される魂の不死性と復活の信仰」を前提としている。[1]したがって、この定義にしたがうならば、「不断に反復される化身、すなわち輪廻を信じる宗教には煉獄はありえない」ことになる（ジャック・ル・ゴフ『煉獄の誕生』参照）。しかも、すべてのキリスト教徒が煉獄の存在を信じているわけではない。ギリシア正教もプロテスタントもその存在を認めていない。おそらく、これを教義のなかに公式に認めているのは、カトリックに限られるだろう。つまり、煉獄はカトリック独自の異界の概念といわなければならない。

それではなぜ、キリスト教の内部においてでさえ、煉獄の存在を巡って教義が分かれるのだろうか。それは、聖書のなかに煉獄が明記されていないからである。それではなぜ、カトリックは、聖書のなかに明記されていないような煉獄を信じているのだろうか。その歴史的な経緯および社会的な背景については第三章で述べることとし、ここでは聖書のなかの煉獄の問題に限定して考えてみたい。

いかに、民衆レベルの迷信について寛容であるカトリックといえども、聖書にまったく記されていないような異界の概念を公で認めることはないはずである。これを許せば、教義自体が成り立たなくなってしまうからである。ではどうして、煉獄は認められたのだろうか。それを解く鍵は、おそらく、聖書のキャノン（正典）の生成過程のなかにあるだろう。

いうまでもなく、聖書は聖なるロゴスとして神自身が記し、天上から地上に舞い降りてきた完全無欠な書物というわけではない。正統と異端を巡る激しいキャノン（正典）論争を経て現在の聖書になったのである。つまり、当初は様々な外典も含まれており、そのなかには、きわめて黙示的な死後のヴィジョンが数多く記されており、またそのなかには煉獄的なイメージを彷彿とさせる記述が様々にあったのである（正典と外典の区分は、アウグスティヌスの主導で行われた三九七年の公会議、さらには十六世紀のトリエント公会議によってはじめて明確化した）。しかも、正典と外典は教義において厳密に区分されているものの、それとても、完全に一方が神の書、他方が悪魔の書として区分されているわけではない。外典＝偽典は偽りの書を意味しているわけではなく、正典として認めるには疑問視される部分が多く含まれ、また歴史的にみて、それを記したとされる記者と実際の記者が異なると判断されるという程度の意味である。このような経緯によって聖書のキャノンは成立したわけだから、意味レベルにおいて、ときに二つの間の境界線が曖昧である場合も少なくない。煉獄を彷彿とさせる異界の記述はその典型であるといえるだろう。たとえば、正典である「ペテロ第一の手紙」には、外典である「ペテロの黙示録」や「パウロの黙示録」に記述されている煉獄的な描写を暗示させる以下のような箇所がある――「その霊において、キリストは捕われの霊たちのところに行ってみことばを宣べられたのです。昔、ノアの時代に、箱舟が造られていた間、神が忍耐しておられたときに、従わなかった霊たちのことです」（「ペテロ第一の手紙」3：19－20）。むろん、外典は新約聖書に限られたものではない。旧約聖書の外典もあり、そのなかには煉獄的な描写が散見される。たとえば「エノクの書」には以下のような記述がある――「そこから私はまた別の場所へ行った。すると彼は西の方にある大きな高い山に案内し、険しい岩場を私に見せた。そこには極めて深く、幅も広く、また滑りやすい四つの穴があって、そのうち三つは暗く、一つは明るく輝いていた。」この西方の穴は、「地上のどこか遠い片隅に置いている」（ジャック・ル・ゴフ『煉獄の誕生』）ように描かれており、それ自体、聖パトリックの煉獄の穴の存在を彷彿とさせるものがある。

いずれにせよ、正典と外典、新約と旧約を含めた聖書の記述には、明記されていないにせよ、潜在的に煉獄が存在していることだけは確かである。聖書に潜在的に存在する煉獄、それは本書にとってきわめて重要な観点である。本書の目的は顕在化された歴史ではなく、その潜在的な影響のあり方を問うことに目的があるからだ。そういうわけで、この章では、煉獄が誕生するまえの旧約聖書にみられる潜在的な煉獄の顕れ方をみていくことにする。

厳密な意味では、煉獄の概念の成立はキリストの誕生を待たなければならない。煉獄巡礼に関しては、一二世紀の聖パトリックの煉獄の穴の誕生（カトリックの公認）を待たなければならないだろう。だが、煉獄とその巡礼は潜在的にはキリスト教の成立以前にすでに存在していたことを忘れてはなるまい。このことは、たとえば「ルカによる福音書」に記されているエマオの途上の下り――通常、「エマオへの巡礼」の箇所と呼ばれている――に暗示されている。キリストの死の後で、エマオの途上を歩いている二人の弟子たちのもとにキリストが顕れる。だが、彼らはそれが復活したキリストであることが分からず、弟子の一人、クレオパが以下のようにキリストに質問する――「あなたはエルサレムにいながら、この都で起こったことを知らないのですか。」これはウルガータの原文では、"Tu solus peregrinus es?" であり、"peregrinus" とは「巡礼者」あるいは「異国の人」の意味である。この点について、鶴岡真弓（『ケルト／装飾的思考』）は以下のように指摘している――「その時キリストは異国か他所からやって来た巡礼者の姿をしていた。つまりわれわれは、キリストの復活の物語のうちにこの時代、すなわち古代ローマ時代には、すでに霊場を詣でるための旅をする〈巡礼〉の習慣があったことを知らされるのである。[2]」むろん、これはローマ時代の巡礼が暗示されているのであって、煉獄巡礼が直接暗示されているわけではない。ただし、ここには『聖パトリックの煉獄』に記されている煉獄巡礼のあり方の淵源をなすものがある点は看過できないところである。聖パトリックの煉獄の穴を経巡る者たちは、たえず見えないキリストの臨在を確認しながら道を歩む――臨在のキリスト＝インマヌエルへの気づきのことを「エピファニー」と呼ぶが、その最大の典拠はこの「エマオへの巡礼」の記述にある――ことが勧められており、このような巡礼のあり方自体がその淵源を「エマオへの巡礼」に求めることができるからである――「それで、彼らの目が開かれ、イエスだとわかった。するとイエスは彼らには見えなくなった。そこで、二人は話し合った『道々お話しになっている間も、聖書を説明してくださった間も、私たちの心はうちに燃えていたではないか』」（「ルカによる福音書」24：1－2）。この前提があればこそ聖パトリックの煉獄の穴に入る巡礼者に対して、以下のような励ましが与えられることになるのである――「汝、キリストを信じ、勇気を出しなさい」（『聖パトリックの煉獄』）。

ところで、通常ヨーロッパの巡礼は、我が国の遍路巡りとは異なり、一巡してもとの地点に戻ることはない。エルサレム、サンティアゴ・デ・コンポステラやカンタベリーの巡礼に代表されるように、最終目的地＝「ステーション」

に向かって直線的に歩むこと、"progress"（「行進・前進」）の旅がヨーロッパの巡礼の基本型だからである。したがって、厳密な意味ではそれらを「巡る礼拝」とみなすことはできないはずである。その意味で、「ステーション・アイランド」が最終目的地ではなく、逆にそこを出発点として最後に再び出発点に戻って来るという聖パトリックの煉獄巡礼のあり方は、ヨーロッパ巡礼におけるひとつの例外とみることができるだろう。それでは、いずれの巡礼のあり方が本来、聖書のなかに潜在的に記されているものに近いといえるだろうか。おそらく後者だろう。このことは、旧約の信仰者たちの人生の旅路を「寄留者」と意味づけた以下の「ヘブル人への手紙」の箇所から推し量ることができる。

信仰は望んでいる事がらを保証し、目に見えないものを確信させるものです。昔の人々はこの信仰によって称賛されました。……信仰によって、アブラハムは、相続財産として受け取るべき地に出て行けとの召しを受けたとき、これに従い、どこに行くのかを知らないで、出て行きました。信仰によって、彼は約束された地に他国人のようにして住み、同じ約束をともに相続するイサクとヤコブとともに天幕生活をしました。彼は、堅い基礎の上に建てられた都を待ち望んでいたからです。……これらの人々はみな、約束のものを手に入れることはありませんでしたが、はるかにそれを見て喜び迎え、地上では旅人であり寄留者であることを告白していたのです。彼らはこのように言うことによって、自分の故郷を求めていることを示しています。もし、出て来た故郷を思っていたのであれば、帰る機会はあったでしょう。しかし、事実、彼らは、さらにすぐれた故郷、すなわち天の故郷にあこがれていたのです。（「ヘブル人への手紙」11：1－16）

この手紙がほかでもないディアスポラの民、ユダヤ人に宛てて書かれたものであることを思えば、ここでの記述はその民の志向と巡礼のあり方を一部代弁するものであると考えてもよいだろう。この章では、旧約の様々な先祖たちの生き方を例に挙げ、この地上に最終目的地＝ステーションを想定せず――「どこに行くのかを知らないで、出て行きました」に注目

――、誕生した地点、すなわち生が発生した死のもとに帰還し、その後に用意されている天のエルサレムを希求して生きること、それが寄留する民の巡礼のあり方だと捉え、そのことでユダヤ民族の悲劇の宿命を意味づけているからである。それは、もうひとつのディアスポラの民、アイルランド民族によって生み出された聖パトリックの煉獄巡礼のあり方を彷彿とさせるものがある（第三章参照）。彼らの目的はこの世のステーションにあるのではなく、異界への巡礼だからである。少なくとも、ここに旧約的な煉獄巡礼のイメージ、その潜在的な顕れを読むことは十分可能だろう。

とはいえ、これはいうまでもなく、新約の記者（おそらくパウロ）が記したものであって、旧約的なものを「飛躍的」（ベルクソン『道徳と宗教の二源泉』）に解釈する新約の志向を色濃く反映している。それでは、旧約聖書のどこにこのような潜在的な煉獄巡礼のあり方が顕れているのだろうか。免疫の詩学の立場からいえば、その顕れは聖書の中心的な人物にではなく、その周縁の人々のなかにひとまず求めてみなければならないだろう。しかも、隠蔽されしるしづけられたタブーを宿すもののなかに、それを探さなければならないだろう。たとえば、「ヘブル人への手紙」第十一章に記された居並ぶ偉大な巡礼者たちの列伝、ノア、アブラハム、イサク、ヤコブ、ヨセフ、モーセたちのなかに例外的に記されている「異邦の遊女」ラハブの巡礼に、それを求めてみる必要があるだろう――「信仰によって、遊女ラハブは、偵察に来た人たちを受け入れたので、不従順な人たちと滅びることを免れました」（「ヘブル人への手紙」11：31）。

それでは、彼女のような周縁の巡礼者たち、その列伝が聖書に記されているだろうか。あると言いたい――旧約と新約の際（きわ）、「マタイによる福音書」の冒頭、そこに記されたアブラハムからはじまるキリストの系図のなかに顕れているからである。

二　聖書のなかの煉獄のシンデレラ

キリストの系図は、「ルカによる福音書」にも記されているが、二つを比較してみると、そこには明白な違いがあることに気づく。マタイだけがその系図のなかに四人の女性の名を挙げているからである。通常、家父長制を前提とする旧約的な世界においては、系図は僅かな例外を除けば、女性の名を記すことはない。その意味で、マタイのキリストの系図は例外的なものだといえる。だが、本章でこの箇所に焦点を当てるのは、それだけが理由ではない。そこに記されている四人の旧約の女たちはみな等しく、タブーを犯し、そのしるしをその身に刻印されたタブーの女たちだからである。四人のうち三人は異邦人の女である。さらに、四人のうち三人は未亡人である。一人は遊女である。これが意味しているのは、彼女たちがイスラエルというひとつのコミュニティの周縁に置かれていたということである。その意味で、彼らはアブラハムに代表される男たちのディアスポラの巡礼のあり方とは異なっている。男たちの漂白が外延化の軌道を辿る〈イムラヴァの巡礼〉であるのに対し、彼女たちの漂白は周縁である外からコミュニティの内部に向かって求心化されていく〈エクトライの巡礼〉、内なる巡礼の軌道を辿っているからである。前者の巡礼が民族のディアスポラを象徴しているとすれば、後者の巡礼は民族内、家庭内ディアスポラである。彼女たちが望んでいたのは、コミュニティ内部との関係をもつこと、すなわち内部との結婚により己の胎に子を宿すことであった。この方法以外に彼女たちには、自己に刻印されたしるしの意味を変貌させる術はなかったのである。この場合のしるしとは象徴的な意味であるとともに、文字通りの意味である。すなわち、旧約の記者たちは、彼女たちの人生を文字通り運命の「赤い糸（紐）」として記しており、その糸を次の女へと次々に手渡していくことによって、アリアドーネの一本の糸が完成することが暗示されているのである。新約者マタイにとって、この完成が意味しているものは、インマヌエル・キリストの誕生、預言の成就を意味していることはいうまでもない。だからこそ、彼はキリストの系図のなかにあえてしるしづけられた女たちの系図、アリアドーネの一本の糸をそっと忍ばせたに相違ないのである。

一本の糸と煉獄下りがイメージとして密接に結びつくものであることは、煉獄の概念が誕生する以前（九世紀）の夢物語、『シャルル肥満王』からも確認することができる。そこでは、夢のなかで煉獄的な死後世界（「地獄」）を訪れるシャルル肥満王に「糸玉の糸」が渡され、その御蔭で彼は現世に戻ることができたと記されている――「この輝く糸玉の糸をもちなさい。右手の親指にそれをしっかりと結びつけなさい。この糸は地獄の苦しみに満ちた迷宮の中で、おまえを導いてくれるはずですから。」

そしてもちろん、アリアドーネの一本の糸は、ミノスというもうひとつの迷宮＝異界、その内部を旅するために用意されたものでもある。この場合、糸の帰着点は怪物ミノタウルスが潜むところ、その一点に向かっている点に注意を向けたい。ところで、『迷宮と神話』の著者、カール・ケレーニイによれば、ミノスの迷宮＝洞窟が意味しているのは「フンババ（神話）」が意味する「内蔵」であり、したがって、そこからの帰還は怪物の内蔵からの生還、死からの再生＝通過儀礼を意味しているという。それならば、この帰還は神話学的にはヨナのしるしとしての聖パトリックの煉獄の穴とそこからの生還と同じ意味をもつはずである。事実、ケレーニイは煉獄の穴については言及していないものの、ミノスの迷宮はケルトのドルメンで行われる儀式（「豊穣儀礼」）に等しいとみているのである——「このドルメンはまず石の墓をあらわしているが、ついで死者がその旅の途上通り抜ける洞窟を意味し、第三に、生ける者が犠牲の助けによって再生に達するための母胎を示している。(3)」ドルメンが母胎を意味しているとすれば、それはケルト的な文脈においては、自己の子宮を開いて誘う女（豊穣の女神）、「シーラ・ナ・ギグ」に置き換えることができるだろう。このようにみれば、自己の母胎＝子宮に受胎が告知されること、この一点に向って収斂されていく「赤い糸」の女たちの巡礼の軌道はケルト的煉獄巡礼のそれと響き合うものがあるといえるだろう。

このことをさらに裏づけるものとして、この内臓＝洞窟の儀式を象徴するものとしての「鶴の舞」を挙げることができる。渡り鳥である鶴を真似て行われる「鶴の舞」は、ミノスの宮殿、あるいはデルフォイ（アポロン）の神託がある神殿——オイディプス、あるいはソクラテスに「汝を知れ」を告げたかの神殿——の前で行われたことが知られている。カルロ・ギンズブルグは、鶴が一本足で立つ習性をもつことから、この舞が舞踏会で華麗に舞った「シンデレラの舞」と等価であるとみている。彼によれば、シンデレラが残した「片足のサンダル」が意味しているものは、オイディプスの負傷した足と同じもの、すなわちタブーとしてのしるしであって、それは彼女が異界に片足を着ける者であることの証でもあるという。[4] だからこそ、彼女の片足のサンダルは誰も履くことができないし、彼女のように舞踏会で華麗に舞うことができないのである。シンデレラの舞いが「鶴の舞い」と呼ばれるのもそのためである。[5] 渡り鳥である鶴が一本足で立つように、彼女は跛足の小さな片足で立ち、その足を回転軸にして異界の舞を可憐に舞うのである。それはさながら糸を解きながら軸の一点に向かって収斂されていく糸巻き運動――イェイツが"pern in the gyre"「アイルランドの糸巻き旋回運動」と呼んだもの――のようであり、救済の一点に向かって求心的に旋回するエクトライとしての煉獄巡礼のようである。だとすれば、境界線上で舞うシンデレラにもっとも相応しい舞台は、現実と異次元の空間が交差する「第三の場所」、煉獄ということになるだろう。そのしるしづけられた舞いのスタイルを禁じられた舞、「煉獄の舞」と呼ぶことができるだろう。そしてこの同じ舞を人生において象徴的に舞った者が、旧約聖書に記された、しるしづけられた四人の女たちだとみることができる。旧約聖書の闇のなかをアリアドーネの一本の糸を手がかりに探っていけば、そこに幻視されるものが、赤い運命の糸巻きを軸にして、人生という舞を可憐に舞う〈鶴の踊り子たち〉の姿であることが確認されるからである。

彼女たちの人生は、己の胎の糸巻きを旋回させるための一粒の種に向かって主体的に求心運動を展開していく。主体的であるというのは、彼女たちが胎に宿る幸福をただ待つ女たちではなく、自己の運命のしるしのなかに記憶（負の表象）と同時に徴候（希望の未来）を読み取り、期が熟するのを待ってタブーを侵犯し、そのことで逆に運命を切り開き、自己の人生のスタイルを巧みに紡いでいった女たちだったからである。すなわち、彼女たちはタブー厳守とタブー侵犯の境界線上（両義性の上）を軸にして巧みに舞う周縁の女たちであった。そしてその軌道は、聖パトリックの煉獄巡礼のイメージを彷彿とさせるに十分なものがある。聖パトリックの煉獄巡礼の軌道は負の表象を負いながらも、同時に受胎（この世における魂の再生）を希求する運動として顕れ、それがそのまま彼女たちの人生の軌道と重なるからである。

ただし、現在の私たちにはこのことを容易に理解することができなくなってしまっている。「ますらおぶり」としてのダンテの煉獄のイメージの圧倒的な支配力のまえに、「たおやめぶり」としての聖パトリックの煉獄は霞んでしまうからである。

ダンテが描いた煉獄と聖パトリックの煉獄とを比較すればすぐにも分かるとおり、一方はいかにも男性原理を、他方は女性原理を体現している。一方の煉獄は円錐型の山であり、それを魂が天国に向かって上昇（アナバシス）していくというイメージである。それはファルス（男根）と射精のそれを連想させるに十分である（フロイトに倣えば、階段を昇っていく夢は典型的に性欲願望の投影であることになる）。これに対し、後者の煉獄は円錐形の穴であり、そのなかに入っていく魂が救済を求めて降下（カタバシス）していくイメージはマトリックス（子宮）と受精のそれを連想させるものがある。前者の煉獄を前提にすれば、彼女たちの人生の軌道には煉獄巡礼と結びつく要素は何もみられない。だが、後者を念頭におけば、その軌道と煉獄巡礼との重なり合いがみえてくるはずである。彼女たちの人生の軌道は、最終的には己の胎のマトリックスに宿るものに向かって収斂されていく運動だからである。

そうだとすれば、聖書における煉獄の潜在的なイメージが見出せないのは、男性原理に基づいて聖書を解釈しようとするからだという仮説も成り立ってくるだろう。むろん、聖書の記述の多くは家父長制に基づいて記されているため、女性原理を探すこと自体、困難である。その意味で「マタイによる福音書」のキリストの系図にみられる四人の女たちの記述は貴重な資料を提供するものといえる。彼女たちの人生に「分け入ってみる（ミドラーシュする）」とき、そこに〈隠しつつ開示されている〉ものが、旧約聖書のなかで潜在的に宿る煉獄巡礼のイメージであることが理解されるからである。彼女たちは、自己の運命のしるしのなかに記憶と徴候を読み解き、そこに顕れた両義性を巧みに紡いでいくことで、己の人生のスタイルを開示していった〈煉獄のシンデレラ〉たちであったことが明らかになるだろう。

しるしづけられた運命のなかに、自己と民族の記憶と徴候（予感）を読み解く民、それはユダヤの民のひとつの特性であり、それ自体、彼らの人生のスタイル＝方法である。そして、この方法は先述したように免疫の詩学の方法でもある。したがって、彼女たちの人生の舞いを〈おもざす〉ことは、潜在的に存在する煉獄巡礼のあり方を顕在化させていく重要な作業であると同時に、免疫の詩学の方法を開示することにも繋がるはずである。免疫の詩学は、記憶と徴候、テーマ(内容)と方法とを一致させることを目指すからである。以下、旧約のなかの煉獄の相貌を彼女たちの人生の軌跡を、ディアスポラの民、ユダヤ人の民族の精神の志向を考慮しながら、旧約聖書の闇を分け入り探っていきたい。

三　四人の女たちのしるしを読む方法＝ミドラーシュ

人が苦しみに耐えられないのは、苦しみそれ自体が耐えられないからではない。苦しむことに意味がないことに耐えられないからである。裏を返せば、苦しみに意味を見出す人は、いまの苦しみを希望のための試練と呼び、それに耐えることができる。つまり、人は苦しみの意味を未来(希望)に求め、未来の兆しを現在に求めるとき、苦しみに耐えることができるのである。未来は現在、ときに過去をさえ瞬時に変える啓示の力を宿している。

漂泊と迫害を強いられた民、ユダヤ民族は己が苦しみの意味を未来に求め、その意味づけられた未来を「預言」という名で呼んだ。むろん、この場合の預言とは、たんに未来を「予言」するの意ではない。現在の苦しみのなかに未来の徴候を見出し、現在を「試練」と意味づけることで苦しみを希望に変える「行為／言葉＝ダバール」の意である(「預言者」は神の聖なる「言葉を預かり」、それを民に伝える「宣言者(ナービー)」の意である)。この民が預言者の「宣言」する未来を恋人のように愛したのはそのためだろう。このことは、アウシュヴィッツの収容所のなかで叫んだ一人の詩人の声が生々しく証言するところでもある――「エゼキエルを、彼を、いや、エレミヤを……聖なる預言を携えた彼ら、そして痛みの中、激しい痛みの中にいる私」(イッハク・カツェネルソン『滅ぼされたユダヤの民の歌』[6])。

エゼキエル、エレミヤ、イザヤ、ダニエル、幽閉(ディアスポラ)の預言者たちはみな激しい痛みのなかで、現在のなかに未来の徴候を幻視し、それを苦しむ民に伝えていった。このような預言者たちの声が民族の魂の記憶に刻みつけられるとき、それらは凝固してやがて一つの書物となった。旧約聖書の発生である。こうして旧約聖書は、民族の歴史的苦しみを意味づけることを可能とする未来の徴候が記された「聖なる隠喩の塊＝ケリュグマ」となったのである。[7]

このようにみれば、聖書がユダヤの民にとって民族のたんなる一神話を意味していないことはもはや明白である。神話は表象の作用によって民族の記憶に訴えかけ、民族のアイデンティティに深く関与することはあっても、未来から現在を意味づける力をもってはいないからである。これを可能にする力は預言としての徴候の働きに拠る。つまり、聖書の力の核心は神話的表象（記憶）の作用にあるのではなく、預言の「徴」＝徴候（未来）の作用にあるといってよいだろう。[8]しかも、ユダヤの民にとって聖書とは、虚構としての神話＝表象の書ではなく、歴史的真実として文字通りに読まれなければまったく意味を失う〈聖なる預言＝徴候の書〉にほかならない。

とはいえ、聖書は巨大な隠喩の塊であるため、それを解釈する際に必然的に詩的・神話的解釈を許すことになる。ここに徴候と表象、歴史（真実）と神話（虚構）の際に立つケリュグマとしての聖書のもつ固有の位置がある。またそれに伴って独特の読解法が生まれることにもなる。

聖書の隠喩的預言に表れたすべての未来の軌跡、すなわち「徴」は、「ミドラーシュ」と呼ばれる固有の読解法によって読み解かれていくことになる。ただし、これは厳密には読解法というよりは一つの注解法である。この注解法の誕生の経緯はおよそ以下のようになるだろう。

ある一つの物語はそれに先行する原話が存在しているわけだから、物語の創作はそれ自体一つの解釈である。聖書も隠喩（虚構の技法）で語られている以上、その例外ではありえない。だが聖書の場合、「新しい物語の創作という形式で行なわれていた解釈行為が停止する時点がやってくる。」この時点でもはや新しい創作＝解釈は許されず、「その後の解釈行為は注解作業の領域で行なわれることになる。」これがミドラーシュである。ただし先述したように、聖書は「徴」に満ちており、それらの多くは謎として提示されたままで、その解釈は未来の読者に開かれている。この謎を解明しようとする行為も「調べる（探りを入れる）」の原義をもつミドラーシュによって行なわれることになる。こうしてミドラーシュのもっとも重要な任務は、謎として提示される徴に満ちたテキスト、その「表層のなかを分け入って隠された意味を露にすること、つまり明言されているものの中に隠れているものを明示する」ことになる（この段落の「」内の文章はフランク・カーモード『秘義の発生』（山形和美訳）による[9]。

このようなミドラーシュによって解明が試みられた預言の徴は、最終的には一つの希望の体現者に帰結することになる。すなわち「メシア＝インマヌエル」である。もちろん、彼らが求めるメシアはいまだ顕れてはいない。ただし、ある人たちにとっては「良き訪れ＝福音」はすでに「成就」しているとみなされるものである。彼らはインマヌエルがすでに誕生したと信じるからである。聖書の預言に記された徴のミドラーシュを巡って、旧約（ユダヤ教）と新約（キリスト教）はここに根本的相違を示すことになる。

旧約者とは異なり、未来はすでに成就したと読む新約者にとって、旧約の預言に記されたすべての徴候は、キリストを指し示す「予表（雛形）」となる。「予表（論）」とは、「新約が旧約のなかに隠されていること、旧約が新約のなかに明かされていること、つまり予型（type）と対型（antitype）の因果関係論」（ノースロップ・フライ『力に満ちた言葉』（山形和美訳）のなかの「訳者解説」による）だからである[10]。この予表論の根本をなす「予型と対型」の関係は、聖書の枠構造を形作る〈はじまりとしての「創世記」〉と〈終わりとしての「黙示録」〉において完成をみる。ただし、未来に向って開かれた読解法であるミドラーシュはこれで閉じられるわけではない。新約者にとって現在の情況は、インマヌエルが蘇ったあと天に昇り、いまや彼の「再臨」（希望）を待つ試練の情況にあるとみなされるからである。「黙示録」の終わりが「『しかり、わたしはすぐに来る。』アーメン。主イエスを来りませ。」というオープン・エンディングであることの意味がここにある。換言すれば、新約的情況はJ・オングがいう意味でのマラナタ（「アーメン。主イエスよ来りませ」の意）の〈徴〉に帰結するだろう[11]。ユダヤ人としてのデリダがいう「砂漠（絶望）のメシアニズム」もこの背理を前提にしてこそ意味をもつだろう。

西洋における聖書釈義の伝統はこの予表論にかかっているといってもよい。それればかりか、これは暗黙のうちに西洋文学・思想にみられる「解釈学」の伝統を育む豊かな土壌ともなっている。その痕跡は、「隠しつつ明かされる」というハイデガー流の解釈学の独特な表現にも示されている——「私を創造的哲学者の規範で測らないでくれたまえ、私は一個のキリスト教神学者なのだから」（カール・レヴィナスに宛てたハイデガーの手紙より＊「予表論」「ミドラーシュ」の先の定義をも参照[12]）。そしてこの予表論の影響は、ユダヤ教からキリスト教を通過することで発生をみた「徴候知」にも深くその痕跡をとどめることになる。「徴候知」の提唱者ギンズブルグの以下の記述はこのことを暗に認めるにも等しいものである。

私はカトリックの国で生まれ、育ったユダヤ人だ。私は宗教教育を受けたことがなかった。私のユダヤ人としてのアイデンティティは大部分が迫害の結果である。私は自覚なしに、自分が属している多重的伝統について考察し始め、それを遠くから、可能なら批判的に見るように努めた。……私は聖書の引用の糸を追いながら、福音書やイエスの人物像自体を、思いがけない見地から再検討するようになった。そして再度明示と叙述、形態学と歴史の対立を見出した。（『ピノッキオの眼[13]』）

ここで彼は徴候と表象、歴史学と神話学（形態学）の接線を縫うように走る彼一流の歴史学の方法＝徴候知が、聖書が要求する固有の読解法・ミドラーシュに平行しており、その源流が迫害による民族の苦しみとその意味づけにあることを半ば逆説的に告白している。

四　ミクロストリア、家系図のなかの女たち

ギンズブルグは先に引用した『ピノッキオの眼』中の「この人を見よ」において、「マタイによる福音書」の冒頭部分に表れる「インマヌエル」の記述に注目している。[14] このことは彼の歴史学の立場と聖書の関係を念頭におけば必然的な経緯であるように思われる。本章では彼とは別の観点および箇所から、「マタイ」の冒頭に注目することにしたい。

ここに「予表」としての「徴候知」の種が宿っているとみるからである。

注目するのは、「マタイ」の冒頭のキリストの系図に記された旧約の四人の女たちである。冒頭部分で述べたように、父権性に基づいて記された聖書の系図のなかに女性の名が記されること自体、異例のことであるが、何ら前後の脈絡もないまま男たちの系図のなかに各四人の女たちが撒き散らされるように差し挟まれた記述の構成は、一種異様である。家系図に記された男たちには各々妻がいるのだから、客観的に記述しようとすれば、すべての妻を記すか、あるいは「ルカによる福音書」に表れるキリストの系図のように、一人も妻を記さないのが筋だと思えるからである。なぜ、マタイはあえてこのような奇妙な記述を試みたのだろうか。

家系図は通常の歴史が「マクロストリア」であるとすれば、「ミクロストリア」の意味合いをもっている。それは歴史と同様、起こった事実は変えられないが、書き手の選択の意思によってどのようにでも物語の糸を紡ぎ直すことができる。貧しい大工の息子の血筋を二十八代溯ればダビデ王に、様々な民族の血筋を引くダビデ王を十四代溯ればアブラハムにまで行き着くのも道理である。つまり、ミクロストリアである家系図は、通常の歴史にもまして記者の意図が色濃く反映されるということになる。それならば、ここにおける女性の記述には記者の意図が強く働いていると考えてまず間違いないだろう（「歴代誌」上にはタマルの名が記述されているが、これはユダの嫁が義娘のタマルであることを説明するために付加されているのにすぎない）。

日常生活を異常な記述で表現し、通常の記述にあえてグロテスクな描写を差し挟むことで、惰性に埋没した日常の生の真実に気づかせる文学（芸術）的手法、これをシクロフスキーは「方法としての芸術」のなかで「異化（作用）」と呼んでいる。この「異化」の方法を文化人類学に適用して独自の「道化論」・「周縁論」を展開したのが山口昌男である。これに対し、この方法を「ミクロストリア」の立場から歴史学に巧みに取り入れたのがギンズブルグである。彼によれば、歴史の「真実は細部に宿る」が、細部は真実を隠蔽する目的により故意に意味がずらされており、そのため歴史の「歪み・裂け目」として異様な形で現出してくるのだという。この異様性のなかに歴史の徴候をみて、解明を試みる方法、これを彼は「徴候知」と呼んでいる。そうするとその方法は、暗黙のうちに文学的異化の方法を歴史学に適用する試みであることになるだろう。なぜならば、文学的異化の原初的形態は民話・童話などでしばしば用いられる「なぞなぞ」に表れ、彼がいうとおり歴史の異様な細部もこの同じ民話的「なぞなぞ」として立ち顕われてくるため、「異化」の歴史への適用が十分可能となるからである。このことをギンズブルグは以下のように説明している――「またシクロフスキーが提起した異化となぞなぞの対応関係も裏付ける。……マルクス・アウレリウスがなぞなぞのような民衆的ジャンルに想を得たという可能性は、私に親しい考えと良く一致している。」（『ピノッキオの眼[15]』）。

彼のこのような見解を受け入れるならば、「マタイによる福音書」の冒頭に示されたキリストの系図のもつ異様さは文学的「異化」の典型的一例とみなすことができるだろう。そうだとすれば、この謎を解く有効な方法の一つは徴候知に求めてよいことになるだろう。以下、免疫の詩学のひとつの方法、徴候知の方法を用いて「マタイ」に表れる女たちの「謎」の解明を試みた場合、どのような意味の世界が立ち顕われてくるのか、そのあらましを予めここで記しておくことにしたい（具体的解釈・検証については後述）。

マタイが記した旧約の四人の女たちがいずれも旧約におけるタブーの体現者たち――近親相姦・遊女・異邦人との結婚・姦淫を表象する女たち――であることは注目に値する。このようなタブーとしての表象は、父ユダによるタマルの出産の際に「しるしとして結ばれた」「赤い糸」にはじまり、ラハブが掲げた〈他国者への誓い／祖国への裏切りのしるし〉としての「エリコの城壁に吊るされた赤い紐（遊女の表象）」、ルツの「覆い」のしるし、「ウリヤの妻」という表象が暗示する〈緋文字〉によって連綿と受け継がれ、一本の〈運命の赤い糸〉に紡がれていくことになる。この運命の糸を紡ぐ女たちの共通分母は〈夫（男）の不在〉に求められるのだが、この不在は直接には身体の（性的）非接触を意味しているとともに、その背理にはつねに身体の接触の意味が潜んでいる。この接触／非接触の両義性は、先述したとおり、免疫の認識のあり方を暗示するものである。と同時に、それは、文化の隣接線に置かれたタブーの典型的特徴を示すものでもある。その特徴は、いずれか一方が負、他方が正の表象に区分されるものではなく、たえず両義的であるということにある。すなわち、各々がケガレと贖い(ハレ)という両義性を帯びながら、二つの意味の間を揺れるのがタブーの特徴であるといえるだろう。そして、この両義性を成り立たせている時の作用こそ記憶（過去）と徴候（未来・希望）といってよいだろう。換言すれば、表象と徴候はタブーにおいて〈接触と非接触〉、〈穢れと清め〉、〈絶望の記憶と希望の徴候〉という両義性の間でせめぎ合っていることになる。このせめぎ合いのなかに記憶と徴候の際に立つ四人の女たち、彼女たちが体現するユダヤの民の存在状況がある。そして、この情況こそ、煉獄という異界の特性と響き合うものである。

さて、記者であるマタイ自身はこれをどうみているのだろうか。文脈からみて、彼は赤い糸が意味するこの夫の不在性のなかに、旧約の最後の女／新約の最初の女、すなわち旧約と新約の周縁（際）を生きるマリア、その胎内で「成就」された預言の「予表」の核心をみているといってよいだろう――「見よ、処女が身ごもっている。その名はインマヌエル（神我らとともに在る）と呼ばれる」（ここではイザヤの預言「娘が……」が「処女」に「飛躍的」に誤読されているが、このような微細な〈ずれ・ずらし・思い違い・意図的誤読〉のなかに旧約と新約の根本的差異を見抜く方法が、ギンズブルグがいう「徴候知」、あるいは「ミクロストリア」である）。「マタイによる福音書」の最後が「見よ、わたしは、世の終わりまで、いつも、あなたがたとともにいます」、すなわちインマヌエルで結ばれていることを思い出すならば、旧約の四人の女たちのしるしが表象する夫の不在は永遠の夫（インマヌエル）の存在という予表、その逆説となっていることが理解される。なぜならば、マリアの受胎は夫の不在、そのハレの表象としての〈処女性〉が接触をもった聖霊（身体の非接触）によってこそ成就したのであり、その証が〈インマヌエル＝神の臨在〉であるとすれば、不在は存在、接触は非接触の証ということになるからである。そして、このような逆説を成り立たせている存在の磁場こそ、免疫の現場、周縁にほかならないだろう。周縁は縁と無縁を切り結ぶ不可思議なパラドックスの作用をもつ唯一の免疫の現場（現存在の場）だからである。少なくとも取税人であった（周縁者）マタイは、四人の旧約の女たちが等しくタブーの宿り木ともいうべきアジール＝周縁に置かれた者たちであったことを見逃してはいない。このことは、家父長制による男たちの血筋の縁＝家系図のなかに、四人だけを血筋の無縁者（四人は互いに他人である）として「割り込ませ＝ペレッ（＊タマルの息子の名の原義）」、男の系図を女によって異化させようとするマタイの意図を汲めばすぐにも理解されるはずである。

先述したように、「タブー」の原義は「しるしづけること」であり、すなわちタブー視される者はたんにケガレとして排除されるのではなく（〈触れることの禁忌〉の背理には〈触れることの可能性＝隣接性＝非排除〉が示唆されている）、ハレとケガレの両義性を帯びた「不気味なもの＝聖なるもの」として、自己・自文化の内と外の隣接線に置かれ、そのことによって逆に自己・自文化を形成する核心＝文化の免疫作用となることができる。タブーはしるしづけることで隣接線を作り出し、自文化と他文化の差異を「仕切る（タブーのもう一つの原義）」働きをもつからである。ここにタブーが置かれる周縁のもつ逆説がある。あるいは、のちにみていくように、ここに異界の周縁としての煉獄、その潜在的な顕れをみることができるのである。

五　四人のタブーの女たち——タマルと「赤い糸」

人と文化のもつもっとも個性的な部分は、「タブー」によって「しるしづけ」られている。だが、ハレとケガレの両義性をもつタブーは「不気味なもの」であり、人はそれを内に招き入れることを恐れる。と同時に、タブーは自己の個性を形づくる核心的なものであるため、人はそれを完全に外に排除することもできない。こうしてタブーは内と外との〈際〉、〈周縁〉に置かれ、いっそう自己性をしるしづけるものとなる。

ではなぜタブーは両義性の振幅の間を揺れ動くのだろうか。おそらくそれは、タブーの原理の核心に周縁という磁場で激しくせめぎ合う二つの時間作用、すなわち表象（記憶）と徴候（期待・不安）が存在するからだろう。四人のタブーの女たちが紡ぐ〈運命の赤い糸〉は、これを体現する聖なるしるしである。旧約者はこれを表象（呪われた民の記憶）と徴候（贖罪の預言＝希望）の間を揺れ動く己の存在状況のしるしと見、新約者はそこに徴候と予表の間を揺れ動くインマヌエルの意味を見出すことになる。いずれに映るかは読むものが取る視点によって異なってくる。だがそれでもなお、二つの解釈の際＝接線に「徴候」があることの意味は大きい。[16] したがって以下、徴候に導かれながら、聖書の系図という精神史の巨大な迷宮に分け入ることにしたい。まずは赤い糸を最初に紡いだタマルの物語の糸を追ってみることにする。

タマルに関する記述は「創世記」第三八章にみられる。[17]「ユダは長男エルに、タマルという嫁を迎えたが、エルは主の意に反したので、主は彼を殺された。」そのためユダは義弟オナンに「兄嫁のところに入り、兄弟の義務を果たし、兄のために子孫を残しなさい」と命じる。オナンは子孫が自分のものとならないことを知り、「子種を地面に流した。」そこでユダはタマルに言った「わたしの息子のシェラが成人するまで、あなたは父上の家で、やもめのまま暮していなさい。」このようにして、タマルはやもめ暮らしに耐えて生きていかなければならないことになる。あるとき、タマルは父ユダが羊の毛を刈るためにチュムナに上っていくことを知る。そこで彼女は現状を打破する一つの策を思いつく。「彼女はやもめの着物を脱ぎ、ベールをかぶって身なりを変え、チュムナへ行く途中のエナイムの入り口に座った。シェラが成人したのに、自分がその妻にしてもらえなかったからである。」「ユダは彼女を見て、顔を隠しているので娼婦だと思った。」彼女を誘うユダに対して、彼女は「私のところにお入りになりたいなら何をくださいますか」という。「子山羊を一匹、送り届けよう」とユダは答える。彼女はそれを送り届けるまでの「保証の品」として、「あなたのひもの付いた印章と、持っていらっしゃるその杖」を要求する。ユダがそれを彼女に渡し、彼女の所に入る。こうして彼女は「ユダによって身ごもった。」三ヶ月ほどたって、「あなたの娘タマルは姦淫をし、しかも、姦淫によって身ごもりました」と告げるものがあったので、ユダは言った。「あの女を引きずり出して、焼き殺してしまえ。」引きずり出された彼女はいう。「私はこの品々の持ち主によって身ごもったのです。どうか、このひもの付いた印章とこの杖とが、どなたのものか、お調べください。」ユダは答える。「わたしよりも彼女の方が正しい。」こうして彼女は出産の時を向えた。「胎内には双子がいた。出産の時、一人の子が手を出したので、助産婦は、『これが先に出た』と言い、真っ赤な糸を取ってその手を結んだ。ところがその子は手を引っ込めてしまい、もう一人の方が出てきたので、助産婦はいった。『なんとまあ、この子は人を出し抜いたりして。』そこで、この子はペレツ（出し抜き）と名付けられた。その後から、手に真っ赤な糸を結んだ方の子が出てきたので、その子はゼラ（真っ赤）と名付けられた。」これがタマルの「赤い糸」に纏わる物語のあらましである。

この物語が読者に与える最初の印象は苛烈なまでの生々しさだろう。この生々しさは物語の構造全体が与えるものではない。生が宿る根源的ものにしてミクロストリアである子宮内の双子の激しい攻防に端的に表現されているように、物語の細部とその痕跡＝徴の開示こそがリアリティを与えているのである。〈真理は細部に宿る〉という徴候知／免疫の詩学の命題がここに当てはまるのである。しかも細部に宿っている徴候はいずれも触れてはならず、秘めておくべきタブーそのものであり、タブーこそ「ファミリー・ロマンス」を成り立たせる核心であるともいえる。そして、その核心としてのタブーが宿る現場こそ子宮だったのである。その意味は本書にとって大きい。旧約聖書に潜在的に記された聖パトリックの煉獄の穴のイメージの祖型と未来の徴候がタマルの子宮とそこから表出された腕に結ばれた「赤い糸」＝しるしに象徴的に顕れているからである。このタマルの子宮とそのしるしから、四人の女たちの運命のドラマははじまるだろう。と同時に、ヨーロッパの煉獄下りの壮大なるドラマもここにはじまるだろう。

さて、ここでの文脈を記者の立場から考えてみよう。ここにおける記者はあえて人の心理を逆なでするように、秘められたタブーを細部まで露にすることで、神話がもつ聖なる表象を不気味に異化し、異化することで聖なる表象を一端は破壊し、破壊することで翻って真理を開示しようと企んでいるようである。

触れてはならない痕跡としてのタブー、それを逆なでするように触れ、隠れた真理を露にすること、これはいかにも徴候知特有の方法である。そしてもちろん、この方法はおもざしの認識法としての免疫の詩学の方法でもある。知ってか知らずか、ここにおける記者はこの方法を暗黙のうちに用いているようにもみえる。少なくとも、ここに示された六つの痕跡＝しるしは明白な意図をもって選択されたものであることだけは確かである。なぜならば、これらのしるしのすべては身体の接触と直接結びつく表象となっているからである。「やもめの着物とベール」「ひも付きの印章と杖」「赤い糸とペレツ（出し抜く）」、すべてそうである。前者四つはいうまでもないが、「赤い糸」は赤子の身体に結ばれ、「ペレツ」が出し抜くのは子宮との接触によるからである（ペレツの原義は裂け目を割く、裂け目）。

六つの痕跡が暗示する身体の接触は、彼女の「やもめ」として置かれている現状を考えれば、いかにも逆説的である。というのも、やもめとは夫の不在であり、それは（男の）身体との非接触による不妊を意味し、彼女の苦しみの核心はこの不妊に行き着くからである（この物語に登場する男たちはみな彼女との身体接触を拒んでいる点に注意を向けたい）。つまり、苦しみのなかにある彼女は、やもめ／夫の不在／身体の非接触、すなわち〈触れることの禁忌＝タブー〉の表象そのものであり、一方その逆説としての六つのしるしは身体の接触によってこの表象を贖う希望の徴候（未来）となっているのである。六つのしるしが「やもめの着物」にはじまり、「（子宮の）裂け目を割いて生まれた子＝ペレツ」で物語の糸が結ばれていることはこのこととけっして無関係ではない。

ただし、全体として彼女の未来の徴候を示す六つのしるしは、個別的にみると各々対をなす三組によって構成されており、その各組が表象と徴候の対をなしている点は興味深いところである。この対のあらわれ方は「まえがき」二章で述べた「レビ記」のあ・うん対をなす二匹の山羊が象徴するもの、ユダヤ的時間概念＝「預言」の顕れ方に等しいものである。すなわち前者が民族の記憶（過去）から引き出された現在（意識）の苦しみの表象、後者は現在が希求する贖罪への未来の徴候を意味しているのである。

それでは具体的に痕跡をみてみよう。「やもめの着物とベール」の一組は時間によって区分されている。ベールを被るためには「やもめの着物を脱ぐ」行為が先行しなければならないからである。こうして「やもめの着物」はタマルの現在の表象、「ベール」は未来の期待＝徴候となっていく。だがそれにしても、〈脱ぐ＝露にする行為〉が〈ベールを被る＝隠す行為〉のために行なわれというのはいかにも〈預言的〉である。それならば、ここで求められている最良の方法は「隠しつつ開示／開示しつつ隠す」しるしを解読するミドラーシュとしての徴候知に求められることになるだろう。

ミドラーシュによって「ベール」が象徴しているものを解くならば、それは「覆うもの」という原義をもつ、先述（「まえがき」）の「ケルビム」の単数形「ケルブ」に等しいとみることができる。実際、タマルが希求して止まないもの、それはみずからのみじめな〈夫の不在（死別）＝やもめ〉の着物＝表象（記憶）を贖う（消し去る）ベールとしてのケルブの力である。しかし、このケルブは聖なるものであると同時に俗なるものを刻印する両義的なしるしとして顕れる。ゆえに、このベールもまた〈神殿娼婦〉という両義性を帯びたしるしとして「隠しつつ開示」することになるだろう。夫の不在という表象を購う聖なる身体の接触は二つのタブーに触れる行為、近親相姦と遊女の行為の交わる地点で果たされる秘事に属しているからである。

二組目の「ひも付き印章と杖」はどうなるだろう。これはいうまでもなくタマルのしるしではなくユダのものである。一方は「ユダ」という名が文字通り印されたものであり、この印は誕生のときに刻印され、生涯彼の身に貼りつく表象となる。「ひも付き」はその暗示と解せるだろう。

ヤコブの次男として生まれたユダは、弟ヨセフを陰謀によってエジプトに奴隷として売り渡した張本人であるが、その後回心し、弟ベンヤミンを庇って弟の身代わりに我が身を差し出した人物である。したがって、彼が表象するものは贖なわれた時間としての人生ということになるだろう。これが対をなす「杖」と相互補完的関係にあることは明らかである。

このことは、免疫の詩学の秘儀としてのスフィンクスの謎をここでもう一度想起すればさらに理解がいくところになる。杖はスフィンクスの謎を解く最大の鍵であるが、これを真に理解できるものは、身体の衰えを身をもって知る者＝老人だけである。若きオイディプスがこれを理解できたのは、〈四本足の赤子〉の時に父から踵を刺され、跛足＝三本足になったからである。すなわちスフィンクスの謎に対峙する彼は「それは（杖をつく）私である」と応えたともいえるだろう。いずれにしても、印章としての名前は誕生の表象であり、その表象の意味を変えるものは人生であり、人生の行き着く果てとしての未来は杖に象徴されており、したがって、杖は名前という表象の意味を変える徴候としての意義をもっていることになる。聖パトリックの煉獄の穴を証するものとして、神は聖パトリックに杖を与えたことを想起すれば、このユダの杖は、煉獄の潜在的な存在のしるし（印／徴）となっていることも、ここに付記しておきたい。

最後の一組、「赤い糸とペレツ（出し抜く）」のしるしにおける関係はどうだろう。ここにおいても問題になるのはやはり表象と徴候にみられる時の間の問題である。なぜならば、二つのしるしは、〈あ・うん〉のような僅かな〈時間の差〉が生み出した双子の兄弟（いわば一組の狛犬）の名前から取られたものであり、この僅かな時の差は兄と弟という決定的な序列関係を生み出していくが、最終的には一方を表象、他方を徴候とし、〈しるし＝タブー〉のもつ不可思議なパラドックスを生み出していくことになるからである。

「赤い糸」は「やもめの着物」＝表象を貼られたタマルにとって希望の成就、その証である。その証は長子ゼラに結ばれたのだから、彼女にとってゼラは未来（希望）の徴候を意味するだろう。ゼラという名が「赤い糸」の「赤」であると同時に、原義は「日の出、輝き」すなわち「オリエント」であることからもこのことは分かる。これに対して「割り込み、裂け目、裂け目を割く」という名の弟ペレツには負の表象が貼られている。二つを分けたものは誕生の際に先に手を出した者と後で割り込もうとした者の僅かな時の差である。だが皮肉にも、歴史は時差が生み出すこの序列と表象の意味を逆転させる。すなわち身体に結ばれた（接触した）者の「赤い糸」、この糸を結ばれなかった（接触しなかった）者に結ぶのである――「見よ、後の者は先になり、先の者は後になる。」この瞬間、「赤い糸」は徴候からもう一度過去の痕跡（記憶）をとどめる表象に変化する一方、「割り込み」という負の表象は、未来の希望を担う徴候と化すことになるだろう。なぜならば、ペレツの子孫からダビデが誕生し、このためゼラはペレツのあとに置かれることになったからである。そしてゼラの子孫から、ラハブの時代にエリコの財宝を盗み隠す者が顕れる。陰のなかの裂け目が輝きのうちに開示される一方、開示された輝きの名が〈隠される〉というタブーの逆説がここにもみられるのである。

　時の差が生み出す不可思議なパラドックスはすでに双子の兄弟のエソウとヤコブの人生によって明かされている。兄の踵を掴んで生まれた「ヤコブ（踵を掴むものの意）」は長子の権を策謀によって奪うが、兄の怒りを逃れて捨て山羊のごとく荒野をさまようことになる。その後、彼はペヌエルで一人の天使（ケルブか？）と出逢い、彼と格闘して勝利する。このことでヤコブは「イスラエル」という名が与えられ、今日のユダヤの民の名がここに与えられることになる。「ヤコブ」という表象が「イスラエル」（「勝つ者」の意）という徴候へ変貌した瞬間である。だが、彼は同時にこの格闘によって、天使から「股の関節」を掴まれ、これによって跛足を強いられることになる。こうして彼の人生は足を掴む者・ヤコブ＝表象と足を掴まれる者としてのイスラエル＝徴候の両義性を揺れ、そのことでユダヤ民族を体現するものとなっていく（ヤコブの跛足に跛足オイディプスやシンデレラの片足サンダルと同じ徴候をみたのは『闇の歴史』におけるギンズブルグである）[18]。『闇の歴史』においてギンズブルグは、「足」に注目しながら歴史の徴候を探し求めたが、二組の双子の弟たちのエピソードで注目すべき共通項は手のほうである。というのも、ヤコブが兄の踵を掴んだのは手であり、先に手を出した兄にペレツは手で割り込もうとしたからである。いずれにせよ、二人の手は兄に対して後出しの手＝〈後手〉であり、〈先手〉に対し〈後手〉は負の表象を帯びている。この点で、片足の負傷＝跛足が正常な足に対し負の表象を帯びているのと同様である。だが跛足が逆説的に英雄の徴候であるように、後手は逆説化されて先手の徴候となるのである（手足といった身体の細部の接触＝些細な接点に注視して、歴史の闇を掘り進める方法が「徴候知」の一つのスタイルである。これは同時に身体の文法としての免疫の詩学のスタイルでもある）。

ここにみられる逆説の徴候を「予表」のうちにみたのが、マタイにほかならない。彼はキリストの系図のなかに以下のように記しているからである――「ヤコブはユダとその兄弟たちを、ユダはタマルによってペレツとゼラを、ペレツは……」マタイは男たちの系図のなかにタブーの女、タマルを〈割り込ませ〉、割り込みによって生まれた子を「ペレツ」とし、そのあとに「ゼラ」を置くことで兄弟の序列を逆しまにし、時の流れを逆流させている。彼のこの着想が、旧約聖書が徴候として残した痕跡、「赤い糸」によることは、残る三人の女たちの〈割り込ませ方〉を推理するなかで明らかになるだろう。私たちはタマルが残した赤い糸に導かれ、マタイの残した痕跡を手がかりに、さらに聖なるテキストのマトリックス／煉獄の穴を分け入るべきだろう。もちろん次なる痕跡はラハブが残した一本の「赤い紐」である。

六　ラハブと「赤い紐」

ラハブの物語は「ヨシュア記」2章に描かれている。ヨシュアは堅固な城壁の町エリコを探るため、二人の密偵を送った。「二人は行って、ラハブという遊女の家に入り、そこに泊まった。」だが、「今夜、イスラエルの何者かがこの辺りを探るために忍び込んで来ました」と告げるものがあったので、王は「お前のところに来て、家に入り込んだ者を引き渡せ。」と彼女に命じた。だが、彼女は「急いで二人をかくまい、こう答えた。『確かに、その人たちはわたしのところに来ましたが、わたしはその人たちがどこから来たのか知りませんでした。』」彼女は二人を屋上に連れて行き、そこに積んであった亜麻の束の中に二人を隠した。その後、ラハブは屋上に上って来て、いった。「わたしはあなたたちに誠意を示したのですから、あなたたちも、わたしの一族に誠意を示すと、今、主の前でわたしに誓ってください。そして、確かな証拠をください。父も母も、兄弟姉妹も、更に彼らに連なるすべての者たちも生かし、わたしたちの命を死から救ってください。」二人は彼女に答えた。「あなたたちのために、我々の命をかけよう。」「ラハブは二人を窓から綱でつり降ろした。彼女の家は、城壁の壁面を利用したものであり、城壁の内側に住んでいたからである。」二人は彼女にいった。「我々がここに攻め込むとき、我々をつり降ろした窓にこの真っ赤な紐を結びつけておきなさい。」その後エリコは陥落したが、彼女と彼女に連なる者すべては救われた。

この物語で真にしるしに値するものは、ラハブが城壁の壁面の窓に結びつけた「真っ赤な紐」だけだろう。赤子の手に結ばれたタマルの「赤い糸」は、城壁に結ばれた「赤い紐」に受け継がれアリアドーネの一本の糸となっている。これは偶然ではない。このことは二人の置かれている情況から判断して間違いないところである。

二人は多くの親族に囲まれて生きている。ただ二人には共通して欠けているものが一つだけある。これこそ二人の存在状況のしるしであり、二人を結ぶアリアドーネの一本の糸の核心である、と徴候知としての免疫の詩学は告げるのである。免疫の詩学は通常の知の方法を逆しまにし、人・歴史・作家が何を語ったかにではなく、むしろ何が語られていないのか、何があるか（存在するか）ではなく、何が欠けているのか（存在しないのか）に注視する逆説の知力にほかならないからである（免疫の詩学は何が語られていないのかを探し出すためにこそ、語られるすべてのことに注意深く耳を傾ける。その方法についての詳細は第五章を参照）。そしてこの知は、語られなかったこと、欠けているもののなかにタブーを視、そのタブーのなかに〈事の核心〉を見出そうとするのである。

二人に欠けているもの、それは〈夫の不在〉である（ラハブが救済を乞う者たちのなかに唯一夫が欠けている点に留意）。この不在ゆえに二人は遊女の〈ベール＝仮面〉を被り、男との〈接触〉を試みる。そしてこの接触をとおして、二人に「赤い糸／紐」のしるし＝希望の徴候が与えられることになる。この接触はラハブの場合、「赤い紐」が結ばれた「城壁」が暗示するところである。城壁とは自文化と他文化を〈切り結ぶ〉隣接線＝周縁であるから（「彼女の家は、城壁の壁面を利用したもの」とあえて説明文を挿入している箇所に注意を向けたい）、暗黙のうちに無縁所（駆込寺／アジール）の働きをもつことになる。二人の密偵がラハブの所に逃げ込んだのはそのためである。しかも隠れた真の情報は接触／非接触、縁と無縁の際（きわ）にある城壁＝周縁に集まるのが道理である。このゆえにラハブはイスラエルに対しエリコに勝ち目がないことをいち早く知ることができたのであり、二人の密偵もここに駆け込むことが得策だと理解したのである（タマルの場合、「城壁」にあたるものは「エナイムの入り口」である。このゆえにユダは彼女を娼婦と誤解したのである。街の入口は外と内を繋ぐ周縁の場だからである）。

ラハブが城壁に結んだ「赤い紐」は、これを表象とみれば、明らかに彼女が現に置かれている情況、遊女のしるしを意味している。このことは、「この真っ赤な紐」における「この」が密かに告げているところである。すなわち「赤い紐」は予め用意されていたのであり、それは〈開業中〉を客（男）に知らせるための暗号として常備されていたものであったはずである。

「赤い紐」はこれを未来の徴候としてみれば、二つの意味をもっている。ただし、二つの意味は、城壁内（自文化）側から見る場合と城壁外（異文化）側から見る場合で互いに反対の意味をもつことに注意しなければならない。すなわちエリコの民にとって「赤い紐」は〈売国奴のしるし＝徴候〉であり、一方イスラエルにとってそれは勝利と救済の徴候である。

それでは城壁に住むタブーの女、ラハブにとって「赤い紐」はどのような意味をもつのだろうか。遊女という惨めな生活をおくる彼女にとって「赤い紐」は遊女の表象である。ただし、彼女がこれを徴候としてみた場合、先にみた両義性を帯びてくることになる。だが未来の希望としての徴候としてみた場合、彼女にとってその意味は異文化であるイスラエルが視る徴候に等しいことは明らかだろう。

それでは、ラハブの人生の軌道にどのように煉獄とその巡礼の様が潜在的に描かれていることになるのだろうか。おそらくその鍵は、エリコの城壁とその城壁に吊るされた赤い紐にあるだろう。煉獄の穴の祖型としてのタマルの子宮と赤い糸のイメージが重なるところはこれ以外にはないからである。エリコの城壁はラハブのマトリックスである。というのも、赤い紐はタマルの子宮の外に結ばれた赤い糸と同じ意味をもっているからである。タマルの場合、この赤い糸は未来の徴候としての徴となった。だが先述したとおり、これは最終的には逆説化（ゼラとペレツの逆転）されることで希望の徴となるものであった。これは煉獄というマトリックスのなかの巡礼にみられる逆説を予表するものであるといえる。それはこういうことである。

巡礼者は未来の魂の再生（浄化）を希求してこの穴に入っていく。彼らは、いわば〈希望の赤い糸を片手に結んで〉通過儀礼を受ける情況に喩えられるだろう。だが、この穴で受けるのは己が罪の重さを自覚することだけであり、その際、希望の赤い糸は己の罪で真っ赤に染まった糸に変わるだろう。この赤い糸がもう一度、希望に変わるのは最後の瞬間だけである。一方ラハブの場合、城壁の外に吊るされた赤い紐は終始、希望の徴である。だが、この赤い紐は本来、城壁内における彼女の職業、「遊女」のしるしであった（城壁内がひとつのマトリックスであるとすれば、赤い紐は彼女の職業の核心を表象するもの＝マトリックスのしるしである）。ここで注意したいのは、この赤い紐が城壁の外と内に吊るされた場合に、意味が逆転しているという点である。すなわち、城壁の外に吊るされた場合、それは未来の希望を意味し、城壁の内に吊るされた場合――赤い紐を城壁の外に吊るしても内部者（客）には分からない――、それは過去の負の記憶＝絶望を意味している。この内と外の逆説の関係は、先述した通過儀礼としての煉獄巡礼にみられる逆説の関係に平行するものである。

七　ルツと「覆い」のしるし

「マタイによる福音書」はキリストの系図のなかに、二人目の女ラハブから四人目の女ウリヤの妻までを以下のように記述している――「サルモンはラハブによってボアズを、ボアズはルツによってオベデを、オベデはエッサイを、エッサイはダビデ王をもうけた。ダビデはウリヤの妻によってソロモンをもうけ……」タマルとラハブについては、先述した「赤い糸」と「赤い紐」をつなぐアリアドーネの糸としての〈夫の不在〉が確認された。それでは三人目の女、ルツについてはどうか。

ルツの物語は「ルツ記」全般にわたって記されている。夫エリメレクと妻ナオミは、飢饉のためユダのベツレヘムから二人の子を連れて異国のモアブに移住したが、夫とモアブ人の妻をもつ二人の息子に先立たれたナオミは帰国することを決意する。ところが二人の嫁の一人ルツは姑と別れることを拒み、二人はベツレヘムに向う。エリメレク一族のボアズが落穂を拾っているルツに会い、彼の厚意を受けたことを聴いたとき、ナオミはいった。「その人はわたしたちと縁続きの人です。わたしたちの家を絶やさないようにする責任のある人の一人です。」あるとき、ナオミはルツにいう。「あの人は今晩、麦打ち場で大麦をふるい分けるそうです。体を洗って香油を塗り、肩掛けを羽織って麦打ち場に下って行きなさい。ただあの人が食事を済ませ、飲み終わるまで気づかれないようにしなさい。あの人が休むとき、その場所を見届けておいて、後でそばに行き、あの人の衣の裾で身を覆って横になりなさい。その後すべきことは、あの人が教えてくれるでしょう。」ルツは命じられるままにした。「ボアズは食事をし、飲み終わると心地よくなって、山と積まれた麦束の端に身を横たえた。ルツは忍びより、彼の衣の裾で身を覆って横になった。夜半になってボアズは寒気がし、手探りで覆いを探した。見ると、一人の女が足もとに寝ていた。『お前は誰だ』とボアズがいうと、ルツは答えた。『わたしは、あなたのはしためルツです。どうぞあなたの衣の裾（翼の意味もある）を広げて、このはしためを覆ってください。あなたは家を絶やさぬ責任のある方です。』ボアズは言った。『わたしの娘よ。どうかあなたに主の祝福があるように。』その後、ボアズは「贖主（ゴーエール）」としての責任を果たし、ルツと結婚する。そのとき、民と長老たちは祝福の言葉をかけた。「どうか、主がこの若い婦人によってあなたに子宝をお与えになり、タマルがユダのために産んだペレツの家のように御家庭が恵まれますように。」かくしてルツは男の子を産んで、その名をオベデと名づけた。

キリスト教徒（異文化）からみれば、ルツの行動は信仰者の模範であるように映るだろう。このため、彼らにとって彼女に纏わるタブーのしるしを見出すことは困難となる。だが旧約者（自文化）からみれば、彼女は明白なタブーのしるしづけをもつ女であり、当時のユダヤの情況を考えればさらにそういわなければならないだろう。「ルツ記」が書かれたのは預言者エズラの時代であると推定され、その時代は異邦人との結婚を厳しく戒める純血主義の時代だったからである――「わたしたちは神に背き、この地の民の中から異民族の嫁を迎え入れました。わたしたちは神と契約を結び、その嫁と嫁の産んだ子をすべて離縁いたします。」（「エズラ記」十章＊異邦人ラハブの息子がルツの夫ボアズとすれば、二人の結婚を肯定する「ルツ記」はそれ自体「エズラ記」に対するアンティ・テーゼの意味合いをもっている）。

それではルツのしるしはどこにあるのだろうか。導きの糸はやはりタマルの赤い糸にあるが、それは物語の些細な言葉のなかにみることができる――「タマルがユダのために産んだペレツの家のように」がそれである。確かにタマルとルツは「やもめ」である点で共通しており、つまり〈夫の不在〉の情況下に置かれている。この点では遊女ラハブとも共通分母をもっている。すると、ここに一つのしるしが見出されることになるだろう。タマルが「やもめの着物を脱ぎ捨てた」ときに身につけた「ベール＝覆い」、すなわち「ケルブ」がそれである。

「あの人の衣の裾で身を覆って横になりなさい」「ルツは忍びより、彼の衣の裾で身を覆って横になった」、「ボアズは手探りで覆いを探した」、「どうぞあなたの衣の裾を広げて、このはしためを覆ってください。」畳みかけるよう用いられる「覆い（覆う）」、そして最後の「覆い」の描写は、神の栄光の翼、覆いのケルブ（ケルビム）の象徴以外の何ものをも意味していないだろう。これこそ先述したとおり、イスラエルの両義的存在状況を表象するものであり、夫の不在に苦しむ彼女にとってそれは未来の希望の徴候そのものである。

ただし、「覆い（覆う）」に留意してもう一度「ルツ記」を読み直すならば、この徴候としてのしるしは、同時に秘められた彼女のタブーの表象であることにも気づくことになるだろう。それは「覆い」自体に〈秘事〉、すなわち性的な身体の接触の仄かな匂いとそれを秘めようとする行為に対する暗示が暗黙のうちに伴っているからである。これが刈り入れのときに行われたとすれば、性的接触による豊穣の儀礼をも意味していることになる。さらに、これをケルト的文脈からみれば、誘う女、「シーラ・ナ・ギク」の行為をさえ暗示している。実際、彼女は彼と衣をともにし、その衣のなかで彼の足に身体を接触させている。このゆえに、彼女は「気づかれないように」「忍び寄り」「人の見分けのつかない暗いうちに」が示しているとおり、自らの行為を隠そうとしている。「覆い」にはタブーとしての隠微な表象が貼られているからである。こうして、タマルの「赤い糸」からラハブの「赤い紐」に受け継がれたタブーの表象は、ルツの「覆い」のしるしに結ばれることになるのである。

だが、この表象は、ユダヤの民にとっていまや明白に未来の希望の星＝徴候に変貌を遂げているとみてよい。「ルツ記」は以下のように締めくくられているからである——「ペレツの系図は次のとおり、ペレツにはヘツロン……オベデにはエッサイが生まれ、エッサイにはダビデが生まれた。」〈イスラエルの星／ダビデの星〉の徴候がここに顕われたのである。

それでは、ルツの人生の軌道にどのように煉獄とその巡礼の様が潜在的に描かれているのだろうか。彼女の人生は、『告白』に描かれた聖パトリックの人生、すなわち外から内に向かって求心的な運動を展開するエクトライと重なるものがある。外なる異邦の「寡婦」であるルツにとって、内（イスラエル）に向かう旅は、聖パトリックの巡礼の旅路の象徴ともなっているからである。聖パトリックはアイルランドにとって異邦人だからである。しかも、負の表象を負った彼女に顕れたものこそ、煉獄のしるし、意味を反転させるケルビムであったことは（第五章で詳しくみていくとおり）、聖パトリックの煉獄の固有の性質を予兆するものである。

八　バト・シェバと「ウリヤの妻」というしるし

「マタイ」のキリストの系図は、「ルツ記」の巻末に置かれている「ダビデの系図」に似ている。おそらくマタイは「ルツ記」から一部着想を得て記したのではないだろうか。だがマタイの意図は、旧約の系図を栄光の表象、ダビデの星のもとに閉じようとする「ルツ記」とは対照的に、ダビデの栄光が死に値する彼の犯した罪により翳っており、この翳りはイスラエルの転落の徴候であることを密かに示そうとしている。「ダビデの妻、バト・シェバ」ではなくあえて「ウリヤの妻」と記しているからである――「ダビデはウリヤの妻によってソロモンをもうけ……。」もちろん、マタイはダビデの星がイスラエルの栄光の表象であり、彼の息子ソロモンがイスラエルの最盛期をしるしづけるもの（シオニズムの表象）であり、二人の間に「ウリヤの妻」＝人妻を差し挟むことが栄光あるダビデの星の輝きに黒点を記すにも等しいイスラエルへの冒涜行為であることを十分承知しているのである。

歴史が雄弁に語るとおり、イスラエルはダビデ／ソロモン王を頂点とし、その後、没落の一途を辿る。その民の苦しみの表象がバビロン幽閉＝ディアスポラである。タマルの「赤い糸」が結ばれた「日の出（ゼラ＝オリエント）」は「割り込んだ弟ペレツ」に結ばれ、エッサイの末息子ダビデに継承され真昼の刻をむかえるが、ダビデの息子ソロモンが語るとおり、「日もまた昇り」また沈む。東から昇る太陽＝「オリエント」はやがて西へと沈み、「オクシデント（日没）」＝「没落」していく。かくして「オクシデント＝西洋」・新約（キリスト教）の時代が到来することになる。この徴候を星に視たマギー（東方の三博士）は東から西へと向う。一方、マタイはこの徴候をダビデまでの十四代を境に最後にマリアが登場するまで女性たちの名を系図から消し去り、系図を以下のように結ぶことで表現している――「こうして、全部合わせると、アブラハムからダビデまで十四代、ダビデからバビロンへの移住まで十四代、バビロンへ移されてからキリストまでが十四代である。」あたかも、ダビデに至るイスラエルの栄光の背後にタブーの女たちの〈運命の赤い糸〉が働いており、この糸が消えるとき、イスラエルは没落に転じ、しかしそれは、旧約の最後の女／新約の最初の女が紡ぐ最後の糸の「予表」のために用意された逆説的な徴候にすぎなかったと語っているかのようである。

ウリヤの妻のエピソードは「サムエル記」下11～12章に記されている。ダビデはアンモン人討伐のためにイスラエルの全軍を送り出したが、彼自身はエルサレムにとどまっていた。「ある日の夕暮れに、ダビデは床から起き上がり、王宮の屋上を散歩していたところ、一人の女が水を浴びているのが屋上から見えた。その女は大層美しかった。ダビデは人をやって、その女のことを尋ねさせた。それは、エリアムの娘バト・シェバで、ヘト人ウリヤの妻ということであった。ダビデは使いの者をやって、彼女を召し入れ、彼女が彼のもとに来ると、床を共にした。彼女は汚れから身を清めたところであった。女は家に帰ったが、子を宿したので、ダビデのもとに使いを送り、『子を宿しました』と知らせた。」ダビデは使いをやって夫ウリヤを自分のもとに来させ、家に帰るように勧めた。だが、ウリヤは「わたしだけが家に帰って飲み食いしたり、妻と床を共にしたりできるでしょうか。」と答えた。ウリヤの決意が固いのを知って、ダビデは彼を戦陣に送り返し、「ヨアブにあてて書状をしたため、ウリヤに託した。書状には、『ウリヤを激しい戦いの最前線に出して、彼を残して退去し、戦死させよ』と書かれていた。」こうしてウリヤは戦死した。ウリヤの妻は夫ウリヤが死んだと聞くと、夫のために嘆いた。「ダビデのしたことは主の御心に適わなかった。」主はナタンを使わし、ダビデを厳しく叱責した。ナタンはいう――「あなたこそそれです（あなたこそ死罪に相当する人です）。」ダビデは自分が主の前に罪を犯したことを認めたため死を免れたが、男の子は七日目に死んだ。その後、ダビデは人をやって彼女を王宮に引き取り、妻にした。「ダビデは妻バト・シェバを慰め、彼女のところに行って床を共にした。バト・シェバは男の子を産み、その子をソロモンと名付けた。」

この物語は栄光に輝くダビデの生涯に唯一最大の負の痕跡を残すものである。彼は二重の罪、人妻を寝取り、それを隠蔽するために夫を死に追いやった。この行為はイスラエルの戒めによれば、みずからの死によって償うべきものであるとされる。もちろん、この罪はバト・シェバの罪ではない。聖書の記述には彼女を責める箇所は一切見当たらない。この人妻はときの最高権力者が起こした事件にたまたま巻き込まれたにすぎないからである（一介の外国人の兵士の妻に王の命令に逆らう術はないだろう）。だが神の使者ナタンがいうとおり、ダビデは悔い改めにより死を免れ、彼の息子の死をとおしてダビデの罪は贖われた。そして晴れてダビデは彼女を王の妻、ダビデの妻として迎え入れ、「神に愛される者」ソロモンをもうけたのである。それならば、ソロモンはダビデの妻、バト・シェバによってダビデに与えられたものであって、「ウリヤの妻によって」与えられたものではないはずである。

先述したとおり、他の三人の女たちが紡ぐ運命の赤い糸の核心には〈夫の不在〉があった。だが「ウリヤの妻」はその表象において〈夫の存在〉を刻印している。他の女たちとは異なり、その名を記さなかったマタイの狙いもここに求められるだろう。彼女には夫があった。しかし事件は文字通り〈夫の不在〉の間に起き、この事件により彼女は夫を失い、真の意味で「夫の不在者＝やもめ」となった。このやもめの皮肉な贖罪者がダビデであるが、マタイはそれをあえて「ダビデはウリヤの妻によってソロモンをもうけ」と記すことで、夫としてのダビデを不在化し、もってバト・シェバを〈永久の夫の不在者〉とする。しかも、彼女の夫、ウリヤは外国人であり、おそらく彼女もまたそうだろう。これは苛烈なまでの異化的な表現方法であり、これによってタマルにはじまる一本の赤い糸は「ウリヤの妻」というしるしによって連綿と受け継がれていくことになる。もちろん、夫の不在の背理にはタブーとしての〈身体の接触〉があり、このことにおいても彼女は「ダビデの妻、バト・シェバ」＝ハレの表象ではなく、「ウリヤの妻」という表象／徴候の名のもとで、他の三人とタブーを共有することになる。

身体を接触することのタブーは、この物語においては一つの微かなしるしによって暗示されている。「彼女は汚れから身を清めたところであった。」がそれである。「レビ記」によれば、月の女は穢れており、触れてはならないとされている。ダビデはこの禁忌をも犯し、タブーの赤い糸をさらに深く染めていく。もちろん、この破戒も彼女に帰すべきものではない。そうだとすれば、ここに彼女と他の三人とを決定的に分かつものがあることにおのずと気づくことになるだろう。〈主体性〉の問題である。すなわち、他の三人の女たちは身体の接触を自らの主体において行なったのに対し、被害者としての彼女には責任が問われない一方で、彼女の主体性を認めることもできないということである。果たしてそうだろうか、この点については後に考察することにして、ここではまず記者マタイがこの問題をどのように捉えているかについて確認しておくことにする。

「マタイ」のキリストの系図に表れる「ウリヤの妻」と「マリア」の記述を比較すると、夫と妻の主従関係が逆になっていることが分かる――「ヤコブはマリアの夫ヨセフをもうけた。このマリアからメシアと呼ばれるイエスがお生まれになった。」あたかも、ヨセフは妻であるマリアの夫であるがゆえに意味をもつ記号にすぎないものとして描かれている。しかもいうまでもなく、マリアを身ごもらせたのは夫ヨセフではなく聖霊である。したがって、結局ヨセフは、〈夫の不在〉を印象づける記号以外に意味をもたないことになる。

このことが最終的に意味しているのは、アブラハムからヨセフに至る父権によるキリストの系図を記すことの無意味性（無効性）である。そして、この無意味な系図のなかに四人の女たちが紡ぐ運命の赤い糸が置かれているとすれば、記者の意図は系図全体をとおして〈夫の不在性〉＝無縁の原理の表象を作り上げることであったとはいえまいか。そのためには「（ダビデの妻）バト・シェバ」ではなく、異邦人の妻、「ウリヤの妻」と記すほうがレトリックとして効果的である。夫の不在性の表象がより鮮明に表れるからである。

彼女は夫ウリヤの不在により、彼女の主体的な働きによらず身体の接触を通じて身ごもり、子をもうけるが、その子は生後七日目にして死をむかえ、彼女は夫と子との死別、二重の不在の辛苦を嘗める。そしてそのあと、彼女は晴れてダビデの妻となり、王の子ソロモンをもうける。しかし、マタイにとって彼女の名は依然として「ウリヤの妻」であり、「ウリヤの妻」には主体がない（＝無罪／無縁な）者としてしるしづけられている。そしてこのことが最終的に意味しているのは〈夫と子に対する永遠の不在〉にほかならない。「ウリヤの妻」としての彼女、その夫は殺され、不倫によって産んだ子もすぐに死亡し、新しい夫と子は「ウリヤの妻」のためにではなく、ダビデの妻であるバト・シェバのためにのみ用意されたものだからである。
この残酷なまでに苛烈な表象、「ウリヤの妻」は、しかし最後の女によって反転され新約的徴候＝予表を遂げるためにぜひとも必要とされる記号＝徴候であった。このことは、イエスの系図のすぐあとに用意された「マタイ」の記述が何よりも雄弁に語るとおりである。

夫ヨセフは正しい人であったので、マリアのことを表ざたにするのを望まず、ひそかに縁を切ろうと決心した。このように考えていると、主の天使が夢に現われて言った。「ダビデの子ヨセフ、恐れず妻マリアを迎え入れなさい。マリアの胎の子は聖霊によって宿ったのである。マリアは男の子を産む。その子をイエスと名付けなさい。この子は自分の民を罪から救うからである。」このことが起こったのは、主が預言を通して言われていたことが実現するためであった。「見よ、おとめが身ごもって男の子を産む。その名はインマヌエルと呼ばれる。」その名は「神は我々と共におられる」という意味である。

「ルカによる福音書」の受胎告知の記述において、天使は妻マリアに顕れたのに対し、ここでは夫ヨセフの夢に顕れている。この差異は注目に値する。というのも、この差異においてマタイが意図しているのは、夫の不在とその背後に潜む身体の接触によるタブーの逆説による開示だからである――「マリアのことを表ざたにするのを望まず、ひそかに縁を切ろうと決心した。」そしてもちろん、この夫の不在と身体接触のタブーは、イザヤの預言の成就＝予表によって反転させるために用意されているのである――「見よ、おとめが身ごもって男の子を産む。その名はインマヌエルと呼ばれる。」聖なる息子の表象としての母は永遠のおとめ＝夫の不在でなければならず、ヨセフの妻であってはならない。これは先の「ウリヤの妻」をさかしまにすることで聖化したことと同じ意味である。すなわち、「ウリヤの妻」は永遠の夫の不在＝「縁切り」を表象するためにダビデの妻バト・シェバであってはならなかったことと同じ表象的な意味をもっている。このため、ヨセフも妻マリアと「縁を切る」ことをいったんは決意しなければならないのである。だが、彼の〈縁切り〉の決意は、妻の身体ではなく聖霊との聖なる接触による受胎告知によって逆に〈縁を結ぶ〉結果に帰結する。そして接触と非接触、縁と無縁のこの不可思議なパラドックスにおいて「インマヌエル」のしるし＝徴候が顕われることになるのである。

「マタイによる福音書」は「見よ、おとめが身ごもっている。その名はインマヌエルと呼ばれる」にはじまり、最後は「見よ、わたしは世の終わりまでいつもあなたがたとともにいる」で完結する。つまり、「マタイ」において描かれるキリストは〈臨在の夫＝インマヌエル〉のそれであり（キリストと信者の関係は新約聖書においては花婿と花嫁の関係に喩えられる）、その際のキリストと信者の関係は霊的な交わり＝接触である。これは運命の赤い糸の核心が〈夫の不在〉にあり、その背理にタブーとしての身体の接触があることを考えると、二つは完全に表裏の関係にあるといえるだろう。そうだとすれば、マタイが旧約の預言のしるしにみたものは、すべてが逆説によって変貌する表象、すなわち希望の徴候であったとみることができるだろう。

それでは、バト・シェバの人生の軌道にどのように煉獄とその巡礼の様が潜在的に描かれていることになるのだろうか。彼女の人生は、もし彼女が主体的に人生を生きていないとみるならば、なにも描かれていないと考えざるをえない。煉獄巡礼は主体的に行わなければならないからである。ただし、もしもそうでなかったとしたらどうだろう。いずれにせよ、これは彼女の主体性の問題を抜きにして語ることはできまい。そこで、この問題を最後に考えてみることで、この章の結びに代えることにしたい。

本章の結びにかえて　〈タブーの女たち〉を記したのは誰か？

以上、徴候知／免疫の詩学の方法を用いて、タブーの女たちが残した運命の赤い糸の行方を追って、聖書という巨大な迷宮、その一端を分け入ってみた。迷宮のなかには女たちが残した数々の痕跡＝〈しるし〉が認められたが、それらのしるしはアリアドーネの糸として機能しており、その糸を辿っていくと透かし絵のようにぼんやりとではあるが、煉獄巡礼の祖型的なイメージが浮かび上がってくることを確認することができるだろう。この糸を完全に繋ぎ合わすことさえできれば、迷宮から帰還するための一本の糸が完成するのではあるまいか。

と、そのときである。徴候知としての免疫の詩学が問いという不可思議な一筋の光となって暗黒の迷宮に射し込んできたのである。旧約聖書の根幹を揺るがしかねない不気味な問い。その問いは以下のようなものであった。

「君の推理をまとめるとこうなるだろうか？　真理は細部に宿る。細部に宿る真理は不気味な〈しるし＝タブー〉となって歴史に潜在的な痕跡を残す。そしてタブーは自己を成り立たせる核心を開示する不気味な存在であるため、自己はそれを完全に排除することができず、縁と無縁、接触と非接触の際＝周縁におくことで隠蔽しようとする。かくして、タブーは身体の接触／非接触という比喩的表現を纏い、両極の意味の間を揺れることで己を開示することになる。ここまでの推理はとりあえず認めたとしよう。だが重大な問題が残っている。このダイイング・メッセージのような〈聖書という歴史〉のなかのしるし＝徴候、それを記したのは一体誰かという問題である。タブーが身体の接触として顕れるのであれば、これを知る者は身体の接触という秘事＝タブーを経験した当事者に限られるはずだ。実際、タブーの女たちが残した痕跡は歴史の細部に宿る生々しい描写を含んでおり、このような生々しい表現は当事者以外に語りえない秘事に属するはずである。たとえば、バト・シェバが「身の汚れを清めていた」などという表現などそうだろう。だがその当事者が周縁に置かれた者であるというのならば、直接記述することは現実的には不可能ではないのか。では誰が記したというのか？」

この問いに茫然自失するとき、免疫の詩学は不敵なトリックスターの笑みをたたえながら、触覚・嗅覚に訴えかけるようにさらにこう問いを続けた――「女たちの人生が刻まれたタブーとしてのしるし、どこかひっかかるところがある。他の旧約の記述には感じられない奇妙な感触と匂いがするのだ。この感覚、ユダヤ人、ハロルド・ブルームが『聖なる真理の破壊』のなかで問題にしたＪ記者（ヤーウェスト）による「不気味な記述」が放つあの独特な感触とよく似ている。「主なる神は土のちりで人を造り、その鼻に命の息を吹きいれられた。そこで人は生きた者となった。」というときの細部の描き方、すなわち「その鼻に命の息を」とあえて記す、あの固有な描写と類似している。[19] 細部に宿る徴候への異常なまでのこだわり、身体の細部に触れること、触れられることへの深い期待と不安の入り交じった奇妙な隠喩的な表現。まてよ、この感触、この感覚、ひょっとすると女のものではないのか。それならばすべて合点がいく。そしてもしかりに、この推理が当たっているとしたらどうだろう。そうすると、旧約聖書の編纂の経緯からみて、これを記述（編纂）できる女は多くはいないはずだ。いや、一人だけである。一介の異邦人（ヘト人）の兵士の妻にして栄光に満ちた王の妻、ユダヤのシンデレラとなったバト・シェバ、その女だけである。主体（個性）を消されたかに描かれた彼女の人生の記述、それは聖なるテキストに〈割り込む〉ための、彼女一流の〈仮面〉の戦略であったという推理は荒唐無稽なものだろうか。ハロルド・ブルームも『ウエスタン・キャノン』において、Ｊ記者はバト・シェバではなかったかと勘ぐっているのではなかったか――「Ｊ記者に関する私の本に対して、ある抜け目のない批評者は、どうして私がためらうことなくＪ記者を、ソロモンの母にしてヘト人の妻、バト・シェバであると身元を割り出す大胆さをもちえなかったのかと諌めた……。[20]」バト・シェバがＪ記者であるとはいわないまでも、四人の女を描いた記者をバト・シェバだとする「大胆さを」、君はどうして持ちえないのか。もしもそう認めるならば、旧約聖書の四人の女たちの人生の軌道にマトリックスとしての煉獄とその巡礼が密かに描かれているとしてもなんの不思議もない。すなわち、四人の女たちはタスキを渡すように、アリアドーネの一本の糸を渡すことで、煉獄／マトリックスの巡礼を描こうとしたと〈推し量る〉ことができるではないか。」

このような途方もなく大きな問いに対して、早急に応えることは控えたいと思う。いまだその確信がもてないからである。ただ、免疫の詩学が固有の触覚をとおして提起するこの問いを心に留めたうえで、各々迷宮のなかをさらに分け入っていくことはおおいに意味があると思う。徴候知としての免疫の詩学とは未来の読者のために放つ謎の光であって、これが示す真理は光の暗点のなかに宿っているからである。

第三章　煉獄のアイルランド——免疫の詩学とオクシデント

トーナーの沼地で僕の爺さんは良質の泥炭土を求めてどんどん掘り下げた。土を掘る。……僕の人差し指と親指の間には、ずんぐりとしたペンがある。僕はこれで掘るのだ。

――シェイマス・ヒーニー「掘る」

ここはまるで平らな地の果てにたどり着いた水が／輝きながらバーン河の悠久の今にまっさかさまに落ちていくところ／ここは／かつて検問所があったところ／ここは一七九八年の反乱の一人の青年が絞首刑になったところ／ここは／大気の陰影（マイナス）イオンが僕の詩を生み出してくれるところ

――シェイマス・ヒーニー「トゥームブリッジ」

僕がその野道を下って行く時／生け垣で向きを変える風は喘息を病んだ老人の話し声のようだった。僕は成仏できない言葉の煉獄にいることを悟った。……その時、僕は気づいた。なぜこの野原が／世の初めから僕に息を吹きかけてくるのかを。

――シェイマス・ヒーニー『ステーション・アイランド』

さて、いよいよ免疫の詩学がおもざす核心的な部分、胸部胸腺に触れるときが来たようである。そういうわけで、以下、オクシデントのなかのオクシデント、煉獄のマトリックスとしての聖パトリックの煉獄の穴、その闇を掘っていくことにしたい。

一　聖パトリックの煉獄の穴、その背景

本章がおもざす場所は、「西洋の魂（記憶）」が身を潜めて生きる、ある洞窟である。この洞窟は十二世紀以降、魂を浄化する場＝煉獄、その入口であると信じられ、煉獄神話・伝承の発祥の地と目されている地帯の中心にあたる。この洞窟は「地の果て」、すなわち西洋の極西・アイルランド、さらにその極北西にあたるドニゴール州の僻地、ダーグ湖に浮かぶ小島のなかにある（図1）。

ここは、あらゆる意味で、周縁と呼ぶに相応しい場所である。方位学的にみれば、この場所は西洋の最西＝周縁に位置している。精神史のうえでは、この洞窟は異界、すなわちこの世（生）とあの世（死）を繋ぐ入口＝〈際／周・縁〉に位置づけられる。と同時に、この異界が中世の時代より天国と地獄の際、「第三の場所」＝「煉獄」であるとみなされている点を考慮すれば、ここは二重の意味で、精神史上の際（きわ）に相当していることになる。

【図1】現代の聖パトリックの煉獄

地政学的には、この場所はカトリック・アイルランド共和国とプロテスタント・英国領北アイルランドの国境地帯＝際に位置するなんとも危うい地帯に属している。しかも、ここがカトリック・アイルランドにとって死守すべき煉獄の巡礼地（ステーション）＝聖地であることを思えば、ここにまたひとつ〈際〉の表象が付加されることになるだろう――癒し（巡礼）とテロル（紛争）の境界線上に立つアイルランドの表象。南北アイルランドは、煉獄の概念を巡り、それを公

認する前者とこれを迷信として糾弾する後者との間で、十六世紀以降、激しく対立しているからである。この地が一度プロテスタントの手に渡ったとき、いかなる弾圧を受けることになったか、歴史が生々しく証言しているとおりである。いまだアイルランドにとって、「煉獄は存在するのかしないのか、それが問題である。」

〈周縁の五重奏〉と化したこの場所の宿命、それは決して歴史の悪戯による偶然の産物ではない。歴史の必然によってそうなっているのである。ここに周縁のもつ不可思議な原理を読み解きたい。この力を解く最大の鍵は、最初にこの地が周縁化されたその理由に求められるだろう。すなわち、最初の周縁化が第一原因となり、それが第二原因を生み、こうして連鎖的に次々と原因は結果を生み、結果はまた原因となって周縁が多重・多層化されていったと判断されるのである。

それでは、周縁化の第一原因となったものは何であったのか。それは、西洋精神の遠い記憶を宿すあるひとつの名前であったとみるのである。本章の仮説、物語の概要を示せばこうなるだろう――「初めに名前（表象）があった。名前は西洋・キリスト教精神とともにあった。名前は西洋の主体を宿していた。だが精神は己の名前を嫌い、それを周縁の洞窟に隠した。主体の宿る名前はこだまとなって洞窟のなかから声をあげ、己の名を叫んだ。その声が全地に響きわたり、やがて歴史となった。」つまり、この名前の周縁化が第一原因であり、それが周縁の原理となり、「歴史／神話（イストワール）」という悲喜劇の車輪が回りはじめたとみるのである。以下、周縁の原理という宝を求めて、歴史と神話、ポリティクスとポエティクス、批評（分析）と幻想（創作）、テキスト分析とフィールド・ワークの波間を揺れながら、未知の方法である免疫の詩学を「月の静寂の友」として、西洋精神史の闇の奥へ漕ぎ出していきたい。

二　遠い海の記憶／深い土の記憶――「薔薇の名前」／オクシデント

西洋（ウェスト）には、晴れやかな美しいひとつの名前がある――「ヨーロッパ」。燦々と降り注ぐ光を受け、青く澄んだ地中海の女神エウロペーに由来する名前である。彼女に宿るものは悠久の時を告げる〈遠い海の記憶〉、彼女はうずまき貝のように、寄せては返す地中海の波の周期運動をその身に宿しているからである。ゼウスは誇らしげに彼女の名を世界に告げ知らせ、西洋の心は限りなく彼女を希求し、晴れやかにその名を語る。その海はいつも光と戯れる男女で華やいでいる。

だが、西洋にはもうひとつ裏の名前がある。「日が沈む地」を意味する、ラテン語の「オクシデント」(occident)である。この名前には、煉獄の時を告げる周縁の地霊たちの〈深い土の記憶〉が宿っている。このもうひとつの「薔薇の名前」、それはいつもヨーロッパの陰影(ネガ)のなかに秘められている。

この名が疎まれ、忘却されて久しい。その僅かな例外といえば、〈没落の勧め(ウンタガング)〉を説き、移りゆき(ウーバガング)(越境)を愛する超人ツァラトゥストラ＝ニーチェか(第一章参照)、『薔薇の名前』のなかで、この名を密かに暗示させた「西方の詩学(ヒスペリア・ポエティカ)」の提唱者、ウンベルト・エーコくらいだろう――「(ウィリアム修道士の)雀斑だらけの細長い顔立ちはヒベルニアからノルトゥムブリアにかけての地方出身者にしばしば見かけるものであった」(『薔薇の名前』)。

なぜ、かくもその名は疎まれ、秘められなければならないのだろうか。「オリエント(日が昇る地)」と対比させてみれば、理由は明白だろう。生とハレ、誕生、約束された未来を方向づける「オリエント」に対し、「オクシデント」は死とケガレ、死に瀕した過去を表象する名前、すなわち「没落」を意味しているからである。

三　キリスト教の逆説と西ローマ帝国の「没落(オクシデント)」

それでは、なぜ西洋はオリエントに対し絶対的に不利な表象をあえて自己の名としたのだろうか。ローマがキリスト教を自己の宗教としたことによるだろう。

プトレマイオス(二世紀前半に活躍)が提唱する「セプテムトリオ」(東西分割)からも分かるとおり、西洋には「東西」

という概念は、少なくとも二世紀にはすでに知られていた。これに対し、東洋には世界を東西に分割し、自己を東と位置づける世界観は存在していなかったのである。これが東洋にも定着するようになったのは、大航海時代、コロンブスなどが採用したプトレマイオスの東西南北の概念が、のちに帝国主義運動のなかで、東洋に輸入され、定着したことによる。だが、西洋が自己を「西」と呼ぶためには科学表記的な（アンマークト）「セプテムトリオ」がキリスト教の精神と深く結びつき、ひとつの表象概念にまで高まっていくことを待たなければならなかっただろう。

いうまでもなく、キリスト教の母体はオリエント（小アジア）文化圏のなかで発生したユダヤ教であり、選民思想の強いユダヤ教徒にとってローマ人とは彼らを隷属化する「異邦人のなかの異邦人」（使途パウロ）でしかなかった。一方、キリスト教徒にとっては、本来、ローマ人は十字架のキリストの手と足に釘を刺し、神の御子を最後に槍で刺し貫き、彼らを弾圧、迫害する〈悪人のなかの悪人〉でしかなかった。だが、キリスト教を弾圧したローマ人・サウロがダマスコの途上において回心するや、キリスト教最大の布教者・使途パウロへと変貌したように、ローマはキリスト教を受け入れることで変貌を遂げた。キリストの手と足の刺し傷＝聖痕は、選民ローマ人の約束のしるしとなったのである。ここにキリスト教固有のパラドックス、すなわち「異邦人のなかの異邦人」＝〈周縁のなかの周縁〉が中心へと変貌する途方もない逆説の核心が潜んでいるのである。

このキリスト教の逆説は、太陽を西から昇らせ、東へと沈ませることを可能にした。初代教父の一人、アレキサンドリアのクレメンス（～二一五年没？）の以下の宣言（「東方の移動」宣言）は、なによりもこのキリスト教の精神を雄弁に語っている――「日の沈むところは、今や日の昇るところに変容した。これが新しい創造の意味である。なぜかといえば、正義の太陽は西方に急ぎ赴き、日没を曙に変え、死を十字架にかけて生命に変えたからである。[1]」文字通り、この思考は太陽の周行を逆行させた。

ミラノ勅令（三一三年）によってキリスト教が公認されてからは、この逆説に基づく「飛躍と展開」がさらに加速されていったことだろう。少なくとも、東西分割後（三九五年）の「西ローマ帝国（Imperium Romanum Occidentale）」においては、逆説を秘めた「オクシデント」というこの名前は、「東ローマ帝国」に対し絶えず劣勢に立たされていた己を鼓舞し、自己のアイデンティティを確立していくための重要な表象となったことは想像に難くない[2]。

だが、彼らの切なる想いとは裏腹に、それでも太陽は東から昇っては西に沈み、彼らは最後まで太陽の逆行をみることはなかった。それればかりか、ついに彼らはこの名前が自己の運命を告知する呪いの予言であることを知らされたのである。すなわち西ローマ帝国は四七六年、「没落（オクシデント）」したのである。オクシデントに負の表象が貼りつき、西洋の精神に負の記憶が決定的に烙印されたのは、まさにこのときであったと推定される。

四　西方教会とフィリオ・クェ論争――翻訳／周縁の逆説

西ローマ帝国のあとを受けて、領土の支配的地位を確立していったのは西方教会（ローマ・カトリック）である。依然として西方教会は東ローマ帝国（オリエント）に対し劣勢に立たされていたが、親（西ローマ帝国）譲りの逆説の思考によって、その支配力をしだいに増していき、東に対する西の逆説による優位性を主張するまでに成長していった。その象徴的な出来事が、三位一体論を巡る「フィリオ・クェ論争」（最初の使用は五八九年のトレド公会議で、それが激化したのは九世紀）であった。この論争は、一〇五四年（それから一五〇年間に及ぶ）、「大シスマ（相互破門による東西大分裂）」をもたらした西洋精神史上、最大の論争のひとつであった。長きにわたるこの論争のなかで、西方教会はしだいに東方教会に対しその優位性を確立していった。こうして、またオクシデントは日没（ケガレ）から曙（ハレ）へと表象的意味を変換させ、彼らは誇らしげにその名前を語ることができるようになったのである。フィリオ・クェ論争は、オクシデントである西方教会からのオリエントである東方教会に対する挑戦状、東西の意味を〈うらがえす知のたくらみ〉であったが、彼らはそこで政治的に勝利したからである。

「フィリオ・クェ」とは、「フィリオ＝子」に接尾語の「クェ＝～より（も）」からなるラテン語である。「子」とは神の子キリストのことであり、その意味するところは、「聖霊は子であるキリストによっても発出される」程度の意味である。これがなぜ東西大分裂を引き起こす大問題になったのだろうか。それは、この表現にはキリスト教の第一教義、「三位一体」に関する旧来の意味に新しい意味が付加されているからである。

東方教会はプラトニズムからネオ・プラトニズムの伝統に根ざすギリシア精神をその母体としている。そこでは、父と子と聖霊としての三位一体における聖霊の「発出」のあり方は、父→子＝聖霊でなければならない。これに対し、西方教会は、ギリシア語の新約聖書をラテン語に翻訳する際、これを「子よりも発出される」と解釈することで父と子を同格に置き父＝子→聖霊とすることで、これまで正三角形を形作っていた三位一体を「逆正三角形」に転換させた。[3]

この逆転が起こる前提には翻訳の問題がある。本来、新約聖書はギリシア語で書かれ、ラテン語はあくまでもその翻訳である。この意味でも、西方教会は東方教会に対して完全に劣勢を強いられている。したがって、「子よりも」の翻訳はたんなる意味の付加にとどまらず、新しい価値の創造であり、それは、政治的にはオクシデント（西方教会）からオリエント（東方教会）に対する価値転倒の意思表示であった――〈東方トラディション〉に対する〈西方トランスレーション〉の優位の宣言。太陽を西から昇らせる逆説の西方的思考は、今度は三位一体を逆転させ、これにより原文に対する翻訳の優位性を主張したというわけである。以後、ラテン語はたんなる翻訳ではなく、完全にひとつの聖典となっていった。聖書中、キリストの罪状書きにだけ用いられたラテン語は、もうひとつの神の聖なるロゴスへと変貌（トランスレーション）したのである。かくして、西方的逆説の思考をとおしオクシデントという名前は復権をみたのである。

オクシデントを復権させたフォリオ・クェ論争による三位一体の転換は、その後の西方教会および現代にまでいたるキリスト教の運命そのものの〈徴〉となった。それはこういうことである。

東方教会における正三角形としての三位一体は不動であり、安定した形態をもっている。ただ逆にいえば、不動であるがゆえにそこには成長も展開もない。これに対して、西方教会における逆正三角形の三位一体は独楽のようにたえず回転＝展開し続けなければ己の軸を地に置くことさえもできない。裏を返せば、展開し続けることによって、成長し続けることができるのである。これは表裏であり、西方教会の運命そのものの徴となるものである。しかも、この運命はギリシア正教やコプト教会（エジプトやエチオピアに起源をもつ原始キリスト教会）などを除く現代のほとんどのキリスト教会にもおよんでいる。なぜならば、新教（プロテスタント）は逆正三角形の三位一体を採用したからである。こうして、太陽を西から東へと昇らせ、正三角形を逆正三角形にしたキリスト教の逆説は、無限の生成と展開を宿命づけられることになった。彼らが他の如何なる宗教にもまして、布教に熱心であり、外部者として他文化に入り、迫害のなかで布教し続ける理由もこの逆説の宿命によっておのずから説明がつくだろう。しかも、この布教の熱心さは「後の者」＝東方↓西方↓プロテスタント↓新興キリスト教と下るほど熱心であることも理解できる。この独楽はオクシデントを軸に逆説的に展開しているからである。すなわち、展開が止まれば、そこにあるのは「没落＝オクシデント」である。事実、歴史的にみても、表象としての「オクシデント」を貼られたものは、かならず展開をはじめている。「伝統」としてのギリシア（東ローマ帝国）に対し、西ローマ帝国は逆説と展開をもってし、東方教会に対し西方教会も逆説と展開をもって応答する。さらにその西であるゲルマンは西ローマ帝国に対してヨーロッパ中を巻き込んで展開をはじめる。そして、そのゲルマン的な展開に対し、それよりさらに西であるスペイン・ポルトガルは他の列強国に先駆けて大航海時代に踏み切り、舞台を世界に向けて展開を開始したのである。こうして、オクシデントを軸に、「帝国主義」という名の独楽が逆回転しながら、展開していったという次第である。

この展開は、表面上は、東方に対する西方の勝利であり、サイードがそうみているように、オリエントに対するオクシデントの「優位」と「優越感」に映るかもしれない。だが、「展開」の軸がオクシデント、すなわち没落への不安であるとすれば、むしろ、劣等感こそが帝国主義にまでいたるヨーロッパ的な展開の起源であり、また原動力であるとみなければならないだろう。ヘーゲルがいうように、オリエント（「アジア」）に対するヨーロッパ的な「展開」、その起源がオイディプスによるスフィンクスの謎に対する答に求められるとすれば、なおさらそういわなければならない。彼は自身にかけられた呪いの運命をもって応答したからである――「没落するもの、それは私＝オクシデントである。」「学術の太陽が西方に昇って以来、東洋の学術は沈滞し衰弱した」と記した『ローマ帝国衰亡史』のギボンが西方の没落を認めざるをえなかったことも、これによって説明できるだろう。

ただし、このように精神史の文脈のなかにヨーロッパ史の展開をおいてみるとき、そこにひとつの盲点があることに気づく。その盲点こそスフィンクスの謎の答え、「それは私＝オクシデントである」が指し示している地点、オクシデント（西）のなかのオクシデント、展開の芯＝主体となる地点、アイルランドである。独楽の芯は回転している間、けっして見えないことに注意を向けたい。そればかりか、独楽の芯は上位の部分の外延化に反比例して求心化され、地中に穴を掘って潜り込み己の存在を隠すのである。

だがむろん、隠れているからといって存在していないわけではない。むしろ、独楽の回転という現象における唯一の主体者、存在者になっているとさえいえる。地にその身体を触れることが許された存在は芯をおいてほかにないからである。かくして、独楽という現象における芯は身体における免疫に相当する主体者になっていくだろう。

五　東方の発見VS西方の発見

「逆正三角形（逆三位一体）」としてのヨーロッパ、それは一方で外に向かって延びていく〈イムラヴァ運動〉によって自己の存在を強く主張していった。それはなにも、大航海時代にはじまったものではない。十一世紀、十二世紀のヨーロッパにおいて、すでに「東方の発見」といわれる現象が起こっていたからである。農業革命、地中海を中心とした都市商業の発展、十字軍や聖地エルサレム巡礼などによって、人・物・情報が流通し、オリエントへの関心も大いに高まっていった。知における大いなる革命、「十二世紀ルネサンス」（伊藤俊太郎『十二世紀ルネサンス』）もこの頃、起こったのである。[4]

その中心はイスラム文化と境界を接する東方のビザンティン帝国と西方のレコンキスタ運動（再征服運動）の地、イベリア半島であった。スコラ哲学の支柱であるアリストテレス哲学の主要な作品は、他の多くのギリシア哲学と同様に、このイスラム文化との接触（アラビア語の翻訳）によってもたらされた。あるいは、近代ヨーロッパが誇る科学（幾何学・代数・天文学・医学）もその多くはモサラバ（アラビア化したヨーロッパ人）などを通じてアラビア経由でヨーロッパに持ち込まれたものである。プトレマイオス、ユークリッド、アルキメデスもアラビアを通じてヨーロッパに逆輸入されたものである。このようなヨーロッパの当時の情況を考えれば、ヨーロッパ人にとってオリエントは太陽が昇るハレの聖地であり、その中心には失われたエデンの園が横たわっていると捉えられていたことも首肯できるところである。

だが、外に向かって延びていく「東方の発見」に並行して、内に向かって収斂されるもうひとつの発見があったことを忘れることはできまい。「西方の発見」がそれである。西方の発見は東方の発見とは対照的に自己発見の旅であり、それは自己の呪われた運命の記憶の再認に向かう痛みを伴う旅であった。とはいえ、独楽の回転における上位の外延運動と下位の求心運動が表裏一体であるように、一方の運動だけが展開されることなどありえないのである。「東方の発見」と「西方の発見」が同時期に起こっていることも歴史の必然とみなければならないだろう。

東方に向かう運動と西方に向かう運動が表裏一体であるという観点、これはヨーロッパ史にとってきわめて重要な意味をもつだろう。現在、ヨーロッパの中世史においてもっとも注目されている時期、十二世紀（「十二世紀ルネサンス」）を解くひとつの鍵がここにあると思われるからである。すなわち、この時期のヨーロッパ文化は自己にとっての二つの周縁、東方との隣接線と西方の果ての運動が連動（相互補完）することではじめて、形づくられたとみることができるということである。しかも、この観点は東方への展開の芯がオクシデント＝アイルランドにあることを示唆している点でも注目に値する。それならば、ヨーロッパという独楽の芯が掘ったアイルランドの穴の深淵を覗いてみることは意義深い試みとなるはずである。

それでは、オクシデントという軸の芯が掘った穴の名は何だろうか。「聖パトリックの煉獄」である。ヨーロッパが自己を認識する場は極西にあり、自己の魂の負い目、罪を自覚させる場は煉獄にあり、二つの交点に聖パトリックの穴が位置しているからである。だからこそ、カトリックは公式にこの穴を唯一の煉獄の地点であると認めたのではあるまいか。以下、この穴が顕在化されてくる闇の歴史を掘っていこう。

六　穴の闇を掘る

かりに、西方が没落の経験をもたなかったとすれば、オクシデントはヨーロッパにとって秘められた名前とはならなかっただろう。現在のように、「オリエント」に対して非対称的である「ヨーロッパ」を対峙させる必要などなかっただろう。だが、西ローマ帝国は現実の歴史において没落した。そして、その負の記憶は西方の深層に刻まれ、心に深い影を落していったに違いない。彼らが晴れやかに自己の名を語るその背理に響くものは、つねに彼らの運命に対する〈呪いの予言〉であったと思われるからである。

この不安は、いかに彼らの文化が繁栄を誇ろうとも、それですべて払拭できるほど単純なものではない。人は栄華の裏に負の記憶を宿し、それが意識の奥底へと沈静していき、そのことでかえって己の負性を自己のアイデンティティに深く根づかせてしまうことがよくあるからだ。しかも、最後の審判を信じるキリスト教徒にとって事はさらに深刻であったはずである。没落は神の裁きの結果と受けとめられるからである。永遠の刑罰、地獄のしるしとしての「日没」の意味がここにある。

名前の表象を巡るこの袋小路(アポリア)から脱出するためには、負の記憶を隠蔽し、それを自己の目の届かない隠し場所に保管しておく必要があるだろう。ただし、この隠蔽工作は、通常のものとは異なり、特別な配慮を要するものである。この名前は一方で負の記憶を宿してはいるものの、同時にキリスト教の逆説によって聖化された栄光ある自己自身の名前にほかならないからである。だとすれば、隠し場所は負の記憶を浄化できる聖なる力を宿す場所でなければならないはずである。かりに意中の場所を見出すことができれば、「オクシデント」に内在されたキリスト教の逆理は東方に対して完全に優位に働く一方、自己を日没の予言の呪縛からも解放する術ともなるだろう。ただし、隠蔽するだけではこの工作は十分ではない。オクシデントは展開し続ける独楽の軸だからである。つまり、隠しつつ回転（開示）させ続けることが可能な場所でなければならないということである。そうすれば、西方は秘められたオクシデントを軸に晴れやかな〈シンデレラの舞い〉を旋回し続けることができるだろう。しかも、西方の精神はその回転（展開）に反比例して、独楽の芯は地中深く穴を掘り、自己の主体を隠してくれることにもなるだろう。だが、そんな都合の良い場所がこの世に実在するだろうか。それがあったのだ。しかも、「西方」のなかに、己の精神の基層にあって、いまや完全に忘却の霧のなかをただよっているだけに映ったひとつの文化のなかに。

七　西方（内なるもの）の発見と煉獄の誕生

西方の精神が、隠し場所に最適な場所を発見したのは、十一、二世紀のことである。この発見にはすぐれた情報が不可欠であった。その情報源の主なものは、中世で広く読まれた様々な航海譚、冒険譚（imurama, echtrai）であった。これらの多くは旅の拠点をアイルランドにおいている。西方の精神はここに自己の名前を隠すに相応しい場所の選定基準になるものを得たと考えられる。なぜならば、それらの冒険旅行は自己を拡張していくイメージではなく、自己追放（エグザエル）のあと自己に回帰するイメージをもっているからである。しかも、その地はヨーロッパの極西、すなわちもっともオクシデントに位置しているのである。

とはいえ、イムラヴァとエクトライを比較すればすぐにも分かるとおり、前者は航海であるため、それがいかに地底や海底の異界のイメージをもっていたとしても、やはり半ば外延化された運動を伴うことは避けられないだろう。外延化の運動は人目につきやすい。しかも、その運動の多くは強い楽園の島巡りのイメージをもっているため、東方的な志向が重ねられてしまう恐れがある。そうだとすれば、オクシデントの隠し場所には不向きであるといわざるをえない。これに対し、後者は求心的なイメージがより強烈である。なかでも地獄／煉獄巡礼のイメージをもつ物語は、負の記憶である罪の呵責を伴って異界を巡るため、楽園のイメージが希薄である。したがって、前者に比べて、オクシデントの名前の隠し場所には適していることになるだろう。ベネディクト派のアイルランド修道士マーカスによる書物『トゥヌクダルスの幻想』（*Visio Tnugdali*）などが記した場所はその好例といってよいだろう。すなわち、この書においては舞台もアイルランド（キャシェル）に設定されており、その旅も楽園のイメージを払拭するに足るだけの地獄／煉獄巡礼のイメージをも十分にもっているからである（ジャック・ル・ゴフはこの書物が煉獄の概念生成に一定の影響を与えたことを認めている）[5]。

さて、ここで私たちは重要な事実に気づくことになるだろう。すなわち、オクシデントを隠しつつ開示する場所が煉獄巡礼の地であることが最適だという事実である。煉獄は贖罪の場であるため、穢れた場所であるとともに聖なる場所でもあり、しかもその巡礼の運動は独楽の芯のように地中に深く自己を隠すことによって強烈に自己を開示（自己を認識）することができるからである。こうしてオクシデントの隠し場所は、煉獄巡礼地となり、その地は〈表象のたらい回し＝ヒスペリアの法則〉にしたがって、おのずとアイルランドに定められることになるだろう。このヒスペリアの法則を具体的に示せば以下のものになるだろう。

キリスト教において、「ヒスペリア」とは、元来、悪魔の地を含意する不吉な名前である。なぜならば、「ヒスペリア」の原義は「宵の明星に支配される地域＝西方」であるが、キリスト教文化圏においては宵の明星とは堕天使＝悪魔を含意しているからである。このためギリシアではヒスペリアをイタリアに、イタリアではスペインにというように、〈表象の西方移動＝たらい回し現象〉が起こったのである。

文化人類学者、ヴィクター・ターナー（『キリスト教文化における巡礼とイメージ』）によれば、サンティアゴ・デ・コンポステラ巡礼がヨーロッパで盛んになった背景にもこの法則が働いているという。この場所が地の果て、ヒスペリア＝スペインの西に位置していたからである[6]。このことは「サンティアゴ・デ・コンポステラ」という名前自体が暗示するところでもある。「星の（降る）野＝コンポステラ」の「聖ヤコブ＝サンティアゴ」であり、星の降る野とは天の川の果てる地、すなわち宵の明星の地を意味しているからである（この地で殉教した聖ヤコブの遺骸が祀られているのだから、ここにも周縁と供犠との結びつきが潜んでいる点にも留意したい）。

だが、スペインよりもさらなるヒスペリア、西の果てがある。幻の古代大陸「アトランティス」が沈む海とも目される大西洋（アトランティク・オーシャン）に浮かぶ島、「幻の民」ケルトの文化をいまにとどめる地、アイルランドである。こうして、表象の西方移動はここに「果てる」ことになるだろう。これは同時に、ヨーロッパ人の罪を贖う煉獄の地としてのアイルランドが誕生した瞬間を意味している。このことは、十四～十五世紀のヨーロッパ——主に仏と伊——では、サンティアゴ巡礼とダーグ湖巡礼がしばしば対にして表現されていた点からも確認できるだろう（詳細は第四章）。

深い精神史の闇のなかからおぼろげに浮かびあがり、やがて明確に空間化されたひとつの概念となっていく煉獄、その形成過程とオクシデントの意味生成過程には平行関係がみられる。このことを今度は教義の側面から考えてみよう。

先に述べたように、オリエントとオクシデントの方位は太陽の周行を前提としている。だが、いうまでもなく太陽の周行は永遠回帰であり、日没したからといってそれで終わるわけではない。日は昇り、また沈み、そしてまた昇るのである。したがって、円環的時間を前提とする東洋においては、日の出と日没、陰と陽は表裏一体、東西の方位に優劣をつけることにさほどの意味はない。第六章でみていくことになるが、我が国では歴史的にみると、むしろ東西において西の方が東——あずま——に対して文化的優位性を誇示していたことがこれを端的に示しているだろう。だが、創造から終末にいたる直線的時間を前提とするキリスト教においては、日没は決定的なまでに負の表象を刻印されている。〈日はまた昇らない〉からである。だからこそ、太陽を西から昇らせ東へと沈ませなければならないというわけである。日がまた昇らないこと、これが意味しているのは死の否定であり、夜の時間の否定である。アレキサンドリアのクレメントが太陽の逆行説を高らかに宣言したとき、彼が以下のように述べていることをここでもう一度確認しておきたい——「なぜかといえば、正義の太陽は西方に急ぎ赴き、日没を曙に変え、死を十字架にかけて生命に変えたからである。」「日没を曙に変え」、「死を十字架にかけて生命」（死を殺して生に変えるという途方もない逆説を成り立たせる前提には十字架＝供犠がある点にも留意したい）に変えるとき、排除されているものが死と夜の世界である点は看過できない。つまり、一方で太陽の周行による円環的時間のイメージをもちつつも、他方で直線的時間を教義の柱に据えるキリスト教の時間の概念、このどうしようもない矛盾を解消する手立てをクレメンスは、円の半分を切り捨てることで半円の時間を創造することに求めているのである。おそらく、この方法以外に性質を異にする二つの時間概念を解消する術は、論理的にはないはずである。だが、いうまでもなく太陽の回転は半転して止まるはずもなく、回転し続けるのである。彼が排除した死の時間、夜の時間としての陰の時間は、生の時間、昼の時間としての光の時間と同じように回転を続け倦むことを知らないからである。それではどうすればこの矛盾を解消できるだろうか。一過性の生という概念の枠内において、「死を十字架にかけて（＝生贄にして）生命に変え」、「日没を曙に変え」、しかも半円を止めることなく回転させ続けることができる方法、それはもはやひとつしかないだろう。世の初めから隠されていること、供犠の時間、この世と永遠の際にある〈第三の時間〉を創造することである。その時間こそ煉獄の時であるとみることができる。煉獄は自らの死そのものの原因である罪を肉体によって贖い（十字架にかけて）生命を蘇らせ、日没を曙に変える魂／身体の時間（生と死の間、通過儀礼の時）だからである。しかも、それは半ば死の時間、夜の時間であるため、誰の目にも見えないまま秘められた静寂の時のなかで回転を続けることができるだろう。視覚認識に基礎をおく人間にとって、晴れの半円の表裏に陰の半円があることに気づくことは難しいからである。

この秘められた時の運動としての煉獄の運動が先の独楽の回転にみられる外延運動と求心運動の表裏関係と完全に一致していることに留意したい。すなわち、現実には二つの運動は一つの運動の表裏であるにもかかわらず、それが認識されず、しかもたえず一方は陰となって視覚は表の方だけしか認識できないということである。こうして、またここに視覚の盲点を突くスフィンクスの謎が顕れることになる。免疫の詩学の方法がおもざす対象が煉獄であることの必然性がここでまた確認されたことになる。

さて、キリスト教の特殊な時間概念において、太陽を逆行させる〈オクシデント〉の方法を取った場合、その志向の果てに煉獄があること、このことはアレキサンドリアのクレメンスの教義自体からも確認することができる。ジャック・ル・ゴフ（『煉獄の誕生』）に倣えば、彼は初期キリスト教会における煉獄の概念、その教義上の祖型をつくった「煉獄の父」だからである。[7] さらに、このことを確認しようとすれば、未来の煉獄における教義上の根本となるカトリック的思考の地平を開いた聖アウグスティヌス（354 - 430）に注意を向ければよいだろう。

アウグスティヌスの煉獄の存在に対する態度は両義的であった。その両義性は、ル・ゴフによれば、「四一三年」を境にして区分されるという。四一三年以前の彼は、ほとんど煉獄の概念の志向に直線的に進んでいる。[8] そのきっかけは母モニカの死に求めることができるだろう。母の死後を案じる彼は、生者である自身が死者である彼女に対し、「とりなしの祈り」によってなんとか彼女から罪の刑罰が軽減されることを切に願っているからである（アウグスティヌス『告白』第九巻第十三章参照）。そのためには、教義的には「第三の場所」を想定することが前提となるだろう。通常の教義においては、死後、魂はある保管場所に置かれたあと、最後の審判によって天国か地獄かに振り分けられることになっているからである。ただし、この概念自体、アウグスティヌスの時代にはまだはっきりと教義として確立されていたわけではなかった。むしろこの教義を徹底して推し進めることで、最終的に幽霊の存在を強く否定したのは実は彼なのである（このことによって、長らく幽霊たちは、この世に入国するパスポートを失ってしまうことになった。彼は幽霊の実体性を否定しているからである。これが認められるようになったのは、おもにシトー派やクリュニュー派修道会の活躍によるだろう。農業開発、都市化を推し進めた彼ら——シトー派——は、他方であの世の土地開発にも従事したことになる。この点については第四章を参照）。この意味でも、アウグスティヌスにとって煉獄はたえず両義的であっただろうし、彼の心をたえず悩ませる大問題になっただろうことは想像に難くない。[9] とはいえ、煉獄の概念を特徴づける供犠のイメージをもつ「とりなしの場」という概念の源泉は彼にあることだけは確かである。また、贖罪の場としての「煉獄性（purgatories ＊形容詞）」という言葉をいち早く用いたのも彼であることも看過できないところである。

それでは、その彼がどうして「四一三年以降」、煉獄の概念について方向転換したのだろうか（ただし、とりなしの祈りへの信仰については、彼は生涯手放すことはなかった）。西方の没落（オクシデント）への強烈な意識である。この点について、ジャック・ル・ゴフは以下のように述べている。

> あの四一〇年の大事件の余波も看取しなければならないと私は思う。すなわちアラリックに率いられた西ゴート族によるローマ略奪である。これは単に不滅のローマ帝国の終焉を印づけるのみならず、若干のキリスト教徒にとっては世界の終末を予告するものとも見えたのだが、異教徒にとどまったローマの教養ある貴族階級の一部は、ローマの力を内から蝕み、世の終わりとまでは言わないにせよ少なくとも秩序と文明の終わりを実感させるような災厄を招いた責を負うものとして、キリスト教徒を非難した。アウグスティヌスが『神の国』を書いたのは、まさにこうした状況、こうした愚論と告発に応えるためであった。[10]

四一三年以降の彼の目に映るものは、ローマを取り巻く危機的な情況であっただろう。すなわち、彼にとって西ローマ帝国の没落はもはや時間の問題であると映ったはずである。しかし彼にとって、それはこの世自体が「神の国」に至るための浄罪の場として神が用意されたものであると理解されることになった——「この地上での浄罪を考える方に傾いている。この傾向の根底には、地上の〈煩悩〉こそ主要な〈浄罪の場〉となる思想がある。」（『煉獄の誕生』）元来、自己にも他者に厳しい彼の精神は没落を前にしていよいよ厳しさを増し、非寛容的になっていく。この点で、彼の同時代人である聖パトリックと対照的なものがあるだろう。この点については、すでにトマス・カヒルが『聖者と学僧の島』のなかで見事な分析を行っているので、ここでは触れないことにする。[11]ただし、〈二人の告白者〉の対照はその気質の違いだけによるものではないことだけは、ここで指摘しておきたい。すなわち、一方の告白者にとって帝国はまさに没落（オクシデント）しようとしており、他方の告白者にとってオクシデントの地であるこの地はいままさにオリエント（キリスト教に改宗）しようとしていたという二人を取り巻く対極の情況である。いずれにせよ、アウグスティヌスにとって、いまなすべき第一義的なことは「神の国」への備えであって、死後の煉獄への備えではなかったのである。

日没を現前に控えたとき、神の国を信じる者にとって、煉獄は真っ先に意味を失うものとなるだろう。だが、このことはオクシデントと煉獄が無関係であることを意味しているわけではない。むしろ事は逆だろう。真っ先に意味を失うものはそれがもっとも重要な意味をもっていたからこそである。それは死を前にした人間が己の生存在の意味を真っ先に失う（あるいはその背理として死によって自己の生のすべてを意味づける）ことに等しい。だからこそ、母モニカにかんする「死者のとりなしの祈り」の有効性に悩み、煉獄を志向した彼が、没落を前にするや、煉獄への関心を喪失していったのではあるまいか。だが、没落を前にするのではなく、没落の徴候を前にして日々不安を覚える者にとっては、逆に生前のすべての罪を測りにかける煉獄の存在はきわめて重い意味をもつに違いない。彼らにとって、没落＝死は目の前にある絶壁ではなく、いまだ未来に向かって延びていく不安だからである。要するに、きわめて逆説的な言い方になるが、アウグスティヌスの「四一三年のシフト」は、オクシデントと煉獄が相互補完的な関係にあることの証となっているということである。

さらに、ここには聖パトリックの煉獄の発生にとって、きわめて重要な意味が潜んでいる点は看過すべきではないだろう。というのも、西ローマ帝国の没落を前にしたアウグスティヌスが、煉獄に内包された浄罪の苦しみをあの世からこの世に引き寄せたこと、この延長線上にあるものは、あの世の煉獄をこの世界に実在する煉獄へと変換する信仰に向かって進んでいくからである。実際、『聖パトリックの煉獄』においては、アウグスティヌスのこの信条を根拠にして、この世における煉獄の実在性を説いているのである。

> となれば、形ある（肉体で感じ得る）懲罰が神によって用意されている以上、その懲罰が行われる場も、形あるものとして区画されているはずだと言うのです。……聖アウグスティヌスは、死者の魂は、死後、最終的な復活の刻まで、各人相応に、つまりある者は耐えるべく、秘密の溜まり場（レペクタクルム）に保管されると言っています。さらに聖アウグスティ

ヌスも、聖グレゴリウスも、非物質的である魂を物質的な火によって拷問することは可能だと述べていますが、これらの事項もまた、この物語が肯定する点です。……しかしながら、魂が肉体から離脱し、神のご命令で再び肉体に還る経験をした者たちは、物体のごとく見えながら実は霊的なものを示す兆表（シグヌム）を与えられます。（『聖パトリックの煉獄』）

ここでいう「物質的な火」でいわんとしているのは、この世に実在する聖パトリックの煉獄の火であり、その根拠をアウグスティヌスに求めていることをここで確認することができるだろう。むろん、教義の点からみると、アウグスティヌスはこの世に実在する煉獄を公認しているわけではない。だが、この世自体を煉獄的なものと捉える彼の志向は、ここでの引用文に記されているように、「聖グレゴリウス」の教義に受け継がれていくことで、煉獄はさらにいっそうこの世に接近していくことになった（教皇グレゴリウスが『対話』のなかで説く「人は罪を犯した場所で罰せられる」（『煉獄の誕生』）という教義の背後には、ル・ゴフも認めているように、この世こそが贖罪の場であるとする後期アウグスティヌスの信条の影響をみることができる。[12] あるいは、クラティアヌスの『教令集』にみえるように、「アウグスティヌスが秘密の隠された場所について語っている」という言説が生まれることにもなる[13]）。

このようにみれば、アウグスティヌスの言説、それがいかに逆説的なものであったにせよ、煉獄の誕生に潜在的に果たした影響の大きさを知ることができるだろう。しかも、その背後に西方の没落＝オクシデントが密接に関わっていたことをここではっきりと確認することができるだろう。

オクシデントと煉獄との相互補完性、このことは「煉獄概念（名詞化＝空間化）」の誕生と「大シスマ」の時期（十一、二世紀）と完全に重なっていることからも確認することができる。大シスマは東西相互破門という教会内部の教義論争であるから、論争の軸が必要になってくることはいうまでもない。その軸は先述の経緯からも分かるとおり、太陽の周行であり、すなわち太陽が東から昇るか西から昇るかが論争の基軸となる。そうすると、当然のことながら、双方は相手を否定するために、自己のオリエント性とオクシデント性を強烈に意識せざるをえない情況におかれることになる。その点では、自然の摂理に逆らう西方の主張はどうみても分が悪い。この形勢を逆転させるために、取った西方の戦略こそ先にみた煉獄の概念だとみることができる。このようにみれば、煉獄の名詞化＝煉獄の誕生と大シスマが起こった時期と完全に重なってくるのも歴史の必然であることが分かるだろう。あるいはギリシア正教が煉獄を強く否定する理由も理解されるだろう。西方にとって、オクシデントをルネサンスさせるもの、それは煉獄表象であった。日没を曙へと変貌させ、輪廻ではなく一過性の生が死から蘇るもの、それは〈煉獄ルネサンス〉をおいてほかにはないからである（キルヒャーが近代の光学をもって煉獄を復権させようとした理由もこの伝統の継承とみることもできるだろう）。煉獄が名詞化され、すなわち己の名を叫びながら産声を上げなければならなかった理由もこれにより説明することができる。この意味で、ヨーロッパの精神史において煉獄の名詞化は決定的なまでに重要であったとするル・ゴフの以下の主張はおおいに支持できるものである——「この名詞（『煉獄』“purgatorium”）の出現が一一五〇年と一二〇〇年の間であるという事実を消去する人は、重大な局面をとりにがしてしまう。彼は決定的な一時期とある根本的な社会変化を解明する可能性と同時に、煉獄信仰に関して、思想と心性の歴史における極めて重要な現象、つまり思考の『空間化』の過程というものを標定する機会を逸するのである。[14]」

八　秘められた名前、オクシデントの隠し場所

さて、オクシデントと煉獄が密接に結びつく必然性の問題はこのあたりにして、先の問題に戻ることにしよう。すなわち、アイルランドのどの地点がオクシデントの隠し場所／煉獄巡礼地に相応しいのかという問題である。『トゥヌクダルスの幻想』（*Visio Tnugdali*）の舞台、キャシェルに求められるだろうか。それは違うだろう。トゥヌクダルスの異界の世界は夢のなかの出来事と記されており、地（現実）に軸をおろしていないからである。それではどこにあるだろう

か。シトー派のイギリス人（アングロ・ノルマン）の修道士、「ソールトレーの兄弟H」と呼ばれる人物によって記された『聖パトリックの煉獄』（*Tranctatus de Purgatorio Sancti Patricii*）、そのなかに明記されている「煉獄の穴」に求められるだろう。他の書物とは異なり、これはフィクションとして書かれたのではなく、煉獄の実在を証するために記された書物であり、しかも、煉獄を観念としてではなく、世界地図のなかにそのありかを明示しているからである。

もっともこの書物は、通常、それと前後して書かれた様々なアイルランドの冒険譚、そのひとつとみなされているようである。だが、他の冒険譚はいかに異界が生々しく描かれようとも、半ばドリーム・ヴィジョンの教訓的な物語の体裁をとっている。ところが、この書物だけは異界のありかを明記したうえでそれを歴史的な真実であると強く主張しているのである。この書物が中世のベストセラーのひとつになり、中世最大の都市伝説となっていったのも首肯できるところである。

ここで都市伝説化の問題を持ち出すことを疑問に思われるかもしれない。だが、この地点が煉獄巡礼地＝隠し場所に選ばれたのは、まさにこの都市伝説という媒体を通じてのことであったし、逆にこの穴が一四九七年に封鎖された最大の原因もまた都市伝説化にあった。都市伝説(パロール)が古今東西を問わず、歴史に大いに影響を与え続けていることは疑う余地のないところだからである。

だが、伝承は文字として残らないために、歴史学の対象にはなりにくい。ジャック・ル・ゴフが『煉獄の誕生』において、口承が歴史に果たした役割を認めつつも、研究の対象から外したのもそのためである。[15] ただし、目下の対象である聖パトリックの穴が煉獄巡礼に選定された理由を考える際に都市伝説化の問題を外すことはできない。なぜならば、当時、漠然とした観念であった煉獄という異界の概念を地に根づかせ、普及させるためには、パロールの世界に生きた当時の民衆の圧倒的な支持が不可欠であり、その際、パロールとしての都市伝説という媒体は最大の武器になるからである。本来､煉獄の地の選定はカトリック教義に触れるきわめて危険な賭けであったことを忘れてはならない。むろん、この都市伝説化の意義を資料によって裏づけることは不可能であることはいうまでもない。だが、上述の情況を念頭におけば、このことは逆説的に証明可能である。すなわち、煉獄がこの地に選定されたというこの事実こそが、ヨーロッパ中にこの都市伝説が広まっていたことの何よりの証となるということである。そして、この都市伝説化の起源は『聖パトリックの煉獄』に求めることができるとみるのである。そのことはこの書物の内容をみれば明らかとなるだろう。都市伝説化されるための条件をこの書物はすべて満たしているからである。

都市伝説は、事実とフィクションのあわいに独自の住居を構えるものである。完全な事実は噂の種にはならず、逆に完全なフィクションもその種にはならないからである。すなわち、疑わしい真実、真実かもしれないフィクションだからこそ民衆の想像力は刺激され、都市伝説化されていくことになるのである。その原動力となるものは、民衆が求める可視化された証拠＝「ヨナのしるし」ということになるだろう。そして、まさに『聖パトリックの煉獄』はこのヨナのしるしとして記された書物である。

おそらく、この書物は中世のベストセラーとなり、様々な言葉に翻訳されていることから判断して、当時の知識人に好んで読まれたことだろう。ただ、書物自体が高額であったことから、当時の民衆がそれを直接手に取って読んだとはおよそ考えにくい。これを読むことができた僅かな人たちから聴いた話を民衆は口承によって伝えていき、その断片的な情報が雪ダルマと化して付加情報を受け取りながら肥大化していったに違いない。このことは、たとえば、フランスで一三九七年に書かれたレモンド・デ・ペレロスによる『アラゴン王国からの巡礼』——この書によれば、ペレロスはハムレット王よろしく、懺悔の祈りを果たすことなく急死したアラゴンの王が煉獄で苦しむ様をダーグ湖の巡礼で実際に幻視したと証言している——あるいは、イタリアで同じく一三五八年に「書かれた『マレスタ・アンガロの巡礼』におけるテキスト、そこにみられる錯綜からも確認できる。[16]『聖パトリックの煉獄』には都市伝説の〈好物〉である異界の実在性に関するものだからである。当時の民衆がすべて死後の世界を信じるキリスト教徒であったとすれば、ますますそういうことになるだろう。そして、この民衆の圧倒的な支持があればこそ、教会は煉獄のこの世における実在性を公認するという教義に反する危険な賭けに打って出ることができたとみることができるのである。危険な賭けというのは、煉獄があの世に存在することと、この世に実在することとは次元を異にするからである。煉獄を公認する教義自体、当時、カタリ派やワルド派などの信者たちによって激しく糾弾されていたのであるが、現世における死と再生の場所として煉獄を認めるならば、それはカタリ派や東方的なネオ・プラトニズムの言説とさほど変わらない教義になってしまうのである。一三世紀前半、ドイツのシトー会士であるカエサルリウスが煉獄のこの世の実在性について以下のように断言した背景にもこのような情況があったことは想像するに難くない――「煉獄を疑う者はアイルランドに行くがよい。そして聖パトリキウスの煉獄に入れ。その者はもはや煉獄の刑罰の実在を疑わないであろう。[17]」

九 『聖パトリックの煉獄』に描かれた異界

それでは、『聖パトリックの煉獄』はどのような内容をもつのだろうか。この書物は、『トゥヌクグルスの幻想』で描かれた異界が基本的に垂直構造をもつのに対して、平面的に描かれていることに大きな特徴がある。[18] すなわち、聖パトリックの穴は煉獄の入口であり、そこから地底の世界が完全に地上に平行して広がっているように描かれているのである。そのことは、当時の地上における東西南北の概念が持ち込まれていることからも確認できるだろう。ただし、当時の東西南北においては、現在の北が東、南が西に相当するものであった点は予めおさえておく必要がある。

主人公オウェインは聖パトリックの穴がある西、すなわち現在の南にあたる世界の足（底）から出発する。彼が最初に出会った者たちはシトー派の修道士を暗示する会堂（アウラ）に住む白い衣の十五人の聖者たちである。だが、そこからの煉獄巡礼を導く者は聖者でも天使でもなく、悪魔である。したがって、彼らは実のところ導いているのではなく、煉獄の責め苦を主人公に幻視させることで、そこから退却するように誘惑しているにすぎない。会堂を立った彼は北（現在の東）に針路を取る。そこで第一の責め苦火炎柱に遭遇し、その後、「太陽が真夏に昇る地の果て」＝北東に到る（太陽の周行による空間認識である点に留意）。そこから、「太陽が真冬の昇る場所へ向けて針路を定めた。」つまり、彼は南東に向かうのである。そこには全部で九つの峡谷（煉獄）があり、その峡谷にそって「黄泉の河（アケロン河）」があり、その峡谷を超えると、そこはその河の果てであり、そこには「地中の穿たれた穴」があり、それは「地獄への入口」である。ここから彼は東に向きを変える。その東にあるのがエデンの園である。ここまでの煉獄巡りについて、千葉敏之は興味深いことを述べている――「最後の責め苦＝試練は〈地獄への入口〉の上に設けられた試練の橋――向こう側は、地上楽園への道――であるのだが、実はまさにこの地点で、東西南北に広がっていた平面世界は、九十度〈身体〉を起こして、東――キリストの頭――を最上部、西（キリストの足）を最下部とする、垂直軸に転じるのである。これによって、十字に象（かたど）られたイエスの身体が立ち姿となる。[19]」すなわち、東西南北は、煉獄を経巡ると、エルサレムを地球の臍として、キリストの身体が立ち顕れるように巧妙に描かれているというのである。ヨーロッパ共同体が、本来、キリストの「聖なる身体＝コミュニオン」だったことを思えば、本書にとってこれほど貴重な具現化された象徴もそうざらにはあるまい。免疫は、ここで描かれた煉獄巡礼さながらに、身体というチューブのなかを経巡るという身体運動の習性をもっているからである。以上が『聖パトリックの煉獄』のおよその概要である。

もっとも、聖パトリックの穴は、アイルランドがキリスト教を受け入れる以前から、その存在が確認されていた。現在、文書で残っている資料からだけでも、七世紀以前にあったことが確認されるのである。[20]そのため、この穴は様々な古代ケルトの伝説に彩られている。ただし、その多くは、この穴に龍（羽をもつ蛇）のような怪物が棲んでおり、毎年、多くの人の生贄（パルマコス）を捧げなければならなかったと記されている。そして、これを最終的に退治したのが、アシーン（フィン）物語群ではフィアナの騎士（フィオン等）、キリスト教伝説群では聖パトリックであるとされている。[21]聖パトリック（あるいはフィアナの騎士）によって退治された怪物の血で湖は赤く染まり、そのため、この湖の名はゲール語で「白い湖」を意味する「フィオン湖」から「赤い湖」を意味する「ダーグ湖」になったともいう。

それでは、どうしてこの穴が煉獄と呼ばれるようになったのだろうか。考古学的な観点から捉えれば、古代アイルランドにおいて、ダーグ湖とエルネ湖の間にはかつてタタラ場の聖地があり、それがキリスト教を受け入れたあとで、煉獄のイメージへと変化したのではないかと推測される。タタラ場の女神ブリキッド＝聖ブリジットをこの地の守護神＝守護聖人として尊ぶ煉獄巡礼の風習はそのひとつのしるしとみることができるだろう（歴史的にみれば、ダーグ湖の創設者は、聖デロッグとみるべきだろうが、一説ではデロッグのゲール語の原義は「鍛冶」に由来しているという[22]）。

一方、伝説、すなわち『聖パトリックの煉獄』によれば、ここが煉獄の地に定められたのは、以下の理由によるという——見えない神の力を信じない当時のアイルランドの民衆を回心させるために、イエスが聖パトリックを荒野に呼び出し、そこで煉獄の穴を指し示したからであるという——「かの民は、キリストに帰依するとしたら、パトリキウスが行う奇蹟を見ることでも、その説教によってでもなく、彼らの内のある者が悪人の拷問場と善人の享楽の場を己が目でみることによってのみである。それは、彼らが約束よりも実物を見ることで確信を得るからである」（『聖パトリックの煉獄[23]』）。

この書物には、聖パトリックがこの穴に入ったとは記されていないものの、口承伝承（ゴールウェイの民間伝承など）においては、クジラ（大魚）の腹に入ったヨナのように、フィアナの騎士と化した聖パトリックが怪物に飲み込まれたあと、聖なる杖で怪物を退治し生還することで（バプテスマ＝通過儀礼のイメージ）、神の力を証したと伝えられている[24]。これが証になるのは、煉獄を肯定するカトリックの釈義の伝統においては、キリストは死から蘇る三日間、黄泉に下り、そこで、死者たち（旧約の人々や洗礼を受ける前に死んだ幼児）に福音を述べ伝えたあと、そこから帰還＝蘇ったとされているからである。そして、この場合、黄泉とは「リンボー」としての煉獄にほかならない（キリストの黄泉下りは、カトリックにおいて煉獄が存在することのひとつの根拠とされている。なお、ル・ゴフによれば、煉獄とリンボーは同時期に発生しているという——「このリンボの誕生は煉獄の誕生とほぼ時代を同じくし、一二世紀、死後世界の地理が大々的に改変されるその最中のことである。」（『煉獄の誕生[25]』）。

つまり、煉獄の実在性を証する聖パトリックの穴は、可視的な証拠としてのしるしを求める民衆に対する「ヨナのしるし＝証」だということになるだろう——「今の時代はよこしまな時代である。しるしを欲したがるが、ヨナのしるしのほかには、しるしは与えられません。つまり、ヨナがニネベの人々へのしるしとなったように、人の子も今の時代へのしるしとなるからです。」当然、『聖パトリックの煉獄』もヨーロッパに対する「ヨナのしるし＝証」のために記されているのである。この穴に入り生還できた者は「罪から浄められる」（"purgatur"）と記されているからである。

以上、述べたことから、煉獄とは民衆にとって観念的な異界の概念ではなく、可視化された「ヨナのしるし」にほかならないということが分かるだろう。このヨナのしるしが都市伝説の原動力となり、これが教会を動かして、この地を煉獄巡礼の地に認めたとすれば、その歴史的意味はきわめて大きいことになる。

ただし、その地は地元ではすでに煉獄の機能を果たしていたことをも忘れることはできない。煉獄の概念を当時一手に取り仕切っていたシトー派修道会はこれを踏襲したうえで、ここを教皇に取り入って煉獄の巡礼地（ステーション）に認めさせたにすぎないからである。[26] 七世紀後半のアイルランドの『イシドール偽書』にすでに煉獄の概念がみられる点は注意しておきたい（なお、『イシドール偽書』は長らくセヴィリのイシドルスと考えられてきたが、近年、マヌエル・イ・ディアスにより、これが七世紀の無名のアイルランド人の書であることが論証された[27]）。

それでは、具体的に聖パトリックの穴はどこにあるのだろうか。それは、アイルランドの極北西部にあたるドニゴール州、「洞窟（derce）の湖」、あるいは「赤い湖」というゲール語の意味をもつ「ダーグ湖」に浮かぶ小島、「ステーション・アイランド」のなかにある。西洋精神にとって、日の没する地の果てを表象するのにこれほど都合のよい場所はほかにはあるまい。もっとも、当時、アーサー王縁のシチリア（リパリあるいはエトナ）も候補に挙ったことはあった。だが、火口は煉獄というよりもより地獄のイメージを想起させ、あまりに西方の懐に近かったことから、却下されたという。このことはル・ゴフの以下の指摘からも根拠づけられるだろう。

生まれつつある煉獄の運命を決しようというこの時期に、ラテン・キリスト教世界は、煉獄をアイルランドに見出すかシチリアに見出すかで態度を決しかねているのであるが、同時に煉獄を天国に近い場所たらしめるかでも、はっきりした態度をとれないでいる。……アイルランドにおいては、聖パトリキウスの煉獄は、地獄的ではあっても、地獄の陰に覆われてしまってはいない。シチリアにおいては、偉大なる地獄の伝統が煉獄の開花を許さなかった。古代の地獄が若き煉獄の行く手に立ちはだかったのである。[28]

忘却の淵は地底に続く冷たい洞窟であり、「魂の場（レフレゲリウム）」、保管場所としても最適であり、方位学上、極西のなかの極西、周縁のなかの周縁にあたるからである。みずから「西」を名乗るこの精神は、「西」に必然的に伴う「日没＝没落」、負の記憶を、その名前に相応しい場所、周縁の闇に隠し置き、自己に貼られた表象の浄化（クレンジング）を図ろうとしたと推定されるのである。

以上が、この場所が最初に周縁化されていった経緯の概要であり、これがのちに多重・多層化していくことになる周縁化の根本原因、〈事件の核心〉と措定されるところのものである。

十　周縁に宿る逆説と声の文化

さて、周縁に立つ免疫の詩学にとっての問いはここからはじまる。なぜならば、周縁のいくえにも逆説に満ちたひとつの原理がいまここに顕れようとしているからである。そこで、これまでの経緯を踏まえたうえで、それらを整理しながらさらに考察を深めていきたい。

周縁化が最初に起こったとき、その主体は「すべての道はローマに通じる（パックス・ロマーナ）」といわれるまさにその場所＝〈中心〉に宿っていた。だが、中心は自己の負の記憶、あるいは呪いの予言を嫌い、己の出自＝主体を周縁に隠蔽することを図った。こうして、主体は中心から周縁へとシフトしていった――中心／周縁＝周縁の第一逆説。しかもこの場合、名前はケガレとハレの両義性を内在し、ここには自己自身の主体が宿っているために、隠蔽する場所は中心からみればケガレの表象を帯びた周縁でありながらも、聖化された周縁でなければならない――周縁の聖化＝周縁の第二逆説。

このような複雑な両義性は、周縁を自文化の外に求めるのではなく、自己のなかに求めるがゆえに生じたものである。他者に自己の負の部分を投影し、周縁化（排除）する際にはケガレを強調すればそれで事足りる。「鬼は外、福は内」の二項対立の概念を持ち込めばよいからである。だが、内なる周縁化の場合、鬼／福を同時に内に招き入れなければならない。そのためには、鬼としての周縁を聖化しなければならない。ただし、聖化するためには、それなりの文化的根拠づけが必要となる。すなわち聖化されるに足るだけの文化的伝統がすでに存在していなければならないのである。たんなるでっち上げの伝統に自文化は満足できないからである。

伝統は他者の政策による押しつけによって生み出されるものではない。したがって、「煉獄」の伝統は、『トゥヌクダルスの幻想』や『聖パトリックの煉獄』の著者が一人で創造したものではない。すでに伝統はそこにあり、彼らはせいぜいのところ、すでに存在していた伝統＝「声の文化」を筆記することで「文字の文化」に変換したにすぎないだろう。本章の文脈で述べれば、「文字の文化＝ラテン語」と「声の文化＝ゲール語」は中心と周縁の関係にあるが、伝統の「詩魂」は依然として周縁に宿っているといってもよいだろう。すなわち、文字文化は声の文化を当時西方の公式言語であるラテン語に翻訳することで、周縁の詩魂を普及させたにすぎない――文字の文化と声の文化にみられる周縁の第三逆説。

むろん、この逆説の場合、声の文化は主体性をいつの間にか奪われてしまう危険性を孕んでいる。だがそれとても、原文／中心対翻訳／周縁における逆説の結果なのである。先にみたギリシア語（原文）対ラテン語（翻訳）にみられるトランスレーション＝周縁の逆説の地方版、ゲール語（原文）対ラテン語（翻訳）の逆説がここに成り立つわけである――翻訳／周縁の第四逆説。

『聖パトリックの煉獄』はこのことを強調している。半ば匿名的な名前である「ソールトレーの兄弟H」は、まずギルバートという修道僧から聴いた物語を筆記したとし、しかもこのギルバートは、オウェイという彼の通訳兼案内人であるアイルランドの一人の騎士が経験した冒険を筆記したと記している。このオウェイの冒険とて、そのまま彼の体験談であるとはおよそ考えられず、当時この地にあった民間伝承をおおいに反映したものと推測される。つまり文字の文化に先立つ声の文化の伝統があればこそ、この作品は生まれたのである。もちろん、この場合の文字の文化とはラテン語であり、そのことで広く知られ、他国の翻訳も進み、さらにこの書物が普及していくという相乗効果をもたらした。こうして、知られざる西方の内なる周縁は、周縁であるがゆえにこそ二重に主体性を獲得し、歴史に影響を与えていくことになるだろう。

周縁には周縁の主体者としての伝統がある。それが周縁にとっての外（強者としての他文化）の主体がさらに置かれることで主体は二重化され、ケガレの表象を伴いつつも聖化され、すなわち忘れ去られた周縁はヨーロッパ全体の煉獄の巡礼地となっていった。ヴィクター・ターナーに倣って、「害も助けも外からやってくるのである」と言い換えてもよいだろう。この巡礼地は二重の主体性をもつことでひとつの強烈な磁場となり、主体が有するハレとケガレの両義性のゆえに、二つをその都度変換させながら歴史に作用を及ぼしていくことになるだろう。もちろん、この場合の影響は正の影響ばかりではなく、負の影響も背後に抱えこんでしまう。歴史が証言するとおり、癒しとテロル（紛争）の第一原因に、この周縁化の原理が働いているからである。これが本章の結論めいた仮説である。

十一　音楽巡礼のメッカ／ドニゴールと癒し（キーニング）の声の伝統

周縁の原理は、己の主体をあえて、周縁のなかの周縁、すなわちアイルランド最北端、「忘れ去れた地」とも呼ばれるドニゴール州（「異国人の砦」の意）、その僻地にあたるダーグ湖に巡礼の聖地、「ステーション」を定めた。アイルランド固有の〈周縁的思考〉がこの地を煉獄巡礼の聖地に定めよと命じたからである。

ダーグ湖のあるドニゴール州は、現代のアイルランドにおいて「ゲールタハト（ゲール語を話す文化形態）」を有する村々がもっとも多くみられる州のひとつである。

この文化的水脈から、現代のケルトブームの火付け役、エンヤ（Enya）が誕生した。彼女の郷里は、ドニゴール州グウィードゥ、ゲールタハトに属している。彼女、あるいは彼女の姉モイヤ・ブレナン、クラナドなどのお陰でドニゴールは、いまや音楽の巡礼地の様相を帯びている。その中心はエンヤとクラナド（彼女はこのグループのメンバーと兄弟関係）の父親が経営するパブ「レオズ・タバーン」である。このパブはアイルランド・パブにおけるもっとも名誉ある賞、「ジェイムズ・ジョイス賞」を獲得するほどの著名な名店である。だがそこは、鉛色の空によく似合う延々と続く泥炭土（ボグ）に咲く荒涼としたヒースの丘を何度も超えていかなければ辿り着かない周縁の地、クローリーにある。店内の女性従業員と話してみると（二〇一二年の調査）、彼女はゲールタハトの出身で、英語を覚えたのは中学生になってからで、いまだに「英語は苦手で、家ではゲール語で喋っている」という。多くのアイルランド人がゲール語を喋れないなかで、この辺りではいまだに日常語としてゲール語が使われていることを改めて知らされるのである。

もちろん、ドニゴールの中心街も「リール・イン（リールとはアイルランド伝統リズム四分の四拍子）」をはじめ、音楽の巡礼者たちで賑わいをみせている（二〇〇九年、二〇一二年の調査）。この辺りに棲むこだまの妖精「バンシー（女の妖精の意）」の死者を弔う絶叫の叫び＝「キーニング（嘆き悲しむように声を震わせて高音で歌う独特の小節）」が、ここではひとつの音楽の伝統的形式（シャーンノス）となって、巡礼者の心を癒す。「リール・イン」では音楽だけではなく、リールの軽快なリズムに併せて地元の女子高校生が自慢のアイリッシュ・ダンスを披露してくれる。彼女たちの片足を挙げてときに身体を見事に回転させるダンスをみていると、これがドニゴールの独自のリズム、「リール」、その語源が「糸巻き」であることに改めて思いが至る。実際、この地方ではかつてはリールのダンス競技＝ケーリーに併せて、糸巻きを紡ぐ早さを競う糸巻き競技、ケンプが行われていた。その糸巻きの基本型は円錐型である。一本の長い糸が巻きつけられた糸巻きがくるくる回る様は、シンデレラの舞い（鶴の舞い）を彷彿とさせるものがある。

第二章で述べたように、ギンズブルグによれば、シンデレラの片足のサンダルは彼女が異界の者であることのしるしであるという。だからこそ、彼女はこの小さな足を糸巻きの回転軸にして華麗に異界の舞いを舞うことができるのである。すなわち、彼女は一方の足を現実に、もう一方の足を異界に置き、現実と異界の境界線で舞うのである。民話において、異界と現世の際を住居とするアイルランドの妖精レプラコーンが片方の靴だけを作るのも、このことと密接に関わっているだろう。彼はこの世と異界の際で舞うための特殊な片足の靴を作る職人だとみることができるからである。このように考えれば、聖パトリックの煉獄の穴がこの地に誕生した必然性もさらにみえてくるような気がする。

いまや周縁・ドニゴールの身体文化（アイリッシュ・ダンス、あるいはそこから派生して生まれたリバーダンス）と声の文化は、全世界に響きわたり、人の心を癒やす。"Sail away, sail away, sail away"「はるか遠く船出しよう」（"Orinoco Flow"）は、ジャガイモ大飢饉（一八四五～九年　＊百五十万人余りの餓死者）から逃れるため「棺桶船（コフィン・シップ）」に乗り込み、遥か遠い異国の地へと旅立つ我が子を見送る母たちの嘆きの絶叫（キーニング）と『聖ブランダンの航海』にみられる「東方の夢」を奇跡的に結びつけ、聴く者の耳を浄化する。この音楽の巡礼者たちの多くは、この地をあとにして、世界に散らばって（ディアスポラ）いった移民たちの末裔である。

かつて、彼らは「ウナギ」のように稚魚の間、小川の底の泥炭土を這いずり回り、その後、一人大海に挑んでいき（しかも、その半数は若い独身女性）、いまや逞しく成長して、そこに組み込まれた免疫が宿すＤＮＡの力に導かれ、ここに帰還したのである。彼らにとって、現代音楽を牽引するアイルランド音楽とは、「移民歌（イミグラント・ソング）」の謂いであり、彼らはそこに自己のアイデンティティを求めるがゆえに、音楽の巡礼者となったのである。このウナギの原理、すなわち泥炭土ドニゴールに宿る〈声の文化／土の記憶〉＝「場の感覚（センス・オブ・プレイス）」（ヒーニー）こそ周縁の底力であり、それがすなわち周縁的思考である。それはブーメランのように外に向って解き放たれ、やがて原点へと回帰する力の法則だからである。

十二　もう一つの癒しの聖地、ステーション・アイランド

ただし、この周縁的思考は外に向って放たれ回帰する力だけで言い尽くすことはできまい。求心的に自己の内なるも

のに向かって解き放たれ原点へと回帰するもうひとつの主体的な力があるからだ。すなわち、ドニゴールという磁場は二つの癒しの聖地を生み出した。一方が音楽の聖地を、他方が魂の癒し、煉獄巡礼の聖地、ダーグ湖のステーション・アイランドを誕生させたのである。

ダーグ湖、これもまた僻地にある[29]。現在では年間三万人もの巡礼者が訪れ、ヨーロッパの巡礼地ベスト10にランクされるほどの人気を博しているものの（*Lough Derg*, pp.89-90 には一八六一～一九九九年までの年間巡礼者数が記載[30]）、ドニゴールの中心街から目的地までの道程の道幅は狭く、途中に宿場町で栄えた形跡を窺わせるものはほとんどない。延々と羊と牛が群がる牧草地が続き、そこにダーグ湖に程近いペティゴの街が細々とある程度である。己の周縁性を誇示しているかのようだ。これは、通常のヨーロッパの巡礼地のことを思い出せば、なんとも奇妙な現象である。民衆にとってみれば、巡礼は半ば観光であり、その道程には、『カンタベリー物語』を例に挙げるまでもなく、宿場町が軒を並べているのが通常の巡礼地のあり方だからだ。考えられる理由はひとつ、それが内なる旅、煉獄の巡礼にほかならず、煉獄巡礼のあり方には周縁的思考が宿っているからである。

通常、ヨーロッパにおける巡礼とは、「天路歴程（ピルグリムズ・プログレス）」、すなわち、「ステーション」をこの世における天国の雛形とみて、最終目的地に向って「進行（プログレス）」していく道程のことをいう。ここにおけるコスモロジーは天国と地獄の二元論的空間を前提にしており、したがって帰還することに意味はない。この点では、我が国の円環的巡礼のあり方とは根本的に異なるものがある。チョーサーがカンタベリー巡礼からの帰還を書かなかった（書く必要がなかった）理由もこれによって説明できるだろう（チョーサーは『聖パトリックの煉獄』を持っていたことは知られているが、この書物からの直接の影響は現在のところ確認されていない）。あるいは、『天路歴程』が二元論を先鋭化させたピューリタン（ジョン・バンヤン）によって書かれたのも首肯できるのである。いずれにせよ、このコスモロジーのなかに、「第三の場所」としての煉獄の入る余地はない。

一方、煉獄の巡礼にとって、最終目的地（ステーション）に着くことにほとんど意味はない。ここにおける巡礼とは、ステーションに着いたところからはじまる異界への旅路であり、つまり、ステーションは異界の入口＝「洞窟（ダーグ）」にすぎず、そこから異界に赴き、そこからこの世に帰還することをもって終わる〈第三の旅〉、すなわち移動なき内なる巡礼なのである。現在でもこのあり方は基本的には変わっていない。

現在では、六月一日から八月十五日の「三日間修業 Three-Day Retreats」と九月の一ヶ月間の「一日修業」が行なわれているが、retreat という言葉が暗示するとおり、巡礼は湖によって完全に外部から隔絶された「ステーション」内での「引きこもり」をとおして行なわれる浄罪のための苦行＝絶食と祈りのミサが基本である（*Pilgrims Tales ...and more* には様々な体験談が寄せられている）[31]。この地の祈りは、キリストの受難を味わいつつ死者たちへの「とりなしの祈り」を行なうことに特徴があるが、死者へのとりなしの祈りの前提には、第三の空間としての煉獄への信仰がある――「第三の場所」で罪を贖うため苦しんでいる死者たちへの祈り、ここに〈第三の祈り〉の伝統がある（図2）。そして、これが煉獄を供犠の概念に結びつけていることはすでに述べたとおりである（修業が三日間であるのは、ターナーによれば、「シャムロックに象徴される聖パトリックの三位一体と同時に、キリストの十字架の死と復活の間の三日間を意味している」という）[32]。

【図2】ステーション・アイランドの中にある円形のステーション。全部で六つ。巡礼者は、各々聖人（マリアを含む）の名前をもつ各ステーションごとに祈祷を行なわなければならない。

俗世から「身を引き」、あえて自己の身を自然環境のもっとも厳しい周縁に置き、静謐と苦行と祈りのなかで自己を見つめ、修業に励む精神の営為、この伝統こそ「聖者と学僧の島」と呼ばれるアイルランドの周縁的思考のもうひとつの伝統の顕れである。この思考においては、ウナギに宿る記憶はダーグ湖の泥炭土の底を這いずり回り（ダーグ湖の水は泥炭土に濾過されて琥珀色に澄んでいる）、やがて一人内なる大海＝異界の煉獄を目指して降下（カタバシス）し、そこからの生還（アナバシス）を促す〈周縁の底力〉として機能している。

この地を後にした修道僧たちは、その後、聖コルンバがそうであったように大海に漕ぎ出し、アイオナ島で写字僧となって、またアイルランドに戻ってきて布教をはじめた。あるいは聖コルンバーヌスのような白の殉教者たちは、単身布教のためアイルランドからヨーロッパに赴き、そこで周縁を見出しては次々と「コミュニティ」、すなわち修道院を設立していき、それが八世紀以降のヨーロッパにおける修道院の伝統に大いに寄与することにもなったのである。[33]

十二世紀以降、ダーグ湖のステーション・アイランドは「コミュニティ」と呼ばれる一つの修道院の形態を有しているが[34]、ここにも周縁の逆説の原理が働いている点は興味深い。通常、教会史で用いられる場合の「コミュニティ」とは、「コミュニオン」(communion)」、すなわち聖体拝領（キリストの聖体としてのパン＝聖餅を拝食する共有の場として「コミュニティ」）＝「公共(コモン)の場」である。だが同時に教会とは中世においては治外法権を有するアジール（無縁所／駆込寺）としての機能をも有していた。そうすると、この教会のあり方自体がひとつのパラドックスである。

「コミュニティ」の原義は「役を共有する（もの）」であり、その反対語は、「インミュニティ（＝役を免れたもの）」である。ただし、「役」が意味生成の過程で「疫」となり、「インミュニティ」が「免疫」の意、医学用語として定着したことから、これに代わり、コミュニティの反対語として「アジール」が用いられるようになった。この点については、第一章で詳しく述べたとおりである。ただ、ここには先述した周縁の第四までの逆説に付加されるもうひとつの逆説があることを確認しておきたい——コミュニティ／イン（反）ミュニティにみられる周縁の第五逆説。

ステーション・アイランドの煉獄巡礼地としての機能は、いうなれば〈魂の駆込寺〉、あるいはしがらみと化した己の罪を断つ〈魂の縁切寺〉のそれであろう。実際、この地は刑に服していた二六人の囚人（政治犯）たちの願いに応じて、一九二一年、煉獄巡礼の三日間の修業を許可したことさえもある。[35]ここに網野善彦がいう「無縁の原理」を適用するならば、周縁としてのステーション・アイランドは主体的に歴史に影響を与えることができるはずである。そして事実、歴史はまさにそうであると告げている。

そうであるならば、十二世紀以来、聖コルンバ号に乗って自らと他者のための贖罪を求めて煉獄の島に漕ぎ出す〈囚人＝巡礼者〉たち、彼らの「自己を主体的に疎外＝移転“alienation”」させていく西方的エクトライのあり方は、ミシェル・フーコーが『狂気の歴史』のなかで記した「あの世に漕ぎ出す狂人たちの阿呆船」にみられる主体なき航海のそれと著しい対照を示していることになるだろう。さらに、この航海の軌跡を辿るこの度の知の冒険は、『狂気の歴史』で展開されたフーコー的知の冒険をおのずから逆説化し、彼が説く排除理論の死角を突くものになっているとみることができる。少なくとも、『狂気の歴史』にみられる以下の記述に対して西方の詩学は粉挽き屋メノッキオやハムレットとともに周縁者の沈黙を破り、抗いの声を上げていることだけは確かである。

狂人が気違い船にのっておもむく先は、あの世である。舟をおりて帰ってくるのは、あの世からである。こうした狂人の船先は、厳密な分割であると同時に絶対的な〈通過・変転〉である。ある意味ではこの船旅は、なかば実在していてなかば空想的な地理書にしたがいつつ、たえず中世的人間の関心の地平にまで狂人の出発地点での状況を展開させつづけているわけである。——都市の城門のところで監禁されているという、狂人に与えられた特権によって象徴化されもし現実化されている状況を。つまり、狂人の排除は狂人を囲い込まねばならないのである。狂人は関門じたいのほかには牢獄をもつことができず、それをもってはならないとしても、狂人は通過する地点で取り押さえられるのである。彼は、外部の内側におかれているとしても、逆に内部の外側におかれているのだ。これは高度に象徴的な立場であり、もしも、狂人のおかれるこの立場がかつては秩序の明快な要塞だったものが現代では、われわれの意識の城と化していることを認めるとすれば、この象徴的な立場は現代にいたるまで、その姿のまま残っているに違いない。[36]

「外国人の要塞＝ドニゴール」にある「あの世」に通じる「煉獄」という名の「監禁場所＝境界"confine"」は、上位者によって強いられて作られたものではなく、自ら主体的に「引きこもる」周縁の地点として誕生したからである。

十三　『ステーション・アイランド』のなかの『聖パトリックの煉獄』

ル・ゴフは煉獄のこの磁場が生み出した最高傑作『聖パトリックの煉獄』の影響について、「ダンテにとって決定的なテキストとなった……ダンテはソールトレーの作品を熟読した……ラブレーとアリオストもこの書に言及している。シェークスピアはこの物語をハムレットの観客にはすでに馴染みのものと見なしているし、カルテロンもそれを主題にして芝居を一つ書いている。知識人向けと大衆を問わず、文学における聖パトリキウスの煉獄の流行は、少なくとも一八世紀まで続いたのである」と述べている。彼が列挙する文学者たちが西洋文学史を晴れやかに飾る〈キャノン列伝〉であることを思えば、この地の洞窟に宿るこだまの声がいかに大きかったか少なからず理解されるだろう。

現在でも、この伝統が脈々と続いていることは、たとえば、シェイマス・ヒーニーの傑作詩、『ステーション・アイランド』が伝えるところである。彼はこの地がもつ運命の悲劇のなかに周縁としてのアイルランドそのものの歴史的悲劇を読むが、彼のこの詩が個性的であるのは、南（アイルランド共和国）側からの視点から眺められてきたステーション・アイランドを、北アイルランドの方から捉え直すことで、この地自体を異化し、ひいてはアイルランド自体のイメージを異化することに求められるだろう。彼にとって、この地は決して魂の浄化される贖罪の場所だけを意味してはいないからである。彼にとってここは内紛と政治的暴力が渦巻く生々しい現実の舞台でもあるのだ――幻想と現実、記憶と徴候、絶望と希望が交差する修羅場としての境界線。その境界線はときにベルファストに敷かれた西の三八度線ともいうべき「平和の壁」を彷彿とさえしている。もちろん、彼がこのようにステーション・アイランドを描くのは、この地が現在でも南北を分断する境界線上に位置することを承知してのことである。

このことは、この地の唯一の宿場街であるペティゴを訪れてみればすぐにも理解できるところである。この街を一本の国道（R232）が走っているが、その道は最後に二つに分かれ、それを左折すればアイルランド共和国（ドニゴール）である。一方、右折すればR233の国道に通じる北アイルランドであり、二つの分かれ道には一九二二年六月にペティゴの街を侵略した「イギリス軍に対して戦って死亡した」三人の兵士（I.R.A.）を悼む石碑（兵士の彫像）が立っている。ただし、その石碑の下には同時に、アルスター＝北アイルランドの国旗を表象する「赤手」（後述）が刻印されている。ここにも、境界線に位置するステーション・アイランドのしるしが見て取れるのである。

この地の境界のもつ両義性は、ティローン出身の作家、ウィリアム・カールトン（1794 - 1869）の記した『ダーグ湖巡礼』（1867）にも表れている。彼はゲールタハトの農家の出身でカトリックであり、地元の語り部から聴いた話を集め、『アイルランドの農民の習性と物語』（1844）を書いたことで知られている。だが、彼はカトリックで身を立てることが困難であると考え、プロテスタントに改宗することで職を得ることになった。そのことで、彼の作風は一変し、迷信を信じるカトリック教徒を皮肉を込めて記すようになった。それが『ダーグ湖巡礼』である。

荒涼とした沼地や山を超えて、ステーション・アイランドを目指す二百人を越える巡礼者たちの群れ、彼らはロザリオを手にもって詠唱しながら熱病にでも侵されたようにその地を目指す。彼らのなかには疲労のあまり失神する者まで出てくるという始末である。ようやく辿り着いた修行がはじまると疲労のため居眠りする信者も出てくるが、その者に対しては情け容赦なく鞭が飛ぶ。修行者たちを食い物にし、小金を稼ごうとする者もある。だが、この皮肉を込めて描かれた当時の煉獄巡礼の現実も、これがいかにも周縁／アジールとしてのもうひとつの側面を生々しく表現しているという意味で貴重な資料である。ヴィクター・ターナーがいうように、巡礼地に盗賊や詐欺師が横行するのは逆説的にその地が今なお有機的に機能していることの証でさえあるからだ。先のヒーニーの『ステーション・アイランド』がウィリアム・カールトンを登場させ、彼の描いた巡礼の描写を一部、敷衍させているのもこのあたりの事情を踏まえてのことだろう。

さて、第四章へとタスキを渡すために、もうひとつの作品を取り上げておきたい。『ハムレット』である。この作品に与えた影響については、すでに「まえがき」で紹介しておいたが、ここではアイルランド側から捉え直した場合の読みの可能性について触れてみたい。この戯曲は南北が分断されたアイルランドのその後の宿命が徴候として示されているからである。

『ハムレット』における王子の不安は、おそらく世界文学においてもっとも有名な科白のひとつを吐露させることになる——"To be, or not to be, that is the question." この科白は近年、「生きるべきか死ぬべきか、それが問題である」の訳で知られるが、『聖パトリックの煉獄』の文脈を考慮すれば、さらに具体的にして意味深長な科白となるだろう——「煉獄（で苦しむ父の幽霊）は存在するのかしないのか、それが問題である。」

ハムレットの不安は父の亡霊の存在／不在の際（きわ）で生じている。というのも、その証言が真実ならば、現王は父である国王の殺害者となり、彼は即刻父の仇を討たなければならない。だが、亡霊など存在しないのであれば、それは彼が生み出した幻想にすぎず、彼は現王を新しい父として忠誠を誓わなければならないからである。ここで問題にしたいのは、煉獄の存在およびそれを巡るカトリックとプロテスタントの決定的見解の違いである。この論争は十六世紀以降激しさを増し、二つの教義を分けるひとつの踏み絵の様相を呈している。カトリックは煉獄を一二七四年リヨン公会議において公認し、プロテスタントは聖書に基づかない迷信であるとして糾弾しているからである。

ハムレットが上演されていた当時は、エリザベス女王がカトリック教徒の弾圧を行なっていた時期にあたる。シェイクスピアの父がカトリックのスパイ容疑で逮捕されていたことも史実として明らかになりつつある。あるいは、カトリックとプロテスタントの狭間を生きた彼一流の〈だまし絵の手法（アナモルフォーズ）〉も話題を呼んでいる（蒲池美鶴著『シェイクスピアのアナモルフォーズ』参照）。

彼の目には当時の政治的状況が、二つの宗派の激しい綱引きの間で「時の関節が脱臼している」（『ハムレット』）、と映っていたことだろう。少なくとも、彼の透視眼（パースペクティブ）ははるか海を超え、「脱臼」の政治状況に苦しむカトリック・アイルランドにまで及んでいたことは間違いないだろう。というのも、『ハムレット』がグローブ座で上演されている当時（一六〇一〜二年）は、現在の北アイルランド紛争の種が宿ったまさにその時期だったからである。世にいう「伯爵の逃亡」——一六〇二年にアルスターの豪族、ヒュー・オドンネル、一六〇七年にティローンの伯爵ヒュー・オニールはともにドニゴールのスウリー湖からヨーロッパ行きの船に乗って逃亡――に端を発するプロテスタント・イングランドによるカトリック・アイルランドの支配と弾圧の歴史がここに幕を開けたのである（一一六九年にはじまるアングロ・ノルマンの植民地政策は宗派を同じくするカトリックによる支配であったため、現在の北アイルランド紛争の直接の原因にはなっていない）。もちろん、支配の頂点に君臨したのはエリザベス一世であった。彼女は十六世紀半頃からアイルランドの支配を強め、カトリック弾圧を行ない、一五九六年にはすでに北アイルランドの統治者になっていた。ただし、アイルランドもこれに抵抗し、「アイルランド九年戦争」が続く（反乱の中心人物は先述のヒュー・オニールとヒュー・オドンネル）。女王に寵愛され、後に彼女の命により処刑されたエセックス伯ロバート・デヴァルーは一五九九年、アイルランドに出陣し、ロンドン市民から熱狂的に歓迎された。このことは『ヘンリー五世』に描かれているとおりである。だが、彼はアイルランド出兵に失敗し、帰国している（そのあと、彼は反乱を起こし、エリザベス一世によって処刑されることになる）。上演当時、イギリスがこのカトリックの小国に強い関心を抱いた時期であったことを考えると、シェイクスピアがこの事情を知らなかったとはおよそ考えられないのである。

もしも、エリザベス一世がダーグ湖に浮かぶ「煉獄」を見たならば、それは〈悪の巣窟〉以外のなにものにも映らなかったに違いない。事実、彼女の死（一六〇三年）のあと、その命を汲んだプロテスタント・イングランドによって、一六三二年、ステーション・アイランドは弾圧の末、完全に破壊されることになったのである。

このアイルランド史の文脈から『ハムレット』を読み直してみるならば、シェイクスピアの第三の空間への接近がいかに危険を伴うものであったか容易に察せられる――「**父の亡霊**：夜はあてどなく地上をさまよい、昼は地獄の業火にとりまかれ、生前この世で犯した罪の数々の焼き浄められる苦患に堪えねばならぬ定め。」……「**ハムレット**：いや、聖パトリックにかけて誓うが（"by Saint Patric"）……」「聖パトリックにかけて誓う」とは、当時、慣用句となっていたにせよ、本来はステーション・アイランドの煉獄の洞窟に入る前に行なうカトリック信者の誓約、すなわちカトリックであることの宣言を意味していた（現在の煉獄巡礼においても、筆者の体験ではその反映が十分窺える）。さらにハムレットがウィッテンブルク大学の留学生であったことをも考慮したい。ここはマルティン・ルターが神学校教授として教鞭を取った大学、つまりプロテスタントの牙城の空間表象である——二つの宗派の間で「脱臼する」ハムレット。こうしてみると、ハムレットが不安のうちに吐露したかの科白、それは現代の北アイルランド紛争に大いに警鐘を鳴らす、ひとつの徴候のしるしの意味合いを帯びてくるだろう。この地では、今まさに「煉獄は存在するのかしないのか、それが問題」となっているからである。

十四　周縁の力が招き入れた悪魔の歴史原理＝「雉も鳴かずば撃たれまい」

最後に周縁の原理がもたらした負の影響、悲劇を語らなければなるまい。歴史の影響はたえず表裏一体をなして顕れ、そのため一方だけを強調することはいかにも容易いが、それでは公正な歴史の地平は依然として開かれないままだからである。

負の影響は正の影響と同じように、洞窟のこだまの主体的叫び声に応じて訪れた。「雉も鳴かずば撃たれまい」という周縁者にとっておよそ認めがたい悪魔の歴史原理が潜んでいたからである。すなわち、煉獄の発見、西方の発見を導いた叫び声の背理には大国の領有による支配が待っていたわけである。

このことは、先の『聖パトリックの煉獄』にも微かに暗示されている。まず注意しておきたいのは、これを記した修道僧がイギリス人であったという点である。すなわち、彼がこれを記す企図は、この作品と同時期に書かれギラルドゥス・カンブレンシスの『アイルランド地誌』（最終版にはダーグ湖を暗示する記述もみえる）と同様に国王ヘンリー二世か国王筋の重要人物の命を受けた現地報告の一環であったと考えてよいだろう。そして、当然、使節として彼らをこの地に使わした大国の意図は、海峡を超えた領土を手中に治めることにあったに違いない。

実際、『聖パトリックの煉獄』が書かれた一一八四年（ただし、作品の実際の報告者ギルバートがこの地を訪れたのは一一四八年）とほぼ同時期にあたる一一六九年、イングランドによる最初のアイルランドの植民地化がはじまっている。そのなかにはドニゴール州およびこの州と隣接する（ロンドン）デリー州という北部も含まれていた。最初の支配者はヘンリー二世であった。

ドニゴール州は現在ではアイルランド共和国（北部アルスター九州のなかで三州がアイルランド共和国）に属していることから、紛争の臭気を感じさせるものは表面的にはほとんどみられない。だが、その地底、歴史の闇を少しでも掘ってみるならば、すぐにもその臭気を嗅ぐことができるのである。一例を示せば、中心街の中心（サークル）、それは放射状に延びていくことから通称「ダイヤモンド」と呼ばれるが、ここを拠点に植民地化は放射状に癌のように広がっていった。確かに、イングランドにとってはこの場所は「ダイヤモンド」と呼ぶに相応しいだろう。実際、北アイルランドの都心の中心サークルは、およそ「ダイヤモンド」と呼ばれ、そこには支配者の「栄光」を讃えるべく英雄像が立てられ、訪れるものを見下ろして君臨しているのが相場である（ドニゴールにこのような統治者側の像がみられないのはアイルランド共和国だからである）。

この地の煉獄の洞窟の闇を覗いても同様なことがいえる（かつて「煉獄の洞窟」があった伝説のステーションはいまでは無人島となっており、現在のステーションには、洞窟を象徴する「懺悔の寝台」＝円形の六つの土塁があり、その中心は「ベルタワー」と呼ばれる）。ステーションは、一四九七年、時の教皇アレキサンドル六世によって断罪され、破壊された。先の文脈から考えれば、一見、これは矛盾しているようにみえる。だがそうではない。ここが天国と地獄の際、「煉獄」であることを忘れてはならない。すなわち、ハレとケガレによる意味の振り子の振れ方しだいで、煉獄はときに天国へ通じる〈天国の門〉、ときに地獄へ至る門ともなるのである。アレキサンドル六世の時代には地獄の方に振れたままでのことである。これを歴史的な文脈のなかで解釈すれば、以下のようになるだろう。

オランダのある参事会員が托鉢僧に身を窶し、はるばる海を渡ってこの地を訪れた。彼の目的は、煉獄の穴に入り、煉獄のヴィジョン、その真偽を調査することであった。おそらく、彼は都市伝説で名高いこの地で、ヨナのしるしを自身の目で確かめたかったのだろう（この当時、ステーション・アイランドの領有権は修道院から地方の複数の支配者に委譲されていたため、危機的な情況にあった）。だが、穴のなかで一晩過ぎした彼の前にはなにもヴィジョンが顕れなかった。失望した彼は、教皇アレキサンドル六世に対し、その旨を記した調査書を送った[37]。教皇アレキサンドル六世は歴史上、もっとも悪名高い教皇の一人であり、信仰心など微塵もない俗人として世に知られていた。そのようなことから、この教皇はこれが教会にとって実利的に不利益とみるや、その破壊を命じたのだろう。ヴィジョンが幻視されないとすれば、この地は意味がないどころか、煉獄の存在自体が民衆にとって疑わしいものになるだろう。そんなことになれば、煉獄によって莫大な富を得ていた教会の財政が傾いてしまう。そのように彼は判断したのではあるまいか。これはステーション・アイランドにとって、きわめて深刻な問題である。聖地の破壊が意味しているものは、この地の礼拝そのものが異端的行為であり、そこで悪魔の幻覚をみせるミサは悪魔のサバトと化すことにもなりかねないからである。ここに、ハレとケガレの両義性の振り子のなかで揺れる周縁の宿命がはっきりと顕れている。これ以降、この地がカトリックから断罪されなかったのは振り子がいまのところ天国の方に振れているからだろう。だが、余談は許されまい。

一方、プロテスタントにとっては、煉獄とはカトリック信者と異教徒たちの亡霊だけに許された特権的な空間＝地獄でしかない。煉獄の意味の振り子は地獄のところで止まったままである。ゆえに、十六世紀に復権を遂げたステーションは、プロテスタント・イングランドから一六三二年、一七〇二年、一七二七年に断罪、破壊されることになった[38]。この点に関しては、さらに絶対に余談は許されまい[39]。なぜならば、この地は、アイルランドと北アイルランドの境界線地帯にあり、一度、線の引き直しが行われれば風雲急を告げることになるからである。このことは、一歩国境を踏み超えた経験のある者なら疑う者はおそらくいないはずである。

十五　ロンドンデリー／デリーの闇の奥へ

したがって、ここより国境を渡って、ドニゴール州と同時期に植民地がはじまったロンドンデリー州に入国することにしたい。

しばらくの間、羊と牛が群れるのどかな「エメラルドの大地」が続く。アイルランドの見慣れた景色である。ここはアイルランドを世界の「心のふるさと」にした「ダニー・ボーイ」のメロディ、「オカハンの哀歌」が生まれた地でもある。「伯爵の逃亡」の時期、領地を奪われた盲目のハープ奏者が悲しみにくれていると、そこにバンシーが顕れる。彼女は彼の耳元に、嘆き(キーニング)の歌を告げる。それがこのメロディであるという。ここもまた音楽の伝説の聖地である。

さらに奥へ、トゥームブリッジへ。シェイマス・ヒーニーの「詩が生まれるところ、マイナスイオン（negative ion）」が発生するところに着いた。だが、彼によれば、「ここはかつて検問所があったところ。ここは一七九八年の反乱の一人の青年が絞首刑になったところ」だという。[40] フランス革命に触発されて、ウルフ・トーンを中心にしたユナイテッド・アイリッシュメンが独立蜂起し、そのなかの一人の青年が絞首刑になったところである。そして「検問所があったところ。」つまり、彼はこの地がロンドンデリー／デリーの際、南北アイルランドの際＝検問所であることを暗示させようとしていることになる。ふと目をやる。標識に「ロンドンデリー」とあるが、「ロンドン」は黒く塗り潰されている。誰が消したのだろう。橋のたもとには落書きがある。「R.I.R.A.（P.I.R.A.と同様、アイルランド共和国軍の穏健的姿勢に飽き足らない過激派組織）」と記されている（二〇〇九年の調査）。

さらに、ロンドン／デリーの奥、「ダイヤモンド」のなかへ。中心は文字通り要塞のなかに入ってみる。その要塞の周縁の東地区には貧しいカトリックの居住地ボグランド地区が広がっている。そこに足を踏み込んでみる。「あなたはいまデリー自由区域に入っている」と巨大な看板とミューラル。この場所はジョン・レノンやU2の歌でも知られる「血の日曜日事件」が起こった場所である。一九七二年一月三十日、公民権デモ行進中、イギリス・パラシュート第一連隊によって二七名が銃撃され、十四名が死亡した場所である。辺り一帯、この事件に抗議し、犠牲者を悼む巨大なミューラルの群れ。さらに闇の奥へ。「ハマスに祝福を　イスラエルの糞ったれ」の大きな落書きが目にとまる（二〇一二年の調査では、この落書きは消されていた）。すると、あどけない少年四～五人がジャンバーで口を覆い、こちらに向って投石をはじめた。「観光客だ。止めなさい」という老人の声に救われた。憎しみも継承されていくのだ、悲しい現実である。要塞の逆の東地区は貧しいプロテスタント住民の居住地区。入口に保育園があり、その壁には「ロンドンデリー 西地区 ロイヤリストはいまでも包囲されている だが降伏はしない」と大きく記されている。ここは貧しい労働者の街（二〇〇九年の調査による）。

十六　「平和」という名の「壁」――ベルファストの闇の奥へ

さらなる周縁の奥、ベルファストの際、「西の三八度戦」＝「平和の壁」に踏み込んでみる。停戦中というが、共同通信の報告によれば、北アイルランドでは二〇〇九年、上半期だけで十一回のテロ事件が起こっているという。ここは、その震源地といってもよいだろう。平和の壁を挟んだ西側はシャンキル地区、プロテスタント・ロイヤリストであるU.D.A.（反I.R.A.過激派組織 アルスター防衛軍）、U.V.F.、U.F.F.の拠点である。爆破された「フローレス宮殿」が目にとまる。辺りにかすかに火薬の匂いがする。どこもかしこも有刺鉄線だらけ、保育園とてその例外ではない。銃弾で一部廃墟と化した住宅の周りで子供たちが無邪気に遊んでいる。あたりは戦慄のミューラル群。軍服目出し帽の射殺隊のミューラル。銃口をこちらに向ける巨大壁画。血に染まった切断された「赤手（レッドハンド）（アルスターの紋章）」の壁画（図3）。電柱にはカトリック教徒の首吊り人形がぶら下がっている。いたるところ赤・白・青のユニオン・ジャックが不気味にたなびいているのがみえる。壁の向こう側のカトリック居住地フォールズ地区では、その逆の光景がみられる。「R.I.R.A.」、「P.I.R.A.」の落書きが目につく。違法のはずのオレンジ・白・緑のアイルランド国旗を掲げた家々が焼け焦げているのも目につく。だが、こちらの方は紛争の犠牲者たちを追悼する壁画が多いためか、嘔吐するまでにはいたらない。しだいに戦

【図３】ベルファスト・シャンキル地区にある「赤手」のミューラル

慄の感覚が麻痺してきたのだろうか。ベルファストの中心街では、洗練されたデパートが並ぶ通りを垢抜けたビジネス・スーツを着込んだ男女が足早に通りすぎていく（二〇〇九年の調査）。

西方の地の果ての際に咲く「秘められた薔薇（シークレット・ローズ）」（W・B・イェイツ）、汝は一体何ものなのだろう。ここは天国か地獄か、地球の臍（オンファロス）か地の果て（オクシデント）か、癒し（ヒーリング）の聖地か戦慄（テロル）の墓場か？　聖者と学僧が住む聖なる島、羊と妖精（シー）と人と亡霊が同居する神秘の島、血に染まった「エメラルドの島」、「墓場に架かる橋（トゥームブリッジ）」をもつ島。音楽の巡礼地、魂の巡礼地、ウナギたちが帰還する煉獄の「ボグ／ランド」「アイル／ランド」。これがヨーロッパの文化免疫、その周縁の宿命／供犠を負ったもののしるしなのか。精神史の闇はどこまでも深く、走馬灯のように記憶は問いとなって巡るばかりである。

だが、最後に周縁の詩魂を代弁するヒーニーの言葉に晴れと雨の際に架かる虹をみたい。天候が絶え間なく移り変わるこの地ではいつでも虹の橋をみることができるからである。

ここは／まるで平らな地の果てにたどり着いた水が／輝きながらバーン河の悠久の今にまっさかさまに落ちていくところ／ここは／大気の陰影（マイナス）イオンが僕の詩を生み出してくれるところ／ここは／かつてと同じようにウナギがヌメヌメと銀色に輝くところ（「トゥームブリッジ」）

第四章　煉獄のハムレット——免疫の詩学と異界

私、ジョン・シェイクスピアは同じようなやり方で祈り、そして親愛なるすべての友と両親と親族に対し、救い主キリストの御腹にかけて嘆願いたします。私にいかなる運命が降りかかるか分かりませんし、我が罪のために、死後、長らく煉獄にとどまることになるかもしれませぬ故、煉獄での拷問と苦しみから魂を救済するもっとも効果的な方法、皆様の聖なるとりなしの祈り、十分な勤め、そしてとりわけミサの聖なる儀式への配慮は、私にとってなんと心強い援助になりましょうか……

——シェイクスピアの父、ジョンの「遺書」より

信仰者の生活は、一切が死とともにやむわけではないと考えた途端に一変するのである。

——ジャック・ル・ゴフ『煉獄の誕生』

生きることを学ぶ＝教えることとは、生と死との境でしか起こりえない。それは、生のみのなかでも、死のみのなかでも、いずれかのなかだけでは起こりえない。二者のあいだで、そして人が望みうるあらゆる「二者」のあいだで起こることは、生死の境で起こることのように何らかの幽霊によってしか維持されることはできず、また何らかの幽霊を語ることしかできない。

——ジャック・デリダ『マルクスの亡霊たち』

フロイトが個々人に語った言葉は、国々についても同様に当て嵌まる——「〈わからなかったもの〉は、やがてふたたび現れてくるのである。それは救済されない霊魂のように、解決や救済をうるまで浮かばれないのである。」

——ジャン・クロード・シュミット『中世の幽霊』

本章のアウト・ライン

津の都市ロンドン、そのもっともアジールな場、公衆劇場から一つの名セリフが生まれた――「存在するか否か、それが問題である。」このセリフが存在の深い問いとなるのは存在するものの正体が隠蔽されているからである。だが、中世の都市伝説を知る当時の観客にとってみれば、存在Xの正体およびそれが何を意味していたかは明白（公然の秘密）であっただろう。すなわち、存在Xとは煉獄である。しかも、その煉獄は漠然とした観念的なものではなく、ある具体的な地点のイメージが観客の心に映っていたに違いない。このセリフには検閲を免れるために巧妙に〈透かし絵〉が施されているものの、そこに描かれているのはアイルランドの聖パトリックの煉獄の穴にほかならないからである。

当時の観客にとってみれば、このセリフはひとつの〈踏み絵〉を意味していただろう。だが、プロテスタントの観客は、その踏み絵を前にして、遅れたカトリック教徒（迷信を信じる者）に対して優越感を抱きながら、腹を抱えて笑ったことだろう。それは一方で〈笑いの壺〉として用意されていたからである。この場合、笑うことは踏み絵を踏むことを意味している。だが他方で踏み絵を前にして笑うことを躊躇う者もいたはずである。〈隠れカトリック〉がそうだろう。彼らはハムレットと同様に、その表象のなかに火炎のなかで呻き苦しむ亡き親しい者たちの魂、あるいは自己の魂の様を視て慄き、踏み絵を踏む（笑う）ことなどとうてい出来なかったはずである。したがって、この透かし絵としての踏み絵はまた〈だまし絵（アナモルフォーズ）〉でもあった。だまし絵は見る視点（パースペクティブ）を変えることで、描かれたもの自体が別のものに見えてくるからである。シェイクスピアは絵画の三つの手法を潜ませた極限まで単純化されたこの独白のセリフ、それを一本の綱として、燃え盛る煉獄の炎の上に橋をかけ、その上を歩いて渡る曲芸を演じてみせたといってよいだろう。曲芸を観た観客は熱狂したに違いない。もちろん、その見えない曲芸師の様が観客の心の眼に映るためには、幽霊たちの棲家を巡る、巷で噂のある中世都市伝説が共有されていなければならなかった。煉獄を巡る中世都市伝説がそれである。

都市伝説のお馴染みの主題は洋の東西を問わず今も昔も幽霊である。それは都市のもつ必然であるといえる。モダニズム文学がその奥底に、蠢く「幽霊」たちの気配で満ちているのもこの必然によって説明することができる。幽霊は人里離れた原野ではなく、実は、人・物・情報が交差するアジール（「無縁・周縁」）としての都市を好むからである。むろん、幽霊は都市に限って出没するわけではないし、「モノ」の気配を世々に伝える「物語」には各土地固有のものがあるだろう。ただし、いかなる伝承であろうとも、その伝播者（芸能者）と伝達のネットワークの存在なしに、数多の人の知る「伝説」とはなりえない。かくして、旅芸人たちを引き寄せ、情報のネットワークのコアとなる都市は、地方の幽霊（土地の記憶＝ゲニウス・ロキ）たちの「出会いの場」、無縁墓地（集合住宅）となっていく。幽霊の出没件数が近代文学において急増する所以がここにある。

このことを突き詰めて考えていくと、作家の個性に偏重される近代文学の読みの盲点を突く一つの問いにまでいたるだろう――近代文学の背後には様々な記憶（幽霊）の声＝口承の伝統があり、近代の作家たちはそれらを取捨選択しながら自らの才により一つの作品に編み上げているのではないのか――再話の編集＝インターテキスチュアルとしての作品という観点。シェイクスピアはまさにその草分け的な存在であり、『ハムレット』はその典型的な一例であると考えられる。そして、このことを解く最大の鍵がこのセリフであるとみるのである。

以上の仮説は、疑いようのない真実だと思われるのだが、実際にこれを証明していこうとすれば、容易なことではない。パロールである都市伝説はエクリチュールのように痕跡を刻印することなく、時のなかを足早に過ぎていくからである。ではどうすればこの仮説を証明することができるだろうか。免疫の詩学がこれを可能にすると言いたい。免疫は対面（対話／パロール）を前提とするおもざしの認識法を前提にし、しかも可視化された歴史的な事実ではなく、潜在的な歴史の可能性を志向していく方法だからである。そういうわけで、ここでの検証のプロセスそれ自体、この方法そのものの開示という意味合いをもつことになるだろう。

以下、本章では上述した仮説を免疫の詩学の方法によって検証していく。ただし、その仮説自体が背後に当時の大きな心性の世界と政治史を抱えているため、まずは『ハムレット』の先のセリフが誕生する土壌としての歴史的な背景を半ば確認しながら検証の糸口を見出していくことにしたい。

一　独白が生まれる背景

様々な都市伝説が飛び交う〈津の都市ロンドン〉、そこに一つの名セリフが産声をあげた——"To be, or not to be, that is the question"。『ハムレット』全体の基底をなすこの問いは、いまだ解けない謎を秘めているがゆえに観客を魅了してやまない。

ただし、今日ではこのセリフは、「生きるか死ぬか（生か死か）、それが問題である」、すなわち、〈生の存在（の在り方）への問い〉であるという前提のもとで、様々な解釈が試みられているようである。だが、先入観をもたずに素朴にこの独白を解釈すれば、「（Xが）存在するのかしないのか、それが問題である」となり、存在Xの正体は必ずしも生者ハムレット（私＝生者である人間）に限定されているわけではないことが分かる。このセリフを含む三五行に及ぶ独白の内容、そのほとんどが死後の世界を問題にしていることを思えば、さらにそういうことになるだろう。そこで、本章では存在の主語をハムレットであるという前提を一旦保留し、四〇〇年前の観客の心情に立ち返ったうえで、免疫の詩学の立場からこの作品を読み直してみたい。我が国で初めて『ハムレット』が上演されたとき、チョンマゲ姿のハムレットが、「アリマスアリマセン、アレハナンデスカ？」と語ったそうだが[1]、このような素朴な視点こそが、「裸の王様」に気づいた少年のように、「真意を見抜く智天使ケルビム」（『ハムレット』）の無垢な眼をもつと考えられるからである。

まずは意味の零度の地点に立ち戻って、存在Xの正体は何かと愚直に問うてみたい。すると、このセリフは存在するか否か、つまり何かの存在を信じるかどうかが問題にされていることが分かるだろう。むろん、現に存在しているものにあえてその存在を問う必要はないわけだから、Xの正体は実は不可視の存在ではないのか、という疑問が生じてくることになるだろう。それでは、一体、存在Xの正体は何だろうか。ここにいたって、不可視の存在を予め排除しようとする私たちの思考は判断停止に追い込まれてしまう。だが、現代とは異なるパラダイムをもつ当時の観客にとってはそうではあるまい。むしろ、彼らにとっては存在Xの正体、およびそれが何を意味していたかは明白（公然の秘密）であったに違いない。存在Xの名前、それは公で語ることが許されず、密かに口承により巷で噂になっていたある観念、「煉獄」だとみるからである。

当時、煉獄の観念は旧教を厳しく弾圧する新教と旧教とを区分する文字通り「タブー（しるしづけ）」として機能していた。ロンドン橋にはエリザベス一世の命により、日々、反逆罪で処刑された者たちの生首が吊るされ、観客はそれを横目に橋を渡ってグローブ座を訪れる、そんな時代であった。[2] 彼らにとって、カトリックかプロテスタントかという問いは、そのまま生死を分けるほどの問題であっただろう。踏み絵としての煉獄存在への問い——「煉獄は存在するのか否か、それが問題である。」

この解釈は、隠れカトリックであった可能性が強い父の遺言、その取り扱いを巡って苦悶する作家（公式には彼はプロテスタントを表明）の心情を考慮すれば、さらに妥当性が高まってくるだろう。上演当時のシェイクスピアは自らの死生観を改めて問わざるを得ない不幸に見舞われていたからである。彼は一五九六年の息子ハムネットの死去に続き、『ハムレット』の初演と時を同じくする一六〇一年、父ジョンを亡くしている。生前、父ジョンは父王ハムレットのように煉獄に恐怖し、（カルロ・ボッロメーオの『霊的遺言書』に倣い）遺言状のなかで、「煉獄の苦しみを軽減するために、贖罪の儀式（死者のための祈り）を行ってほしい」[3] と遺族に密かに請願していたと推定される（ジョンは生前、煉獄の儀礼に関わるカルロ・ボッロメーオ『霊的遺言書』を隠し持っていたことが指摘されている[4]）。シェイクスピアの故郷、ストラットフォード・アポン・エーボンがかつてフラタニティ（「祈祷兄弟契約＝フラーテルニタース」を結び死者へのとりなしの儀式を行うことが許された平信徒による市民宗教ギルド）に属する特殊な地域であったことを思えば、ますますこの問いは作家自身の心情を反映するものとなるだろう。シェイクスピアがハムレットをあえてマルティン・ルターが神学教授を務めていた「ゲルマニアのアテネ」（ジョルダーノ・ブルーノ）、新教の牙城であるウィッテンブルグ大学に留学させた意図もこのことと密接に関係しているだろう。二つの価値の間で引き裂かれるハムレットのなかに、作家自身の姿をそっと忍ばせようとしていたとみることができるからである——「遺言を守り（カトリック流の）煉獄の儀式を行うか否か、それが問題である。」

もちろん、この苦しいあれかこれかの選択は、同時代の観客の心情を代弁しているがゆえに、独白は劇的効果を獲得することになる。わずか百年足らずのうちに、カトリックとプロテスタントがオセロゲームの白黒の駒のように入れ替わる王朝の推移のなかで翻弄された当時の民衆、彼らは自らの死生観をその都度、政治的に変更せざるをえず、煉獄の存在と不在、その両極の間を揺れ動く心情そのものが、当時の民衆の死生観＝パラダイムを表象するものとなったと推測されるからである。公式にはプロテスタント信者である一つの家族のなかにおいてでさえ、祖父母、父母、子供は各々異なる心情、死生観をもっていたことも十分ありえただろう（果たして、息子ハムネット、シェイクスピア、父ジョンは一つの死生観を共有していただろうか。）——「時の関節が脱臼してしまった。何たることだ。これを直すために私が生まれてきたとは」（『ハムレット』）。

さらにこの問いは、幽霊存在への問いと同じ意味をもっている点にも留意したい。当時のヨーロッパにおいては、幽霊の唯一の棲家は煉獄であるとされ、ゆえに煉獄を認めないプロテスタントは幽霊の存在自体を否認しているからである（プロテスタントにとって、王の暗殺を告げる幽霊は悪魔が見せる幻覚以外のなにものでもなかった）。ウィッテンブルグ大学の留学生ハムレットが父の幽霊に慄き決断を遅延するのも無理はない——「父の幽霊は存在するのか否か、それが問題である。」

かくして、独白の問いは存在Xの名前をたくみに隠蔽することで、現世とあの世の間に三重の意味を発生させ、あれかこれかの張り詰めた緊張感のなかで響きわたるひとつの声、劇的な沈黙の声となる——「煉獄／幽霊／隠れカトリックは存在するのか否か、それが問題である。」以上が本論の仮説である。

以下、この仮説を、上演当時の政治的情況、および心性のパラダイムともいうべき当時の死生観を考慮しながらテキストにそって検証を試みたい。検証にあたっては、テキストの背後に透けて見える煉獄を巡る中世の都市伝説を考慮することにする。検閲が厳しい当時の政治状況において、作家と民衆が抱く秘められた心情や死生観は公式文書に残ることは稀であり、口承（都市伝説）によって共有され、『ハムレット』の作家はそれを巧みに用いて作品を紡ぎ上げていったと考えられるからである。

中世の煉獄伝説が『ハムレット』に与えた影響については、ジャック・ル・ゴフが『煉獄の誕生』のなかですでに指摘しており、スティーブン・グリーンブラットが『煉獄のなかのハムレット』においてさらに踏み込んで論じている。本章は、これらの先行研究を踏まえたうえで、さらなるテキストの闇の奥、煉獄のなかに分け入ってみたい。結果、「日没（オクシデント）」のしるしを帯びたある地点が重要な意味をもつことに気づくことになるだろう。その地点とは、ヨーロッパの周縁、極西のアイルランド、その北西の地、ドニゴールの湖、ダーグ湖の小島に浮かぶ異界に通じる穴、「聖パトリックの煉獄の穴」のことである。かくして、『神曲』（ダンテ）から『ガルガンチュア物語』（ラブレー）の作家に続き、『ハムレット』の作家までもがこの穴から湧き出す煉獄のイメージを巧みにみずからの想像力の溶鉱炉のなかに溶かし込むことで、ヨーロッパ文学を異界の視点から異化する傑作を創出したことが理解されることになるだろう――「『ハムレット』、お前もか。」時折しも、イギリスがアイルランド九年戦争に敗北し、このカトリックの小国に世の関心がいやがうえにも高まっていた時期であった。

以上がかのセリフを解くための前提となる歴史的な背景である。以下、これを踏まえて、テキストの闇を未知のシャベルで掘っていくことにする。

二 「いないいないない、ばあー」としての独白

存在への深い問いを秘めた根源的遊戯、演劇といえば、それはなんといっても「いないいないない、ばあー」である。手をバイザーに見立て、顔を隠したり開いたりしながら、存在と非在のあわいを巧みに演出する始原的“play”、魅了され

ない幼児はまずいないからである。「いないいないなのか、ばあーなのか」「存在するのかしないのか」、「大人の父」である幼児にとってそれが問題である。この根源的な問いを発することを忘れる者は、もはやニーチェがいう「超人」、幼児と呼ぶに値しない。ハムレットのかの独白に不滅の輝きを与えているものの核心にもこの根源的な遊戯が潜んでいるだろう。ただ一点違いもある。遊戯を行っている者が生者ではなく死者、すなわち父親は幽霊だったという点である。ここに生を死によって異化する大人のためのもう一つの "peekaboo play" の発生をみることができる。

劇の冒頭からすでにお遊戯ははじまっている。〈いないいない〉はずの幽霊は、日常という名の生の惰眠を貪る生者たちの前に、兜のバイザーを開け広げ、突然、「ばあー」とばかりに登場する。そして次には「神出鬼没」、地下に潜り、土でできた「もぐら」のバイザーを用いて、生者に誓いを立てさせようとする（ここにおける「神出鬼没」"hic et ubique" が煉獄の幽霊のための死者の祈りの暗号であることについては後述）。

みられるとおり、ここにおけるお遊戯の主体は生者ではなく死者である。通常、「いないいない、ばあー」の演者は大人である両親、つまり主体は権力を握る両親の方にある。しかし、このお遊戯は逆である。死人に口なしの周縁者、マイナーである死者がメジャーである生者を支配しているからである。この世の非対称性としての権力の秩序が反転する瞬間である。『マルクスの亡霊たち』のデリダに倣って、この反転の原理を「幽霊のバイザー効果」と呼ぶことにしたい。父の幽霊は甲冑のバイザーによって幽霊の方からは見えるが、生者からは幽霊の正体は隠されているからである。「デンマークという牢獄」、エルシノア城という名の監獄においては、「身体を硬直させて」、バイザー超しの監視の目に怯える者は、権力者の方である。そこでは生者は「ひさしを取られ、白日のもとに曝されて」いるからである。肝心要のクローディアス王がお遊戯に参加していない、と不満を漏らす向きもあるだろう。『マクベス』や『ジュリアス・シーザー』においては、幽霊は殺害者であるマクベス、ブルータスにのみ顕れ、彼らを震撼させたというのにである（ここに『ハムレット』の幽霊、その存在の固有性がある点にも留意）。しかし、その点については心配無用である。「自然に向かって掲げられた鏡」、父の幽霊がハムレットに伝えた「劇中劇」に怯える王の姿が目撃されているからである。つまり劇中劇の原作者は（当時シェイクスピア自身が演じた）父王の幽霊であり、ハムレットは幽霊のメディエーターということになるだろう。劇中劇という〈橋がかりの夢〉のなかで自己を開示する者は幽霊であり、幽霊こそ主人公であるといえそうである。西洋の複式夢幻能としての劇中劇。"ontologie"から"hantologie"へ、「存在論」から「憑依論」＝〈化ケ学〉への華麗なる変身がここにある。

劇の内部にさし挟まれた「自然に向かって掲げられた鏡」としての劇中劇、これはクローディアス王に対する死者からの「いないいないない、ばあー」の根源的遊戯を意味していることになる。このことは、第二幕最後のハムレットの長い第三の独白、その以下の内容からみても間違いないところである。

ものぐさにただ夢みごこちで、
ぼんやりとふさぎ込んでいるばかりだ。大義も忘れて何もせず、
何も言えないという始末。王冠も王妃も尊き命までもが奪われ
地獄に堕とされた国王のためにさえ、
何もできない始末。おれは臆病者か。
……おれが見たあの亡霊はやはり悪魔かもしれぬ、
悪魔ならこちらの気に入る姿形を装う力がある。
そうだ、ことによると、気が滅入ったおれの憂鬱につけ込んで、
悪魔はそういう弱い心には格別、
強力なものだから、おれを欺いて地獄に堕とすつもりなのかもしれぬ。
亡霊の言葉よりも、もっと確かな証拠が欲しい——
そうだ、芝居こそ、王の良心を罠にかけるにはもってこいの手立てだ。(5)

ハムレットが「自然に向かって掲げられた鏡」としての芝居の効果、その着想を得たのがまさにこの場面である。そして、それをここでの最後のセリフで、「芝居こそ、王の良心を罠にかけるにはもってこいの手立てだ」と述べているのである。それでは、この芝居／鏡は誰によってもたらされたのか。幽霊である父によってである。そうだとすれば、この「鏡」はたんなる自然あるいは歴史的事実を模写するだけのリアリズムの鏡ではなく、死によって生の本質を映す逆説の合わせ鏡（生と死の合わせ鏡）とみなければなるまい。それでは、父はどのようにして子にこの逆説の合わせ鏡の方法を伝授したのだろうか。生の面（おもて）と死の面を突き合わせ、バイザー効果を用いた大人の根源的遊戯をとおして、それを伝授したのである。したがって、幽霊によるこの根源的遊戯こそ鏡／芝居（劇中劇）そのものであるとみることができるだろう。根源的遊戯が問題にするのは、「それは存在するか否か」、あるいは「それは真か嘘か」という本質論だけであり、ハムレットが芝居によって知ろうと欲するところのものもそれ以外にはないからである（この点で免疫の認識の根本もまた根源的遊戯であるから、後述するとおり、ここでの芝居の方法は免疫の詩学の方法であるともいえるだろう）。

ものの本質だけを見抜くこの芝居／根源的遊戯はここではおのずから二つの本質を暴くことになっている点は重要である。すなわち、一方でそれはクローディアス王の真偽を映し、他方で幽霊の存在と不在を映し出すのである——「おれが見たあの亡霊はやはり悪魔かもしれぬ、悪魔ならこちらの気に入る姿形を装う力がある。」もちろん、一方が判明すれば他方も同時に判明することになるため、二つは相互補完的なものである。このゆえに、ハムレットは「芝居こそ、王の良心を罠にかける（捉える）にはもってこいの手立てだ」といっているのである。したがって、「幽霊は存在するか否か」の根源的遊戯の問いは「クローディアス王は毒を盛る偽りの国体の医師（パルマケイア）／魔術師（パルマケウス）か、真のパルマケイアか」という問いに等しいことになる。そして、この方法を伝授した者は、繰り返すことになるが、父の幽霊である。ハムレットは父が示した劇のプロットをメディエーターとして役者たちに伝言したにすぎないからである。そして、それをこそハムレットはここで「芝居」と呼んでいるのである。

ここでもう一点注目したいことがある。それは「芝居こそ、王の良心を罠にかけるにはもってこいの手立てだ」をもって終わるこの第三の独白のあと、ハムレットの次の第一声のセリフは何であったのかという点である。この独白のセリフとともに第二幕は幕を下ろしている（ト書きにはその後一日経過とある）。その後、第三幕においてしばらくハムレットは登場していない。そして、登場したときの第一声、それこそがかの第四の独白のセリフ、"To be, or not to be, that is the question"ではじまる三五行のセリフである。そうだとすれば、第三と第四の独白は一連の独白の自問自答の問いとみるのが道理にかなっている。すなわち、彼は他の登場人物が劇を進行させている間、一日中、一人苦悶のなかで独白を続けていたとはいえまいか。それでは、その様々に巡る自問自答の軸はなんであるのか。それは「幽霊は存在するのかしないのか、それが問題である」であり、それにより問いは巡り展開しているとみるべきだろう。それでは、その幽霊は一体どこに存在すると彼はみているのだろうか。「煉獄」をおいてほかにはあるまい。

三　鏡としてのケルビム

その後ハムレットは、この根源的な遊戯としての「鏡」をクローディアス王の前に立てかけ、王妃（母）に「今、鏡を据えて、その心の奥底まで映してご覧にいれますから」と語る。そして、そのとおり実践することによって、彼は王の「心の奥底」を知ることになった。知ることができたのは、生を異化する死の逆説の鏡によって、「心の奥底」を〈おもざした〉からである。ただし、王の真意を知ることで皮肉にもハムレットはイギリスに追放されることになってしまった。こうして彼は王の審判を抵抗もせずに受け入れることになるのだが、そのとき彼は最後に王に唐突ともみえる以下の不気味な捨てゼリフを吐く――「真意を見抜くケルビムの姿が俺には視えるのさ。それでは、イギリス行きだ。……」（第四幕五場）なぜ、こんなセリフを彼は〈生と死のエクトライ――王は彼をこの航海によって殺そうと図り、彼は生還を企んでいた――〉にあたって語ったのだろうか。『マクベス』のなかで表現されている「ケルビム」のイメージが重要なヒントと与えてくれるだろう――「哀れみってやつは、疾風に乗る丸裸の赤ん坊、空中の見えざる早馬に跨る智天使ケルビムなのだ、これが万人の眼にその残忍な悪行を吹き込むことになるのだ。」

「哀れみ」の対象それ自身として「丸裸の赤子＝キューピットに変身したケルビム」を持ち出した作家は、同時にここに裁き主の峻厳なる力を付加させようとしている。また、「眼に吹き込む」のメタファーも視覚を聴覚的に表現することによって、まなざしの盲点を突くケルビムの性質を暗示させようとしている。しかも、『マクベス』においてきわめて重要、かつ互いに矛盾し合う二つのメタファー、「衣と剣」を統合する隠れたシンボルとして、ここに描かれたケルビムが重要な役割を果たしているのである。この点については、すでにクレアンス・ブルックスが『うまくつくられた壺』のなかで指摘しているところである。[6]彼によると、「血衣で覆った銀の肌」としてのマクベスの剣のメタファーは、隠蔽する〈覆う〉という行為そのものこそが、皮肉にも暴露する行為（「吹聴してまわるケルビム」）そのものであるというケルビムの不可思議な属性を暗示しているというのである。と同時に、肉体（衣／覆い）と炎の剣というケルブの矛盾する二つの性質をうまく暗示されているというのである。

隠蔽を企むクローディアス王に対して掲げられた鏡、そこに映る「ケルビム」もまた無垢な剣の眼をとおして王の覆いを引き裂き、その真意を見抜くと同時に、ハムレット自身の企みを「覆い隠す」のである――「私を救い給え、羽ばたくその翼で私を覆い守り給え、天使たちよ！」（第三幕第二場）。そして、最後にケルビムの炎の剣は王の罪の肉体を刺し貫くであろうとハムレットは予言（徴候を示し）していることになるだろう（人を毒殺する罪人はケルビムの毒＝パルマコンの剣に滅びるだろうと徴候を示しているのである）。このようにみれば、『ハムレット』の作家がケルビムにスフィンクスの峻厳なる姿を重ねていることはもはや明らかだろう。死の縁（煉獄）に立つ者のまえに顕れるものこそスフィンクス／ケルビムであり、ハムレットはそれに対峙しているからである。

以上述べたことを踏まえて、もう一度、あの独白のセリフを捉え直してみることにしたい。そうすれば、セリフそのものが実はスフィンクスの問いそのものであることが確認されるはずである。そのことによって、このセリフの存在

Xが完全に解釈者の視覚の盲点になっている理由も明らかになるだろう。そこで、次なる作業は、盲点の確認およびスフィンクスの呪縛を解くことになるだろう。そしてまさに、免疫の詩学の存在理由もそこにあるのだ。生を生によって解こうとする同語反復によるまなざしの認識法、それを異化し、その誤謬を解く方法こそが生を死という不可視の鏡によっておもざす免疫の詩学、ケルビムの認識法だからである。

四　読みの盲点としての現代の死生観

本論が提示する命題、そこに立ちはだかる巨大な壁は、おもに近代（ロマン派）以降、ほとんど暗黙の了解事項として受け入れられてきた例の解釈といってよいだろう――「生きるか死ぬか（生か死か）、それが問題である。」だが、この解釈にはひとつの盲点があることをまずは指摘しておきたい。その盲点とは、あらゆる作品を解釈する際に前提とする私たちが属する時代、その心性のパラダイム＝死生観のことである。

フィリップ・アリエスに倣えば、現代の死生観は「死の禁忌」にその大きな特徴があるという。死を遠ざけタブー視する現代のこの死生観の「心底には」、アリエスによれば、「われわれは自分が死の運命にはない」という思い込み（願望）があるのだという。[7] むろん、死そのものが不在化されているわけだから、死後世界も不在化・無化されるのは当然である。独白に対する現代の一元的解釈を成り立たせる前提にもこれがあるだろう。このことは、解釈自体をどんなに細かく分析してみたところでみえてくるものではない。その解釈の方法自体が同語反復の誤謬に陥っているからである。だが、逆にこの解釈で何が排除されているのかに注目すれば、現代的な解釈、その盲点に気づくことになるだろう。ここで排除されているものは、まぎれもなく死者の生、すなわち死後の世界だからである。「生か死か、それが問題である」における存在X、"to be"の主語を生者ハムレットに限定して捉える解釈のあり方はその根拠となるだろう。こうして、私たちは己の生が死の運命から逃れる可能性を暗黙のうちに模索しているのである。つまり、私たちは死後の世界、あるいは〈死者の生〉を排除し、不在化するという歴史上稀なる死生観によって、独白のセリフを理解しようと努めていることになる。この解釈に対し抜本的なアンティ・テーゼが投じられないのも道理である。自己の瞳に自己が映らないように、自己に取り憑き（自己を包摂し）自己の一部と化したパラダイムは心性の瞳にけっして映りえないからである。

むろん、この現代の死生観が上演当時の死生観となんら変わらないというのであればなんの問題もない。だが、当時の心性が現代とはまったく異なる死後世界の信仰をもっていたとしたらどうだろう。私たちは現代というとんだ時代の色眼鏡をとおして『ハムレット』を観ていることにならないだろうか。「信仰者の生活が、一切が死とともにやむわけではないと考えた途端に一変」（ジャック・ル・ゴフ）するように、劇の見方も一変しないだろうか。

このことを考えてみるのに、アリエスが行った心性史の区分はきわめて有益である。彼によれば、キリスト教以前の古代ヨーロッパにおいて、支配的であった死生観は「野生の死」であるという。すなわち、人々は死者の生者への復讐＝呪い（死の感染）を恐れ、遺体を市街地に置く死生観である。これに対し、キリスト教を受け入れた中世ヨーロッパを支配したパラダイムは、「飼いならされた死」であるという。人々は古代とは逆に遺体を市内の中心においた。人々は臨終の時、己の死を静かに受け入れ、天国に行くことが許された聖人たちにあやかって、彼らが安置された教会の境内に埋葬されることを望んだのである。

ただし、十二世紀頃から新しい死生観の徴候が顕れる。「己の死」である。臨終の床にある人々の前に、あの世の幻が顕現され、そこでは生前の行いによって天国か地獄に行くかが測られ、天使と悪魔の綱引きが幻視されたという。この恐怖の幻に象徴される死生観が「己の死」である――「瀕死者の目は、食いいるように、彼にしかみえない異様なドラマを凝視している。超自然の存在が部屋に入りこみ、その枕頭で押しひしめいている。一方は三位一体、聖母、天宮の住人一同、守護天使が、他方にはサタンと悪魔の凶悪な軍団がいる。時の終わりの大集合が病人の部屋の中で行われている。」（自己の死そのものに対する現代的な恐怖の観念とは異なる点に注意）。この「己の死」のパラダイムに決定的に重要な役割を果たしたものこそ、ジャック・ル・ゴフが強調しているように十二世紀に誕生をみた煉獄の概念である（『ハムレット』を解く鍵が煉獄の誕生をみた十二世紀にあることは後述）。ただ近代になると、これに代わる新しい死生観の兆しが現れはじめる（その成熟期は十九世紀）。「汝の死」と呼ばれる死生観がそれである。この死生観においては、一方で死骸趣味（マカブル）にみられる死に対するエロティックな感情を高ぶらせ、他方で親族の死を前にして遺族が哀悼に意を込めて大いに悲しみ、墓碑を死者の記念碑とした。だが、いずれにせよ、ここには他者の死に対する強い感情と関心があり、その特徴は「死の断絶感」であるという(8)。

さて、アリエスのこの区分にしたがえば、『ハムレット』上演当時に支配的であった死生観は「己の死」ということになるだろう。だが、同時にこの時期には「汝の死」の死生観の徴候も現れはじめている。つまりこの時期は、成熟期をむかえた「己の死」に対し「汝の死」が台頭し、二つの死の観念が交差する地点（クリティカル・ポイント）に当たっていることになる。ただし、「己の死」と「汝の死」、そのいずれに傾斜していたにせよ、この時期の死生観が死後世界の存在を前提にしていたことに変わりはない。『ハムレット』の作家がいかなる死生観をもっていたかは別にして、彼は民衆の間で共有された当時の死生観を効果的に利用しながら作品を創作していたことだけは確かだろう。グローブ座の興行は民衆である観客に支えられて成立していたからである。

作家が当時の死生観を念頭に『ハムレット』を創作していたこと、このことは冒頭のセリフを含む三五行にわたる独白全体を再読するだけでも理解されるはずである。もっとも、冒頭のセリフに続く僅か五行だけは、ハムレットの置かれている現実の情況について語られている。そのこともまた事実である（ただし、この五行も主語がハムレットであると明記されておらず、むしろ明記しないことに作家の意図がある。その狙いとは主語を観客自身に投影させるためである。この点については後述）。これが例の解釈を正当化する最大の根拠となるのだろう。裏を返せば、この解釈は冒頭のセリフが以下五行のみにかかっているとみなしているということになる。だが、後に詳しく分析を試みるが、独白全体は一つの構造体をなしており、したがって冒頭のセリフは独白全体のテーマを集約する問いとみなければならない。いわば冒頭は独白全体の基調となる連歌における発句の意味合いをもっているといってよい。しかも、その冒頭は先述したとおり、第三の独白のセリフとの一連の文脈においてはじめて深い意味を獲得するのである。それでは、一体何が独白全体で語られているのだろうか。死後世界の存在についてである。

この点に関して、C・S・ルイスの『言葉の研究』は示唆的である。彼は、独白中に表れるハムレットの「良心」"conscience"に着目し、その良心の苦悶は生前の問題ではなく、死後の問題、すなわち「地獄の恐怖以外のなにものでもない」と断言している。[9] このような彼の判断の前提には、"conscience"のラテン語の語源、"conscius"の意味が「共に知る」であるという知見があるだろう。フロイト的に解釈すれば、「共に知る（者）」とは「超自我」に相当するのかもしれない。だが、当時の用法にはこの意味は含まれていない以上、このような心理学上の理論を無理に持ち込む必要はないだろう。むしろ、対象となる具体的人物を劇のなかから探しだす方が理にかなっており、また得策であるように思われる。では、その人物とは誰か。煉獄（テキストではいずれも地獄的な表現を用いて描かれているものの、これは後にみるとおり検閲を逃れるための方便だろう）の恐怖を身をもって知る者、父の幽霊である。こうして父と息子は死後の世界の知を共有し、独白の主語である「私」は近代的パラダイムが前提とする〈個としての私〉ではなく、〈共有する者としての私〉＝複数形になるだろう。

劇の構成から判断しても、このことは理解のいくところである。ハムレットのかの独白は、父の幽霊と遭遇したあと、すなわち知の共有が行われたあとのセリフである。遭遇の場面で父は身の毛もよだつ煉獄のあり様とクローディアスによる父の暗殺をハムレットに密告し、彼は父の無念を晴らすことを父の幽霊に誓っている。つまり、ここにおいて死者と生者は死後の世界についての知を共有するとともに、いわばその知に基づいて〈共謀者〉になっているのである。

プロットにみられる知の共有から共謀者にいたるまでのこの一連の流れは劇構成にとってきわめて重要である。にもかかわらず、例の解釈はこの点をほとんど考慮していないという印象を受ける。父と息子、死者と生者による死後世界の知の共有が完全に無視されているからである。「生か死か」における「死」の真意を自殺と断定する解釈はさらにこの傾向が著しい。ハムレットは父の幽霊と出会うまえに最初の独白において、すでに自殺をほのめかしている――「ああ、この堅い、堅いこの肉体が溶けて崩れて、露になってしまえばいいのに。ああ、神が自殺を禁じる掟など定めなければよかったものを。ああ、神よ！　神よ！　なんという退屈で陳腐で単調で無益に思えることか、この世のすべての営みというものが！」そうだとすれば、父の幽霊による密告と誓いのあとでの自殺の同語反復は共謀にいたる一連のプロットを無意味なものにし、結果、劇の構成を破綻させてしまうことにもなりかねまい。ここに一体、何の劇的効果があるというのだろう。

これに対し、独白の問いが父の幽霊の存在／不在を巡るものだと捉えるならば、知の共有は大いに意味をもつものとなり、劇的効果も十分認められるだろう。父の幽霊が存在しているかどうか、確信がもてないハムレットの心的状況を当時の観客は共有しているからである。しかも、その疑念が、煉獄存在へのそれと並行しているとすれば、その効果は絶大なものとなるだろう（後述）。もちろん、この煉獄存在への疑念の前提には死後世界への観客の強い関心があることはいうまでもない（存在への疑念と不在化の混同は許されまい。強い疑念は関心の裏返しである一方、不在化は死後世界の否定による無関心によって生じるからである）。こうして、生者と死者、作家と観客とは天と地を結ぶ「第三の場所」、煉獄において人知を超えた知を共有することになるだろう——「**ハムレット**：この天地の間には、人間の学問などおよびもつかなことが、いくらでもあるのだ。」（グリーンブラットもこのセリフを煉獄の存在の証とみている[10]）。

五　スフィンクスの問いとしての独白のセリフ

以上、述べたことを踏まえて、さらにこのスフィンクスの謎の前に対峙してみたいと思う——「（X）は存在しているのか否か、それが問題である。」通常、私たちは、存在（実在）するかどうかを眼によって識別している。かりに、このセリフをスフィンクス第三の問い——「一方が他方を生み、生んだ女が生まれた女によって生み出される姉妹とは何か（答え：昼と夜）」——風に読み替えて以下のように問うてみてはどうだろう——「（見える人には）見えるが、（見えない人には）見えないものは何か？（見える時もあれば見えない時もあるものは何か？）」『ハムレット』の文脈からみて、答えは多くはない。いやひとつのはずである。父の幽霊である。ハムレットには見えたが、母ガートルードには見えなかったことを思い出したい。あるいは、父の幽霊は昼の間、「監禁場所」に戻って勤めを果たさなければならないため、夜にしか現れない（見えない）と記されている点も思い出したい。

さらに深く、この問いを「超人＝赤子」の眼をもっておもざしてみよう。すると、この問いそのものが先述した「いないいないない、ばあー」の赤子の遊戯の暗示が潜んでいることに気づくはずである。むろん、これは大人のための「いないいない、ばあー」の遊戯である。したがって、「私は存在しているかいないのか、ばあー」とハムレットが観客に向かって遊戯しているはずがない。すると、このセリフは、むしろ子が親の遊戯（仕草）を真似ながらよくやるように、子供の方から親に向かって遊戯をしているとみることができるだろう。その場合、子供は自己が存在していることの確認をしているわけではない。手で目隠しをすることによって、他者である親が不在となり、手を広げたとき、親が存在することを確認しているのである。もちろん、ここでのハムレットの場合、親とは父の幽霊＝死者ということになる。大人のための遊戯といったのはこの意味である。すなわち、生者にとって死者（幽霊）はつねに大人＝未来であり、生者が死者として「もう一度生まれ変わるためには」（ニコデモ）、死という通過儀礼を受けなければならず、そのために、ハムレットは死者である親を真似て〈死のお遊戯〉を行い、通過儀礼に備えて準備体操をしているというわけである。実際、彼の通過儀礼のときは間近に迫っていたのである。また、『中世の幽霊』のジャン・クロード・シュミットによれば、中世ヨーロッパにおいて親近者の幽霊の出現はそれを視た者の死期のしるしになったともいう。つまり、このセリフの真意は、「父よ、あなたは存在しているのか否か、それが問題である（お父さんは、いないいないない、ばあー）。」＝「幽霊は存在しているのか否か、それが問題である。」ということになるだろう。幽霊である父親の方がまず先に、甲冑の「バイザー効果」によって、死者（親）による生者（子）のための大人の「いないいないない、ばあー」の遊戯、その手本を示している点は看過できないところである。

もちろん、この遊戯は、ニーチェがいう「超人」が欲する「命がけの遊戯」（"Spiel"）に相当しているため、きわめて重い問いでもある。父の幽霊が存在するか否か、それはハムレットにとって国の存亡の危機を左右する大問題だからである。存在すれば、クローディアスはデンマークというコミュニティに毒（パルマコン）を盛る方法（パルマケイアー）を知る偽りの医師（パルマケイア）となる。一方、幽霊が存在しないのであれば、クローディアス王を暗殺しようとする彼／私こそが国を妖術（パルマケイアー）を用いて妖かしの幽霊を現出させ、国を混乱に陥れる妖術師（パルマケウス）ということになるからである。

ハムレットが自身をパルマケイアと考えている根拠は、テキスト中からも確認することができる。たとえば、第三幕第二場の以下のハムレットのセリフがそうである――「それならば医者に見せた方が良さそうだ。中途半端に私が毒下しの治療などを行えば、たぶん、叔父上はますますご立腹なさることははっきりしているからね。」しかも、このセリフはここでの「毒下し」が"purgation"であることに着目すれば、以下のように煉獄の存在を暗示するもうひとつの意味をもっていることに気づくことになるだろう――「医者に見せた方が良さそうだ。なぜって、私が彼を煉獄に送るとすれば、もっとひどい怒りの場所＝地獄に送り込むことになるだろうからね。」（"for me to put him to his purgation would perhaps plunge him into far more choler."）。

さて、ここで注意したいのは、問いの主客がいつの間にか反転しているという事実である。父の幽霊＝死者に向かって発せられた根源的遊戯としての問いが、合わせ鏡のように主客を入れ換え――合わせ鏡に映る鏡の中の鏡はたんなる入れ子構造ではなく、主客を入れ換えるところの入れ子構造――、ハムレット自身の未来の行末を知らずして徴候として映し出す問いへと反転することになっているからである。すなわち、「父＝幽霊は存在しているか否か、それが問題である」の問いがいつの間にか、「私（その背理としてのクローディアス王）はパルマケイア／パルマケウスであるか否か、それが問題である。」と父とハムレット、その主客が入れ換っているのである。

しかも、パルマケイア／パルマケウスがパルマコスと語根を同じくすることに気づけば、ある重要な事実に気づくことになるだろう。すなわち、ハムレットは自身知らぬ間に、「私はパルマコス（供犠）であるか否か、それが問題である」

と自己の未来を徴候として開示する問いを投げかけているという点である。このことは、ハムレットがソクラテスと同じようにみずから毒を飲んで死ぬことを暗示していることになるだろう。しかも、父の幽霊が真の幽霊であり悪魔のみせる幻影でなかったことを考えれば、最終的には彼は正しいパルマケイアであり、ゆえにパルマコスとなったということを意味することになるだろう。これに対し、先王に毒を盛った悪しきパルマケイアであるクローディアス王は因果応報によりハムレットの毒の剣に刺され、最後に毒を無理やり飲まされて毒死したわけだから、悪しきパルマケイアとして死んだということになるだろう（ただし、幽霊が悪魔の見せる幻覚であったとすれば、上述の二人の関係は逆転する可能性をもっている。その可能性すらも『ハムレット』には残されているのである）。こうして、生者であるハムレットは我知らず、自身の身を、異界の者スフィンクス（死者＊ハムレットからみれば他者としての父の幽霊）に対峙するテーベの免疫、オイディプス（生者＝私ハムレット）であると告白することになったのである。なぜならば、互いにおもざすスフィンクスとオイディプスの面は合わせ鏡であり、そこに映るものはまずは互いの姿（面影）であるものの、次には主客を入れ換えて互いの面に自己の面影を映し合うからである。かくして、ニーチェがいうとおり、合わせ鏡の主客の入れ換えによって、問う者と問われる者、生者と死者の関係は無限に反転を繰り返し、問いは無限に向かって延びていくことになるだろう（このことを私たちは潜在意識のなかで承知しているからこそ、スフィンクスの問いと同様、このセリフは不滅の問いとなるのだろう）。——「両者のうちのいずれがスフィンクスであったろう？　いずれにしても、疑問と疑問符とがここに相会した（『善悪の彼岸』）。」

以上、述べたことは免疫の詩学の方法によっておもざした場合の『ハムレット』のひとつの解釈であるが、ここで改めてその方法について整理して記しておけば以下のようになるだろう。

まず、免疫のおもざしの認識法は、自己の面に手を直に当てながら、他者の面と対峙し、自己の面を他者の面に触れ合わせることで存在の根源的遊戯、自他認識を行う身体の文法、「いないいない、ばあー」の命がけの遊戯であると定義できる。

だが次に、この詩学の方法は、免疫と他者（異物としての細菌）が合わせ鏡の効果を用いて、一旦、自他の主体を入れ換えるように、問う者と問われる者の関係を反転させる。ただし、この合わせ鏡を形成する相手は絶対的な他者（異物）であることを前提とする。それでは、生者にとっての沈黙する絶対的な他者＝異者とはなにか。死者であり幽霊である。すなわち、この合わせ鏡の作用は、生と生の同語反復のリアリズムの鏡ではなく、生と死（生にとっての絶対的他者＝免疫にとっての「非自己」）の逆説の合わせ鏡ということになる。

そして、最終的には、免疫の詩学は自己の問いのなかに自己の運命の予兆が宿ることを我知らず告げることになる。その運命とは、もちろん供犠のことである。ハムレットが、自己の運命がパルマコス（デンマークのスケープ・ゴート）であることを、合わせ鏡に映る自己に呼びかけ、我知らず告げたように（ハムレットが免疫細胞のひとつの象徴ともいえる漂白の王子＝留学生であった点にも注意）。もちろん、この供犠は、文化を生者の営為に閉じ込め、生を生によって解こうとする同語反復の誤謬法によって解くことはできまい。生と死の合わせ鏡の連関のなかにおいてみるとき、はじめて意味づけられるものだからである。

六　異化としての独白

さて、免疫の詩学の方法によって『ハムレット』をおもざしてみるとき、そこで改めて問われているのは、この作品における劇的効果の意義である。なぜならば、方法とはひとつの作用であり、それは文学的には劇的効果であると言い換えることが可能だからである。劇的効果などといえば、ポピュラリズムに傾斜する観点であると誤解されることしばしばで、意味・内容中心主義の文学研究において軽視されがちな観点である。だが、劇という文学ジャンルにおいては、これは内容と同等か、ときにそれ以上に重要な意味をもっているのである。この点で、喜志哲雄の以下の指摘は注目に値する――「『ハムレット』の作者はソポクレスよりもむしろ異化作用を重視するブレヒトに近いのであり、『ハムレット』は、いや『ハムレット』に限らずシェイクスピアの代表的な悲劇は、悲劇というよりむしろ反悲劇なのだ。[11]」シェイクスピア劇にみられる劇的効果を異化作用として捉える喜志の見解はすぐれて独創的であり、強く支持したい。ただ一点、ここで指摘されている『ハムレット』にみられる異化の特質について、本論は見解を異にする。マルキストであるブレヒトの異化が現実社会に対する認識の刷新にあるのに対し、『ハムレット』にみられる異化は当時の死生観の認識のあり方を改めて問うことに目的があるとみるからである。つまり、ここでの異化の狙いは存在論的な認識のあり方であるとみるのである。その際、『ハムレット』の作家は現実の生に対する認識を異化するのに、幽霊というあの世の概念装置を用いると考えられるのである。したがって、この方法はブレヒトがいう「異化」とは異なるものということになる。それはむしろ、二人のアイルランドの劇作家、W・B・イェイツやサミュエル・ベケットが用いた異化の方法により近いといえそうである。たとえば、それは、ベケットのラジオドラマ『残り火』における主人公ヘンリーが死んだ父親を心に呼び出す方法、あるいは生と死、tomb と womb のあわいの人間存在を巧みに描く『名づけえぬもの』や『反古草紙』の方法により近い――「私は死んでいて生まれつつある」（ベケット『反古草紙』）。（イェイツの方法については、本章の一二節、および第五章で詳しく述べる）。

ここにおける三人の接近は、『ハムレット』の背後に見え隠れする表象が〈煉獄の地／アイルランド〉であると想定すれば、けっして偶然ではないように思われる（後述）。さらにこの観点を取れば、ジェイムズ・ジョイスの『ユリシーズ』（「スキュレとカリュブディス」）中で展開されるスティーブン・ディーダラスによる『ハムレット』論、その独特な視点さえも必然性のあるものにみえてくるだろう――「シェイクスピアの心情は王子ハムレットではなく、父王ハムレットの亡霊に投影されていること。[12]」むろん、三人のアイルランド作家にとって異化するものの対象は各々異なっている。だがそれでもなお、異化の方法を用いる際に、いずれも幽霊という異界の視点を導入している点は興味を引くところである。三人のすぐれた作家を輩出した極西の地アイルランド、そこは「ヨーロッパ」の秘められた名前、「オクシデント＝日没」が隠されている場所であり、そこでは中世より生前の罪を贖うために幽霊が集まる「煉獄の地」であると伝えられていたからである。『ハムレット』の作家は、この伝承をたくみに用いて、作品に異化としての独特の劇的効果をもたらしたとみることができる。

異化の根本が逆説による認識法にあるとすれば、そのもっとも強度な作用は異界の視点の導入によってもたらされるはずである。この現実世界において異界にまさる逆説は存在しないからである。『ハムレット』の作家はこのことを完全に承知しているがゆえに、劇の冒頭部分で幽霊を登場させ、彼をハムレットに遭遇させ、独白のセリフを語らせ、父の復讐をできる限り遅延させたとみることができる。この意味で、喜志がいうとおり、『ハムレット』は悲劇でも復讐劇でもなく、異化を狙った「反悲劇」であるとみてよいだろう。異化はその提唱者シクロフスキーによって次のように定義されているからである(これはすでに第一章で引用したものであるが、もう一度、別の観点から考察するため、改めて引用しておく)。

> 生の感覚を回復し、事物を意識せんがために、石を石らしくするために、芸術と名づけられたものが存在するのだ。知ることではなしに見ることとして事物に感覚を与えることが芸術の目的であり、日常的に見慣れた事物を奇異なものとして表現する〈非日常化〉の方法が芸術の方法であり、そして知覚過程が芸術そのものの目的であるからには、その過程をできるかぎり長びかせねばならぬ……

みられるとおり、ここにはハムレットの行為においてしばしば問題にされる復讐の遅延、その芸術的効果が明示されている。意味内容の視点から作品を捉えようとする際の盲点を突く、認識の方法=劇的効果としての異化のすぐれた視点がここにある。しかも、ここにはハムレットの決意を遅延させるものとして、なぜ父の幽霊が選択されているのか、その理由までもが示唆されているのである。異界の住人、幽霊の出現ほどに、「日常的に見慣れた事物を奇異なものとして表現する〈非日常化〉の方法」はほかにはないし、その存在を認めることは私たちの認識のあり方、死生観そのものを一変させるからである。だからこそ、人は異界の者の出現を前にして、生に対するこれまでの認識のテーブルが覆ることを恐れ、永遠に遅延される問いを発し、慄きのうちに認識はその都度、異化、活性化されることになるのである――「幽霊は存在するのか否か、それが問題である。」これは究極の異化作用といってよいだろう。
この点については、『中世の幽霊』の著者、J・C・シュミットも幽霊譚に関する歴史的文脈において、幽霊の出現の意義を以下のように述べている点に留意したい。

彼が「血縁者のために祈りを捧げていた」まさにその瞬間に、彼（ロゼスのロベール）は死んだ肉親の霊魂があの世で味わっている責苦を幻視したという。だが、単に幽霊が出現する以前から肉親関係が存在していたにすぎないと考えることは慎まなければならない。むしろ幽霊が出現することによってそうした関係が新たに生まれ、活性化されたと考えるべきである。なぜなら、死んだ肉親の姿を見、相手を認識し、その名を呼んで初めて、自分はその人物の息子であり、兄弟であり、封臣であり、あるいは同じ修道会内の「兄弟」であると述べることが可能となるからである。[13]

七　「生前の王と死後の王の存在、それが問題である」

異界の導入による異化の問いとしてハムレットの独白を捉えるならば、これまでみえてこなかった作家の絶妙な仕掛けが顕在化されることになるだろう。Q_2版だけにみられる以下のバーナードのセリフはまさにその好例である。

Barnado. I think it be no other but e'en so;
Well may it sort that this portentous figure
Comes armed through our watch so like the king
That was and is the question of these wars. (I.I.108-111)

まさしくそのとおりと思う。
亡き王そっくりの不吉な影が甲冑に身を固め、
我々の見張りを通り過ぎていくのも納得できるというもの。
王こそ、今も昔も戦争の原因なのだ。

「厳重な夜勤を命じられる差し迫った事態は何か」というマーセラスの疑問に対し、ホレッショーは「先王ハムレットがノルウェイ戦に勝利し、領地を奪った。これに対する王子ファンデンブラスの復讐に備えるためである」と応える。これを受けたバーナードのセリフが上記の引用である――「まさしくそのとおりと思う。亡き王そっくりの不吉な影が甲冑に身を固め、我々の見張りを通り過ぎていくのも納得できるというもの。王こそ、今も昔も戦争の原因なのだ。」

例の独白の問いときわめて類似する表現、"the king/That was and is the question of these wars."「王こそ、今も昔も戦争の原因なのだ。」に注目したい。そこには観客をメタ世界へと誘い、通常の現実認識を異界の視点から異化する「シェイクスピアのたくらみ」が潜んでいるからである。

上記の引用文には、かつての王の存在（＝生者）と王の幽霊の存在（＝死者）を二重写しに見せるたくみな細工が施されている。文章構造は"so like the king"を挟んで前後の文節をつなぐことで、前後の文節・句が「王」にかかるように図られている。その狙いは、今や主語（主文）＝中心としての存在が認められず、生者の存在を修飾する（「通りすぎる」"come through"）だけの従属句に甘んじる王の幽霊（死者）、その存在が前後の文節を「王」にかかるという構文をとることで、再び生者の中心になっていることを暗示させることにあるだろう。時制もこの文章構造に並行するように、過去と現在、"was and is"が"that"（節）によって"the king"にかかるように図られている。こうして、王は時を「超え」"come through"、過去（とその記憶）と現在において生者を支配する〈呪い／呪われた第三の存在者〉、〈事の核心〉＝「原因」"the question" となるのである――「生前と死後の王の存在、それが問題／原因である。」

ここには「死者が生者を支配する」というオーギュスト・コントが掲げた逆説の命題が表れているとみることもできる。ただし、コントの命題はあくまでも死者と生者の連帯を前提としていることを思えば、この逆説は、谷川健一が『魔の系譜』で説く我が国の「御霊信仰」、すなわち祟を恐れるあまり悪霊を聖化し祀り上げる逆説の信仰により近いとみるべきだろう。『ハムレット』が北欧神話に題材を求めた作家の狙いのひとつもこのあたりにあるまいか。

J・C・シュミットの『中世の幽霊』によれば、北欧神話のなかで表現されている幽霊は身体をもった死者であり、彼らは生者への復讐に燃え、武装して生者を襲う殺害者であるという。[14] 生者はこの死者の復讐に怯えるのだが、この死生観はアリエスがいう前キリスト教的な「野生の死」の典型である。『ハムレット』のなかに、このような北欧の古代信仰の影をみてよいだろう。

このことは先のセリフからも確認できる。ここで「王」は「戦争の火種」＝負の遺産を残す呪われた存在（侵略者）とみなされているからである――「敵（ノルウェイ王）は命ばかりか、所有する領地までことごとく征服者（ハムレット王）に明け渡さねばならなくなったのだ。」「（あの亡霊の）行く手を遮ってやる、祟で地獄に堕ちたってかまうものか。」

さて、亡き王に「問題」の「原因」があったとして、それでは、「問題」の解答を一体誰に求めればよいのだろう。まずは、「原因」＝首謀者である父の幽霊に問うのが筋というものだろう。この点で、夜回りたちがまず幽霊に問おうとしたのも道理である――"Question it"「幽霊に問え。」だが、かりに父の幽霊が不在であるならば、〈応答〉は、ウロボロスの循環論のなかで、主客（主語と述語）を入れ替えながら、「原因」は「問題」へ、「問題」は「原因」へと永遠の反転を繰り返し、不在に呼びかける声はこだまするばかりである（後述するとおり、ここでの主客の入れ換えは幽霊を肯定した場合、別の永遠の問いへと変貌する）。

『マルクスの亡霊たち』のジャック・デリダは『ハムレット』の問いをこのように読んでいるようである。[15] 彼の「応答可能性（責任）」のテーゼ、「砂漠のメシアニズム」は循環しているからである。だが、父の幽霊の存在そのものを認めればどうだろう。"the king/ That was and is the question of these wars."は"To be, or not to be, that is the question"と相互補完されながら、事の核心を突くすぐれたメタ言語となり、不可視の存在Xの正体は、父の幽霊に具現化されるひとつの異界の観念へと変貌を遂げることになるだろう。これら三つの"question"という〈数珠玉〉は、王の幽霊という〈見えない糸〉で連結されているのだが、この死者を生かす唯一の場こそ煉獄――煉獄の消滅とともに死者は死なねばならない（死者は二度死ぬ）――にほかならないからである。

そこで、三つの"question"にみられる連結をアリアドーネの糸とみなし、免疫の詩学の方法によって二つのセリフを相互補完させながら煉獄を顕在化させてみることにしたい。

"the king/"は独白においては"To be, or not to be"に置き換えられる。つまり、独白の隠蔽された存在Xの正体は、「王」である父ハムレットに体現される何かであることになる。これに続く"that is the question"は"That was and is the question"へと置き換えが可能だろう。すると、ここにおける二つの文の差異は"was"ということになるが、このわずかな差異のなかに微かに現出されているものこそ、王の幽霊である。過去に存在していた"was"である死者が、〈現存在〉"is"するためには死者は生きていなければならないからである。どのような形態において。幽霊としてである。だが、幽霊はかつて存在していた（と信じられていた）が、今は存在が否定されている。それならば、こう問わねばなるまい――「幽霊は現在、存在しているのか否か、それが問題である。」それではかりに、幽霊が存在するとして、そのための前提条件となるものはなにか。幽霊が〈現存在〉する場所としての煉獄の存在である――「煉獄は存在するのか否か、それが問題である。」

むろん、問いは答えではなく、可能性の問題である。そして可能性はたえず未来に宿る。それならば、幽霊と煉獄は過去でも現在でもなく、未来に存在しているはずである。すなわち幽霊／煉獄は"will be"として存在していることになるだろう。ここにいたって気づくことは、数珠のなかのメタ世界で用いられているレトリックの根本が背理法に基づいているということである。免疫の詩学の方法においては、第二章で詳しくみていったように、真実は排除されたもの、逆説に宿っていることがここでも確認されたことになる。"was"と"is"の問いのなかで隠蔽、排除された唯一の時制、"will be"＝未来形にこそ存在する煉獄の行方があるということだ。

未来への問いとしての煉獄の存在、これこそ独白行全体にわたってハムレットが問い続ける事の核心にほかならない――「死の眠りについたとしても、それからどんな夢が立ち顕れるか、それを思うとためらわずにいられない。」

しかも、未来形としての独白の問いの行方は、第一幕においてすでに予兆されているのである。徴候としての幽霊の存在――「**ホレイショー**：時刻も同じ丑三つ刻、あの厳しい足取りで、我らの見張っている傍らを過ぎていったのだ。」「**マーセラス**：どう考えればよいのか見当もつかぬが、この国に何か激しい異変が起こる不吉な徴候のような気がするのだ。」「**ホレイショー**：栄華を極めた古代ローマにおいても、偉大なシーザーが暗殺される寸前、墓という墓は空になり、経帷子まとった亡霊の群れが訳のわからぬことを叫びながら、ローマの街を走ったそうだ。」不吉な徴候としての幽霊、呪われた死者の未来の場としての煉獄、こうして、二つの観念は〈未来をともにする〉ことになるだろう。

実際、キリスト教ヨーロッパにおいて、未来が〈現存在〉する場所は煉獄以外にありえず、そこに住む者は幽霊をおいてほかにはない。この世界に存在するのは現在だけであり、天国と地獄は時間を超越する時＝永遠であるがゆえに死者は未来をもちえない。天国と地獄、いずれかに属するかは生前の行いによって定められ、死者は最後の審判まであの世で待機するばかりであり、死後の魂に生成・変化は認められていないからである（アウグスティヌスによれば、幽霊は「人間の模像"imago"」であって、実体はないという）。

だからこそ、父の幽霊と出会ったあとのハムレットは独白において、排除された時制、未来が現存する場所に向かって問いを放つのである――「未来が現存する場所、煉獄は存在するか否か、それが問題である。」

八　煉獄はこうして検閲を逃れた

ハムレットは、死後の未来を、徴候としての父の幽霊をとおし「共に知る」ことになる。ではその未来とはいかなる相貌であるのか。父の幽霊は以下のように語る。

I am thy father's spirit;
Doom'd for a certain term to walk the night,
And, for the day, confin'd to fast in fires,
Till the foul crimes done in my days of nature
Are burnt and purg'd away. But that I am forbid
To tell the secrets of my prison-house,
I could a tale unfold whose lightest word
Would harrow up thy soul; freeze thy young blood,...

われは、汝の父の幽霊
夜はある期間、地上を彷徨い
昼の間は炎のなかで飢えに苦しみ、
生前この世で犯した罪の穢れが焼き浄められる
ことを待つのが定め。
だが、わが牢獄の秘密を語ることは禁じられている

もし、わずか一言でも語ろうものなら、
その言葉に汝の魂は身悶え、
汝の若い血潮は凍りつくことになろう……

ここに表現されているものは、地獄ではない。地獄に堕ちた者に救済などありえず、したがって「浄化される」必要もないからである。魂の浄化が認められているのは、「煉獄」だけである。第一、地獄に堕ちた者がこの世に一瞬たりとも戻ることなどありえないのである。地獄は永遠の監禁所である。このゆえに、この場所が劇中では地獄のイメージで記されていようとも、当時の観客のなかでここが実際には煉獄を指していることを承知していない者はまずいなかったはずである。

それでは逆に、地獄を纏っただけの煉獄がどうして厳しい検閲を逃れることができたのだろうか。それは父の幽霊の存在が肯定も否定もされず、ただ問いとして提示されているからである。これはいわば〈だまし絵〉であり、すなわち、幽霊を信じる者の視点からは存在しているように見えるが、否定する者からみれば存在していないように見えるように巧妙な仕掛けが施されているのである。幽霊をときに“spirit”（肯定）、ときに“ghost”（否定）と表現しているのもこの方法の一環とみてよいだろう。もちろん、幽霊の存在を否定すれば、上記の引用文はすべて自己の妄想か、悪魔が視せる幻想であることになるため、煉獄そのものが否定され、検閲を逃れることができる。この意味で「存在するか否か、それが問題である」という独白は〈踏み絵〉であると同時に〈だまし絵〉でもあることになる。

さらに、ここには検閲を逃れるためのたくみな方法が用いられている点にも注意したい。「ある期間」、「夜」、「昼」というこの世の時間の導入がそれである。その効果は、一方で、この場所が永遠の時としての地獄ではなく、天と地の際の「第三の場所」、煉獄であることをしるしづけることにある。だが他方で、時の導入によって、逆に煉獄の存在自体を疑わしいものに変える働きをもっている。というのも、煉獄を公認するカトリック教義においてでさえ、煉獄の時とこの世の時が並行するなどとは捉えられておらず、プロテスタントにとっては、これはもはや「迷信を信じるカトリック教徒」というレッテルを貼る格好の材料となるからである。『ハムレット』の作家はあえて自ら墓穴を掘ってみせ、道化を演じることで、支配者プロテスタントに優越感と笑いのエマキを撒き、もって検閲の矛先をかわすのである。そして、ここに用意されたエマキこそ煉獄の〈都市伝説〉であるといってよいだろう。

プロテスタントが煉獄の概念を攻撃する際、標的にするのはその概念が聖書の典拠によっていない点、その根拠の多くが口承に基づく迷信を前提にしている点である。しかしながら、「夜はある期間、地上を彷徨い、昼の間は炎のなかで飢えに苦しみ、生前、この世で犯した罪の穢れが焼き浄められることを待つのが定め」、もはやここまでくると、プロテスタントにとってはあえて目くじらを立てるまでもないものとなる。むしろ笑いの種とみなしうるものである。プロテスタントの観客はこのシーンに墓穴を掘ったカトリック信者を重ね、この喜劇を大いに笑ったことだろう。喜劇としての『ハムレット』。その意味で、一方の視点に立てば、独白もまた一つの〈笑いの壺〉になるものである。この〈笑いの壺の方程式〉を具体的に説明すれば以下のようになるだろう――「問い：カトリック信者にとって、聖書に煉獄は存在するか否か、それが問題である→答：聖書のどこにも煉獄は存在しない。」→「問い：聖書に存在しない煉獄は存在するか否か、それが問題である→答：煉獄は存在しない。」→「存在しない煉獄はどこに存在するのか否か、それが問題である→答：都市伝説＝迷信のなかに存在する＝落ち：ゆえにカトリック信者にとって煉獄は存在する。」こうして、『ハムレット』の作家は厳しい検閲を逃れることになったとみるのである。

とはいえ、煉獄を信じる者にとっては、この問いは裏返って先述した悲劇の問いともなる。だが、双方にとって煉獄存在の鍵となるものが都市伝説であることに変わりはない。そこで、もう一度、先の父の幽霊のセリフから『ハムレット』の基となっている都市伝説を抽出してみよう。

煉獄が都市伝説化するのは、現世とあの世を結ぶ「第三の場所」に存在するからにほかならない。ラザロの喩え話で語られているように、天国と地獄には超えられない溝があり、帰還できないことを思い出したい。ところで、先のセリフに表現されているような「昼は煉獄の務め、夜はこの世の彷徨」が可能となるためには、二つの時間が平行して存在し、かつ煉獄に通じる入口が世界のどこかに実在していなければならないはずである。むろん、聖書にもカトリック教義にもそのような煉獄の入口の存在は明記されていない。あの世下りや異界の旅についての物語は多数あるが、神話＝フィクションとしてではなく、事実としてその存在が語られている書物はない。ただ一つの例外を除いて。その一つの例外こそ先述したように『聖パトリックの煉獄』である。

九　『聖パトリックの煉獄』と『ハムレット』

ル・ゴフによれば、十二世紀後半、煉獄の明白な出現を決するひとつのしるしが顕れた。そのしるしとは「煉獄の名詞化＝空間化」のことである（以下の引用文は重要であるため、もう一度、確認のために引用しておきたい）。

ローマ帝国から十三世紀キリスト教会まで、聖アウグスティヌスから聖トマス・アクィナスまでの歴史で——どんな博学をもってせよ——煉獄なるものについて語る人、したがってまたこの名詞の出現が一一五〇年と一二〇〇年の間であるという事実を消去する人は、この歴史の本質とは言わないまでも重大な局面をとりにがしてしまう。彼は決定的な一時期とある根本的な社会変化を解明する可能性と同時に、煉獄信仰に関して、思想と心性の歴史における極めて重要な現象、つまり思考の「空間化」の過程というものを標定する機会を逸するのである。

中世を産業革命まで続く「長い中世」と捉え、そのイマジナールの世界に重きをおくル・ゴフにとって、「煉獄」の概念は中世最大の心性のパラダイムである。その彼が煉獄の誕生の「標定」としたのが十二世紀後半——一一七〇～八〇年で、彼によれば初めての名詞化はペトルス・コメストルの書物がその発生であるという——にみられる名詞としての煉獄（“purgatorium”）

の誕生である。これを彼は「思考の空間化」とみなしている。

ところで、煉獄の名詞化／空間化という現象が顕れた十二世紀、死生観にも一つの兆しが顕れた。先述のアリエスが示した「己の死」の発生である。ル・ゴフは、同時期に顕れたこれら二つの発生を、長い中世における重要な転換期のしるしであるとみている。本章も彼のこの見解を支持したうえで、彼がいう煉獄の名詞化／空間化の普及に大いに貢献したひとつの書物に注目したい。煉獄の名詞化の出現と期を一にする十二世紀後半に出版され、たちまち中世最大のベストセラーとなった『聖パトリックの煉獄』である。この書物は、「煉獄」を名詞“purgatorium”として表題のなかに表しているのみか、煉獄が存在する正確な地球上の位置まで明記しているからである。

世界地図に具体的に明示された煉獄の位置、言い換えれば、可視化された異界の出現、これは民衆の心性世界に決定的なまでに作用を及ぼしたに違いない。むろん、この書物がフィクションの体裁をとって書かれたものならば、そうはならないだろう。だが、この書物は煉獄の存在を証するために記されたという体裁をとっている。かくして、可視化された異界の位置を記したこの書物は、様々な言語に翻訳されると同時に口承によって伝わることで、中世最大の「都市伝説」となっていったといえるだろう（第三章参照）。

都市伝説とは信憑性には疑いがあるものの、〈この話は事実であるらしい、真実であるかもしれない〉という前提のもとで、巷でまことしやかに語られることで伝説化する〈疑わしい真実〉のことである――「この話は事実であるのかどうか、それが問題である。」と言い換えてもよいだろう。この問いが都市伝説を生み出す種である。明白な事実も、逆に誰もが明白に否定する虚偽も、噂の種にならないため都市伝説化されない。疑わしいからこそ、興味を引くという逆説がここにある。

とはいえ、まじめに煉獄の存在証明のために書かれた『聖パトリックの煉獄』（フィクションではない）に、先のセリフで語られたような、昼と夜を挟んで幽霊がこの世とあの世を自由に行き来するなどという記述はどこにもない。ただし、ここには煉獄の入口の実在場所が明記され、しかもその入口から煉獄に入り、異界の地下世界を経巡ったあと、帰還した者がいると明記されている。そうなれば、その後、先のセリフにみられる都市伝説が生まれるのはもはや時間の問題ということになるだろう。ル・ゴフは、『聖パトリックの煉獄』を源泉とする煉獄の都市伝説がダンテ、ラブレーに続き、『ハムレット』に与えた影響について、以下のように記している。

一二世紀末の誕生にとって、またダンテにとって、決定的なテキストとなった聖パトリキウスの煉獄、……ダンテはソールトレーのＨの作品を熟読した。この書の名声は、伝統的に中世と呼びならわされている時代とともに消えることはなかった。ラブレーとアリオストもこの書物に言及している。シェークスピアはこの物語をハムレットの観客にはすでに馴染みのものとして見なしている[16]……

「すでに馴染みなもの」が暗に意味しているものは都市伝説化であると考えてよいだろう。ただし問題は、都市伝説は記録として残ることがないために、シェイクスピアがいかなるものを素材にしたのか、実証的に検証することが困難だという点である。そこで本章では、『聖パトリックの煉獄』を手がかりに、作品に表れた煉獄伝説から逆に素材を再現するという方法を用いることにする。もっとも、巨大な想像力の溶鉱炉をもつこの作家は、使い古された都市伝説から新たな黄金伝説を造り出す錬金術を心得ている。この点にも注意を向けなければならないだろう（ちなみに、中世のベストセラーになった『黄金伝説』にも聖パトリックの煉獄についてはっきりと記されている——「聖パトリキウスは啓示によって、この井戸が一つの煉獄に通じていること、そしてそこに降りることを望む者は、そこで彼らの罪を贖い、死後いっさい煉獄を免除されることを知った」）。たとえば、『ハムレット』の第一幕で表れる古代ローマの都市伝説は、じつは自作の『ジュリアス・シーザー』を自己言及することで、新たな都市伝説を創造していることはよく知られているところである。むしろ、都市伝説の生成のプロセスには、このような作家と観客との共鳴と反響があると考えた方がよいだろう。そういうわけで、以下に再現する煉獄の都市伝説は、それ自体、『ハムレット』に共鳴する一人の現代の観客、その半ば想像の産物であると予め断っておく。つまり、想像の翼を借りて、当時の観客の記憶が宿るその地点に降り立ち、そこから翻って現代の煉獄の行方を展望、いや「反復」(キルケゴール)してみるのである。

十 『ハムレット』のなかの都市伝説

『ハムレット』の舞台エルシノア城には、一六〇〇年頃、都市ロンドンの民衆の間で広まった一つの都市伝説があった。城内には一本の秘密の地下通路があり、その通路は「北斗星から見て西方」にある煉獄の穴に通じているという。この穴は「聖パトリックの穴」と呼ばれ、その場所はアイルランド北西部、煉獄巡礼で賑わう修道院都市ドニゴールの湖に浮かぶ小島にあるそうだ。ゲール語で「異人の要塞」を意味するドニゴール。一方、スウェーデンと海域を分ける北の要塞都市エルシノア、城下町風情漂う二つの北の都市の景観は似ているという。同時に二つの都市は呪いの北方伝説をもつ点でも類似しているのだともいう。

一方の都市にかけられた呪いの伝説は、この地が位置する方位、その表象的意味から派生したものだそうだ。そもそもヨーロッパは、日が昇る地、東のオリエントに対し、不利な表象を負っている。ヨーロッパは日が没する西の地、没落を予兆する「オクシデント」というもう一つの名前をもつからだ。ヨーロッパの精神は呪われた自己の運命を予兆するこの名前を密かに地上のある地点に隠したそうだ。その地点こそ、ヨーロッパの西の果てアイルランド、その北西部ドニゴールの湖に浮かぶ小島にある一つの穴だという。その名は「聖パトリックの煉獄」。伝説によれば、かつてこの穴には龍の怪物が棲んでおり、これを退治したのが聖パトリックであるという。退治された龍の血で湖は赤く染まり、そのため湖の名は「赤い湖」、「ロッコ・ダーグ」と呼ばれているとも。その後この小島は、生前の罪を贖う煉獄の地とされ、十二世紀以降、カトリック教会により煉獄巡礼の唯一の聖地に認定されたとか。どうやらこれは事実であるらしい。かくしてこの地は、ハレとケガレ、贖いと呪いの両義的「印」＝「タブー」の表象を帯びるにいたったのだという。

現在（未来からの「反復」によれば）、この地はアイルランドと英国領北アイルランドの国境線上にあるそうだ。カトリック・アイルランドとプロテスタント・イングランドの間に引き裂かれたこの地は悲劇に見舞われることになるだろう。カトリックであることの表象、煉獄を死守するアイルランド。一方イングランドは、煉獄などカトリックが免罪符制度の確立のためにでっち上げた「あの世の装置」にすぎないとし、悪の巣窟であるこの地の破壊を目論むはずだから。境界線"confine"がわずかに北に移動したときの悲劇は、歴史が雄弁に語ることになるだろう、と歴史学者たちも予言している。

エルシノアの都市にも両義性の印があるそうだ。海域国境線に位置するこの都市は、航路通行税によって、莫大な富と権力をデンマークにもたらしたらしい。あの世の通行税、煉獄の免罪符によってローマ教会に莫大な富と権力をもたらしたドニゴールのこの世版だとか。伝説によれば、この地はもともとノルウェイの地であったらしい。ある墓掘り職人の伝えるところでは、この地がデンマーク領になったのは、一人の王子が生まれた日であったそうだ。息子が誕生した日に、王が戦に勝利し、この地を奪い取ったからだとか。ある番兵の話によれば、以来、この地は戦に敗れた者たちの死者の呪いがかけられ、そのため王は死んだのだという。王がノルウェイ王を殺した時の甲冑を着て顕れるのはそのためだそうだ。これはシーザー王暗殺の時の呪いの徴と同じではないか。ああ、恐ろしや、その姿、呪われた「ヘルレキヌスの一党」そのままではないか。それならば、生前のみか死後の王の存在、それが問題"the king that was and is the question"であるということになるぞ。誕生日を呪われた王子はこの世の勝利とあの世の呪いの狭間で苦しみ叫び声をあげたそうだ——「この世とあの世を繋ぐ時の関節が脱臼してしまった。ああ呪われた我が身、三途の河アケロンにかかる橋を直すために生まれてきたとは。」その後、王子は運命の定めるまま三途の橋の人柱、領土はノルウェイに返還されたそうだ。王子の愛する恋人も三途の河に流されていったそうだ。なんとも気の毒だ。それもこれも二つの都市を結ぶ秘密の地下通路があったために起こったに違いない。王子の父の幽霊がこの通路を通って夜な夜な城内に出没し、ついには幽霊界の禁を破って息子に昼のお勤め、煉獄の炎に焼かれる己の姿を見せてしまったからだ。あの通路さえなければ、王の幽霊はあの世とこの世の二重生活などできなかったはずだ。これは間違いない話だ。王子にあの世の秘密を漏らすことなどなかったからだ。その通路の存在の〈動く証拠〉が鶏だ、とあるアイルランド人がいっていた。それはこういうことだそうだ――聖パトリックの煉獄の穴を最初に破壊したデンマーク人は、侵略のための生物兵器として暴れまわる雌鳥をアイルランドへ送り込んだという。ところが、雌鳥は暴れるどころか毎日卵まで産む始末。とはいえ、鶏も鳥の子、望郷の念に駆られるのは避けられまい。彼らは昼の間は幽閉の煉獄の地、アイルランドにいるものの、夜になるとこっそり「モグラ"mole"」のような通路を通ってデンマークに戻り、夜明けを告げる雄鶏の号令とともに、幽霊どもを引き連れて幽閉の巣"confine"に戻るのだそうだ。アイルランドの農夫たちが雌鳥の巣箱を丁寧に編むのはそのためだそうだ。ぞんざいに扱われた雌鳥は故郷のデンマークに戻ったまま、二度とアイルランドの地を踏むことはないからだという。これは煉獄の穴が地底でデンマークと結ばれていることのなによりの〈動く証拠〉になるだろう。[17]

以上が、『ハムレット』の素材、あるいは『ハムレット』の上演によって新たに生成された煉獄の都市伝説とその行方の輪郭（への夢想）である。

十一　煉獄を基軸に回る第四の独白の構造

この章以下、上述したテキスト分析、夢想された煉獄の都市伝説を踏まえて、『ハムレット』を再読した場合、どのような読みの可能性が開かれてくるだろうか、さらに闇の奥を掘り進めながら考えてみたい。ただし、一部、思い切って論を戯画化しながら記しておく点をここで断っておきたい。戯画化は証明ではないものの、このことによって、問題の所存が明確になり、今後の研究の展望も開かれてくると考えるからである。

多くの演出家が様々な脇役の視点から、次々と新劇『ハムレット』を試み成功を収めている。ただ、幽霊の視点からの『ハムレット』の抜本的問い直しはないようである。当時の上演ではシェイクスピア自身が父の幽霊を演じたことを思えば、これは不思議な現代の演劇界の一現象といえるだろう。「私はすでに死んでいる」という父の幽霊の視点はベケット劇に決定的な影を落としているということを思えば、さらにそういえる。あるいはまた、アイルランドの作家、ジェイムズ・ジョイスが『ユリシーズ』のなかで、スティーブンズに「シェイクスピア自身の視点は父である幽霊にある」と熱く語らせているというのにである。論者なりに原因を考えてみると最終的には以下の結論にならざるをえない。原因は、ハムレットの独白を「生きるか死ぬか、それが問題である」と解す、いかにも近代的な思考、その背後に透けてみえる生者中心主義の死生観、これに尽きるだろう。「死人に存在を与えてはならぬ」というわけである。何という首尾一貫した死者に対する生者による不当なる帝国主義支配、これでは幽霊は〈永遠に沈黙する他者〉、到底浮かばれまい。しかし果たしてそうだろうか。この点で、妖精先進国の詩人、イェイツのハムレット像はまさに地獄に仏の思いである。彼は、「ハムレットは太った」「陽気者」で、「獅子を前にしても瞬き一つしない」人だとみているからである。なぜ、ハムレットは太った陽気者であるのか。それは、彼が生きることにも死ぬことにも何の執着心ももたないからである。自我に固執する生だけを肥大化させ、身も心もやせ細った（「蝿を食らって細った」）己の生の姿をハムレットに投影するのもいい加減にしろといわんばかりである。それではなぜ、ハムレットは獅子を前にしても瞬き一つしないのか。ハムレットは死者の「仮面」を被り、死者を己に憑依させているからである。お化けにライオンも槍も剣も怖くないというわけである。

ただ幽霊にとって怖いものが一つだけある。それは生前に犯した己の罪を贖う煉獄の苦しみである。父の幽霊はこう語っている――「夜はある期間、あてどなく地上をさまよい、昼は炎にとりまかれ生前この世で犯した罪の数々の焼き浄められる苦難に堪えねばならぬ定め。その恐ろしい責め苦の模様は語れぬ。語ればその一言でお前の魂は震えおののき若き血潮も凍りつこう。」そして実際、ハムレットの魂は震え慄くのである。彼のこの心境を何より雄弁に語ったセリフ、それが“To be, or not to be”以下三五行に及ぶ長い独白である。そこで彼は、生きるべきか死ぬべきか、そんなことは死後に訪れる悪夢の問題に比べれば取るに足らぬ問題であると告白している。しかも、死後の悪夢の核心には煉獄の問題がある。したがって“To be, or not to be, that is the question”の真意は「煉獄は存在するのかしないのか、それが問題である」に帰結するだろう。

そこで、ここでいよいよ独白のセリフを確認し、細かく分析しておくことにする。

To be, or not to be,that is the question;
Whether 'tis nobler in the mind to suffer
The slings and arrows of outrageous fortune,
Or to take arms against a sea of troubles,
And by opposing, end them. To die, to sleep—
No more, and by a sleep to say we end
The heart-ache, and the thousand natural shocks
That flesh is heir to; 'tis a consummation
Devoutly to be wish'd to die to sleep!
To sleep, Perchance to dream, ay, there's the rub,
For in that sleep of death what dream may come
When we have shuffled off this mortal coil
Must give us pause—there's the respect
That makes calamity of so long life:
For who would bear the whips ands scorns of time,
The oppressor's wrong, the proud man's contumely,
The pangs of disprized'd love, the law's delay,

The insolence of office, and the spurns
That patient merit of th'unworthy takes,
When he himself might his quietus make
With a bare bodkin; who would fardels bear,
To grunt and sweat under a weary life,
But that the dread of something after death,
The undiscovered country, from whose bourn
No traveller returns, puzzle the will,
And makes us rather bear those ills we have,
Than fly to others that we know not of?
Thus conscience does make cowards of us all,
And thus the native hue of resolution
Is sicklied o'er with the pale cast of thought,
And enterprises of great pitch and moment
With this regard, their currents turn awry,
And lose the name of action.... Soft you now,
The fair Ophelia—Nymph, in thy orisons
Be all my sins remembered. (3.1.56-89)

父の幽霊は存在するのしないのか、それが問題である。

（だが、そのためには煉獄が存在しなければなるまい。
煉獄は存在するのかしないのか、それが問題である。）
それならば、改めて問わねばなるまい。
そもそも人の生き方とは、いずれが高貴であるか、と。
気まぐれな運命が放つ礫や矢にじっと耐えて生きること、
あるいは逆巻く海に戦いを挑み、相共に果てることと。
（隠れカトリックとして生きることと、カトリックとして
煉獄を公言し、プロテスタントの時流に対し一矢報いて果てることと。）
しょせん、人は死ぬのだから。そして眠りにつくのだから。
いや、死ぬば眠りにつく。それだけだ。眠ればすべてが終わる、
心の痛みも、この肉体が受けねばならない数々の苦しみも。
死んだら眠る、ただそれだけならば、
こんな幸せな幕引きもあるまい。
なに、眠るだと！　眠れば夢を見るではないか。
そうだ、そこが厄介なんだ。
人の命をこの世に繋ぐ縄目が解かれて、死の眠りについたとして、
それからどんな夢が訪れるのだろう。
それを思うと、どうしても躊躇ってしまうのだ――
こんな悲惨な人生に対して、こんなに長く人が耐えて生きていくのも
この思いあればこそだ。そうでなければ、一体、誰が

時代の侮りの鞭に、権力者の不正に、奢れる者の蔑みに、
叶わぬ恋の苦しみに、法の裁きの埒もない遅延に、
役人共の横暴さに、立派な人間が無価値な連中から
受ける忍びがたい屈辱に、耐える者がいるだろうか。
短剣の一突きで、人生を精算して楽になれるというのに。
一体、誰が重荷を背負い、辛い人生を額に汗して喘ぎながら
生き抜こうとする者がいるだろうか。
もしも、死後の何かに恐れていないのだとしたら。
旅人が二度と帰らぬ未知の国が決心を鈍らせないとしたら。
見知らぬ他国に飛んで行くぐらいなら、見慣れたこの世の煩いに
耐える方がましだと考えないのであれば。
こうして、誰もが知るあの世への不安が
すべての者を臆病者にするのだ。
かくして、決意のもつ本来の血色が青白い漆喰で
塗られ、最後には意気揚々とした大事業も流れて
時を逸し、行動という名誉を失うのだ。
いや、なんだ。しっ、静かに。
美しきオフィーリア——ニンフよ、汝の祈りのなかに、
我がすべての咎が思い出されますように。

この独白全体を読み直して、まず誰しも気づくことは、生前の問題と死後の問題との間にある約七倍の圧倒的物量差だろう。生前の問題はわずか五行で、そこからオフィーリアの存在に気づくまでのセリフは延々と死後の不安が語られている。生前と死後の問題におけるこの甚だしい非対称性は、あの世の世界がこの世を制していることを告げている。もちろん、内容もこのことを裏づけるものである。

そこで、「生きるか死ぬか、それが問題である」という解釈の唯一の拠り所である五行目までのセリフからまずは読み直してみたい。ここで語られているものは、この世における二つの選択肢である。ただし、その選択を行う主語がハムレットであることを暗示するものは何もない。この点は特記しておかなければならないだろう。この主語の不明記性は、作家の意図によるものだと考えられるからである。しかも、オフィーリアを意識した最後の二行以外、一人称の文章はひとつもなく、むしろ、「私たち」すなわち人間全体が主語となっている点は看過すべきではないだろう。これは意図的に文章を練ってつくらなければ、こうはなるまい。もし、かりに「私＝ハムレットが生きるか死ぬか」の問題を強調したいのであれば、通常の劇作家ならば主語をあいまいになどせずに、明記した方がはるかに劇的効果が増すとみるだろう。漠然と死について抽象論を語るその退屈を観客（民衆）はけっして許さないからである。このことをシェイクスピアが承知していなかったとはおよそ考えられない。

それでは、ここでの作家の意図はなんだろう。一口で述べれば、ここでの主語を観客に投影させることだと考えるべきだろう――存在Xの主語は幽霊／煉獄であり、それを受けた次のセリフの主語は観客、さらに限定すればカトリック教徒であり、述語が幽霊／煉獄だとみるのである。このように解釈すれば、冒頭のセリフは煉獄の踏み絵となって観客に迫るものとなるだろう。それでは、五行目までを具体的に解釈すればどうなるだろうか。少なくとも、当時の観客はこれらのセリフをどう受けとめただろうか。おそらく、それは以下のものと考えられる――「プロテスタントの支配下のなかで隠れカトリックとして忍従して生きること、あるいはプロテスタントの逆巻く海（時流）に挑み、煉獄を公言して一矢報い反逆の罪人に供される道を選択すること、そのいずれが高貴な生き方であろうか」（もちろん、これは透かし絵に浮かぶものであって、観客にとってそれは公然の秘密であっただろう）。というのも、この行に続く「短剣のひと突きで人生を精算することなく」、耐えて生き抜く者のイメージは、どうみてもハムレット自身のそれではなく、一市民である隠れカトリックのそれの方にはるかに接近しているからである——「さもなければ、一体、誰が時代の侮りの鞭に、権力者の不正に、奢れる者の蔑みに、叶わぬ恋の苦しみに、法の裁きの埒もない遅延に、役人共の横暴さに……。」王子（社会の最上位者）であるハムレットには、本来、これらの社会的な苦しみは無縁のはずであり、ロミオとジュリエットのような「叶わぬ恋の苦しみ」さえも彼は知らないはずである。これらの苦しみを知る者はプロテスタントの横暴に苦しむ（作家の父ジョン——彼はカトリックのスパイとして逮捕されたと推定される——のような）隠れカトリックであるだろう。あるいは、この苦しみを知る者は、イギリス統治下のアイルランドにおけるカトリック教徒であるだろう。

しかし、いずれの生き方を取ったとしても、「人は死ぬ。死ねば眠りにつく。」それで終わるのであれば、なるべく早く自死した方が（一般的には）合理的であるし、潔いと近代人としてのハムレットは考えてみる。それが、“To die” 以下、九行目までだろう。つまり、そこでは死後の世界を永遠の眠りとみる近代的思考に立った場合の可能性が述べられることになる。これに対し、“To die” の解釈を自殺の暗示と解す向きもあるだろう。だが、“To die” と “to sleep” が同格に置かれている点、九行目にこれがもう一度繰り返されている文章構造から判断して、“To die” 以下は死後の世界がテーマ、九行目まではそのなかでも死と眠りがテーマであるとみるのが自然である。

それでは、九行目以下はどうだろう。まず注目したいのが、オフィーリアに気づく前の最後のセリフで、死後の苦悩が存在しないのであれば、彼は悩むことなく王殺しの選択を取ることが暗示させている点である。ちなみに、後に王を殺す機会に恵まれたとき、ハムレットを躊躇させたのも王の懺悔に絡む死後の問題である——「あいつが魂を清めあの世の旅支度を万事整えているこの時に、復讐することは、断じてならぬ。剣よ、そこにじっとして、もっと恐ろしい時の到来を待つのだ。」ここにおける “and am I then revenged/ To take him in the purging of his soul” は「今復讐すれば、あいつの魂を浄化する場所＝煉獄に送り込むことにならないのか」という解釈も成り立つ点に留意したい。スティーブン・

グリーンブラットもいうように、ハムレットがここで望んでいたのは、クローディアス王を煉獄ではなく、「直接地獄に送り込むことであった。[18]」したがって、ハムレットの生前の生き方を最終的に支配しているのはC・S・ルイスが断言しているように、死後の恐怖と不安に尽きるだろう。この世に対するあの世の圧勝というべきだろう。

九行目以下は近代人ハムレットの死生観を粉砕する死後訪れる悪夢の問題がテーマである。この悪夢は父の幽霊による煉獄開示を待ってはじめて生じたわけだから、悪夢の背後に煉獄のテーマがあることは明白である。歴史的にみても、死後の悪夢は煉獄概念の成立を待たねばならない。最後の審判の日まで死者は静かに眠ることが義務づけられており、煉獄以外の場所で悪夢を視ることは許されていなかったからである。かくして、わずか四行の永遠の眠り説の脆弱な部隊を二三行の煉獄精鋭軍団が取り囲み、もはや勝敗は明らかと思われたその瞬間、ハムレットはオフィーリアの存在に気づき話題を変える。しかし、いまだ煉獄のヴィジョンの残像を引きずっていることは、最後に語った「美しきオフィーリア——ニンフよ、汝の祈りのなかに、我がすべての咎が思い出されますように」という不可思議なセリフから読み解くことができる。ここには「死者のためのとりなしの祈り」と呼ばれる煉獄の祈りの捩りがあるからだ。

もっとも、捩りとはパロディであり、ルネサンス期のパロディとは、ミハエル・バフチンによれば、中世秩序の反転を企む「カーニバル的民衆の笑い」を秘めている。そうだとすれば、この独白は、煉獄の勝利のオセロの色が最後の一手で反転するアナモルフォーズかもしれない。煉獄の勝利宣言はまだ早いのである。実際、ここでのセリフには、だまし絵独特の怪しげな匂いが漂っている。たとえば、ここでの“fair”は『マクベス』の魔女たちによれば“foul”、「綺麗は汚い、汚いは綺麗」、白黒反転可能である。“remembered”「思い出し給え」も“forgiven”「赦し給え」へとすぐにも反転可能である。オフィーリアをカーニバルの豊穣なる性の象徴、ニンフに喩えている点も怪しい。ニンフが恋人ならば、ハムレットはサテュロスといったところだろう。それならば、最後のセリフは、「オフィーリアよ、汝の祈りのなかに二人の人ならぬ秘事を思い出し給え」とも読める。朱雀成子が指摘しているように、狂気したオフィーリアのセリフには、聖女・処女神話を解体する、二人の濡れ場が暗示されている点も考慮したいところである。[19]そうであれば、なおさらこのセリフに窺われる純潔の仲良しこよしはなんだか怪しくなってくる。

さらに、ここでのセリフが独白中のものであることも看過できまい。悲劇の独白の声、その起源はこの世の個人的な声ではなく、彼岸に棲む者たちの様々な叫び声にあるからだ。すなわちtragoediaの原義が暗示しているように、悲劇の起源は、山羊の角を被ったサテュロスに扮するコロスの合唱隊による多重の声にあるからだ。独白はコロスが消滅する前は、此岸の観客に向かってではなく、彼岸のコロスに向かって叫ぶ、あるいはコロス自体が合唱していたのはそのためである。[20]つまり独白の声は、彼岸から呻き叫ぶ様々な声とカーニバルに狂乱する民衆の複合声音、「ポリフォニー」であるといえそうである。バフチンがいうルネサンス期にみられる「民衆の広場の言葉と笑い」、「パリの叫び」の源泉もここに求められるだろう。[21]しかもバフチンは、中世の秩序の象徴、文字言語を転覆させる広場の言語、その一つの源泉を、「西方」にある「聖パトリックの穴」から湧き出す煉獄伝説にあると指摘している――「最後にバニュルジュの言葉のなかに、当時ごく普通に使われていた〈ジブラルタルの穴〉と〈ヘラクレスの柱〉という地理学的なイメージがあることに注意しよう。……これらの地理的点が西方に向かっていることに注目しよう――これらの点は古代世界の西限にあり、この二点の間を冥界と至福の島への道が通じているのである。」サテュロスと化したハムレットの最後の独白もこの煉獄の穴の源泉から汲み出されたものとみるべきだろう。

この最後のセリフには、もう一点、これが煉獄を念頭に語られているのではないかと思われる気になる点がある。それは、ここでの「ニンフ」がポルフュリオスの『ニンフたちの洞窟』を念頭において記されたものではないかという印象を受けるからである。その概略については、「まえがき」において「蜜蜂の巣」のイメージに絞ったうえで、およそのところ記したところである（さらなる詳細については第五章参照）。だが、ここでは視点を変えて、ニンフと洞窟に絞ってその書物の記しているところを考えてみたい。

この書物で、『オデッセイア』のイタカの洞窟のニンフが意味するものは水であり、水は浄化の比喩であると解かれている。この場合の浄化は天上にいたる「神々」のためにではなく、「生成」する現世に戻る「魂」のための入信儀式のために行われるものである。入信儀式は「北（ボレア）」の門に象徴される「降下」の道行きであり、このためにニンフは水辺の洞窟を棲家とするという。このイメージは明らかに聖パトリックの煉獄巡礼を想起させるに十分である。この前提で、「美しきオフィーリア——ニンフよ、汝の祈りのなかに、我がすべて咎が思い出されますように。」を読み返してみるならば、このセリフはもうひとつの意味を獲得することになるだろう。ハムレットは魂を水辺の洞窟＝煉獄に誘い、そこで再生させるヘルメス（仲介者）としてのニンフの役割を担ってくれることをオフィーリアに嘆願しているとも読めるからである。オフィーリアの水死もこのこととイメージの連鎖において繋がっているのかもしれない。その場合の煉獄の先導者としてのオフィーリアはダンテの「煉獄」のベアトリーチェとは逆に、山の頂上を目指しアナバシスするのではなく、穴の深淵に向かってカタバシスするイメージをもっている。聖パトリックの煉獄の都市伝説を知る当時の観客はその光景が鮮やかに心に浮かんだのではあるまいか。そうだとすれば、ここにも密かに煉獄の透かし絵が描かれていることになるだろう。

以上述べたことを踏まえると、三五行にわたる独白は煉獄を基軸に展開し、その基軸の反転をもって終わるという特殊な構造をもっていることが理解される。つまり、独白全体が煉獄を基軸に回っているわけである。生きるか死ぬかなどまったく問題にもされていない——「煉獄は存在するのかしないのか、それが問題である。」

十二　ハムレットの独白の影／響のなかの「人とこだま」

煉獄を基軸にして展開する三五行にわたるハムレットの独白、その独特の構造は、当時の観客にとっては自然に受け入れられるものであっただろう。いかに煉獄への信仰が弾圧されようとも、「己の死」の死生観（パラダイム）は依然として民衆のものであったからだ。とはいえ、歴史は移りゆき、それに伴って人が抱く死生観もしだいに移っていく。ヨーロッパの死生観は「己の死」から「汝の死」へ、そして今や私たちの心の王国は「死のタブー」という冷徹なる支配者のもとで厳しく管理されているのである。こうして、独白のなかに密かに描き込まれた煉獄は現代の観客の心眼にもはや映ることはなくなってしまっている。だが、このような現代の死生観の支配下のなかで、煉獄の透かし絵の存在に気づいた一人の詩人がいた。しかも、その詩人はたんに気づいただけにとどまらなかった。詩人は煉獄を基軸に展開されるハムレットの独白の構造を用いて、一つの傑作詩を誕生させたからである。詩人の名はW・B・イェイツ、作品の名は「人とこだま」（"Man and the Echo"）である。

そういうわけで、少々紙面を割くことになるが、ここで「人とこだま」という合わせ鏡のなかに、ハムレットの独白、そのさらなる意味の深みを映し出してみたいと思う。これにより、本章の文脈の流れが少し途切れることになることを恐れるが、それでもなおハムレットの独白に内在されている煉獄の問題、その影響が歴史に果たした潜在的な意義を知ることの意味は大きいと思われる。また同時に、この試みが次章への橋がかりになるとすれば、さらにそうである。要するに、この節を『ハムレット』論における劇中劇（論中論）とみなし、ここに記してみたいのである。

人

アルトと命名されし、岩の裂け目、崩れた巌のたもと
昼の強き光さえ届かぬ裂け目の淵にたたずみて、
私は石に向かって、一つの秘密を叫ぶ。
私の言ったこと、行なったことのすべてが、老いて病む今、
一つの疑問と化し、ついには夜な夜な、眠りを覚まし、
答えがえられないのだ。ある者たちを英兵の射殺へと導いたものは
私自身のあの劇であったのか。
私の言葉があの女のめくるめく頭脳に大きな負担をかけたのか。

私が口を挟めばあの事態が防げ、
あの家が没落せずにすんだのか。
そしてすべては悪夢と化し、
ついに私は不眠のためぶっ倒れて死ぬのだ。

こだま

ぶっ倒れて死ね。

人

死ぬことは霊と知性に課せられた大いなる修業を
怠ることではあるまいか。しかもいたずらに。
短剣の切先にも、病にも、放免などありはしない。
人の汚れた前科を浄罪できるほどの大いなる修業など
この世には存在しないのだ。
人は、己の肉体を保つ間は、酒や愛に酔って眠れもしよう。
そして目覚めては、
肉体と肉体の愚かさがまだ残っていることを神に感謝する。
だが肉体を失えば、人はもはや眠ることはない。
一切を晴れやかに見通し、万事が整えられるまでは、
知性はあの世で諸々の思念を追い続け、

さては、己が魂に対する審判を下す。
かくて、すべての修業をなし終えて、
知性と視覚から、一切の具象を追放し、
ついには没するのだ、夜のなかに。

こだま

夜のなかに。

人

おお、「厳の御声」よ！
その大いなる夜を共に喜べというのか。
この場所で、面と面を突き合わせる以外に、
何が分かるというのか。
だが、静かにせよ、テーマを失いし今、
その喜びも夜もただの夢にすぎぬ。
高みの空からか、岩場からか、鷹か梟が急降下し、襲撃する。
襲われたのは手負いの兎。兎は断末魔の悲鳴をあげている。
その悲鳴にわが思いは錯乱する。

「人とこだま」（*The Poems*, pp.392-3.）

「人とこだま」は、イェイツ最晩年（死の一年前）の作品である。このことから、この作品は死という人生の終着駅から自己の生を改めて意味づけようとする詩人の最終局面を表現した詩であると解されることが多い。むろん、このことに異論はない。だが、この点だけをことさらに強調することで、ひとつの死角が生じている点を見逃すわけにはいかない。この詩全体にわたって強烈なイメージとして顕在化されているひとつの世界、煉獄の世界が死角になっているからである。

最晩年のイェイツが自己の死以上に強い関心を寄せていたテーマのひとつに煉獄の問題がある。このことは、この詩とほぼ同時期に書かれた劇のタイトル、『煉獄』が暗示的に語っているところである。しかも、この劇において煉獄はテーマにとどまらない。煉獄は劇の構造全体を完全に支配し、つまりこの劇は煉獄固有の求心運動を基軸に展開しているのである（第六章の補論参照）。

この劇における煉獄は、通常の煉獄の文学的使用とは異なり、自己の生を意味づけるために用意されたものではない。詩人としての個人の生を意味づけるまえに、アイルランドのアイデンティティ、すなわち民族としての実存的生を意味づける「イデー」（キルケゴール）として機能しているのである。

「人とこだま」における煉獄の機能もこれに等しいとみることができる。死の淵に立つ己の生をとおして、ここで詩人はアイルランド民族の実存的生を意味づけようとしているからである。これは、ハムレット自身の実存的な生がデンマーク全体の運命そのものとパラレルに置かれていることと同じ意味である。このゆえにこそ、イェイツは「人とこだま」においてダンテが描く「煉獄」ではなく、あえてハムレットの独白を敷衍させているといってもよいだろう。四八行にわたって展開される「人とこだま」は、三五行にわたるハムレットの独白と同じように、すべては煉獄を基軸に展開され、しかもその展開によって意味づけされているものはまさに民族の実存的生そのものだからである。

この詩において、アイルランドの生を意味づけるものとして、最終的に提示されているイメージは、「断末魔」の悲鳴を挙げている「手負いの兎」である。そしてこの兎が象徴しているものは、第一連に描かれているアイルランド復活祭独立蜂起を決行し射殺された青年たちである。彼らの死をとおし、詩人は己の実存にかけて、アイルランドの生を意味づけしようとしている。「アイルランドのデルフォイ」（ノーマン・ジェファーズ）、「アルトと命名された巌」、その「洞窟の底」に入り、アイルランドの運命について神託を問うているからである――〈アイルランドの悲劇の運命、その責任は誰にあるのか。汝は、かつてオイディプス王に応答したように、その責任を私に求めるのか〉、と。だがアポロンからの応答は一切ない。ここはアポロンの「光も届かぬ洞窟の底」、闇の住人、「エコー」が息を潜めて棲まう場所だからである。そこで詩人＝「男」はエコーが恋をしたナルキッソスの仮面を被り、彼女に対してなした罪を懺悔しつつ、エコーに神託を問う。ここには、この詩の表題――原文通り訳せばこの詩は「男とエコー」となる――が暗示しているように、ナルキッソスとエコーの神話の影があることは間違いない。すなわち、ナルキッソスはエコーの求愛に応答することなく、水面に映る自身の姿見に恋をし、湖の底に沈み、そのため彼女は美声を奪われ、一人洞窟で生きねばならなくなったというあの神話の捩りである。しかも、この詩において詩人は、その捩りをハムレットの第三の独白最後のセリフに重ねるという高度な技法を用いているのである。つまり、エコーに呼びかける「男」の声は以下の含意をもっているということである――「美しきオフィーリア――洞窟の住人ニンフ、エコーよ、汝の祈りのなかに、我がすべての咎が思い出されますように（赦し給え）。」第三の独白から第四の独白の間、おそらくハムレットは不眠のまま一人城内に引き籠もっていたが、第四の独白の唯一の聞き手が、ニンフに喩えられたオフィーリアであった。イェイツはこの点をも承知したうえで第一連を記していると思われるからである。

さて、「男」が懺悔するのは、ナルシシズムの罪。とはいえ、ここでの「男」のナルシシズムは己の容姿へのそれではない。逆に、彼の罪は、本来、美声にして多弁の持ち主、エコーのもつナルシシズムに属するものである。ナルキッソスは寡黙だったからである――逆説化されたナルキッソスとエコーの神話がここにある。詩人である「男」が懺悔しているものが、「言ったこと」、「劇」、「言葉」というように、すべては言語に関するものである点に注意を向けたい。すなわち、「男」が懺悔しているのは、己の詩的言葉の内に潜むナルシシズムであり、これがアイルランドを悲劇の運命へと誘ったのか、と彼はエコーに問うているのである。それではここにおける詩人の言葉に巣食うナルシシズムとは何か。次章を先取りして述べれば、殉教のヒロイズムにほかならないだろう。このヒロイズムこそ（若き日の）詩人の罪であると同時に、アイルランドの実存的生に巣食う罪である、と老いた詩人は考えているのである。そうだとすれば、独立蜂起を決行した「手負いの兎」たち、その死は果して殉教＝供犠の死であったのか。それともたんなる犬死であったのか。このハムレット的なあれかこれかの実存的問いが、「人とこだま」の〈事の核心〉であるといってよいだろう。かくして、この問いは、我知らず自己の供犠を語ったハムレットの独白の問いと響き合うことになる――〈アイルランドの悲劇は供犠＝パルマコスであるのか否か、それが問題である。〉、と。

この点については次章で詳細に論じていくので、これ以上立ち入らないことにしたい。その代わり、ここでは焦点を先述した問題、すなわち二つの問いがいずれも煉獄を基軸に展開する特殊な構造をもっている点、ここに絞ったうえで論じていくことにする。その際、分析の指標として着目するものが時制にみられる不可思議な移動であること、この点は予め述べておくことにする。

この詩はおよそ三連構成となっている。第一連の時制は現在形ではじまるものの、この連全体を支配する時制は過去形である。つまり、現在の生は過去によって意味づけられているということになる。ただし、第一連は生にとっての未来である「死」をもって終わる。

これを受けた第二連は未来形（仮定法推量）によってはじまり、未来形をすぐに現在形に置き換えたあと、その現在の情況を死後世界＝未来を通して夢想していく。つまり、第一連とは逆に第二連は現在の生を未来（死後世界）によって意味づけていることになる。ただし、この死後世界の終着駅を「魂の審判」に求めた詩人は「夜のなかに没していく」。こうして第二連は終わる。

これを受けた第三連は時制が一見、現在形として描かれているようにもみえる。だが、実は時制は現在ではなく超越の時、永遠の相（永遠の現在＝瞬間）のもとに置かれている。審判を受けたあとの魂は時を超越していなければならないはずだからである。すると、この連は永遠の相のもとで、現在が意味づけられていることになる。ところが、実際は超越の時（カイロスの時）に生々しい現在形（クロノスの時）が介入するという時の転倒が生じてしまっている。こうして、詩人は錯乱状態に陥り、詩は終わりを告げる。つまり、第三連は現在の生を意味づけるのに永遠をもってするが、逆に永遠が現在によって意味づけられてしまう、あるいは撹乱されてしまうということになるだろう。

以上述べた時制の移動を整理して述べればこういうことになるだろう。現在形→過去形→未来形→現在形→未来形（死後未来形）→無時間（永遠）形→現在形。このように目まぐるしく推移する不可思議な時制の移動を、意識の流れに沿って描き上げていくことは、ある時間の概念装置を用いない限り、およそ不可能である（「意識の流れ」の手法を用いてもおよそ不可能だろう）。その時間の概念装置こそ、カイロスの時でもクロノスの時でもない〈第三の時間〉、煉獄の時であると言いたい。そして、実際、この不可能な時制の綱渡りを可能にしているものは、ハムレットの独白に潜む固有の時間軸、煉獄の時なのである。

煉獄の時を基軸に展開される「人とこだま」、その固有の時間構造を、ハムレットの独白がどのように用いているかに着目しながら、もう少し、丹念にみていこう。

この詩は「アイルランドのデルフォイ」である「アルトの洞窟の底」に入った「男」が神託を問おうとするという情況に設定されている。すなわち、現在形でこの詩ははじまっている。そこから、「男」＝詩人は己が過去の言動を顧み、そこに詩人としての罪・業を見出す。つまり、時制は現在形から過去形へと移動していることになる。その基軸にあるものは、聖パトリックの告白を淵源とする煉獄、自己呵責によって求心的に旋回されていくアイルランド的煉獄の世界である。ここにおける煉獄は死後の煉獄ではなく、生きながらにして独房の穴に籠もり、自己の過去の罪を告白し懺悔しているという意味で、聖パトリックの煉獄のイメージにきわめて接近しているからである――『ハムレット』のなかに密かに記されているオクシデントの地のかの煉獄。こうして、現在形の生は自己呵責という過去形によって展開されることになる。時の基軸が聖パトリック的な煉獄であることがここで確認されるのである。

ところで、この連に密かに顕れている煉獄の姿は、アイルランド固有のものであるものの、ここにもハムレットの独白にみえる煉獄の影を確認することができる。この連での「男」の最後のセリフに耳を澄ましたい――「すべてが悪夢と化し、そしてついて私は不眠のためぶっ倒れて死ぬのだ。」（“And all seems evil until I / Sleepless would lie down and die.”）これに応答するこだまの声はこうである――「ぶっ倒れて死ね。」（“Lie down and die.”）推量形を省いてこだまの声を命令形に変え、こだまを神託の主体的な声へと変化させる修辞法は見事というほかない。だが、ここにおけるすぐれた修辞法はそれだけにとどまらない。ここで省かれているものが「不眠」（“sleepless”）である点にも注意を向けなければなるまい。つまり、死ねば「不眠」も解消（省略）され、永久の眠りが訪れるという含意があるということだ。これこそまさに先にみたハムレットの独白の声に等しいものである――「しょせん、人は死ねば眠りにつく（“To die, to sleep”）。それだけだ。眠ればすべてが終わる、心の痛みも、この肉体が受けねばならない数々の苦しみも。死んだら眠る、ただそれだけならば、こんな幸せな幕引きもあるまい。」永遠の軟膏としての死のかたち。こうして、エコーから死の宣告を告げられ、絶望と安らぎとが相半ばする未来形をもって第一連は完了することになる。

それを受けた第二連は、仮定法的な推量（“That were to shirk”）にはじまる。それを「男」は現在形（“There is no release”）によって確認している。だが、そのすぐあとで、ある思念が沸き起こり、第一連とは逆に、現在の生を未来形によって意味づけることになる。その思念とは生にとっての未来である死後の世界、「汚れた前科を浄化」させ、果ては「審判」を受ける前に「魂」が向かうところ、煉獄である。ここでも煉獄を基軸にこの連は展開することが確認されるのである。民族固有の煉獄の襷（たすき）を受けた第二連は、次には半ば普遍的な煉獄に変化しつつ旋回をはじめたと言い換えてもよいだろう。

この第二連におけるハムレットの独白の影響はもはや決定的なものであるといってよい。それは独白で用いられた「短剣」（“bodkin”）を詩人が忍ばせているという実証的な根拠によるものだけではない。この連全体で展開されているテーマが、ハムレットの独白の五行目から十数行にわたって語られている「死」と「眠り」と「夢」の関係、これを敷衍しながら展開されているからである。ハムレットのセリフをここでもう一度確認しておこう——「なに、眠るだと！　眠ればば夢を見るではないか。そうだ、そこが厄介なんだ。人の命をこの世に繋ぐ縄目が解かれて、死の眠りについたとして、それからどんな夢が訪れるのだろう。それを思うと、どうしても躊躇ってしまうのだ——こんな悲惨な人生に対して、こんなに長く人が耐えて生きていくのもこの思いあればこそだ……。」死後の煉獄の存在にまだ確証がもてないハムレットに対し、煉獄を信じる「男」の方は、生前の行為自体を「肉体」という「魂」の衣を纏って「眠る」行為に等しいとみている。そして、その眠りのなかでみる夢は酒か愛に酔う者が視るものとして捉えられている。だが、「肉体を失えば、人はもはや眠ることはない。」そして、死後には〈覚めた夢〉のなかで、アイルランドの学僧よろしく「霊性と知性」の厳しい煉獄の「修行」が待っているというのである。したがって、死後にみる夢についての二人の見解は、一見、対立しているようにみえながら、それらは煉獄の概念、その表裏にすぎないということになる。

さて、「魂」の「審判」を受け、あらゆる具象を放棄して「夜のなかに没する」ことで、第二連は幕を閉じる。これを受けた第三連は一見、現実に戻って、「巌」の面に直面していることから、時制は現在形になっているようにもみえる。だが、「巌の御声」とは、現実に介入してくる〈カイロスの瞬間〉であることを忘れてはなるまい。すなわち、真の時制は永遠＝超越的な時間であるとみるべきだろう。そうでなければ、審判を受け、煉獄のなかで浄化されたはずの第二連の「男＝魂」のイメージが霧散し、詩的なイメージ連鎖がここで途切れてしまうことになってしまう。

ただし、魂としての「男」が今、立っているこの場所はあの世ではない。まさに現在形としてのこの世であり、そのゆえに、昼の時の支配者である「鷹——鷹はイェイツにとって旋回する時代のクリティカル・ポイントに顕れる象徴的な鳥——」と夜の時の支配者である梟、その餌食となる兎が登場しているわけである。そして最後に、浄化されたはずの魂は生々しい現実の介入（猛禽類の襲撃）を受け、彼の思念は撹乱してしまうことになる。この最後に描写されている「手負いの兎」こそ、次章で詳しく述べる、歴史の犠牲者としてのアイルランドを象徴するものである。それは同時に、デンマークという戦場を生き、供されたハムレットのイメージも重ねられているだろう。こうして、最終的に民族の実存的生はカイロスの時によって意味づけされるのではなく、逆にクロノスの時によってカイロスが意味づけされてしまうという皮肉な結果を招いてしまうことになる。そしてこの詩はここで幕を下ろす――前代未聞の幕引き。このような時の倒錯は、通常の論理によって説得的な説明を施すことはおよそできまい。なんとなれば、本来、超越の時として永遠が時の介入を許すなどということは論理的にも哲学的にもありえないからである。では、ここにおける時の倒錯をどうみればよいのか。もはや答えは一つしかあるまい。「人とこだま」全体は、現実の時（歴史）と永遠の時の狭間、〈第三の時間〉として煉獄のなかでの出来事であったということである――煉獄のなかのイェイツとハムレット。

十三　あの世におけるコペルニクス的転換

煉獄の存在を認めることは、幽霊の存在を認めることにほかならない。ヨーロッパにおいては、煉獄が存在しなければ幽霊の居場所はどこにもないからである。煉獄が存在していない情況においては、死後、すべての人間は神が定めた場所で一時待機し、最後の審判の日に、天国か地獄に振り分けられるのみであるとされている。待機の期間中、世俗の幽霊がこの世にのこのこと出没することなど許されていなかったのである（J・Sシュミットは『中世の幽霊』のなかで、この世の出現が許されなかった中世ヨーロッパの情況を「幽霊の抑圧」と呼び、その神学上の基盤をつくった人をアウグスティヌスに求めている）。むろん、中世の幽霊譚の一ジャンル、奇蹟譚においては幽霊がときより出現することがある。だが、それは聖人に限られていた。かりに世俗の幽霊が出没した場合、それらは基本的に悪魔、あるいは悪魔が視せる幻影として処理されていたのである。親族を慕い密入国するほかなかった世俗の死者たちにこの世へのパスポートが与えられるようになったのは、第三の場所、煉獄の誕生を待ってからのことである。あるいは、ル・ゴフの言葉を借りれば、死者が「夢の間だけの短期特別休暇をもらって帰省」できるようになったのは煉獄の誕生後のことである。

もっとも、幽霊譚の一ジャンル、驚異譚のなかには、十世紀頃から十二世紀の間に世俗の幽霊の出現がしだいに増加してくることになる。だが、出現の理由はもっぱら死者のとりなしの祈りを生者に請願するためであった点を忘れてはならない。死者のとりなしの祈りは煉獄の存在を前提としてのみ意味をもつからである（『中世の幽霊』「幽霊の侵入」参照）。

さらにこのことは、「ヘルレキヌスの一党」と呼ばれる徘徊する幽霊たちの行列、その多発化と消滅によって根拠づけることもできる。この幽霊の行列は煉獄の誕生――煉獄の空間化＝名詞化――する半世紀前をピークに多発することになるが、十二世紀後半の煉獄の誕生とともに消滅していくことになるのである。「ヘルレキヌスの一党」は救済される幽霊と呪われた幽霊（地獄に堕ちる幽霊）に二分されていたことから、シュミットはこの現象を「煉獄の固定化（煉獄の誕生）」が起こる前夜の「移動型煉獄」現象として捉えている。

もっとも、「移動型煉獄」としての「ヘルレキヌスの一党」という現象は煉獄の固定化とともに消滅するものの、悪魔化した「呪われた幽霊の一党」だけは生き残り、時の宮廷内の腐敗と堕落のしるしとして政治的に利用されることになった。そのもっとも有名なものが、『フォヴェール物語』（一三一〇、一三一四年）に表れた幽霊の実話である。興味深いことに、この話においてヘルレキヌスの一党が象徴する宮廷内の腐敗、それが具体的に意味しているものは「邪悪な人物の庇護の下に成立した縁組」、「不釣合いな結婚（不義の再婚）」だという点である。これは『ハムレット』における父の幽霊の出現と重ねて読むことができるだろう。おそらく、『ハムレット』の作家は、上述したような一連のヘルレキヌスの一党に纏わる伝承をも念頭に、父の幽霊を出現させたのではないかと推測される。というのも、ヘルレキヌスの一党のもっとも有名な出現のひとつはプランタジネット朝のイギリスで確認されており、しかも「一党」のヨーロッパ的伝統はのちに民衆のカーニバルの仮面劇（道徳劇）と結びついて、コメディア・デラルテの淵源となっていったからである（『中世の幽霊』の「死者と権力」参照）。ヨーロッパ文学におけるコメディア・デラルテの影響の大きさを考慮すれば、シェイクスピアがこういった事情を知らなかったとはおよそ考えられないだろう。

少なくとも、父の幽霊の出現を前にして苦悶するハムレットの心の鏡にヘルレキヌスの一党の姿を映すならば、かの告白のセリフはさらに意味深長なものとなるはずである。甲冑を纏って顕れた父の幽霊の姿は、「移動型煉獄」としての「ヘルレキヌスの一党」、その呪われた側の幽霊の典型であり、つまりその姿は地獄に堕ちる父の徴となる一方、一党の幽霊を時の宮廷人の政治的腐敗、すなわち「不義の再婚」の印とみれば、それはむしろ現王クローディアスに向けられることになるからである。したがって、父の幽霊を悪魔化した"ghost"であると判断した場合ですら、ハムレットのあれかこれかの苦悶は依然として続くことになる――「幽霊は父の徴であるのか、クローディアスの印であるのか、それが問題である。」このように、"ghost"の背後にヘルレキヌスの一党をみれば、そこには同時に煉獄の影が映っていることが理解されるのである。

むろん、父の幽霊の存在を巡るハムレットの問いは、第一義的には幽霊を悪魔が視せる"ghost"とみるか、真の"spirit"とみるかの問いであるとみるべきだろう。自らの身体を国の身体に見立てる彼にとってこの問いは、国の存亡に関わるさらに大いなる問題を孕んでいるからである――幽霊が真の"spirit"ならば、密告は国体に毒が漏られたことを告げていることになるからである。先にみた「幽霊に問え」"Question it"と促されたホレイショーが語るセリフもこの文脈のなかにおいて捉えるべきだろう――「昔も今も王の存在が問題である」("so like the king/ That was and is the question")。そしてもちろん、幽霊の存在およびその幽霊が述べることを信じるためには煉獄を信じる必要がある。煉獄を信じなければ、父の幽霊は悪魔が視せる幻影であるか、悪魔化した「ヘルレキヌスの一党」的なもののいずれかに分類するほかないからである。このように劇のプロットから、あるいは歴史的背景からみても、独白冒頭のセリフは煉獄存在を含意する問いであると解釈する方が自然であり、またそう解釈した方がはるかに劇の緊張感も増すことになる。

さらに、『ハムレット』において、煉獄の存在証明と幽霊の存在証明が同じ意味、あるいは相互補完的なものであることを暗示するくだりがある点も指摘しておきたい。バーナードが語るあるセリフがそうである。最初に幽霊を目撃したと語った際に彼が指差した方位に注目しよう――「昨夜のことだ。北斗星が西にみえる、それあの星が今も光っている、ちょうどおなじ場所に来たときだった。」「亡霊が顕れる。」このセリフは東方の三博士マギーのパロディとみてよいだろう。バーナードは幽霊の最初の登場、いわば幽霊の生誕を星の導きに予見しているからである。星はアンティ・ベツレヘムの方位、北西を指し示している。その場所に何があるのか。煉獄である。そこに幽霊が出現したのだから、星は幽霊と煉獄の存在証明は同じことだと告げていることになるだろう。

それではアンティ・ベツレヘムの地点はどこにあるのか。ハムレットが父の幽霊に誓う際の独特の誓いの表現に注意を向けたい——"By Saint Patrick"「聖パトリックの名にかけて」。この言葉はそのすぐ後（第一幕五場一五八）で、父の幽霊に対してハムレットが語った不可思議なラテン語 "hic et ubique"「どこにでも」とともに煉獄の存在を証する呪文である。墓場で行われた煉獄の死者たちのためのとりなしの祈りの冒頭文は、"Avete, omnes animae fideles, quarum corpora hic et ubique"「肉体が塵のなかに遍在します／すべての信心深き魂たちにご挨拶申し上げます」だったからである。[22]「北斗星の西方」と「聖パトリックの名にかけて」「どこにでも」、これらの暗号が交差する地点、中世都市伝説を知り尽くした公衆劇場の観客にとって、もはや語るも野暮な記号である。ヨーロッパの西の果てアイルランド、その北西部ドニゴールの湖に浮かぶ小島にある穴、「聖パトリックの煉獄」である。『ハムレット』には「客観的相関物」が欠如しているとみるT・S・エリオットには申し訳ないが、聖パトリックの煉獄に客観的相関物をみれば、劇はその様相を一変させ、ひとつの有機的な煉獄の構造体として立ち顕れてくることになるだろう（エリオットは『ハムレット』をひとつの「ファミリー・ロマンス」とみているようだが、シュミットが強調しているように、ファミリー・ロマンスは生者内の問題にとどまらず、「死者のための祈り」を通じて、生者と死者＝生者が抱く死者への記憶、その連関のなかで捉え直してみる必要があるだろう。しかも、ル・ゴフがいうように、「死者のための祈り」は「古代には見られない新しい現象であった」ことを看過すべきではない。すなわち「サロモン・レナックの巧みな定式に従えば、異教徒は死者に祈り、キリスト教徒は死者のために祈った」のである。[23]そして、もちろん、「死者のための祈り」を成り立たせる前提には煉獄があるのだ。）。

『ハムレット』にはもう一つ煉獄に対する暗号がある。不自然なほどに四度繰り返される暗号、ハムレットの留学先である「ウィッテンブルグ大学」である。これが先の二つの暗号が意味するものと鮮やかな対照をなすとき、そこに一つの不気味な踏み絵が現出される点は興味深いところである。

ウィッテンブルグ大学が初出するのは、クローディアス王の以下のセリフである――「ウィッテンブルグ大学に戻るつもりらしいが、私の望みに全く逆らうものだ。」この点に関して、蒲池美鶴が興味深い指摘を行なっている。ここで用いられている「逆らう」"retrograde"という聞き慣れない言葉は、地動説へのコペルニクス的転換を指す専門用語で、「惑星が見かけのうえで逆行する」という意味である。ある時期起こる惑星の見かけ上の逆行現象は天動説では説明に苦慮するが、地動説では容易に説明が可能だからである。それを主張したのがコペルニクスだというのである。そこから蒲池はウィッテンブルグ大学と"retrograde"を繋ぐ一人の人物の名を挙げる。当時コペルニクス説研究の中心だったウィッテンブルグ大学に滞在し、その説に影響を受けて宇宙無限説を唱え、一六〇〇年火刑に処せられたジョルダーノ・ブルーノである。[24]

ただし、ブルーノが「ゲルマニアのアテネ」と呼んだウィッテンブルグ大学にはもう一人の巨人がいたことを思い出したいところである。十六世紀の半ばこの大学の神学教授を勤めた宗教改革の父マルティン・ルターである。彼によってウィッテンブルグ大学はプロテスタントの牙城となった。そして、その彼が最終的に否定したものこそ煉獄である。ルターは「金貨が箱の中でチャリンと音を立てるや否や、煉獄で苦しむ者たちの魂はたちまち天国に召し上げられる」（ヨハン・テッツェル）の説教に激し憤りを覚えた。ただし、当初、彼は煉獄の存在自体は肯定していたし、この世を贖罪のプロセスとみる七世紀のアイルランド修道僧の清貧な姿勢を尊重していた。つまり、彼が煉獄を否定したのは概念そのものではなく、制度化された煉獄であったということになる（徳善義和著『マルティン・ルター』参照）[25]。彼にとって制度化された煉獄は、カトリックに富と権力を分配する免罪符制度確立のためのあの世の装置以外の何ものにも映らなかったからである。こうして、以後プロテスタントはこぞって煉獄の存在を否定し、同時に幽霊もプロテスタント世界から追放される。一五八四年出版のR・スコット著『魔術の発見』（*The Discoverie of Witchcraft*）における煉獄・幽霊完全否定説、一五九五年出版のジェームズ一世による『悪魔学』（*Daemonologie*）はその象徴的な書物といえるだろう。カトリックとプロテスタントの煉獄大論争の幕開けである。天空におけるコペルニクス的転換があの世でも起こったというわけである。

十四　〈うじ虫の巡礼〉と煉獄巡礼

このような政治的状況を、『ハムレット』の作家は第四幕三場、〈死体隠し〉の場面で透かし絵のようにしてたくみに表現している——“Not where he eats, but where a' is eaten- A certain convocation of politic worms are e'en at him : Your worm is your only emperor for diet,……（4.3.20-22）.”「**ハムレット**：いや、食っているんじゃない、食われているのさ——ずるがしこいうじ虫がよって集って食事だ。食うことにかけては、うじ虫さまは天下一の皇帝だからさ。」表の意味はこの程度のものかもしれない。だが、ここで用いられている“convocation”,“politic”,“worms”,“diet”のもうひとつの意味、すなわち「会議」、「政治的」「都市ヴォルムス」「国会」の含意があることに気づけば現前に透かし絵が顕れてくることになるだろう——「うじ虫のような政治家どもが都市ヴォルムス“Worms”に集まって国会中。そして、結局、この会議で皇帝カール五世はルターの教えを異端と宣言したのさ。[26]」ウィッテンブルグ大学の留学生、ハムレットらしい見解を示しているといえる。

ただし、ここでのハムレットのうじ虫はそのほかにも多重な意味があり、そのひとつがここでのルターの宗教会議の意味を多層なものとする民衆の抗いの声となっている。そして、その抗いの声は、「クローディアス王」に表象される社会の支配階級に向かって放たれているのである。このことは、『ハムレット』が上演された一六〇一年、まさにその年に、火炙りの刑に処せられたイタリア・フリウリ地方の一介の粉挽屋、メノッキオとの共鳴のなかに聴くことができるだろう。

すべてはカオスである。すなわち、土、空気、水、火、などこれらの全体はカオスである。これらの全体は次第に塊りになっていった。ちょうど牛乳のなかからチーズの塊ができ、そこからうじ虫があらわれてくるように、このうじ虫のように出現してくるものが天使たちなのだ。（カルロ・ギンズブルグ『チーズとうじ虫』）

ハムレットとメノッキオはともにうじ虫に事寄せて、抗いの声を上げ、社会的上下のカーニバル（カニバリズム）的な転倒論を説いている。一見、二つの〈うじ虫言説〉の一致は歴史の悪戯のようにみえるかもしれない。だが、その背景には、先にみたバフチンがいう口承伝承（都市伝説）によるヨーロッパ民衆文化としてのカーニバルの伝統があることを念頭におけば、二つの意味の一致は歴史の必然であるとみることができるのである（『ハムレット』のなかにも、このカーニバルの伝統が脈々と息づいていることは、たとえば、第三幕二場におけるモリス・ダンスの「ホビー・ホース＝張り子の馬」のくだりからも読み取ることができる――「『ああ悲しや、悲し！　張り子の馬も忘れられ』っていう墓碑銘通りに。」）。

口承によるこの民衆文化のネートワークは広範なもので、ギンズブルグ（『チーズとうじ虫』）によれば、それは当時、ルター派の宗教改革と密接に結びついており、メノッキオのうじ虫とチーズのメタファーにもその反映があるのだという。[27] そうだとすれば、二人の〈うじ虫言説〉の背後にも、口承と知識人とが結びついたこの広範なヨーロッパ民衆のネットワーク文化をみることができるだろう。少なくとも、ここでのハムレットのうじ虫のメタファーの背後に、口承によって広まっていったルターの宗教改革の影をみることはみやすいところである。

そうだとすれば、ここでのうじ虫に体現される民衆の支持に支えられたドイツ型のプロテスタントの思考と王（ヘンリー八世）の権力によって誕生したイギリス型のプロテスタントのそれを同一にみることはできないことになる。すなわち、ここにおけるうじ虫の比喩が、当時のエリザベス朝＝支配階級としてのプロテスタントの心情を代弁していると解すことはできないということである。この点を忘れるならば、うじ虫に託されたもうひとつの重要な意味を完全に見落としてしまうことになってしまう。うじ虫の比喩が暗示する煉獄巡礼の意味がそれである。そこで、この点について、さらに考察を深めていきたい。

「ずるがしこいうじ虫」に貶められた「皇帝」には別の意味がある。このことは、この場面における「うじ虫ども」の行方、その〈終着駅＝station（巡礼地）〉がどこであるかに注目すれば分かるはずである。

Hamlet. Not where he eats, but where a' is eaten—
A certain convocation of politic worms are e'en at him:
Your worm is your only emperor for diet, we fat all
creatures else to fat us, and we fat ourselves for maggots.
Your fat king and your lean beggar is but variable
service, two dishes, but to one table—that's the end.
King. Alas, alas!
Hamlet. A man may fish with the worm that hath eat
of a king, and eat of the fish that hath fed of that worm.
King. What dost thou mean by this?
Hamlet. Nothing, but to show you how a king may go
a progress through the guts of a beggar.
King. Where is Polonius?
Hamlet. In heaven—send thither to see, if your
messenger find him not there, seek him i'th'other place
yourself. But if indeed you find him not within this
month, you shall nose him as you go up the stairs into the lobby.

(4.3.19-35)

ハムレット：いや、食っているんじゃない、食われているのさ――
ずるがしこいうじ虫がよって集って食事だ。
食うことにかけては、蛆虫さまは天下一の皇帝だからさ。
俺たち人間は自分を太らせるために動物を太らせるが、
なあに自分を太らせるのはうじ虫を太らせるためさ。
太った王様も痩せた乞食も、目先を変えただけの献立、
同じひとつの食卓にならぶ二皿の料理にすぎない――
それだけのことさ。

王：ああ、なんたることだ。

ハムレット：王様を食ったうじ虫を餌にして魚を釣り、
うじ虫を食った魚を食らう。

王：それはどういう意味だ。

ハムレット：意味なんかないさ。
ただ王様が乞食の内蔵のなかを這いずり回る煉獄巡礼の事の次第をいったまでのことだ。

王：ポローニアスはどこにいる。

ハムレット：天国に――なんなら、使者を送ってみてはどうだい。
そこにいなかったら、自分で別の場所を探すんだな。
それでも、今月中に見つからない場合は、控え廊下に出る

階段の下辺りで嗅ぎ当てられるさ。

ここでのハムレットの〈うじ虫の謎かけ〉は、サムソンの逆説に満ちた〈ライオンと蜂蜜の謎かけ〉——「食らうものから食うものが出、強いものから甘いものが出た」——のパロディとみてよいだろう。両者ともに敵対者を愚弄し翻弄するための謎かけであるが、その着想を自ら突発的に犯した殺害に得ているからである。しかも、河合祥一郎がいうように、「ハムレットは太って」おり、文武両道のヘラクレスのイメージが重ねられているとすれば、なおさらそういうことになるだろう。[28]ギリシア神話におけるヘラクレスのイメージは旧約聖書におけるサムソンのそれに並行しているからである。ただ違いは、一方の死骸から蜂蜜が、他方のポローニアスの死骸からうじ虫が出るという点である。パロディが成り立つ所以がここにある。

むろん、このパロディの前提には、キリスト教の釈義の伝統がある。すなわち、サムソンのライオンの死骸と蜂蜜の謎かけを、キリストの肉体の死とそこから発生する愛（アガペー）、そのひな形と捉える予表論の伝統があるということだ。キリストの肉体の象徴をミサのパンに求めることも、この伝統の延長線にあるといってよい。ただし、象徴としてのミサのパンを巡っては、新旧は激しく対立している。カトリックはミサのパンに秘儀としての実体性を認めるのに対し、新教はそれをたんなる記号としかみなしていないからである——「もし、神が実際にパンであるならば、神はうじ虫や蝿やネズミに食われ、聖なる身体は腐ることになる。あるいは聖なる身体は腸を通って排泄物へと変貌を遂げることになる。」グリーンブラットも、ミサのパンを巡るこの論争がこのセリフの背景にあることを見抜き、詳細に論じている。[29]『ハムレット』の作家がいずれの言説に与しているかは別にして、ハムレットのここでの帰結が実在する煉獄のある地点に収斂されていることは興味深い——「意味なんかあるものか。ただ王さまが乞食の狭い通路（腸）をとおって、巡礼に行くあり様を示しただけのことさ。」カトリックにおいては、「うじ虫たち」が死（死骸）に向かう「（煉獄）巡礼」"progress"、その終着駅は、"Station Island" と呼ばれるダーグ湖に実在するあの世に通じる「通路＝内蔵」"guts"＝「聖パトリックの煉獄の穴」に定められていたからである。

この地の煉獄巡礼がうじ虫のイメージを彷彿とさせるようになった大きな要因のひとつとして挙げることができるのは、口承伝承の影響である。たとえば、ダーグ湖に纏わる伝説（「ダーグ湖の岸辺で狩りするフェニアンの騎士」）のなかに、以下のようなものがある。


騎士フィオンは毒のハーブを調合する鬼婆を退治するが、彼女は毛の生えたサナダムシになって腿の骨に宿り逃げ延びる。この骨を見つけたアシーンがこれをどうしようかと試案していると、そこに赤毛の妖精が顕れて、これに触れてはならないと忠告する。サナダムシが出て来て水を飲むと、それは巨大な怪物になり、世界中を滅ぼすからだという。だが、忠告は無視され、一人の騎士が腿の骨を槍で突き刺すと、そこからサナダムシが出て来てダーグ湖に行き、巨大な怪物に変身し、一口で何百人も丸呑みしてしまう。だが、ある騎士がこの怪物の弱点を見つけて攻撃し、最後に怪物の腹のなかに入り、何百人もの男女を救出することに成功する。怪物は退却したが、その怪物を見つけた聖パトリックは、湖の底で暮らすように説得し、怪物はそれに従ったという。[30]

この伝承は、聖パトリックの煉獄の穴のイメージの祖型的なイメージをもっている点で興味を引くところである。すなわち、その穴は、内蔵とサナダムシと怪物に飲み込まれた人々、これらを包括する煉獄の穴のイメージがどのように生成されていったのか、その過程を考える際のひとつの指標となるということである。ここではその生成過程を分析することは控えるが、ただ以下の二点については押さえておきたいと思う。一点は、聖パトリックの煉獄巡礼のイメージ、すなわちうじ虫（サナダムシ）のような内蔵を這いずり回るイメージが古くからあったこと。もう一点は、先に引用したハムレットのセリフは一人の作家の奇想的な想像力の賜物であるまえに、民衆の広範な口承のネットワークを吸い上げ、それを作家が巧みに編集して作られた可能性が高いということである。この伝承とハムレットのここでのセリフが内包する各々のイメージ、その響き合いはとても偶然の産物であるとは思えないからである。

うじ虫のイメージをもつ煉獄巡礼、これは歴史的にみても根拠のあるところである。というのも、制度としての煉獄巡礼は、うじ虫さながらに全身「白衣」に身を包むシトー派修道僧（別名「白い僧侶」）によって十二世紀に開始されたからである。すなわち、この白い僧侶によって確立された制度は、やがてヨーロッパ中から巡礼者を集め、彼らは白衣を纏い、「乞食」に身をやつす長旅の果てに「ステーション」に辿り着くという伝統を生むことになったのである。ハムレットのセリフにみられる「うじ虫巡礼」の背後にも、この伝統が透けてみえるのである。

むろん、うじ虫の煉獄巡礼はヨナのしるし、すなわち大魚の内蔵下りであるから、いかに「皇帝」であるうじ虫とて生還は保証されているわけではない。ハムレットがいうように、うじ虫も魚の餌食にされてしまう可能性があるからだ——「王様を食ったうじ虫を餌にして魚を釣り、うじ虫を食った魚を食らう。」煉獄巡礼の伏線として魚に食われるうじ虫の比喩がここで用いられている点に注意したい。もちろん、その比喩に大魚に飲まれたヨナのしるしとしての暗示が込められているだろう。

この地は生前の罪を贖う黄泉の国の入口であり、生還できる者は多くはない。しかも、選ばれた者たちにしか、黄泉の国に入る許可さえ与えられなかったのである。許可されたわずかな者たちは請願を立て、身を浄め、食を断ってあの世の「通路」に入っていった。その入口は狭く、人はうじ虫が這いずるように入穴したのである。穴はあたかも地に口をあけた「内蔵（はらわた）」のようである。「王」とてその例外ではなかった。この世の支配をあの世に持ち込むことはできないからである——「意味なんかあるものか、ただ王さまが乞食の狭い通路（腸）をとおって、巡礼に行くあり様を示しただけのことさ。」なお、このエクトライの巡礼のあり方は、オフィーリアが志向するイムラヴァの巡礼＝サンティアゴ・デ・コンポステラ巡礼のそれと対照的に示されている点も留意しておきたい——「巡礼の笠につけた帆立貝、それから杖とサンダル。」だが同時に、二人が志向する巡礼が地上の地の果て、すなわち「ヒスペリア」＝オクシデントを暗示していることは特記しておくべきだろう。というのも、十五世紀のヨーロッパにおいて、サンティアゴ巡礼とダーグ湖巡礼は文学的伝統においては対にして捉えられるか、あるいは後者は前者のパロディとして捉えられていたからである。[31]

このように読めば、これを受けたクローディアス王のセリフ、「ポローニアスはどこにいるのか。」に対するハムレットの応えは意味深長なものとなるだろう――「天国にいる――使いをやってみるがいい。そこにいなかったら別の場所を自分で探すんだな。」このセリフ中の「使いをやる」には、カトリックが煉獄の典拠とするラザロの喩え話の捩りがあることは疑いえないからである。

ハデスに落ちた金持ちはアブラハムにいう。「ラザロをよこしてください。私たちはこの炎の中で、苦しくてたまりません。」「**アブラハム**：私たちとおまえの間には、大きな溝があります。ここからそちらへ超えて来ることもできないのです。」「**金持ち**：父よ、ではお願いです。ラザロを私の父の家に送ってください。私には兄弟が五人おりますが、彼らまでこんな苦しみの場所に来ることのないようにしてください。」「**アブラハム**：彼らには、モーセと預言者がおります。」「**金持ち**：いいえ父アブラハム。もし、だれかが死んだ者の中から彼らのところに行ってやったら、彼らは悔い改めるに違いありません。」「**アブラハム**：もしモーセと預言者との教えを信じないのなら、たといだれかが死人のなかから生き返っても、彼らは聞き入れはしない。」

神学上、ここで問題になるのは、超えられない溝をもつ二つの空間の間で対話が成立している点である。かりに、一方が天国で他方が地獄であるならば、対話はできないはずである。ただし、一方の、あるいは両方の空間が第三の場所、煉獄となれば話は別である。煉獄は天と地を結ぶ空間だからである。カトリックがこの箇所を煉獄が存在する根拠のひとつとするのも、このような見方があるからだと考えられる。とはいえ、ここでアブラハムは死者がメッセンジャーとなってこの世に行く行為を否定している点も忘れてはならない。しかしながら、二つの空間に大きな溝があるため使いの者が越えられないとまではいっていない、この点にも注意したい。つまり、その可能性は残されているということである。

このことを踏まえて、先のハムレットのセリフを考えてみたい。「天国に使いをやる」ことは神学上不可能であるわけだから、このセリフはハムレットの皮肉と解すことができる。天国には使いをやれないし、やったところで戻ってくることは誰にもできないはずだからである。もちろん、ハムレットはポローニアスが「そこにいない」と踏んでいる。

では彼はどこにいるのか。「自分で別の場所を探すんだな」における「別の場所」とはどこか。通常、地獄と考えられるかもしれない。だが、そうだろうか。ポローニアスを不本意に殺めてしまい、そのことを「深く悔いている」ハムレットがポローニアスの地獄堕ちを想定している（望んでいる）とは考えにくい。そうだとすれば、「別の場所」とは父の幽霊が住む「煉獄」ということにならないだろうか。このセリフがうじ虫の煉獄巡礼の一環であるとすれば、もはやそう考えるほかあるまい。

本章における結びに代えて

『ハムレット』が上演された時期の英国は、カトリック教徒に激しい弾圧を加えたエリザベス一世の治世下にあった。しかもこの時期は、アイルランド九年戦争の最中である。女王に寵愛され、後に処刑されたエセックス伯ロバート・デヴァルーが一五九九年、アイルランドに出陣した際の市民の熱狂ぶりは『ヘンリー五世』に描かれているとおりである。ハムレットの独白の背景には、このような壮絶な精神史・政治史のドラマがあった。独白という小さな塗り絵に目を凝らせば、表のだまし絵、背後の透かし絵をとおし、煉獄という名の踏み絵が密かに描かれていることに気づき戦慄を覚えることだろう。煉獄は存在するかしないか、その問いはそのままカトリックとプロテスタントの分水嶺となり、それがのちにアイルランドと英国領北アイルランドとの境界線、“confine”になっていったからである。

宇宙、地上、地下世界が一つになって、展開・転換をはじめた歴史のクリティカル・ポイント、“The time is out of joint”の基軸に聖パトリックの煉獄がある。ガリレオ・ガリレイの衣鉢を継いで「それでも煉獄は回っている」と主張すべきではないだろうか。今は亡きハムレットも幽閉された鶏たちとともに地球の西方の片隅で煉獄を叫んでいるに違いない――「煉獄は存在するのかしないのか、いまも昔もそれが問題である」、と。「〈わからなかったもの〉は、やがてふたたび現れてくる。それは救済されない霊魂のように、解決や救済をうるまで浮かばれない」（フロイト）からである。

第五章　煉獄のイェイツ——免疫の詩学と供犠

アイルランド人が『ケルズの書』を装飾し、ナショナル・ミュージアムに保管されてある宝石をちりばめた杖を作っていた頃、ビザンティウムはヨーロッパ文明の中心であり、宗教哲学の中心であった。かくして私は霊的生活の探求をこの街への旅として象徴させたのである。

——W・B・イェイツ『散文全集』から削除された作品（「BBC 放送の講演」）より

すべて深いものは仮面を愛する。もっとも深いものは形体や比喩に対して憎悪すらもっている。「逆」こそは、それを着て神の羞恥が歩くべき、まさしく仮装ではないか。

——ニーチェ『善悪の彼岸』

鏡に移して影を見るは、自身の全体を見るなり。鏡の影像を見るにあらず。一切法を見るは、ただ己心を見る。実に甚深の義なり。これを秘すべし。

——伝源信作「三十四箇事書」

問題設定

これまで、聖パトリックの穴の闇を様々な側面から掘り進めてきた。その作業をとおして、闇の相貌が少しずつ明らかになってきたように思われる。だが、その深淵に秘められた核心的な部分、すなわち「世の初めから隠されていること」、供犠の問題については、本書はいまだ踏み込んだ探究を行っていない。そこで本章では、供犠に的を絞ったうえで、さらに考察を深めていくことにしたい。

むろん、この掘削作業が秘儀という闇を掘るものである以上、けっして容易な作業とはならないだろう。このことは覚悟しなければならない。この闇の穴の前には秘儀の番人、スフィンクス／ケルビムが立ちはだかっているはずだからである。そういうわけで、ここに一人の先人の助けを仰ぐことにする。先人の名はＷ・Ｂ・イェイツ、ケルビムと対峙する独自の方法を発見することで、供犠の核心に迫っていった詩人である。

ただし、イェイツはこの問題について作品のなかで公言しているわけではない。それを秘儀として作品のなかで暗示的に語っているにすぎないのである。ときには彼は、詩集『神秘の薔薇』、その表紙のデザインを飾る黄金に輝く薔薇、その根本にひっそりと横たわる白骨の死体にそれを暗示させた（図４）。ときには、彼は「昼の強き光さえ届かない裂け目の淵に一人たたずみ、秘密を叫ぶ」者の声に抗う「こだまの声」にそれを語らせた。またときには、彼はそれをサムソンの謎かけとして提示することで、読者に自らの力で秘儀を解くように迫ることもあった。みられるとおり、それらは各々表現方法も異なり、また書かれた年代も異なっている。だがそれでもなお、アイルランドのしるしを供犠に求めている点では彼は生涯一貫している。

【図４】Ｗ. Ｂ. イェイツの詩集『神秘の薔薇』の初版本の表装の絵。黄金の薔薇の下に白骨化した屍が横たわっている。

とはいえ、彼が供犠の深い意味の理解にいたるためには後期の詩的変貌の時期を待たなければならなかっただろう。前期にみられる供犠の意味には戯曲『キャサリーン・ニ・フーリハン』に典型的にみられるように、自己陶酔を伴う殉教のヒロイズム（センチメンタリズム）が混入されているからである。要するに、前期の作品には殉教のヒロイズムと供犠の根本的差異が明確に区分されていないということである。おそらく、彼がその差異に完全に気づくようになったのは、ある歴史的な事件を目の当たりにしてからのことである。その事件とは「一九一六年復活祭独立蜂起」のことであった。

一九一六年、蜂起の最高指揮官パトリック・ピアスはダブリンの中央郵便局の前でアイルランドの独立を高らかに宣言した——「我々はアイルランド人がアイルランドを所有する権利、その運命を自らの手によって自由に決定する権利、永劫に主権国家たる権利をここに宣言する……我々はその自由と繁栄と諸国民の間での賛辞を獲得すべく我々の命及び同志の命を賭けるものである。」蜂起は六日間でイギリス軍によって鎮圧され、義勇軍は完全降服し、その翌週、蜂起の中心メンバー十六名とともに彼は銃殺刑に処せられた。だが、彼はこうなることを先刻承知していただろう。否、彼は敗北し「殉死」するためにこそ、蜂起を決行したといってもよい。武器も整わず、戦略的にみればまったく不都合な日、復活祭の日をあえて選んで蜂起したのはそのためだったとみることができるからである。すなわち、彼は自己の死を殉教の死として歴史的に意味づけるためにこそ復活祭を蜂起の日に選んだのである。実際、ピアスの作品からだけでも、このことを裏づけることがある程度可能である——「我々はクフーリンの騎士道精神の伝統をアイルランドに復活させ、恒久化すべきである。……もし私が死ぬのなら、それは私がアイルランドに抱く愛の過剰のため。」「聖母マリア様、あなたはご覧になった、はじめての息子イエス様が人々の嘲笑のなかで死んでいくところを、彼は人々のなかで死んだのに、でもまもなく私もあなたと喜びを分かち合うことになるでしょう[1]」。

こうして彼の思惑通り、彼の死を悼み、彼が独立を宣言した中央郵便局には「死に瀕したクフーリン像」が建てられ、彼はアイルランドの殉教者、悲劇の英雄となって今日にいたっている（彼の死を否定することは、いまだアイルランド人にとってタブーであるといってよい）。

だが、イェイツはヒロイズムを伴う彼の死にアイルランドの供犠のしるしをみることがどうしてもできなかった。しかも、彼の死を否定的にみるイェイツの心情は日増しに強まっていった。とはいえ、当時の状況下においてそのことを彼は作品のなかで密かに告白するほか術がなかったのである。供犠が彼の作品のなかで隠されつつ開示されているもう一つの理由はここに求めることができるだろう。また、そこには彼の激しい内的な葛藤もあったことを忘れるべきではないだろう。なぜならば、彼は青年ピアスの姿に若き日の自己自身の姿をみたからである——「私は石に向かって、一つの秘密を叫ぶ。私の言ったこと、行ったことのすべてが、老いて病む今、一つの疑問と化し、ついには夜な夜な、眠りを覚まし、答えがえられないのだ。ある者たちを英兵の射殺へと導いたものは、私自身のあの劇（『キャサリン・ニ・フーリハン』）であったのか。」（*The Poems*, p.392）この問いのなかに、前期と後期の供犠の意味にかんする明白な差異が潜んでいるだろう。あるいはここに、彼がスフィンクスであるケルビムに対峙し、彼女に応答を試みる詩人の葛藤をみることができるだろう。この問いは他者にではなく自己に向かって発せられた問い、「汝自身を知れ」に対する応答だったからである。この詩の舞台が「アルトと命名された穴」となっているのはそのためである。「アルト」が意味しているのはソクラテス、オイディプスに神託を告げた「デルフォイ、そのアイルランド版」（ジェファーズ）だったからである。しかも、この詩は第四章で詳しく分析を試みたように、三五行にわたるハムレットの煉獄への独白の問いを敷衍させながら記された詩、アイルランド的な自己煉獄の世界を密かなテーマとする詩でもあった。

この詩がイェイツ最晩年の作品であることを思えば、彼は生涯、ケルビムに対峙し応答を試みる苦悶の日々を送ったとみることができる。だが、この苦悶のなかで、ついに彼はある時、ケルビムからその箱を開ける鍵を手に入れ、密かにその箱を開けることに成功している。彼がその箱を開けてみると、そこにはヨーロッパの身体と知と魂の結晶体である「蜜蜂の巣」があり、そこからポルフュリオスが幻視した「生成の蜜」が滴っていた。彼がそれを舐めてみると、その味は「イザヤ／エセキエルの熱き炭火」のように、口内できわめて甘味なものに変わったのだという。

どうして、そんなことが彼の身に起こったのだろうか。それは、ひとえにケルビムと対峙することによって習得した「仮面」と呼ばれる独自の詩法によるだろう。それならば、免疫の詩学もまた彼に倣い、「仮面」の方法を習得し、その秘密の箱を開け、その蜜を舐めてみたいものである。免疫の詩学は観念的に認識することができず、未来を噛じってみることではじめて認識することができるからである。ダンテは煉獄の山の導き手をベアトリーチェに求めた。『ステーション・アイランド』のシェイマス・ヒーニーは聖パトリックの煉獄の穴の先導者をジェイムズ・ジョイスに求めた。これに対し、免疫の詩学はその先導者を、ヒーニーが『ステーション・アイランド』のなかで「老師」と呼んだ人、煉獄の穴の蜜を舐めた人、イェイツに求めるのである。

もちろん、免疫の詩学がイェイツの「仮面」の方法に倣うのはただ便宜上の理由だけによるものではない。この詩学と「仮面」の方法は互いに共鳴し合っているからである。両者は、まなざしの認識法を異化する能のドラマツルギーの奥義、おもざしの認識法を分母とし、ともにスフィンクスの謎に対峙する同じ方法の別の表現とみることもできるからである。

以上が、本章が掲げるおよその仮説ということになるだろう。以下、このことをイェイツのテキスト（詩・戯曲・散文）の深い森を分け入って具体的に検証を試みることにする。ただそのまえに、まずは「仮面」の詩法がいかなる方法であるのか、確認する作業からはじめなければならないだろう。供犠の秘儀を開けるためには「仮面」の理解が不可欠だからである。そこで少々、紙面を割くことになるが、「仮面」についてまずはその知を共有しておくことにしたい。これは免疫の詩学の方法をさらに補完する意味でも重要な作業であると思われるからである。

一　「仮面」と夢幻能

イェイツがいう「仮面」とは、目の前で起こる偶発的な出来事を映すリアリズムの鏡に反定立する鏡、「透視ランプ」

であるとひとまずいってよいだろう――「なおもさらに進んでいかなければならない。魂は自己自身に対する裏切り者、自己を運んでいく者、自己の行為者にならなければならない。鏡はランプに変わらなければならない」（M・H・エイブラムズの『鏡とランプ』のエピグラフで用いられたイェイツの表現）。換言すれば、「仮面」とは自己の内奥の真実、生の深い神秘を映し出す（「透視する」）逆説の鏡、生に対する死の鏡であるとひとまず定義することができるだろう。それを具体的に説明すれば、こういうことになるだろう。

魚にとってもっとも理解できないものは水だろう。同様に私たち生きるものにとってもっとも理解できないもの、それはまさに自己の生そのものである。生のなかにあって生を生きる者は生の感覚麻痺を起こしてしまうからである。イェイツに深い影響を与えた鈴木大拙は『禅仏教入門』のなかで、この情況のことを「川の中にあって渇きのために死ぬ人」、「米俵に囲まれて餓死する人」に喩えている。このゆえにイェイツは、逆説の鏡、すなわち生に対する死の鏡を立てかけるべきだと主張するのである。「日本の高貴なる戯曲」のなかで記されている以下の文章も、このことの言い換えにすぎない――「真の生命は死せる人々によってのみ完全に保持されている。」このことを認識すればこそ我々はスフィンクスや仏陀の顔を深い感動をもって見つめるのだ。[2]」

イェイツにとって、「死せる人々」としての「スフィンクスや仏陀の顔」、そこに映る生は現実の偶発的な出来事の束なのではない。死せる人々は生のすべてを一点に凝縮するある原初的な出来事、煩悩／業を映し出しているからである。イェイツは、そのことを夢幻能の死者（幽霊）たちの舞いのなかに見出す。夢幻能の死者たちは生前の出来事のなかのある一点に舞い降りてきて、すなわち、自己を呪縛するただひとつの出来事、生前の自己の生のすべてが凝縮されたあるひとつの記憶に降り立ち、それを軸に〈悪夢の舞〉（トラウマ）を舞うからである。そこでは、劇のプロットでさえも死者たちの舞のために必要な道具であるにすぎない。呪縛された霊たちにとってただひとつの願いは成仏することをおいてほかにはなく、そのためには己の実存的な生をある一瞬に凝縮させて意味づけなければならず、その際、様々な偶発的に起こる現実の出来事はそれを妨げる不純な混ぜ物にすぎないと映るからである。すなわち、自己の生に対する唯一の統語論的な意味づけがなされなければ、成仏が果たされないことを彼らは熟知しているのである。世阿弥が夢幻能のシテを死者とする幽霊劇を考案した理由もここに求められるだろう。すなわち、「生の外に立つ——"existence"の語源は外に立つこと——」ことで凝縮された実存的な生を表現するのに、死者を主人公にする以上の方法はほかには見当たらないと世阿弥は考えたからだろう(生者はワキ＝脇役にすぎず、面をかけず直面＝ひためんで登場する)。かくしてイェイツにとって、スフィンクスも仏陀も夢幻能のシテも、みなその死の面は生が凝縮された一瞬の出来事を映し出すものとなっていく。これが生を逆説化する死の鏡(面)の意味であり、後期イェイツの「仮面」の詩法の根本であると考えてよいだろう。このことは、先の引用文が能を説明する文脈のなかで記されていることからも理解されるところである。あるいは、このことは、彼がみずからの作品を総括して記した散文、「我が作品における総括的序文」、その冒頭に記した以下の記述からも確認することができるだろう。

詩人というものは常に自分の個人の人生について書く。それが彼の最高傑作ともなれば、自己呵責であれ、失恋であれ、たんなる孤独であれ、それらは悲劇の相から取り出された人生なのである。彼は朝食の食卓にいる人に語りかけるように、じかに話しかけているのではない。そこには常にファンタスマゴリアの世界が存在しているのだ。(3)

詩人とは個人の人生を描くものであるが、そこに描かれた世界は、リアリズムの鏡に写し出されるつかの間の現実の生のそれではない。そこには「悲劇の相」、すなわち普遍化されるべき「ピタゴラスの計測された輪郭」(「彫像」)が存在していなければならないからである(後述)。したがって、この悲劇の相としての輪郭(シルエット)によって描かれた世界がイェイツにとって「ファンタスマゴリア」と呼ばれる世界ということになる。そして、この「ファンタスマゴリア」の世界こそ、『ヴィジョン』によれば、『葵の上』あるいは『錦木』(夢幻能)に表現されているような死者の記憶の世界＝「夢見返し」の世界であるということになるだろう。

ファンタスマゴリアとは「魔術的幻燈劇」の意であるが（第三章参照）、これは「影絵芝居」の一種であるとみることができる。ところで、影絵とは細々とした生の表情を映し出す芸術ではない。そこには本来、様々な生を個別化するための色彩すらも存在していないのである。それは生の表情を暗黒化し死化することで、生の輪郭だけを生々しく映し出す、いわば〈プロファイリングの技法〉であるといってよい。「プロファイル」の原義は「横から見られた輪郭」であり、それは対象を正面から映すことはない。影が正面から対象者の顔を映せば、そこには目も鼻も口も消え、各対象者の特徴を捉えることができないからである。だが、側面から捉えるならば、そこに輪郭線をとおして不動の相が映し出される。つまり、影絵は移りゆくつかの間の生の表情を捉えることができない反面、不動の相を捉えることができるということになるだろう。イェイツの言葉を用いれば、「喜劇は各人の性格（"character"）」を表現し、悲劇としてのファンタスマゴリアは「普遍の相である人格（"personality"）」を表現するものであると言い換えてもよいだろう（後述）。これは影絵の欠点であると同時に最大の利点でもある。影絵はつかの間の偶発的な生の表情に欺かれることがないからである。人は個性を特徴づける正面の表情によって他者を欺くことができる。だが、輪郭＝人格を繕うことまではできないのである。お尋ね者の犯人を探し出す際の写真に必ず側面の写真を付けるのもこのことによって説明できる。犯罪心理学で「プロファイリング」という言葉が用いられるのもその原義の名残とみることができるだろう。あるいは、観相学が横顔に注目し、ヨハン・カスパー・ラヴァーターのように、シルエットの技法によって隠された魂の真実を映すことができると説く学説が生まれる背景にも、このことが大いに関係しているだろう[4]。

このようにみれば、イェイツが『ヴィジョン』において、夢幻能と「ファンタスマゴリア」を等価においた理由もおのずと理解されるだろう。夢幻能は生を凝縮するひとつの象徴的な表情をもつ死の面によって生を暗黒化し、その面をかけて、自己の内奥に秘められたひとつの記憶を軸に舞うが、それは明確な悲劇の輪郭線を引く行為に等しいからである。少なくとも、イェイツにとって夢幻能の舞は魂の輪郭線＝「悲劇の相」だけを映し出す影絵としての「ファンタスマゴリア」を想起させるに十分なものである。そしてもちろん、これら二つのものはイェイツにとっては「仮面」の詩法が志向するものと完全に一致するものである。

「ファンタスマゴリア」としての「仮面」の詩法、この要素は本章にとって重要な意味をもっている。ファンタスマゴリアは本来、煉獄を現出させるマジック・ショーだったからである。ファンタスマゴリアの原義は、アタナシウス・キルヒャーが発明（1644-45）した幽霊（スペクタクル）を生み出す「魔術ランタン（幻燈）」に由来する。だが、これはただの幽霊の現出ショーではなかった。なぜならば、キルヒャーはイエズス会士であり、彼は（表向きは）ファンタスマゴリアをキリスト教の教義を布教させる目的で考案したからである。[5] そして、そこで上演されたものの多くは、スティーブン・グリーンブラット（『煉獄のなかのハムレット』）などもいうように、「炎に焼かれ、助けを求める煉獄の魂の様」であったのだ。[6] あるいは、『闇の歴史』のカルロ・ギンズブルグがいうように、「キルヒャーは魂の行進をスコラ哲学者が想像した虚構の実体、そして宗教改革者が聖書に導かれて葬り去った煉獄の発明に結びつけた」ということになるだろう。[7]

もちろん、イェイツがこのことを承知していたことは、ファンタスマゴリア＝夢幻能の世界を「仏教的な煉獄」、「自己煉獄」の世界と言い換えていることからも根拠づけることができる。ここにファンタスマゴリアと夢幻能と煉獄をひとつのイメージに結びつける「仮面」の顕れをみることができるのである。

それでは、「仮面」が志向する煉獄の相貌はどのようなものだったのだろうか。夢幻能の「夢見返し」のことを「仏教的な煉獄」と呼んでいることから推測されるように、それは求心的な過去の記憶のある一点に向かって旋回しながら降下していく煉獄巡礼のイメージをもっている。[8] したがって、この場合の巡礼（煉獄の運動）のあり方は、一般に誤解されているようなダンテ的な煉獄の巡礼のそれではない。むしろ、そのように誤解されているために、最後の戯曲『煉獄』に顕れるカタバシスとしての煉獄の強烈なイメージをもつ「仮面」の相貌がみえてこないのである（第五章補論参照）。ここにおける「仮面」の輪郭線は、まずは穴としての煉獄を降下していく「夢見返し」の軌道をもっていると定義できるからである。すなわち、「仮面」の煉獄巡礼はまずは暗黒の穴に入っていくことで自己の生を死化し、次に自己の罪の記憶（「自己呵責」）を軸に心の深淵に向かって降下しながら自己の生の輪郭線を引いていき（自己の犯した犯罪を自己「プロファイリング」＝認識していき）、最終的にはある記憶の一点に向って収斂されていく軌道を描くのである。この軌道のイメージの最初の表現をイェイツの詩のなかに求めようとすれば、彼の詩にはじめてヴィジョンが顕れた「冷たい天」（1912）ということになるだろう。

そうして見入るうちに、想像力も心も激しさを増して、
あれやこれやの偶発的なただの思いは
すべて消え去って、ただひとつの記憶だけが残った。
とうの昔に過ぎ去った愛の若気の熱き血とともに、
季節外れになったはずの記憶が。
私はあらゆる感覚と理性から己がすべての咎だけを取り出して、
責任となした。そしてついに私は叫び声をあげ、
うち震え、全身身震いした。
光が謎と化して射してきたのだ。
ああ、亡霊が蘇り、臨終の混乱も終わりを告げようとするとき、
物の本がいうように、路上に裸のまま送り出させて
天上の不当なさばきによって処罰として
苦しみを受けるのであろうか。

（*The Poems*,p.176）

この詩にはいまだ完全なイメージではないものの、後期の煉獄巡礼のイメージの萌芽がみられる。「亡霊が蘇り」、「路上に裸のまま送り出され」、「苦しみを受ける場所」は地獄ではなく、「第三の場所」を想起させるものがあり、しかも

ここにみられる幻視、それはひとつの記憶に向かって収斂されていく軌道を描いているからである――「あれやこれやの偶発的なただの思いはすべて消え去って、ただひとつの記憶だけが残った。」そしてもちろん、このような想像力の軌道を描く煉獄巡礼はダンテの煉獄のように天上を志向するものではない。亡霊として蘇り、裸のまま路上に投げ出されること、すなわち生まれた地点に生還することを志向しているのである。

この詩は夢幻能の「夢見返し」の世界を彷彿とさせるものであるが、この詩の出版は一九一二年、すなわち彼が能を知る以前の作品であることを考えると、ここにみられる煉獄的な軌道は聖パトリックの煉獄巡礼を想定してみることも可能だろう。ひとつの通過儀礼である聖パトリックの煉獄巡礼は、生の凝縮された一点（原罪の地点）に降下したあと、もとの場所に「投げ出される」ように生還するからである。大魚に内蔵のイメージを元型にもつ聖パトリックの穴が、アイルランドの伝承によれば、裸のまま、あるいは禿頭になって投げ出されるように生還されたと語られている点を、ここでもう一度想起したいところである。ここに「仮面」の煉獄巡礼と夢幻能の「夢見返し」が辿る輪郭線との重なりをみることができるのである。

二　前期の「仮面」と反対自己

この詩からも分かるように、イェイツの「仮面」が志向する煉獄のイメージは、能との出会い（おそらく一九一三～一四年あたり）以前から彼の作品に表現されており、その志向はおそらく「仮面」の着想を得た二四歳と時を同じくして表れてくると考えることができる（後述）。つまり、「仮面」はその発見当初から煉獄の道程を歩んでいたということになるだろう。そこで、以下、夢幻能を知って変貌を遂げる前の前期の「仮面」の特質を探ってみることにしたい。

能を知るまえの「仮面」には、生を死の逆説によって捉えることで生前のすべての出来事を、ある生前のひとつの出来事に凝縮させていくという後期の「仮面」の特徴はいまだみられない。生の逆説としての死という観点でさえも、前期の作品に明白に表現されているわけではない。むしろ、前期の作品には、死そのもののイメージがいまだ朦朧としており、ときには死のイメージ自体に多感な青年特有のある種の殉教のヒロイズム＝ナルシシズムが伴っていることさえも否定できないところである。もちろん、先述したとおり、殉教のヒロイズムを供犠と同格に置くことはできない。その先にあるものはパトリック・ピアスに体現される自己の死に酔う殉教のナショナリズムの道だったからである。だが、イェイツ自身、自己に巣喰うこの殉教のヒロイズムに生涯悩まされた。ただし、そこから生じる詩的葛藤をとおして多くの優れた作品が生まれたこともまた事実である。すでに述べた「人とこだま」はその好例といえるだろう。その際、自己に巣喰うこの殉教のヒロイズムに対する最大の盾となるもの、それが「仮面」だったわけである。すなわち、この場合「仮面」とは、彼にとって自己の悪い癖を直す〈矯正ギブス〉の働きをもつものであったとみることができる。そして、この「仮面」がのちにみるように供犠に向かうとすれば、殉教のヒロイズムと供犠は一見、類似しているようにみえながら、実際は互いに逆のベクトルを向いているということになるだろう。ヒロイズムとは一種のナルシシズムであり、ナルシシズムとはひとつの感傷（センチメンタリズム）であり、それは「仮面」がもっとも否定し警戒するものだったからである。そういうわけで、前期の「仮面」には後期の「仮面」のもつ死の逆説は存在していなかったと結論づけて差し支えないだろう。

それでは、前期の「仮面」はどのようなものだったのだろう。おそらく、それはイェイツが「月の静寂を友として」において明示されている「仮面」に準じてまずは理解するのが基本だと思われる。この散文で言及されている「仮面」の特質はすでに前期の作品のなかに表現されているからである。

イェイツは自己の詩学を「仮面」という名で呼び、それを「自我」に対する「反対自己」の創造による、自己と反対自己との衝突の対話＝ドラマツルギー／詩学である旨のことを公言している。ただし、彼は具体的に、「仮面」がどのような変遷を経て形成され、最終的に自己の作品においてどのように有機的に機能しているのか、具体的にはほとんど語っていない。だが、それでもなお、「自己」を表現するのに「反対自己」をもってするという逆説の詩法に関しては

「仮面」の発生時期からはっきりと認識されていたようである。いやむしろ、「仮面」はこの逆説に気づいたときに誕生したとみることができるだろう。この点については、前期の作品を注意深く吟味していけば十分確認できるはずである（後述）。

それでは、自己に反対・反立する「反対自己」（"antiself"）、あるいは「敵対者」（"antagonist"）としての「仮面」を被るとは具体的にはどのようなことを意味しているのだろうか。このことがもっとも端的に表現されているもののひとつを散文「月の静寂を友として」（1917）のなかの以下の一節に求めることができるだろう――「他者との闘争から詭弁は生まれ、自己との闘争から詩は生まれる。[9]」このことが意味しているのは、「仮面」とは他者に対して被るものではなく、本来、自己に対して被るものだということであるとみてよいだろう。換言すれば、「仮面」とはまずは社会的な問題であるまえに内的（心理的）な問題であるということになるだろう。このことをさらに具体的に理解するためには、心理学でいう「投影」の理論を想起するのがよいだろう。すなわち、人は自己のもっとも秘めた負の部分を他者に投影し攻撃するが、実はその攻撃しているものこそ自己そのものにほかならないという心理学上の基礎理論を用いて説明できるということである。なぜならば、これを裏返しにみれば、「仮面」の詩法になるからである。つまり、「仮面」とは自己が内奥に隠蔽された自己自身の姿を敵対者の仮面をあえて被ることで表出させる、自己プロファイリンの方法であるとひとまずみることができるということである。イェイツが「仮面」のことを自己の「スタイル（生き方）」であり、「自己修錬」であると述べていることからも、このことは首肯できるところである。

通常、人は自己の負性を他者に投影し、逆に自己が憧れる対象に自己を同一化（投影）することで自己の生を意味づけ（正当化し）ようとする傾向がある。だが、いうまでもなく、そのような方法は自己の主体を棚上げにし、自己を厳しく省みる行為を回避する感傷的（センチメンタリズム）な認識のあり方である。したがって、そこには人生の美学＝主体的なスタイルが顕れることはないし、それはたんに自己修錬の道からの逃避でしかないだろう――「私が出会った芸術家のなかで一人として感傷的な者などいなかった」（「月の静寂を友として」）。逆に「仮面」の方法はこの自己投影の作用を逆説化するわけだから、当然、それは自己が隠蔽するものを厳しく凝視する「自己修錬」の道であり、したがってそれはおのずから人生の「スタイル＝道」となるだろう。つまり、自己が抱く英雄像、自己が欲する対象物、たえずその反対の極にある象徴の「仮面」を被ることによって、自己を厳しく律していくための作法、それが「仮面」の道であるといってよいだろう。「仮面」をたんなる象徴主義的な詩の技法であるとか、表象装置であるなどと捉える多くの現代の批評家たちの躓きの石となる部分がここにある。「仮面」は、世紀末の象徴詩のように、その美が観念の空中を浮遊しながらしだいに意味を獲得し、増殖していくものではない。「仮面」はまず身につけなければ機能しないからである。すなわち、「仮面」とは自己に割り振られた人生の役割を演じることではじめて機能し、そこから意味がおのずから生じてくるものであるということができる。言い換えれば、「仮面」の高度な技法の裏にはたえず彼の生身の人生経験があるということになるだろう。このことを理解すれば、イェイツの作品全体を読む場合の、一つの重要な観点を手に入れることになる。このことをもう少し具体的に説明しておきたい。

前期の詩には、性描写がほとんどみられない。性的暗示でさえ「受難苦」など僅かな例外を除いてみられない。「白い鳥」における鳥たちは絶えず並行して飛ぶが、兄弟姉妹のように決して肉体が結ばれることなく、悲しい永遠の漸近線を描いて飛んでいる。逆に後期は、一見、ロレンスを想わせるような性描写で満ちている。「クレイジー・ジェーン」シリーズにみられるように、老人はグロテスクなまでに秘事を白日のもとに晒す。しかし、いずれの描写も「仮面」のなかにある。その「仮面」を裏返してみれば、どうなるだろう。一方には、猛り狂う性愛を「仮面」によって必死で律しようともがき苦しむ若き詩人の姿が映る。他方、性欲さえ枯れ果て、「仮面」が律すべき欲望の対象さえ失って寂寥の侘しさのなかでさめざめと泣く老詩人の姿が映る。若ぶるクレイジー・ジェーンと真の若者のズレのなかに、いかんともし難い老婆の悲しい性が映っているからである。ただ自分の体を通りすぎていっただけの男たち、ならば彼女にとって性愛とは、血としての己の未来を孕むことのない排泄のスカトロジー、不毛の自慰行為以外の何ものでもない。子宮が肛門のイメージと化しているのもそのためだろう。そこには何一つ性愛を聖化するロレンスの姿勢は見当たらない。イェイツにとって、性愛が重要であるのは、その行為そのものではなく、行為の結果、生じてくる己の血の証が重要だったからである。だからこそ、クレイジー・ジェーンは己の性の不毛性を言い難き嘆きをもって叫んでいるのである。

そうだとすると、ここに前期と後期、二つの「仮面」の間に不可思議なある一つの現象が起こっている点に気づくことになるだろう。前期の詩人が被る「仮面」と後期のそれとの間に機能の逆転現象が起きているからある。すなわち、若き性の猛りを律するために用意されたはずの〈矯正ギブス〉としての「仮面」が、後期においては、逆に潜在意識に眠る若き日の満たされぬ性を引き出すための〈欲望誘発装置〉へと変貌しているという事実である。

三 「仮面」と秘儀の読解法

ところで、自己投影を逆説化するこの「仮面」には、人間とは（自己に対しても他者に対しても）自己を隠蔽する動物であるという理解があることは明らかである。そうすると、「仮面」の基底をなすものは自己の隠蔽作用であることになるだろう。実際、イェイツの「仮面」の生成を辿っていくとき、（後述するとおり）最初に顕れたものが真実を「覆う（隠す）」ものとしての「仮面」であることが確認されるのである（ただし、イェイツにとって自己の隠蔽は両義的であり、それは人間の必然であって、一方的に悪であるとは捉えられていない点は注意しておかなければならない）。ここには「仮面」を解く際の重要な示唆があると考えられるため、さらに踏み込んで考えてみたい。

そもそも人という動物は、禁断の木の実を食べて以来、自己にかかわる〈事の核心〉をこそ隠蔽するように定められているだろう。事の核心は聖と俗の両義性をもつ「不気味なもの」＝「タブー」であり、そこには秘密にしておかなければならない暗い自己の真実が潜んでいるからである。フロイトを待つまでもなく、禁忌を守ろうとする背理にはたえずその侵犯への暗い欲望が潜んでいるがゆえにタブーは両義的だからである。しかし、同時にタブーは自己を形づくるもの、原義に従えば自他を「区分するもの」であるため、他者に真の自己を理解してもらうためには暗い秘密を告白する必要に迫られる。「語りたいが語れない」、そのとき人が取り得る方法は、いわばドーナツ状の語りの手法である。つまり、核心部分は秘めたままで、その周辺を語ることで空洞を作り出し核心を語る。卑近な例で説明すれば、子供がおねだりの際によく使う方法である——「お父さん、Aちゃん自転車買ってもらったよ、B君も、Cちゃんも。」

一方、聞く側の心理はどうだろう。聞き手も自己の奥底に語ることのできない真実を抱えており、そこにこそ事の核心があることを暗黙のうちに承知している。こうして人は穿たれた沈黙のかたちに目を懲らすことになる。

イェイツの「仮面」の前提となる穿たれた沈黙の方法も基本的にこれに等しいものである。ただし、イェイツの場合、この傾向がさらにいっそう強いものである——「心のさらに大いなる力は公言できぬほどあまりにも私的にして神聖な事項のなかに表出されるものであり、それ自体秘めごとに属している。」彼が神秘主義者であり、実際に神秘主義の秘密結社（「黄金の夜明け団」）に属していたことを考慮すれば、そういって間違いないだろう。神秘主義、mysticism、occultism の原義はともに「秘儀」に関係している点をここで思い出したい。

ただし、神秘主義は秘密厳守を前提とするものの、外部者にとって秘密の味は蜜の味、何としてでも内部者の沈黙の口を開きたいという想いが募るものである。この閉ざそうとする内なる力と開こうとする外の力、そのせめぎ合いの力学が神秘主義の魔力となり、人を惹きつける。この力学を巧みに用いて、自らの作品に魅力（魔力）を与える方法もまた「仮面」のひとつの特徴であるといえる。この秘儀としての「仮面」の方法をさらに説明すれば以下のようになるだろう。

ある作家が秘密結社に属していたとする。そして彼が自らの描こうとする核心部分を結社の秘儀のなかに見出したとしよう。当然、秘儀を漏らすことはタブーである。通常の会員であれば、沈黙を守れるかもしれない。だが、作家となれば事情は異なってくる。秘儀を守ってそれを作品に反映させなければ目玉のない作品になってしまう。一方、秘儀を語ればタブーの破戒ということになってしまうからである。このジレンマのなかで作家はやはりドーナツ状の語りの手法を用いることになるだろう。すなわち、秘儀を作品の核心に据えたうえで、核心については沈黙を守り、その周りをドーナツ状に囲い込み穿たれた沈黙をもって語るという方法である。すなわち、「仮面」の詩法とは、巧みにカモフラージュされた特殊な語りの手法をとおし、いわば〈レコードの〉ドーナツ盤の構造体をつくりあげ、その空洞化された中心軸に〈事の核心＝真意〉を忍ばせ、それを空洞に響く沈黙＝「仮面（「ペルソナ」の原義は「～を通して＝per 響く＝sonare」）の声として〈隠しつつ開示する〉方法である。この方法は、先にみた「自己」の逆説としての「反対自己」としての「仮面」の装着が実際のところ隠しつつ開示する働きをもっていることを念頭におけば、二つの「仮面」の特性は相互補完的に作用していることが分かるだろう。

さて、このことを考慮すれば、彼の「仮面」の核心に迫るためには読みの常識を一旦捨てる覚悟が求められていることに気づく。通常、私たちは作品の表面にはっきりと表現された意味や頻度数の多い表現に注目し、これが重要だと考えがちである。しかし、「仮面」の詩法によって描かれたイェイツの作品の場合、頻度数の多い表現は、重要な核心をカモフラージュすることでドーナツ状の空洞を作り出すために多用されていることが少なくない。そうだとすれば、「仮面」に対峙する際には、探偵にも似たミステリーの読解法が求められることになるだろう。つまり、何が語られているかではなく、何が語られていないか、何が隠蔽されているのかに注視し、沈黙の言葉を知るためにこそ語られたすべての作品を丹念に調べていくという方法が求められているということである。一度この読みの方法を用いれば、彼が故意に意味をずらして表現している箇所、文脈から浮いた表現、謎かけの表現、指示するものをもたない代名詞など、一見些細で不手際ともみえる箇所が、むしろ探偵にとっての犯人の指紋のように重要な意味をもつことになってくる。

このミステリー的な読解法をもとに、イェイツの作品全体を再読してみると、そこに一つのイメージがドーナツ状の空洞のなかに浮かび上がってくることになる。そのイメージこそイェイツが生涯でただ一度、「仮面」と同格においたうえで、詳細にわたって説明したもの、「ケルブ」にほかならない。すなわち、イェイツの作品内におけるドーナツ盤に穿たれた空洞の中心に潜むものの正体、それは「ケルブ」であると推定されるのである。

ケルブとは善悪を知った人間が楽園から追放された際、再び楽園に侵入し、「命の木の実」を食べて不死にならないように、「廻る炎の剣」によって入園を阻む「園の番人」＝「智天使ケルビム」、その単数形である。これが聖書のなかで初出するのは、先述の「創世記」の「人間」による自己存在の隠蔽が記されたすぐあとである。このことが意味しているのは、原罪を負った「人間」は、ケルブに阻まれ「死ぬべきもの」となり、ゆえに人はケルブを不滅の魂を「覆うもの（ケルブの原義）」、肉体の棘＝死と呼び、したがって、これを原罪、存在の負い目の証とみなすようになったということである。そうであれば、「覆い／ケルブ」とは、肉体の棘であると同時に、自己の存在の負い目を「覆うもの」、すなわち「隠蔽作用」を含意していることになるだろう。

四　「仮面」と「ケルブ」

イェイツの全作品のなかでただ一度明記された「ケルブ」、これは彼が二四歳の頃に開始したブレイク研究の結実化ともいうべき『ブレイク研究（一八九三年にE・J・エリスとの共著で三巻本として出版された）』の「覆いのケルブ」（“Covering Cherub”）という章のなかの以下の記述に表れるものである。

このような形態はブレイクによって「覆いのケルブ」、あるいは創造形態の仮面として分類されるものであって、このケルブ、あるいは仮面をとおして、被創造的な霊魂は可視化されるのである。このケルブという言葉は「エゼキエル書」28章14節からとられたものである。——中略——ブレイクはこの覆いのケルブを一つの手段とみなしたときには称賛している。すなわち、実相は我々の上空あまりにも離れているため、あるがままの姿では視られないものであるが、このおおいのケルブを用いることで象徴においても、また表象的な形式においても、視ることが可能となるからである。また同時にブレイクは、これを悪魔の妨げとみなしたときには非難している。なぜならば、この妨げによって我々の切なる意志が、自由からも神聖なる世界の真理からも遠ざけられているからである。覆いのケルブとは、あらゆる人間にとって、二つの観点をもつものである。[10]

ここでイェイツはブレイクがいう「仮面」を「覆いのケルブ」と呼び、その機能を天上の「実相（イデア）」を透視する方法であるとしている。しかし、この機能は両義的であり、「悪魔の妨げ」にもなるという。すなわち、人間を「自由からも神聖なる世界の真理からも遠ざける」ものだというのである。つまり、原義が「覆い」である「ケルブ」、すなわち「仮面」とは、一方で開示し、他方で隠すもの、すなわち隠しつつ開示するものであるということになるだろう。これは第四章で考察した『ハムレット』における真意を見抜く「ケルビム」の機能、あるいは『マクベス』における「ケルビム」の機能にきわめて接近した意味として理解することができる。少なくとも、ここに穿たれた沈黙によって語り、人の内奥の真実を見抜く方法としての「仮面」の第一の定理をみることはさほど難しいことではないだろう。

　だがともかく、イェイツの全作品のなかではじめて「仮面」が言及された箇所において、それを「ケルブ」という名で呼んでいる点は、本章にとってきわめて大きな意味をもつものである。本章では、ケルブ／ケルビムこそユダヤのスフィンクスであり、彼女こそ煉獄の穴の深部に封印されている供犠の象徴、蜜蜂の巣、その秘儀を開ける鍵を握る者だと措定するからである。

　この理解が正しいとすれば、「仮面」はその発生段階から煉獄を志向していることになるだろう。このことは、密かにケルブのイメージが顕れるところに、かならず煉獄のイメージが顕れることからも根拠づけることができる（後述）。そうだとすれば、私たちはここで煉獄の秘儀を解く最大の鍵を手に入れたことにならないだろうか。煉獄の秘儀を解く鍵を握っているのはケルブにほかならないからである。イェイツがこれ以降、いっさい「ケルブ」を黙して語らなかったのもこれにより理解できるというものである。

　以上が本章で用いる「仮面」にかんするおよその定義とその説明ということになる。以下、この理解のもとに聖パトリックの煉獄の穴の深部、供犠に向かって掘り進めていきたい。

五　「もしも私が二四歳だったら」に秘められた「仮面＝ケルブ」

イェイツが先の引用において、「ケルブ」としての「仮面」を明記したのは、二八歳のときである。ただし、『ブレイク研究』はその結実であり、「仮面」の発見はそれ以前に遡るものと考えるべきだろう。それでは、いつイェイツは「仮面」を発見したのだろうか。彼が二四歳の頃、すなわちブレイク研究をはじめたその年に、彼は「仮面」を見出したとみることができる。散文集『探究』に収められている「もしも私が二四歳だったら」（1919）のなかに隠しつつ開示されているものこそ「仮面」に違いないからである。

そこで、早速、この散文を読み解いてみたい。その際の解釈は、先述した「仮面」の読解法によって進めることにする。すなわち、不自然に挿入されることで文脈から浮き上がったような箇所や唐突な印象を受ける箇所を〈おもざし〉たい。それこそが「仮面」／徴候の徴だとみるからである。もちろん、この方法は免疫の詩学の方法でもある点をここでもう一度、確認しておきたい。

「もしも私が二四歳だったら」の冒頭において、イェイツは二三～四歳の頃のある日、予期せずしてある一文が脳裏に浮かんできたという――「汝の思念をハンマーでうち叩いて、統合せよ。[11]」ここでいう思念とは、当時、彼の「三つの関心事」であった「文学の形式」と「哲学の形式」と「民族への信仰」のことである。この散文の文脈を踏まえたうえで、本書の命題に引きつけて「三つの関心事」を言い換えるならば、魂（彼にとって文学は魂）と知（哲学）と身体（不滅の身体としての民族）ということになるだろう。

それでは、三つが統合されて一体何が誕生したのだろうか。一読して分かることは、これら三つの要におかれているものが強烈な「民族への信仰」だという点である。この場合の「民族」とは国家という抽象概念ではなく、「個人」に対する「家族」の絆や「土着の信仰」に基づくきわめて素朴な心情のことであり、それが土地に根づいた宗教心を育み、またそれが「哲学の形式」を生み出すことになるのだというのである。だが、当初は「文学の形式」と「民族への信仰

（信頼）」を結びつけることができるものの、それを「哲学の形式」にまで結びつけることができなかったという。その理由は、文学とは民族的な側面が強いが、普遍性を志向する哲学は差異化を志向する民族とベクトルを逆にするからだろう。ただし、この散文によれば、東洋の哲学が宗教と結びついているように、本来、哲学は宗教と結びついており、しかもその宗教は民族的なものであるから三つは結局、ひとつに統合されるというのである。そして、この民族に根ざした宗教心の端的な顕れを、彼は例えばシャルル・ペギーの『ジャンヌ・ダルク』の信仰心に求めている――「弟子たちがフランス人ならば、けっして彼らはキリストを裏切ることはなかっただろう。」ここにも窺われるとおり、この散文に表れた「民族への信仰」は身体的なイメージ――それは家族や土着の精神にも暗示されている――が伴っており、しかも供犠としての殉教のイメージが伴っているのである。この点は看過できないところである。

とはいえ、上述したような記述には読者にとって素朴な疑問が生じざるをえない。これらは表題の「もしも私が二四歳だったら」とほとんど無関係な内容だからである（冒頭に記された一文だけがこれらを結びつけているとすれば、表題にあえて仮定法を用いる必要などないはずである）。そこで、もう一度、注意深く再読を試みる。すると、彼が「ハンマーでうち叩いて」現出させようとしているものが、もっと具体的なイメージであることがしだいに分かってくる。ここで結論を先取りして述べれば、それは「ケルブ」としての「仮面」のことであるといってよい。ただし、ここにおける「仮面」は、この散文の全体の文脈からみてきわめて民族的なもの、すなわち第一義的にはアイルランド的な「仮面」であり、しかもそれは供犠のイメージをもつ聖パトリックの煉獄の穴を志向しているのである。そこで以下、このことを検証していくことにしたい。

まず、先述の読解法を念頭に再読を試みよう。すると、以下の一連の文章の不自然さに気づくことになるだろう――「私がもしも二四歳でリュウマチでなかったら、……クロー・パトリックとダーグ湖の巡礼者となり……ダーグ湖の司祭を説得し、羽のない翼をもつ長足鳥のかたちをした悪霊にかつて包囲されていた聖パトリックの穴に宿るヴィジョン、その封印を解けと告げるだろう。[12]」むろん、ここにみられる不自然さは、クロー・パトリックとダーグ湖の巡礼を唐突に挙げているからではない。この散文において、二つの巡礼は「日本の聖なる山」に比すべきアイルランドが誇るべき民族信仰の象徴的な存在であると捉えられているからである――「アイルランドの巡礼より古い巡礼をヨーロッパはもっていない。」しかも、イェイツはすでに初期の散文、「文学にみるケルト的要素」において、ダーグ湖の巡礼がアイルランド／ケルトにとっていかに重要な意味をもっているかを力説しているのである。すなわち、エルネスト・ルナンを引きながら、この煉獄の「巡礼者が視る幻がヨーロッパの思想に豊かな懺悔の象徴を与え、その影響はダンテの『神曲』にまで及んでいる」としたうえで、「巡礼者を聖なる島に運ぶウロの木のある舟の話からも立証できるように、それはかつてケルトの異教徒が視た幻である」と記しているのである。[13] したがって、ここでの不自然さは二つの巡礼が唐突に取り上げられているためではない。あるいはまた、ここで「リュウマチ」という私的な問題が持ち込まれているからでもない。むしろ、この表現はイェイツがダーグ湖の巡礼の儀式を熟知していることを示唆するものである。「ステーション・アイランド」での三日に亘る贖罪の儀式においては、素足が原則であり、水面すれすれに浮かぶこの島の敷石は濡れていることが多い。この敷石を素足で踏みしめながら巡礼が行われるのである。あるいは湖のなかに身体を浸すこともあるのだ。この行為がリュウマチを患う者にとって致命的なものになることはいうまでもない。したがって、イェイツはここで「リュウマチ」を持ち出すことによって、この巡礼が身体に痛みを伴うものであることを示唆しているとみることができる。そして、その痛みはアイルランド的な「民族への信仰」を強固なものにしていることを暗示させているのである。その延長線上にあるものは、とりなす者＝供犠としての聖パトリックのイメージとみてよいだろう。なぜならば、聖パトリックに倣うここでの巡礼者は、ただ自己の贖罪のためだけではなく、隣人をとりなすために自らの身体を痛める儀式を行うからである。実際、「ステーション・アイランド」の施設には現在でもとりなしの祈りを行う場が設けられている。

それでは、どこが上述の一連の文章をこの散文の文脈から浮き上がらせ、不自然な印象を読者に与えるのだろうか。皮肉なことだが、それはこのくだりだけが表題の「もしも私が二四歳だったら」を忠実に守る内容となっているからである。すなわち、この散文においてここ以外には、表題の「もしも私が二四歳だったら」に相当する内容（仮定法を前提とする内容）がなんら記されていないのである。つまり、他の文章は二四歳に限定された仮定法が用いられていないために、読者は作者が二四歳であることの必然性を改めて問うことはないのである。これはいかにもパラドックスである。表題に忠実なこの一連の文だけが、その忠実さのゆえに全体から浮き上がってしまっているからである。そうだとすれば、これら一連の文章はそれ自体ひとつの供犠のしるし、すなわち表題＝アイデンティティをしるしづけることによって散文全体から排除されているという供犠のしるしを帯びているとみてよいだろう。そしてもちろん、このしるしは散文全体を解く鍵がここにあることを証するものであることはいうまでもない。

この文章が不自然さを生み出す原因、それは、なぜ二四歳の頃に限って作者が煉獄巡礼に行くべきなのか、その理由がなんら説明されていないからである。たんに煉獄巡礼がケルト的要素のイメージをもっているだけならば、あえて二四歳に限定する必要などどこにもないはずである。あるいは、これらの文章のなかに記されている「アイルランドの巡礼より古い巡礼をヨーロッパはもっていない」ことに理由を求めたところで、事情はなんら変わらない。それは若い頃から民族の偉大な文化に触れておくことが望ましい程度の意味しかもちえないからである。表題と全体の内容の間にみられるこの不一致、それが作家の不手際でないとすれば、ここに作者の意図を読み取ることができるだろう。その意図とは、ある限定された年齢を想起させる仮定法の表題を掲げ、他の文章は表題を半ば無視して描くことで、読者にただ一つの出来事に注意を向けさせ、その出来事を謎として隠しつつ開示させることであるとはいえまいか。かりにそれがたんなる不手際だとしても、いわんとすることは同じことである。なぜならば、不手際のなかにこそ作家の秘められた内奥の真実を読み解くのが、免疫の詩学の方法だからである。すなわち、この詩学の方法にとって、隠蔽された意図と不手際は表裏の関係にあるのだ。

いずれにせよ、表題の謎を解く鍵は、「二四歳」のときに起こった出来事のなかに求められる。このことははっきりしている。それでは、その出来事とは何であるのか。ここでもまた、先の読解法が有効だろう。そこで、これら不自然なくだり、そのなかでもとくに不自然な文章を探ってみよう。すると、以下の文章の不自然さに気づくことになるだろう――「（そう仮定すれば）私はただの二四歳で、しかも一人の失恋者（叶わぬ恋／見果てぬ夢の愛好者）ということになるが、」（“I would, being but four-and-twenty and a lover of lost causes”）がそれである。ここにおける“a lover of lost causes”はいかにも唐突であり、これがかりに「無理を承知で」司祭を説得する「見果てぬ夢を愛する者」を含意しているとしても不自然さは変わらない。イェイツの愛読者であれば、「二四歳」に続いて記されているこの語句が何を暗示しているかは明白だからである。それは、イェイツが作品のなかでほとんど神話化した女性、二四歳の彼が初めて出会った「運命の女」＝モード・ゴーンのことである。とはいえ、これは妙な話である。この頃に彼の彼女への熱愛がはじまったのであり、その失恋はずっとあとのことだからである。それとも、この句は「失恋を承知していた恋人（失恋を愛した恋人）」の意であろうか。おそらく、その意味も含まれているだろう。ただし、この文脈においては出会いと別れの両義性の綱引きにおいて、圧倒的に優位に立っているのは別れの方であることはいうまでもない。だからこそ詩的であるのだ。それでは別の事情によるのだろうか。

　そこでもう一度、「二四歳」の出来事に留意しながら、散文全体を読み直してみよう。すると、一人の詩人の名前の存在に気づく。ウィリアム・ブレイクである。ブレイク研究を開始した年は一八八九年、イェイツが二四歳の時だからである。

　ブレイクは世界を善と悪の対立・闘争のダイナミズムのなかに幻視した詩人であり、イェイツに絶大な影響を与えた。実際、この散文のなかにも「闘争」、「敵対者」といったブレイクのキータームが散りばめられている。その狙いは、ブレイク的な概念を持ち込むことで、平板な道徳性に陥る可能性をもつこの散文を異化することにあるだろう。異化とは日常の自然な流れにあえて不自然さを持ち込む方法であることを思えば、二四歳の出来事が意味するものは、ブレイク研究の開始に求めてよいのかもしれない。だが、このように結論づけてしまうと、先の「もしも私が二四歳だったら」にはじまる一連の文章の意味がなくなり、「失恋」は完全に意味を失ってしまう。そうだとすれば、ブレイク研究と「失恋」、二つの交点に何かあるはずである。この散文中のブレイクが言及されている以下の記述のなかにその重要なヒントがあるようだ。

シェイクスピア、ヴィヨン、ダンテ、あるいはセルバンテスでさえも、その力と重さの起源は悪への没頭に由来している。一方、シェリー、ラスキン、そしてワーズワス、彼らの公式的な信仰、それがいかなるものであれ、ブレイクがそうみたように、ルソーの弟子であり、すべての解決を善のみにおいている。……彼らに劇的な感覚が欠如しているのはそのためである。すなわち、彼らが描く人間には相対立するもの＝敵対者（"antagonist"）が欠落しているのである。

ここにおける「敵対者」のことを「月の静寂を友として」においては「反対自我」（"antiself"）と言い換えているが、先述したとおり、これこそイェイツにとって「自我」がたえず対峙（相対立）すべき「仮面」（"mask"）のことを意味している。

ところで、先に述べたように、イェイツは、エドウィン・エリスとの共著『ブレイク研究』（彼が二八歳の年一八九三年に出版された）において、この「仮面」のことを、「ケルブ」であると明記している。この点を踏まえるならば、「ハンマーで叩いて統合され」現出されたものは「仮面＝ケルブ」であるとひとまず措定してみることができるかもしれない。しかも、時期をほぼ同じくして（おそらく二五歳の年）イェイツとモード・ゴーンが入会した「黄金の夜明け団」の秘儀のことを想起すれば、さらにこの可能性が強まってくる。この秘密結社における秘儀の一つは「ケルビム」だったからである。

イスラエル・リガルディの著書『黄金の夜明け』（*The Golden Dawn* ＊この著書の出版は秘儀の公言に相当するため「黄金の夜明け団」にとってタブー侵犯にあたる）によれば、「黄金の夜明け団」において「ケルブ」は「ユダヤのスフィンクス」に相当し、四元素、人間（空気）、獅子（火）、雄牛（地）、鷲（水）を統合する生命エネルギーの顕現、公言が許されない奥義、「聖四文字（テトラグラマトン＝アグラ）」と呼ばれ、「エゼキエル書」を淵源とする「巨大な車輪」、表裏反転する二重螺旋運動として捉えられている。[14]『黄金の夜明け』におけるこの秘儀は、密かにこの時期に書かれたイェイツの詩に影を落としていることを思い出せば、秘密結社をとおして、彼はさらにケルブを詩的に内面化していったとみることも可能だろう。たとえば、イェイツが二六歳のときに書いた「あなたが年老いた時」に記されている「巡礼の魂」はその根拠となるだろう。「巡礼の魂」は、「黄金の夜明け団」で説かれる魂の巡礼のあり方、すなわち回帰と業の法則に従い、反対物との闘争＝ケルビムと対峙しながら輪廻の道を巡礼する魂のイメージが暗示されているとみることもできるからである。

それでは、「ケルブ」と「失恋」はどのような関係にあるのだろうか。イェイツにとって、彼女はケルブの具現化だったとみれば二つは結ばれることになるだろう。「炎の女」であるモード・ゴーンは、イェイツの求愛を生涯にわたって拒み続け、そのことで彼女は彼の心に刺さる剣、〈永遠の失恋（ノン）〉になっていったからである（詩において、この苦しみは繰り返し語られている）。換言すれば、彼女は、「炎の剣」で愛の楽園に入ろうとする詩人を拒む者、彼にとっての智天使ケルブのひとつの具現化とみることができるのである。

イェイツがモードのイメージにケルブ、あるいはケルビムを投影していたことは、モードの娘、イゾルド・ゴーンに寄せた詩、「若くて美しい人に」からも推し量ることができる――「どうせ世間の美など、旧きエゼキエルのケルビムと競い合うさだめなどないのさ。せいぜいボウヴァレの描いた天使とじゃれ合っているのがお似合いなのさ」（「若くて美しい人に」）。ここで想定されているエゼキエルのケルビムとは、通常、求愛の対象としてはおよそ想定することができないブレイクが描いた魔神のそれである。だが、イェイツはそれをこそ「美」と呼び、彼女の娘を通じて、そこにモードに体現された美のイメージをみようとしているのである。このようにみれば、もはやケルブの化身としてのモードのイメージがあったことは疑いえないところである。そして、もちろん、彼にとってケルブの性別は、スフィンクスと同じように、男ではなく女であったといってよいだろう。

このことを前提にするならば、彼にとって、先に引用に表れた聖パトリックの煉獄の穴を包囲した鳥の悪霊とはたんにケルト的異界の魔物ではなく、煉獄の番人としてのケルブ／ケルビムを意味しているというひとつの仮説が成り立つだろう。ケルビムは聖パトリックに棲む怪物が鳥の翼をもっているように、鷲の翼をもっている点に留意したいところである。イェイツの晩年の詩、「巡礼」においても、ダーグ湖に棲む怪物は鳥として忘れずに描かれているからである――「ダーグ湖の小舟に乗ると大きな毛むくじゃらの黒鳥がお出ましだ／端から端まで二十フィートもある翼をいっぱいに拡げてパタパタしてやがる／これ見よがしにさ／だが尋ねてみたってだめ／船頭がいえる言葉はこれだけだからさ／パッパカパーのタッタカター」（「巡礼」＊ここでは放蕩の老人のペルソナを借りて、一部、茶化すように煉獄巡礼を描写している。だが、ここでの放蕩老人を劇『煉獄』における「老人」と同様に、アイルランドを巡礼する聖パトリックのイメージのパロディとして読むことも可能だろう。第五章補論参照）。

さらに、このことを念頭におけば、この魔物＝ケルビム／スフィンクスに対峙するある存在の姿に気づくことになるだろう。それはもちろん、ダーグ湖の小島巡礼の創設者、煉獄の守護聖人聖パトリックのことである。そうであるならば、ここにおける聖パトリックはイェイツにとって、アイルランドのオイディプス＝供犠の象徴に相当していると考えることができるかもしれない。さらに、これを先の「三つの関心事」を踏まえて解釈すれば、ここにおける聖パトリックは、イェイツにとって先述の知と身体と魂、それら三つの供犠のしるしの体現者と捉えられているという可能性がみえてくる。

六　『アシーンの放浪』に描かれた聖パトリックと煉獄のイメージ

もっとも、このような解釈は、この時期、イェイツが二四歳の時に書いた『アシーンの放浪』を知る読者にとっては、いかにも奇妙な深読みであると映るだろう。だが、そうではない。このことは、『アシーンの放浪』にみられる聖パトリックのイメージに対し偏見をもたずに読めばすぐにも理解できるところである。そこで、以下、聖パトリックに対する偏見を解くために、『アシーンの放浪』から彼のイメージを少し探ってみたい。

意外なことだが、イェイツの詩と戯曲において、聖パトリックが登場するのは『アシーンの放浪』だけである。後期の詩に「リブ、パトリックを非難する」というものがあるが、彼は批判される対象者とはなっているものの、詩のなかに実際に彼が登場しているわけではない。しかも、彼が登場する『アシーンの放浪』においてでさえも、彼はアシーンの聞き手にまわり、実際に語っているのは全体からみると僅かにすぎない。ここから分かることは、彼は対峙する他者の内面を引き出す合わせ鏡として用いられているのではないかということである（これを本書全体の文脈に引きつけていえば、ここに窺われる彼の姿は、つねに他者に対峙し、おもざすものとしての免疫の寡黙なイメージがあるということだ）。これはまさに彼が合わせ鏡としての「仮面」の詩法のために用意されたものであることを示唆するに十分なものである。このことは、「リブ、パトリックを非難する」を基底するイメージが「鏡」であり、その「鏡」に映る像が聖パトリック、彼が解く「三位一体」説であることからも理解されるだろう。しかも、この詩において、「鏡」に映る聖パトリックを「ギリシアの抽象的な不条理がその男を狂わせた」と記している点に注意したい（*The Poems*, p.334-335）。ここで彼はヨーロッパの知の象徴と捉えられていることになるからである。この知の象徴としての「ギリシアの抽象的な不条理」はここでは表面的には非難の対象となっているものの、「仮面」の詩法からみれば、逆に彼は最大限に称賛されているとみることができる。ギリシアの抽象こそ先述したとおり、「ピタゴラスの輪郭（定理）」＝「悲劇の相」＝「仮面」そのものだからである。そして、このピタゴラスはイェイツの神話体系においては、三角形の定理、この詩でいう「三位一体」、すなわちピラミッドの秘儀——彼の秘儀を守るピタゴラス派の主張するところでは彼はピラミッドを凝視することで三角形の定理を発見した——を解いた知の象徴である。このピラミッド（太陽神ラー）の秘儀を守るものこそ太陽を映す唯一の鏡、スフィンクスであることに気づけば、アイルランドのピタゴラス、聖パトリックが対峙するものがスフィンクス／ケルブであることが暗示されていることにもなる。このことは、この詩の「男性中心主義の三位一体」が、スフィンクス＝女と対峙する彼＝男のイメージを示唆していることからも確認できるはずである。

「仮面」を発見する前におよその草稿を書き上げていた「アシーンの放浪」の場合においても、他者に対峙する鏡としての聖パトリックのイメージはすでに顕れているとみることができる。具体的にそのことをテキストから確認しておくことにしよう。

『アシーンの放浪』は聖パトリックの以下のセリフからはじまる――「腰が曲がり、頭は禿げ、盲目の身の汝の心は重く、思いはさすらっておるな。汝は詩人たちが詠っているように、魔物と戯れて三つの世紀を過ごしてきたのだな。」(*The Poems*, p.1) このセリフが想起させるものは、対峙するスフィンクスを失い盲目の老人となったコロヌスのオイディプスの最後の姿である(イェイツの戯曲のなかには『コロヌスのオイディプス』もある点に留意)。というのも、魔界の女、ニィアブと過ごした「三つの世紀」は、異界の三つの島である「常若の国」、「恐怖(戦い)の国」、「忘却の国」を経巡った年月(各一世紀)のことであり、それはスフィンクスの謎における人生の三段階に対応しているからである。すなわち、「常若の国」は四本足の赤子、「恐怖の国」は二本足の青年、「忘却の国」は三本足の老人に対応するように描かれているのである。だが、スフィンクスの謎を駆け巡った英雄アシーンはいまやスフィンクス/ニィアブを失い、「盲目」となって誰も彼のことを知らない異国(コロヌス)としての現世で朽ち果てようとしている。人助けが災いし、タブーを破り、足に大地をつけてしまったからである。ここには供されるアイルランドのオイディプス(身体の供犠)としてのアシーンの姿が想起されるのである。

ただし、第三章で述べたように、キリスト教の影響を受け入れたアシーン(フィアナの騎士)物語群においては、英雄と聖者はしばしば融合されてひとつのイメージとなっており、二項対立の世界として描かれていない点は看過できない。実際、この作品において、二人はともに老いさらばえた双子のようであり、二人は互いの合わせ鏡のように描かれている。このことはアシーンのただ一人の聞き手が聖パトリックに設定されていることからも確認できるだろう。さらに、作品を注意深く読むと、アシーンの盲目の瞳に映るパトリックは、彼の悲しみをもっとも深く理解する同伴者として描かれていることが分かるはずである——「聖者よ泣いているのか。」「語ってくれ。あなたもまた思い出を抱えた老人、夢に囲まれた一人の老いた男だろうが。」

だが、互いに向き合う二人の老人のイメージ、これは意外にも読者の盲点となっているようである。アシーンが語る物語が若々しい青年の頃の武勇伝に終始するからである。もちろん、そのように読むことが間違っているわけではない。その延長線上には、戯曲『鷹の井戸』における鷹の女を挟んで向き合う老人と青年クフーリンの姿が映るからである。すなわち、この戯曲において、二人は互いに合わせ鏡として機能しており、老人はクフーリンに青年の自己＝過去を見、クフーリンは己の老い＝未来を見るように構成されているのである。この点では、『アシーンの放浪』もまたそうである。二人は互いに老人ではあるものの、アシーンは自己の過去（記憶）を見、老人は自己の未来（徴候）を見ようとしているからである。つまり、アシーンは「老人」であり、パトリックは「青年」であることになる。実際、アシーンはパトリックより遥か前の世代の人である。

合わせ鏡としての二人の関係性は、異教としての古代アイルランドVSキリスト教といった単純な二項対立としてではなく、免疫のもつ二つのしるし、記憶と徴候の合わせ鏡として読めば、深い意味を獲得することになるだろう。その意味のなかにのちの「仮面」、その祖型としての聖パトリックの姿があり、彼の面は聖パトリックの煉獄の穴に向かっているからである。わずかに語られている彼のセリフからもそのことは確認できる。それでは具体的にみてみよう。「語ってくれ。あなたもまた思い出を抱えた老人、夢に囲まれた一人の老いた男だろうが。」と返答を促す〈記憶の老人〉であるアシーンに対し、〈徴候の老人〉である聖パトリックは以下のように応じている——「記憶が宿るところは焼け石の上に足裏がこびりつく場所。そこは広大な地獄の焼け石の上で悪魔の針金で鞭打ちされる場所。祝福された者たちと神の御顔に浮かぶ微笑みがはるか遠くに去っていくのを見、その間には青銅の門があり、堕天使たちのうめき声がそこにはある。」（"Where the flesh of the footsole clingeth on the burning stones is their place; / Where the demons whip them with wires on the burning stones of wide Hell,/ Watching the blessed ones move far off, and the smile on/ God's face,/ Between them a gateway of brass, and the howl of the angles who fell." *The Poems*, p.30-31) 内容を確認する前に、ここでの文体がアシーンのセリフにみられる文体と鮮やかな対照をなしている点に留意したい。すなわち、アシーンのセリフが前期の「ケルトの薄明」の典型である冗漫な綴織りのような抒情詩な文体であるのに対し、ここでの文体は後期の「ケルトの夜明け」の文体を彷彿とさせる引き締まった劇的な文体で表現されているという点である。

ところで、後期の文体は、イェイツの詩に初めてヴィジョン(黙示的な幻視)が顕れた中期の詩集『責任』から顕著になっていくものである(先述の「冷たい天」を参照)。ヴィジョンとは予言的なものであるから未来に属するものであるが、ここでも聖パトリックの応答は死後のこと、すなわち未来を予兆するものである。つまり、アシーンの記憶=過去に対して、聖パトリックは未来をもってし、それが文体にも反映されているとみることができるのである。

それでは、具体的に内容はどうなっているのだろうか。一見すると、これは「広大な地獄」となっていることから、アシーンの地獄堕ちを予兆するもののようにみえる。だが、必ずしもこの場所が「地獄」であるとはいい切れない部分がある。むしろ、カトリックの教義に従うならば、この場所を「地獄」と呼ぶ聖パトリックはカトリック教徒ではなく、異端のマニ教徒であることになる。以下のセリフが教義に抵触するマニ教的な善悪二元論になるからである——「そこは広大な地獄の焼け石の上で悪魔の針金で鞭打ちされる場所。」この場所で、悪魔は裁かれ永劫の罰を受けるどころか、完全に治外法権が許されて裁き主(主体者)となって絶対的な支配権をほしいままにしている。この場所は悪魔からみれば、「地獄」という名の「天国」にほかならない。それならば、悪魔は一体どこで永劫の裁きを受けることになるのだろうか。かりにそうでないとすれば、悪魔に治外法権が許された唯一の場所は(教義上)、「煉獄」以外にはありえないはずである。実際、『聖パトリックの煉獄』ほか煉獄が描写されている中世のアイルランドの物語においては、悪魔に絶対的な支配権が許され、人間に罰を下す拷問の描写が様々なかたちで表現されているのである。

むろん、作家がカトリック教義を踏まえて地獄を描写する必要はない。だが、さらに細かくここに描かれた「地獄」の様を眺めてみるならば、そこにはむしろ、「第三の場所」を暗示させるものがある点は看過できないところである。

たとえば、「それらの間には青銅の門があり」という記述がみえるが、それはカトリックの釈義の伝統においては（第四章参照）、ラザロと金持ちの喩えが暗示する「第三の場所」、煉獄を想起させるものである。実際、このセリフにおける「祝福された者たちと神の御顔に浮かぶ微笑みがはるか遠くに去っていくのを見」のくだりはラザロの比喩を下敷きにしたものであるとみてよいだろう。むろん、通常の読みでは二つの間を仕切る「青銅の門」とは天国と地獄を仕切るものであり、その門を挟んで、一方が祝福された者たちの空間（天国）、他方が地獄に堕ちた者たちの空間（地獄）であり、そこに第三の空間の入る余地はないようにみえる。しかし、その「青銅の門」と同格に置かれている「堕天使たちのうなり声」はこのように解釈してしまうと、理解できないものになってしまうだろう。この解釈ではこの唸り声が聞こえてくる（原文に忠実に訳せば、「唸り声」が見える）場所がなくなってしまうからである。これは作家の不手際だろうか。おそらく、そうではないだろう。この描写は『聖パトリックの煉獄』に描かれた煉獄のイメージを大いに彷彿とさせているからである（十一〜三世紀に書かれた冒険譚は煉獄と地獄の差異は曖昧である点にも注意を向けたい）。しかも、「記憶が宿るところは焼け石の上に足裏がこびりつく場所」を考慮すれば、ますます煉獄のイメージが強まってくるだろう。地獄は天国と同様、永遠であり、永遠は無時間であるため、現世における過去の時間である記憶はそこに宿ることができないはずだからである。罪の記憶が宿る彼岸の場所は煉獄に限られているのである。さらに「足裏がこびりつく」というイメージは、素足の巡礼、聖パトリックの煉獄巡礼を暗示させるものがある点も看過できないところである。

このことは、最後の聖パトリックのセリフ（聖パトリックのセリフは全部で六回しかなく、このセリフがもっとも長い）からも類推されるだろう——「逃げ場のない燃え立つ石の上でフェニアンの騎士たちの身体は投げ込まれるのだ。地獄の支配者たちに戦をしかける者はいない。彼らが怒れば、世界とて粉砕されるのだ。それゆえ跪いて、板石が擦り切れるまで祈れ。若さと無神がもとで魔性の女の愛の虜になり、あるいは情念の時代のために失った（迷子となった）汝の魂のために祈れ。」（"On the flaming stones, without refuge, the limbs of the Fenians are tost;/ None war on the masters of Hell, who could break up the world in their rage; / But kneel and wear out the flags and pray for your soul that is lost / Through the demon love of its youth and its godless and passionate age."

The Poems, p.31)

ここでも、聖パトリックの「地獄」の概念はカトリックではなくマニ教の教義にしたがい、悪魔たちは唯一絶対の「支配者」となって、なんの刑罰も受けることもなく、すべての権限をほしいままにしている。しかも、注意深く読むならば、死んだフェニアンの騎士たちはいまだこの「地獄」と呼ばれる場所に投げ込まれていないことに気づくだろう。ではどこに彼らはいるのだろうか。アシーンと聖パトリックの記憶が宿る場所、「地獄」という名の「煉獄」以外にありえないだろう（『聖パトリックの煉獄』によれば、煉獄の刑罰には段階があり、その刑罰は最終局面に近づくほど重くなっていく。この最終局面の重い刑罰を逃れるために「死者のとりなしの祈り」が行われる点にも注意）。だからこそ、「迷子（"lost"には迷った一匹の羊の暗示がある）である汝の魂のために祈る」ことに意味があるわけだ。つまり、ここにおける「汝」には友としての騎士たちの魂も含まれており、したがってこの祈りは煉獄のとりなしの祈りでもあるということになるだろう。

このことは、「跪いて」とりなしの祈りを行うこの場所が、具体的にはダーグ湖島の聖パトリックの煉獄を強く暗示するものになっていることからも確認できる。引用の詩行にみえる「跪く"Kneel"」と「板石"flags"」と「祈る"pray"」に注目したい。この三つの言葉は聖パトリック巡礼の贖罪苦行を暗示するコロケーション（連結語句）としてしばしば巡礼詩のなかで用いられているものだからである。とくに「板石"flags"」は聖パトリック巡礼の贖罪苦行の象徴、「懺悔の寝台"penitential beds"」を指す特殊用語である（"Seven pential beds——without a lie/ In the rough land of Patric on the island/......From that flag we go on/ To the great altar of Patric/ One Pater, Ave and Creed/ On your knees without excuse...... " "Psalter of Loch Derg"）。要するに、二人の老人の対話の舞台はダーグ湖の聖パトリックの煉獄を念頭に設定されていると推測される。

かくして、聖パトリックは煉獄に通じるこの場所で、老いたアシーンに死者たちへのとりなしの祈りを強く求めるのである。そしてもちろん、その祈りを勧める聖パトリックも迷えるアシーンと騎士たちの魂のためにとりなしの祈りをしていることはいうまでもない。老いさらばえた自らの身体を鞭打ちながら。

もしも、このような互いの合わせ鏡として着座する二人の老人、アシーンと聖パトリック、その姿を晩年のイェイツの詩に求めるとすれば、おそらくそれは「巡礼」の以下の詩行にみられる二人の老人の姿ということになるだろう。ただし、ここでは、老人アシーンと老人パトリックは完全にパロディと化しているのではあるが――「ダーグ湖の聖なる島を巡礼したときにゃ、わしは岩場のうえを歩き、すべての留（ステーション）で跪いて祈ったわ／そしたらそこに一人の老人がおってさ／わしが一日中祈っておると／その老人わしのそばで居座有りおったは／じゃがそいつほかのことはなにもいわずに／こうぬかしやがる／パッパカパーのタッタカター。」

七　「イニスフリー湖島」のなかの聖パトリック

とはいえ、煉獄巡礼を志向する聖パトリックのイメージ、それは「仮面」の詩法を知る前の『アシーンの放浪』においてはいまだ朧気としているところは否めない。だが、このイメージは「仮面」の発見とともに明確なものになっていく。しかも、供犠のしるしをもつ聖パトリックのイメージも「仮面」の発見とともにはっきりと顕れてくるのである。その根拠として、ここではひとつの詩に注目したい。「もしも私が二四歳だったら」のなかの先の引用を記したイェイツが、まさにその「二四歳」の時に書いた詩、「イニスフリー湖島」がそれである。この詩のなかに聖パトリックのイメージをみる解釈はおそらく先例がないように思われる。だが、この詩のなかで巧妙に仕掛けられた透かし絵の存在に気づけば、このことは明らかになるはずである。すなわち、この透かし絵に顕れるものは供犠のしるしとしての聖パトリックの姿であるということになるだろう。

I will arise and go now, and go to Innisfree,
And a small cabin build there, of clay and wattles made:
Nine bean-rows will I have there, a hive for the honey-bee,

And live alone in the bee-loud glade.

And I shall have some peace there, for peace comes dropping slow,
Dropping from the veils of the morning to where the cricket sings;
There midnight's all a glimmer, and noon a purple glow,
And evening full of the linnet's wings.

I will arise and go now, for always night and day
I hear lake water lapping with low sounds by the shore;
While I stand on the roadway, or on the pavements grey,
I hear it in the deep heart's core.

"The Lake Isle of Innisfree"

さあいま立って、イニスフリーに行こう。
土を練って小枝を組んで小さな庵をそこに建てよう。
九つの畝に豆を作り、蜜蜂の巣箱をつくり、
蜜蜂の唸る空き地に一人住もう。

そこで僕は安らぎを得る、安らぎはゆっくりと滴り落ちる。

朝の帳から蟋蟀（こおろぎ）が歌う地上へと滴り落ちてくる。
そこでは真夜中は星々がみなきらきらと輝き、
昼はヒース色に映え、
夕暮れには紅ひわが群れなして飛ぶ。

さあいま立って、行こう。そこは昼も夜も絶え間なく
ひたひたと岸辺のそばに低い湖水の音が聞こえてくるから。
道路にか、または灰色の舗道に佇むときに、
私はその音を深い心の核心に聞く。

この詩は、通常、望郷の念に駆られた詩人の心情を詠ったものだと解されているようだ。むろん、そのような解釈も十分可能である。この詩は最終連に暗示されているように、「道路」と「灰色の舗道」のあるロンドンから母方の郷里、スライゴーを想って記された詩だからである。ただし、この詩はたんに少年時代に郷里で遊んだ、いわば〈秘密の基地作り〉のイメージに望郷の念を重ねることで満足することはできまい。ここにはきわめてストイックな学僧のイメージが伴っているからである。

イェイツによれば、この詩はロンドンのデパートのショーウインドーのなかの噴水の上で回る玉を眺めているうちに浮かんできたのだという。これが意味しているのは、ある種の催眠術のなかで心が深層に落ちていったということだろう。通常、催眠術においては、一定のリズムをもつ振り子の玉を用いて根源的な記憶を呼び覚まそうとするからである（イェイツが以前に所属していたマダム・ブラヴァツキーの魔術的方法を連想させるものがある）。このことが暗示しているものは、後の夢幻能の「夢見返し」の世界であると同時に、己の罪の記憶を辿る聖パトリックの煉獄巡礼の道行きであるだろう。

もちろん、その巡礼は静謐な聖なる旅路ではない。その先導者は聖女ベアトリーチェではなく悪魔であり、悪魔は自己の欲望を引き出す達人でもあるからだ。恐怖と欲望が渦巻くこの穴のなかで、人は生還することではじめて聖者になるのである。

実際、このことはこの詩のもうひとつの着想の元となった『ウォールデン（森の生活）』のソローのイメージに暗示されているところである。ただし、ここにおけるソローの姿は、自然と同化して生きる隠者として想定されているわけではない。イェイツは「肉体への欲望と女性と恋愛を求める傾向を制御するために、ソローのように叡智を探究する生活を思った」と記しているからである。[15] その姿は、己の欲望を厳しい苦行によって統御し、叡智を求めるアイルランドの学僧のイメージそのものである（ここにおける誘惑には聖アントニーの誘惑に比すべき修道僧の苦行のあり様が窺える。この点については、イェイツの詩「悪魔と野獣」を想起したい）。実際、この詩に表れている「土を練って小枝を組んだ小さな庵」、あるいは「蜜蜂の巣」とはその学僧たちの自己修錬の場の総称なのである。そして、その学僧たちの姿に暗示されているものこそ「自己修錬」、あるいは人生の美学＝「スタイル」としての「仮面」のイメージである。つまり、ここでの望郷のイメージの背後には「仮面」があり、「仮面」とは「ケルブ」、すなわち「覆うもの」であるから、その表面的な望郷のイメージはこの詩を仮面化するためのカモフラージュであるとみることができる。このことは、この詩のなかの三箇所の引用文によって裏づけることができるだろう。なぜならば、それら三つの引用文を一つに結ぶと、ひとつの透かし絵が顕れるのだが、そこに描かれているものはアイルランドの学僧たちの祖師、煉獄の聖パトリックの姿だからである。以下、その引用を結んで、透かし絵を現出させてみよう。

一つ目の引用文は福音書の放蕩息子の喩え話の一節、「さあ、立って父のもとに帰ろう」"I will arise and go to my father"、二つ目は、湖の向こう岸、ゲラサの男に憑依する悪霊レギオンの叫びの一節（「マルコによる福音書」5：5＊ノーマン・ジェファーズの『イェイツ全詩集注解』による）、「彼は、夜昼となく、墓場や山で叫び続け、石で自分のからだを傷つけていた。」("And always, night and day, he was in the mountain…")。三つ目は、聖パトリックの『告白』のなかの一節、「『聖なる兄弟である少年よ、どうか私たちのところに戻ってきてください。』その声に私の心の核心は完全に刺し貫かれた。」（"I was utterly pierced to my heart's core"）である。[16] この三つを結べば、湖島の蜜蜂の巣の伝統の礎を築き、アイルランドの歴史に決定的な影響を与えた人物の姿が顕れてくるはずである。

そこでまず、この詩の最終行に記された表現に耳を澄ますことからはじめたい――「その波の音を私は深い心の核心に聞く。」ここでの、湖の波の音とは「余波（なごり）」であり、漢字における余波とは「影響」の原義である。それでは、この湖の影響は、誰によってどのようにもたらされたのだろうか。ここで詩人は、『告白』を踏まえた微妙な暗示によって語っている――「深い心の核心」（"the deep heart core"）。

イギリスで誘拐されアイルランドに奴隷として売られた聖パトリックは、この地を脱出し、幸運にも帰郷することができた。「両親は私を長い間失ってしまった息子のように私を歓迎してくれた。」「あんなにつらい目にあったのだから、もうけっしてここを離れない」と彼は決意する。[17]『告白』におけるこの箇所は明らかに、「失った息子」を「走り寄って迎える」父と放蕩生活を懺悔する息子の描写を念頭においている。そうだとすれば、この描写はなんとも奇妙である。だが、それは次に起こることの伏線として用意されているにすぎない。

ある日、彼に「夢のなかでひとつのヴィジョンが顕れる。」それは先述の「心の核心を刺し貫く」「アイルランドの声」であった。こうして、彼はアイルランドにまた戻ることを決意する。この決意は二重の意味で転倒している。放蕩するために郷里を離れたのではなく、誘拐されて運ばれた地、そこを聖霊に導かれ脱出し郷里に戻ったその彼が、「さあ、立って異教の地に帰郷しよう」といっているようなものだからである。イェイツの『自叙伝』にみえるこの詩にかんする言及を分析すれば、彼が聖パトリックのこの転倒を理解し、これを踏まえたうえで、冒頭の引用文を記したことが理解されるだろう。彼はそこで「二、三年後にこの詩を書いたとすれば、第一行目の『さあ立って、行こう』といった古風な決まり文句を入れることはけっしてなかっただろうし、最終連においてこの句を差し挟むことはなかっただろう」と述べているからである。[18] これは普通に考えると、この引用文を入れたことは不手際であったと詩人自身が認めていると解されるかもしれない。だが、先述したように、不手際とは「仮面」を読解する際の重要なしるしとなるものでもある。それでは、この不手際とは何を意味しているのだろう。その真意はカモフラージュされた「仮面」がすぐに読者に見破られてしまうことを危惧したからだと推測される。あるいは逆に、『自叙伝』を出版した一九一四年においてでさえ、読者がこの詩で用いられている「仮面」に気づかない点に詩人は苛立ちを覚え、しるしに読者が気づくように促しているのかもしれない。いずれにせよ、二十五年前に書いた詩の不手際をあえて『自叙伝』で述べている不自然さ〈異常な執着心〉のなかに、この句のもつ重い意味を逆説的に推し量ることができるだろう。その重い意味とは、いわば〈逆放蕩息子〉のイメージを読者に想起させることにあるだろう。もちろん、ここにアングロ・アイリッシュとしての詩人自身の複雑な思いも重ねられていることはいうまでもない。イェイツにとって、スライゴーが父方の故郷ではなく、母方の故郷であることをも考慮すれば、ますますそういうことになるだろう。

この転倒した放蕩息子の志向、外から内へ向かうというエグザイルの志向こそエクトライとしての煉獄巡礼の志向である。そして、その体現者こそ聖パトリックであり、その方向性を明白に示したものが、『聖パトリックの煉獄』にほかならない。先の散文において、なぜ唐突に、「もしも私が二四歳だったら、クロー・パトリックとダーグ湖巡礼に行く」といっているのか、その理由も、これによりおよそのところ理解できるだろう。二つの巡礼はいずれも聖パトリックを表象に掲げる内なる巡礼だからである。しかも、二つの巡礼地はクロー・パトリックからダーグ湖に逃げた怪物伝承＝鳥の悪魔によってひとつに結ばれていることを忘れることはできまい。

聖パトリックのアイルランドへの帰還の決意、それが意味しているものは殉教としての供犠である。タルゲーリア祭のパルマコスとして供されるものは、本来、外国人の奴隷だったからである。かりにそうでなくとも、通常、脱出した外国の奴隷に待ち受けているのは死刑ということになるだろう。母国に帰り、郷里で平和に暮らすことそれ自体を、放蕩生活とみなし、異教徒の国に〈帰郷〉し、厳しい迫害に耐えて布教し、供されてアイルランドをしるしづけること、それが「戻る」ことの意味であり、ここに「緑の殉教」の伝統、その源泉があるとみることができる。

イェイツはこのことを承知すればこそ、ゲラサの悪霊レギオンの箇所を引用しているとみることができる。「そこは昼も夜も絶え間なく」という最終連の冒頭に引用句の前に「さあいま立って、行こう」が「挟まれ」ることで、一文（“I will arise and go now, for always night and day”）となっており、それを不手際とみるイェイツの意図をここに読むことができるからである。それはこういうことである。

アイルランドに帰郷した聖パトリックは、諸国行脚の布教を初め、あえて厳しい荒野に次々と蜜蜂の巣（修道院）を建てていった。その巣のまわりには、この詩に暗示されているように、「土を練って小枝を組んで小さな庵」が点在していただろう。これは師の巣のまわりに集まる弟子たちの貧しい庵として用いられたものである。ダーグ湖の島に実際にあった蜜蜂の巣とそれを囲む小枝の庵もその一例である。

だが、聖パトリックの伝説が記しているように、本来、この湖の小島には怪物が棲んでいる。キリスト教徒である聖パトリックにとって、その怪物は、湖畔に棲む「ゲラサの悪霊・レギオン」を意味していただろう。そして、怪物／悪霊であるレギオンは、毎年、多数の人間の生贄を求めて民衆を困らせていた。なぜならば、「レギオン」とは「多数の軍団」を意味しているからである。ただし、イェイツが引用している「マルコによる福音書」によれば、多数の悪霊は多数者に取り憑くのではなく、一人の男に取り憑き、「夜昼となく、墓場や山で叫び続け、石で自分のからだを傷つけていた」という。一人の男に多数が取り憑くこと、これは彼がゲラサの村人の身代わりの山羊であることを意味しているだろう。少なくとも、ジラール（『身代わりの山羊』）はゲラサの描写をそう解している。「石で自分の身体を傷つけていた」、これもまた「石打の刑＝集団リンチ」を暗示する供犠のしるしであるとも、彼は述べている。[19] ただし、村人は彼を生かさず殺さずの状態におくことで、すべての災いを彼に帰せるのである。それならば、彼の狂気の叫びは供犠の叫びということになるだろう。その叫びは湖畔の地ゲラサから波に反響し、その「波音」は遠く届き、「アイルランドの声」となって聖者の「心の核心を貫いた」ことだろう。かつて、ゲラサの叫びをガリラヤ湖畔で聞いたキリストは、ゲラサ人にとっての異邦人として「舟を漕いで（イムラヴァ）」、向こう岸に渡り、そこで〈エクトライ〉をはじめた。外国人の奴隷であった聖パトリックもまた湖に船を漕ぎだし、エクトライをはじめたのである。むろん、エクトライの聖パトリックは、イムラヴァの英雄パトリックのように怪物を退治することはない。悪霊（怪物）を退治するのではなくそれと対峙し、囚われた男の身代わりになるのである（実際、ダーグ湖に纏わるアシーン物語群のひとつによれば、毒のハーブを調合する鬼婆の化身である怪物を聖パトリックは退治するのではなく説き伏せて、湖の底に棲まわせという）[20]。タルゲーリア祭に用意された異邦人の奴隷、パルマコスとして。つまり、聖パトリックはレギオンを退治するのではなく、まず悪魔たちが憑依する男のまえに対峙し、男のまえに面を上げ、レギオンという名の疫病に感染した男の病原菌のすべてを一旦、自己の心にうつす（憑依させる）のである。実際、聖パトリックに関する聖人伝説のなかには、山賊に取り憑いた悪霊に名を語らせ、犯した罪を告白させる聖パトリックの姿が描かれているものがある（J・C・シュミットによれば、これはガリアに広まったキリスト教のすぐれた模範ともいうべき聖マルティヌス伝を淵源とするものであるという。）。いずれにせよ、聖パトリックのこの行為が意味しているのは、パルマコン（毒）を飲むことにほかならない。こうして、聖パトリックはアイルランドのパルマケイア／パルマケウス（医者／妖術師）、アイルランドのパルマコス（供犠）、ソクラテスと化すことになるだろう。この怪物が人に取り憑くことを好むレギオンだとすれば、退却する保証は実際のところどこにもないからである。完全に退却すれば聖者のなかの聖者と呼ばれるものの、そのまま悪魔が居着けば聖者は狂人か妖術師と呼ばれることになるだろう。このことは、先述したアシーン物語譚のひとつからも推し量ることができる。そこでは、湖の底に棲むようになった怪物はその後、波が荒れると生贄を求めて波間にうめき声を轟かすのだと語られている。これは怪物がまたいつ何時、聖パトリックを襲ってくるか分からないことを暗示するに十分である。アイルランドの聖人伝説に、鳥の巣の聖人／狂人王スウィーニー、蜜蜂の巣の聖人／狂人ケヴィン隠修士など様々な狂人伝説が残っていることも首肯できるところである。ヒーニーが『ステーション・アイランド』において、自己の分身を漂白の狂人スウィーニーに求めていることも決して偶然ではあるまい。あるいは、"alienation"「疎外」の原義が「主体の転移、譲渡」を意味する法律用語であり、そこから「狂気」が派生したことにも必然性があるとみるべきだろう。先述のイェイツの発言、「かつて悪霊に包囲されていた（憑依されていた）ダーグ湖の穴のヴィジョンを解放せよ」という発言も、悪霊に対峙する聖パトリックのこの処し方を想定すれば、理解できるというものである。ケルトの怪物／悪霊は退治してはならない。面＝「仮面」を上げて穿たれた瞳をもって対峙しなければならない。なぜならば、イェイツにとって悪霊レギオンの名、それはケルビムだからである。

イェイツが「イニスフリー湖島」に湖の蜜蜂の巣の秘儀、すなわち供犠のイメージを忍ばせているという根拠は、もうひとつある。イニスフリーの湖島に纏わる伝説のなかに、青年の供犠の伝説が残っており、青年イェイツはその伝説に感動を覚え、それがもとでこの詩を書いたという経緯があるからだ（『自叙伝』[21]）。その伝説とは、島に棲む怪物によって守られた禁断の果実、いわばパルマコンを欲しがる恋人のために、怪物と格闘し、それを持ち帰った青年が、それを先に食べて（毒味の暗示か？）果てたという物語である。

アイルランドの魂、その「深い心の核心」に映るものは、湖島の蜜蜂の巣に宿る蜜と供犠のイメージであることをこの詩は静かに伝えている。

八　二つのエクザイル——イムラヴァとエクトライ

「イニスフリーの湖島」のなかにおぼろげに浮かんでくる歴史の影、証としてのヨナのしるし、それは同時に、免疫の詩学が志向する供犠のしるしでもある。このことは、伝説の発生源である聖パトリックの穴、その歴史的推移を少し辿ってみただけでも、ある程度確認できるだろう。その後、この煉獄の穴を守るアイルランドの修道僧たちは、「蜜蜂の巣（ビーハイブ・ハッチ）」と呼ばれる貧しい仮の庵を構え、そこで日夜、聖パトリックが説く「告白」の精神にしたがって、自己を「この世に繋がれたすべての絆を断って神の召命に生きる亡命者」（『告白』）とみなし、「贖罪巡礼」を実践する「緑の殉教者」となっていったからである。

自己の罪を告白すること、ここから「聖パトリックの煉獄巡礼」ははじまるのであるが、この行為が意味しているのは、自己の主体を棚上げすることなく、それを厳しく認識する免疫の応答だということである。「その原因は誰にあるのか」の問いに対し、「それは私である」と応答するのが免疫の根本姿勢だからである。むろん、この行為が「自己に十字架を負わせる」殉教精神の発露であることはいうまでもない――「自分の十字架をとるとは、キリストのためにすべてを失い、殉教の苦しみを甘んじて受けること。そして難儀、貧困、虚弱の中にある者の苦しみをも自分の十字架とすることである。なぜならば、皆がキリストの身体なのだから」(『カンブライの説教集』[22])。こうして、彼らは我知らず「キリストの身体」における免疫の巡礼者になっていったのである。このことは聖パトリックの精神を受け継ぐ聖コルンバーヌスの以下の表現からも確認できるだろう――「私は生まれてから死ぬまでこの世の道を歩む旅人である。私の生活は日々変わっている。昨日あった私は今日は同じではない。明日もそうだろう。こうして残る日々も変化していくだろう。[23]」聖パトリックの『告白』を規範として生まれた「贖罪規定」(六世紀に確立)を遵守し、自己を厳しく認識し、「虚弱者の苦しみを自己の十字架」とし、自己を絶えず生成として捉える精神、これは身体における免疫のあり方(作用)、そのイメージと完全に重なるからである。

この免疫的志向が煉獄の穴の回りに集う修道僧の精神の共通認識であったこと、そのことはここが「聖パトリックの煉獄」と呼ばれている事実そのものが密かに証するところである。そこが聖パトリックによって開闢されたという歴史的根拠はないにもかかわらず、そう呼ばれるのは彼の告白の精神を遵守する姿勢によってしか説明できないからである。現在、残されているダーグ湖の周りの巡礼の道を辿ってみても、そこの縁(ゆかり)の聖人たちのなかに聖パトリックの痕跡を見出すことはできない点からも、これは確認できるだろう。つまり、歴史的な事実によらず、彼が説く「告白」の精神こそが、この場所を「聖パトリックの煉獄」と名乗らせているのである。すなわち、彼が『告白』において説く、「贖罪苦行の辛苦において自己の欲望を絶つ」という「緑の殉教」の精神、これこそがそのまま煉獄巡礼の規範となり、それゆえにこの場所が「聖パトリックの煉獄」と呼ばれているということになるだろう。「告白」がアイルランド修道会を初期西方教会から区分する特徴となったのもこのゆえである。後者は七世紀以降、前者の告解を制度として採用するまでは、それを厳しく禁止していたからである。

この点を踏まえるならば、煉獄の概念が誕生した一二世紀、「告白（告解）」がラテン・キリスト教において制度化されたのも当然の経緯であるとみるべきだろう。アイルランド固有の「緑の殉教」の伝統のみならず、告白と煉獄は密接に結びつく必然性があるからだ。すなわち、聖人ではない罪を犯した人間の一方が天国、他方が地獄に行くという基準を「小罪＝許されるべき罪」と「大罪＝死に至る罪」によって区分し、前者の罪を「免罪」"venia"とし、それを贖うために「告白（告解）」という制度を設け、その告解の儀式を経たのち煉獄から天国に至るという教義を練り上げていったのである。この点についてはジャック・ル・ゴフがいうとおりである――「許されるべき罪＝小罪という表現は、いずれにしても一二世紀に煉獄とともに出現し、煉獄とともに一つの体系を形づくる、もろもろの観念や語の集合に属する（『煉獄の誕生』[24]）。」（ただし、ローマ・カトリックの制度化＝強制された告解とは異なり、アイルランド型の告白は自己修錬の一環であるため、制度化されるとまったく意義を失うとともに、ミシェル・フーコーが鋭く指摘しているように、ときに精神を縛る管理システムの危険な武器にさえなってしまう点にも留意しておきたい。）。

煉獄巡礼の規範となる「告白」、すなわち「緑の殉教」は厳密にいうと、「白・緑・赤」の色分けによってその殉教観は区分されている。「赤の殉教」は「白」と「緑」の分母となるものであるが、それは「キリストのために生命そのものを与えること」を意味している。「白の殉教」とは具体的には「修道士が故国を心身共に離れ、異郷の地へ完全な巡礼者として赴く」ことである。これに対し「緑の殉教」は「修道者が自国にいながら精神的には国を離れ、愛着や願望を断ち切り、教会と人びとに奉仕すること」を意味していた（盛節子「アイルランド修道院文化と死生観」参照[25]）。外国人であった聖パトリックにとって白と緑の殉教に区別はないが、聖コルンバーヌス以降、二つの殉教のあり方は明確な差異をもつようになった。この区分にしたがえば、煉獄巡礼は「緑の殉教」の典型的な一例であるといえるだろう。

「緑の殉教者」としての煉獄巡礼が初期アイルランド教会においてすでに確立されていたことは、十二世紀に煉獄の概念がヨーロッパにおいて誕生するはるか以前から地獄と煉獄を異なる概念として区分して用いていることからも理解されるだろう。なお、盛節子によれば、アイルランドでは七世紀に煉獄的なイメージが発生していた。このことは『イシドールの偽書』によって確認でき、さらに十世紀には『死者のための贖罪規定書』が書かれ、「地獄“infernum/inferm”」という用語と異なる「煉獄的な場“purugatorius ignis”」が用いられていることからも確認できるという。(26)

九　供犠のしるしとしての「蜜蜂の巣」

自己を供犠として捧げる「緑の巡礼の殉教者」たちの修行の場を初期アイルランド教会においては、「蜜蜂の巣（ビーハイブ・ハッチ）」と呼んでいたことは注目に値する。通常、この呼称はその形態が視覚的に蜜蜂の巣に類似することによるとされるが、それだけではないと考えられるからである。すなわち「緑の殉教」と「蜜蜂の巣」はともにアイルランド自体の運命を象徴するもの、供犠のしるしを暗示するものであるとみることができるのである。この点について、ヨーロッパ文化圏において、「蜜蜂の巣」が伝統的に何を意味していたか予め承知しておくことが重要だろう。

ホメロスの『オデッセイア』中のイタカの洞窟の描写において、すでに「蜜蜂の巣」が表れている――「港の岬には葉叢を繁らせた一本のオリーヴ樹がある。その近くに心地よくも暗い洞窟がある。ナイアデスたちと呼ばれるニンフたちの聖地。そこには石造りの広口壺（クラテル）や口長壺（アンフォラ）があった。そこに蜜蜂たちが蜂蜜を蓄える。」ここに表れている「蜜蜂と蜂蜜」それ自体謎めいているが、この謎に挑んだのが、三世紀のギリシアの哲学者ポルフュリオスの『ニンフたちの洞窟』である。彼によれば、ここにおける「蜜蜂の巣」は、「水辺のニンフたちの洞窟」と結びつくことで、「知性（洞窟の泉が意味しているものは「知性」であるという）」と魂の「浄化」の場所を暗示するものになるという。水も蜂蜜も浄化作用があり、蜜蜂は腐敗防止に用いられるからである（ここにのちの洞窟としての煉獄の概念の萌芽がみられる）。ただし、この場合の「浄化」とは、魂が天国にいたるための場所を意味するのではなく、この世にもう一度誕生するための「入信儀礼」の場所を意味している。蜜蜂たちは必ず巣に戻る性質をもつからだという。この場合、蜜蜂が意味しているのは魂であり、魂が回帰する場所としての「肉体（コルプス）」、現世である。そしてもちろん、蜜蜂の巣に宿るものは蜂蜜であるから、蜂蜜は「生成」の象徴である。ただし、すべての魂が身体（生）に回帰できるわけではなく、蜜蜂が「節制」の象徴であるように、生のなかで苦行したもののみが回帰できるという――「だが、生成（誕生）に降り来る魂のすべてを区別なしに蜜蜂たちと呼んだものではなかった。ただ正義に則り生き、神々に嘉され受け入れられるおこないを成し遂げた後、あらためて本源の場所に戻るさだめのものだけがそう呼ばれた。実際、蜜蜂はまさに本来の場所に戻ることを愛する正義と節制の動物である。ここからして蜂蜜を撒くことを〈節制（節度）〉と称する。」この場合の蜜蜂が志向しているのは生であるが、同時に「古人たちにとって、蜂蜜とはまた死の象徴でもあった」という。「それゆえ彼らは冥界の神々に蜂蜜を撒き供した」というのである。つまり、蜜蜂はまた供犠の象徴でもある。こうして、『ニンフたちの洞窟』においては、「蜜蜂の巣」は回帰する魂と肉体、浄化の場所（煉獄）、そして供犠をひとつの結びつけるイメージとなるのである。しかも、この場合の供犠とは「知」と「魂」と「肉体」、三つの供犠の意味を含意したものである。

アイルランドの修道院を「蜜蜂の巣」と呼ぶ習いが生まれた背景には、ポルフュリオスが行なったような「蜜蜂の巣」にかんする解釈の伝統が潜在的に存在していたということはできまいか。ちなみに、蜜蜂とその蜜が聖パトリックの時代からアイルランドにおいては供犠を象徴していたことは、聖パトリックの『告白』からも知ることができる――「彼らは森で野生の蜂蜜さえも見つけてきてくれた。そして『蜜を分けてあげよう』といってくれた。ある者は『これは供犠として捧げられたものだ。』といった。それを聞いて、神に感謝したものの、私は蜜を一口も食べなかった。[27]」もちろん、視覚的にも、アイルランドの古代の修道院は蜜蜂の巣と類似しているのだが、それだけで「緑の殉教者」の苦行の場をそう呼ぶのは即物的にすぎるだろう。

少なくとも、W・B・イェイツが作品のなかでしばしば用いる「蜜蜂の巣」の比喩が含意するものが、この書物を前提にしていることは後述するとおりである。

もっとも、ポルフュリオスの解釈の伝統を待たずとも、普遍的に蜜蜂の巣が上述したイメージを想起させるものがある。『空間の詩学』のバシュラールに倣えば、そもそも生物の巣とは世界の縮図として認識されるものである。その巣のなかでも、もっとも象徴的な存在は鳥や貝のように個人的な住居ではなく、集合住宅としての蜜蜂の巣だろう（ただし、『空間の詩学』においては、個人的イメージとしての世界の縮図を前提にしているため、蜜蜂の巣を強調しているわけではない）。勤勉な蜜蜂たちは巣をつくり、そこに彼らの努力の結晶体としての蜜を収める（蟻の巣はヴァイキングたちの棲家のイメージを伴うため、世界の縮図のイメージにはなりにくい。これに対し、蜜蜂は僅か一ヶ月の寿命の間、ひたすら勤勉に蜜を集め、そして死んでいく）。アイルランドの魂は、この蜜蜂の巣に、宇宙、世界、そして民族の集合体を幻視する。なぜならば、彼らにとって蜜蜂の巣は供犠としての煉獄の具現化にほかならないからである（蜜蜂にとってその巣はたんなる彼らの棲家ではなく、未来のための自己犠牲そのものの象徴といえるだろう）。

それでは、アイルランドの「緑の殉教者たち」にとって、蜜蜂の巣に宿る蜂蜜とは何を意味していたのだろうか。聖書の写本をおいてほかにはないだろう。すなわち、彼らは、その巣のなかに宿る身体と知と魂の蜜を、聖書の写本に視たということである。『ケルズの書』に代表されるあの不可思議な写本がそれである。

とはいえ、この蜜を宿す宇宙は、天敵スズメバチ、すなわちヴァイキングの脅威にたえず曝されていた。そのため、彼らは「スケルグ・マイケル」に代表されるような、自然の要塞ともいえる切り立つ絶海の孤島に自己の巣を構えたのである。ただし、蜂蜜の巣は絶海の孤島にばかり建てられたわけではない。蜂蜜の巣を構えるのに実際にはもっと適した場所がある。荒野の湖に浮かぶ小島がそれである。この点を忘れるならば、アイルランドのもつ自然のイメージ、その半分を失ってしまうことになるだろう。

海と航海のイメージばかりがアイルランドのイメージではない。あるいは、アラン島とスケルグ・マイケルだけがアイルランドの島ではない。アイルランドは湖とそこに浮かぶ小島の強烈なイメージをもっているからである。そして、蜜蜂の巣は天敵である海鳥たちが巣をつくる絶海の孤島より、湖島に構えるほうが望ましい。いずれのイメージが蜜蜂の巣に結びつくか、少し考えればすぐにも分かるはずである。イェイツも鳥と蜜蜂の巣のこの関係を十分に承知して、「内戦時の瞑想」という詩のなかで以下のように記している――「蜜蜂は壊れかけた石造りの塔の割れ目に巣をつくっている。あそこでは母鳥たちが地虫や蝿を運び込んでいる。塔の壁は壊れかけている。蜜蜂よ、椋鳥の空巣に巣をつくれ。私たちは閉じ込められたまま。鍵をかけて不安を締め出す。どこかで人が殺され、家は焼かれている。だが、はっきりしたことはなにも分からない。蜜蜂よ、椋鳥の空巣に巣をつくれ」(*The Poems*, pp.251-252)。

だが、意外にも、この事実は、アイルランド研究においてもひとつの盲点ともなっているのではないだろうか。その最大の原因は、「イムラヴァ」＝「航海譚」と「エクトライ」(“echtrai”)＝「冒険譚」の根本的な違いを曖昧にし、前者をことさらに強調するところに起因しているように思われる。だが、二つが志向するところは本質的に異なっている点を忘れるべきではないだろう。前者は『聖ブレンダンの航海』に代表されるように、そのベクトルは内から外に向かって延びていく。そして、外延的なこの志向は、現在のＳＦ小説にも通じるグローバルなマクロ世界／宇宙の旅のイメージをもっている。これに対し、後者のベクトルは逆に外から内に向かって収斂されていく。この求心的な志向は、ローカルな内的世界の旅＝ミクロ世界・身体内の旅のイメージをもっている。その代表作こそまさに『聖パトリックの煉獄』であると言いたい。

二つの志向にみられる根本的な差異によって、当然、そこに表れる島のイメージも異なってくる。すなわち、前者の島は海に浮かぶ孤島のイメージであり、後者は湖に浮かぶ小島のそれである。免疫の詩学にとって、二つの島の差異は根本的に重要な問題を孕んでいる。後者のみがおもざしの認識法の対象となりえるからである。

海の孤島の「蜜蜂の巣」(修道院)には、供犠のしるしが鮮明には顕れない。海には境界がなく、したがって、自文化をしるしづける線が引きにくいからである。供犠のしるしが顕れるためには、『ケルズの書』がそうであったように、「ヨナ」を意味する「アイオナ」島、そのいわばクジラの内蔵から一旦、海に投げ出され、内なる浜辺に漂着し、アイルランドの漁民に拾われなければならない。そのことで、はじめてこの写本は『アイオナの書』から『ケルズの書』へと変貌を遂げることになるだろう。外延化のベクトルは求心化のベクトルへと反転し、そこではじめて供犠、ヨナのしるしが顕れるのである。アイルランド内では、イムラヴァとしての修道僧の苦行を「白の殉教」と呼び、エクトライの苦行を「緑の殉教」と呼んで、二つに差異を設けることも、二つの志向性を念頭におけば理解できるだろう。

いずれにせよ、蜜蜂の巣に供犠のしるしが強く顕れるのは、〈湖島産〉のものである。J・S・フレイザー(『金枝篇』)がはじめて祭祀王に供犠のしるしをみたのは、ウィリアム・ターナーが描いたネムの森の湖であったことも、そのひとつの証左となるだろう。苦行の証は海の絶海の孤島に、供犠のしるしは荒野の湖の小島に宿ると言い換えてもよいだろう。

アイルランドの学僧(修道僧)には志向を異にする二つの聖者がいる。〈イムラヴァの聖者〉と〈エクトライの聖者〉。これは同時に二つのアイルランド的なエグザイルの志向の差異を意味している。一方は内から外に向かって自己を追放していく志向、他方は外から内に向かって自己を追放していく志向である。文学的にみれば、一方の志向の延長線上にはジョイスが、他方にはイェイツがいるといってもよいだろう。聖者においてこの志向を体現するものは、一方が聖コルンバーヌス、他方が聖パトリックである(聖コルンバは二人の境界線にあるだろう)。一方は外延しながら天国を目指して「行進」("progress")する巡礼者であり、他方は、内なる煉獄の一点に向かって求心的に収斂する巡礼者である。

この後者の巡礼の志向を象徴するものこそ、聖パトリックの穴で展開される煉獄巡礼である。二つはアイルランド的な想像力、その志向の表裏であるが、免疫の詩学が志向する巡礼のあり方は後者である。すなわち、免疫の詩学は、聖パトリックの巡礼の志向をおもざすのである。彼に体現される湖の小島の煉獄巡礼の志向、そこにヨナの証、供犠のしるしが顕れるからである。

十　蜜蜂の巣に宿る蜜／『ケルズの書』

伝説がいうように、湖島の蜜が禁断の知恵の実、パルマコン(毒薬)であったとすれば、蜜蜂の巣の蜜としての写本、これもまたパルマコンを含意しているだろう。それならば、蜜を生み出す緑の写字僧たちもパルマコンであり、同時にパルマケイアということにもなる。写字僧(スクリバ)が、エクリチュールそのものの表象であるとすれば、なおさらそういうことになるだろう。この点を確認するために、ここでは少し写本自体に面(おもて)を向けて、その闇の一端をおもざしてみることにしたい。(28)

本来、写字僧とは、聖なるロゴスを一言一句誤ることなく羊皮紙に写しとっていく者の謂いであるだろう。緑の写字僧たちもまた蜜蜂のように、黙々と聖書を羊皮紙に〈うつしていく〉者たちであった。だが、彼らは通常の写字僧のようにロゴスを忠実に写しはしない。聖なる言葉を心に映したのち、別の形態に移し替えてしまうからである。いわば、言葉それ自体が主体を宿すひとつの生命体へと変貌を遂げているのである。おそらく、緑の写字僧にとって、神の聖なる言葉(ロゴス)とは、今なお無限の渦巻き運動のなかで旋回し、増殖し続ける何かであると映っていたことだろう。彼らが描いたロゴスは、パロールとエクリチュールのあわいを縫って走るひとつの生命体のようにみえるからである。

それでは、この旋回し、増殖するロゴスをいかなるイメージによって表現することができるだろうか。もっとも原始的な植物、羊歯類であるつる草のイメージに相当するだろうか。だが、この写本のなかに表現されているのは植物だけではない。人間を含め様々な動物たちも描かれている。しかも、ここでの動物たちはそれ自体が一本のつる草、否、蛇と化して何かに巻きつき螺旋運動を展開しているように描かれている。それはむしろ動物のもっとも原始的な形態であるアメーバーのそれに近いような印象を受ける。死の原理を知らないアメーバーはつねに増殖を繰り返しながら、途切れることのない生命の一本の軌道を描いていくからである。だが、アメーバーの軌道にはどうみても巻きつき旋回していく動的なイメージが欠けている。彼らの生の運動のイメージは、旋回する線のそれというよりは、浮遊する線のイメージだからである。それでは、いかなるイメージが相応しいだろうか。身体というチューブの軌道を巡回するもうひとつのアメーバー、免疫のイメージが相応しいとみてはどうだろう。免疫は、この写本が羊皮紙の表面に螺旋を描くように、二重螺旋構造の形状をもつＤＮＡをその表面に映しながら、身体の表面を巡回し続けるからである。

供犠の観点からも、この写本にはいかなるイメージが相当するのか、と問わなければなるまい。なぜならば、この写本は、他のいかなる写本にもまして、より深くエクリチュールのもつ供犠のしるしをその身に刻印しているからである――羊皮紙がキリストの聖なる骸の象徴であるとすれば、それを尖った鵞の羽のペン先で、掻き毟る（"scribe"）という行為それ自体、聖なるものへの冒涜行為であり、しかもそれをいつ果てるともなくこの写本は続けているからである。

実際、この写本には供犠の象徴、十字架に磔にされているキリストの姿が描かれており、その周りを原罪の象徴である蛇さながらにとぐろを巻いている様が窺われる。原罪を知らないつる草やアメーバーには、このような冒涜行為を行うことはできないし、彼らに供犠の象徴を負わせるのは酷というものだろう。このイメージを負うに相応しい存在は、やはり免疫をおいてほかにはないだろう。身体の供犠を負うことが彼らの使命だからである。

さて、免疫の詩学の立場からいえば、この写本をみていく場合、問題にすべきは、表紙の形態である。面に面を向けることこそ、免疫の認識法、その基本だからである。そしてもちろん、「仮面」の詩法もまたそうである。「仮面」とは能の面をも意味しているからである。

そこで、『ケルズの書』の表紙をおもざしてみよう。そこには、四画で囲まれた枠のなかに、四つの生き物がそれぞれ描かれている。獅子、鷲、牛、人間である。これは四福音書のマタイ、マルコ、ルカ、ヨハネにそれぞれ対応し、これらはキリストの聖なる四つの属性を象徴するものである。むろん、四福音書にこの生き物の属性が記されているわけではない。この生き物は「エゼキエル書」において預言者エゼキエルが幻視した四つの生き物（四つの顔）をキリストのペルソナの各々の予表とみて、それを象徴させたものである。

「エゼキエル書」によれば、四つの生き物は智天使ケルビムの属性を暗示するものとして記されている。聖書におけるケルビムの初出は、「創世記」の楽園追放の描写の箇所にある。善悪の木になる禁断の果実を食べたアダムとエバは「喜び」を原義とする「エデン」を追放される。そのとき「神ヤハウェは、生命の木にいたる道を守るため、エデンの園の東にケルビムと揺れ動く剣（ベケット）の炎を置いた」と記されている。こうして不死であった人間は、「死ぬべき者（"mortal"）」になったというわけである。これをキリスト教では原罪の起源とみる。つまり、ケルビムは、神の側からみれば、不死の聖なる園、エデンを守る聖なる智天使であるが、人間の側からみれば、楽園復帰を阻み、人間に死を告知し、肉体に死の刺（炎の剣）を突きつける残忍なる異界の怪物、スフィンクスということになるだろう。この両義性こそが他の天使にはみられないケルビムの属性といえる。この両義性は、彼が聖なる場所（エデン）と俗世（エデンの東）の境界線上に立つものであることからも確認できるだろう。

　不死の園と現世、次元の異なる二つの空間の境界に立つケルビムの特性は、一方でキリスト教的な想像力においては、中保者としてのキリストの象徴に変貌していく。ケルブ（あるいはその複数形ケルビム）とはヘブル語の原義によれば、「覆うもの」であり、人類の罪を自己の愛の身体で「覆い」、供犠（十字架）の死によって罪を贖う救済者のイメージへと変貌を遂げているからである――「また箱の上には、贖罪蓋を翼でおおっている栄光のケルビムがありました。こういうわけで、キリストが新しい契約の中保者です」（「ヘブル人への手紙」）。

　だが、他方でケルビムは、この世と隣接する唯一の異界である煉獄とこの世の境界線に立って、人間の隠れた罪を「見抜き」、永遠の刑罰を執行する恐怖の天使＝悪魔（閻魔）に変貌する。このイメージは、エゼキエルが幻視した四つの生き物自体の性質からみて必然的であるといえるだろう。エゼキエルの生き物は、「ダニエル書」に記された「荒らす憎むべきもの」（「黙示録」では「666」のしるしをもつ悪魔）ときわめて類似する破壊者のイメージとして描かれており、そこに救済者のイメージはほとんどないからである。

　このようにみれば、『ケルズの書』の表紙が象徴する四つの生き物は、一方で供犠のしるしをもつ贖罪者／救済者、他方で煉獄の番人／異界の魔物スフィンクスのイメージをもち、しかも二つは表裏であることが理解されるだろう。写本の表紙は、当時、魔除けのために用いられていたという事情をも加味すれば、さらにそういうことになるだろう。『若き芸術家の肖像』（ジョイス）の主人公、スティーブン――その名は殉教者ステパノスの英語名――が『ケルズの書』に描かれた四つの生き物の幻覚に襲われ、『王宮の門』（イェイツの戯曲）の詩人シャナハンが殉教のいまわの際で幻視したものが「エゼキエルの幻」、すなわちケルビムであったことも道理である——「私に助けなどいらぬ、助けなどなくとも彼には、エゼキエルのかの奇跡の野獣さながらに、喜びが立ち昇ってきたのだ——中略——王よ！　王よ！　死の顔は笑うのだ」（『王宮の門』）。

十一　イェイツとケルビム

イェイツの象徴体系において、もっとも重要な象徴はなにかといえば、それはおそらくケルブ／ケルビムということになるだろう。その根拠は、先述したように、彼は全作品においてその象徴を隠蔽し続けていることに求めることができる。これほどまでに、彼が生涯を通じて隠し続ける象徴はほかにはないといっても過言ではないからである。

人は自己のアイデンティティにかかわる核心的部分であるからこそ隠す。だが、同時に人は他者に自己を理解してもらうためには、これを開示しなければならない。このジレンマのなかで、人が取り得る唯一の方法は、隠しつつ開示することである。つまり、核心部分は空洞化し、その穿たれた沈黙のまわりをドーナツ状に囲みながら〈語らずに語る〉のである。これは、先述したように、イェイツの詩法の核心である「仮面」の詩法の根本をそのまま説明するものでもある。しかも、彼がこの詩法に最初に気づいた時期は、彼がブレイク研究を開始し、「黄金の夜明け団」、その秘儀がケルビムであることを知った時と期を同じくしている。このことについても、すでに検証を試みたとおりである。ケルビムの原義が「覆い」、すなわち隠すこと、「仮面」を被ることであることを考えれば、二つの時期が重なっていることも首肯けるところである。彼の「仮面」はその穿たれた瞳のなかで語るからである。

ただし、イェイツがいう「仮面」は虚偽の意ではなく、先述したように、自己の逆説としての反対概念（反対自己＝「仮面」）の意味である。すなわち、自己と反対自己をつねに対峙させ、それを互いの合わせ鏡＝面として主客を無限に入れ替えながら、穿たれた瞳のなかで自己認識を深めていく詩法こそ「仮面」である。この合わせ鏡の自己認識のあり方をイェイツは永遠に主客――イェイツの言葉でいえば、一方が光であるとき他方が影＝月となる――を入れ換える「二重螺旋運動」と呼んでいる。このゆえにこそ、彼の「仮面」の詩法にとって、ケルビムはオイディプスに対するスフィンクスと同じように、つねに絶対的な他者として対峙する存在でなければならないのである。

みられるとおり、これは免疫の詩学が志向するおもざしの認識法と完全に一致するものである。もちろん、これは偶然の一致ではない。「仮面」の完成は、能との出会いによってもたらされたからである。この点についても、すでに検証を試みたとおりである。

「まえがき」で記したとおり、免疫の詩学は「世の初めから隠されていること」、それが供犠であるとみる。それならば、穿たれた沈黙のなかで語るイェイツの「仮面／ケルビム」の詩法もまた、これまでの経緯から判断して、供犠に向かって接近していくことになるだろう、と推し量ることができる。その仮説を示せばおよそ以下のものとなる。

イェイツの「仮面」は、身体・知・魂という三重の供犠の意味を発生させながら、その意味の源泉に向かって詩的に接近していく。その源泉とは『ハムレット』が巧みな暗号によって記した地点、聖パトリックの煉獄の穴である。ただし、イェイツにとってこの穴は、暗い魂の記憶が監禁、あるいは封印されている場所だけを意味しているわけではない。彼にとって、そこは約束の地、古代アイルランドでもあるからだ。だが、そこには、一匹の魔物が番をしており、約束の地への侵入を阻んでいる。その魔物とは「ロマン派の想像力を阻むもの」（ハロルド・ブルーム）、ケルビムである。能の影響のもとに書かれた彼の戯曲、『鷹の井戸』のもうひとつの隠れたテーマも実はそこにあるだろう。したがって、「聖なる井戸」を守る「鷹の女」、その「仮面」の正体はケルビムであるとみることができる。炎の剣の羽に身を包み、古代エジプト風の化粧をした鷹の女、その舞いが暗示しているものは、ケルビムの「炎の剣の舞い」をもっているからである。事実、「鷹の女」には「創世記」に記されている「ケルビム」の呼び名、「園の番人」（"guardian"）という言葉が用いられている。そうだとすれば、ここにおける「聖なる井戸」には、聖パトリックの穴に象徴される煉獄のイメージが重ねられているとみることも可能である。井戸はアイルランドにおいては伝統的に聖パトリックと結びつく――ちょうど日本では井戸の多くが空海と結びつくように――ことが多い点も忘れてはなるまい。この点についてはル・ゴフの以下の指摘は示唆的である――「聖パトリキウスの煉獄の大成功は、それがアイルランドのある島の洞窟に位置するだけに、煉獄の井戸というイメージを強化することになるだろう。この成功の著しい徴候の一つは、一六世紀にオルヴィエットに造成された桁はずれの土木構築物に与えられている『聖パトリキウスの井戸』という伝統的呼称である[29]」。また実際に、中世においては聖パトリックの煉獄の穴は「煉獄の井戸」と呼ばれることがあり、二つはしばしば同一視されていた。

ともかく、イェイツの作品においてはケルビムのイメージが顕れるところ、そこにはかならず煉獄のイメージが顕れるのである。逆もまたしかりである。

これがおよその仮説であるが、ここにおける煉獄とケルビムのイメージ連鎖は、わたしたちの通常の理解をはるかに超えているように思えるかもしれない。だが、そうではない。歴史的にみても、二つのイメージが結びつく根拠は十分にあるからだ。

煉獄を描いた宗教画のなかには、煉獄が舟として描かれ、その舟を天使と悪魔が綱引きをしている姿が描かれているものがある。これは、フィリップ・アリエスが「己の死」と呼んだ中世の死生観を反映するものとみることができる[30]。死を前にした人間の前に、幻が顕れ、天使と悪魔が綱引きをして自己の魂を測る様が視えるという。天使が綱引きに勝てば自己の魂は天国、悪魔が勝てば地獄に堕ちることになる。これが「己の死」の死生観の特徴であるとアリエスはみている。興味深いことに、この「己の死」が発生した時期と煉獄が発生した時期は重なっているのである(十二世紀後半)。これは偶然ではないだろう。この綱引きの死後の情況を、先の煉獄の舟に乗る魂の情況に置き換えれば、二つは同じことを意味していることになるからである。

ここにみられる煉獄で綱引きをする天使と悪魔の姿は、ひとつの存在の表裏とみるべきだろう。そうすると、そこに、たえず二つの両義性のなかを揺れ動くひとつの存在、ケルビムが立ち顕れてくることになる――原罪を知らない無垢なるエデンの園と現世の間を「炎の剣」で「揺れ動く」もの、人間に「死」を告げる魔界の住人にして智天使、ケルビムの姿である。イェイツが煉獄の穴＝聖なる井戸を守る園の番人、「鷹の女」にスフィンクス風の衣装を纏わせたのも道理である。しかも、彼は、先述したように、このような聖なる井戸の周りで展開される夢幻能の世界、それを「（成仏を希求する魂による）夢見返しの世界」＝「ファンタスマゴリア」と置き換えたうえで、さらにそれを「仏教的な煉獄」の世界にほかならないとしているのである。もちろん、彼がファンタスマゴリアを煉獄の世界と等価におくのは、それが光学を用いた煉獄現出のマジック・ショーに起源をもつからである。この点についてはすでに述べたとおりである。

十二　散文のなかに秘められたスフィンクス／ケルビム

「仮面」の詩法は供犠に向かって接近していく。その最終地点は聖パトリックの穴であると措定される。この接近の仕方は、免疫の詩学が対象をまえにして接近する方法と完全に重なり合うものである。免疫の文法、おもざしの認識法は、先述したとおり、能の面の作法に一致するのであり、能のこの作法を習得することによってこそイェイツは、「仮面」の方法を完成させたからである。

そこで、約束の地点に向かって接近していく「仮面」／免疫の詩学の方法を、イェイツが仕掛けたひとつの謎かけを解くことによって、具体的に開示してみたい。これは、本書における最後のスフィンクス／ケルビムの問いへの応答となるだろう。

ところで、ここにきわめて素朴な疑問が生じることだろう。二八歳のときのイェイツの作品『ブレイク研究』においてただ一度だけ記され、その後、作品の表にはけっして顕れることのない「ケルブ（ケルビム）」をどのようにして、顕在化させることができるかという問題である。この点については、先述の「仮面」の読解法を用いればよいと述べておきたい。その一例として、先に引用した「我が作品のための総括的序文」における「ファンタスマゴリア」としての煉獄、その秘儀を守る「ケルブ」をこの読解法によって顕在化させてみよう。

例文は以下のものである。

『金枝篇』や『人格論』を知る近代人であれば、『告白』に記録されている聖パトリックの信条のなかに通い合う多くのものを見出すだろうし、あるひとつの言葉を除いて、そこにはなにひとつ拒否するものを見出すことはないだろう。その言葉とは「キリストは速やかに生者と死者とを裁くであろう」における「速やかに」という言葉である。近代人であれば、聖パトリックの信条を、歴史上のキリストや古代ユダヤ、あるいは歴史的な推測や移ろいゆく証拠などに左右されるいかなる考え方などに目もくれず、何度でも繰り返すことができるし、信じることさえもできるのだ。私も彼の信条を繰り返し、そしてそこにウパニシャッドの「我」を思い起こすのである。このウパニシャッドの伝統は文書であろうが口承によるものだろうが、孤独な人間の心を満足させずにはおかなかった。このウパニシャッドの伝統、それはのちにネオ・プラトニズムの断片やユダヤ神秘主義——私はダナレイルで謎の四文字、テトラグラマトン、アグラを聞いたことがある——、さらには中世の思想が描かれた漂白物の断片に流れこんでいった。次いで、バロックやロココに相当する宗教的なるものが到来したのだが、それさえも我々アイルランド人の場合、思想として捉えることはなかった。というのも、おそらくゲール語とはそもそも抽象を理解することができないからであろう。すなわち、それは（ひとつの具体的な）残酷性として到来したのであった[31]。

この難解な文章を一読しただけで理解できる者は、ほとんどいないのではあるまいか。それは、書かれている内容自体が難解だからではない。あまりにも多くのことが秘儀として覆い隠されているためにほとんど呪文のように響いてしまうからである。もっとも、この文を含むこの散文全体がこれほど難解であるわけではなく、むしろこのくだりがもっとも難解で散文全体の文脈から浮き出しているような印象を受ける。だからこそ、「仮面」の読解法はこの箇所をおもざす意味があるのだ。

この引用文全体が違和感を覚えるものであるが、そのなかでもひときわ違和感を覚える箇所がある。それは、ユダヤ神秘主義に挟まれたきわめて個人的な体験の描写、「——私はダナレイルで謎の聖四文字、テトラグラマトン、アグラを聞いたことがある——」だろう。この呪文の言葉にブロックされて、全体の内容が掴めないと考える読者も多いはずである。

テトラグラマトン、アグラとはヘブル語で「神」を意味するもっとも聖なる言葉、JHVA、JHWH、YHVH、YHWHであり、アグラとはAieth Gadol Leolam Adonai（「アドナイ＝神は永遠に偉大である」の意）の頭文字をとったものである。これは魔術においては、秘儀をブロックするために用いられることが多い。つまり、この表現は秘儀であることのしるしであるということになる。ただし、ここで重要なのは「テトラ」、すなわち四という数字であり、それはイェイツが所属していた秘密結社においては、世界の四隅をブロックし覆うもの、四つの獣として描かれた「ケルブ」を指している。このことが分かれば、「中世の思想が描かれた漂白物の断片」が何を意味しているのか理解できるだろう。イェイツがスライゴーに漂着したと信じる「ケルズの書」の表紙を飾る四つの生き物、「ケルビム」のことである。このことに気づけば、なぜ聖パトリックとその信条が記された『告白』が唐突にここで述べられているのか、もはや明らかとなるだろう。ケルブと煉獄と聖パトリックをひとつに結びつけるためのものだからである。このことは、ここでイェイツが『告白』から排除しようとしたひとつの言葉からも確認できるはずである。「キリストは速やかに生者と死者とを裁くであろう」における「速やかに」という言葉がそれである。速やかに生者と死者の魂を裁かないために用意された場所こそ「聖パトリックの煉獄の穴」にほかならないからである。そして、このことに気づけば、この引用におけるもっとも難解な言葉、「（抽象ではなくひとつの具体的な）残酷性」の意味もしだいに明らかとなってくる。これが意味しているのは「ケルブ」が聖パトリックの煉獄の穴の回りで昼も夜もたえず守り続けるもの、秘儀としての「残酷」な儀式、供犠である。ここにアイルランドの主体が宿っているからこそ、これは「（ウパニシャッドでいう）我」を詩人に想起させるのである。だからこそ、『金枝篇』を知る近代人はすぐにその真意が分かると述べられているのである。もちろん、ここでの『金枝篇』が意味しているものは供犠であり、『告白』が意味しているものもまた「緑の殉教」としての供犠である。こうして、『仮面』がケルブと聖パトリックと煉獄の穴を結びつけるひとつのしるし、供犠を志向していることがここで確認されることになるだろう。

それでは、散文ではなく詩のなかにおいては「ケルブ」はどのように密かに開示されているのだろうか。各詩の文脈において指示するものをもたない謎の「それ」（"it"）を含む後期の三つの詩、「ビザンティウム」と「彫像」、そして「揺れ動く」に注目したい。これら三つの "it" は間テキストにおいてただひとつのことを指し示すために、詩人が意図的に用意し、かつ隠蔽しているものに違いないからである。そして、もちろん「それ」が指示するものは、後期イェイツにおける秘められた名前、「ケルブ＝仮面」にほかならない。それでは、このケルブと対峙する者は誰か。それは、煉獄の穴のなかで自己の罪を「告白」するアイルランドのアウグスティヌスにして、アイルランドを供犠によってしるしづける人、聖パトリックのイメージである。『イェイツ詩全集』において、このような謎を秘めた "it"、すなわち、指示するものが意図的に隠蔽されているような "it" はほかには存在しないはずである。このことは、「それ」がイェイツにとっていかに重い意味をもっているか逆説的に（あるいは「仮面」において）示している。

十三　「ビザンティウム」と謎の「それ」

それではまず、「ビザンティウム」にみられる謎の「それ」の秘儀を解読しながら、上述したことを検証していこう。

The unpurged images of day recede;
The Emperor's drunken soldiery are abed;
Night resonance recedes, night-walker' song

After great cathedral gong;
A starlit or a moonlit dome disdains
All that man is,
All mere complexities,
The fury and the mire of human veins.

Before me floats an image, man or shade,
Shade more than man, more image than a shade;
For Hades' bobbin bound in mummy-cloth
May unwind the winding path;
A mouth that has no moisture and no breath
Breathless mouths may summon;
I hail the superhuman;
I call it death-in-life and life-in-death.

（*The Poems*, p.298）

昼の不浄なるイメージは遠く退き
皇帝の酔いどれ兵士どもが寝床につく
夜の喧噪は退却し、夜行者の歌声も消える
大聖堂の銅鑼が鳴りわたるとき

一筋の星光あるいは月光りのドームは嘲笑う
いっさいの人間の現象を
いっさいのたんなる錯乱を
人間の血がもたらす激情と汚泥をば。

私の前に一つのイメージが浮かぶ、人か影か
人というよりは影、影というよりは心象
というのも、ミイラ布にくるまれた
ハデスの糸巻きが、巻きつく小径の糸を
解くかに思われるからだ。
唾液も出さず、息もはかない一つの口は
呼び出そうとするのか
私は現われ出る超人に呼びかける
私はそれを生中の死、死中の生と呼ぼう。

これら二つの連にかぎらず「ビザンティウム」全体を支配するものは、炎による「浄化」(“purge”)、すなわち煉獄の強烈なイメージである。しかも、この場合の煉獄とはダンテの「煉獄」のそれではなく、「糸巻き」が求心的に一点に向って降下していく先述の夢幻能の舞のイメージをもつものである。このことは第五連から判断しても明らかだろう——「死して化すは舞踏、舞踏は恍惚の激情と化し、死して、袖口一つ焦がさぬ炎の激痛と化す。」これは夢幻能の死者の舞を想定しなければおよそ理解不可能であり、したがってここに読者が表題から想起される「ビザンティン」のイメージを

重ねてみることはまずできないはずである。あるいは、ここに『ヴィジョン』で言及されているイェイツがヨーロッパの歴史において、ひとつの理想として掲げた「ユスティニアヌス帝がサンタ・ソフィア聖堂を開き、プラトンのアカデミアを閉鎖する少し前の時期のビザンティン帝国」を重ねてみることもできまい。そこで描かれた世界とここでの煉獄の世界と共通点などほとんどないからである。そもそも、ビザンティン帝国（東方教会）は煉獄の概念そのものを強く否定しているのである（第二章参照）。

それでは、これをどうみればよいのだろうか。ヨーロッパにおいて、夢幻能的な「仏教的な煉獄」＝「夢見返し」と唯一の共通点をもつ聖パトリックの煉獄巡礼のイメージを想定するほかあるまい。

その根拠としてまず挙げるべきは、イェイツがみずからの散文集から削除した以下の文である——「アイルランド人が『ケルズの書』を装飾し、ナショナル・ミュージアムに保管されてある宝石をちりばめた杖を作っていた頃、ビザンティウムはヨーロッパ文明の中心であり、宗教哲学の中心であった。かくして私は霊的生活の探求をこの街への旅として象徴させたのである。」（イェイツ「一九三一年九月八日ベルファストでのＢＢＣ放送[32]」）

これがイェイツの真意だとすれば、この詩における「ビザンティウム」はアイルランドをカモフラージュするために用いたにすぎないことになる。ただそうはいっても、この詩で表現されている世界は、必ずしも理想化されているわけではない。夢幻能で演じられる世界、あるいは聖パトリックの煉獄の世界はおよそ理想の世界とはいいがたく、自己呵責に悶え苦しむ負の極みの世界であるといった方が真実により近いからである。それではこのカモフラージュをどうみればよいだろう。アイルランドの供犠の問題を秘儀化（「仮面」化）するためであったとみるのである。そのことはこの詩において、密かに何が否定されているのかに気づけば理解されるだろう。

そこで、まずは、この詩で否定的なものを含意する表現を注意深く読み解いてみよう。それは「いっさいの人間の現象／いっさいのたんなる錯乱／人間の血がもたらす激情と汚泥」（第一連）とみてよいだろう。それは第三連では「汚辱と流血の泥辱」（"all complexities of mire or blood"）と記され、第五連では「混濁の苦々しい激怒」（"bitter furies of complexities"）

と畳み掛けられて表現されているが、それらはすべて「嘲笑い」、「罵られ」、「粉砕」される対象として描かれているからである。それでは、この詩において、これらを粉砕しているものは何か。第四連から読み解いてみよう。

真夜中、皇帝の石敷の上を炎が跳びはねる
袖だに燃えず、火打ち金で点火せぬ炎、
嵐も掻き乱すことのできない、炎から生まれた炎
そこには血から生まれた霊どもがつどい
いっさいの狂乱をあとにする
死して化すは舞踏、
舞踏は恍惚の激痛と化し、
死して、袖口一つ焦がさぬ炎の激痛と化す

「いっさいの狂乱をあとにする」世界は、「死して化すは舞踏、舞踏は恍惚の激痛と化し、死して、袖口一つ焦がさぬ炎の激痛と化す」世界となっている。そして、この死の舞踏の世界が最終連において、「舞踏の床の大理石は錯乱の苦々しい狂暴を打ち砕く／産み落とされたイメージを生まれた端から打ち砕く」となっている。つまり、夢幻能的な自己呵責の世界、聖パトリックの「告白」の精神を規範とする煉獄の世界が「人間の血がもたらす激情と汚泥」を打ち砕くといっているのである。それでは打ち砕かれるその世界とは何であるか。

パトリック・ピアスに体現される一九一六年の復活祭蜂起にみられる武力による殉教のヒロイズムの世界だろう。換言すれば、復活祭蜂起をアイルランドのアイデンティティのしるし、殉教＝供犠の表象に掲げ、ナショナリズムを煽る政治的な戦略に対して、イェイツは密かに、しかし強く反対しているということになるだろう。彼は殉教のヒロイズム

と供犠の混同のなかにアイルランドの再生を阻む病理をみているからである。すなわち、聖パトリックの『告白』にみられる自己の咎を厳しく認識する「緑の殉教」の精神、煉獄の自己呵責の世界こそがピアスが体現する自己陶酔と他者批判によって産み落とされたイメージ（像）を「生まれた端から粉砕する」と述べていることになるだろう。免疫が自己を装いそのスタイルを真似る〈内なるもの〉を粉砕するようにである。

　ただし、これをさらに理解するためには、イェイツとピアスの作品との間の殉教を巡る根本的な差異を知る必要があるだろう。

　きわめて政治色の強い劇を書くピアスは、当時、イェイツよりはるかに民衆から支持されていたが、彼が支持された理由は、作品のなかに分かり易い国家表象を掲げ、ナショナリズムを煽る戦略を取ったからである。アルスターを守るために戦うクフーリンの姿などその典型的な例である（実際、現在でも、U.D.A.の本拠地ベルファストのシャンキル地区には、図5にみられるようにクフーリンをアルスターの英雄として祀り上げる壁画がある）。しかも、その姿を彼自身に重ねることで、殉教のヒロイズムを作り上げることに彼は長けていたのである。これに対して、イェイツが描こうとする世界は、自己の罪を告白する聖パトリックの煉獄の内的な世界である。イェイツにとってこのイメージこそがアイルランドを真にしるしづけるものであったはずである。先に引用した『ケルズの書』や「宝石をちりばめた杖」も「聖パトリック」もまた彼にとってこの内的な世界の象徴であったはずである。ただし、これらはみな当時の情況においては、日本の第二次世界大戦下における「日の丸」、「桜」、「大和」と同じように、国家表象として用いられるものの典型であった。つまり、これらを彼が自らの作品に掲げれば、それは民衆からみれば、ピアスと同じ戦略を取っているとしか理解されないことになる。だからこそ、彼はＢＢＣの放送での講演を全著作集から削除しなければならなかったのだろう。だがこ

【図5】クフーリンのミューラル（ベルファスト・シャンキル地区）。

れに対し、聖パトリックではなく、聖パトリックの煉獄を掲げれば、国家表象にはなりえない。煉獄自体が負のイメージを含意しているからである。

パトリック・ピアスに体現される一九一六年の復活蜂起、その背後には殉教のヒロイズムがある。一見、これは聖パトリック的な供犠の糸と見分けがつかない。だからこそ、それは煉獄の「糸巻き」の運動を縺れさせる最大の要因となるのである。これら畳み掛けられたフレーズがすべて"complexities"（複雑／混乱）を含んでいるのはそのためだろう。だからこそ、供犠に向かう「仮面」はこの縺れ、アイルランドの「コンプレックス」と化した「糸巻き」を「解かなければ」ならないのである。そして、ここでイェイツが用いた「仮面」の最終戦略、それが文脈のなかで指示する対象をもたない謎の「それ」の提示とみてよいだろう。当時のきわめて危険な政情不安な情況において、この方法しか「仮面」の選択肢はなかったと思われるからである。それはちょうど『ハムレット』の作家が透かし絵、だまし絵、踏み絵の手法を用いて、「存在X」を問いとして読者に委ねる戦略に等しいとみてよいだろう。

それでは、具体的に謎の「それ」の正体をテキストから探ってみることにしよう。単純に文脈から判断すれば、この連における"it"が指示するものは、おそらく、第一行における「一つのイメージ」であり、その「イメージ」とは具体的には「人か影か、人よりは影、影よりはイメージ」ということになるだろう。だが、これはよくよく考えてみると、巡りめぐって「イメージはイメージである」と述べた循環論にすぎず、実際は何も語っていない同語反復に等しい。イメージ自体、一つの詩的代名詞であり、そのイメージが指すものをもたなければ意味をなさないからである。もちろん、このような循環論によって「それ」が指すものの正体をひとつの謎として提示することは、作家の意図であって、不手際ではない。それではその正体とは何か。まずは、「それ」が「死中の生、生中の死」と呼ばれるもの、すなわち、死と生の狭間に立つ「超人」的な存在であると記されている点に注目したい。しかも、この存在はビザンティウム帝国のイメージに著しく抵触する「ミイラ」、すなわち古代エジプトのイメージをもつものとして描かれているのである。そこですぐにも想定されるものは、おそらくスフィンクスだろう。ピラミットのなかで眠るミイラは、太陽神ラーとの一体化を志向するファラオの象徴であり、それを守るものこそスフィンクスだからである。ただし、ここでの「生中の死」あるいは「死中の生」である異界の世界は「ハデス」と記されており、それはギリシア的な異界のイメージを多分に帯びている（肉体の不死を志向する古代エジプトの死生観はギリシアのそれとは異なる）。これが暗示しているものは、半ばギリシア化されたスフィンクス、すなわちオイディプス神話にみられるスフィンクス、オイディプスと対峙するところのスフィンクスのイメージである。しかも、ここでの「ハデス」のイメージは、この連の冒頭の詩行にみられる独特の異界、求心的に糸巻きの一点に向って降下する煉獄のイメージをもつものである——「私の前に一つのイメージが浮かぶ、人か影か／人というよりは影、影というよりはイメージ。というのも、ミイラ布にくるまれたハデスの糸巻きが、巻きつく小径の糸を解くように思われるからだ。」

「人か影か……イメージ」は「ファンタスマゴリア」に映し出される煉獄の世界を暗示しており、そこに住む魂が夢幻能的な糸巻きの舞を舞っているとすれば、ここでの煉獄のイメージは古代エジプト的なものでも古代ギリシア的なものでもない。アイルランドの聖パトリックの煉獄の穴のイメージにきわめて接近している。そして、もはやここまでくれば、この場合のスフィンクスがイェイツにとってなにを意味しているかは明らかだろう。殉教のヒロイズムを「粉砕」し、アイルランド的な煉獄の穴に封印された秘儀、供犠を守る道の番人、「仮面」としての「ケルブ」以外にはないだろう。

呵責のなかで自己の罪にもがき苦しみ煉獄のなかで浄化され、その後に殉教者となるものをしるしづけるものは「告白」、すなわち厳しい自己批判と自己修錬である。これに対し、殉教のヒロイズムを特徴づけるものは自己陶酔であり、感傷＝ナルシシズムによる自己正当化と他者への攻撃である。イェイツが先に引用した「我が作品のための総括的序文」において、「すぐに裁きを除けば、聖パトリックの『告白』はすべて受け入れることができる」といったのはそのためだろう。供犠のしるしは自己呵責を伴う告白に顕れるからである——それこそがスフィンクス／ケルブの問いへのオイディプスの応答、「それは私である」にほかならないからである。

だが、外側からみれば、前者は必ずしも麗しくは映らずときに醜いものにさえ映り、逆に後者は美しく映る。このために、ナショナリズムを煽る最大の武器（表象）ともなる。だからこそ、殉教のヒロイズムはイェイツにとってアイルランドの再生を阻むもっとも危険なもの、偽りの供犠と映ったのだろう。

それでは、真の供犠によってしるしづけられたアイルランドの理想を彼はどこに求めたのだろうか。それこそ「仮面」としてのビザンティン帝国によってカモフラージュされた先述の古代アイルランドであった。すなわち、『ケルズの書』を生んだＡ・Ｄ六〜八世紀におけるアイルランド修道会がヨーロッパの歴史に影響を与えた時代である。イェイツは、ラテン文明（メロリング朝からカロリング朝の時期）が衰退し、ヨーロッパ文化が危機に瀕していたこの時期に、アイルランドの修道士たちが積極的に海を渡り、ヨーロッパの形成に重要な影響を与えたとみているからである。しかも、イェイツはこの時期のアイルランドをたんに擬古趣味的に回顧してわけではない。これを歴史の潜在性＝未来として捉えているのである。すなわち、このアイルランドの黄金時代が回帰、到来すると彼は予兆していることになるだろう。

むろん、イェイツはこのことを公言しているわけではなく、いくつかの作品のなかで暗示的に語っているにすぎない。だが、注意深く、彼の作品を読み返してみるならば、アイルランドの復権の問題がイェイツにとっていかに重い意味をもつものであったのか確認できるはずである。そこで、少し紙面を割くことになるが、イェイツが密かに抱いていたアイルランドの理想の未来図について、以下、散文『ヴィジョン』に潜む「仮面」の暗号を解読していきながら、概略的に少し述べておくことにしたい。

十四　『ヴィジョン』のなかのアイルランドの復権

イェイツの壮大な歴史観は、最終的には『ヴィジョン』において完成をみる。だが、その萌芽はすでに、一八九八年出版の散文『神秘の薔薇』（*The Secret Rose*）中の「三博士の礼拝」（"Adoration of Magi"）にみえるものである。その内容は、東方の三博士よろしく新しい時代の到来のしるしをみようと、アイルランドの極西の島々からやって来たいわば〈西方の三博士〉がパリの売春宿を訪れ、そこで「ある女」から生まれた子供、一角獣の誕生を目撃するというものである。[33]この一角獣がアイルランドの時代の到来を象徴していることは、同じ散文集中の「掟の銘板」(“The Tables of the Law”)と重ねてみればさらに理解がいくものとなるだろう。[34]

この物語はヨアキムが説く三つの時代区分、「父の時代」「子の時代」「聖霊の時代」に倣い、現代は子であるキリスト教の時代が終わり、「聖霊の時代」が「笑う時の翼」と共に到来するという幻を視るという内容である。この新しい時代の到来が何を意味するかはここでは示されていないものの、これが〈西方の時代の到来〉を指すことは、この散文と対をなす「錬金術の薔薇」(“Rosa Alchemica”)の結末が、アイルランド文化最盛期、A・D八世紀の内装様式を暗示する幻の極西の修道会をマイケル・ロバーツとオーエ・アハーンが訪問する内容となっていることから分かる。[35]

このヨアキムの三つの時代区分が、のちの『ヴィジョン』においては、ヴィーコが説く「神々の時代」「英雄の時代」「人間の時代」による円環的歴史認識へと繋がることから、アイルランド復権のテーマは『ヴィジョン』にまで及んでいるとみることができる。実際、『ヴィジョン』中の不可思議な挿話の物語で語られる「二十八枚の寓意絵」と三枚の絵、つまり「ジラルダスの肖像画」「車輪」「一角獣」にはこのことの暗示がある。「二十八枚の絵」は「月の二十八相」を、三枚の絵はその二十八相をヨアキム的な三位一体として捉えた各々の位相を象徴していると考えられるからである。[36]

まず「ジラルダスの肖像画」であるが、それは三位一体における「子(受肉=身体)」を象徴しているだろう。その肖像画は実はイェイツ自身の肖像画であるのだが、「ジラルダス」の名がつけられているのは、作者自身を「仮面」化するとともに、「アラビア人――作品のなかの挿絵ではその肖像画はターバンを巻いたアラビア人風に描かれている――」、すなわちオリエントとして描くことで、逆説の合わせ鏡(作品では「天使と人間の鏡」と記されている)のなかにオクシデントとしてのアイルランドを映すためである。というのも、その名は『アイルランド地誌』を記したジラルダス・カンブレンシスを暗示していることは明らかだからである。むろん、ここでのジラルダスとはひとつの暗号であり、それが意味しているのは中世の都市伝説でお馴染みのあの「ジラルダスの穴」、すなわちオクシデント/アイルランドを指している。つまり、「ジラルダスの肖像画」は自己とアイルランドの身体としての主体的（『ヴィジョン』でいう「始原的」）な歴史を意味していることになるだろう。

「車輪」はどうか。「車輪」はいうまでもなく、ヨーロッパの客観的（「対抗的」）な歴史を意味しているが、それは三位一体においてはすべてに遍在する「神」を意味しているだろう。

「一角獣」はどうか。それは三位一体における「子（＝主体）」と「神（＝客体）」の間を仲介する「聖霊」であり、ヨアキムの時代区分にしたがえば、それは「聖霊の時代」＝世の終末を意味し、つまり新しい時代（千年王国）の到来を意味していることになるだろう。そして、先にみた「三博士の礼拝」（あるいは戯曲『星から来た一角獣』）などを踏まえるならば、この一角獣の到来は、新しい時代、西方＝オクシデントとしてのアイルランドの時代の到来を意味していることになるだろう。このことは、『ヴィジョン』の神秘的にして難解な記述に幻惑された読者にとってのひとつの盲点ともなっているが、この散文の核心的部分ではないかと思われる。つまり、『ヴィジョン』におけるイェイツの真の狙いとは、壮大な人類の歴史と魂のヴィジョンを描くことをとおして、周縁アイルランドがヨーロッパの歴史に与えた潜在的（象徴的）な影響、それが今まさにここに顕在化・受肉化し、未来（潜在）が到来しようとしていること、このことを〈受胎告知〉することにあったといえまいか。

むろん、この作品自体が「仮面」の詩法によって記されているため、その真の狙い自体、カモフラージュされている。このことは『ヴィジョン』を覆う「ケルブ」の影の存在に気づけば首肯できるところである。『ヴィジョン』のなかの「一角獣」とはイェイツの象徴体系においては「ケルブ」の別名にほかならないからである。その根拠はたとえば、戯曲『星から来た一角獣』に表現されている「一角獣」のイメージ、すなわち「鉄の歯と真鍮の爪を持ち、大地を踏みならす野獣」の姿が「ダニエル書」9章に記された「第四の獣」（黙示録における「666」のしるしをもつ「荒らす憎むべきもの」）としての「ケルブ」を敷衍して描かれていることに求められる――「はなはだしく恐ろしく、鉄の歯と青銅の爪を持っていて、何かを砕きながら喰い、残りを足でふみつけていたあの第四の獣について確認したいと思った。……第四の獣――他のどの王国とも違って第四の王国が地上に興り、全治を喰らいつくし、これを足蹴にして、粉砕する」(「ダニエル書」9:19-23)。『ヴィジョン』のなかの「一角獣」が「ケルブ」であることに気づけば、先の三枚の絵の交点に朧気ながらアイルランドの煉獄の相貌が透かし絵のように浮かんでくることになるだろう（この絵が収められている書物の表題は『天使と人間の鏡』であり、それ自体ケルブを暗示するものがある）。

「一角獣／ケルブ」はイェイツにとって煉獄アイルランドの番人である（詳細は後述）。「ジラルダス」とはバフチンが指摘しているように、中世（ラブレーの時代）の民衆にとって「ジラルダスの穴」、すなわち西方の周縁にある穴、「聖パトリックの煉獄の穴」のしるしである。そして、「車輪」とは「ケルブ」が乗る炎の戦車であり（イェイツはブレイク研究をとおしてこのことを熟知していた）、『聖パトリックの煉獄』においては、炎の車輪はもはや煉獄そのもののイメージと化しているのである。このようにみれば、『ヴィジョン』のなかの三枚の絵、その交点に朧気ながら聖パトリックの煉獄の穴が描かれていることはもはや明らかだろう。

このことは聖パトリックの煉獄の穴が誕生する十二世紀後半の歴史的な情況を考慮すればさらに理解のいくところとなる。聖パトリックの煉獄を教皇に承認させたのは、アーマーの大司教であった聖マラキであり、彼が教皇に関する大予言を記したという都市伝説が生まれるほど、この時代は終末論的危機意識が民衆の間で高まっていた時代であった（「高らかな語り」に聖マラキとその予言が暗示的に言及されている）。そして、この終末論的危機意識の時代精神のなかで生まれた書物こそ『ヴィジョン』に影響を与えた先述のシトー派修道士ヨアキムの『ヨハネの黙示録注解』であった。この書物が『聖パトリックの煉獄』とほぼ同時期に書かれ、作者はいずれもシトー派の修道士であることを忘れてはなるまい。『ヴィジョン』のなかに映る煉獄としてのアイルランドに関して、もうひとつ根拠を挙げておきたい。それは『ヴィジョン』と先述の挿話との関係性のなかに顕れている。それはこういうことである。

実は、先述の挿話を除いてアイルランドの時代の到来の問題は『ヴィジョン』のなかでまったく言及されていない。これに対し、挿話においては、最後の場面はダブリンであり、新しい時代がアイルランドにはじまることを強く印象づけている。すなわち、この物語は最終的な時代の夜明けの予兆を「カッコウの巣作り」に求め、これが巣作りをダブリンではじめたことで終わっている。カッコウは自分で巣作りをせず、他の鳥の巣に卵を産みつけ、他を犠牲にして種を保存するという習性をもっている（カッコウの雛は他の鳥の雛たちを巣から落として殺してしまう習性をもつ）。したがって、「カッコウの巣」は自己犠牲的で供犠の象徴である「蜜蜂の巣」と対照的な象徴ということになる。イェイツはこのことを印象づけるために、「庭に面した窓辺に行ってみると、そこに蜜蜂の巣箱にしては大きすぎる四角の箱がいくつもあることに気づいた……」と記している。このことは、先述した「内戦時の瞑想」で繰り返されるリフレイン、「蜜蜂よ、椋鳥の空巣に巣を作れ」からも根拠づけられるところである。つまり、カッコウの巣作りが意味しているのは原罪からの解放、すなわち供犠の成就ということになるだろう。そして、それが新しい時代、アイルランドの時代の到来のしるしであるとイェイツはみているということになるだろう。

この解釈が間違っていないとすれば、その後、『ヴィジョン』において、アイルランドの時代の到来が描かれていないのは、「仮面」の戦略の一環であるとみてよいだろう。そのことを念頭に『ヴィジョン』を読み直せば、そのことが密かに暗示されていることに気づくからである。このことをもっとも端的に示すものがこの散文中の以下の文章である――「『大周年』が三月の象徴的な満月の時からはじまったとき、東洋は西洋と交わりをもち、キリストあるいはキリスト教の王国を身ごもった。この誕生に伴ってアジアの精神的優位が続く。そのあと、今度は東洋によって西洋が身ごもる時代、母似の時代が到来することになるだろう。[37]」つまり、イェイツはここで、現在はキリスト教の時代ではあるが、それはヨーロッパ優位の時代を意味しているわけではなく、むしろアジア優位の時代を意味しており、これから到来する非キリスト教的な時代こそヨーロッパ優位の時代となるだろうと予想しているわけである。この予想は、『ヴィジョン』の歴史大系自体が、太陽の周行と月の満ち欠けに基づいていることから、オリエント（日没）とオクシデント（日没）の方位学的位相を前提に判断されていることからも理解される。さらにこのことは、先の引用文が、ヘーゲルの『精神史』における例の見解、すなわち自然＝アジア＝スフィンクスVS精神＝ヨーロッパ＝オイディプスの精神史の見方を批判する文脈で用いられている点から確かめることができるのである。そして、もちろん、ここでいう「ヨーロッパ」が意味しているものは、西洋全般を指しているわけはなく、日が没するヨーロッパの周縁、オクシデントとしてのアイルランドを指している。つまり、ここにおけるヨーロッパの時代の誕生が真に意味しているものは、オクシデントとしてのアイルランドの時代の到来だと判断されるのである。

　このように理解すれば、挿話は『ヴィジョン』の穿たれた沈黙、ドーナツの空洞のワン・ピースに完全に嵌まることになる。「歴史が身ごもる」という隠喩と時代の到来を「巣作り」に求めるという隠喩もこれによりうまく説明できる。すなわち、『ヴィジョン』は密かにアイルランドの受胎告知を告げていることになるだろう。「ビザンティウム」も同様である。すなわち、イェイツの「仮面」はビザンティウムに航海(イムラヴァ)に向かって舵を取っているようにみせて、その実、ビザンティウムを船出して、アイルランドに向かって航海(エクトライ)しているのである。しかも、その最終目的地はこの詩が煉獄の地である以上、ダーグ湖の「ステーション・アイランド」とみるのがもっとも理にかなっている。イェイツの想像力は、すでに「ウロのある木で作られた船」に乗って、かの地に至り、煉獄巡礼をはじめていると言い換えてもよいだろう。もちろん、このように述べる根拠は十分にある。第一連の最後の詩行、「私はそれを生中の死、死中の生と呼ぼう。」における「それ」が指しているものがその何よりの根拠となるだろう。

十五　「ビザンティウム」に敷衍された『ニンフたちの洞窟』

　この詩に表れた煉獄のイメージが聖パトリックの煉獄のイメージであることに疑問符がつくのは、おそらく最終連のイルカが渡ってくる海のイメージをもっているからだろう。すなわち、最終連の海の煉獄のイメージは湖水の煉獄を否定するに十分であるという点である。この疑問に対する応答は、この詩で密かに念頭におかれている、ある書物に求めることができるだろう。その書物とは、先述したポルフュリオスの『ニンフたちの洞窟』である。

イェイツがこの書物から強い影響を受けていたことは、「学童の間で」のなかで用いられている「生成の蜜」という表現における註、「〈生成の蜜〉という表現がポルフュリオスの『ニンフたちの洞窟』から取られたものである」からも確認されるところである。これが後述するとおり、「揺れ動く」の最終連に表れる「蜜蜂の巣」のメタファーでも用いられていることは間違いないところである。これに対し、「ビザンティウム」においては、この書物からの引用は「それ」が記されているまさにその詩行のなかにみることができる――「私はそれを生中の死、死中の生と呼ぼう。」ここにおける「生中の死、死中の生」とはしばしば指摘されるコールリッジの『老水夫の唄』の詩文から引用されているものではない。デニス・ドノフューもいうとおり、ヘラクレイトスの『断章』66からのものであると推測され、その背後にニーチェがあるとみるべきである。(38) この詩文の前文は「私は超人に向かって呼びかける」となっているが、この場合の「超人」とはニーチェの「ツァラトゥストラ」を指しており、その「ツァラトゥストラ」のモデルはヘラクレイトスだからである。イェイツもこのことを前提に戯曲『復活』のなかで以下のように記している――「ああ、ヘラクレイトスよ、ついに御身の言葉がさやかに聞こえた。神と人間は互いの生を死に、互いの死を生きるだ」（イェイツ『復活』）。ただし、この詩行が直接敷衍しているものは、『ニンフたちの洞窟』の以下の一節にあるとみるべきだろう。

それゆえにエジプト人たちは神的存在たちを大地の上にではなく、太陽をもその他のすべてをもみな舟に載せたのだった、と。こうして水の上にある魂たちは、生成にあたり降り来るのであることを知らねばならない。これについてヘラクレイトスはこう言っている。「魂たちにとって湿ることは死ならずして、悦びである」。つまり生成のうちに落ちることは悦びである、と。また別の箇所では「われわれはそれらの死を生き、それらはわれわれの死を生きる」と。それゆえヌメニオスにとっては、詩人（ホメロス）が「湿」と呼ぶところのものは、魂は湿をもつものゆえ、生成のうちにあるものたちのことである。実際、それらは血と湿った種子（精子）を愛し、植物の魂は水によって養われる。(39)

ニーチェ／超人の永遠回帰は大地への帰還、すなわち強烈な生成の概念があるものの、その回帰は煉獄の概念とは無縁である。むしろ、ニーチェは煉獄的なイメージに伴う自己呵責を「ルサンチマン」＝「弱者」の抱く概念であるとして強く否定している。だが、イェイツの想像力の根本は夢幻能的な自己呵責であるがゆえに、煉獄を否定することはできない。だからこそ、後述するように、「揺れ動く」の第一連では「こころは、それを自己呵責と呼ぶ」と記されているのである。

イェイツはこの夢幻能的な煉獄の世界を「仏教的な煉獄」と呼んだうえで、それを暗黙のうちに聖パトリックの煉獄巡礼のイメージと等価におく。この点についてはすでに述べたとおりである。ただし、聖パトリックの煉獄は先にみた散文「もしも私が二四歳だったら」のなかで、ネオ・プラトニズム的な煉獄を連想すると述べている点にも注意を向けたい——「それゆえ、煉獄の原理から私が連想するものは、キリスト教が共有するネオ・プラトニズム、すなわち土塁や庭の端で罪を贖おうとする死者にもっとも近い田舎の人々の信仰である。[40]」

ここでいう「ネオ・プラトニズム」とは「田舎の人々の信仰」と共有されるものであるから——イェイツは散文『ケルトの薄明』において、「アイルランドにとって、天国もこの世も煉獄もあまり離れたところにはない」としている——、プロティノス的な高尚にして観念的な哲学と結びつけることは困難である。では、この散文におけるネオ・プラトニズムは何を想定すればよいだろうか。ネオ・プラトニストの哲人ポルフュリオスの『ニンフたちの洞窟』で描かれた世界を想定すればよいだろう。この世界ならば、基本的に煉獄は「田舎の人々の信仰」とそう遠いところにはないからである（回帰する魂を巣に戻る蜜蜂に喩えて説明していることからも分かるとおり、この書物は観念的説明を避け、具体的イメージを好んで用いている）。しかも、それでいて「ビザンティウム」で用いられているヘラクレイトスの「生中の死、死中の生」を「蜜蜂の巣」の喩えによって見事に説明しているのである（ポルフュリオスはここでヘラクレイトスの生成をゾロアスター教、あるいはピタゴラス派に通じるものがあるとまで記している）。またさらに、この書物においては、浄化の洞窟は水辺を船で渡るメタファーで説明されており（しかも、それを「ビザンティン」に暗示されているエジプトの死生観にむすびつけて説明している）、それは湖を船で渡る聖パトリックの煉獄のイメージを想起させるに十分なものがある。イェイツの心象風景においては聖パトリックの煉獄巡礼は水辺を渡る船のイメージと一体化しているからである――「ダーグ湖へ向かう巡礼者が視た煉獄の幻、それは巡礼者を聖地の島へ運ぶウロのある木で作られた船の話だけでも十分立証できるように、異界の幻である。」ここまでくれば、「ビザンティン」の海の洞窟のイメージが『ニンフたちの洞窟』を橋渡しにして、湖の洞窟のイメージへと変化していくのはイェイツの想像力のイメージ連鎖の特徴からみて自然な流れである。

「ビザンティウム」が敷衍する『ニンフたちの洞窟』から判断しても、やはりここでの煉獄は聖パトリックの煉獄に向かって接近していくことが理解されるのである。しかも、すでに述べたように、この書物に表れる洞窟が供犠の場として描かれているとすれば、なおさらそういうことになるだろう。

十六　「彫像」に顕れた「ケルブ」と供犠の秘儀

それでは次に、「彫像」における「それ」がなにを意味しているか、検証していきたい。

Pythagoras planned it. Why did the people stare?
His numbers, though they moved or seemed to move
In marble or in bronze, lacked character.
But boys and girls, pale from the imagined love
Of solitary beds, knew what they were,
That passion could bring character enough;

And pressed at midnight in some public place
Live lips upon a plummet-measured face.

ピタゴラスがそれを計画したのだ。なぜ民衆は凝視したのか。
彼がいう数とは、
いかに大理石や青銅の中を実際に動き、
あるいは動くかのように見えようとも、
性格など持たなかった。
しかし、ひとり寝のベッドで愛を夢想したために
青ざめし、少年少女らは、数とは何であるのかを知り、
情熱の受苦（人格）あれば、
性格も十分表現できるものだと悟り、
ある公衆の場で真夜中に計測された像の顔に
生々しい口唇を押しあてたのだ。

冒頭の詩行に「それ」が表れている文章構造からして、イェイツがここで指示する名詞を謎として提示しようとしていることは明らかだろう。それでは「それ」の正体はなんであろうか。あるいは何を「民衆は凝視したのか。」残念ながら、この連だけでそれを判断することはできまい。そこで、まずは「それ」を解くための前提となるこの連で示されている「ピタゴラス」によって、イェイツが何を示唆させようとしているのか、イェイツの作品全体のコンテキストを考慮しながら探ってみよう。

この連について詳細に述べる余裕はないが、イェイツがもっとも決定的に影響を受けたニーチェの影をこの連にみることができる点は指摘しておくべきだろう。ここにおいて、まず問題にされるピタゴラスが暗示しているのは、「数、規律、測量」としてのアポロン＝視覚による芸術美であるわけだが、同時にイェイツはこのピタゴラスを産んだ時期こそ、ニーチェがいう「ギリシア悲劇をもたらしたピタゴラスの時代」だといおうとしているからである。それは、ここで用いられている「性格」（"character"）と「情熱」（"passion"）のイェイツ一流の演劇的用語がはっきりと暗示するところである。イェイツによれば、「性格」と「情熱」＝「人格」（"personality"）とは、演劇における対立概念であるという。「私は性格と人格とを、まったく異なるもの、あるいは何らかの異なる形式のものとして捉えている。ジュリエットには人格があるが、彼女の乳母には性格がある。私は人格を我々がもつ情熱の個人的形式だと考えている」と彼は述べているからである。(41) あるいは、こうも述べている――「純粋な悲劇とは純粋なる情熱（受難）である。つまり純粋な喜劇には情熱などない。もしも純全たる悲劇、たとえば、ラシーヌやギリシア演劇をみれば、そこには何らの性格もないことが分かるであろう。」オットー・ボールマンは、これらの引用が明らかにニーチェに影響されて述べられたものだと指摘している。(42) イェイツは絶えず演劇における「性格描写」を否定し、「人格」＝「情熱」の顕れを肯定する。一方は「リアリズム的喜劇＝心理劇」に属するとし、他方を「悲劇」に属するという。そしてこの場合のリアリズムとは、合理主義的現代の病＝芸術の衰退のしるしだと考えるのである。この演劇の概念はニーチェの演劇論に依拠するところが大きいと思われる。

『悲劇の誕生』によれば、ギリシア悲劇の堕落は、エウリピデスが悲劇の核心にあるサテュロス・コーラスを、ソクラテス的対話にすり替えたことによって生まれた新喜劇の勃興とともにはじまる。結果的には悲劇は「性格描写と心理的洗練が著しい優勢を占め」、「神話が消え」、「強力な写実性と芸術家の模造力を感ずるばかり」となり、「現象が普遍に勝利し」「個々の解剖学的標本と化した」とニーチェは考えるのである。イェイツが「人格と性格」を明確に区分するようになったのは、ニーチェを読んだ直後からだったことはこのことのひとつの例証ともなるだろう。

ピタゴラスによって、イェイツが象徴させようとしているものはこれだけではない。のちのピタゴラス学派を生むことになった彼の思想的根本にあるものをイェイツはここでいおうとしているからである。すなわち、彼は〈数と音楽の一致〉、ギリシア的ハーモニーの第一発見者であるからだ——「世界に名だたる黄金の腿をもつピタゴラスは弦に指を走らせ、星が歌い、無関心なミューズたちまでもが聞き耳立てる曲を奏でた」（「学童の間で」）。まさに、ピタゴラスはニーチェがいうアポロンとしての数とディオニュソスの音楽＝肉体の二律背反の一致の第一発見者なのである。ゆえに、イェイツ、ニーチェともに「悲劇の誕生」における彼の果たした歴史的大いなる意義を暗黙のうちの認めているのである。ここに「悲劇の誕生」ははじまる。[43]

ただし、これだけではいまだこの連の後半に表現されている、「少年少女らが、ある公衆の場で真夜中に計測された像の顔に生々しい口唇を押しあてたのだ。」の真意がとうてい理解されるものではない。ここにはなにかもっと具体的なイメージが想定されているという印象を受けるからである。それは何であろうか。その鍵は先述した影絵としての「ファンタスマゴリア」のもつ輪郭であり、その輪郭によって示唆されているものは、この詩の最終連に表現されているパトリック・ピアスの彫像と対照をなす供犠の影像であると判断される。この詩行を記す際にイェイツが念頭においていたものが彫像について記したプリニウスの『博物誌』からの以下の一節ではなかったかと推測されるからである。

絵画については十分に、いや十分以上に語られた。これからの言葉に彫塑について少々付け加えることは適当であろう。粘土で肖像を作ることが、コリントスの町シキュオンの陶芸師ブタデスによって発明されたのは、あの同じ土のお陰であった。彼は自分の娘のお陰でそれを発明した。その娘はある青年に恋をしていた。その青年が外国に行こうとしていたとき、彼女はランプによって投げられた彼の顔の影の輪郭を壁の上に描いた。彼女の父はこれに粘土を押しつけて一種のレリーフを作った。彼はそれを他の陶器類と一緒に火にあてて固めた。そしてこの似像は、ニンフたちの神殿に保存されていたという。（『博物誌』第35巻43）[44]

イェイツが『博物誌』のこの箇所を念頭においていたという実証的根拠はいまのところはない。ただ、少なくともこのことを前提にすれば、「影像」第一連の先のくだりを解く重要なヒントになることは間違いないだろう。ここには、恋愛と輪郭と供犠とを結びつける一本の糸が存在しているからである。しかも、ここには魂を映し出す「ファンタスマゴリア」としての「透視ランプ」としての「仮面」の歴史的な起源が暗示されているからである。

ヴィクトル・I・ストイキッァの『影の歴史』によれば、この箇所はヨーロッパにおける絵画の起源を記すものであるとともに、古代ギリシアにおける「影と魂」の密接な結びつきをしるしづけるものであるという。[45] この結びつきあればこそ、別離のときに恋人は影を写し、それを自分のものにしようとしたのだというのである。そのうえで、ストイキッァはこの箇所で省略されているものに注目する——「このように時間を圧縮することで彼(プリニウス)は、若い娘が恋人の影の輪郭をなぞったことと、最終的にそこからでき上がった似顔絵が神殿に奉納されたこととの中間で起こった重要なエピソードを省略したのだ、と。ここで省略されているのは、おそらく恋人の死であろう。[46]」しかも、彼によれば、恋人の似像が神殿に奉納されたという事実が意味しているのは、恋人の死がたんなる自然死ではなく、戦死にほかならないというのである。

このことを念頭におけば「数とはなにかを知る少年・少女らがある公衆の場で真夜中に計測された像の顔に生々しい口唇を押しあてたのだ」の真意も分かってくる。すなわち、「ある公衆の場」とはニンフたちの神殿であり、そこで奉納されている戦死した恋人の像に「口唇をあてた」とみることができまいか。少なくとも、このようにみない限り、後述する最終連の唐突なパトリック・ピアスの影像とここでの像のイメージがむすびつく必然性は理解しがたいものになるだろう(男女の恋愛は夢幻能的な煉獄の世界を想起させる点にも留意)。

それでは、ここでの像と最終連の像は同一のイメージなのだろうか。まったく逆である。一方の像は若い恋人が「生々しい口唇をあてる」像であり、それは抽象としての国家、そのために祀り上げられた殉教のヒロイズムの像と鮮明な対照をなすものだからである。イェイツがあえて、少女だけではなく、少年も口唇をあてると描く狙いもここに求められるだろう。すなわち、戦死のイメージではなく、供犠のイメージを描き出すことにここでの詩人の狙いがあるだろう。それはいわばもとは恋愛歌であった「同期の桜」をもう一度、一人の恋人の死を悼む個人的な歌に差し戻す方途にほかならないだろう。したがって、ここにおける像が暗示する死とは、国家という抽象概念のための死ではなく、「生々しい」身体をもつ個のための供犠の死だとみるべきだろう——彼らにとって、ここでの供犠は戦死ではなく、個人的な死であり、だからこそ自己の心に響く供犠となるのであり、だからこそ、恋人たちはその「生々しい口唇をあてる」ことができるのである（このことは、古今東西、死者がきまって生前に親しかった個人に顕れるという事実が雄弁に語るところである。生前の記憶は国家という抽象概念にではなく、個人の心に宿るのである）。表題が“The Statues”という複数形となっているのもこのためだろう。すなわち、二つの影像を対照させるために複数形となっているとみることができるのである。

それでは、少年・少女たちが口づけする像とは具体的にはどのようなものだろうか。まずは、彼らが対峙する像が異性であることが前提となるだろう。それならば、オイディプスが対峙するギリシア化されたスフィンクスの像とみればどうだろうか。だが、少々、この解釈には無理があるといわざるをえない。恐怖を煽るスフィンクスの像に、恋愛に苦悶する青年たちが真夜中、口づけするために訪れるイメージはないからである（もっとも、ギュスタフ・モローの描くスフィンクスのイメージを重ねればその可能性は残っている）。だが、これをユダヤのスフィンクス、ケルビムと考えれば十分理解がいくところとなるだろう。ケルブは一方でエゼキエルの恐怖の野獣のイメージをもつが、他方でギリシア化されることで、しだいに愛（エロース）の矢で心を射抜くキューピットへと変貌を遂げているからである。しかも、キューピットとしてのケルブの像は、最終連の国家表象の像に対峙する最良の「仮面」となるのである。その丸々と太った愛くるしい像（“cherubic”とは、赤ん坊のように丸々と太ったの意）は殉教のヒロイズムの像を粉砕するからである。つまり、一方で民衆は「それ」をスフィンクスとしての峻厳なるケルブのイメージ（影絵の輪郭）を幻視し、他方で少年・少女たちは永遠の愛と離別を告げるキューピットとしてのケルブのイメージ（恋人の面影）を幻視したということになるだろう。だが、いずれのイメージにも供犠が伴っていることは看過すべきではない。このことは最終連と対比させてみれば、より鮮明なものになるだろう。

十七　「彫像」に顕れた殉教のヒロイズム

それでは最終連はどうなっているだろうか。

When Pearse summoned Cuchulain to his side,
What stalked through the Post Office? What intellect,
What calculation, number, measurement, replied?
We Irish, born into that ancient sect
But thrown upon this filthy modern tide
And by its formless spawning fury wrecked,
Climb to our proper dark, that we may trace
The lineaments of a plummet-measured face.

（"The Statues" *The Poems*, p.384）

ピアスがクフーリンを味方につけて、宣言した際、
一体、何が郵便局に姿を現わしたのか
いかなる知性、数、測量が応答したというのか。

われらアイルランド人は、古代の戒律の徒に生まれしが、
この汚れし現代の潮流に投げ出され、
形相なき放卵する憤怒の波に難破してしまっている。
だが、われらにふさわしき闇間をよじ登り、
そうして、計測ある像の顔のあの輪廻に沿って
歩むことになるであろう。

（「彫像」）

イェイツはこの詩で、自らの取った詩人の責任と対照させて、ピアスの取った行動を密かに、しかし強く否定している。つまり、詩人の唯一の責任、夢の責任を放棄し、安っぽい社会的正義と感傷的ヒロイズムに酔いしれ、自らの命を、あるいは多くの命を犠牲にした詩人ピアスの言動こそが、実は真の標的なのである。「みな犠牲者たちの数にしたがって、責任を取るべきです。」「クフーリンを（「彫像」の）最後の連に置いたのはピアスと彼の追随者たちがみな彼のような熱狂性（"cult"、ただ現代の「カルト」の意味はなく、当時の意味からすれば、必ずしも否定的意味に限定することはできない）を帯びているからです」（一九三八年六月二八日の手紙）。そして、その象徴こそが、歪んだヒロイズムを煽るために、「政府が（ピアスの死を悼んで）立てた」オリバー・シェパード（Oliver Sheppard）作、リアリズム的作風のクフーリンの像なのである。あの復活祭独立蜂起以降、イェイツは真の英雄クフーリン（反リアリズム的悲劇の英雄）を、夢と仮面という〈真の彫像(イメージ)〉をとおし、ことさらに描こうとするようになったのも、実はこのことと深い関係がある（後述するとおり、イェイツが描くクフーリンの像は殉教のヒロイズムの対極にある愛と自己内発的にして不条理な戦いに生きる姿として描かれている）。

したがってここでのクフーリンの像とは、歪んだヒロイズムの鏡に〈写った〉ところのクフーリンのイメージである。その点では第三連のリアリズムの鏡によって歪められた「ハムレット」、「グリマルキン」と化したスフィンクス（第三連）、

歪められたケルブと同意の意味をもつだろう。あるいは、第三連から第四連の推移を考慮するならば、この像は第一連の像と対立する合理的で政治的なリアリズムの像（＝イメージ）と捉えることができる。いずれにせよ、〈現実認識〉という名の政治的大義が文学と直接結びつき、最後に行き着いた悲惨な終着駅の実例がここにあるといっているのである――「一体何が、郵便局に姿を現したのか。」またもイェイツの「仮面」の想像力は最後には、ケルブの問いとなって発せられる。ここでイェイツが真にいわんとし、しかも公言できない〈秘密〉は以下のようなものではなかろうか。なぜならば、次にくる詩句と同様、厳密にいえばこれは問いではなく、明らかに反語であり、そこに潜む声は憤怒の声だからである――「政治的大義に利用された、おぞましく変わり果てたクフーリンという名のグリマルキン、ルサンチマンの像が現れたではないか。」さらにイェイツは一部問いに仮装させて反語を畳み掛ける――「いかなる知性、数、測量が応答したというのか。」ここでの反語的な問いは、劇『クフーリンの死』においても繰り返されている点にも留意したい。このことに対する答えをイェイツはこの連で明らかにはしないし、他の劇、散文においても黙して語ろうとはしない。しかし、「洞窟の岩に向かって」発せられた声のこだま、〈岩のつぶやき〉に耳を澄ましたい。詩人の本音を思い切って暴露するなら以下のものとならないだろうか――「何らの応答＝責任もあるはずもない。ピアスのヒロイズムの像には己を省み、ケルブと対峙する姿勢が完全に欠けている。だからこそ眠りから覚めたとき、政治的大義、あるいは「カルト」的なヒロイズム、すなわち安易で表層的な現実に逃避し、詩人の唯一の責任、夢を忘れたではないか。その結果がこれだ。すなわち、アイルランドは犬死したのだ」、と。

ここで、第一連のギリシア的アポロンの価値、ピタゴラスの「知性、数、測量」が持ち出されているのは、第一連の供犠のイメージと殉教のヒロイズムの差異を際立たせるためにほかならない。イェイツは「ボイラーの上で」において、ことさらに「数学」の教育的重要性を強調しているのもこのことと深い関わりがある――「重要なことをすでに述べて解決したので、私はさらに重要なことに立ち返る。（アイルランドの子供には）ただギリシア語とゲール語と数学、そして多分、現代の外国語の一つだけを教えよ。ラテン語はいらない……数学を教えるべきだ。なぜなら、数学は現実性もないのに、真実であり、力への現代の鍵となるからである。[47]」ここで、数学をデカルト的合理主義の象徴と誤解してはならないだろう。そうではない。むしろ、逆の意味である。『ヴィジョン』から類推するなら、イェイツにとって本来の数学とは、ピタゴラス的な秘儀としての数、幾何学＝〈悲劇の人格〉の意味であり、これを合理主義的病としての数に変えたものこそ、「ニュートン的幾何学」、デカルト的数学、民主主義による数の理論であり、逆に〈真の数学〉の復権を説いた者こそヴィーコであり、ニーチェであり、彼らの〈詩的観相学／悲劇の相の認識／人格としての歴史の認識〉こそ、イェイツがいう数学に値するのである。したがって、『ヴィジョン』は〈数学的試み〉であり、数学とは詩的彫塑衝動の別名にほかならないだろう。だからこそ、「数学」こそケルト的眠りを覚ます、目覚めた夢の象徴、ピタゴラスの数、〈ギリシア的理性〉としてのアポロンとして、ぜひとも現代のアイルランドにとって必要視されているのである。

ただし、ここで「数＝アポロン＝夢」と対照的に暗示されている「眠り」とは、第三連に表現されたイェイツが肯定する中世の夢想家の眠りでも、仏陀の眠りでもハムレットの陶酔としてのディオニュソス的眠り、すなわち現象を意にもかえさぬ眠りでもない。現代のアイルランドは夢に目覚めるのではなく、ピアスのように、現実に陶酔しきっているからである。古代のアイルランドの学僧たちはそうではなかった。カルトに生きず「セクト」、厳しい戒律（『贖罪規定書』）＝アポロンの夢に生きたのではなかったか。ピアスの詩にはこの夢＝アポロンが完全に欠落している。だからこそ、ケルト的な眠りから覚めたとき、政治的大義、あるいはカルト的ヒロイズム、すなわち目に見える安易な政治的現実＝可視的現象に逃避し、詩人の唯一の責任を忘れたのである。その結果がこの連、第五、六行に描かれたものであるに相違ない。これらの行に表現された「海」と第二連における「海」とを同一の意味で捉えるのは、オリエンタリズム批評の常套手段であるが、それは完全に誤読である。第二連のアジア的な海とはペルシアのディオニュソス的な偉大なる波であり、イェイツはニーチェに倣い、これを完全に肯定している。一方、この連の「海」が意味しているのは現代の合理とルサンチマン的な感傷に汚れきった波、「汚れし激流、形相なき放卵する激怒の波」としての「海」である（先述の「ビザンティウム」で用いられている表現と類似する表現である点に留意）。かりにそうでないとしたら、次に続く詩「デルフォイの神託に寄せる知らせ」における「海」との整合性を一体いかなる解釈をもって解くことができるだろうか。したがって、イェイツのこの連の描写に何ら矛盾はない。彼がここでいわんとしているのは、ディオニュソスは汚され、アポロンの「規律=形相」も破壊されているがゆえに、現代とは二重の意味で悲劇の相、すなわち供犠によってしるしづけられた輪郭をもっていないといっているのである。

しかし、イェイツには、これを公言できず秘密にし、問いとして微かに暗示させねばならない大いなる事情があった。これが読者の誤読のもととなっているのではなかろうか。すなわち、彼は自他ともに認めるアイルランド独立運動の旗手であったからだ。民衆が詩人ピアスの死に英雄クフーリンの殉教の死を重ね合わせることは必然だと彼には思えたからである。英国に生き血を吸われながらも不動のまま耐え、殉死してゆく中央郵便局に立てられたあの「クフーリンの像」、民衆にとって、これこそ紛れもなくアイルランドの悲劇的永遠の相、供犠の顕れと映るからである。イェイツにとってピアスが赦せないのは、彼が詩人を名乗りながら、生き血を吸う鳥を内面に向けられた生の苦悩、ケルブとの葛藤と解かず、政治的外の敵、英国に求めようとする現代人特有の貧相な弱者の想像力=妄想しかもちえなかったからである――「ピアスはコノリーにいった。あまりにもはっきりしているじゃないか。薔薇の木をうまく育てようとすれば、我ら自身の赤い血しかないのさ」(「薔薇の木」)。このようなものは、一見、いかにも殉教的な美と映り、民衆のヒロイズムを煽りはするが、その道は密かにI.R.A.に通じる道であることはいうまでもない。事実、ピアスはI.R.B.における軍事作戦面での最高指導者だった。当然、民衆はイェイツが高らかに詩人ピアスの行為を賞賛し、賛美の詩を書くものと信じて疑わなかったに相違ない。かりにここでイェイツが「私の国はこの世のもの=現実の国ではない、煉獄の国である」、つまり「私が書き続けた殉教とはこのような感傷の生み出した悲惨ではない。ここに何の悲劇的な供犠の相が顕れたというのか――なぜ(ピタゴラスの数を知るギリシア時代の)民衆は凝視したのか、あの彫像には一点の性格=感傷もなかったからではないか。計測あるスフィンクスとして着座するケルブを知るギリシアの民衆が、中央郵便局のあのクフーリンの像を凝視するとでもいうのか。不動のまま生き血を鳥に吸われる瀕死のクフーリンを重ねることができるか。

むしろ、これこそルサンチマンのなせる業ではないか」、と本音を暴露したならどうなっていただろう。

驢馬に乗ってエルサレムにキリストが凱旋したとき、ユダヤの民衆は「ホサナ、ホサナ、ダビデの子に栄光を」と叫び、その舌の根も乾かないうちに、彼らは彼に何をしただろう。「バラバに赦しを、イエスに死を」（＝「社会的責任には正義と赦しを、あの世の責任には死を」）と叫ばなかっただろうか。彼らを変えたものは、「私の国はこの世のもの（この場合、ローマに対するユダヤの現実的独立）ではない」というあの言葉ではなかったか——「孤独を知らぬ彼らにどうしてわかろうか。真実は探求者のランプが照らすところに生い茂るものだということを。群衆が集まりさえすれば、どんなことになろうがお構いなしという輩に」（「群衆の指導者」）。このことに臆してイェイツが何も語らなかったと言いたいのではない。彼は民衆の心がすでに自分から離れていることを十分承知していたし、デモ抗議によって劇の中断を余儀なくされることしばしばであった——「私の手塩にかけた作品は今ではみな、通りすがりの犬に汚される電柱にすぎないが」（『責任』「結びの詩」）。そうではなく、彼の宣言は民衆をそれが誤解に基づくものであったにしろ、アイルランド民族の存在の意義すら見失いさせ、路頭に迷わすことになると考えたからだろう。「恐ろしき美が生まれた」（"A terrible beauty is born"）という、「一九一六年の復活祭」に表現されたあの有名な詩句にさえも、この秘めたイェイツの思いが微かに偲ばれる。彼はアイルランドの悲劇の歴史を誰よりも知っていたのである。歴史的幾多の迫害に耐え、傷つき苦悩する彼らに、さらなる決定的最後の一撃を与えることを控えたのではなかろうか。

上述したことよりもさらに、どうしても真意を問いのなかに秘めておかなければならない、さらに大いなる理由がイェイツにはあった。それは詩人ピアスのなかに、自己に潜む、詩人としての〈業〉をみるからであり、それが結果的にアイルランドを死に追いやり、自らの詩人としての存在の意義を大きく揺さぶる自己呵責の問いとして響きわたるからだろう。ここにいたるとき、第三連までのアポロン的な輪郭＝心象はまたも破壊されてしまうことになる。そして、ここにまたケルブが顕れるのである。

アルトと命名されし、岩の裂け目、崩れた巌のたもと
昼の強き光さえ届かぬ裂け目の淵にたたずみて、
私は石に向かって、一つの秘密を叫ぶ。
私の言ったこと、行なったことのすべてが、老いて病む今、
一つの疑問と化し、ついには夜な夜な、眠りを覚まし、
答えがえられないのだ。ある者たちを英兵の射殺へと導いたものは
私自身のあの劇であったのか。

「人とこだま」

注目すべきは、「彫像」と「人とこだま」はいずれもイェイツの死の一年前、一九三八年に書かれているという事実である。したがって、ここでの彼の心境は「彫像」と等しいとみることがもっとも理にかなっている。イェイツの煉獄の夢の軌道が最終的に向かうところは、絶えずここである。すなわち、自己呵責としての答えなき問いとしての応答＝詩人の責任。これは何らの心象ももたない存在への深い問いとなって、こだまするばかりである。一見すると、この呵責はあの劇、すなわち前期の劇『キャサリーン・ニ・フーリハン』（1902）に熱狂した民衆が暴走し、死にいたらしめたことに社会的な罪悪感を覚えているとも読める。しかし、イェイツがここでいわんとしているのは、そういう社会的政治的側面に還元できるようなものではない。むしろ、この呵責はきわめて実存的問題として受けとめねばなるまい。このことは、イェイツの想像力の核心的系譜、自己呵責＝責任（“responsibility”）の大いなる系譜を詩にそくして意味論的に辿らなければ判然としない。ただここでは、第三連までは明らかな輪郭、心象化されたアポロンの彫像が、この連で反語の畳み掛けによって壊されていく原因の核心には、「人とこだま」におけると同様の自己呵責、ケルブが働いているということだけは確認しておきたい。これもまた、ケルブの働きである。すなわち、「冷たい天」と同じ帰結が晩年最後の

局面にまで持ち込まれているということである。

さて、最後の行について考えてみたい。これらの行は、殉教のヒロイズムと真の供犠の差異を想定しながら読んでいくとき、初めて誤解なく理解されると思われる。イェイツはこれら二行において、ピアス的に民族の団結と高揚を促し、「アイルランドよ、今こそクフーリンの像のもとに集い、己の血をもってアイルランドを再生させよ」と述べているのではない。むしろ逆である――「アイルランドよ、ピアスのようにヒロイズムの感傷に群がらず、夢＝数、規律、アポロンの心象に目覚めよ、詩的自由としての内なるコロスのもとにこそ集え」と呼びかけていると思われる――「悲劇の舞台は我々の実生活に触れることなどなかった。だが、民衆の憤激（ヒストリカ・パッシオ）は餌食を引きずり下ろす（餌にする）」（「パーネルの葬儀」*The Pomes*, p.329)。永遠回帰の歴史において、アイルランドほどに夢みる才にたけた民族は稀なのであり、ただ彼らに欠けているのはギリシア悲劇のもつ明確なコロスの輪郭の詩的心象化なのである――「われらにふさわしき闇間をよじ登り、計測ある像の顔のあの輪廻にそって、歩むことになるだろう。」これは、永遠回帰から観相した一つの預言である前に、一つのアンティ・ピアス＝アンティ・イデオロギーの宣言、詩的観相学の勧めである。そして、あの輪郭にそって登るとは、ひとつの具体的イメージとしては聖パトリックとしての〈穴の賢者ピタゴラス〉が煉獄の穴の深淵からもう一度、生還する道行きを暗示しているだろう。

この詩はイェイツの生涯の最終局面にいたるまで、ケルブがイェイツの「仮面」であり、その背後に殉教のヒロイズムと対極におかれている供犠の問題があったことを証している。「民衆はなぜ凝視したのか」、それはギリシアの民衆が、人間存在の悲劇の相、スフィンクスとしてのケルブの像＝イメージを見出したからに相違ない。なぜ、青年達が情熱の唇を像に押し当てたのか。それはケルブ、すなわち智天使ケルビムのなかに、スフィンクスにはない後の愛のシンボルを見出したからであろう。ピタゴラスが計画した「それ」とは、ケルブの原型的な像、イメージであったといってよいだろう。

十八　「揺れ動く」に顕れた「それ」

「彫像」の「それ」には、供犠の秘儀を守る「ケルブ」の姿が隠しつつ開示されていた。ただし、この詩には、殉教のヒロイズムと対比される供犠の意味が反語の問いとして鋭く提示されているものの、その供犠自体の相貌がはっきりと顕れているわけではない。あるいは、「ビザンティウム」の「それ」にもケルブと煉獄の穴と供犠がひとつのイメージとして想起されるものの、供犠の意味はやはり曖昧であるといわなければならない。だが、「揺れ動く」においては、「仮面／ケルブ」の詩法をとおして、供犠の秘儀がほぼ完全なかたちで顕れていると考えられる。おそらくイェイツの全作品のなかで、これほど供犠のイメージが結晶化されて顕れているものはほかに例をみないだろう――第一連でスフィンクス／ケルブとして提示された供犠への問いは、煉獄の求心運動のなかで最終連に向かって収斂されていき、そこに用意された最後の問い（謎かけ）において帰結する。問いに応じるオイディプスの役を負わされた読者もまた、最後の謎かけに向かって降下（カタバシス）していき、その最後の問いに応じることで供犠のヴィジョンが開示されるという次第である。その問いとは、「蜜蜂の巣と獅子の謎解き、聖書はこれを何と説いているか」、これである。

もちろん、最後の問いを発している者の名はスフィンクス／ケルブである。第一連と最終連の問いは同一者の声であり、その声の主は第一連に表れた謎の「それ」（"it"）が密かに指示するもの、ケルブにほかならないからである。

そこで、まずは第一連を具体的に読み解いていくことからはじめたい。

Between extremities
Man runs his course;
A brand or flaming breath,
Comes to destroy

All those antimonies
Of day and night;
The body calls it death,
The heart remorse.
But if these be right
What is joy?

両極の間を
人は己が道程を走る
一本のたいまつか、あるいは炎の息が
昼と夜のこれらいっさいの二律背反を
破壊しにやってくるから
肉体は、それを死と呼び
こころは、それを自己呵責と呼ぶ
しかしもし、こう呼ぶのが正しいとするならば
喜びとは、一体何なのか。

この連の最終行が「喜びとは一体何か?」という人間存在に関わる深い問いで終わっている。しかも、この連全体がなんとも謎めいていることから、この連そのものが人間存在に関わるひとつの謎かけ、スフィンクスの問いであるとみることができる。このことは、この連を以下のようなスフィンクス風の謎かけに変換すればさらに理解のいくところと

なるだろう——「両極の間に存在し、一本のたいまつか、炎の息のようにみえ、昼と夜の一切の二律背反を破壊し喜びを奪う根本原因にして、心は自己呵責と呼び、肉体は死と呼ぶもの、それは何か。」そうだとすれば、この問い、すなわち「それは何か」に応じることができないような、いかなる解釈も無効であり、テーベの知者よろしく、スフィンクスの大太刀のまえに果てるほかないだろう。もちろん、その答えが様々あるなどということはありえないし、観念的あるいは情緒的なはぐらかしの応答も許されないだろう。彼女が求める答えは常にひとつしかないからである。それでは答えは何か——ユダヤのスフィンクス、ケルブ、これ以外にはありえない。

人は罪を犯したためエデン（歓喜（ジョイ））を追われ、呪いの地、エデンの東に追放された。そして、ここに「園の番人」として「廻る炎の剣」が置かれることになった。このことによって、不死なる人間の肉体は、死すべきものとなった。このゆえに「肉体」は「それ＝ケルブ」を「死と呼ぶ」のである。また「こころ」からみれば、ケルブの炎をみるごとに、自己が犯した罪と、それがもたらした呪いを想起し、ゆえに「それを自己呵責と呼ぶ」のである。しかし、もし死と呵責というケルブに縛られ、エデンの東の住人なることが人間の宿命ならば、人はどこにエデン＝「歓喜（ジョイ）」を求めればよいのか。これはケルブの闇＝死＝「夜」の意味である。だが、同時にケルブは聖なる守護神、生＝「昼」の意味をもっている。上述したことを裏返せば、人間は本来、聖なる不死の存在であることになるからである。したがって、ケルブは昼と夜との両義性＝「両極の間」に存在し、「その両極の間を人は己が道程＝人生を走る」ほかないのである。しかも、その生と死の両義性に共生など一切存在しない。ケルブの両義性は「二律背反」にして、「一本のたいまつか、炎の息のようにみえる」ケルブは「破壊するためにやってくる」からである——「それらの生きもののようなもの（ケルブ）は、燃える炭のように見え、たいまつのように見え、それが生きものの間を行き来していた」（「エゼキエル書」）。もはや、この連の謎かけ、「それ」の答えがケルブであることは明白である。

そうであれば、ここでの謎かけは通常のスフィンクスの問いが逆転し、すなわち、問う者と問われる者の関係が入れ換わり、オイディプス（生者）の方からスフィンクス（異界の者／死者）に対して問うているとみなければならないだろう。

ここに、主客を入れ換えながら、生と死の合わせ鏡のなかで生の存在のあり様を映す「仮面」の顕れを読むことができる。すなわち、スフィンクスの問いに対する答えを反転させてこういえばよいのである――「それはあなた＝スフィンクス／ケルブである。」

この連で提示されたスフィンクスへの謎かけ、すなわち「それ」の答えがケルブを指していることは、“Vacillation”というタイトル自体が暗示するところでもある。「創世記」には「廻る炎の剣とケルビム」を置いたと記されているが、原義では、ここにおける「廻る＝ペケット」とは、字義通り訳せば「揺れ動く」、“vacillate”であるからだ。

この連の「それ」がケルブであるとすれば、ここでのケルブの属性としての「炎」が、先述の「ビザンティウム」の「それ」としての「ケルブ」の炎、すなわち聖パトリックの煉獄の炎と同じものを指示しているという可能性が高まってくる。二つはともに「それを～と呼ぶ」という表現が用いられているからである。

十九　「燃えあがる緑の木」としての「それ」＝ケルブ＝「仮面」

もっとも、この連だけで、ここでの「炎」が聖パトリックの煉獄の炎であることを立証づけることはむずかしい。だが、これに続く第二連で提示されている「燃えあがる緑の木」のイメージを分析すれば、かなり理解のいくところとなるだろう。というのも、第一連の「それ」は「燃えあがる緑の木」のイメージへと変貌を遂げているわけだが、ここにみられるイメージの飛躍は、聖パトリックの煉獄を想定すれば、無理なく解釈できるからである。

それでは、具体的に第二連をみてみよう。

A tree there is that from its topmost bough
Is half all glittering flame and half all green

Abounding foliage moistened with the dew;
And half is half and yet is all the scene;
And half and half consume what they renew,
And he that Attis' image hangs between
That staring fury and the blind lush leaf
May know not what he knows, but knows not grief.

一本の樹木あり。こずえの天辺から下まで
半面はきらめく炎、半面は露に濡れし
緑豊かな群葉
半面は半面なれど、それで全景をなす
しかも、半面は互いに再生したものを
互いに食い尽くす
凝視する激情と盲目に緑なす葉の間に
アッティスの心象をかけ、祀る者は
自分の知るところを知らぬが、悲しみも知らぬだろう。

先にみたとおり、第一連に顕れたケルブの炎のイメージは、キリスト教的な異界の概念を前提にしている。だが、この第二連において、それは意味が巧みにずらされることで、ケルト的固有の異界のイメージへと変貌を遂げている点は看過できない。この「意味のずらし」は、ハロルド・ブルームがいうように、「仮面」の典型的な特徴のひとつ、「クリナメイン」と呼ばれる方法であるが、これは「仮面」がある普遍的意味からより具体的な対象に向かって接近していこうとする場合の方法であるとみてよいだろう。[48] 言い換えれば、「仮面」の詩法は普遍的な意味から次第に民族的（個別的）な意味の方に求心的（主体的）に接近していく際に、この方法を取るのである。

それでは、ここでの「仮面」が接近していこうとしているものは具体的には何だろうか。キリスト教的な異界のイメージをもつと同時に、ケルト的な異界のイメージを色濃く反映する第三の異界、聖パトリックの煉獄であるとみる。そして、その体現者は「緑の殉教」の伝統の創始者、聖パトリックであると措定するのである。「燃えあがる緑の木」の「半面の緑（生）」は「緑の殉教」の「緑＝生」を、「半面の炎（死）」はそれが含意する「赤の殉教」の「赤＝死」を、その樹木のための供犠に捧げられるものは煉獄に供された聖パトリックを暗示しているとみるからである（一切の妥協を許さない緑と赤、生と死の二律背反が両立しえるためには両極をとりなす者の供犠の存在が不可欠である。この点は後述）。以下、この仮説を詩に沿って検証していきたい。

この詩の「半面は炎、半面は緑である樹木」はケルト神話、『マビノギオン』の以下の一節から取られたものである。ただし、この描写はそのままにおかれているもうひとつの比喩と一体をなすことではじめてケルト的な死生観を表現するものとなっている。そのため、前文から引用しておく。

片方の岸には黒い羊の群れ、もう片方の山岸には白い羊の群れが見えた。すると白い羊の一頭が鳴き声をあげた。すると一匹の黒い羊が川を超えてやって来て、白い羊となった。やがて黒い羊の一頭が鳴き声をあげると、白い羊の一頭が川を超えてやって来て、黒い羊となった。それから川の岸に一本の高い樹木が見えた。片側は根もとから梢の先まで真っ赤に燃え、もう一方の側には緑の葉がついていた。[49]

この描写は、古代ケルトの死生観の典型的一例を示している。いわば三途の河を挟んで生を象徴する白い羊と死を象徴する黒い羊が互いに色を変え、こうして生と死、現世と異界とのチェンジリング、生と死が連環されるという死生観が表現されているといえるだろう。そしてもちろん、このあとを受けた描写が燃えあがる緑の木であるから、この樹木もまた同じ死生観の別の表現とみてよいだろう。少なくともイェイツがそうみていることは、前期の散文「文学におけるケルト的要素」のなかの以下のくだりから裏づけることができる。

マシュー・アーノルドは理解していなかったようだが、我々がいう「自然の魔術」とは、世界の古代宗教、すなわち、古代の自然崇拝のことであり、つまり、この魔術が自然をまえにして沸き起こる心騒ぐ忘却の境地であり、必ずやあらゆる美しい光景が去来し、それが人の内面に染み入ってくるにすぎないものなのである。古代宗教は「花姿」を作ることを描いた「マビノギオン」の一節にみられる。……または、この古代宗教は燃えあがる樹木を描いた同じように美しい一節にもみられる。この美にみられる美の半ばは、生き生きとした美しい葉を夢想のなかで呼び起こすことによって生じるものだが、その群葉は炎にも引けをとらないほど美しいものであろう。「彼らは川辺で一本の高い樹木をみた。半面は根から天辺まで炎のなかにあり、他方の半面は緑にして、群葉で満ちていた。[50]」

ここでいう「自然の魔術」、すなわち「自然崇拝」とは自然を前にしてその背後にある見えないものを幻視するケルト的な死生観を反映するものである。そうすると、ここですぐにも思い出されるのが、この同じ散文のなかで記されている先にみた煉獄巡礼に関する描写である。二つは古代アイルランドの死生観、あるいは古代宗教の優れた側面を例証する同じ文脈のなかで用いられているからである。しかも、その死生観を象徴する対象として両者ともに樹木を挙げている点にも注意を向けたい――一方は生と死の岸辺に立つ燃え上がる緑の木、他方は異界の地、湖島の煉獄に向かう船に用いられた「ウロのある木」であると記されているからである。おそらく、イェイツは二つを古代ケルトの死生観を象徴する同じ樹木の別の表現であるとみなしているのだろう。

ただし、そのように措定してみると、ひとつの大きな疑問が生じることを禁じえない。『マビノギオン』の樹木が象徴しているものは、生と死とが互いに交換可能な共生の死生観であるが、第一連と第二連のイメージがともにもっている強烈な死と苦悩のイメージ、さらに第二連に表れる供犠のイメージはこのケルト的な死生観を完全に否定しているからである。すなわち、かりにこのケルト的な生と死の共生の死生観が第二連の樹木のイメージを反映しているとすれば、「肉体はそれを死、こころは自己呵責と呼ぶ」、第一連の実存的な死生観に著しく抵触し、第一連から第二連に引き継がれたイメージ連鎖はここで断ち切られ、第二連後半に表現されている供犠のイメージも完全に意味を失ってしまうからである。それならば、二つのイメージ連鎖を繋ぐ隠れたイメージをぜひとも想定してみなければなるまい。それこそ、聖パトリックの煉獄であると言いたい。この点を考慮しながら、もう一度、第二連をさらに熟読してみることにする。

第一連で「それ＝ケルブ」の強烈なイメージを提示した詩人は、ここではそれを一本の樹木に託す。ということになれば、この樹木はおのずから〈仮面の樹木〉であるとみることができるだろう。「仮面」の名は「ケルブ」だからである。しかも、第二連の樹木の描写は第一連に顕れた生と死の合わせ鏡——問う者と問われる者との主客が入れ換わるところの合わせ鏡——、「仮面」の詩法をおのずから説明するものとなっている点にも注意したい。すなわち、この樹木は「半面は露ぬれし緑なす群葉」であり、それは肉体としての生を象徴している。他方、「半面」はすべてを焼き尽くす炎であり、それは人間の魂としての不滅性と同時に生＝肉体を焼きつくす死の炎を象徴している。この生と死は二律背反であって、『マビノギオン』にみられるような生と死が連関され変換可能な死生観に激しく対立している——「半面は互いに再生したものを互いに食い尽くす。」すなわち、半面の「覆い（ケルブ）」としての緑＝肉体は炎を包み込むことで炎を消滅させようとし、一方、炎のケルブはおおいの肉体（緑）を焼き滅ぼそうとするのである。そこには生と死の楽観的な共生も止揚もどこにも存在していない。だが、「それでいて半面は半面にしてそれで全景をなす」というのである。これは「ケルブ」という名の「仮面」を想定する以外に解釈不可能なはずである。「仮面」のもつ生と死による二律背反の合わせ鏡は、「半面は半面にしてそれで全景」をなし、そのことではじめて逆説の鏡として機能するからである。

二〇 「燃えあがる緑の木」のなかの供犠と自己呵責

ここにみられる「仮面/ケルブ」の世界は一切の妥協を許さない生と死、肉体と魂の修羅の世界であり、この世界を適切に象徴するものがかりに存在するとすれば、それは聖パトリックの煉獄をおいてほかにはあるまい。通常の煉獄とは異なり、この煉獄は死後の魂の世界(観念の世界)ではなく、この世に実在する異界の口、生と死の狭間に置かれた「生中の死、死中の生」の修羅場であり、それゆえに浄化された魂は天に昇らず肉体に回帰することができる、すなわち生と死の入れ換え(連関)が可能だからである。

それでは、この生と死の危うい均衡の下に根を張る「燃えあがる緑の木」は何によってその生命が保たれているのだろう。「凝視する激情と盲目に緑なす葉の間にアッティスのイメージを掲げ、祀る者」が流す供犠の血を吸って生きるのである。ここでの詩行は、フレイザーの『金枝篇』の祭祀王の供犠の描写を念頭においていることは明白だからである。『金枝篇』によれば、植物神、アッティスの祭を司る祭祀王は、自らを生贄にするしるしとして激情に駆られ自己を去勢したという。つまり、祭祀王は自らの性を捧げる者、供犠の象徴ということになるだろう。これに対し、アッティスのイメージは、「金枝=宿り木」のことであるが、古代ケルトの宗教、ドルイド教はそれを「森(太陽)の女神の心臓」とみなし、聖化したのである。

この場合の「森の女神」とは、詩人ロバート・グレイブズによれば、生贄の血を求める残忍なケルトのミューズ、「白い女神」のことであるという。そして、彼によれば、真の詩人とは「白い女神」と対峙し、その恐怖の前に「剃刀の刃が立たないほどに」戦慄を覚える者の謂いであるという。[51] この女神は「雌蜘蛛」あるいは「女王蜂」であって、詩人は彼女の永遠の若さを保つために生贄になることを宿命づけられているからだという。ここでのイェイツもこの理解を共有しているだろう。ここで供されている者は第一義的には若き日の詩人としてのイェイツ自身の姿が投影されたものだと解すことができるからである。ただし、イェイツの場合、先にみた文脈を考慮すれば、対峙する「白い女神」に相当するものはケルブ／スフィンクスのことであるとみることができる。

このことは、ここでの詩行が第六連で以下のように言い換えられている点からも確認できる――「人間の血膨れした心臓から夜と昼とのかの枝々は生え出でる。そこに安っぴかの月がかけられる。歌などなんの意味があろう。すべてのものよ、いかしめよ。」（"From man's blood-sodden heart are sprung/ Those branches of the night and day / Where the gaudy moon is hung./ What's the meaning of all song?/ Let all things pass away. ' "）ここでは、「燃えあがる緑の木」は、吸血樹と化して詩人の生き血を求める。だが、この「白い女神」と対峙し、その峻厳な姿を描こうとすると、安っぽい詩になってしまう。詩人は供犠を求める白い女神の闇の部分を金メッキ（美辞麗句）で飾り立て、その美だけをことさら強調するほか許されていないからである。それならば、「歌などなんの意味があろう」と詩人は嘆いているわけである。いずれにせよ、詩人はミューズのまえに、生贄に供される者として描かれていることだけは確かである。

ただし、ここで看過できない問題は、供される詩人の姿を「凝視する激情」と「盲目」と記すことで、イェイツがここでの供犠を手放しに肯定しているとはいえないという点である（この詩行に敷衍された『金枝篇』によれば、陶酔に任せて青年たちが去勢する姿が描かれている）。そのことは否定形からなるこの連の最後の詩行からも確認できるだろう――「自分の知ることを知らぬが、悲しみも知らないだろう。」この意味深長な言葉によって、詩人は一体何をいおうとしているのだろうか。

否定形が用いられているということは、その背理に肯定されているものが想定されていると考えるのが道理だろう。しかも、これが供犠を描写した文脈のなかで用いられているとすれば、肯定されるべきもうひとつの供犠が密かに語られているとみてよいだろう。それは何だろうか。まず、この詩行で気づくことは、この詩行がキリストの「殉教＝受難」（"passion"）の概念を前提に述べられているという点である。十字架上のキリストは、彼を罵り、衣をくじ引きにする者たちに対し、「彼らは何をしているのか分からないです」と述べている。あるいは、キリスト教徒にとってキリストの受難と解される「イザヤ書」53章のなかには、「彼は悲しみの人で病を知っていた」と記されている。ここでの詩行はこれらの聖句を踏まえたうえで、記されていると考えてよいだろう。この点については、後述する最終連で密かに対峙、対照されている二つの供犠、オイディプスとキリストの供犠の根本的差異から判断して間違いないところである。要するに、この詩行には二つの供犠が想定されており、その一方は「キリスト教化されない」（第八連）民族的な供犠とキリスト教的な殉教のあり方――自己が供犠として捧げられ運命にあることを知り、供犠の悲しみを知る反ヒロイズム的なあり方――の違いが暗示されているということである。もちろん、最終的にはイェイツは第八連において前者を肯定し、後者を退けるのだが、その最終的な判断のまえには実存的な「揺れ動く」内的な葛藤があることを忘れてはならない。むしろ、この二つの供犠のあり方を巡る問いこそがこの詩全体のテーマの核心であり、その問いの深さこそがこの詩を不滅なものにしているといっても過言ではない。したがって、イェイツはこの詩において後者の供犠のあり方を一度も否定していないとみなければならない。逆にこの連の最終行に暗示されているように、実は疑問視されているのは前者の方であり、それでもなお前者の供犠を選択しなければならないがゆえに最後まで詩人は動揺し苦悶し問い続けているのである。

このことが分かるかどうかは、この詩全体の基調となるひとつの言葉が何であるのか気づくかどうかにかかっているだろう。それは、第一連の「こころはそれを自己呵責と呼ぶ」に表れる「自己呵責」であるといってよい。これこそが悲しみを知る者の謂いであり、それが前期イェイツと後期イェイツの心情の分水嶺にして、後期の詩人としての成熟をしるしづけるものである。そのもっとも典型的な表れが第五連の以下のくだりだろう――「……目を上げる気にはならない。責任が我身に重くのしかかってくるから。遥か昔、口にしたこと、行なったことが、また逆に、口と行いを慎んだために、言えばよかった、やれば良かったという思いが／重くのしかかってきて、一日たりと何かを思い返さない日はなく、我が良心か、あるいは虚栄心が肝を冷やすのだ。」（「人とこだま」）に繰り返される自己呵責としての「応答＝責任」（“responsiblity”）、老いた詩人イェイツの想像力が最後にいきついたトポスがここにある。これは自己の咎を告白する行為そのものであるから、きわめて人間的な苦悶であり、キリストの苦悶と等価におくことはできまい（罪なきキリストであれば、告白にも自己呵責にも無縁でなければならない）。しかも、この苦悶のなかに民族的な苦悶が重ねられているとすれば、なおさらそういうことになる。そうだとすれば、ここに「緑の殉教者」、修道士たちの供犠の大いなる伝統の系譜をみることができまいか。そして、その系譜の源泉が聖パトリックにあるとすれば、半面は緑に燃え、半面は赤い炎に燃える樹木に「緑の殉教」のイメージを重ね、その背後に聖パトリックの姿をみることはできまいか。つまり、一方の極に非キリスト教的な民族的・神話的な供犠（その象徴は後述するようにアイルランドのサムソンであるクフーリン）を、他方の極にアイルランドの聖者パトリックの供犠のイメージを対峙させ、その「仮面」の合わせ鏡のなかにヨーロッパを供犠によってしるしづけるアイルランドの相貌を映し出そうとしているとみることができるのである。このことを第七連と最終連である第八連の解読をとおして、検証してみたい。

二一　聖パトリックの内的対話としての第七連

The Soul. Seek out reality, leave things that seem.
The Heart. What, be a singer born and lack a theme?
The Soul. Isiah's coal, what more can man desire?
The Heart. Struck dumb in the simplicity of fire!
The Soul. Look on that fire, salvation walks within.
The Heart. What theme had Homer but original sin?

魂：実相を探り、仮象から離れよ

心：何と、詩人に生まれしに、主題を失なえとや
魂：イザヤの熱き炭火、人、ほかに何をか望まん
心：炎の虚懐に入れば、声沈黙するのみ
魂：炎を見よ、救済は炎のなかを歩む
心：原罪以外、いかなる主題をホーマーはもちしや

一見して分かることは、この連は「自我と魂の対話」と同じように、「仮面」の詩法を用いて、「詩人」としてのイェイツ自身の内面を魂と心に分けて対話させたものであるということだ。しかも、「魂」に対する「心」（"heart"）は肉体性を帯びており、すなわち「心」は「心臓」をも意味しているということである。ただし、この連全体のテーマは魂の救済というきわめて宗教的な問題であることから、ここでの対話の背後に具体的な宗教人の影が潜んでいるという印象を受ける。それは誰だろうか。結論から先に述べれば、その人影、影法師は煉獄の聖パトリックであり、しかも彼は「魂」だけではなく、「心」のなかにも投影されていると考えられる。つまり、ここでの対話の背後には〈煉獄の聖パトリックの魂と心の対話〉があるとみるのである。「煉獄の」と限定したのは、この連における対話が「炎」を前にして行われており、この場合の炎は「救済」としての炎であると同時に「原罪」を想起させる炎であることから、これまでの詩の文脈からみて「炎」はケルブと一体化した煉獄の炎と考えられるからである。それでは「魂」としての聖パトリックは何を意味しているのだろうか。聖者としての彼だろう。「心」は自己の罪に呵責し、その罪を「告白」する告白者としての聖パトリックとみるのである。その最大の根拠となるのは、この連の最後の「心」のセリフ、「原罪以外、いかなる主題をホーマーはもちしや」である。これは聖パトリックを念頭におかない限り、第八連の最後のクライマックスの詩行と完全に矛盾してしまい、そのことでこの詩全体の統合されたイメージが霧散してしまうからである。それでは、以上の仮説を念頭に具体的にこの連を吟味してみよう。

まず、ここでの煉獄の炎が観念的なものではなく、「イザヤの熱き炭火、人ほかに何をか望まん」からすぐにも連想されるように、きわめて肉体的なイメージをもっている点は重要である。この詩行が下敷きにする「イザヤ書」では、神から受けた啓示の言葉、「ダバール」は「燃えさかる炭」として記され、それを天使セラフィムがイザヤの「口に触れて」こういっているからである――「見よ、これがあなたのくちびるに触れたので、あなたの不義は取り去られ、あなたの罪も贖われた」（罪を浄化するこの「熱き炭火」としてのダバールは、ギリシア的な「ロゴス」のように魂から肉体が乖離されることなく、二つは一体化された概念として描かれている。ちなみに、ギリシア的ロゴスとヘブライ的ダバールの根本的差異を肉体と魂の一致にみたのは、『聖なる真理の破壊』のハロルド・ブルームである[52]）。

もちろん、そのことを承知したうえでイェイツは「イザヤの熱き炭火」と記しているのである。そのことは、この隠喩が草稿では「イザヤ」ではなく「エゼキエル」と記されていることからも確認できる。先の「イザヤ書」の引用文を踏まえると、草稿で想定されている「エゼキエル」でイェイツが当初想定していたのは以下の箇所であると推定されるからである――「この巻き物を食べ、行って、イスラエルの家に告げよ。……そこで私はそれを食べた。すると、それは私の口の中で蜜のように甘かった。」ここでもダバールは、観念的に認識されるものとしてではなく、免疫の認識法さながらに、「くちびるに触れ」、さらに食べて味わってはじめて認識されるものとして描かれている（ここでの「蜜の味」は最終連の「蜜蜂の巣」と連関されてひとつのイメージを創り出している。この点については後述）。

それでは、聖なる言葉を預かり、食べて味わった預言者エゼキエルは何を〈幻味（幻視）〉したとイェイツはみているのだろうか。以下の詩行が示唆を与えてくれるだろう――「炎を見よ、救済は炎のなかを歩む。」これはイェイツが生涯でただ一度、「ケルブ」を「仮面」であると明記したうえで、その根拠を「「エゼキエル書」28：14にある」と明記したまさにその箇所を踏まえたものであるとみてよい――「わたしはあなたを油そそがれた守護者ケルブとともに、神の聖なる山に置いた。あなたは火の石の間を歩いていた。」（「エゼキエル書」28：14）ここでのケルブは救済者として炎のなかを歩く巡礼者に寄り添うインマヌエル（神とともに在ますの意）として描かれている。ところが、神に背いたイスラエルのこの炎は逆の意味をもってしまう――「あなたは罪を犯した。そこで、わたしはあなたを汚れたものとして神の山から追い出し守護者ケルブが火の石の間からあなたを消えうせさせる」（「エゼキエル書」28：16）。まさに、救済と刑罰の両義性をもつ煉獄としての炎、その両極の意味の間を魂と心は「揺れ動く」のである。第一連で記された「それ」としての「ケルブ」がここでも透かし絵として描き込まれているわけである。それならば、ここでの魂と心の対話は第二連で描写されている生と死の存在の岸辺、ケルトの煉獄の前に立つ「燃えあがる緑の木」の下で行われているとみてよいだろう。それを裏づけるものとして、ここでの魂のセリフが二人の老人による対話（「揺れ動く」を書いていた頃のイェイツは重病で死の危機に瀕した六六歳の老人であった）、先述の『アシーンの放浪』における聖パトリックのセリフに酷似していることに注目したい。すなわち、「実相を探り仮象から離れよ。」に対応するものとして「汝はまだ異教の夢に溺れておるな。」、あるいは「さあ、体を石の上に投げ出し祈るのだ。夜と暁と昼を創りたまいしは神であるぞ。」を挙げることができる。「イザヤの熱き炭火、ほかなにをか望まん。」と「炎を見よ、救済は炎のなかを歩む。」に対応するものとして「焼け石の足裏の肉がこびりつく」、「燃え立つ石のうえに投げ込まれるのだ。」が相当するだろう（前者二つの詩行は、「エゼキエル書」28：14に描かれたケルブの炎、後者二つは28：16に描かれたその炎とみれば、表裏一体の表現であるとみることができる）。

このように述べたうえで、ここでもう一度想起しておきたいことがある。それは『アシーンの放浪』における二人の老人が象徴しているものが記憶と徴候だったという点である。この連での「心」と「魂」のセリフもまたそうであるからだ。すなわち、アシーンのように「心」は記憶に固執している。心が「主題」と呼ぶものは「原罪」であり、原罪とは根源的な人間の記憶にほかならないからである。これに対し、「魂」は『アシーン』のなかの聖パトリックのように、記憶（過去）に対し徴候（未来）をもってする。煉獄の炎による「救済」も刑罰も未来にあるからだ。ただし、アシーンにとっての記憶とこの連の「心」にとっての記憶は根本的に異なるものがある。アシーンにとって記憶とは過去の民族の英雄的な栄光である一方、「心」にとって記憶とは「原罪」としての非英雄的な「自己呵責」だからである――「心はそれを自己呵責と呼ぶ。」ここに前期と後期のイェイツの作品を分ける根本的差異があるといってよいだろう。

それでは、この連における記憶としての「心／心臓」と徴候としての「魂」の対立による対話をどう捉えればよいだろう。これは合わせ鏡として「仮面」を想定すればよい。先述したように、聖パトリックがイェイツの詩に登場する場合、彼は合わせ鏡の他方の「仮面」として機能しているからである。すなわち、アシーンが逆説の聖パトリックが逆説のアシーンであるように、「魂」と「心／心臓」は表裏一体とみなければならないということである。「仮面」は二項対立ではなく、二律背反の鏡だからである。言い換えれば、「燃えあがる緑の木」が「半面は半面でそれで全景をなす」一本の樹木であるように、二つは表裏一体として理解しなければならないということである。つまり、魂は峻厳なる聖者としての聖パトリックの姿を、心は過去に犯した自己の罪に呵責する『告白』の大いなる伝統の礎を築いた告白者としての聖パトリックの姿を合わせ鏡のなかに映し出しているということである。イェイツはここで二つの間を「走る」聖パトリックの人生スタイルを真似て、それを映し、移すことで自己のものとしているといってもよいだろう。そして、もちろん、この二つの両義性の間を揺れ動く彼のスタイルをもっとも象徴する地点こそ聖パトリックの煉獄である。ここは肉体と魂、絶望と希望の修羅場だからである。

これを前提にすれば、「原罪以外、いかなる主題をホーマーはもちしや」と記したイェイツの真意が理解されるだろう。本来、イェイツにとって、キリスト教以前に書かれたホーマーの詩は、原罪を知らない大地と肉体に生きるニーチェ的な英雄の姿を描いたものとして捉えられているはずだからである――「ホーマーも歌いはしなかっただろう。生それ自体の歓喜から豊かな輝きがほとばしり出ることが夢以上に確かだと思わなかったら」（「内戦時の瞑想」）。このことは最終連の以下の詩行から考えても間違いないところである――「ホーマーがわが手本、そのキリスト教化されない心こそ。」ホーマーの詩に対する第七連と第八連のこの矛盾が不手際だとすれば、それはイェイツの詩の根幹にかかわる誤り（読者を裏切る誤り）であることになる。したがって、これを不手際とみることはできまい。この矛盾は「仮面」の一環とみなければなるまい。すなわち、第七連と第八連それ自体がホーマーを挟んで用意された合わせ鏡であるとみればよいということである。ただし、このことを理解するためには、ここでのホーマーが特殊な意味で記されている点を予め踏まえておく必要がある。すなわち、ここでのホーマーの主人公はオデッセイであるまえに、実はキリストと対峙されるオイディプスだということである。それを裏づけるものが『ヴィジョン』のなかの以下の文章である。

オイディプスはテセウスを伴って森の奥に進んでいきました。そのとき、雷鳴の轟くなかで大地が「愛によって割れて」口を開き、オイディプスの肉体と精神とはともに大地の下に沈んでいきました。私はオイディプスを思うとき、立ったまま十字架にかけられたあと、抽象的な意味での天上に肉体も精神もともに昇っていったキリストと釣り合っていると捉えたいのです。オイディプスは、プラトンのいたアテネにも、イデアや絶対者に関する議論にも、あるいは完成物の詰まった小箱にも無関係でありホーマーの時代から伝わるひとつの象徴的人物像といってても過言ではないでしょう。[53]

つまり、ホーマー（ホーマーの時代）が象徴しているものは、オデッセイではなく、キリストと対比される大地の供犠として捧げられたオイディプスであるとイェイツは考えているわけである。これを前提にすれば、第七連と第八連とで二つのホーマーが対峙されているのは、供犠の相貌を合わせ鏡に映すためであるとみることができる。それならば、この連、あるいはこの詩全体の文脈に透かし絵として映し出されているひとつのアイルランドのアイルランド人の姿をここに重ねることができるだろう。オイディプスとキリストの供犠を兼ね備えた一人のアイルランドを象徴する人物、聖パトリックの姿である。すなわち、第七連における「仮面」の一方の極にはアイルランドのキリスト者、「緑の殉教者」である聖パトリックを、他方の極（第八連）にはその聖パトリックを逆説化するもう一人の供犠の体現者をおいているということである。そして、もちろん二つの「仮面」が対峙する現場はアイルランドの煉獄である。それでは、以上述べたことを前提にしながら、最終連から供犠の秘儀にいよいよ迫ってみたい。

二三　「蜜蜂の巣」の謎を解く

Must we part, Von Hügel, though much alike, for we
Accept the miracles of the saints and honour sanctity?
The body of Saint Teresa lies undecayed in tomb,
Bathed in miraculous oil, sweet odours from it come,
Healing from its lettered slab. Those self-same hands perchance
Eternalised the body of a modern saint that once
Had scooped out Pharaoh's mummy. I – though heart might find relief
Did I become a Christian man and choose for my belief
What seems most welcome in the tomb – play a pre- destined part.
Homer is my example and his unchrisitened heart.
The lion and the honeycomb, what has Scripture said?
So get you gone, Von Hügel, though with blessings on your head.

（"Vacillation"）

フォン・ヒューゲルよ、聖者の奇蹟を受け入れ、
神聖を尊しとする我ら似た者同士ながら、別れねばなるまいか。
聖テレジアの遺体は奇蹟の聖油に浸され、
墓で朽ち果てもせずに横たわる。

墓からは芳香ただよい、文字刻まれた石板は疾患を癒す。
かつてファラオのミイラをくり抜いたあの同じ手が
近代でも聖者の肉体を永遠にしたのであろう。
もし、私がキリスト教徒になり、自分の信仰にとって、
墓にもっとも安らかに向かえられるものを選ぶならば、
心も安んじていられようが、運命の定めるところを演じよう――
ホーマーがわが手本、そのキリスト教化されない心こそが、
獅子と蜜蜂の巣　この謎を聖書は何と説いているか、
しかれば　フォン・ヒューゲルよ、さらば、
だが、おまえの首には祝福あらん。

（「揺れ動く」）

ここで唐突に登場するフォン・ヒューゲルの背後には、第七連までの文脈から判断すれば、聖パトリックの影があるとみるのが自然だろう。そこでまずは、彼がどのような人物であったか、第八連との関連に限り、少し述べておくことにする。

イェイツはこの詩を書いていた頃、フォン・ヒューゲルの『宗教の神話的要素』を熱心に読んでいた。彼はイェイツと同時代のカトリックの宗教思想家であるが、その思想はカトリック信仰の重要性を説きながらも、個の実存的なあり方を重視し、その意味で彼は近代の知識人と知を共有する部分をも持ちあわせていた。カトリック信仰に関しては、彼の立場はその神秘的側面を重要視することであった。彼にみられるカトリック的な神秘主義において個性的な部分は、聖者の肉体の不滅性を魂の不滅性の証とする見方だろう。(54) 少なくとも、イェイツはそのように、『宗教の神話的要素』

を読んでいることは、この連に記されている「聖者の奇蹟を受け入れ、神聖を尊しとする我ら似た者同士」から理解される。ただし、その聖者の肉体と魂の関係性において、彼はイェイツと一線を画している。ヒューゲルは魂が自我を捨て去ることではじめて永遠なるものに昇華されると考えたからである。彼がホーマーを批判し、ホーマーは死後の魂がもつ高められた意識を十分に理解できていないとみたのもそのためである。[55]

このようにみれば、イェイツにとって彼は、第七連にみえる煉獄の聖パトリックの生き方、その近代的な代弁者であり、だからこそ、この連において「仮面」の一方の極に彼を置いたとみてよいだろう。彼のカトリック信仰はいうまでもないが、個の実存性を強調する彼の見方は聖パトリックがいう「告白」に通じるところがあるからである。しかも、「聖者の奇蹟」を信じる点でも、彼はおのずから聖パトリックに纏わる数々の奇蹟伝承の擁護者となっている。

それでは、イェイツは彼の何に反対し、最終的に決別しなければならなかったのだろう。それはこの連の「ホーマーがわが手本、そのキリスト教化されない心こそが、獅子と蜜蜂の巣／この謎を聖書は何と説いているか、しかればフォン・ヒューゲルよ、さらば」の謎を解くほかあるまい。そして、もちろん、この詩行の謎はこの詩全体にかかっている——この詩が、大江健三郎がいうように、イェイツの詩全体にかかっているとすれば、この詩句はイェイツの詩全体にかかっていることにさえもなる——とともに、本書全体にかかっている。なぜならば、この謎かけは煉獄の穴のまえでケルブが炎の番人となって守るもの、秘儀としての供犠、聖パトリックに体現される「緑の殉教」に違いないからである。すなわち、この秘儀を巡ってフォン・ヒューゲルとイェイツは決別するが、この決別によって生じた合わせ鏡のなかに映るものこそ、供犠の生々しい相貌にほかならないのである。以下、観点をここに絞ったうえで、この連を掘り下げて探究していきたい。

そこでまずは、この問題を解く糸口として、この連で読者に大いに違和感／異化を生じさせるひとつの表現に注目したい——「かつてファラオのミイラをくり抜いた（"had scooped"）、その同じ手が……。」身体から「くり抜く」ということの異様にして生々しい表現は明らかに何かをしるしづけるために意図的に記されているに違いない。そうだとすれば、そのしるしは身体からくり抜かれたもののなかにあるはずである。それは何か。心臓／心（"heart"）である。このことに気づけば、「揺れ動く」の密かな文脈は強く動脈の鼓動を打ちはじめることになるだろう。ここに描かれた「心」は抽象的なものではなく、身体としての「心臓」の意味をもっていることに思い至るからである。それはこういうことである。

「心／心臓が自己呵責と呼ぶ」もの、その正体はケルブであるが、第二連で「燃えあがる緑の木」に意味がずらされることで「アッティスのイメージ」と化す。それはケルトの女神、白い女神の「血膨れした心臓」にして、「燃えあがる緑の木」に寄生する宿り木＝金枝を象徴している。そして、女神の心臓としての金枝が求めるものは生贄の血である――「血膨れした心臓から枝々は生え出でる。」だからこそ、アッティスのイメージをこの樹木に掲げる者はその〈手〉で、「激情」に任せて自身の性を「くり抜いて」、それを「心臓」に貼りつけ、女神と合一し、愛を「不滅なものにしよう」とするのである（宿り木の下で愛を誓う男女が永遠に結ばれるという伝承の源泉はここに求められるだろう）。このように「揺れ動く」全体のなかで「くり抜く」と表現を位置づけてみると、その行為がしるしづけているものが供犠のイメージであることが明らかになってくる。

さて、このことを踏まえて、第七連と第八連の矛盾のなかに表れているホーマーと原罪の関係性にもう一度立ち戻って考えてみたい。かりに第七連がいうように、ホーマーの唯一の主題が原罪であるとすれば、原罪とその記憶としての自己呵責が宿る場所は「心／心臓」ということになる。この心臓がくり抜かれれば、罪は取り除かれ「永遠」を獲得することができる。これを肯定するのはフォン・ヒューゲル／「魂」の立場である。だが、それは肉体としての心／心臓からみれば己の死以外の何ものでもない――「肉体はそれを死と呼ぶ。」原罪から解放され、自己呵責のない不滅の魂に憩い、「（心臓＝肉体なき）心が安んじいられる」天上の世界、それとも原罪が宿る心臓／心を抱えたまま自己呵責に苦しみながら生き、死んでまた肉体に魂が帰還する世界、いずれの世界を選択すべきかを巡って、「心」は揺れ動く。もちろん、イェイツの立場はたえず心／心臓を肯定するため、本来、選択の余地などないはずである。自我を宿す心臓がくり抜かれたような魂の不滅性など詩人にとってなんの意味もないからである。それならば、ここにおける彼の実存的選択の苦悩は、この表面的な選択の奥にあるもっと根深いところにあるはずである。それこそ、「ホーマーに原罪は存在するのか否か」の問題である。すなわち、第七連と第八連の矛盾のなかに真の問いは潜んでいるわけである。それでは、具体的にはこの問いをどのように読めばよいだろうか。

イェイツがヒューゲルを称賛しているのは、彼が魂の不滅を信じるプラトニストであるためではなく、聖テレジアの聖化された肉体の不滅性――M・グリーンによれば、これはイェイツの誤解で聖カタリナを指しているという――を信じているからである。[56] ただし、ヒューゲルはこの聖化された肉体に魂が帰還するとは考えておらず、その聖化された肉体は永遠の魂の証になっているにすぎない。一方、イェイツは彼女の肉体の奇蹟を浄化された魂の肉体への回帰の証（ヨナのしるし）とみるのである。ここで二人の神秘主義者は決別するわけである。そして、その決別の背後にあるものがイェイツにとっては煉獄の聖パトリックだとみてよいだろう。肉体と魂の両方を浄化できる場所はこの煉獄をおいてほかにはなく、かつこの煉獄は生者がそこに入り、生還した暁には、肉体に聖化（不滅）の「しるし」が与えられるとされているからである――「魂が肉体から離脱し、神のご命令で再び肉体に還る経験をした者たちには、魂である間に物体のごとく見えながら実は霊的な兆表を与えられます」（『聖パトリックの煉獄』）。もちろん、カトリック教義における煉獄の概念は魂の浄化を前提としており、そこに表れる肉体の苦行・刑罰は魂の浄化の比喩でしかない。したがって、魂が煉獄で浄化されたあと肉体に回帰するなどという信仰はカトリック教義にはないはずである。原罪を浄化の炎で焼き滅ぼしたあとに用意されている場所は天国だからである。一方、イェイツ／「心」にとって煉獄は罪を浄化した魂が肉体に回帰するために用意される場所でなければ意味がない。

そこで彼が対峙し応答を試みているのが、フォン・ヒューゲルに仮想された煉獄の聖パトリックということになるだろう。この煉獄は「ヨナのしるし」のためにキリストが聖パトリックに与えられたものと記されており（『聖パトリックの煉獄』）、その前提には魂の肉体への回帰という異端信仰が潜むが、それでもこの煉獄はキリスト者である彼の名において開闢されているからである。そこには、何か秘儀が潜んでいるとイェイツは考えているのである。その秘儀が「世の初めから隠されていること」、供犠であると彼はみているといってよいだろう。キリスト教も古代のケルト宗教も古代ギリシアの世界観も、供犠という共通分母をもっているからである。少なくとも、このようにみなければ、この詩の最終局面に表れた「蜜蜂の巣」の謎かけに対し、読者が真摯に応答することはおよそ不可能だろう。「ホーマーがわが手本、そのキリスト教化されない心こそが／獅子と蜜蜂の巣／この謎を聖書は何と説いているか。」ホーマーに記された供犠という謎の応えを聖書のなかに求めるというこの飛躍の背景には、ある書物の存在がある。ポルフュリオスの『ニンフたちの洞窟』である。先述したように、そこにはホーマーが描くニンフたちの洞窟と蜜蜂が結びつく必然性が解かれていた。すなわち、蜜蜂は蜜蜂の巣に戻る性質をもつが、それは洞窟で浄化された魂が現世＝肉体に回帰することのしるしであると解かれている。また、蜜蜂はこの洞窟で浄化される魂たちの供犠として用いられ、蜜は肉体の腐敗を防ぐ働きをもっているとも解かれているからである。

イェイツはこの見解を踏まえたうえで、ホーマーが描く供犠とキリスト教の供犠を同じ土俵のうえにおいて、その対照をここで鮮明にしている。このことは先にみた『ヴィジョン』の引用文から明らかだろう。すなわち、一方の極にホーマーの時代の唯一の象徴であるオイディプス、他方の極にキリストの殉教をおき、二つを対峙させる絶妙な謎かけを用意するのである――「獅子と蜜蜂の巣／この謎を聖書は何と説いているか。」

この謎かけは、第一連のケルブ／スフィンクスの問いの一変容とみることができる。供犠への問いはそれ自体人間存在そのものの根源的な問いだからである。しかも、ここでの供犠の体現者の一人にスフィンクスと対峙したオイディプスが想定されているからである。「ビザンティウム」の「それ＝ケルブ」を暗示させるために用いられた古代エジプトのミイラの隠喩がこの連でも再び用いられていることも道理である。ただし、ここでのスフィンクスの問いは第一連がそうであるように、問うものと問われるものとの主客が入れ換わり、人間の方から問うている。誰に向かってであろうか。通常ならば、それは第一連の問いと同じように、ケルブに対して謎かけをしていることになるだろう。だが、ここでは事情がさらに複雑である。ケルブに対峙する者、すなわちケルブの「仮面」＝鏡に映る者に向かって問いを発しているからである。では、誰に詩人は問いを発しているのだろうか。ケルブ／スフィンクスの問いの答えがつねに「それはあなたです」であることを思い出すならば、謎のなかに答えが暗示されているはずである。むろん、応えは後述するサムソンではない。サムソンは問いかける方であり、彼に倣って詩人は誰かに向かって問いを発しているからである。「蜜蜂の巣」が暗示する「緑の殉教者」、「それはあなた＝聖パトリックである」と応えたい。このことを、さらにこの連を掘り下げていきながら、検証していく。

この謎かけは、直接は、聖書の「士師記」に記述されたサムソンの謎かけを捩ったものである。その謎かけとは、「食らうものから食べ物が出、強いものから甘いものが出た。」というものである。その本来の意味は次のものである。サムソンは、聖なる部族ナジル人であったが、タブーを犯し、異邦の女デリラに逢うために、ペリシテに向かっていた。その道すがら、一匹のライオンが彼に襲ってくるが、彼は聖なる力でそのライオンを素手で引き裂いて殺した。しばらくして、彼がその死体がどうなっているか見ようとその地を訪れてみると、なんと「ライオンのからだのなかに、蜜蜂の群れと蜜があった。」彼は蜜を食べた。こうして、彼は異邦の女を愛し、汚れた動物に触れ、死体（死体に出来た蜜）を食べ、旧約聖書に記されている三つのタブーを同時に破ることになる。しかし、これにより彼はペリシテ人を撃破する難解な先の謎かけを思いついた。それがペリシテ人に問うたこの謎かけである。

だが、皮肉にもこの謎かけは彼自身の悲劇の運命を予兆するものであった。この謎かけが真に意味していたのは、供犠としてイスラエルのために自己を捧げなければならない運命の予兆だったからである。すなわち、彼は、恋人デリラの裏切りによってペリシテ人の手に落ち、眼を潰され――オイディプスが自己の眼を抉った行為を想起――鎖に縛られ、見世物にされるため、宮殿の柱と柱の間に置かれた。だが、サムソン（獅子）は、最後に柱を倒して、宮殿を破壊し、自己の死をもってペリシテ人のまえに果て、ペリシテからイスラエルを守る救済者（人柱）となったのである。つまり、彼は自己＝獅子の死をもって、イスラエルに同胞愛を示した（＝蜜を生じさせた）ということになるだろう。この謎かけは、オイディプス、あるいはハムレットが、自己が問い続ける謎の真意、それが実は供犠として捧げられる自己の運命の徴候となっている点で共通している。もちろん、イェイツがこのことを承知していることは、J・G・フレイザーの『金枝篇』の祭祀王殺しの記述を踏まえて記した先の第二連の詩行から判断して間違いないところである――「凝視する激情と盲目に緑なす葉の間に／アッティスの心象を掲げ、祀る者は／自分の知るところを知らぬが、悲しみも知らぬだろう。」

ただし、キリスト教の釈義の伝統においては、このサムソンの謎かけは、自身の身体を人類のために捧げたキリストの死と博愛のしるし、その予表と解されている。獅子（王の王）であるキリストが十字架の死によって、人類愛をもたらしたことの予表となるからである。だが、イェイツはこの釈義を承知したうえで、これをむしろ自らの眼を潰し、最後に「愛によって大地が割れて」供犠として捧げられたオイディプスの象徴と捉え、キリストの供犠と対峙させるのである。

イェイツがこの連であえてこの謎かけを取り上げて、それを「聖書はそれを何と説いているか」と述べているのは、サムソンが聖書のなかに記された英雄にして聖別されたナジル人でありながらも、タブー（旧約の律法）に縛られず「生それ自体への歓喜」（「内戦時の瞑想」）に生きるニーチェ的な英雄の姿をそこにみるからである。したがって、サムソンの生き方をイェイツは大いに称賛しているといってよい。このことは、「揺れ動く」を書く元となったイェイツの幻視体験、その経緯およびその内容から判断しても間違いないところである。

この幻視体験について記したオリビア・シェイクスピア宛の彼の手紙によると、ある夜、彼が散歩していると、突然、大いなる木々の気配を感じ、そこに薔薇の香りが立ち込めてきて、秋の色合いを帯びた古代的光沢の美が顕われたという。彼がその美に触れたいという衝動に駆られて、次の夜この小道を訪れてみると、今度は先の崇高なる美のイメージと混じり合う暴力と肉体性を帯びたエデンの黒ミサのヴィジョンが想起されたというのである。[57]

みられるとおり、最終的な幻視体験にいたるまでのこの経緯は、サムソンが謎かけを思いつくまでの経緯と類似している。しかも、幻視体験にみえる「崇高なる美のイメージと混じり合う暴力と肉体性を帯びたエデンの黒ミサのヴィジョン」はサムソンの人生が想起させるイメージと重なるところ大である。

「美と暴力と肉体性を帯びたエデンの黒ミサのヴィジョン」、これはキリストの受難の死と対峙されるサムソンの供犠のイメージそのものである。ここからも幻視体験の核心に対峙する二つの供犠のイメージがあったことが理解される。それでは、二つの供犠の根本的差異はどこにあるのだろう。一方が供される自己の運命とその悲しみを知っている点、他方がそれを知らない点に求められる。それは普遍的な「仮面」の位相においては、「愛によって大地が割れ、肉体と魂がともに地の飲み込まれた」オイディプスの盲目的な供犠と十字架上の死のあと「肉体と魂がともに天に昇った」キリストの自己認識された供犠が対峙され、そのことでヨーロッパがしるしづけられることを意味している。他方、それは民族的な「仮面」の位相においては、アイルランドのサムソン、クフーリンの盲目的な供犠が聖パトリックの自己認識された「緑の殉教」と対峙され、そのことでアイルランドがしるしづけられ、それがヨーロッパのしるしとなることを意味している。この連でキリストに対峙するものとしてオイディプスではなく、サムソンが選択されているもうひとつの理由もそこに求められるだろう。オイディプスにはクフーリンのもつ猛々しい勇者のイメージが欠けているからである。これに対し、サムソンとクフーリンは「仮面」において重なるのである。

イェイツはサムソンの運命をアイルランド神話の英雄、クフーリンの運命に重ねながら民族の「仮面」を創造していく。その際、イェイツが念頭においているのは、アイルランド神話にみられる「ゲッサ」と呼ばれるアイルランドのタブーとその意味である。イェイツはクフーリン神話のなかにそれを見出すのである。

クフーリンという名はゲール語で「クランの番犬」という意味であるが、この名前とともに彼にはタブー、ゲッサがかけられ、それが彼の悲劇の運命の予兆となる。そのゲッサとは「勧められる肉は何であれ食え」、「犬の肉は食うな」という矛盾するものであった。むろん、ゲッサの真意は、〈アルスターを守るために敵のすべての交戦に応じ、敵を倒し犬の肉である同胞を守れ〉であるので、表面的にはそこに矛盾はない。しかし、これがダブルバインドであったことは、彼が己の息子の挑戦に応じ、息子を殺し、ゲッサを守ると同時に破ってしまったことで露呈されたのである。『鷹の井戸』

の老人が予兆したとおり、「呪いとは自分の手で子供たちを殺すこと」であり、これが戯曲『バーリャの浜辺で』と『煉獄』のテーマとなっている。最終的に、彼は運命の魔女に犬の肉を勧められ食べたことで、吸血鳥に生き血を吸われ最後を遂げることになった。クフーリンとサムソン、二人の供犠は、「生それ自体の歓喜」のために生き、そして死に、己の運命と悲しみを知らないまま結果的に供犠に捧げられたという意味において重なり合っている。

ただし、クフーリンの盲目的な供犠への道行は、サムソンのそれよりも苛烈であり、英雄にかけられた呪いのタブーは絶望的に深いものがある点も看過すべきではない。サムソンは自己の死をとおし、同胞愛を示すことになったが、クフーリンの場合、犬の肉を食らうこと、すなわち同胞殺し、子殺しというタブーの呪いを示すものだからである。しかも、このクフーリンにかけられたゲッサの呪いは、アイルランドの運命そのものでもあった。ジャガイモ飢饉による口減らしの深刻な情況、内戦による危機的情況はその一例である。このことを知るイェイツは英雄クフーリンの死を手放しに民族の殉教者に祀りあげることができない。むしろ、夢幻能を知って以来、劇『骨の夢』に表現されているように、イェイツは己の業に呵責する夢幻能の死者たちの瞳に映る涙に共鳴し、呵責をケルブとして逆説的に祀り上げることで、クフーリンから殉教のイメージを拭い去ることに腐心している。先述した第五連における強烈な自己呵責のイメージの提示もその詩的戦略の一環であるとみることができる。そしてもちろん、クフーリンとサムソンの供犠を暗黙のうちに重ねたうえで、あえて二つのイメージをキリスト教の文脈のなかにおき、「獅子と蜂蜜の巣、その謎を聖書は何と説いているか」と記す背景にもそれがあるだろう。すなわち、旧約のサムソン／古代アイルランドの英雄クフーリンの供犠には新約の殉教のイメージを重ねることはできない（と旧約聖書は説いている）、と一方の「仮面」は反語的な問いによって告発しているのである。

その狙いは、いうまでもなく、殉教の意味を知らないサムソンの供犠のあり方を、パトリック・ピアスに体現される殉教のヒロイズムへのアンティ・テーゼとして掲げるということである。当時のアイルランド人にとっては、中央郵便局に立つ「死に瀕したクフーリン像」が端的に示しているように、クフーリンの供犠とピアスの殉教は等価におかれていたからである。これが偽りの殉教であることを密かに示すために、サムソンの謎かけを示したといってよいだろう。殉教はヒロイズムによって作為的に生み出されるものではなく、運命の導きによって我知らず殉教者になるものだからである。その意味では先の第二連の詩行――「凝視する激情と盲目に緑なす葉の間に／アッティスの心象を掲げ、祀る者は／自分の知るところを知らぬが、悲しみも知らぬだろう」という詩行は否定されるものではなく、肯定されているのである。

だが、この詩にみえるサムソン／クフーリンの供犠イメージは、先述した「ビザンティウム」や「彫像」におけるイメージとは趣を異にし、ピアスの殉教のイメージを否定し粉砕することを第一義的な目的として対峙されているわけではない。ここでのクフーリンが対峙しているものが別に存在するからである。それは誰か。それは、オイディプスに対してキリストが「完全に釣り合っている」ように、クフーリンという「仮面」と完全に釣り合う＝逆説化する「象徴的人物」でなければならないはずである。すなわち、古代アイルランドの英雄を逆説化するアイルランドのキリスト教の聖者、しかも運命に呪われた英雄を逆説化する神に祝福された聖者（「されど、汝の頭には祝福あらん」）、「生それ自体の歓喜」の炎のイメージを逆説化する「自己呵責」の炎のイメージをもつ者、古代的な供犠のイメージに対してキリスト教的な殉教のイメージをもつ者、無垢に対して悲しみを知る者、英雄の奇蹟の象徴的人物に対する「聖者の奇蹟」の象徴的人物、以上のすべての属性を兼ね備えた人物、これに相当する人物はもはや一人しかいない。「緑の殉教」の精神の創始者、煉獄の聖パトリックである。彼ならばクフーリンに完全に対峙することができる。しかもピアスの殉教のヒロイズム（偽クフーリン）のイメージを粉砕するに十分なアンティ・テーゼともおのずからなっている。

もちろん、イェイツが抱く聖パトリックのイメージは、クフーリンのイメージと同様に当時のアイルランド人が抱くそれとはまったく異なったものであった。そのイメージとは、異邦人の奴隷として自己をパルマコスとして捧げ（「イニスフリー湖島」）、しかもたえず自己に宿る「根源的罪」＝「ケルブ（肉体の棘）」と向き合うことで「自己呵責」し、それを「告白」することでアイルランドをとりなし、しるしづけていく煉獄の穴を巡礼する聖者である。

この彼のイメージのもとで、第七連の「原罪以外、いかなる主題をホーマーはもちしや」を読めば、その声の主が「詩人」に仮託された告白する聖パトリックの声であることに気づくことになるだろう。告白の主題はつねに原罪であり、告白を辞めればこの聖者は「声を失う」からである。そして、その声のみが第八連の「ホーマーこそ我が手本、そのキリスト教化されない心が」と雄叫びを上げる英雄クフーリンの声に対峙することができるのである。

この二つの両極の声／イメージの合わせ鏡の間にアイルランド的な供犠の相貌が映るのであり、そこにヨーロッパをしるしづけるオクシデント／アイルランド、その供犠の記憶と徴候をイェイツはみているといってよいだろう。なぜならば、このアイルランド的「仮面」は「半面は半面にしてそれで全景をなす」合わせ鏡であり、聖パトリックの「緑の殉教」の鏡に映るものはクフーリンの呪われた「赤の殉教＝供犠」であり、「赤の殉教」に映るものは祝福された「緑の殉教」だからである。なぜならば、燃えあがる緑の木が立つ場所は、希望の徴候と絶望の記憶の修羅の道場、聖パトリックの煉獄の穴だからである。

二三　「知」と「魂」と「肉体」の供犠の象徴としての聖パトリック

肉体の供犠に対応する汎ヨーロッパ的イメージはオイディプスに求めることができる。一方、魂の供犠に対応する汎ヨーロッパ的イメージはキリストに求めることができる。イェイツはそれらのイメージを「仮面」の詩法によって、アイルランド的文脈のなかに移し替え、クフーリンと聖パトリックのイメージを密かに顕現させた。ただし、これで「獅子と蜜蜂の巣の謎かけ」が完全に解けたわけではない。なぜならば、洞窟の供犠の秘儀は、ポルフュリオスによれば、「知」と「魂」と「肉体」、これら三つの謎によって成り立っているからである。もちろん、イェイツがこのことを承知していたことはすでに述べたとおりである。それでは、この謎かけのどこにソクラテスに相当するような知の供犠のイメージがあるのだろうか。聖パトリックを祖師とする「緑の殉教」の伝統は学僧たちによって受け継がれたのであり、その知の「アカデミア」こそが「蜜蜂の巣」であることを忘れることはできまい。すなわち、アイルランドのソクラテスとは聖パトリックである。イェイツがサムソンの謎かけを提示したのは、この謎かけがアイルランドの知の供犠を象徴する「蜜蜂の巣」の謎かけでもあるからであり、そうでなければ、三つの供犠を同時に象徴させる別の隠喩を彼は用意したことだろう。

イェイツが、ここでソクラテスに相当する知の供犠として「蜜蜂の巣」のイメージを選択したのには二つの狙いがある。一つは、アイルランドこそヨーロッパにおける知の供犠の源泉であることを暗示させること。もう一つは、三つの供犠の源泉が煉獄アイルランドにあることを象徴的に示すことである。イェイツにとって「蜜蜂の巣」とは、アイルランドの〈エクトライの殉教者〉の象徴だからである。

こうして、イェイツにとっては、「蜜蜂の巣」は聖書が密かに伝えようとした「世の初めから隠されていること」、「事の核心＝原罪」の秘儀となっていくのである。彼がこの詩行を謎かけによって提示しているのもそのためである。供犠は秘めておかなければ、自己のアイデンティティは保たれないのである。そして最終的には、この詩人にとってオイディプスは身体の、キリストは魂の、緑の殉教者は知の供犠の象徴＝秘儀となっていくのである（大江健三郎は「揺れ動く」にみられる秘儀としての供犠の意味を、『揺れ動く』三部作において、「救い主」と呼ばれる「ギー兄さん」の死の意味にみている。私見では、この詩の核心を供犠に求めた最初の人は、大江健三郎ではあるまいか）。

それでは、なぜ、イェイツにとって、緑の殉教者が知の象徴になるのだろうか。その鍵は、すでに『ヴィジョン』の挿話の解読などをとおして示したように、六〜八世紀のアイルランドにある。『ケルズの書』に象徴されるアイルランドの写本が「緑の殉教者（写字僧）」によって描かれていた頃、ヨーロッパでは偉大な写本が戦火に燃え、ヨーロッパは蛮化し、己の記憶が刻まれた文字（ギリシア語とラテン語）さえも忘却しようとしていた。その危機を救った立役者こそ「蜜蜂の巣」で苦行に励む緑の殉教者たちだった、と彼はみているからである。

ここでの殉教者たちが、直接的には写字僧であることは重要である。これこそ、パロールの知者ソクラテスに対するエクリチュールする――『告白』をみずからの手で記した――知の聖者パトリックの大いなる伝統をみることができるからである。しかも、彼の弟子である彼らがキリスト教の写字僧であることを思えば、その意味はさらに深淵である。なぜならば、彼らはキリストの亡骸を象徴する羊の皮の上をペンで引っ掻き、聖なる文字をしるしづける者たちだからである。ヒーニーの表現を用いれば、「彼らは神を讃える聖句の余白に引っ掻き傷をつけている。」これに対しイェイツはここに「獅子」であるパロール（キリスト）の皮を引き裂いて、そこから知と愛（アガペー）の蜜＝言葉（ロゴス）を発生させるエクリチュール（キリストの弟子）としてのヨーロッパの知者のイメージを読んでいるのだろう。祝福されていると同時に呪われており、呪われていると同時に祝福された周縁に宿る「聖なる四文字」（テトラグラマトン／キリスト／ケルビム）、これをしるしづける知と魂の緑の殉教者、彼はここにヨーロッパの知の供犠のしるしを視るのである。かくして、「仮面」の詩法は、「蜜蜂の巣と獅子」の謎かけのなかに、ヨーロッパの供犠のしるしとしてのアイルランドを幻視し、聖パトリックのように、内なる煉獄の地アイルランドに向かって「ビザンティウム（イムラヴァ）」から船出（エクトライ）することになった。あるいは、外延化のベクトルから求心化のベクトルへと煉獄の螺旋運動を反転することになったのである。

もちろん、歴史的にみても、煉獄の穴の周囲には、当時、多くの「蜜蜂の巣」があったし、またこの穴からそう遠くないところに、アイルランドの知の至宝、『ケルズの書』の制作を企図した聖コルンバ縁の場所が点在している（なお、『ケルズの書』の写字僧、聖コルンバは聖パトリックの穴をもつドニゴール州の聖人であり、聖パトリックと並んで、この穴の守護聖人に祀られている）。

以上、イェイツの仮面の詩法を頼りに供犠の秘儀への接近を試みた。この試みによって、供犠の秘儀が完全に解けたとはおよそ言い難いものの、それでも、この穴が「世の初めから隠されていること」、その象徴的な地点に相当するものであることはある程度、確認できたのではないかと思う。少なくとも、免疫の詩学という〈未知のシャベル〉で、この穴の闇を掘った意義は十分にあると信じるのである。

補論（第五章）　煉獄の夢幻能

彼の人の眠りは、徐かに覚めて行った。まつ黒い夜の中に、更に冷え圧するものの澱んでいるなかに、目のあいてくるのを、覚えたのである。した、した、した。――中略――おれは、このおれは、何処にいるのだ

――折口信夫『死者の書』

筋の進行の上ではワキが前シテを喚び出す（夢幻のなかで）ことになるのだが、役者は、その肉体を介して、自らの肉体の歴史の底に深く沈殿している他者を喚起しなければならない。

――山口昌男『文化の詩学1』

免疫の詩学と「仮面」の詩法は身体の文法、おもざしの認識法において共通点をもっている。この章では、第五章で十分に論じることができなかった「仮面」と夢幻能の関係を、イェイツのいくつかの戯曲を手がかりにして述べておくことにしたい。同時にこの補論は、第六章で記す日本における煉獄性の問題への〈橋がかり〉という意味合いをもつものである点をも付記しておく。

一　イェイツの夢幻能受容

イェイツはフェノロサ（Earnest Fenollosa）の英訳、並びに能に関する論文をエズラ・パウンドをとおして一九一三年から一九一四年頃に知ったと思われる。[1] このことを一つの契機として、イェイツは能の手法を取り入れて、『舞踏劇四篇』を創作することになった。[2] イェイツが能的要素と考えたものは、象徴性、超自然的、格調高い言葉、面の使用、様式化された所作、そして何よりも〈幽玄〉なる舞であった。ただし、イェイツは実際に一度も能を観劇したことはなかったし、彼の能の理解は非常に限られたものであった。さらにいうならば、イェイツにとって能とは夢幻能にほぼ限定されている。

能の種類は一番目から五番目まであり、その間に狂言が挿入される。だが、イェイツに強い影響を与えたのは、源平の武人をシテ、つまり主人公とする二番目能と狂女をシテとする四番目能であって、これらは死者である亡霊をシテにして、死者の夢幻が生のなかに現出されるものであることから、「夢幻能」と呼ばれる。周知のように、能は厳密にいえば、戯曲ではなく舞踏劇であって、言葉は二次的なものにすぎず、その舞にこそ一義的な目的がある。夢幻能はそのカタストロフである最終局面において、言葉は沈黙し、ただシテの自己劇化の極みである舞においてのみ、シテの内面は現出される。これは厳密に様式化されている。[3]

夢幻能のほとんどすべての物語は、旅、到着、悟りというかたちをとる。その土地の亡霊であるシテは、第二の登場人物である「ワキ」（ワキは多くの場合、面をつけずに「直面」、すなわち素顔で登場する）に対し、自分の姿を生者に化けて顕れる。このとき生者に化けたシテは「前シテ」と呼ばれ、多くは美しい女面をかけて顕れる。のちに正体を顕す仮面、つまりおぞましい面をかけた亡霊の姿こそ、本来のシテの姿である（「後シテ」と呼ばれる）。したがって、前シテの美しい女面こそシテにとって現実（生）という名の仮面、エズラ・パウンドがいう「生の仮面」（"living mask"）であり、逆に亡霊という過去（死）の仮面こそ、シテの真顔であるという面と仮面（裏）の逆転が生じる（実は能には面と仮面、表と裏という西洋的概念は存在しない。すべては面と面である。素顔が直面なら、面は〈おもて〉と呼ばれているからである）。また現実を生きるワキは、シテの創り出した過去の記憶という現実の時間、夢幻のなかに取り込まれていくので、ワキはシテの死の時間から生の時間を眺めさせられることになる。ここに生と死は逆転し、現実と夢とは逆転する。主体者としてのシテにとって、現実など偽りの美しい女面、あるいは素面をかけただけの、おぼろなリアリティしかもちあわせていない。のちに顕れる自己呵責に苦しむ、覚醒したこの夢、あるいは死の面こそが真のリアリティなのである。この夢を前にして、現実はたんに傍観者、すなわちワキ＝脇役として、わずかに夢の一助となるも、すべてこの主体者、シテの夢のコスモロジーのなかに、取り込まれてしまっているのである。夢を現実の召女とし、便利に合理的に利用しようとする近代以後の心理学の思いもよらぬところだろう。ここではむしろ、現実こそが夢の召女として、逆に夢に利用されているのである（夢幻能においては、たとえば、『錦木』のように最終的にワキは目覚め、それが自己の夢であるかのように描かれる場合もあるが、これをワキの視た夢と誤解すると夢幻能の優れた手法はみえてこない。この夢はシテがワキの夢を借りて、ワキ＝現実を取り込み、己を開示しているとみるべきだろう）。

生者に化けたシテは、その土地に纏わる過去の出来事を説明する。ワキはその話に興味をもっていろいろと質問をし、やがてシテは自分が本当は一体誰なのか、ヒントを与えて去って行く。のちにワキはシテが誰なのか気づくことになる。ここまでは、西洋的、あるいは近代的思考をもってしても、充分理解のいくところである。物語の構造からみれば、旅、到着、悟りの構造をなしており、たとえば、エマオの途上のキリストと弟子たちとのエピファニーにも相通じるところがある。しかし、能の中心テーマはここから、つまり死の視点からはじまるのである。ワキはその後、眠りにつく。これが暗示しているのは、ワキ＝現実としての眠りとシテ＝覚めた夢の対立と交流である。シテは自己の夢の力によって、眠るワキを夢において覚ますのである。この眠りを殺害されたワキは、現実に目覚めるのではない。むしろ主体者としてのシテの夢のなかに取り込まれ、夢のなかで、あるいは夢において覚めるのである。このとき、シテは土地の亡霊、真の実存者として、覆いを取った真の実相、すなわち仮面をかけて顕れる。亡霊は過去の思い出を呼び覚まし、過去の恨み、つらみ、怨念を蘇らせ、これを具現化した舞によって表現しようとする。この時の土地の物語によって精神化された土地の風景と舞は、そのままシテの自己の心の状態となる。この間、ワキはその亡霊のために祈りを捧げるのだが、シテは祈りによってしだいに心を静めていくのではない。この点こそ、夢幻能がもっとも誤解されやすい点だろう。むしろ逆である。シテは現実＝ワキの眠りの衣装を借りて、その激しい自己劇化をとおし、過去の自己呵責を表現することによって、すなわち、呵責を心象化によって静止させるのではなしに、いや増し加わる舞の激しい行為そのものを現出させることによって、カタルシスを得、自己呵責の煉獄から救われるのである。

能が禅的であるのは、この点にこそあると思われる。鈴木大拙の『禅』（イェイツに大きな影響を与えた）によれば、「禅の基本理念は、これまでの仏教がこころを鎮めるディヤーフの実行といった誤った考えを説いたのに対し、彗能を祖とする革命的思想はむしろ、鎮静ではなく、プラジュニャーの覚醒を強調することにある」のだという。[4] ワキの念ずる祈りは、シテの舞が激しさを増すにつれてその強度性を増し、旋回(ガイヤー)する舞に合わせて、旋回するようにみえるが、これは観客からみれば、祈りの言葉が舞のなかに完全に吸収され、言葉は意味を失い、一つの叫びのリズムと化し、舞という行為としての表現の調子をつけているだけなのである。むしろ詩的言語は叫びと化すことで沈黙している。こうして夢幻能は夢そのものを「生中の死、死中の生」である舞によって、生成そのものの行為によって表現することになる。

以上、夢幻能の特質を概略的に述べただけでも、夢を表現しようとするイェイツの「仮面」にとって、これがいかに大きな示唆を与えるものであるか想像するにあまりあるものがある。イェイツが実際には伊藤道郎（彼は実際には能の舞を観たことがなかった）の舞踏をとおして間接的にしか能を知らなかったにも関わらず、彼の以後の作品をみると、これら夢幻能の特質を恐るべき洞察をもってその本質を捉え、さらにこれらを自らの悲劇にうまく受容させていったのか、十分理解できるのである。

イェイツはまず夢幻能の世界を、西洋的煉獄のなかに置き換えてみる。しかもその際、ダンテの煉獄を念頭におきながらも、これをロマン派的想像力によって、変容させるのである。[5] この点に関しては、ブルームの指摘は示唆に富むものがある――「イェイツの煉獄の過程は構造的にみて、ロマン派の位相にある。というのは、（ダンテにみられるような）伝統的煉獄は、地上の楽園のちょうど前に置かれている。これは煉獄の歩みが、山を登ることによって達成されなければならないからである。ロマン派の範疇においては、地上の楽園は、煉獄のすぐあとに置かれるのではなく、むしろそのちょうど前に置かれているのである。[6]」ブルームがダンテ的煉獄とロマン派的煉獄の位相の差異をとおしていわんとしていることは、ロマン派が煉獄を内面化したということであり、このことによって、煉獄は時間化し、さらに地上の楽園を追われた人間の、自己呵責としてのケルブのメタファーとなったということだろう。[7] したがって、ロマン派的煉獄を継承したイェイツにとって、煉獄とは一つのきわめて内面化されたところの〈夢〉であると考えてもよいだろう。[8] ただし、上述したように、夢幻能の美学とは、いわば〈死の美学〉であって、死（タナトス）の側から生を眺めることを旨とする。このことは、西洋的生（エロース）の美学からすれば、驚くべきさかしまの美学に映ったのであるまいか。たとえば、T・S・エリオットが初めて能を観劇したときの驚きの以下の記述にこれは端的に示されている。

> オレステスやマクベスの亡霊・心理学は、『葵上』のそれにも比すべき優れた面があるが、亡霊のリアリティを描く方法は、まったく異なっている。前者の場合には、亡霊は憑りつかれた心のなかに存在しているのである。だが、後者の場合には、呵責に苦しむものは、亡霊のリアリティから推測されるのである――中略――能動的受苦（パッション）の世界は、異界の覆いをとおして眺められるのである。[9]

折口信夫の「まれびと」としての死者の視点は、西洋的美学の視点にはまったく及びもつかなかった視点であっただろう。メメント・モリとしての西洋の悲劇仮面劇にみられる〈死の舞踏〉の伝統を知り尽くした劇作家エリオットにして、このような驚きを覚えているのである。イェイツはしかし、この死の視点をこそ、己が死の夢に結びつけようとし、さらにこの夢をアイルランド的煉獄に結びつけたのである。彼は繰り返し、夢幻能における死の夢が、アイルランドの土着に根づいた民間信仰にもみられるものであると述べている。さらにこれを『ヴィジョン』における「裁かれる魂」において、一つの概念にまで発展させ、「夢見返し」（"Dreaming Back"）と呼ぶのである。

イェイツが夢幻能における夢をアイルランド的煉獄に結びつけるのは、歴史的な根拠に基づいている。なぜならば、これまでみてきたように、アイルランドは十二世紀のヨーロッパに広まった煉獄の見聞録、たとえば『トヌスダルスの幻想』や『聖パトリックの煉獄』において、太陽の没する極西の地、死者が生前の罪を返済する土地、煉獄として描かれているからである。この意味で、アイルランドは生を謳歌する西洋的位相のなかにありながら、死の視点を理解できる、西洋文化のなかでも稀なる民族であったといえるだろう。このようにして、アイルランドのロマン派詩人イェイツは、西洋の伝統的煉獄を、アイルランド民族の夢と結びつけ、さらに、自らの「自己呵責」として受けとめ、死の夢、「夢見返し」へと変容させていったと推測されるのである。

すでに第五章で詳しく述べてきたように、自己呵責を詩的にイメージ化した場合、イェイツはこれを「ケルブ」と考える。したがって、煉獄を内的に表現しようとすれば、必然的にケルブが顕れることになるだろう。[10] イメージとして捉えてみても、煉獄の炎は廻る剣の炎、ケルブと視覚的に重なり合うところは大きいのである。こうして、煉獄、自己呵責、アイルランドの歴史的宿命、ケルブ、死の夢は悲劇において、夢を表現する共通の意味をもつものとしてイェイツの想像力の溶鉱炉のなかに取り込まれていくことになる。

それでは、具体的にイェイツは夢幻能を知った後、煉獄の夢の表現を悲劇においてどのように受容していったのだろうか。イェイツの能受容に関しては、これまで様々な視点から研究が進められ、その発展、変容を継時に辿ってみることに関しても、アール・マイナー（Earl Miner）以下、総合的な研究がすでに公表されていることは改めていうまでもない。しかし、夢幻能とはそもそも夢の現出そのものが目的であり、これを現出する際の手段にこそ優れて個性的な演劇構造がみられるのである。したがって、イェイツの能受容において、この点に注目する価値は十分にあると思われる。しかし、なぜかあまり正面から問題にされていないのが実情ではないだろうか。

なにも、仮面をつけて様式化された舞を舞うからといって、これがすなわち優れた能受容だとみるのはあまりにも表面的な能の理解だといわざるをえない。たとえば、『鷹の井戸』は、一般には能受容のもっとも典型的な例だと考えられるかもしれない。だが、のちに触れるが、この演劇はまだ成熟した能受容の一例とみなすことはできないと思う。宗教的儀式と密接に結びつく西洋の古代演劇＝コロス、この復権ののろしを上げたという意味合いで捉えるべきだろう（能の影響からだけで捉えようとすれば、かえって、この劇の象徴性はつまらないものになる）。むしろ夢幻能の影響に視点を限定して捉えるならば、最後の劇『煉獄』（*Purgatory*, 1939）こそ、表面的にはまったく能の影響を受けているようにはみえないけれども、もっとも円熟した作品とみなされるべきだと考えられる。こういえるのは、夢幻能があらゆる演劇のなかで、もっとも優れているのは、生成する夢を捉えるその手法であり、かつ、これが第一義的に表現しているものは、夢そのものだからである。この夢の現出をみていく際、絶えず留意しておかなければならないのは、〈夢の主体者は誰なのか〉、すなわち〈シテは誰なのか〉という点である。この点に注意してみていくとき、『煉獄』は絶妙なる仕掛けが潜んでいることに気づくことになるはずである（後述）。

二　『鷹の井戸』のなかのケルブ

イェイツが能を初めて知ったのは、一九一三年から一九一四年辺り、この頃、期せずしてイェイツは『責任』において〈夢の責任のはじまり〉を宣言する。これはニーチェの影響に直接由来するものである。しかし、この詩集に表れた〈死の夢〉と〈自己呵責〉のはじまりは、ニーチェによって説明されるものではない。また一九一四年といえば、『青少年期の回想』によって、記憶としての夢の作用を見出した時期とも重なっている。この夢の変貌元年と、能との出会いの偶然の一致（?）は、イェイツにとって、大きな意味をもつものであったに違いない。能との出会いは、イェイツに芽生えた新しき夢に大いなる根拠を与え、さらに、夢を探求する意義と確信を与えたのではないかと思われる。

ニーチェとの出会いによって、夢の責任を強く印象づけられたイェイツは、この教えを忠実に遂行しようとした。しかし、イェイツはニーチェに魅せられるほどに、かえって詩人としての自己に内在する大きな欠陥を認識させられたのではなかろうか。すなわち、自己呵責の問題。ニーチェを知った当初、悲劇的英雄として夢を描く際、そこには英雄の呵責は表現されていなかった。そこに表現された主人公たちは、ポールにしろシャナハンにしろマーチンにしろ忠実なまでに超人的な夢を語っていた。ニーチェの悲劇の概念に魅かれたからである。

ニーチェの悲劇観において唯一悲劇に価するものは、「男性的勇気」、肉体と血と大地としての悲劇的生の肯定を証する英雄でなければならない。このことを熟知するからこそイェイツは一方で、アイルランドの英雄、クフーリンを立て、繰り返しその悲劇としての責任の真の意味を表現しようとした。また、このイメージと詩的に重ね合わせるためにこそ、ロバート・グレゴリーを初め、祖父ポレクスフェン、ジョンソン、ダウソン、シングなどの死を描いたといってもよいだろう。そして、彼らの人生と死の宿命との葛藤を、ニーチェ的な悲劇の価値によって、一部意味づけしようとしたのである。ところが一方で、自らの呵責に悩む心は、あまりにも反ニーチェ的反英雄的（ニーチェ的意味で女性的な）呵責をもつのであって、これはニーチェ的な悲劇の概念にはまったくそぐわない。少なくとも、イェイツはそう感じただろう。ニーチェはこれを生との葛藤とは呼ばず、むしろ「魂の内面化」＝「ルサンチマン」へ向かう「深い病」とみなしているからである。詩人としてあまりにも自己に誠実であったイェイツは、自己の内面を覗きみて苦悩したのではないだろうか。ここに詩人としての沈黙の時期のもう一つの意味を読むこともできるだろう。このように彼の内面を省みるとき、夢幻能がイェイツに教えたものは、非常に大きかったのではないだろうか。なぜならば、この自己呵責に苦しむ女性的（ニーチェがいう意味で）夢こそが、一つの高貴なる悲劇に値することを、何よりも夢幻能は説いているからである。イェイツが夢幻能のもつ固有の夢を、その出会いから意識し、しかもそれをアイルランド的煉獄のヴィジョンと結びつけて理解していたことは、『鷹の井戸』（*At the Hawk's Well*, 1916）においてすでにみることができる。

この戯曲はイェイツの能受容を研究しようとする多くの批評家のもっとも注目するところである。ここでは、すべての役者が能を印象づける象徴化された仮面をかけ（あるいは仮面を暗示するための厚い化粧が施され）、その様式化された所作も能的なものがある。しかし、これは能の基本的様式から少々外れているといわざるをえないのではないか。夢幻能においては、上述したように、すべての役者が面をかけることはない。面をかけるのは基本的にはシテに限られる。すべての役者が面をかければ、生と死の逆転の象徴的意味は薄れてしまい、また一体誰がシテなのか、曖昧になり、劇の集中性が損なわれる恐れがあるからである（これはむしろ歌舞伎に近いかもしれない）。

能は野上豊一郎の優れた表現を借りるならば、「一人称主義」の独白劇であり、対話を主とする西洋劇の構造とは対照的なものがある。むろん、イェイツが能の本質的構造から外れたからといって、すなわちこの劇が駄作だというつもりはない。作家がどのようにこれを受容しようとも、それは自由だろうから。しかし、この戯曲をもって、優れた能受容の一例とするならば、それは誤解だろう。夢幻能を死の夢の芸術的表現と捉えるならば、ワキまでもが面を被れば、死と生の逆転は薄れ、夢の現出は鈍ってしまうことになるからである。これはむしろ能の受容というよりは、典型的なジェイムズ朝の仮面劇の復権といえないこともない。少なくとも、この劇の優れた芸術性は能受容以外の視点から捉え直すべき側面を多く含むものである。

元来、『鷹の井戸』を能受容の戯曲とみるならば、シテは伊藤道郎扮する鷹一人であって、その舞にこそ力点が置かれなければならないことになる。テキストだけを読んで判断すれば、ブルームが解釈したように、クフーリンこそ主人公ということにもなるだろう。[11] しかし、まずこの作品が舞だけを見せる『羽衣』にもっとも影響された点を考慮すれば、必ずしもそうはいえないことになる。実際の上演には、この舞が蜿蜒と演じられたという。だとすれば、この主人公、シテはクフーリンなのか、鷹なのか、理解に苦しむ。おそらく、イェイツは鷹をシテと考えたのだろう。だが、それではワキがクフーリンということになり、彼の存在感は夢幻能の様式からみれば、あまりにも大きすぎるのである。能を知らない当時の観客のなかで、一体何人の人がほとんどセリフのないような鷹をシテ、主人公だと考えただろうか。むしろ、クフーリンこそシテと考えただろう。この劇を能的であるというのならば、クフーリンこそが舞を舞うべきであった。だが、そんなことになれば、イェイツがこの劇で表現しようとした煉獄の現出の意図がまったく失われてしまう。ここに能に見出した煉獄を現出させる優れた手法を、何としても取り入れようとするイェイツの意図が透けてみえる。鷹の舞とは、イェイツにとっては旋回するガイヤーそのもののしるしであって、これは超越と地上の狭間を回る、「生中の死、死中の生」の煉獄の夢の存在を象徴している。したがって、ケルブとしての存在のありようそれ自体を意味していることになる。イェイツは鷹のことを「園の番人」(“guardian”)と呼んでおり、これは「創世記」のケルブの記述、「園の番人」から取られたものである。また鷹がケルブを意識したものであることは、イェイツが舞台のタペストリーとして「布を広げ、黒い布に鷹を暗示した金の模様」を指示していることからも明らかである。これは「レビ記」に記述されている「至聖所の隔ての幕＝覆い」に金で刺繡されたケルビムを暗示しているからである。鷹はケルブとして、炎の剣の舞をとおして、楽園の入口＝井戸＝想像力の源泉を守っているのである。クフーリンが鷹の魔術にかかったとは、夢幻能から判断すれば、生のなかにいるクフーリンがケルブ＝煉獄の夢のなかに取り込まれようとしていることにほかならないだろう。そうだとすれば、その後の舞こそが、煉獄の軌道そのものを意味する生成の炎の表現であったことになる。だからこそ、イェイツにとって鷹こそがケルブ＝煉獄の舞を舞う必要がどうしてもあったのである。

三　『骨の夢』に顕れたアイルランド的煉獄

『骨の夢』（*The Dreaming of the Bones*, 1919）においては、夢幻能における夢現出の手法が徹底されているが、このことは表題自体が明らかにしているところである。しかも、夢幻能の様式に対する理解の深まりも十分に感じさせるものがある。ここでは、主人公は明らかに死者たちであり、しかも反英雄的な自己呵責それ自体がテーマとなっており、彼らこそが舞を舞い、煉獄のヴィジョンを現出させ、生者を己が夢のなかに取り込んでゆくのである。

『骨の夢』の下敷きになっているのは『錦木』であるとイェイツ自身語っているので、『錦木』のストーリーについて簡単に眺めておきたい。

「陸奥（道の奥）の果てまで修行」しようと旅を続ける僧侶（ワキ）が「挟布の里」で一人の細布をもった女性と飾りのある枝をもった男（シテ）に出会う。二人がいうには、この地方の習慣では飾りのついた枝は、愛する女性の家の外においておくことで求愛の印になる。女性がその枝を持ち帰れば愛を受け入れたことになり、そのままにしておけば、愛を拒んだことになるという。やがて男と女は僧侶をある男が埋められた「錦塚」に連れて行く。この男は三年間、女性の家に飾り枝を「千度」置き続け、彼の枝に託した恋心は、女性に受け入れられず、ついに恋破れ、「錦木は千束になりぬ、今こそは」という言葉を残して、死んでしまったのだという。このストーリーの背景となる陸奥は、そのままシテの心象風景であり、自己の内的深淵を暗示するものであることは、次の一句からも読める――「ここはまた心の奥かみちのくの。」[12]僧侶は心動かされて、その死んで埋められた男のために供養するのである。やがて僧侶の前に、男女が土地の霊として顕れ、僧侶に叶わぬ恋の物語をし、その苦しみを舞によって表現する。僧侶は読経し、やがて男女は自己劇化の舞によってカルタシスを得、すなわち己が夢を表出することによって自己の苦しみから解放され、二人は来世において結ばれ、シテは喜びを宴の舞によって表現するというストーリーである。このストーリーにおけるシテの苦しみが、西洋的煉獄の苦しみにも通じるものであることは、「いふならく、奈落の底にいりぬれば刹利も首陀もかはらざりけり」にみるとおりである。

このストーリーの背景にあるメタファーとして注目すべきは〈布〉であり、〈錦木〉である。この場所は「挟布の里」であり（イェイツが読んだフェノロサ、パウンドの英訳では、"narrow cloth of Kefu" となっている）、女性は細布を持ち、男性は錦木をもつ。[13] 二人の関係は、この布と錦木で切り結ばれている。すなわち、男は燃える炎の情熱（英訳では、"flicker of fire"）を錦木に託し、女性は細布で彼の情熱を覆ってしまっているという暗示が込められている。イェイツが参考にした英訳ではこの二つの象徴がさらに強調され、作品を支配するイメージとさえなっている。『鷹の井戸』において黒布に鷹を錦のごとく刺繍させ、ケルブを暗示させたイェイツが、錦木と布にケルブの二つの性質を見出したことは間違いないだろう。また幾度も幾度もモードに求愛を拒まれたイェイツが、この錦木にケルブの意味する「情熱」＝炎の証を意識したことは十分に考えられる。事実、このケルブとしての布は、この戯曲の夢のページを開く暗示として使われている。イェイツは布を舞台の最初に広げ、しかも「『鷹の井戸』と同様に」と指示しているからである。こうして布は広げられ、あるいは畳まれてケルブを暗示しながら、戯曲は「布を広げ、また畳む時の歌」から煉獄の夢の扉が開くのである――「目もくらむばかりの夢が死者の乾いた骨から湧きあがる。幾夜、幾夜、谷間のそこかしこ、かの狂想の夢で満つる。かの夢々が丘にあふれ、一つの幻はかくも情熱的に、灰緑色のひすいの盃か、あるいはめのうの盃をなみなみ満たすワインのごとし。[14]」ケルブが覆いを広げ畳む、そのわずかな狭間の瞬間に、想像力は煉獄の夢の実相を捉えようとする。

さて、『骨の夢』のストーリーは以下のようなものである。二人の男女ダモードとダヴォーギラは自分達の愛の成就のために、アイルランドにノルマン人の侵入を許すという罪を犯す。そのために二人は若いアイルランドの革命家（能の僧侶＝ワキにあたる）の前に顕れ、その革命家に赦しを乞う。しかし、二人がアイルランドを売った者たちであることが分かり、若き革命家は彼らを赦すことを拒む。二人は呵責に苦しむ自らの心を舞によって表現しようとする。若者はその舞に魅了され、二人を一瞬、赦してしまいそうになるが、思いとどまるという筋である。ここに表現された世界は、イェイツがいうように、「自己が造りだした良心の迷宮を回って、自己を失ったものたち」なのである。[15]

『ヴィジョン』のなかの「裁かれる魂」において、イェイツは魂が煉獄にいる間を六段階に区分し、能はすべて第二段階に入るとしている。この段階において魂は瞑想の「夢見返し」を経験する。すなわち、霊魂が霊魂を求め、感覚の対象が消えないままでいると、霊魂は前世の痛ましい追想を繰り返し、その死が強烈で悲劇的であればあるほどそれだけ霊魂は長い間感覚の対象に貼りついていなければならないという。この状態のことを「夢見返し」と呼ぶ。霊魂はもっともその出来事がおこなわれた前世の場所をさまよい、おこなわれた順序どおり、それを再体験してゆく。これが日本の能のテーマであるとも述べている。また、同じ第二段階のなかに「ファンタスマゴリア」（"Phantasmagoria"）があり、この場合、霊魂は前世の苦楽を追壊するのではなく、前世に対する倫理的で情緒的な呵責の衝動に駆られるという。煉獄は他にも第一段階「血緑のヴィジョン」、第三が「善悪の入れ換え」、第四を「善悪の統合」、第五「浄化」、第六が「再生」と区別され、それぞれ詳しく説明されている。だが、イェイツが詩や戯曲で煉獄を問題にする場合、第二段階の「夢見返し」及び「ファンタスマゴリア」にその関心は集中している。[16] したがって、イェイツがいう煉獄とは自己呵責による夢の世界であると考えてよいだろう。同様に現代詩人において、煉獄のイメージに注目した現代詩人としてＴ・Ｓ・エリオットを挙げることができる。しかし、彼にとって煉獄が重要であるのは、魂の浄化としての救いの道程の強烈なイメージがそこに存在するからであって、この点で二人の煉獄観は決定的に食い違う。後述するように、イェイツの『煉獄』を強く批判したのは、このことを抜きには語れないのである。

前の〈布の効果〉にはじまり、次にイェイツは煉獄の夢のヴィジョンを巧みに演出する。正体不明の男と若者が出会ったとき、若者はいう――「（カンテラをかざして）そこにいるのは誰だ。ぼくには誰だかよくわからない。どうか明かりの方へ。」この正体不明の男を骨＝死と死後の世界と考えると、このドラマのもっとも重要な象徴性は完全に消えてしまう。この骨を男にしているのは煉獄の夢そのものであるからだ。そのように考えたときに、この男のセリフはいくえにも象徴性を帯びることになるだろう。眠る「ビザンティンの皇帝」を覚ますもの、それはアイルランド的な煉獄の夢だからである。

はじめに夢は、正体不明のキルケゴール的な〈不安〉として表現される――「そこにいるのは誰だ、ぼくにはよくわからない。」だからこそ人はカンテラのごとき、おぼろげなる現実の明りによって、それを知ろうとする。すると若い女がカンテラを吹き消す。煉獄の夢は現実によってはけっして理解されないどころか、真の覚醒されたリアリティをおぼろげなものにしてしまうからである（実際に、聖パトリックの煉獄の穴に入る者はカンテラを持参することは許されない）。つまり、女の行為には、現実のおぼろげなる鏡ではなく、想像力の心の瞳、業を凝視するものとしての「空なる眼」をとおし、暗闇のなかでこそ煉獄のヴィジョンは理解されるという暗示が込められているとみることができる。だが、若者はいう――「風が僕のカンテラを吹き消した、あなたはどこにいるのですか。」若者は自然が最後の明りを消したと誤解している。そしてこの明りとは、のちのセリフで明らかとなるように、若者の最後の希望の夢、一九一六年のアイルランド独立蜂起としての灯であったのだ。これを消した張本人こそ、死者である女なのである。眠りの殺害者としての夢。裏切りとしての煉獄の夢。アイルランドへの裏切り行為は、見事に、眠りに対する裏切りとしての夢（ハムレットの独白における死後の夢）の本質と重なり合って劇に深みを与えている。しかし、政治的大義という一つの現実に陶酔しきっている眠れる（自己陶酔する）ピアス的な若者には、まだその正体がつかめない。暁の刻の黒いベール、ケルブの覆い、すなわち仮面は仮象なる一切を覆い隠す。そしてついに、若者は一つの決断をすることになる――「もはや明りが消えたのですから、僕はあなたのなすがままです。」こうして若者は、能的夢幻なる国へ、アイルランド的な煉獄の夢のなかへと取り込まれてゆくことになる。

この後、二人の男女と若者の対話が進行してゆくのだが、これは能的な手法とはいえない。この点が能の受容のもとに、この戯曲をみようとするならば、不満の残るところともなるだろう。[17] ワキとしての若者のセリフがあまりに多すぎるのであり、シテ一人称主義の独白劇としての夢幻能の伝統からすれば、過剰な対話は夢の現出を阻むものでさえある。ワキがシテの夢のなかに取り込まれている以上、現実は夢と化さなければならず、対話のなかで現実が己の主体的意志を主張すれば、夢の集中性、強度性は損なわれてしまうからである。

ニーチェは『悲劇の誕生』において、悲劇を衰退させた原因の根本をサテュロス・コーラスを破壊する「ソクラテス対話」のなかに見出した。ニーチェがソクラテスの対話において語ろうとしているのは、「生に対して否を発するダイモンの理性の声」であり、これが近代の合理性という一つの病の方向性を決したというのである。その狙いは、対話すなわち弁証法的展開と発展の行き着く最後のトポス、ヘーゲル的止揚の概念を覆すことにあった。超越と現実、運命と自由意志、魂と肉体といった二元的対立こそが、西洋精神そのものがもつところの病と彼は感じたからである[18]。イェイツは晩年の「ボイラーの上で」において、「シェイクスピア的な対話」がもたらしたものを、「話題から話題への困難な移行」による、ギリシア悲劇の集中性、統合性の欠如にあるとしている。そしてこのギリシア悲劇の集中性こそ、アイルランド的な〈底なしの眠り〉と対立するギリシア的覚醒の夢だと記した。しかも注目すべきは、この散文の末巻には、最後の戯曲『煉獄』が記載されている点である。これが重要な意味をもつと考えられるのは、のちにみるように、『煉獄』こそ、『骨の夢』で描かれた対話を拒否する、煉獄の夢そのものを主体者とする独白劇のために書かれたものだからである。

では、『骨の夢』における夢を阻む、この対話はどう考えればよいのか。おそらくそれは、夢の表現以外にもイェイツにはもう一つの意図があったために対話が必要であったと思われる。その意図は対話の内容をみれば明らかなように、一九一六年のアイルランド独立蜂起の歴史的意味づけの問題である。イェイツは過去のアイルランド精神として二人の男女を用意し、他方、現代のアイルランド精神として革命家を用意して、二つのものを対話させることによって、二つを和解させようとしているのである。また同時に、この二つの対話を持ち込んだイェイツの心中には、二人の男女には過去のアイルランドの夢に生きた詩人としてのイェイツ自身の姿の投影があり、若者にはモード・ゴーン、あるいは先に述べた詩人ピアスの影があるとみる。したがって、ブルームの解釈の逆の立場を取りたい。『錦木』の男の千束の求愛に、イェイツのモードへの思いが感情移入されている可能性が否定できないからである。社会的革命よりは、純粋に詩的悲劇の情熱（パッション）＝イデーを選んだイェイツは、社会的革命と政治的大義による集団的狂信（ヒステリカ・パッシオ）に生きたモードと対比されるからである。イェイツは夢幻能の夢の構造を十分理解していたと思われる。だがその構造を損ねてまでも、どうしても現代のアイルランドの精神に呼びかけたかったのだろう。そしてこの現代のアイルランド精神とは、モードに象徴されるものであっただろう。二人の生き方を決定的に分けたものは、あのアイルランド独立蜂起にほかならないからである。そうすると、ここにみられる対話とは、詩人が有する夢とモード的〈政治的現実〉との対立としての対話を意味していることになるだろう。

さて、二人の対話が進むうち、夢はしだいにその正体を明らかにする。

この者たちは、愛のほか、何も考えてはおりません。また喜びにしてもこの二人の罪への呵責が頂点に達し、もし幻の心が張り裂けるものならば、二人の心の覆い（影の心）がまさに張り裂けようとするその瞬間に、彼と彼女のまなざし交わるという喜び以外にはありえないのです。また二人のまなざしが交わる時ほどのつらい痛みもないでしょう、呪われているがゆえに。（*C.Pl.* pp.440-1.24）

彼らは客観的社会、国家の正義に苦しんでいるのではない。主体的個としての実存（民族的な実存）において苦しんでいる。主体的真理としての剥き出しの〈個〉が求める夢に、政治的な大義も正義も存在しないからである。ここで夢は求心のガイヤーを回り、その深点に達する状態、すなわち煉獄の夢の本質、〈存在の統合〉と対極をなす〈生中の死、死中の生〉の瞬間に向かっているのであり、それは「心の覆いが張り裂ける瞬間」——彼らは生者からみれば死者／亡霊／影であるが、煉獄の夢からみれば、この場合、影こそ剥き出しの〈生〉であるがゆえに、影は実相を写す虚像ではなく、一つの実体として主体的に張り裂けることができるという、この途方もない影の逆説表現の妙に留意——であり、互いの眼が一つになって、対象と客体が一つになる瞬間なのである。「彼と彼女のまなざしが交わる」がゆえに「喜び（ジョイ）」＝エデンを視る瞬間なのである。同時に、この瞬間こそケルブの炎のなかに身を投じる瞬間であるがゆえに、最大の「激痛」の瞬間ともなる。ここにおけるケルブは「呪われた」ものの象徴であるとともに心の眼を象徴するものとなっている。伝統的にケルビムはその高い知性を象徴する大きく見開かれた眼とともに描かれるからである。互いの眼にうつる炎は、聖なる炎ではなく自己呵責と映る。彼らの眼それ自体、呪われた鏡だからである。二人の眼はトロイラスとクレシダのように、呪われしメデューサの眼と化し、互いが互いを呪い合う拷問の剣なのである。この煉獄の夢の向かうところは眠りではなく、痛みとしての覚醒にあることが上述したセリフからも理解されるだろう。さらにこのことは女性のきわめて詩的意味のあるセリフ、「そこでは、夜な夜な彼女を夢が覚ますのです」に見事に表現されている。

煉獄の夢の正体がしだいにはっきりとしてきた青年は叫ぶ――「なぜあなたたちは踊るのです。なぜかくも情熱を込めて、互いにみつめるまなこで凝視するのです。そうしてそれから、互いに離れては、眼を覆い、踊りのなかに逃げ紡ごうとするのです。あなたがたは一体誰なのですか、何ものですか、あなたがたは不自然だ！」。これこそ煉獄の夢の本質、ケルブを垣間視たものの叫びである。鷹の舞をとおしてイェイツが描きたかったもの、ケルブの廻る炎の剣の表現である。「覆う」と「情熱的」（"Covering", "passionate"）というケルブの矛盾する二つの作用が、見事に動的な舞の行為とともに表現されている。ケルブの炎としての「パッション」、しかもこれは他のセリフでは「情熱の罪」（"Passionate sin"）と表現されており、さらにこれを殉教的な受難の意味をも内包させている。彼らは自らの「情熱」に駆られて罪を犯したがゆえに、煉獄の炎、その「情熱」の拷問に入らねばならない。それは互いの呪いの心の眼のなかに、自己の呪われた姿をおもざすという痛みの「情熱」＝拷問。彼らは己が「情熱」の罪の贖いのために、受苦なる煉獄の刑罰を受けている。〈情熱（パッション）〉は〈受苦（パッション）〉によってのみ贖われなければならないからである。

この受難はあまりにも激しい。よって、彼らはケルブのもう一つの作用、「覆い」（"Covering"）を用いて面（おもて）を覆うこととなり、さらに踊りのなかで「紡ごう」とする。彼らが能的な舞を舞っているのであれば、〈紡ぐ〉のではなく、さらに禅的に自己激化しなければならないはずである。この場合、覆いとしての肉体は、自然が与えてくれるせめてもの免罪、眠りである――「傷ついた魂の軟膏であり、人生を擁護する宴の主食である眠り」（『マクベス』）なのである。しかし、この〈魂の軟膏としての眠り〉を覚まし、殺害するもの、それもまた〈ケルブ〉である。この悪夢を視たものは、青年が叫んだように、こう叫ばずにはいられようか――「あなた方は誰なのか、一体何なのか、あなた方は不自然だ。」燃えるような炎のまなざしで見つめ合うもの、そして互いの心の眼、面のなかに、「情熱の罪」がもたらした「呪い」を視、その呪いの炎のなかに自己をこそ視るという拷問としての楽園地獄＝煉獄の一体感。この炎の痛み、一体感に耐えかねて、そこから「離れ」「覆って」しまうもの。廻り狂うもの。「罪」「呪い」「炎の情熱」「そこから去ること」「覆うもの」「自然ではないもの」としてのエンブレム、「廻り踊るもの」、そして、絶えずスフィンクスの存在の謎として問われているもの、これらをすべてかね備えた〈第三の存在への問い〉に対する応答こそ、ケルブからの応答である。[19] そしてこのケルブこそ、骨の夢＝煉獄の夢の真の正体にほかならない。

四　『煉獄』における夢の主体性

T・S・エリオットがイェイツの最後の戯曲『煉獄』（*Purgatory*, 1939）を酷評したことは、広く知られるところである。彼はこの戯曲を倫理的、宗教的側面から拒絶したのであるが、その批評の背景にあるのは、エリオット、イェイツ、二人の詩人の煉獄に対する根本的捉え方の相違だろう。エリオットの批判とは、「ここに描かれた世界は、真の善悪でも、聖と罪の世界でもなく、知的にして下等なる神話の世界であって……」、「『煉獄』には私自身好きになれない点がある。彼がこんなタイトルをつけなければよかったのにと思う。なぜなら、何らの浄罪の気配もない、あるいは少なくとも、そこに重点をおかないような作品を私は認めることができない」というものである。[20] エリオットが直接いわんとしているのは、イェイツの宗教的態度、すなわち素性も知れない「異神を追う」イェイツの姿勢であり、またこの自我によってつくり上げた（捏造された）世界のなかで、希望なき絶望としての〈苦〉の世界を表現することに何ら意義を感じないということではないだろうか。彼らの宗教観の是非について、ここで問題にするつもりはないが、別の視点から捉えてみると、ここにはエリオットの煉獄観が明確に表れており、興味を引くところである。エリオットの批判の前提には、この戯曲は煉獄を表現しようとしたものであり、だとすれば、これは彼にとって、およそ承認できるような煉獄ではないといっているのだろう。ここで読み取れるエリオットの煉獄観とは、ダンテ的な伝統にその根拠をもつところの西洋の〈正統なる煉獄〉である。先にみたブルームの見解にしたがえば、煉獄とは天国、すなわち救いの前に置かれるべきものだと考えているといえるだろう。だからこそ、煉獄とは救いの一つの〈希望的受苦〉のメタファーともなって、また正統なる〈浄化の神話〉としての意味をもつことになる。ところが、イェイツにとって煉獄とはロマン派的位相として、楽園のすぐのちにこそ用意されるべきものであって、さらに彼にあっては、天に向かうのではなく、〈生〉に向かって悲劇的に永遠に回帰するものとして捉えられているのである。この場合の煉獄とは、浄化の救いの炎のメタファーではなく、呪いと呵責の宿命の炎のメタファーである。そしてそれこそが、第五章で詳しく検証していったように「揺れ動く」の最終連の結論に表現された聖パトリックの煉獄のイメージなのである。この戯曲をエリオット的に煉獄とは読まず、煉獄の夢自体を表現したものだと捉えるならば、まったく新しい解釈が可能となるように思う。すなわち、『煉獄』は〈夢幻能〉における夢の現出の、もっとも優れた受容であり、さらに、そこから一歩進んだかたちでの煉獄の夢、それ自体がもつところの主体の問題である――ヨーロッパ文化の主体者としての煉獄＝免疫の姿。

『煉獄』の舞台背景は廃墟となった家と、立ち枯れの木一本。明らかにこの簡素化され象徴化された背景は、能の強い影響を感じさせる（この樹木は、能における松の木が象徴するものと同じ意味をもつ）。イェイツのここでの意図は、この背景を夢幻能におけるように、シテの心象風景として表現しようとしているのである。舞台の登場人物は、二人だけ、旅商人の老人とその息子である少年。彼らは廃屋を前に月明りのなかで立っているが、実はこの廃屋は老人の生まれ育った故郷の家である。二人は能のシテとワキの関係に相当するだろう。当然『鷹の井戸』を知る者には、二人が老賢者とクフーリンのアンティ・ヒーローとして描かれていることにすぐにも気づく。エリオットはこの戯曲の神話を下等なものであると考えたが、下等な神話というよりは、すべてがアンティ、すなわち徹底的に俗化された〈逆説の神話〉だというべきだろう。たとえば、この老人と息子とは、のちのストーリーの展開から考えてみると、初子を神への生贄にほふろうとした老いしアブラハムとイサクのアンティ・ヒーローとしての暗示さえも感じさせる。約束の地カナンを目指した夢の巡礼者、アブラハムの回帰（ノスタルジア）は、神話的レベルでの、エデンの東に追われ、呪われし者のエデンへの永遠の希求であり、『煉獄』での老人の故郷への回帰と荒廃は、このことを考慮すれば、逆説的に悲劇の強度性が増すのである。そうだとすれば、ここでの俗化したアブラハムのイメージは、俗化した聖パトリック、すなわち彼の「仮面」＝逆説であるという見方も成り立つだろう。あるいは、ここにオイディプス神話、〈父殺しのテーマ〉と対極をなすクロノス神話のテーマ（アイルランド神話のもっとも重要なモチーフの一つ）、〈子殺しのテーマ〉があるとみることも可能である。

劇は少年のセリフにはじまる――「戸口から戸口へ、ここかしこ、昼な夜な、丘へ谷へと、この荷物を背負って、道すがらあんたの話を聞かされて」（*C.Pl.*, p.681）。このセリフは神話的深層において「創世記」の以下の節と響き合ってさえいる――「アブラハムは全焼のいけにえのためのたきぎを取り、それをその子イサクに負わせ、火と刀とを自分の手に取り、ふたりは、いっしょに進んでいった。」アブラハムがイサクにたきぎを背負わせたように、老人は息子に荷物を担がせている。しかも、のちに明らかとなるように、このとき老人は心に呵責の火（聖なる燔祭の炎が俗化した呵責の炎となっている点も逆説的である）を、胸には短剣を忍ばせている。少年はなぜ、こんな廃屋に老人が自分を連れて来たのか、さっぱり分からず、イサクよろしく無邪気に尋ねる――「すると、この道は前にも来たことがあったのかい。」（*C.Pl.*, p.681）このことに対し、老人は答える代わりに象徴をもって応ずる――「月の光が道を照らし、家の上には雲の影が落ちている。ここには象徴があるのさ。あの木をようく視ろ、何にみえる。」少年「愚かなじいさんてとこかな。」老人はすでに煉獄の夢のなかにいる。その夢のなかで彼が幻視しているものは、神の光、恩寵から外され、呪いの覆い＝雲のかかった家、すなわちケルブの象徴としての廃屋の姿であった。そしてその中心をなす立ち枯れの樹木。しかし少年は現実というううつろな可視的鏡でしか捉えることができず、その象徴が視えないため、以下のように応える――「愚かなじいさんてとこかな。」しかし、少年のこの浅薄なセリフは皮肉にも二重の意味をもつ。「バカな話をする老人だ」という意味と、「あの枯れ木こそ老人そのものじゃないか」という意味である。まさにこの枯れ木こそ、老人そのもの＝人間存在が宿す謎を象徴している。このようにまったく噛み合わない二人の対話のなかで、皮肉にも深い象徴性が現出される。ここにこの劇の特徴がある。

老人「五十年前に見たときにゃ、稲妻によって引き裂かれる前のことで、葉っぱが青々と熟し、その葉っぱときたら、バターみてえに、こってり脂ぎった命のようだったぜ。」（*C.Pl.*, pp.681-2）前期の詩「二本の木」における生命の木と、呪いの善悪の木、エデンとエデンの東、二つを引き裂いたものは、稲妻のごとき神の怒りであるが、クロノスとしての時を超越した回帰する煉獄の夢のなかの老人には、一つの重なり合う心象と映る。詩「揺れ動く」における「燃えあがる緑の木」としての肉体と炎の両義的意味をもつケルブとして映るのである。そうして、老人はさらに深い夢へと落ちてゆく。すなわち、煉獄の夢に目覚めるのである――「誰かいるぞ、家のなかに。」しかし、少年には視えない。老人は語る――「いやたしかにいるぞ、何がどう消えようが残ろうが、まったくかまやしないという奴がな。煉獄の魂という奴で、浮き世に帰って来ちゃ、元の住まいや、なつかしい場所に現れるって奴さ。」（"But there are some/ That do not care what's gone, what's left:/ The souls in Purgatry that come back/ To habitations and familiar spots." *C.Pl.*, p.682）

老人はこの後、この家に纏わる話を少年に聞かせる。老人の母は血筋の良い女性であったが、誤った選択によって酔っぱらいの男と結婚し、老人を産むとそのまま死に、まんまと家の主人におさまった父は、家の財産を使い果たし、あげくの果てに、酔っ払って家を焼いてしまったという。この光景を見た息子（老人）は、炎と化した家のなかで、ナイフによって父を殺し（炎のなかのナイフは廻る炎の剣としてのケルブを密かに暗示している）、その後、逃げて行商人になったという。この物語を終えるや、老人には煉獄の夢の核心が迫ってくる――「蹄の音だ、蹄の音だ。今夜はお母さんがお床入りしたちょうど、あの日なんだ。そこでわしが宿ったあの夜に当たるんだ。おやじが飲み屋から、ウイスキーの瓶を抱えて、馬で帰ってくるところじゃないか。」（*C.Pl.*, p.685）

老人はしだいに自己劇化してゆくが、これが煉獄の夢の求心運動の高まりと呼応しているがゆえに、集中性を獲得している。初めに象徴的な心象化として顕れた煉獄の夢は、しだいに記憶の糸巻き（ガイヤー）を辿り、核心の舞台へと踊り出てくる。

これは詩的表現においては不可能な、行為としての運動をもつ悲劇の構造をもって初めて可能な表現だろう。少年はいう――「壁に穴があいているだけじゃないか。あんたがでっち上げただけじゃないか。いや気が狂ったんだ。日増しにひどくなりやがるぜ。」確かに現実からみるとき、煉獄の夢はたんに現実とあの世を遮断する壁にあいた「一つの穴」にすぎないのかもしれない。しかし、これを真に〈おもざす〉ものは、現実こそ虚構の「見せ物」にすぎないことを知っている。「彫像」の優れた表現を用いるならば、「空なる眼球（"Empty eye balls"）は悟った、知識など虚構を増すのみと。鏡に反射する鏡が写す映像などただの見せかけだと。」したがって、この「一つの穴」は「空なる眼」としてのケルブの属性を象徴していることになる。そして当然この場合の〈空の凝視〉とは、〈業の凝視＝おもざし〉にほかならない。少年の皮肉、「あんたがでっち上げただけじゃねえか」もまた象徴的である。ただし、ここでいう「あんた」とは煉獄の夢と化した老人なのである。その夢は自らの主体において、この物語をつくり上げているからである。「いや気が狂ったんだ。日増しにひどくなりやがるぜ。」これまた象徴性を帯びている。現実からみれば、煉獄の夢は一つの狂気であるからだ。しかもこれがしだいに増す狂気とは、能の舞の原義的な意味、しだいに激しく〈舞狂う〉様を暗示している。イェイツは能の舞のこの本質を見抜き、「クライマックスには自然に起こる乱れた激情のかわりに踊りがある」と述べている。ここではこの舞の本質を、舞によらず、老人のしだいに自己劇化する様によって表現し、これを夢の求心運動を暗示させるものとして用いているのである。老人の「蹄の音は大きくなった」もそのことに照応している。

二人の対話は、『骨の夢』と違って、うまく噛み合わない。少年にとっては老人のセリフは不条理な独白にすぎず、したがってこれが対話であるのは、みせかけにすぎない。というのも、彼らの言葉には共通の場としてのリアリティが完全に欠けているからである。老人は自己の深い内面の世界＝煉獄を幻視＝おもざしており、少年は現実の現象をまなざしているからである。この不可思議な対話のずれのなかに、上述したように存在の深い意味が象徴的に見事に現出されている。この巧みな対話の〈ずれ〉からサミュエル・ベケットのアイルランド的な不条理劇はもうすぐそこにあるだろう。

老人はついに「あいつに、あなた(母)を触れさせてはいかん」("Do not let him touch you!")と叫び声をあげた後、夢をとおして深い人間存在の意味を問う。

しかしここに一つの疑問がある。おっ母さんは自己呵責に突き動かされて、細部にわたるまでのいっさいをもう一度生きねばならぬとして、果たして性交をもう一度繰り返せるものだろうか、そこに何の快楽の喜びも見出せないのだろうか。あるいは、そうでなくて、喜びと呵責が同時にそこにあるのなら、一体いずれが、大きいというのか。(*C.Pl.*, p.686)

これは老人の声であるとともに、老いしイェイツの本音が覗いているだろう(ただし、老人とイェイツを『煉獄』全体のなかで同一視することは誤読である)。生を究極まで突きつめたとき、イェイツが行き着くところは、絶えずこの問いである。「揺れ動く」の第一連のケルブの夢を前にして発せられた問い、「喜びとは一体なんなのか」が「どっちが大きいのか」となり、「喜び」が「快楽」となることで、老人にふさわしく、さらに徹底して俗化されているだけである。あるいは、これは『骨の夢』の「まなこが交わるときの歓喜と激痛」の別の表現でもある。いずれにしても、これらの表現は煉獄の夢の求心運動が極点に達したときにみえるケルブ、〈生中の死、死中の生〉としての存在のあり様を示している。

ここで省みるべきは、「自己呵責に突き動かされて」と記されているところである。その夢がその主体的行為において、自らの糸巻きを解いていくとき、夢の想像力の原動力をなしているのは「自己呵責」であるといっている。夢が願望の充足であるとすれば、彼女を駆りたてているのは、「快楽」としての欲望の原理でなければならない。しかし彼女=死の夢にあって「生きる」のは「快楽」ではなく「自己呵責」に突き動かされて生きるというのである。しかも、このセリフはすでに老人が述べた「彼女は死者なのだから、(この行為がもたらす結果を)すべて承知している」というセリフを前提とする。つまり、この結果としての〈実〉がいかなるものか分かっていても、「彼女は性交を繰り返すことができるのか、またそこに何の喜びも見出すことができないのか。」かりにしかりだとすれば、それは途方もない、アルベール・カミュ的な〈シジフォスの不条理〉である。いわば予め、はずれくじと、その結果がもたらす激しい痛みの実を知りながら、しかもそこに一瞬の快楽という付加価値もないことを知っていながらも、あえて同じはずれくじを永遠に引き続ける行為ということになるからである。あるいは「そうではなく、喜びと、自己呵責が同時にそこにあるなら、いったいどっちの方が大きいのか」、すなわちここに一瞬の快楽があれば、のちに起こる永劫の呵責を知っていたとしても、やはり〈一瞬〉を選ぶのか。それ程までに快楽とは大きいものか。これらの問いは「揺れ動く」における詩人の想像力に潜む不条理性と喜びへの問いと響き合いながら、さらに意味の深みへと向かっている――煉獄の夢の詩的心象が、その夢によって破壊されるのを予め知っていながら、心象を求めるのは、呵責によるか、せつなの詩的衝動＝詩的快楽としての喜びによるのか。

しかし、この深い存在への問いは、荷物から金を盗もうとした少年の行為によって遮られてしまう。そして二人の対話が噛み合う瞬間が、唯一この場面だけであるとは皮肉である。少年は父である老人の殺害をほのめかす。「殺したってかまやしねえんだぜ、じいさんが殺せたのは、てめえが若くて、相手が老いぼれだったからじゃねえのかよ。」普通、安っぽいメロドラマの終末は、このような情況下で、少年が老人を殺してしまうのが相場だろう。そして、これに与えられる解釈は、因果応報か、さもなくば、陳腐なエディプス・コンプレックスである。しかしここにみられる因果律は、そのようなものとは性質をまったく異にする。老人ではなく、煉獄の夢は、マモンの誘惑をはねつけ、また少年による殺害をも阻止したからである。というのは、ついに少年をさえもその夢は捉え、己が世界のなかに引き込んでしまったからだ――「ひぇー！　窓に灯が、誰か立っていやがる。床板は焼けちまってるというのに。」（*C.Pl.*, p.687）煉獄の現世に対する勝利。これは明らかに、夢幻能の優れた受容であり、この効果は非常に大きい。最初、その夢が視えなかった少年にも最後にこれが視えてくるというのは、ひとえに夢の覚醒の強度が増したことによる。そしてこの劇の集中性は、煉獄の夢の求心運動によって保たれているのである。自己呵責に突き動かされながらその夢は己が糸巻きを解きつつ、老人の想像力を借りて、己が実存のあり様を示す。そしてついには少年＝現実をも飲み込んだのである。この世に対する煉獄の勝利がここにある。これは優れた夢幻能の受容であるとともに、夢幻能をすでに超えてしまってさえいる。なぜならば、舞台における夢みる主体者としてのシテと、その夢のなかでの主体者が不在だからである。

この老人が幻視する煉獄の夢において、夢幻能とも他のイェイツの戯曲とも決定的に一線を画しているのは、主体者が生まれる前のことを主体者が夢みているところにある。かりに、イェイツがこの夢の主体者を老人にあることを強く求めているのならば、父殺しの場面をこそ老人に夢みさせたことだろう。そしてその場面を背景にして、父を殺した剣で子を殺す。通常の劇作家ならば、この方がはるかに劇的効果ありとみるだろう。観客の目は老人としてのシテの行為に集中することは明らかだからである。しかし、そのような筋書きを用いるならば、煉獄の夢の核心であるところの老人の呵責、これが真に意味するものが完全に損なわれてしまうことになる。ここにおける呵責とは、母の呵責の「仮面」を被ってはいるが、実は老人自体の呵責であり、しかもこれは、フロイト的な母への交錯した愛とか、個人のトラウマなどではとても解釈できるものではない。第一、個人のトラウマを他者が同時にみるなど、フロイト的な夢解釈にはないはずである。唯一解釈が可能であるのは、煉獄の夢を実存的に解釈するときだけだろう。老人は自分が生まれたこと以外、父を殺した行為にさえも何一つ罪悪感など感じていない。この作品全体を通じて、一つとして個人的トラウマに悩む老人の姿など描かれていないことに注意したい。その意味では、彼はイェイツが祖父ポレックスフェンにみた「リア王」的な英雄の相をさえ帯びている。老人が苦しんでいるのは、個人的レベルの問題を超えたところにあって、すなわち「性格」（"character"）としての「心理劇」の問題ではなく、「人格」（"personality"）としての悲劇の問題である。しかもそれでいて純粋に自己自身であるもの、〈主体的真理〉、〈イデー〉としての実存的生のあり様、煉獄の夢の本質の問題なのである。そしてもちろん、この場合、老人の実存性はアイルランド民族のそれを体現するものであることはいうまでもない。それゆえ、この夢には主体者としてのシテが不在であろうが、いや厳密にいえば、母の体に宿る一粒の種、それ自体が主体であっても、いっこうにかまわないのである。ここに、フーコーが『夢と実存』のなかで解いた反フロイト的、夢の本質がもつ〈主体者の不在〉の問題が追求されているとみてよいのではないだろうか。

夢はその求心的運動のなかで、「死の夢」をみる。それはたんに生（エロース）による死（タナトス）への恐怖の裏返しとしての生の願望ではない。「死」こそ己が実存のまったき自由の成就であるがゆえに、夢は死へと向かっていくとフーコーはいう。『煉獄』の夢はこれと逆の方向、すなわち己が実存の種が宿るまさにその生と不在の狭間をなす瞬間にこそ向かう——「ちょうどあの日じゃ、おっ母さんの腹んなかにわしが宿ったあの夜に当たるんじゃ。」一方は死へと、他方は生に向かい、一方は解放の瞬間に、他方は呪縛の瞬間に。しかし、この方向は、煉獄の夢の求める同じ一つの運動、上下垂直運動を志向する、逆の表現にすぎない。求めるものはただ一つ、己がまったき純粋な実存が立ち顕れてこようとするまさにその瞬間に、その夢は立ち会うことを恋願っているのである。

フーコーは夢みるものの主体性を否定し、その主体を夢自体だとする。主体は壁であり、壁のこちら側の空間、向こう側の空間であり、そこに顕れるすべての人物であり、物である。すなわち夢の主体は、夢の空間すべてに存在するものの充満（遍在性）のなかに主体を開示するという。[21] ここでは他者と主体の区別はなく、サルトル的〈不在へ向かう想像力〉でもなく（フーコーはサルトルの〈虚無への志向〉としての想像力を強く否定する）、十全として想像力を捉えているのである。老人の夢における主体者不在はこの意味で捉えてこそ意味があるだろう。[22]

この劇の主体はあくまでも老人一人である。少年との不条理な対話、のちに少年にこの夢がみえるということの意味するものは、彼が煉獄の夢の求心運動を暗示する一つの道具立てにすぎないということである。老人は夢みる主体である。しかし、その夢の主体は不在なる老人ではなく、夢自体である。老人はこの後以下のセリフをつぶやく——「やがて結婚の眠り、アダムを襲えり。」これをいわしめているのは老人ではなく、老人の主体を借りた夢の声だと解釈できる。なぜならば、この声は自然の眠りを殺害しようとする覚めた煉獄の夢のつぶやきと解されるからである。老人は父が酔っぱらいであったことを繰り返し述べ、ウイスキーは子種を宿すこの決定的瞬間に繰り返し顕れる父の唯一のメタファーとなっている——「酔っ払いに子供をはらませられないなんぞ嘘だ。奴が触ったら子供ができるんだ。」（*C.Pl.*, p.687）このセリフは老人が主体ではなく、夢が主体であるときにのみ、深い意味を獲得する。そうでなければ、父が酔っ払いだったから、自分もこんなならず者になったという以外に酔っ払いの暗示するものは何もないだろう。そんな表面的な問題を、自己に内在する業を知り尽くした老人がここで問題にするとはとうてい考えられない。また、反リアリズムの立場を取るイェイツがそのような社会的表層の因果関係を暗示するために、無駄な紙面を割くはずがない。そうではなくて、酔っ払いを赦せないのは浄化を求める煉獄の夢の方なのである。つまり、その夢は父が暗示する自然の眠り、アダムの安らぎとしての眠り＝覆いとしてのケルブを赦せないのである。そしてこれは泥酔と性交のあとのおぼろげなる父の眠りに象徴されているのである。覚醒としての煉獄の夢は、この眠りを父にもつことを赦せないのである。しかも、その夢はうつろな眠りを父にもつ以外に存在しえないことを知っているからである。しかし、眠りの子として生まれたその夢は、のちに父に反旗を翻し、覚醒を求め、眠りを殺害する。すなわち父殺しとしての夢のエディプス・コンプレックス。その夢は眠り＝線を殺害してのみ、己が〈点〉の存在を開示できるからである。こうして夢は、眠りの死を帯びる。

老人はアダムの眠りの詩句を語った後、以下のように語る——「窓によっかかっている者は、おっ母さんの心にうつる印象にすぎないんだ。おっ母さんは死んじまったのだから、一人で呵責に苦しんでいるんだ。」（"But the impression upon my mother's mind; / Being dead she is alone in her remorse." *C.Pl.*, p. 688）老人は、ここで、父など実際は夢の世界には存在しない、母の心が生み出した印象であるといっている。そうであれば、母がこの夢の主体者だろうか。そうではないことは、この夢みる者の主体が老人であることからも明らかだろう。ここで母が重要であるのは、母自体ではなく、母が象徴する存在のあり様、「呵責において一人」の状態なのである。夢は呵責において、父を創造し、窓を創造し、この一切の情況を創造する。すなわち、煉獄の夢の世界に遍在しているのは、すべて「この呵責において一人」の情況であって、ここにおける夢の真の主体者は呵責そのものなのである。この呵責としての夢こそは、老人の夢を借りて、己が主体を誇示している。そして、この呵責の本質は、実存的な悲劇の存在としての人間のあり様、あるいは実存としての民族の相貌、それ自体に対する嘆きにほかならない。次に起る殺害行為こそ、このことを決定的に告白するものである——「俺が生まれる前の老いぼれ骸骨が肉体をもっている。おそろしや！　おそろしや！（彼、眼をおおう）。」（"A body that was a bundle of old bones/ Before I was born. Horrible! Horrible!" *C.Pl.,* p.688）。死がたんなる不在だと考える者にとって、死者が蘇った恐怖は、豊かな想像力をもつ詩人が、スフィンクスや仏陀の像を凝視するときの驚異の念とおそらく同じだろう。これに対する言葉は、「恐ろしや、恐ろしや」以外に表現できない。この恐怖は、生に漬かりきって、生を知らない者が、死の視点をとおし、根源的な実存としての生々しい生そのものを知った驚きの声といってよいだろう。この剥き出しの生は、ケルブ＝煉獄の炎である。これを〈おもざす〉ことは痛みであり、恐怖である。だから少年は、『骨の夢』における男女のように「眼を覆った」のである。覆いとしてのケルブの一つの作用＝肉体を用いて。老人が少年の殺害にいたったのは、この瞬間であったことの意味はきわめて重い。夢の生々しい存在の開示に眼＝面を覆い、眠りに逃げ込む少年。覚めた煉獄の夢に生き、夢の面で業をおもざす老人。少年が殺される唯一の隙をつくったのは、まさに少年が〈目を覆った（おもざさなかった）〉からにほかならない。この二つの差異こそが殺人行為を成立させる唯一の絶対条件なのである。「（少年を刺す。）おやじと息子を同じナイフで！　やっちまうんだ！　えい！　えい！　えい！」この行為を象徴するナイフは深い意味をもっている。たんにこのナイフが皮肉にも父、子、孫三世代にわたる血の証となっているという表面的な意味だけではない。老人がこのナイフで父を刺したのは、炎に乗じての殺害であり、今度は覆いに乗じての、このナイフを使っての殺害だからである。ということは、この呪われし、血の証としてのナイフが意味するものこそ、マクベスの安眠を殺害する「血で覆われた銀の肌の短剣」としての死の短剣、ケルブ、〈廻る炎の剣〉にして覆いとしてのケルブ＝呪われし人間存在そのものだろう。しかも、これこそが夢の矛盾する本質である。すると、父を殺し、子を殺した老人の黒墓は、実は呪われた煉獄の夢、ケルブであったということにならないだろうか。

イェイツがこれを悲劇として成立させようとしたことは明らかである。そうであれば、悲劇は動機によらず、その死が宿命づけられていなければならない。またここに動機を探すのではなく、宿命の相をこそ探り求めなければならない。

しかし、ここで多くの優れたイェイツの研究家でさえも老人の殺害の動機を探しまわるのは、この劇が特異な二層構造をなしているからである。つまり、夢のレベルと現実のレベルが並立して存在しているからである。老人が父を殺したのは、記憶による夢のレベルであり、子を殺したのは現実のレベルだからである。このため読者（観劇者）は、父殺しにおいては、これは悲劇だと容易に認識することができる。したがって、そこに動機を持ち込むことはない。ところが、子殺しは今現実におこなわれている行為であるために、途端に現実のモードに切り替わり、動機を探してしまうのである。夢幻能においては、このような問題は構造的に起こりえない。しかし、イェイツはここで殺害の場面を、少年にも煉獄の夢が幻視されたあと、すなわち、すべての現実がその夢に完全に取り込まれたのちにこそ行わせていることに注意すべきである。つまり、二層構造はここに解消され、すべては一つの煉獄の世界と化しているのである。だからこそ、この老人の子殺しは、老人の悲劇ではなく、煉獄の夢それ自体の悲劇として、煉獄の夢のなかの宿命の相（そう）を探すべきである。その夢に取り込まれていったのは、何も少年だけではなく、老人自体もこの老人不在の夢のなかに取り込まれていったこと、この点はぜひとも念頭におきたい。少年すらも夢をみるようになったとは、逆にいえば、老人がさらに深く己が夢、煉獄の夢の主体に取り込まれ、自己を失っているという意味なのである。

先にこの老人が深層において、アブラハム、あるいは聖パトリックのアンティ・ヒーローとしての響きをもっと述べた。しかし、これは夢が主体においてのみいえることだろう。コーランによれば、アブラハムは、イサクの燔祭を夢のなかで神の啓示として受けたという。イサクにその夢を話すと素直に受け入れたという。神がこのような試みをしたのは、アブラハムの従順を知るためであった。こうして神は夢のなかで、己がまったき全能者としての主体を現出させたのである。キルケゴールがアブラハムの燔祭の箇所を感動と戦慄をもって語るのは、アブラハムの動機ではなく、服従の受難と主体的意志の葛藤、のちの新約の受難の徴候＝悲劇的宿命の相をみるからにほかならない。個人の動機と主体によってこの行為が行われているのであれば、いかなる理由によっても、およそ子殺しなど承認できようはずもないだろう。あるいはまたキルケゴールがソクラテスの毒死に殉教の受苦をみるのはその主体がダイモンに、あるいは夢にあるからである——「神によって、なせと命じられたことなのです。それは神託によっても伝えられたし、夢知らせによっても伝えられたのです」（『ソクラテスの弁明』）。イェイツは当時のアイルランドにみられる精神的不毛の世界を象徴させるために、老人の夢をあえて俗化させ、アンティ化しながら、このことを逆説的に表現しようとしているのである。すなわち、聖パトリックに体現される供犠の相貌をここに現出させようとしているのである。ただし、この老人＝徹底的に俗化した現代人の魂には、聖パトリック的な主体的な選択と葛藤としての苦悩が完全に欠落している。だからこそ、反悲劇としての現代の精神的な荒廃をも同時に暗示する逆説の鏡ともなる。

金のことでもみ合った少年はここではなんの抵抗をも示さず、声すらも上げず、従順なイサクのように、初子殺しの父の行為に従うことで、殺害に荷担しているとさえ思われる。この点は見逃せない。あれほど、殺害者としての自己を誇示してみせたにもかかわらずである。それは少年が煉獄の夢に取り込まれ、その夢の一部と化しているからである。老人もしかりだろう。なぜそうなったのか。老人はいずれの時にでも、殺す機会はあったはずである。また少年が十六歳になることに意味があるとすれば、もみ合ったおりに殺す、あるいは殺す素振りをみせてもよかったはずである。しかし、老人はこの息子自体になんの憎しみをも持たず、また子殺しの行為に何ら罪悪感を感じていない。煉獄の夢のなかの殺害であり、その夢に主体があるからである——「おねんね、ぼうや、父さんは騎士、母さんは貴夫人、美しく光あふれて。」（“Hush-a-bye baby, thy father's a knight/ Thy mother a lady, lovely and bright.” *C.Pl.*, p.688）子に対して何らの憎しみもないがゆえに、他人事のように子供への哀悼の子守歌を歌い、むしろそこに宗教的な安らぎさえも感じている（韻律に注目すれば、この一見不器用にもみえる老人の台詞＝子守唄は、悲劇のクライマックスで用いられるブランク・バースをパロディ化するように、童謡の軽快な強弱四歩格で表現されている点にも留意）。そしてセリフはこう続く——「ちょっと待てよ。これはものの本で読んだくだりだったっけ。」要するに、老人は受け売りなのであって、この行為も受け売り的な行為にすぎないのである。つまりは、老人に主体性はなく、むしろこの行為を裏で指揮しているのは煉獄の夢そのものなのである。だとすれば、この夢はここでは、現実の願望充足なのではなく、むしろ現実の方が、夢において果せぬ願望充足を柔順な夢の召女として果しているというフロイト的な夢のさかしまの世界が存在することになる。煉獄の夢は覚醒であり、覚醒の夢が求めるものはただ一つ、己がまったき自由としての実存の自由である。煉獄の夢にとって赦せないのは、眠りのもつ覚醒を覆う〈覆い〉であり、このためにその夢は自らの主体性が阻まれている。ゆえに不浄なる眠りは浄化せねばならないのである。こうして、覆われし者、少年を炎の剣で刺したのである。少年も、父も、ビザンティンの酔っ払いの兵士であり、現実であり、肉体であり、眠りのイメージであるので、生成としての煉獄の炎はこれを生み出しては永遠に破壊し続ける。これは夢の宿命にして、イメージ破壊としての煉獄の夢自体の優生学的な悲劇とみるべきだろう。

むろん、この夢をみる老人は、自らの主体性においてこの行為を行ったと信じきっていることはいうまでもない。なぜならば、夢みる主体は老人だからである。当然、老人は自らの主体において子を殺したと思い込んでいる。少年を殺したとき、「木だけが白々と輝いた」と老人に映ったのはそのためだろう。ピーター・ユア（Peter Ure）は「少年が殺されたとき、母の霊は一時的に慰められたのだ」という。[23] これはイェイツが描く煉獄の夢が意味するものを誤解し、悲劇の緊張を損ねる誤読といわざるをえない。彼は明らかに老人をイェイツ自身と同一視し、ここでの悲劇の相を詩人の優生学だとみなしている。そうではなくて、木が白く輝いているのは、夢みる主体が老人だからであって、しかもその夢は、母の呵責ではなく、老人の呵責によって回っているのである。老人は少年を殺したとき、一瞬の呵責からの解放を得た。だから老人は己が夢において、一時的に輝いたと誤解したのである。真の浄罪による恩寵は一時凌ぎの輝きではないはずである。

しかし夢みる主体は老人であっても、煉獄の夢の主体性はその夢そのものにあるから、己が運動を止めることはないのである。

　よくみろ、あの木を。あの木はまるで浄められた魂みてえじゃないか。……おっ母さんは光りに輝いておるは。あの業の因果の鎖は、わっしが断ち切ってみせましたぜ。息子を殺しちまったのは、あいつが大人にでもなって、おなごをとりこにし、子を孕ませ、次の代へ汚れを引き継がせるはめになるからでさぁ。わっしは哀れな汚い老いぼれ、だから生きていたってかまやしないんですよ。(C.Pl., p.688)

老人の殺害動機を持ち出す解釈の唯一の拠り所は、このセリフにあるだろう。確かにここで語られているのは、老人の本音であって、夢に操られて述べているのではない。また自らの殺害動機を一つのユージェニックスのためにやったとする告白は正直なものだろう。[24] このセリフは深い悲しみを湛えているとともに、いささか滑稽である。なぜならば、自らの力でなしたと思っている行為自体が、実は夢が求める方向どおり、操られてやった行為であることに彼はまったく気づいていないからである。というのは、老人はこの夢に立ち向かうためには、子を殺し、因果を断ち切る以外に道はないと考え、その行為が自らの煉獄の悪夢からの解放、夢に対する自己の意志による主体的な勝利であると信じている。ところが、このことこそが、不浄なる心象、眠りを殺害せんとする夢の求心運動が老人の肉体と意志による夢の舞台を借りて、現出せんと目論んだ核心であったからだ。老人の主体性は、夢の主体に正面から立ち向かうことで、かえってむしろ、柔順なる下僕と化しているのである。

夢みる者にとってもっとも理解できないのは、自分が夢をみていることであり、さらにその夢における自己以外の主体性の存在だろう。老人に夢自身の主体性など分かろうはずもない。ゆえに、老人の意に反して、煉獄の夢は自己の自立運動を止めはしないのである――「蹄の音だ！　こんちくしょうめ、もう戻って来やがった、ああ蹄の音、あの音が。おっ母さんの心は、あの夢を止めることができねえんだ。二度も人殺したのに、それが何の役にも立たなかったのかよ」(C.Pl., p.689)。その夢は、エリオットが求める救いの道程としての煉獄ではない。その夢の求心運動は永遠に回帰し、己が実存の根源の開示される場、母の体に宿った、存在の種を求めて何度でも、求心、遠心を繰り返すことになるだろう。ここには、ダンテ的な煉獄も、あるいはネオ・プラトニズム的なアナバシスとしての浄化の予定論的回帰の気配さえもまったくみられない。あらゆる夢がそうであるとイェイツはここで語ろうとしているのではない。しかし、『煉獄』において、イェイツが描こうとする煉獄の夢の運動はそうなのである。この夢は呵責によってのみ回る、呪われしケルブの夢――夢の一つのモメントを表現しているからである。「ああ、神よ、おっ母さんの魂を夢から解き放ってくだされ。人間の力ではもうどうにもなりません。どうか鎮めて下され、生きるものの惨めさと、死んだ者の悔恨を。」（"O God./ Release my mother's soul from its dream!/ Mankind can do no more. Appease/ The misery of the living and the remorse of the dead." *C.Pl.*, p.689）。

老人は、この時、初めて、その夢の主体が、己ではない何かであることに気づき、祈るのである。この劇に一部の光があるとすれば、むしろこの祈りのなかだけであり、そこに煉獄の祈りの根本があるだろう。

ここには、煉獄が本来もつところの恩寵の光などどこにもない。ここに無理にでも救いを持ち込もうとする解釈は、作品の本質の的を外しているといわざるをえない。その意味でエリオットの解釈は正しいのであり、また誠実なのである。しかし、ここでイェイツが表現しようとしているのは、救いの可能性でも、その不可能性でもなく、煉獄の夢の主体的な自立運動それ自体の問題であり、その夢の運動が暗示しているのは、この夢の想像力とは自己の主体性を越えて、〈生中の死、死中の生〉を志向し、永遠の求心運動を繰り返すものだということである。しかもその夢の車輪を回しているのは、「自己呵責＝原罪／業」にほかならないということである。だからこそ、本質的にこの劇は悲劇なのであり、キルケゴールがいう意味での〈絶望的人間存在のあり様〉が一つのモメントとして示されているのである。[25]

煉獄の夢＝夢幻能の夢という視点に立って、読み直してみると、『煉獄』はきわめて優れた構造と、深い意味を獲得するように思われる。おそらく、イェイツの全戯曲のうちでも、煉獄の夢の具体的表現において、ここまで完成度の高い作品はほかにはないとさえいえるだろう。そうであるならば、詩人イェイツは、詩においては果たせなかった、夢を主体とする生成運動、すなわち〈生中の死、死中の生〉、此岸と彼岸に存在する煉獄の夢を、最後の悲劇においてきわめて高いレベルで表現することに成功したとみてよいだろう。彼が死の床を前にしてさえ、なおもこの〈凶夢〉としての煉獄のヴィジョンを追い続けた詩人であったことを、『煉獄』は何よりも雄弁に語っているのである。

第六章　結び　煉獄の鎌倉――免疫の詩学とオリエント

鎌倉よ何故／夢のような虹を遠ざける／誰の心も悲しみで闇に溶けてゆく／砂にまみれた夏の日は言葉もいらない／日陰茶屋ではお互いに声をひそめてた

――「鎌倉物語」桑田佳祐

Oは石段を上る前に、門前の稲田の縁に立って小便をした。自分も用心のため、すぐ彼の傍へ行って顰に倣った。……翌朝は高い二階の上から降るでもなく晴れるでもなく、ただ夢のように煙るKの町を眼の下に見た。

――「初秋の一日」夏目漱石

茅ヶ崎あたりのローカルは／今も口説き文句はこう言うの／「雨上がりにもう一度キスをして」

――「雨上がりにもう一度キスをして」桑田佳祐

一　「結び」——「東方の詩学」の方へ

「世界（ワールド）」の原義は「人の時」である。人の時、すなわち時間とは〈時の間（ま）〉である。時の間とは、ある人によれば現在（意識）と過去（記憶）の間、現在と未来（期待）の間、これら二つの時の間の交点であるという。かくして世界は二つの時がめぐり逢う〈あ・うんの間〉、呼吸する一瞬の間へと収斂されて一つの「しるし」となる。

いま、かりに、前者の時の間のことを「表象（＝あ）」、後者の時の間のことを「徴候（＝うん）」と呼んだとしよう。すると世界は、これを表象とみるか、徴候とみるかによって、瞬時、表裏反転するほどその相貌を変化させることになるだろう。少なくとも、表象と徴候の作用が激しくせめぎ合う両義的な磁場、周縁という現場ではしばしばそういう現象が起こる。この現象に気づくことは、表象作用の方に偏重されがちな今日の文化学研究にとって重い意味をもつことになるだろう。

もちろん、このことをもって表象研究の意義を否定するつもりはない。ときの権力、あるいは見えない権力機構によって改ざんされた記憶の辞書を修正していく任務は依然として求められている。ただ、表象が記憶の作用に帰結するとすれば、その延長線上に未来はない。未来（希望）は徴候の作用のなかに潜むからである。「世界」はいまだ在らざるものを定義する未来の辞書の編纂を願っている。私たち（現在）はこの辞書の一項目だけでも記す責任を負わなければならないだろう。

このようなことを強く自覚しながら、本書は記されたものである。すなわち本書は、「あ」の狛犬、スフィンクスの問いに対し、「うん」と受けとめ、応答する狛犬になることを目指したのである。

かくして、「免疫の詩学」という名の知の探究は、まなざしの認識法の盲点を突くひとつの問い、スフィンクスが発する「あ」の問いに応答することからはじめた。その盲点とは自己認識であった。私たちは最初の応答者、オイディプスに倣い、未知なる方法によって彼女に対峙し、スフィンクスの面に映っているものをおもざしたのである。映っていたのは私たち自身にほかならなかった。私たちは勇気をもってこう応えた――「それは私である」、と。そしてそのとき、私たちは免疫の詩学の根本命題がアポロンの神託であることを知らされた――「汝、自身を知れ。」こうして私たちは、自己認識の術を学ぶために、ある道場の門を叩くことにした。道場の看板には「胸部胸腺」と記されていた。この道場について調べてみると、そこが妥協なき修羅場であり、自己認識の文法、おもざしの作法を習得し、晴れてそこから巣立っていく者の数は僅か4％に満たないことが分かった。免疫は身体全体の原初記憶のすべてを覚えておくべきことはもちろんのこと、時の経緯とともに変化していく身体の記憶、それに柔軟に対応する術までも学んでいかなければならないからである。このミクロの世界で繰り広げられる生の峻厳なる営為に私たちは深い感銘を覚え、しばし立ちつくしてしまった。だがもとより、免疫の詩学が習得しようとするものは、免疫の文法それ自体ではなく、その文法によって新しい文化学の地平を切り開いていくことにあった。そこで私たちは、身体コミュニティにおけるこの道場に相当するものを、文化の周縁のなかに求めて旅立つことにした。その際、旅の道程を克明に記すことに努めた。免疫の詩学を記す第一義的な目的は方法そのものの開示であり、その場合の方法とは「メソード」ではなく、「道／スタイル」（"way"）に求められるからである。メソードとしての方法は時をピン留めする空間の認識法、まなざしの認識法であり、一方、道としての方法は生成する時間＝現象の認識法、おもざしの認識法だと理解したからである。

　こうして私たちの冒険は、もう一度、スフィンクスの問いを吟味することからはじめられた。スフィンクスの問いを解く鍵は旅＝「道」に求められると踏んだからである。そこで私たちは、スフィンクスがこれまで発した主要な三つの謎かけのすべてに応答を試みることにした。この試みをとおして私たちは、三つの問いの背後にひとつの共通分母が存在しており、これを基軸に三つの問いが生じていることに気づいた。分母とは〈太陽の道〉である周行、すなわち日の出（オリエント）と日没（オクシデント）を基軸に問いは展開し、そこから昼と夜の問い、影の問い、そして最後に人間存在への不滅の問いが生まれていたのである。

このことに最初に気づいた者は「聖（ひじり＝日知り）」である『ツァラトゥストラ』のニーチェであった。その発見により彼は、砂漠を一人「歩き」、「ラクダ＝老人」から「獅子＝青年」から「超人＝幼子」へと変貌する旅、スフィンクスの問いを逆説化する「没落の旅」を企図していたのである。私たちはニーチェに倣い、「超人＝超えてゆく人」＝周縁者になるために、スフィンクスが着座するオリエントの砂漠をあとにし、没落の地、「ボグ（泥炭）の地」、オクシデントに向かって船出（イムラヴァ）することを決意した。

　免疫の詩学の羅針盤は、『ハムレット』が密かに告げている地点、北極星からみて極西のある地点を指していた。その地点とは、オクシデントのなかのオクシデント、ヨーロッパの極西・アイルランド、その北西・ドニゴールのダーグ湖の小島にある「聖パトリックの煉獄の穴」であった。この穴こそ、免疫の修羅の道場、胸部胸腺に相当するひとつの象徴的地点とひとまず推測（アブダクション）してみた。かりにそうであるならば、この地点にヨーロッパ共同体をしるしづける文化の主体が宿っていることになるのではないか。そして、もしもこのことが証明されるならば、今日の文化学の最大の盲点、文化を文化たらしめている文化の主体（自己認識）の問題とその働きについて、ひとつのモデルを提供することができるかもしれない。免疫学が、身体の主体が生まれる現場、胸部胸腺を突きとめることで、医学に革命をもたらしたように、文化学にひとつの革命をもたらすことができるかもしれない、と私たちは期待に胸を膨らませたのである。かくして私たちは、かの地点に向けて船出し、ようやくその地に辿り着いたのである。

　そこでの知の冒険は、まずはこの地点の歴史的状況を調査することからはじめられた。分かったことは、この場所が生と死、此岸と彼岸の境界線に位置しているとともに、カトリックとプロテスタント、アイルランドと北アイルランド（英国領）の「境界線（"confine"）／監禁場所」に位置しており、そのため幾多の悲劇的な歴史の舞台、精神史（ポエティクス）と政治史（ポリティクス）の悲劇の舞台になっていたという事実であった。その生々しいスティグマはその舞台に刻まれていた。その聖痕とは、免疫が激しく作用する現場であることの証、すなわち免疫の二つのしるし、記憶と徴候のしるしであった。このことを確認できたのは、「ステーション・アイランド」は信仰の勝利を提示するために、あえて敵対者による破壊の傷をそのまま残している」(ヴィクター・ターナー)からであった。これらのしるしを頼りに、免疫の詩学の方法のひとつ、徴候の知を用いて、さらにこの地点に潜む歴史の闇を掘り進めていった。もちろん、その狙いはたんなる歴史的事象を分析するためではなく、むしろその背後に潜む文化の主体が宿る歴史の潜在的な影/響を顕在化させることにあった。免疫の詩学は遺物としての歴史などになんの関心もなく、記憶(過去)が徴候(未来)として顕れる生きた歴史の作用(ダイナミズム)にのみ、強い関心を示すからである。

この観点に立脚したうえで、この地点を掘り進めていった結果、そこは「ヨーロッパ」のもうひとつの名前、「オクシデント」が巧妙に隠蔽されている地点であることがしだいに明らかになってきた。巧妙であるというのは、オクシデントはオリエントに対して負の表象を帯びている一方、そこにヨーロッパの主体(アイデンティティ)が宿っているために、完全に封印し埋めてしまう(死化する)こともできず、〈隠しつつ開示する〉という特殊な方法が用いられていたからである。その方法、そのあり様は、さながら回る独楽の芯のようであり、すなわち芯が回転の速度に反比例して自己の主体を消し、ときに地中に穴を掘って自己を隠すように、ヨーロッパは自己であるオクシデントを芯(軸)に「展開」(ヘーゲル)を続けながらも、それによって自己を隠しつつ開示するというものであった。

このことは、ヨーロッパの精神史を俯瞰することである程度確認することもできた。それは、まず中世における東方教会(ギリシア正教)にアンティ・テーゼを掲げる西方教会(ローマ・カトリック)に端を発する「フィリオ・クェ論争」からはじまっていた。すなわち、「今や、日は西から昇り、東に沈む」と宣言した西方教会は、この論争において東方教会が掲げる正三角形の三位一体をさかしまにし、「逆正三角形の三位一体」(山田晶)を宣言し、これにより負の表象である「オクシデント」を軸に回転する独楽の展開運動を生み出していたのである。こうして西方教会は、東方教会の「伝統=トラディション」に対する「飛躍と展開=トランスレーション」という新しい価値を創造することに成功したのである。

だが、この西方のコペルニクス的展開は両刃の剣でもあった。独楽の展開を止めることは「没落」を意味していたからである。逆正三角形の三位一体を受け入れた新教もこの同じ宿命をともにすることになった。このことは、オクシデント〈ヒスペリア〉の表象、その〈たらい回し現象〉によって歴史的に確認することができた。すなわち、西方教会の西、遅れてきたゲルマンの汎ヨーロッパ的展開、さらに、ヨーロッパ大陸の極西であるヒスペリア＝スペインとポルトガルによる大航海時代の開始がそれである。こうしてヨーロッパは、オクシデントという隠された独楽の軸によって展開を開始し、これが帝国主義を生み出す原動力＝軸ともなっていったのである。

ただし、オクシデントのなかのオクシデント、ヨーロッパの軸となっているアイルランドだけは別の運動をはじめていた。彼らは「緑の殉教」と呼ばれる固有の航海術を採用したからである。その方法は他国を侵略し支配領地を拡大していくというものではなかった。むしろ、自己を漂白の巡礼者＝罪人とみなし、自己を追放していくエグザイルのそれであった。その意味で、彼らの航海は、ミシェル・フーコーが『狂気の歴史』のなかで排除の発生のモデルとして掲げた「狂人たちを乗せた阿呆船」の船出をおのずから逆説化するものとなっていた。西方の航海は、あえて自己を囚人とみなし、主体的に自己を追放していくエグザイルの船出だったからである。

この航海術はイムラヴァとエクトライに大別されるものであった。一方は自己を外に向かって追放していく外延的な巡礼であり、他方は自己の内に向かって自己を追放していく求心的な巡礼であった。その目的は自己追放によって自己を厳しく認識することに求められる。つまり、その航海術の根本は求心運動の方にあったといってよい。このことはアイルランドがヨーロッパの回転軸、その芯＝主体であることを証するものである。それはアイルランドがヨーロッパの歴史の表舞台から自己の主体を潜めながらも、密かに歴史の真の影／響の主体者＝作用になっていることを暗示していた。これこそ免疫のしるしであり、ヨーロッパ共同体をしるしづけるものであった。

だが、このしるしが意味しているものは英雄の誇らしき称号ではなく、「緑の殉教」、すなわち供犠であった。そして、その供犠を象徴する地点こそ聖パトリックの煉獄の穴であったのだ。このようにみるときはじめて、私たちはなぜここが聖パトリックの名を冠しているのかを深く理することができたのである。聖パトリックは「緑の殉教」運動の創始者だったからであった。すなわち、彼はタルゲーリア祭に供されるために用意された外国人の奴隷、「パルマコス」だったのである。もちろん、彼が自らにかけられたこの宿命を承知していたうえで、故郷をあとにし、エクトライに旅立ったことは『告白』の読解によって確認することができた。

ヨーロッパという文化共同体を真にしるしづける供犠、それは象徴的な意味においては、魂と肉体と知という三つの供犠に大別される。免疫の詩学はその象徴を、キリストとオイディプスとソクラテスに視た。さらにこの詩学は、詩人W・B・イェイツが、それらの三つのアイルランドにおける具現化を煉獄の聖パトリックのイメージに視ていることを告げていた。イェイツにとって、アイルランドの名前は「神秘の薔薇」であるが、その意味はヨーロッパの供犠であり、その供犠の体現者が呵責の炎に燃える煉獄の穴のなかで身悶える聖パトリックだったからである。イェイツはこのことを密かに「揺れ動く」の最終連においてひとつの謎かけとして提示していた——「獅子と蜜蜂の巣、聖書はこの謎を何と説いているか」、と。

かくして、私たちはこの深い謎かけに込められた秘儀の真意を探るべく、煉獄の穴に入り、降下していく煉獄巡礼の旅をはじめることを決意した。そこからの旅は自己の主体が宿る極点に向かってカタバシスする旅、エクトライであった。だが、その穴の前に立ちはだかるある存在に気づいて愕然とさせられることになった。そこにはオクシデントのスフィンクス、守護者ケルブ(ケルビム)が廻る炎の剣で待ち構えていたからである。恐怖の前で身震いする私たちに対して、免疫の詩学は詩人イェイツが独自に創造したひとつの方法を伝授してくれた。免疫の詩学の一変容である「仮面」の詩法である。「仮面」とはケルブと対峙し、煉獄の穴に入り、その秘儀を解くためにイェイツが独自に生みした詩法だったからである。

「仮面」を装着し、「真昼の陽光さえ届かない」漆黒の闇の洞窟のなかを私たちは降り立っていった。そこはやはり希望と絶望の修羅場、いわば〈免疫の道場〉であり、そこはケルブの廻る炎の剣に燃えていた。だが、ケルブのその炎の正体は他者が生み出す炎ではなかった。私たち自身によって生み出された呵責の炎にすぎなかったからである。私たちは「仮面」の穿たれた瞳で、その炎のなかをじっと凝視した。そこには供犠に捧げられた者の身体が横たわっていたが、その骸の心臓部分に蜜蜂が巣を作っていた。蜜蜂たちはせっせと蜜を集めているようだった。かれらはホーマーが「ニンフたちの洞窟のなかに棲む」と記し、サムソンが獅子の死骸にみた、かの伝説の「蜜蜂」たちであった。そして、そこで生成される蜜こそ「世の初めから隠されていること」、供犠によって生じた愛であった。

だが、その巣をおもざしていると、それらは「緑の殉教者」、写字僧のような姿に変幻し、蜜蜂の巣は彼らの貧しい庵のように映った。彼らはせっせと羊皮紙をペンで引っ掻きながら聖書の写本を写し取っていた。ただし、写されたものは、彼ら固有の奇妙な「西方の文法」によって記されており、その文法によって描かれたものは、不可思議に蠢く生命体のようであり、生命体というよりは身体を蠢く免疫細胞のようであった。ペン先は炎で燃えていた。この不気味な炎が聖なるものの炎であるのか、それとも欲望の炎であるのか、判断することは最後までできなかった。この最後のヴィジョン自体、悪魔が視せる幻覚にすぎないのかもしれないというハムレットが抱いたかの不安が過った。しかし、イェイツの「仮面」の詩法を信じるならば、煉獄の炎の正体がケルブであり、ケルブの炎は自己呵責の炎によって生じていることだけは間違いないだろう。

おそらく、この度の知の探究はこのあたりをひとつの到達点としてひとまず旅を終えることにしよう。遺憾ながら、もはやこれ以上の知力も体力もほとんど残されていない。さあ、立って極東のイタケ、故郷に帰ろう。故郷に戻って、この探究を改めて意味づけてみることにしよう。

だが、そのときである。ふと、この度の冒険にはあるひとつの盲点があることに気づき、またも愕然とさせられことになってしまった。それは、この到達点自体が何よりも雄弁に告げ知らせるものである。それはこういうことであった。

私たちの冒険は、スフィンクスの問いにはじまり、スフィンクス／ケルブの炎で終わった。それは必然の帰結だろう。冒険の目標は自己認識、あるいは自己自身を包摂する文化の主体それ自体をおもざすためであったからだ。自己と自文化の主体の問題を棚上げにしたうえで、他者の主体ばかりを批判し問題視する今日の知のあり方＝頭脳・システム中心主義としてのまなざしの認識法に大いに疑問を抱いたからである。それならば、改めて問わなければなるまい。この冒険によって、どれだけ自己と自文化を深く認識できたというのか。すなわち、日本のスフィンクス／ケルブである「あ」の問いを発する狛犬に対し、どれだけ「うん」と応答する狛犬になれたのか、と。もし、この自己への問いに応答できないのであれば、まなざしの認識法と同じ穴の狢、結局、今回の知の探究は失敗であったことを率直に認めるべきである。しかも皮肉にも、免疫の詩学がおもざしたものは、日本＝「オリエント」にとって表象学的にも地理的位相においても対極にある地点、絶対的他者としての「オクシデント」、アイルランド、その異界の世界ではなかったのか。そこで改めて問おう、逆説の合わせ鏡、「仮面」に自文化、その生の相貌はどのように映ったのか、と。

このスフィンクスの問いのまえに、しばし茫然自失したあとで、最後の到達点であるケルブの謎の炎が光として差し込んできた。イェイツは煉獄の炎を自己が生み出す炎とみると同時に、その本質を絶対的他者としての日本の夢幻能の死者の舞にみたのではなかったか。そうであった。おもざしの認識法が逆説の合わせ鏡、「仮面」の詩法であることを忘れるところであった。すなわち、生（者）に対しては死（者）を、「オリエント」に対しては「オクシデント」をというように、絶対的他者の面（鏡）を立て、そこに自己の主体を視る、それが免疫の詩学の奥義であったのだ。実際、これまで縷々述べてきたように、オクシデントの象徴的な地点、聖パトリックの煉獄の穴に映っているものはヨーロッパの主体であるとともに、夢幻能的な東洋的な死生観でもあり、二つはたえず二重映しにされていた。面／「仮面」の合わせ鏡とはたんに主体のイメージを入れ子のように映すのではなく、その都度、主客を入れ換えながら映し、移し合う鏡だったからである。しかも、スフィンクスの三つの問いの基軸が太陽の周行、日の出＝オリエントと日没＝オクシデントであり、二つが逆説の合わせ鏡となっていたことを思い出すならば、さらにそういってよいはずである。それならば、ここで私たちは自己の主体のあり方をオクシデントとしての聖パトリックの煉獄の穴という逆説の鏡に映し視ることが可能であるはずだ。

こうして、私たちは帰途に向かう旅の終わりではなく、むしろ、故郷であるオリエント、日本に向けていよいよ出航する時が到来したこと、エクトライがはじまったことを知ったのである。太陽の周行を逆説化し、日没の地から日の出の地に向かって帆を上げて進まなければなるまい。自己からもっとも遠いアイルランドの煉獄巡礼を経巡ったあと、出発地点、暁の地点、自文化に回帰する旅、"River"ではじまり"The"で終わる旅がいまはじまったわけである。すなわち、これから自己の主体の宿る地点に降下していく冒険がはじまったとみなければなるまい。ユリシーズの航海はイタケ(故郷)へ向かって帆を上げたのではなかったか——「西方の詩学」から「東方の詩学」の方へ。

そこで、これからの冒険の地図の素描を示しておくために、「結び」という名の「はじめに」を以下記しておくことにしたい。そのことによって、この果てしない物語、そのはじまりを紡いでいくことになるだろう。

二　煉獄の鎌倉、もうひとつの鎌倉

本書では免疫の詩学が求めるT細胞の母体にして教育現場を象徴的な地点を聖パトリックの煉獄の穴に設定した。その面、「仮面」に映し出された世界は、成仏を求めて自己呵責の舞を舞う夢幻能の死者たちの世界であった。夢幻能はいうまでもなく日本固有の芸術であり、シテが被る面は免疫の詩学の認識法を具現化するものであった。それならば、聖パトリックの煉獄の穴に対峙すべき自文化の地点を定める際に、能はひとつの指標となるのではないだろうか。能が現在のように日本三大芸能に祀り上げられるまえは、漂白する旅の一座が「乞食＝ホカイ人」としてアジールである市を拠点に演じられていたことも、免疫の詩学が志向するものに沿うものである。さらにこのことを裏づけるために、ここでは近代を代表する日本の一人の文化人の名を挙げたいと思う。ヨーロッパ文化という鏡に能面をおもざすことで、日本の美意識、死の美学の奥深さに改めて気づいた人、和辻哲郎である。

和辻は『古寺巡禮』(1919) において、能面のもつ死の美学を考慮することなく、能面を「鎌倉時代の面は創造力の弱さを暴露した作品であって……天平の天狗の面よりはもっと非人間的である。従って芸術としての力は弱い。」とこき下ろしていた。[1]ところが、その後、フェノロサからイェイツ、アーサー・ウェイリー、ポール・クローデルなどの優れたヨーロッパの文化人による能の評価を背景にして、彼は能面の評価を一八〇度転換させ、『面とペルソナ』(1937)においては、能のもつ死の美学を絶賛することになった。[2]もとより、このことが意味しているのは、彼がヨーロッパの能評価の時流にあやかって、評価を一変させたということではない。ヨーロッパ文化という鏡に能面をおもざしたとき、自文化の真の美のアイデンティティに気づいたということである。つまり、和辻ほどの審美眼をもってしても、自文化によって自文化を見極めることはかくも困難であったということになるだろう。そういうわけで、本章においては、和辻に倣い、オクシデントの逆説の鏡をとおして、改めて自文化である日本の文化、その主体のあり方を再考することにしたい。むろん、本書がこれまで対象とした地点は聖パトリックの煉獄の穴であるから、それに見合う地点、すなわち、その地点を逆説化する地点に絞ったうえで、自文化における主体の問題を考えてみたいと思う。

それでは、聖パトリックの煉獄の穴と合わせ鏡になるに相応しい地点をどこに求めればよいだろうか。まずは、表象学的な観点からそれを探すとすれば、やはり注意を向けなければならないのは日の出＝東、日没＝西という方位学的位相の問題である。このことは、日本が東西の感覚が南北のそれに比べて、はるかに伝統的に重視されていることから判断しても、首肯できるところである。本来、日本は南北に延びる国土であるから、合理的に考えれば、北部日本と南部日本というべきところ、それをいまだ「東日本」、「西日本」という習いになっている。この点をも考慮すれば、さらにいえそうである。網野善彦の『東と西の語る日本の歴史』で展開された彼の見解を信じるならば、そもそも日本の文化は東西でまったく異なる文化形態を有していたという指摘も看過できないところである。

ただし、日本の東西に貼りつく文化的表象の意味は、ヨーロッパのそれとは同じものではない。それどころか、むしろ伝統的には逆でさえあるといっても過言ではないだろう。すなわち、東は西に対して、文化的に劣勢の表象＝「遅れてきた文化としての東」の表象を負わされていたのである。そうだとすれば、オクシデントのかの地点の逆説の合わせ鏡として、まずは文化的劣勢、周縁としての「東」に求めてみるのが道理というものだろう。そこで最初に想起されるものが、西の都、京都に対峙するかつて「東国の関所（境界）」と呼ばれた「鎌倉」である。鎌倉は「前を海、後背を丘陵で囲まれた」、いわば自然の要塞都市である。この点でも、聖パトリックの煉獄があるドニゴールと相通じるところがある。ドニゴールはゲール語で「外国人の要塞」という意味をもっているからである。しかも、聖パトリックの煉獄巡礼がはじまった十二世紀後半に鎌倉幕府は成立している点も看過できないところである。むろん、要塞化の背景には、外敵としての侵入者の存在があったことはいうまでもなく、そこから鎌倉は訪れる者に通常の都市には感じられないある種の緊張感を強いることになる。その意味でも、鎌倉はドニゴールと類似する趣をもっているのである。

要塞の都市としての鎌倉とドニゴール、その独特の緊張感は、二つの都市がともにその内部にかつてタタラ（鍛冶）場を有していたことから理解できるように思われる。灼熱の炎を扱うタタラ場は、通常、その危険性のゆえに街の周縁に設けられている。網野も『無縁・公界・楽』において、「鋳物師」の周縁・無縁性を強調している。あるいは、レヴィ＝ストロースも『やきもち焼きの土器づくり』において、火を用いる陶芸師・鍛冶師の周縁性を認めているところである。ところで、炎の原料は薪であることから、背後に広大な森林を有していなければならず、そのため通常は街の周縁の森に置かれることが多い。当時、日本刀を一つ作るには、小山一つ焼きつくすほどの樹木が必要であったともいわれる。そうであれば、ますますそういうことになるだろう。だが、背後に山をもつ鎌倉においては、かつて鍛冶場は都の内部に置かれていたのである。周縁＝中心としての鎌倉の特殊性がここに顕れている。一方、古代ドニゴールにおいては、ダーグ湖とエルネ湖の間にタタラ場があり、それがすなわち古代ドルイド教の聖地――祀られている者の一人がタタラ場の女神ブリキッド、キリスト教においては聖火を守る聖ブリジッド――であることから聖地＝中心＝周縁という構図が成り立つ。タタラ場のイメージをイェイツが「ビザンティウム」において、密かに周縁＝極西アイルランドの聖パトリックの煉獄のイメージに重ねるのも首肯けるところである。

さて、タタラ場の古代都市ドニゴール、このイメージは意外な作品から思い描くことも可能である。『無縁・公界・楽』

の影響を色濃く反映するアニメーション映画、宮崎駿の『もののけ姫』がそれである。

宮崎駿がケルトのイメージを作品の隠し味として用いていることは多くの人に知られているところである。みやすいところでは、『天空の城ラピュタ』がそうである。この作品はそのタイトルが示しているように、アイルランドの作家、ジョナサン・スウィフトの作品『ガリバー旅行記』に登場する空飛ぶ島、「ラピュタ王国」から着想を得ている。もちろん、それればかりではない。一見するだけでは、そのどこにケルト的要素が深く塗りこまれているのか理解できない作品もある。たとえば、『となりのトトロ』がそうである。この作品は彼自身認めているように、ケルト文化を色濃く残すスペイン・カスティリャ地方を舞台にした映画、『ミツバチのささやき』をモデルにしている。この映画は、蜜蜂の巣箱を作り、蜜蜂の生態を研究するひとりの生物学者の父と二人の姉妹、アナとイザベルの物語である。そこにはヨーロッパの繁栄の影に供され消えゆくケルト文化の残火が印象的に描かれている。その残火を象徴するものが、この映画では女神ブリキッドの炎に淵源をもつ火祭、サン・フェイとなっている。のちにこの祭りは、キリスト教化されることで、バプテスマのヨハネの誕生を記念するものとなっていった。彼が殉教者のイメージ——たとえばオスカー・ワイルド作『サロメ』を想起したい——をもっていることを思えば、サン・フェイにも供犠の意味が潜んでいるとみることができるだろう。

このことを念頭におけば、『もののけ姫』に供される森の対極にタタラ場を置き、そのイメージの一部を古代アイルランド・ドニゴール・ダーグ湖の守護の聖女ブリジットに求めたプロセスもみえてくるだろう——『もののけ姫』において、タタラ場の炎を守る女たちは、十人一組で二組、つまり二十人となっているが、これは尼寺の創設者、聖ブリジットが修道女十九人とともに、聖なる炎を守る様を暗示するに十分である。この作品に描写されているシシ神の容姿がケルトの大釜に描かれている森の神ケルヌンノスに酷似していることをも念頭におけば、これが偶然の一致であるとはとうてい考えられないからである。現在にまでおよぶ東西文化の響き合いのなかに、タタラ場の周縁都市、古代ドニゴールの相貌が密かに夢想されているというわけである。

タタラの炎に燃える中世都市、鎌倉の場合はどうだろう。その都市のもつ周縁性は西の都、京都との周縁性のあり方の違いに着目すれば、おのずからみえてくるだろう。

京都においては、都の周縁は鴨川や桂川の河原に定められ、そこに河原者、ホカイ人、「乞食＝職人」たちで賑わう市が立っていた。だが、同時に河原は処刑場としても用いられていたのである。したがって、西の都は周縁を河原に定めることで、血によるケガレおよびそれが強いる緊張感が都市の中心にまで及ぶことを防いでいたとみることができる。一方、大きな河川をもたない鎌倉——鎌倉にはほとんど河川すらない——においては、海岸線が「賽の河原」として用いられており、そこから直接「七口切通し」を通じて山野に向かって賽の河原は延びている。すなわち、切通しこそ市で賑わう周縁の「河原」であり、それがそのまま処刑場として用いられていたということになる。その中心は鎌倉時代においては、化粧坂（切通し）付近にあったようだが、そこから扇ヶ谷、亀ヶ谷（切通し）、巨福呂坂（切通し）を通って、鶴岡八幡宮付近にあった鎌倉幕府の要所に連結されている。しかも、化粧坂から鶴岡八幡宮までは、小走りに歩けば、二十分程度で辿り着くほどの僅かな距離である。つまり、鎌倉は中心がそのまま周縁であり、言い換えれば、中心なき周縁としての鎌倉、まさに鎌倉は〈周縁の都市〉の典型であるということになるだろう。これが鎌倉の都市の相貌である。訪れる者に血腥い緊張感を強いるのも道理というものである。

もっとも、このことは、アスファルトで固められた国道沿いを優雅に散策するだけではとうてい感じることはできまい。だが、一度、丘陵を抉ってつくられた土の道、「七口切通し」を辿って歩けば、すぐにも体感できるはずである。本章が聖パトリックの煉獄の穴と対峙させようとする鎌倉は、この意味での鎌倉、すなわち古都風情の背後に異界との境界のしるしが生々しく露出する煉獄——灼熱のタタラと怨恨の炎に燃える煉獄——としての鎌倉、「もうひとつの鎌倉」（石井進）である。[3]

この土の道を夕暮れに一人歩けば、土の斜面に掘られた横穴式の様々な無縁者の墳墓、「やぐら」に遭遇し、そこから地霊たちの唸り声がかすかに聞こえてくる様を体感できるだろう。たとえば、後醍醐天皇の側近にして倒幕に失敗し、処刑の憂き目をみた日野俊基の処刑跡がある化粧坂（葛原ヶ岡）、そこから「亀も滑る」と呼ばれる亀ヶ谷の急斜面を下り、長寿寺を右折して建長寺の門を潜り、境内から山野に延びていく半僧坊の急斜面を登り、「わめき十王岩」辺りをうろついてみればよいだろう。風の溜まり場であるこの地点から、夢幻能の死者たちの煉獄の呻き声に遭遇するはずである――「闇夜に篝て薪能／虫の音に囃されて嗚呼／やぐらで月見の／六地蔵／古／を〝歌にせし雅〟と見てとらん」（桑田佳祐「通りゃんせ」）。鎌倉では何事かがやってくるが、もうひとつの鎌倉では何ものかがやってくることを知ることになるだろう。川端康成が名越の切通しから眼下に見える逗子と鎌倉を結ぶ通称「幽霊トンネル」をモチーフにした〈夢幻能小説（幽霊小説）〉、「無言」（1953）を書いたのも首肯けるところである――トンネルを抜けると、そこは異界、もうひとつの鎌倉であった。

三　もうひとつの鎌倉と夢幻能

免疫の詩学はオクシデントの煉獄巡礼地に対峙するものとして、ひとまずオリエントの煉獄巡礼地を「もうひとつの鎌倉」に求める。それは、ここには免疫作用の現場であることの二つのしるし、記憶と徴候のしるしが顕れているとみるからである。もちろん、この場合の二つのしるしは互いに相互補完されることで文化的に意味をなすものである。すなわち、歴史＝記憶が形骸化されることなく現在に生き続け、しかもそれが未来の歴史をしるしづけているというものである。それはたとえば、はるか昔に死んでいまや地霊となって生きる者たちが一人の作家に影響を与え、現代の夢幻能（幽霊小説、「無言」）を書かせたというしるしに求めることができるだろう。しかも、それが一部の高尚な文学にとどまらず、私たち民衆の想像力に訴えかけることで、未来の歴史が育まれ創成される働きをもつところのしるしとなっている点は重要である。このことをもってはじめて私たちは、そこが文化の主体を宿す免疫の母体にして教育現場である胸部胸腺に相当する地点であることを認めることができるからである。聖パトリックの巡礼地はそのような場所である。

煉獄巡礼地のあるドニゴールは、クラナド、モイヤ・ブレナン、エンヤ、アルタンなど地元はもとより世界の民衆に愛される現代の新しい音楽のスタイルを生み出す土壌であった。鎌倉もまたそうである。一方で鎌倉は、古都風情の裏に生と死を切り結ぶ切通し、煉獄の相貌を隠しもっている。この場合、切通しは、生者である内部者と外部者を切り結ぶ境界であるだけではなく、死者と生者を切り結ぶ〈結界〉の意味をもっているからである。だが、他方でここは若者の出会いの場の象徴、湘南海岸――そこはかつて「賽の河原」と呼ばれ、そこから「地獄谷」の切通しへと続いている――を抱えており、その湘南文化（湘南サウンド）から現代の日本の大衆音楽を長きにわたり牽引する桑田佳祐（サザンオールスターズ）を誕生させているのである。しかも、一見、無関係にみえる煉獄性と湘南文化、じつはひとつの文化原理の働きによって生じた表裏の表現であるとみることができる。その原理とは鎌倉史家・網野善彦がいう「無縁の原理」にほかならない。

　このことを以下、検証していくことにするが、そのまえにまずはそのひとつの暗示として、鎌倉の二つの側面が二重映しに提示されているすぐれた歌詞の一部を引用しておくことにしたい。そこには、「切通し＝結界」という名の古式ゆかしいタイム・マシーンの装置を用いて、生（性）と死（戦）、生者と死者、恋人と戦人、男と女、記憶の印と徴候の徴、歴史と未来がこの現在においてめぐり逢いを果たす様がみてとれるからである。現代の琵琶法師の語る声に耳を澄ませたい――「古戦場で濡れん坊は昭和のHero／上になって　四つんばえにあえぐShadow／……／君の入江に立つょ／人間なんて　茶番通り越したら亡霊／愛倫情事心掛ければ綺麗……」（桑田佳祐「古戦場で濡れん坊は昭和のHero」）。あるいは、以下の一節にも耳を澄ませたい――「生まれく叙情詩（セリフ）とは／蒼き星の挿話／夏の旋律（しらべ）とは／愛の言霊／縁はヤーレンソーラン／千代にWhat Cha Cha／釈迦堂も闇や宵や宵や／鳶が湘南浪漫　風に舞っちゃって／縁の先ゃ　黄泉（よみ）の国や／童っぱラッパ　祭り囃子が聴こえる／遊べよ遊べ　ここに幸あれ　エンヤーコラ‼　……」（桑田佳祐「愛の言霊」）。もちろん、このように歌う桑田自身、自らを現代の琵琶法師とみなしていることは以下の彼の文章からも窺い知ることができるだろう――「サザンはいわば、〝あの世の人たち〟で、オイデオイデをする楽団。〝オイデオイデ楽団〟あるいは〝ご先祖バンド〟。渚園のステージセットは仏壇観音開きにして、ご焼香してもらう（笑）」（桑田佳祐『素敵な夢を叶えましょう』「真夏の夜の夢[4]」）。

さて、先述したように、本章では鎌倉、そこに宿る周縁の原理、「無縁の原理」を見定めるひとつの鍵を夢幻能に求める。すなわち、もうひとつの鎌倉を今なお生き続ける死者＝幽霊たちの現場、夢幻能の舞台に見立てた場合の可能性、歴史の潜在性を問おうとするものである。もちろん、鎌倉と能・狂言との関わりは深く、鎌倉を題材にした演目に『江野島』『六浦』『鱗形』『景清』『鉢の木』『盛久』『侍従重衡』など、狂言においては『鐘の音』『弁天詣』『朝比奈』『文蔵』などがあり、現在でも、敷居の高い能楽堂という閉鎖空間での開催にとどまらず、寺や神社の境内を中心に、盛んに能・薪能が鎌倉・金沢文庫などでしばしば開催されている。その顕著な一例を挙げれば、鎌倉五山の第一位に位置づけられている建長寺の境内で行われる薪能がそれである。興味深いことに、ここでは古式ゆかしい薪能などが開催されている一方で、その同じ境内でサザンオールスターズのコンサート（「建長寺ライブ」）が二〇〇三年に開催されている。しかも、そのコンサートのなかにはエロティックな楽曲とダンス・パフォーマンスで知られる「ホテル・パシフィック」も含まれていたのである。このことは、鎌倉においてはいまだ無縁の原理がたしかに息づいていることのひとつの証左ともなるだろう。

さて、このような事情を踏まえたうえで、本章では能のなかでも『景清』に絞ったうえで、無縁の原理の働きを顕在化させてみたいと思う。選定の主な理由は以下のとおりである。(一)：『景清』は夢幻能ではないものの、「なれの果ての人生」を描いていることから、逆に夢幻能へと発展・洗練されていく前の原初的な顕れ、発生をみることができると考えられる点（『謡曲を読む』の田代慶一郎に倣えば、「〈なれの果て〉の能から複式夢幻能への距離はただの一歩にすぎない」という）[5]。(二)：景清が「一方流」の琵琶法師の伝説の祖師とされ、西方の琵琶法師、京都の周縁、逢坂の関（大津）の祖師、蝉丸と対峙される、すなわち二つは東西の合わせ鏡となっていると考えられる点（その際、琵琶法師は本来、平家の怨霊を鎮める職能をもつ霊媒師であったという観点は重要である）。(三)：『景清』から様々な鎌倉の都市伝説が生まれ、それが周縁としての歴史の潜在性を解くひとつの鍵になると考えられる点。(四)：『景清』に類似する伝承がアイルランドにもあり、それをイェイツが詩「ゴル王」として描いていることから、東西の合わせ鏡となると考えられる点、以上である。

四　無縁の原理の体現者、琵琶法師

日本においては、そもそも「物語」とは、モノの気配、すなわちモノノケを徴候として鋭敏に感じ取り、それを己の口をもって語る行為を指すものであった。もちろん、この場合のモノとは精霊にほかならないが、ここにおける精霊とはおもに、怨念を宿し、浮かばれぬ地霊となったものたちのことを指している。兵藤裕己に倣えば、「来訪する霊物（カミ）の呪事にたいして、鎮められる土着の霊物（モノ）の〈言語〉――『日本書紀』の文脈にそくしていえば、天孫の降臨とともに沈黙する国つ神の〈言語〉が、〈モノガタリ〉とされるわけで、ここに物語の最初の定義は与えられる。」（『王権と物語』）ということになるだろう。[6] つまり、怨霊と化した精霊たちを代弁して語ることで、怨霊を御霊として祀り上げ怨霊を鎮める行為、それが「物語」の原義であるということになる。その意味で、琵琶法師こそ物語の技能を身につけた原初的な「モノガタリ職人」といってよいだろう。

さて、兵藤裕己によれば、この職能をもつためには、本来、生まれながらの「盲人」が前提条件になるという（『琵琶法師』[7]）。視覚を奪われているがゆえに、彼らはまなざしの呪縛から解放され、霊たちのざわめきの声を鋭敏に察知する能力を培うことができるからである。すなわち、兵藤によれば、聴覚は視覚がまなざす対象に注意を向けることで、他の音を自動的に雑音として排除する一方、視覚障害者はすべての音を雑音として排除することなく、すべてをざわめく声として聞き取ることができるというのである。こうして、「聴覚と皮膚感覚によって世界を体験する盲目のかれらは、自己の統一的イメージを視覚的に（つまり鏡にうつる像として）もたないという点で、自己の輪郭や主体のありようにおいて常人とは異なる」（『琵琶法師』）者、すなわち視覚障害というスティグマ（聖痕）を負うことでこの世とあの世を繋ぐ周縁者となるのである。[8]

この見解が正しいとすれば、まなざしから無縁である彼らの認識法は、まさに免疫の詩学が志向するおもざしの認識法の典型的一例を示しているということになるだろう。謡曲のなかの傑作、『蝉丸』と『景清』が琵琶法師の二つの源泉――東西二つの源泉――を辿っているのも道理である。夢幻能のワキは旅の僧侶であり、彼らはみずからの身体をシテである幽霊たちの夢の舞台に提供する（憑依させる）琵琶法師の働きをしているからである。世阿弥の心眼に夢幻能の原型を映し出した媒介者（メディアム）こそ、『蝉丸』や『景清』に描かれているような盲目の琵琶法師ではなかったのか、という仮説が成り立つのである。二人は人生のなれの果てに孤独な琵琶法師となり、そこから翻って己の生を振り返る業（わざ）を覚えた者たちであり、そこから「複式夢幻能への距離はただ一歩にすぎない」（『謡曲を読む』）からである。むろん、「その一歩を跨ぐためには天才の着想が必要である」（『謡曲を読む』）ことはいうまでもないが、その気づきによる飛躍の媒体となったものが蝉丸や景清のような琵琶法師の祖師たちのイメージではなかったかと夢想してみるのである。『蝉丸』や『景清』においては、なれの果ての生（人生）から生を凝縮させて意味づけ、他方は死（死者）の逆説の鏡によって生を意味づけているが、これら二つの間に横たわる溝の〈橋がかり〉となるものは、なれの果てから生をおもざした二人の琵琶法師、そのイメージがもっとも相応しいと思われるからである――夢幻能にみられるワキを旅の僧侶に求めた世阿弥の心眼に二人の姿は映らなかっただろうか。

とはいえ、謡曲に表れる蝉丸と景清、二人の琵琶法師の生き様はけっして同じものではなかった。二人はともに数奇な人生航路を辿ったなれの果てに琵琶法師の祖師になったとされている。だが二人の生い立ち、生き方は対照的なものがあるからだ。一方は「延喜第四の御子」（『蝉丸』）、すなわち延喜の聖代として誉高い醍醐の子にして、その身に負ったスティグマ、盲目のゆえに内向的な生活を強いられ、逢坂の関に一人捨ておかれた西方の琵琶法師の祖師である。他方は『平家物語』の「八島の合戦」（源平の合戦）で人気を博した勇猛果敢な平氏の武士、悪七兵衛景清にして、彼は平家滅亡のあとも源頼朝の命を執拗に狙い、最後にオイディプスよろしく、自らの目を潰して日向の地に落ち延びた「一方流（いちかた）」の琵琶法師の祖師である。

『蝉丸』の内容自体については、先に挙げた『謡曲を読む』のなかの精密に論考に委ねることとし、ここでは東西の地理的位相の観点から少し触れるにとどめたい。

蝉丸が祀られている蝉丸神社は、西の都、京都の周縁、逢坂の関（大津）にいくつか点在している。ただし、いずれも現在では住職をもたない侘びしい神社となっている。大津にある三井寺、あるいは逢坂の関と対峙するように立てられている比叡山延暦寺――そこでは琵琶法師の集団を抱えていたとされる――の圧倒的な存在感をまえにすれば、蝉丸神社は木っ葉の舟ほどにみえる神社にすぎない。とはいえ、百人一首の「坊主めくり」では、蝉丸はジョーカー＝トリックスターとして依然無縁の原理を保持している点も忘れるべきではないだろう。歴史の波打ち際に余波として残るもののなかに、歴史の潜在的な〈影響〉に耳を澄ます方法が免疫の詩学のそれであることを思えば、坊主めくりに潜む深い意味を軽視することはできまい。私見では、比叡山を中心とする西の関所（鬼門）に、琵琶法師の集団が集うようになった淵源に潜むものは、逢坂の関に捨て置かれた景清の伝説ではなかったのかと推量されるからである。つまり、百人一首の「坊主めくり」の遊戯は、西の琵琶法師の歴史的な発生、その「余波（なごり）」であると読むことができるのである。

五　『景清』のなかのもうひとつの鎌倉

京都の関、比叡山と東の関、鎌倉、二つの異なる地のなかに共通の要素を嗅ぎ分けたのは第一章で言及した『徴候・記憶・外傷』における中井久夫である。彼はこの著書のなかで以下のように記している。

鎌倉の最初の印象は〝海辺にある比叡山〟であった。ふとい杉の幹のあいだの砂が白かっただけではない。比叡の杉を主体とした腐葉土の匂いが、明らかに海辺の、それもほとんど瀬戸内海の夏の匂いでしかありえないものとまじるのが驚きであった。もっとも、比叡山のかおりにも、杉とその落葉のかおりにまじって、琵琶湖の水の匂いが、なくてはならない要素である。この水の匂いゆえに、京都時代の私は、しばしば、滋賀県に出て屈託をいやした。(9)

西の関に対する東の関、鎌倉のもつ周縁の意味を嗅覚によって知った中井の「徴候の知」に倣い、数々の伝承に彩られた〈鎌倉の琵琶法師〉、景清の面影を嗅ぎ分けてみることにしたい。もちろん、この場合、嗅覚による彼の認識法には、免疫の詩学が志向する方法と相通じるものがあることはいうまでもない。

ところで、この「匂いの記号論」（中井久夫）に関連して、レヴィ＝ストロースは『やきもち焼きの土器づくり』のなかで以下のように述べている点は興味を引くところである。

> 匂いの概念は、純粋に感覚器の経験に限定されるわけではなく、〝雰囲気〟（air）とも呼べそうな輪郭のあいまいな感覚、魅惑、憎悪感、恐怖感を含んでいる。匂いは鼻で感知されるだけではなく、身体全体の交流のひとつの形式である……匂いは〝客観的〟分類様式というよりもむしろまだ実現されていない状態、力、危険性を表現するしかたであり、……嗅覚としての匂いを示す語は、さまざまな質や状態を指示する。[10]

そういうわけで、中井が日本のなかの東の関の香りのなかに西の関のそれを嗅ぎ分けたように、まずは世界のなかの極東の香りに、極西のそれを嗅ぎ分けてみることにしたい。

ここでの「匂いの記号論」の対象となるものは、西洋の景清ともいうべきドニゴールのゴル王、その伝説を素材にしたイェイツの処女詩集、『十字路』（*Crossways*）に収められている詩、「ゴル王の狂気」"The Madness of King Goll"（出版は一八八八年であるが、実際に書かれたのは一八八四年、イェイツ十九歳の作品とされる）である。『景清』とこの詩を比較することをとおして、合わせ鏡のなかに景清の相貌を映し出すことが可能だとみるからである。さらにまた、この作業を通じて、先述した「夢幻能への橋がかり」としての琵琶法師の相貌がより鮮明なものになるとも思われる。なぜならば、「ゴル王」と『景清』、二つの作品はともに夢幻能の様式の基礎となる要素がすでにそこに顕れており、そこから夢幻能への気づきはあと一歩にすぎないからである。

我は　ふっくらとしたカワウソの毛皮に座った
我の言葉は　イトからアウエンまで響く掟
インヴァ・アマーギンの河岸で世を荒らす海賊の心を
震わせ、騒乱と戦を追い払い
子供と大人と獣を守った
田畑は　一日また一日と　いよいよ肥えてゆき
空の野鳥たちも　その数いや増し加わっていった
古代の詩人たちは　白髪頭の膝をかがめては
こう言ったものだ
「汝は　北の寒き風を追い払う名君なり」
鎮まらぬは　舞う木の葉　老いて久しきブナの木よ。

……

我は歌った　一日の労苦終われば
女魔術師オーヒールがその長き黒髪ふり乱し
消えゆく陽光を隠しつつ
空にほのかな香りをふり撒くのだ

我は　指を弦から弦へと移しながら
渦を巻きてさまよう炎を
露下る調べで鎮めた
だがいまや　頼みの弦は切れ　音が響かないのだ
我は　森と丘を　さまようばかり
夏の日照りと　冬の寒気のなかを
鎮まらぬは　舞う木の葉　老いて久しきブナの木よ。

フィオナの騎士伝承にみえるゴル王は片目に聖痕――ゴルの原義は「片目の」である――をもったドニゴールの王にして、猛々しい武将であった。だが、「今では一人で森をさまよい」「侘びしく古ぼけた琴」を奏でる境遇におかれている。しかも、その弦さえもついには切れて、独り身の老いの侘しさがいよいよ身に染みる――「鎮まらぬは　舞う木の葉　老いて久しきブナの木よ。」（"They will not hush, the leaves a-flutter round me, the beech leaves old."[11]）この詩行はこの詩の各連の最後にリフレインされることで、詩全体を支配するこだまの声と化している。しかもこのリフレインは、ブナの枯葉の独特な香りと加齢臭が混じり合うことで、島国アイルランド、その独特の〈磯の香り〉を想起させるに十分なものとなっている。

観阿弥か世阿弥が行き着いたひとつの人生の境地、景清のなれの果ての人生、当時十九歳の詩人がこのことをすでに嗅ぎ分けていたとすれば、その嗅覚は驚愕に値するものである。もうそこから世阿弥の夢幻能の世界はあと一歩だからである。実際、この詩行と『景清』の冒頭の詩、人丸が父の身を案じて詠う以下の詩行とは、時空の隔たりを超えて、響き合うひとつの香りともなっている――「消えぬ便りも風なれば、消えぬ便りも風なれば、露の身いかになりぬらん。」もちろん、この「風の便り」には、景清の加齢臭と交じり合う日向からの磯の香りが潜んでいることはいうまでもない。

この詩はイェイツの作品中、最初に老いが描写され、しかも詩の素材と背景を初めてアイルランドに求めている点で興味深いものである。アイルランドの周縁の風土がこの優れた老いの描写を可能にしているからである。

ただし、二つの作品には根本的な差異もある。我が子の存在の有無がそれである。景清の老いの深さを刻み込むものは娘、人丸の面影だからである。この点は『景清』を読むために重要な観点であるとともに、〈東の関の琵琶法師〉としての景清の相貌をおもざしてみるためにも、きわめて重要な意味をもっている。というのも、実のところ、景清は歴史的にみれば、鎌倉の地とはまったく無縁の人物のはずであり、むしろ、民俗学的にみれば、彼は日向（宮崎）＝九州の琵琶法師の祖師とされており、彼を鎌倉に結びつけているもの、それはひとえに人丸の存在をおいてほかにはないからである（柳田國男は、景清の日向伝承を手がかりに、一方流の琵琶法師の起源を九州に求めている）。すなわち、『謡曲』にみえる以下の句が様々な鎌倉の都市伝説を生み、これにより西の関の蝉丸に対峙する東の関の景清という表象が鎌倉に誕生したと考えられるのである――「これは鎌倉亀ヶ谷に、人丸と申す女にて候。さてもわが父悪七兵衛景清は、平家の味方たるによりにくまれ、日向の国宮崎とかやに流されて、年月を送り給ふなる。」

それでは、なぜ、ここで人丸は「鎌倉亀ヶ谷」と記されているのだろうか。田代慶一郎は、平家物語、幸若舞曲の『景清』や歌舞伎に表れる景清などを間テキストにおいたうえで、その謎に迫っている[12]。その詳細はここで述べることを控えるが、彼の結論は、およそ以下のものとなるだろう。景清は源頼朝の外縁の親縁関係にあったという伝承が当時の観客の共有するところであったこと。したがって、頼朝の懐である亀ヶ谷に彼の面影ともいうべき人丸が忍び生きていたという伝承が生まれるのは自然の流れである（劇的効果の側面から考えても、それは有効であるといってよいだろう）。

それでは、鎌倉と日向の関係はどうなるだろうか。『景清』のなかでも、日向が強調されているため、考えておかなければならないだろう――「日向とは　日に向かふ、日向とは　日に向かふ、向かひたる名をば　呼び給はで、力なく捨てし、梓弓。」ヨーロッパとは異なる当時の日本の東西の感覚を考慮すれば、ここにおける「日向」とは日が昇る周縁の地としての「南＝オリエント」と考えてよいだろう。したがって、その対極に位置する人丸が預けられた鎌倉は、日が沈む周縁の地、東の関、「北＝オクシデント」ということになるだろう。西方を中心とみる平氏である景清にとって、東の都は文化的にみれば依然として劣勢なものに映ったと思われるからである。このように読めば、日の巡りを逆行するように、オクシデントからオリエントへと向かう人丸の周縁の旅の道程によって縁取られた劇構造、その逆説は深い意味を獲得することになるだろう。

ともかく、「鎌倉・亀ヶ谷」は『景清』にとっても、景清伝承にとっても、きわめて重い意味をもっていることだけは認めねばなるまい。そこで、今度は鎌倉・亀ヶ谷を手がかりにして、景清伝承の闇の奥、そこに踏み込んでみたい。

六　景清伝承の闇の奥に覗くもの

日本には歴史の敗者が死後、怨霊となって勝者（生者）を祟るため、その霊を鎮めるために逆に怨霊を祀り上げるという不可思議な信仰、「御霊信仰」がいまも息づいている。少なくとも、『魔の系譜』の谷川健一に見解にしたがうならば、そういうことになるだろう。

> 死者が生者を支配する――といった現象が、日本の歴史においては、あまりにも多いように思うのだ。――中略――この魔の伝承の歴史――をぬきにして、私は日本の歴史は語れないと思うのだ。しかも、このばあい、死者は敗者であり、生者は勝者なのだ。弱者が強者を、夜が昼を支配することがあっていいものか。弱肉強食が鉄則となっているヨーロッパの社会などでは考えられないことだが、敗者が勝者を支配し、死者が生者を支配することが、我が国の歴史では、れんめんとつづいている。この奇妙な倒錯を認めないものは、日本の歴史の底流を理解することはできない。（『魔の系譜』[13]）

平家の怨霊を鎮める霊媒師としての琵琶法師の存在も、このような日本固有の信仰のあり方の伝統のなかで捉えるべきだろう。そうだとすれば、源氏の都、鎌倉は、本来、琵琶法師たちの最大の働き場、メッカとなってしかるべき場所である。ところが、兵藤によれば、彼らのメッカは、一方で、京都の周縁、比叡山延暦寺を中心にした西日本一体と、他方で九州一円であるという（琵琶の種別の指標となる「柱」の数は、西日本で多く用いられていた雅楽琵琶の柱が四柱であるのに対し、九州で多く用いられている平家琵琶は五柱、筑前琵琶は五柱、薩摩琵琶は四柱または五柱であるという）[14]。実際、鎌倉と琵琶法師を関連づける資料は乏しく、また私見では、その研究も進んでいないように思われる。その意味で、「一方流」の琵琶法師の祖師とされる景清の伝承は、この奇妙な現象を解く数少ない手がかりを与えるものである。

むろん、鎌倉時代の鎌倉に琵琶法師がいたことは、『一遍聖絵図』六巻（「相模国片瀬浜の琵琶法師」）から確認することも可能である。

兵藤の指摘するところでは、この絵に描かれている琵琶の柱の数は六柱であるが、六柱は雅楽琵琶（四柱）とも平家琵琶（五柱）とも異なる流派、妄僧（座頭）系に特徴的にみられるものであるという（なお、六柱の琵琶を用いる妄僧派の琵琶法師――福岡市高宮の天台宗妄僧派・成就寺に属する――が一九九六年まで生存しており、その弾き語りを兵藤は収録している）。本来、琵琶の基本形（原型）は六柱であるが、六柱は六観音に対応している点は留意したいところである。六柱は六道（界）、結界の数を意味していることになるからである。『一遍聖絵図』に描かれている鎌倉の琵琶法師の勤めが、此岸と彼岸を切り結ぶ結界の〈人柱〉となる霊媒師のそれであることがここでも確認されるのである[15]。かりに、六柱の琵琶を奏でる琵琶法師のイメージが〈鎌倉の景清〉に重ね合わされているとすれば、彼は鎌倉の周縁性、その象徴的な体現者の一人ということになるだろう。鎌倉時代においては、琵琶法師が「異人＝周縁者」とみなされ、正月に祝言をなす「散所の乞食の法師」と対にされていたとすれば、なおさらそういうことになるだろう。

とはいえ、源頼朝の命を執拗に狙い続けた悪七兵衛景清が琵琶法師になったという伝承が鎌倉に流布されているのは、よく考えてみると、奇妙な話である。幽霊の媒体者（medium）である琵琶法師の立場は中立でなければならないはずだが、東側の視点をとれば、景清は敵方、すなわち怨霊、あるいは御霊となってしかるべき存在だからである。だが、このパラドックスのなかにこそ、事の核心は潜んでいるように思われる。ともかく、「現場百回」、伝承の発生現場にもう一度足を運んで確かめてみることにする。

長寿寺の横の上り道を登りつめたところに亀ヶ谷がある。そこには旧亀ヶ谷切通し跡を示す立て看板がみえる。この辺りに、人丸が預けられたという住居があったのだろうか。ただ残念ながら、人丸の面影を偲ばせるしるしはそこにはない。ただ、さらに歩いてみると、扇ヶ谷の外れ、化粧坂と交わるところに、景清土牢跡の石碑がぽつんと立っている。鎌倉に広がる伝承によれば、彼は「鎌倉に連行され八田知家に預けられて晩年断食死した」（涌田祐著『新編　鎌倉事典』）のだという。だとすれば、彼はこの土牢で絶食し果てたということになるのだろうか（向陽庵大悲堂にもこれに連なる遺跡がある）。亀ヶ谷と扇ヶ谷との距離（徒歩でわずか十三分程度）から判断して、『景清』に記された「亀ヶ谷」を基にして「鎌倉に連行され」たあと、この土牢で果てたという伝承が生まれたのではないかと推し量るのである。

さて、土牢跡から急勾配を登りつめたところに化粧坂があり、そこからすぐに化粧坂切通し跡がある。この辺り（葛原ヶ岡）には『太平記』にも記されている日野俊基（?～一三三二）、彼の処刑場の跡地があり、そこには彼の墓碑もある。彼は後醍醐天皇の側近にして、二度の倒幕計画に失敗し、ここで斬首刑を受けることになった。この辺り一体は、彼の霊を弔い祀る葛原ヶ岡神社の境内に位置している。その意味で、葛原ヶ岡神社はいかにも御霊信仰に基づいて建てられた神社の典型であることになるだろう。彼が日本五大御霊の一人にも数えられる後醍醐、その側近であることを思えば、さらにそういうべきだろう。

ところが、不思議なことに、この神社は「縁結び」のご利益があることで知られ、境内の立て看板にもそのように記されている。究極の縁切りとも呼ぶべき「首斬り」の刑罰を受けた彼が、「縁結び」の神に祀られているというこの逆転現象の背後にも、御霊信仰に宿る無縁の原理をみてとることができるだろう。

このことは、アジールの衰退とともに無縁の原理も消滅したという学説を一部、覆すものである。現在でも、私たちはいまだ御霊信仰のなかにあるからだ。賽銭箱に五円、十円しか入れない者が、水子の霊を祓うために数万円をかけて惜しいとは思わない、そんな例を私たちはいくらでも知っている。ハレとケガレの両義性をもつ無縁の原理は、瞬時に無縁を縁に反転させるのであり、この原理が御霊信仰のなかでいまだ生き生きと息づいている様をここにみることができるだろう。ちなみに、ここから徒歩二五分程度（ここから長寿寺に向かって下り、北鎌倉方面に向かう）のところに、日本最古の縁切寺、東慶寺があることは、のちに語るとおりである。もうひとつの鎌倉においては、今も昔も縁結びと縁切り、ハレとケガレは表裏一体をなすものであることがここにも暗示されていることになるだろう。

坂道を登りながら、こんな思いを巡らせていると、ふと、先の景清伝承にかんするひとつの仮説が浮かんできた。当時の民衆の想像力においては、景清と日野俊基は重ねられてひとつのイメージへと変貌を遂げたのではあるまいか、という仮説である。すなわち、人丸縁（ゆかり）の亀ヶ谷の伝承を淵源として、景清（の面影）をこの地に連行させ、のちにそれが化粧坂での日野俊基の処刑と結びつくことで景清を土牢に籠らせ、絶食死させたのではないかという仮設である。景清の土牢跡と日野俊基の処刑場跡の距離の近さ（徒歩五分程度）はあまりにも暗示的にみえる。しかも、景清が土牢で絶食死するという伝承の淵源は、彼が東大寺大仏供養の七日前から「飲食を立って、湯水をも喉へも入れず供養の日終に死にけり」の記録に求めることができるとすれば、さらにそういえるだろう。[16] なぜならば、絶食死する者は折口信夫がいう「ひだる神＝荒人神」としての御霊、飢餓神（施餓神）の典型とみることができるからである。[17]

そうだとすれば、景清における琵琶法師の伝承の謎も、この御霊信仰によって解くことができるかもしれない（鎌倉には旧「地獄谷」、極楽寺切通しの近くに「御霊神社」＝権五郎神社もある）。すなわち、本来、源氏を祟る平家一門の怨霊の体現者であったはずの景清を、平家の怨霊を鎮める琵琶法師に仕立てあげることで、御霊に祀り上げたのではあるまいか。言い換えれば、この世のあらゆる縁を切って、日向に落ち延びたとされる景清を、鎌倉のもつ無縁の原理によって時空を超えて蘇らせ、もって生と死との縁＝結界を〈切り結ぶ〉琵琶法師に昇華させたとみることができまいか。かりにそうだとすれば、鎌倉の琵琶法師としての景清の相貌、それはおのずから身代わりの山羊、供犠のしるしをその身に刻印されていることになる。なんとなれば、伝説によれば、彼は己の目を潰すことで聖なるしるしをその身に刻印し、平氏の霊を弔うために「梓弓」を捨て、死者のとりなしの祈りに専念する座頭（乞食）になる道を選んだとされているからである。しかも、彼の場合、自身の目を潰す行為が象徴的に意味しているのは、自らの性を取って去勢し、女（尼）として生きること、すなわち性の身代わり人になることでもあった。というのも、景清を伝説の一方流の祖師とする「一」号——そのため、一方流では彼の名に因んで「景一」や「清一」を名乗ることが多い——が意味しているものは、～「阿」号が男の名であるのに対し、女の名であったからである。あるいは、西方の「八坂派」が男の琵琶法師を象徴しているとすれば、「一方派」は女になった男、いわば「女装する男」を意味しているといえそうである。[18] この行為は、ハレとケガレの時空を旅する琵琶法師の生き方そのものを象徴していることにもなるだろう。というのも、「女装文化」の伝統をもつ日本においては、女装は日常的な秩序とは異なったものを表象し、それは、神や常人の及ばぬ霊力をもつ者、すなわちハレとケガレの時間と空間を結びつける象徴性を帯びていたからである。古くは、日本武尊が熊襲（くまそ）征伐の際に女装し、素戔嗚尊（すさのお）が八岐大蛇の退治で櫛をさして女装の形をとったことを思い出したい。これはたんに敵をあざむくためという合理的な理由にとどまらず、彼らが天からの霊力が降りてくる「依り代」になったことを意味しているだろう。少なくとも、ここに生と性のあわいを生きる供された鎌倉の琵琶法師、あるいは影法師（面影）としての景清のイメージをみることはできるだろう。

七　鎌倉の不可思議な信仰、「身代わり信仰」

このような文脈のなかで改めて考え直してみると、現在にまで受け継がれている鎌倉の不可思議なひとつの信仰形態、「身代わり信仰」、その深い意味もおのずから理解されるように思われる。そこで今度は角度をかえて、鎌倉の身代わり信仰について、少し考えてみたいと思う。

日本には「厄祓い」をご利益とする無数の神社が存在する。むろん、鎌倉にも多くの厄祓い神社・寺院がある。そのひとつに鎌倉宮がある。

ところで、鎌倉宮の厄祓いには、「厄割り石（魔去ル石）」と呼ばれる奇妙な風習が残っているのだが、これは「身代り信仰」に基づく風習とみてよい。境内の隅には、看板に「魔去ル石」と書かれた場所が設けられ、各自百円でそこに置かれた小さな皿を買い、皿に自身の厄を吹きかけたあと、厄割り石に皿をぶつけ、皿を割ることで厄を祓うというものである。皿に霊魂が宿るとする付喪神の伝統からみて、あるいは物を代替物（身代わり）にしてストレス発散する人間の普遍的な心的傾向からみて、これが身代り信仰の一変容であると考えて間違いないだろう。すなわち、皿を身代り者（ハラヘツモノ）の心に見立て、その者の心に自身のうちに宿る厄を憑依させ（吹き付け）、自己の安全を保証しようとするのである。それでは、皿に象徴される身代り、その対象者は誰だろうか。鎌倉宮で祀られている護良親王ということになるだろう。彼は後醍醐天皇の皇子であり、父とともに鎌倉幕府を倒し建武中興をなしたが、足利尊氏との対立によって幽閉され、尊氏の弟、直義の命により家来に殺されるという波瀾万丈の生涯を遂げている。こうして彼は、後醍醐天皇の身代りとなったとみなされ、神として祀られているということになるだろう。本殿の後方には土手の穴があるが、この穴は護良親王がここに九ヶ月間幽霊された土牢のあとだとされている。

みられるとおり、彼の生涯は先にみた土牢に幽閉された景清、あるいは後醍醐天皇の側近、日野俊基の悲劇の境遇ときわめて類似しており、三つのケースをひとつの文脈のなかで捉え直してみると、そこに鎌倉独自の御霊信仰と身代り信仰との深い結びつき、およびその背後で働く無縁の原理を読むことができるだろう。

ただし、ここで注意しておかなければならない点は、三人を御霊信仰の対象に見立てる方は、彼らを敵とみる東方の鎌倉幕府の側に限られるという点である。西方（平氏と天皇家）にとっては、彼らは依然として身代りになった殉死者であり、霊を鎮めるのではなく弔い、祀るべき対象である。つまり、祀られている対象は同じでも、両者にとって意味がまったく異なってくるということである。一方は信仰の対象をケガレ（悪霊）と見、他方はそれをハレ（聖霊）と見、一方は対象との縁を切るためにこそ祀り上げ、他方は対象との縁を結ぶためにこそ祀っているのである。二つの信仰は一方が御霊信仰、他方が身代り信仰だからである。そしてもちろん、このハレとケガレの両義性、あるいは縁結びと縁切り、その反転のダイナミズムの核心には、無縁の原理があることはみやすいところだろう。

ただし、さらに注意を要するのは、祀られる対象が当初においては御霊信仰、あるいは逆に身代り信仰に基づくものであったとしても、最終的にはいずれか一方の側に与することなく、祀られた者は双方にとっての守護神へと変貌しているという点である。鎌倉幕府が源氏と西方に通じている北条氏との確執をもつ、吉本隆明がいう「二重政権」であったとみれば、ますますそういうことになるだろう。そうでなければ、中保者、すなわち身代り神として機能しなくなってしまう。それは、現在の私たちが誰も菅原道真を御霊信仰の対象としてはみていないことと情況は同じである。少なくとも、御霊信仰を抱いたままで、一体誰が護良親王の心の象徴である皿を石にぶつけて割るなどという、この恐るべき行為におよぶことがあるだろうか。祟を恐れ、誰もそのようなことはしないはずである。

歴史的にみると、鎌倉宮の身代り供養の伝統の淵源は、これより徒歩十分程度のところにある杉本寺にあるとみるべきだろう。この寺は鎌倉最古の天台宗の寺（天平六年、七三四年創設。坂東三十札所の一番）である。本堂に近い境内の横に六地蔵とともに一体の身代地蔵が祀られている。伝説によれば、この地蔵は、三浦氏の内部争いの際に杉本太郎義宗に放たれた矢を受け、傷跡から血が滲み出てきたという。この伝説が、この寺の身代り信仰を生み出す淵源のひとつとなっている。本堂の横に厄払いを行う際の賽銭箱が用意されているが、そこには「身代金（みがわりきん）」と記されている。

さて、本章の文脈で留意しておきたいのが、創設者が高僧として名高い、かの行基であるという点だ。行基は、平安時代を代表する仏僧の一人であり、勧進聖（かんじんひじり）の祖であるといってよいだろう。網野によれば、勧進聖は、「有縁」の世界から「無縁」の、したがって「無縁の原理」の体現者であるという。この網野の見解を強く指示する赤坂憲雄は『異人論序説』のなかで、行基を祖とするある種の知識集団（「知識結」）、「行基集団」がいかに当時の「法＝国家にたいする脅威」と映ったかを論じている。いわく――「古代の僧尼令は『百姓を妖惑する』行為を謀叛に等しい犯罪と規定している。行基とその弟子が弾圧されたのは、この百姓妖惑の禁断に触れたからである。」ただし、彼とその集団は自己の知の自由と古代律令国家とが和合するという「共同幻想」を抱いていてしまったため、後年、時の権力にうまく利用され、権力構造のなかに組み込まれてしまう。そのことで、逆に彼は完全に自由を奪われることになってしまったのだという。[19] 自由・無縁と弾圧・拘束との狭間で生涯にわたって葛藤を強いられた彼は、周縁に負わされた宿命、身代りの山羊のそれであり、それが杉本寺の身代り信仰の隠れた淵源であったとみることは見当違いの夢想だろうか。少なくとも、鎌倉最古の寺、杉本寺にみられる鎌倉独自の身代り信仰とその奥にある無縁の原理、その源泉を杉本寺にみることだけはできるだろう。

八　鎌倉の無縁の原理と象徴としての「東慶寺」

第一章で述べたように、文化における免疫作用に相当する「無縁の原理」の働きを生涯のテーマとしたのは網野善彦であり、彼のその主張がもっとも端的に表れている著書のひとつが『無縁・公界・楽』である。彼はここで無縁・公界・楽と呼ばれる場が「無縁の原理」がもっとも働く場であり、それが西洋でいう「アジール」であるとみている。もちろん、彼にとって鎌倉時代の鎌倉はアジールの代表的な都市とみなされていることはいうまでもない。

ところで、彼はこの著書の冒頭において、無縁の原理を子供の遊びである「エンガチョ」によって説明したそのすぐあとで（第一章の引用文を参照）、その原理が歴史的に働く場所、アジールの典型として、鎌倉の唯一の「駆け込み寺」である東慶寺を例に挙げて「無縁の原理」を説明している。[20] 東慶寺が日本最古（一二八五年）の「駆け込み（縁切）」寺法を有していたことを思えば、この論の流れは必然的である。本章でも、論点を絞るために彼に倣って、最後に東慶寺に焦点を当てて、鎌倉のもつ無縁の原理について考察を進めていくことにする。東慶寺という現象のなかに、先に触れた縁（縁結び）と無縁（縁切り）の両義性＝パラドックスの縮図がみえるとともに、聖パトリックの煉獄の地点、「ステーション・アイランド」に対峙する地点としても相応しいものであると考えるからである。すなわち、「オクシデント」の男たちの修道の場に対し、ここは「オリエント」の女たちの修道の場、尼寺であり、ここに景清を伝説の祖師とする一方流が象徴的意味において尼になった影をみたいのである。

「駆け込み寺」は通称であり、正式名称は鎌倉時代にまで遡る「縁切寺（「縁切尼寺」）」であり、これは治外法権的な寺法を有する寺を意味していた。すなわち「夫の不身持や強制結婚に苦しんで駆け込んだ女を助け、前夫はもちろん、その他から何らの異議を言わせない特権」（『広辞苑』）であり、つまり本来は女性にのみ適用される寺のもつ一つの治外法権的制度であった。江戸時代以前には制度として認められた「縁切寺」は僅かであり、そのもっとも知られたものが鎌倉の東慶寺である。

ところで、縁切寺といえば、もう一つ千姫縁（ゆかり）の満徳寺が挙げられるだろう。だが、江戸幕府の文書には「駆込寺は東慶寺に限る」と記されており、満徳寺は縁切寺ではあっても駆込寺ではなく、したがって、二つを比較すれば、東慶寺の方がアジールの色彩が圧倒的に濃いことが分かるだろう。[21]

今日では東慶寺といえば、鈴木大拙、西田幾多郎、岩波茂雄、和辻哲郎、小林秀雄といった我が国を代表する近代の文化人（男たち）が永眠する寺としても知られている。ただし、歴史的にみれば、東慶寺は尼寺五山の一つで、日本最古の縁切寺法の伝統を有していることで名高い（「縁なき衆生を済度する松ヶ岡＝東慶寺」）。開山は北条時宗の夫人覚山尼によるが、彼女こそ日本初の女性救済寺法、縁切寺法を息子貞時に勅許させた人物である。[22]

みられるとおり、アジールはジェンダー学の視点からみても、極めて歴史的に意義深いものといえる。だが、残念ながら鎌倉時代から江戸時代までの歴史的資料はあまり残されていないのが実情である。さらに、関東大震災によって、残された資料の多くが焼失して現在にいたっている。したがって、東慶寺のもつアジール性の問題を実証的に考察することは困難である。

そこで、ここでは夫から不当な行為に絶えかねて縁切尼寺、東慶寺に救いを求めて駆け込む女性たちの姿、その情念の声に耳を澄ますことからはじめたいと思う。そこに想起されるものが、第五章で述べたような夢幻能における女の情念の世界とおおいに響き合っていると思われるからである。少なくとも、この夢想をとおして、イェイツが鈴木大拙の影響のもとに、おもざした夢幻能の世界、仏教的な煉獄の相貌がさらにみえてくるはずである（鈴木大拙は東慶寺の境内にある松ヶ岡文庫のなかで、三七年間——一九二九〜六六年——学僧としての勤めを果たしていた。あるいは第五章で言及した能のすぐれた研究者、野上豊一郎、彼の墓もまた東慶寺にある点も留意しておきたい）。そこで、もう一度、ここでの文脈に沿って、夢幻能のあらましを確認しておくことにする。

ワキである旅の僧侶はある場所に立ち寄るが、この場所こそ生前の痛ましい記憶のゆえに、死後も苦しみもだえるシテ（女）の怨霊が宿る場所である。その多くは恋愛の縺れである。彼女は自己の負の記憶に呪縛され、成仏できないでいる。面をかけて美しい女に化けたシテは僧侶の前に顕れて、この場所で伝説として残る悲しい一人の女のエピソードを語って別れる。その後、僧侶は座頭たちの駆込寺、すなわち無縁寺に入り、そこで一人眠ることになる。そして最後に、その僧侶の夢の舞台を借りて（夢枕に立って）、自己の本当の姿を表すのが後シテ、おぞましき「般若」である。彼女はここではもはや語ることを止め、他者の夢の舞台のなかで、狂気乱舞し、己が記憶を身体によって表現する。僧侶は彼女のために一心不乱に祈る。こうして、彼女は他者の祈りの応答として自己を狂乱劇化させ、最終的に成仏（＝自己認識）を果たすことになる。

そうすると、ここにおける後シテによる自己劇化は、鈴木大拙がいう禅の根本に沿った救済法を前提としているとみることができるだろう。禅は魂を沈めるのではなく、負の記憶を自己劇化＝プラジュニャーさせることに救済の根本をおくからである。

東慶寺は禅寺（臨済宗円覚寺派）であり、鎌倉時代、室町時代においては、足利幕府との縁も深い。そうすると、足利家の寵愛を受け、極めて禅的な要素が強い能との影響関係は無縁ではないように思われる（先述したように、『景清』の縁の地、人丸が預けられた亀ヶ谷は東慶寺まで徒歩で二〇数分程度のところにある）。この点については、後の研究を待つべきであろうが、記憶の問題に関する限り、実証的な裏づけは二義的な問題にすぎない。むしろ第一義的に注目すべきは、能それ自体がもっているところのアジール性と東慶寺のそれとの共鳴の問題である。なぜならば、今でこそ能は世界にその名を知られた演劇ジャンルであるものの、折口信夫がそうみているように、発生論的にみれば能は、「まれびと」の来訪を祝う土着の宗教儀式であり、その儀式には聖なる霊のみならず、土地の魑魅魍魎が多く紛れ込み、聖と俗が表裏一体をなす不可思議な死者の記憶に基づく儀式だったからである。しかも折口によれば、能最古の様式、神能における「翁（聖）」に対する「もどき（俗）＝パロディ」は、「もどき」が先であるか、あるいは少なくとも二つは可逆的なものとして発生したというのである。このような本来、アジールを体現する芸能としての能は、観阿弥、世阿弥による「曲舞」と「夢幻能」の様式の確立によって、きわめて洗練されていった。とはいえ、彼らにおいてでさえ、社会的には「神と乞食」の両義的境界を流離う旅芸人の域を超えるものではなかったのである。もちろん、網野の能に対する見方もこれに等しいことはすでに述べたとおりである。つまり、彼らの存在自体、アジール的であったということになるだろう。したがって、実証的な記録によらず、このアジール性こそが深い記憶において表象としての東慶寺（性）と夢幻能をめぐり逢わせたとみることができるかもしれない。恋に破れ、自己呵責に苦しむシテと琵琶法師である僧侶、そしてその夢の舞台となる駆け込み寺、その関係は、恋に破れた縁切りの女と俗世の縁を断ち切った尼僧、そしてその舞台である駆込寺・東慶寺の関係に等しいとみることができるからである。しかも、先にみたとおり、景清が女の名をもつ尼としての琵琶法師の象徴であり、その影が東慶寺におよんでいるとみれば、さらにそういうことになるだろう。

東慶寺に駆け込む女たちは、夫からの不当な社会的身体的行為を強要された末に、唯一の逃げ場を寺に求めて駆け込んだのであり、夢幻能の女たちと同様に、心に深く傷を負い、負の記憶／表象を貼りつけられたうえで一切の社会的課役、義務から免れ聖なる表象を得たのである。あるいは、自己の弱さのため不倫に走り、夫との不和が生じ、そのためこの寺に駆け込んだ者もあったのかもしれない（満徳寺に残る資料を読み解いた高木侃著『三くだり半と縁切寺』から判断すれば、このようなケースも多くあったことが推測される）[23]。だが、いずれにせよ彼女たちにとって、これらの体験は負の記憶として残るのであり、夫との縁切りが直ちに認められたとしても容易に癒されるはずもないだろう。したがって、ここでの三年間の修業を近代的な尺度によって、縁を切るために科せられた不当な義務であると解することはできまい。むしろ、自己が背負わされた負の記憶を少しずつ消していく自己修練＝癒しの時とみなければならないだろう。開山者、覚山尼の女性救済の意図もこのあたりにあったのではあるまいか。覚山尼が生きた鎌倉の化粧坂には遊女が屯（たむろ）していたのであり、彼女たちのなかには厳しい現実に耐えかねて、東慶寺に駆け込む女たちもいたのではないかと推し量ることができるからである。

彼らはみな負の記憶をもつ者たちであるから、必ずしも聖なる空間で静謐のうちに修行を積んだとはいえないだろう。むしろ、トラウマに悩み、自己呵責に苦しみ、ときに狂気に身を任せ狂気乱舞した女たちもいたはずである。その意味で東慶寺は、僧侶の夢の舞台さながらに、聖なる修羅場＝煉獄でさえあっただろう。このような負の記憶の貯蔵庫が歴史的にも社会的にも深く隠蔽されるのは当然であり、いかに記録を紐解いたところで、実りある実証的な根拠は得られないだろう。彼女たちが自己の負の記憶をあえて記録にとどめるはずがないからである。だが、呪縛としての情念は女たちの記憶のなかに存在し、したがって、真の東慶寺の姿は文化の記憶、象徴的意味のなかにのみ存在する現象とみなければならないだろう。

ただし東慶寺は、先述したような優れた文化的感受性を有する者たちが好んで永眠の地を求めた磁場でもある。すなわち、ここには猛々しい武将、名の知れた歴史的人物、社会的に影響力のあった人物ではなく、文化人が眠っているのである。もちろん、彼らの生前の記録を辿り、かくなる現実によって彼らはたまたまここに眠ったのであると実証づけることはいかにも容易い。たとえば、鈴木大拙を縁にして郷里を同じくする西田幾多郎はここに永眠することを決め、西田の友である岩波茂雄、岩波の友である和辻哲郎もその瀬に倣った云々である。だが、その際に忘れてはならないことは、彼らはみなこのような記録としての文化のあり方、学のあり方に反対し、記録よりは記憶としての文化のあり方を重視する者たちであったという点である。しかも彼らは、いわゆる「近代超克論」において一部祀り上げられ、「ますらおぶり」の精神を流布したかのごとく誤解されることがあるが[24]、実は、記憶における情念の世界を重く見、むしろ「たおやめぶり」＝「大和心」の感受性に惹かれていた点をも看過すべきではないだろう（小林秀雄『本居宣長』参照[25]）。だからこそ、本来、尼たちが眠るべき場に添い寝することを彼らは恋い願ったのではあるまいか。このように考えてみると、彼らが東慶寺を愛したのは、夢幻能の後シテにみられるような、修業半ばで死に絶えた無縁の女たちの強烈な負の記憶がここに宿っているからこそであったということができまいか。少なくとも、死者となった彼らの優れた文化の記憶と女たちの負の記憶は混ざり合って東慶寺という「場の記憶」となり、地中深く眠っていることだけは認めてしかるべきだろう（東慶寺には隠れキリシタンの遺留品や、イエズス会の聖餅箱が所蔵されている点も興味深い。それらは東慶寺の無縁性の証ともなっているからである）。

東慶寺が誕生した時代は、外来の仏教とは異なる我が国独自の様々な仏教宗派（鎌倉仏教）を生み出した時代であり、仏教は一つの学の対象から庶民の信仰の対象へと裾野を拡げていった時代であった。したがって、東慶寺は鎌倉の時代精神の記憶をも埋蔵していることになるだろう。このようなアジールのもつ記憶の意味と意義を前景化できるのは、歴史学や社会学と一線を画し、心の記憶に耳を澄ますことができる文化学ではないだろうか。歴史と社会の風景にすぎなかった文化が前景化されることによって誕生をみたのが文化学であり、アジールの影響力は文化のなかにこそ顕著にみられると考えられるからである。

松ヶ岡東慶寺はほとんど俳句に詠われることはない。だが、逆に江戸の庶民の俳句である川柳のなかで好んで詠われている。これはこの場所がアジールであることを考えれば当然であるといえるだろう――「引からむ縁をかつ切る鎌の寺」、「みんなしていびりましたと松ヶ岡」、「松ヶ岡女のひとり行く所[26]」。これらの川柳は、東慶寺が敷居の高い寺ではなく、庶民の悲喜こもごものファミリー・ロマンスに直接関与する縁切・駆込尼寺であり、ハレに対するケガレを担う寺であることを示している。その意味で縁結びの表象、出雲大社と対極にあるといってもよいだろう――「出雲にて結び鎌倉にてほどき」、「縁談は出雲破談は松ヶ岡」。つまり、東慶寺は、ハレに対するケガレ、男に対する女の、上位（俳句）文化に対する下位（川柳）文化の、マクロ社会に対するミクロ（家庭内）社会の、記録（三行半の裁判記録）に対する文学的記憶（虚構）の、典型的表象であり、つまりは、あらゆる意味で歴史における「影」と「響」の縮図が東慶寺にはあるといえるだろう。

東慶寺について詠われた川柳の多くは、俗世の周縁を生きる庶民の女たちのもつ強さ、明るさと、その明るさのなかに潜む、深い悲哀、寂寥感を素朴に伝えることで、心を打つものがある。たとえばこういった句などそうである――「松ヶ岡すりこぎきずを受けて行く」、「松ヶ岡あわれもる乳をかねに受け」、「入相の乳房にひびく松ヶ岡」、「みどり子にひかされてお松たちかへり」。「いびられ」、夫に下駄で殴られ、心身に傷を受け、たまりかねて縁を断ち切ろうとして東慶寺に駆け込んできたものの、飲ませる赤ん坊がいないため乳が腫れてうずく。そこに夕暮れの鐘がゴォーンと鳴り、その響きが乳房にこたえて、置いてきた赤ん坊が思い出され心も痛む。しかたなく来た道をしぶしぶとぼとぼと戻っていく女・母なるものの面影、当時の女の悲哀が偲ばれる。(27)

東慶寺の枕詞として、「十三里」、「星月夜」、「あまあがる」、「晴れる」などが挙げられるが、これを考慮すれば以下の句も東慶寺を詠ったものであることが知れる――「十三里独行をして縁を切り」、「三年目嫁はればれと星月夜」、「三年目世間も晴れるあまあがり」。日本橋から鎌倉まで十三里、追っ手を逃れる女の一人旅、東慶寺の門をくぐり、み仏の「お陰さま」により、三年の尼修業で、夫との縁が切れ、晴れて星月夜を眺める女もいたことが窺われる。ここに、旅のもう一つの側面、すなわち、縁＝ハレからみれば、ケガレであるはずの縁切り巡礼の旅が、「エンガチョの原理」のもつ逆説によって、「晴れ」へと変貌する瞬間がある。

むろん、ここで描かれたものは川柳、虚構の文学世界においてであって、史実ではない。しかし、このような問題に際して予め承知しておくべきことは（ここでもう一度強調しておくが）、人は自己の内奥の深い傷ともなる〈事の核心〉を記録に残すことなど心情的にありえないということであり、歴史の真実はみな闇の奥にあるということだ。たとえば、東北地方には「子消し」と呼ばれる口減らしの風習がある。だが、それを歴史的に根拠づける資料はいかにも乏しいものである。とはいえ、「子消し」の記憶は、史実としての記録には残らず、「小芥子」という隠蔽された言葉の奥に、あるいは人形の姿のなかに、記憶として残り、それが人の心に響いて、やがて歴史の「影」となり「響」となり、虚構は受肉するのである。東慶寺の先にみた川柳はその一例である。しかも、この川柳に表れた東慶寺に宿る無縁の原理、その影響は江戸時代をもって終わったわけではない。現代のサブカルチャーのなかで脈々と息づいているのである。その具体的な例を、現代の大衆音楽を牽引する桑田佳祐の作品をとおして確認することができるからである。そこで、ここでは少し紙面を割くことになるが、桑田佳祐の歌詞のなかから、この点について検証してみることにする。

九　「東慶寺」の桑田佳祐

桑田佳祐の歌手としてのその第一声が、自身の郷里、鎌倉・茅ヶ崎の名をしるしづけることからはじまっている点は興味深い――「砂まじりの茅ヶ崎／人も波も消えて……」（デビュー作・「勝手にシンドバット」＊茅ヶ崎は彼の実家）。というのも、彼は歌のなかに郷里の匂いを染み込ませることで、自己の生の領域を〈マーキング〉するという特異な癖（詩的個性）をもっているからである。もちろん、そのしるしづけはあからさまなものは少なく、多くの場合、微かに香る程度にとどまるものである。だがときには、彼は公然と郷里・鎌倉の伝統をアピールすることで、歌人（うたびと）としての自己のアイデンティティをしるしづけることもある。シングル曲『TSUNAMI』のなかに収められている「通りゃんせ」などそうである。この歌は、この世とあの世の切通しを「通りゃんせ」する場所、「もうひとつの鎌倉」を念頭に――バック・ミュージックには土地の霊を鎮める琵琶法師ともいうべき僧侶たちの読経の声が用いられている――、歴史と文化の街、鎌倉の四季折々の見どころを紹介する名所案内文となっている（桑田が切通しの街、鎌倉のイメージを強く意識していることは、彼が制作した映画、『稲村ジェーン』の切通しのシーンからも確認することができる。なお、「もうひとつの鎌倉」の相貌を強く印象づける歌には「愛の言霊～Spiritual Message～」もある）。

一の鳥居 通りゃんせ　北条はんに参りゃんせ／大町小町　静御前と桜舞う　Hey……／二の鳥居　通りゃんせ　半僧坊に参りゃんせ／大天狗小天狗 若葉や　花菖蒲濡る頃　Yeah／三の鳥居　通りゃんせ　孟蘭盆会参りゃんせ　げげげと　白き蓮花咲く頃　woo／戦は七里の磯づたい　在りし日も蝉しぐれ　嗚呼　落ち水流るは　太刀洗／亡き人の〝思い馳せ涙〟と見てとらん……

この歌詞のなかに東慶寺を暗示する詩行がある点に注意を向けたい——「半僧坊に参りゃんせ 大天狗小天狗 若葉や花菖蒲濡る頃」。ここでの「花菖蒲」が具体的に意味しているものは文脈からみて東慶寺とみることができるからである。「半僧坊」——半僧坊は半僧・半俗人の意——とは建長寺の鎮守・半僧坊大権現を祀る寺のことで、建長寺の裏山にある（なお、桑田の母校・鎌倉学園高校は建長寺の境内にある）。そこには大小様々な天狗の像が立っており、それらは「大天狗小天狗」と呼ばれている。その見どころは「若葉」の頃、この詩の文脈からみて、それは五月だろう。ただし、ここに暗示されているものは、それに続く六月の鎌倉の見どころ、「花菖蒲濡る頃」と対比されることで、桑田一流の隠語となっている点は意味深長である。すなわち、半僧（半俗）坊＝天狗（の鼻＝若葉）が立つ（萌え立つ）、いわばメイポールの五月、男たちの生殖の季節に対して、花菖蒲の花が濡れる六月、女たちの季節が対比されているのである（「〜が濡れる」は性的な暗示を込めた桑田の常套句）。そうだとすれば、半僧坊＝男僧たちの建長寺に対比されているものは、半僧坊の尼寺、東慶寺だという仮説が成り立つだろう。東慶寺は花菖蒲の名所で知られており、俗人の女たちが駆け込むことでいわば〈半僧・半俗尼坊〉になった者たちが身を寄せた尼寺だったからである（ちなみに、建長寺から東慶寺までは徒歩十二分程度）。

ここでの「花菖蒲濡る」が東慶寺を指すものであることは、別の観点からも確認できる。というのも、通常、〈雨の鎌倉〉を象徴する六月の花といえば、なんといっても紫陽花であり、ここで紫陽花を用いずにあえてそれを花菖蒲と記したところに作者の意図が透けてみえるからである。

鎌倉には「紫陽花寺」とも呼ばれる明月院があり、また六月ともなると鎌倉の至る所に紫陽花が咲き乱れる。もちろん、鎌倉育ちの桑田はこのことを十分承知しているはずである。このことは、「あじさいのうた」（作詞・作曲桑田佳祐）からも察することができる。その歌詞のなかに表れる「だんだん好きになって、そしてだんだん恋になる（＝咲く）」花、ここでの「あじさい」は、具体的には〈坂の街〉の急勾配を利用して、段々畑に咲き乱れる、鎌倉を象徴する花である「あじさい」を意味しているからである。このような桑田の作品世界の文脈のなかで、もしかりに、「花菖蒲濡る」を「紫陽花濡る」と記したとしよう。すると聴き手はその暗示をぼんやりとした鎌倉のイメージに求めるか、あるいは鎌倉をよく知る者ならば、それを明月院に求めるだろう。だが、それは作者の本意ではないため、そうは記さていないのである。桑田にとって、建長寺・半僧坊に対比されるものは、ぜひとも花菖蒲の名所、東慶寺でなければならないのである。なぜならば、性的暗示が込められた半僧坊（男）に対比されるものは男寺である明月院ではなく、半尼僧の宿り木、縁切尼寺でなければならないからである（淡い紫色の紫陽花とその形状は初恋のイメージを想起させても、花菖蒲の形状と色合いがもつ性的イメージは希薄である）。

こうしてみると、建長寺の半僧坊と東慶寺の半尼僧、そのあわいに潜むものの姿には、鎌倉の琵琶法師、猛々しい武将（俗人）にして女の性、一方流の祖である景清の面影を浮かべてみることができる。この世とあの世の切通しを〈通りゃんせ〉＝往来しながら亡き人の霊を琵琶と読経で鎮める半僧坊／半尼僧、景清の姿を偲ぶことができるからである。そしてさらに、景清の生と性のこのあり方に、「あの世へオイデオイデ楽団」を率いて、現代の琵琶＝ギターと「お経ラップ」によって切通しを「通りゃんせ」、あるいはまた、性のあわいをも「通りゃんせ」――「ニューハーフ」という言葉の生みの親は桑田佳祐――する桑田の姿を重ねてみることも可能だろう。ドスの利いた嗄れ声で、猛々しいロックビートに乗せて女心を繊細に歌いあげる桑田の姿には、梓弓を捨て半僧坊／半尼僧の琵琶法師となった在りし日の景清の面影が重なるからである。

さて、「花菖蒲濡る」が東慶寺を指すものであるとすれば、東慶寺のイメージは桑田が抱く鎌倉観にとって重要な意味をもっているとみることができる。というのも、夏歌で知られる彼ではあるが、実のところ彼は夏の鎌倉ではなく、梅雨の鎌倉がもっとも好きだと名言しているからである。

単純に晴れた日よりも雨の日のほうが好きだね。……僕は雨の日はブルーじゃないし、むしろユーミンの『悲しいほどお天気』じゃないけど、降り注ぐ陽光のほうがブルーになる。……僕は梅雨が終わると悲しくなる。それで夏の歌を作ってそのやり切れなさを払拭しているんだよね。……俺、ハワイ嫌いだしさ。……だって、俺にとっての海といえば、まず茅ヶ崎の黒い海だもん。……夏は〝想うもの〟なの。梅雨の間にしとしと降っているときに想うものだよ。（『素敵な夢を叶えましょう』「やっぱり雨が好き」）

ここに表れた彼の心情を信じるならば、「雨（尼）上がる」（先にみたとおり、「あまあがる」は東慶寺の枕詞）「夏」を「想」って「濡る」六月の「花菖蒲」／半尼僧たちの宿り木、東慶寺は、彼の抱く鎌倉観にとって大きな意味をもっているはずである。このことは、「雨上がりにもう一度キスをして」の一節を吟味すれば、さらに理解できるのである。

燃える夏の太陽が眩し過ぎたせいかしら／胸を焦がす恋なんて今じゃお伽噺か冗談ね／惚れた腫れたの仲よりもずっと孤独なほうが好き／もう惨めな恋なんてドラマだけの〝お涙頂戴〟ね／夏昼下がりのモーテルで陽に灼けた身体を愛し合い／茅ヶ崎あたりのローカルは今も口説き文句はこう言うの／「雨上がりにもう一度キスをして」／寄り添うような二人のシルエット／悲しい事も今じゃ素敵な想い出になったけど／「あの虹の彼方へと連れてって」永遠に見果てぬ青い空へ／本当に何も怖くなかったあの頃は風まかせ／…／振り向かないで涙をふいて　明日へと翔び立とう／あの頃は風まかせ　明日へと翔び立とう（桑田佳祐「雨上がりにもう一度キスをして」）

歌詞の内容は「想い出」という縁を断ち切ろうとする〈縁切り〉がテーマである。そして、ここに桑田の郷里、「茅ヶ崎」

がしっかりマーキングされているわけだから、聴き手はここに現代にまで息づく鎌倉の無縁の原理を読んでしかるべきだろう。「茅ヶ崎あたり」の湘南海岸は、現代の無縁の原理を享受する若い男女の出会いの場として知られているからである。「本当に何も怖くなかったあの頃は風まかせ」はそのことを暗示している。

ここに描かれた女性は無縁の原理に導かれある男性と出会い恋に落ちる。だがそのあげくの果てに失恋してしまう。そう読むと、タイトルに用いられている「雨上がりにもう一度キスをして」は雨降って（「涙雨」降って）地固まるの諺に倣って、復縁を願う若い女性の気持ちを表現していると理解される。とはいえ、この歌の最後は「振り向かないで涙をふいて　明日に翔び立とう　あの頃は風まかせ　明日へと翔び立とう」となっており、つまり、過去（想い出）と縁を切り、未来に向かって強く生きていこうとする気持ちも語られている。そうすると、この歌は最終的には縁（復縁）と無縁の間で揺れる女心を描いているということになるだろう。

娯楽として聴く歌としては、その程度の理解で事足りるし、桑田自身もそれ以上の読みを聴き手に求めてはいないだろう。ただし、本書にとっては、この歌詞には〈男心〉を奈落の底に落とすに十分な川柳的な〈オチ〉がついている点は見逃せないところである。そのオチとは、一途で健気（けなげ）な女性から、したたかな女のそれへと急転直下、華麗に変化（へんげ）するというものである（このことに気づかない限り、最後の詩行にみられる歌全体の基調となっている表題、「雨上がりにもう一度キスをして」は最後の詩行にみられる縁切り肯定論に打ち消され、表題そのものは全体を統合するイメージとはなるまい）。そして、このオチを成り立たせるものこそ、東慶寺を指す枕詞、「雨上がり」である。

夫から逃れ、縁切寺に駆け込んだ女たちが「雨上がりにもう一度キス」を願う相手は、いうまでもなく夫ではなく、不倫相手の男であった。つまり、江戸時代の人妻たちにとって、意中の男に語りかける「雨上がり」とはひとつの暗号であり、その意味するところは（高木侃の『三くだり半と縁切寺』から類推するに）およそ以下のようなものだっただろう――「東慶寺に駆け込むから逃亡を手伝ってね。そして三年間シャバで浮気しないで待っていてね。」この暗号を桑田が完全に理解していることは、「雨上がりにもう一度キスをして」のまえにおかれている「茅ヶ崎あたりのローカルは」によって理解される。それを説明すれば、こうなるだろう。

桑田は茅ヶ崎出身の自身のことを『素敵な夢を叶えましょう』のなかで「東京の田舎者」と呼んでいる。そのなかで田舎者＝茅ヶ崎人＝ローカル人と対比されている都会＝東京の象徴は、彼が通った青山学院大学がある渋谷のことである（『素敵な夢を叶えましょう』「東京の田舎者」参照）。ところで、渋谷もまた茅ヶ崎（湘南）と同様に、若い男女の出会いのメッカである。「口説き文句はこういうの」はその対比を踏まえて記していると考えてよいだろう。ただし、ここでの対比は歴史的な奥行きのなかで捉えられており、したがって、渋谷VS茅ヶ崎の背後には、天下のお江戸VS古都・鎌倉のイメージがあるとみることができる。「茅ヶ崎あたりのローカルは今も口説き文句は……」における「今も」の裏には「昔も」の意味が潜んでおり、「昔も」とは直接的には江戸時代を意味しているからである（「雨上がり」の枕詞は江戸川柳を媒介として世に流布されたからである）——「三年目世間も晴れるあまあがり」。

このような現在では忘れ去られたお江戸の女たちの暗号、すなわち東慶寺の枕詞が「茅ヶ崎あたりのローカル」では「今も」残っている、と桑田はいっているのである。というのも、「花菖蒲濡る」東慶寺は「茅ヶ崎あたりのローカル」にあるため、「今も」「雨上がり」の半尼僧による「口説き文句」の伝統が残っているはずだからである——「茅ヶ崎あたりのローカルは／今も口説き文句はこう言うの／雨（尼）上がりにもう一度キスをして」。ここに、先にみた川柳の大いなる「影／響」が、祀り上げによる形骸化を免れて現在にまで「伝染」している様をみてとることができる。こうして、古式ゆかしい禅寺と湘南サウンドは無縁の原理によって縁を結び、未来の若者文化へと受け継がれていくことになる。

十　「東慶寺」の様々な面影

鎌倉・縁切りの伝統は秘めごとであり、桑田の歌を捩っていえば、波間の「砂に書いた名前」のように、記録には残らない。だが、虚構の記憶のなかに余波をとどめる。その一つの実例を、江の電鎌倉駅の歌碑に刻まれた桑田作詞の「鎌倉物語」からみてみよう。

鎌倉よ何故／夢のような虹を遠ざける／誰の心も悲しみで闇に溶けてゆく／砂にまみれた夏の日は言葉もいらない／日陰茶屋ではお互いに声をひそめてた／空の青さに涙がこみあげる／……／少女の頃に彼と出会ってたら／泣き顔さえ真夏の夢……　（桑田佳祐『鎌倉物語』[28]）

この詩は鎌倉のもつ独特の旅情を伝えているが、注意しておかなければならないのは、この旅情が縁切り、無縁の原理に支えられているという点、つまり、ここにおける文化的影響の主体は、縁結びではなく、無縁の方にあるということだ。しかも、この歌に表れた無縁性はけっして例外的ものではない。今も歌い継がれ、私たちの心に響く、旅を歌った我が国の大衆音楽の傑作の多くが、出会いではなく、未練を立つ、縁切りの旅を歌っているからである。このことは旅情の核心である記憶が、元来、無縁の原理に宿っていることを示唆していないだろうか。たとえば、永六輔作詞の「女一人」などそうである――「京都、大原、三千院、恋に疲れた女が一人」。あるいは同じ永六輔作詞の「上を向いて歩こう」もまたそうである（この歌は坂本九によれば、集団就職のため上京する若者の応援歌として作られたものだというが、星月夜という東慶寺の枕詞を暗示する言葉が巧みに用いられている）。あるいはまた、さだまさしの「無縁坂」や「縁切寺」もそうだろう――「今日鎌倉へ行ってきました……／あの日と同じ道程で／たどりついたのは縁切寺」（「縁切寺」）。桑田の「鎌倉物語」もこれに等しいものであることが、歌の内容をもう少し細かく吟味してみれば分かるはずである。

詩人・桑田の心象には、湘南の夏の風物詩、現代の無縁の恋を享受する若者たちの姿が、人ならぬ恋の果てに鎌倉に駆け込んだありし日の女の面影と重なりながら、歴史の奥行きとして映る。かつて江ノ島は不倫の恋を成就するために、女たちが駆け込み巡礼を決行した際に目標とした密かな表象（灯台）でもあったからである。江ノ島は『無縁・公界・楽』

によれば、かつて「無縁所＝公界」であった点にも留意したいところである。

ここで詠われている女は、真っ白な「少女の頃」にではなく、様々な男との縁のなかで彼と出会って恋に落ちる。だが、「踊る胸に浮気な癖」がある彼女は結局「彼」と別れる羽目になってしまう。彼女は、後悔と悲しみにこみあげる涙雨に「空の青さ」を映してみる。すると、そこに晴れと雨の際を架ける「夢のような虹」がみえてくるのである。だがここに架かった虹は、「空の青さ」が「闇に溶けてゆく」、ハレとケガレの両義性をもつ虹であり、縁結びのそれではない。虹が鎌倉を指す枕詞となるのも首肯けるところである。それでも、女は縁切りの原理に導かれこの地を訪れ、またそこで虹を視ることになるのである（この意味で、アイルランドの虹に詩的に響き合っているともいえる）。

現在、彼女の虚構の記憶は江ノ電の鎌倉駅の前で歌碑となって立っている。こうして鎌倉のもつ無縁性は、若者のみならず、鎌倉を訪れる旅人にも形骸化を免れながらしだいに伝染していくことになるだろう。

鎌倉の魔力、無縁の原理が権威化・形骸化を免れつつ碑文に刻まれ、歴史の影響となっていった一例を、夏目漱石の「初秋の一日」にもみることができる。

雨はいつの間にか強くなって、窓硝子に、砕けた露の球のようなものが見え始めた。……幌の間から見ると車の前にある山が青く濡れ切っている。その青いなかの切通しへ三人の車が静かにかかって行く。車夫は草鞋も足袋も穿かずに素足を柔かそうな土の上に踏みつけて、腰の力で車を爪先上りに引き上げる。すると左右を鎖す一面の芒の根から爽かな虫の音が聞え出した。それが幌を打つ雨の音に打ち勝つように高く自分の耳に響いた時、自分はこの果しもない虫の音に伴れて、果しもない芒の簇りを眼も及ばない遠くに想像した。……やがて車夫が梶棒を下した。暗い幌の中を出ると、高い石段の上に萱葺の山門が見えた。**Oは石段を上る前に、門前の稲田の縁に立って小便をした。自分も用心のため、すぐ彼の傍へ行って顰に倣った。**それから三人前後して濡れた石を踏みながら典座寮と書いた懸札の眼につく庫裡から案内を乞うて座敷へ上った。老師に会うのは約二十年ぶりである。東京からわざわざ会いに来た自分には、老師の顔を見るや否や、席に着かぬ前から、すぐそれと解ったが先方では自分を全く忘れていた。私はと云って挨拶をした時老師はいやまるで御見逸れ申しましたと、改めて久濶を叙したあとで、久しい事になりますな、もうかれこれ二十年になりますからなどと云った。けれどもその二十年後の今、自分の眼の前に現れた小作りな老師は、二十年前と大して変ってはいなかった。ただ心持色が白くなったのと、年のせいか顔にどこか愛嬌がついたのが自分の予期と少し異なるだけで、他は昔のままのS禅師であった。……いっしょに連れて行った二人を老師に引き合せて、巡錫の打ち合せなどを済ました後、しばらく雑談をしているうちに、老師から縁切寺の由来やら、時頼夫人の開基の事やら、どうしてそんな尼寺へ住むようになった訳やら、いろいろ聞いた。帰る時には玄関まで送ってきて、「今日は二百二十日だそうで……」と云われた。三人はその二百二十日の雨の中を、また切通し越に町の方へ下った。翌朝は高い二階の上から降るでもなく晴れるでもなく、ただ夢のように煙るKの町を眼の下に見た。（「初秋の一日」（太字は筆者による）[29]）

漱石は自己の精神的危機が訪れた際、東慶寺の差し向かいに置かれた円覚寺（東慶寺から徒歩二分程度）をしばしば訪れているが、二つは兄弟寺である。縁切寺法が廃止になったことから、当時、円覚寺の住職であった釈宗演が東慶寺に移り、漱石は彼に会うために、東慶寺を訪れる。それが「初秋の一日」の背景である。訪れたのは台風到来の「二百二十日」、農家にとって三大厄日とされる日にあたり、厄日に相応しく土砂降りの雨、不安のうちに「雨上がる」ことを願う気持ちが巧みに描写されている。もちろん、ここでの筆者の狙いは、この厄日とケガレとしての縁切寺、東慶寺のイメージを重ねることにあることはいうまでもない。だが、そこは「流石」に漱石、このケガレが同時に「無縁の原理」により逆説化され、ハレに転じる可能性をもっている点も忘れてはいないのである――「降るでもなく晴れるでもなく、ただ夢のように煙るKの町を眼の下に見た。」この描写は先の碑文に刻まれた「鎌倉よ、なぜ夢のような虹を遠ざける」にみられる両義性と完全に響き合っている。

このことを踏まえると、以下の何とも奇妙な表現も、たんなる洒落の域を超えて深い真実を伝えるものとして理解することができるだろう――「Oは石段を上る前に、門前の稲田の縁に立って小便をした。自分も用心のため、すぐ彼の傍へ行って顰に倣った。」

この文を解く鍵は虹と〈狐の嫁入り〉とみる。雨上がりの瞬間、晴れと雨の際、天気雨のなかにみえるものは、虹であり、狐の嫁入りであり、二つのものは晴れ(ハレ)への人間の果てしない希求を意味しているからである。この希求を承知して子供はホースで滝をつくり、そこに虹を映そうとするが、漱石は子供の顰に倣い、自身のホースで雨上がりの儀式を行なったというわけである。むろん、この儀式は狐の嫁入りを視るための儀式にも有効である。南方熊楠が示唆しているように、体液の外部への流入は狐の嫁入りを見るための原初的装置ともなるからである。[30]「稲田」（お稲荷さん）への体液への流入ともなればさらにそういってよいだろう。

ただし、この儀式は〈禁じられた遊び〉である点にも注意を向けたい（『夢十夜』を敷衍した黒澤明作『夢』第一話参照）。人間と獣、この世と異界、ハレとケガレとの結婚は超えてはならない境界を超える人ならぬ（不義の）結婚、タブーとされているからである。したがって、この場合、狐の嫁入りが象徴するものは、縁結び、ハレとしての虹に対する、ケガレとしての縁切り、無縁であることにもなる。しかし、漱石はケガレとハレの両義性を承知し、あえてタブーを犯すのである。この行為は、タブーという言葉が聖と俗の境界線を「しるしづける」という意味をもつポリネシア語に由来することを思い出せば、しるしづけ／マーキングとしてのタブーを意味する絶妙な隠喩であることに気づくことになるだろう。もっとも、マーキングとは自己の領土をしるしづける動物の本能的な行為をも意味することから、この隠喩には己／漱石の名をしるしづけるという暗示も込められていることになるだろう。このことは「漱石」という名が漢語の「漱石枕流」に由来し、禅寺円覚寺の公案においては漱石とは「無縁（「父母未生の面目」）」が含意されていることを思えば、さらに意味深長な隠喩であることに気づくことになるだろう。というのも、若き漱石が釈宗演を訪ね円覚寺の門を潜ったとき、まず目にしたものは石の手水舎に大きくしるしづけられた「漱石」の文字のはずであり、そうすると晩年の漱石がこの釈宗演と面会する寸前、円覚寺の兄弟寺、東慶寺の門を潜る前に行なったこの行為は、二つの「門」により互いに差し向かい合う、すなわち〈あ・うん〉に相対峙する兄弟寺と漱石との個人的な縁、禅がいうところの無縁の縁を密かにしるしづける隠喩であるとも読めるからである。[31]

　現在、彼のマーキング計画は、洒落と頓智問答をかえす住職故井上禅定氏により「初秋の一日」が東慶寺の石碑となることで実を結んだ。土に染み入る漱石の記憶は東慶寺の伝統と相まって、石にしるしづけられ歴史の影響となって現代に薫っているわけである。不謹慎とユーモアの交差するこの際に、川柳に詠われた禅寺・東慶寺の伝統が透けてみえ、そこにもうひとつの鎌倉の相貌が映るのである。

　東慶寺は、先述したように、鈴木大拙、小林秀雄、西田幾多郎、和辻哲郎など我が国を代表する近代の文化人たちが永眠する寺として知られているが、ここにも無縁の原理が働いている。東慶寺は縁切寺に相応しく、親族墓地の形態を取らず、いわば〈無縁墓地〉であり、この無縁の形が彼らを東慶寺に引きつけた最大の理由のように思われるからである。

　周囲を山崖で囲まれた境内の墓地は名士の墓とて清貧そのものであり、それはさながら、山肌に掘られた「やぐら」という名の子宮、その羊水のなかでたゆたう胎児といった面持ちである。彼ら男たちは、お隣の男寺、円覚寺の墓地に目もくれず、あえて尼寺であった寺に永眠の場を定めた。その理由を最終的に、いわゆる「近代の超克論」と彼らの関わりのなかに求めたい。彼らは、一九三〇年代後半から高まっていった我が国のナショナリズムと連動し、「ますらおぶり」の精神を流布させるための文化表象として祀り上げられ、「聖化」されたあと、敗戦後、逆に「祀り下げ」の憂き目をみた。この祀り上げ／下げの儀式のなかで顧みられなかったものは、彼らの作品が共通して醸し出す、あの独特の感受性、すなわち、「たおやめぶり」の情念の部分である。小林秀雄の晩年の作『本居宣長』はその好例であるが、ここで小林は大和魂とは本来、ますらおぶりに反立する、たおやめぶりであると主張している。和辻の晩年の作『歌舞伎と操り浄瑠璃』、大拙の「般若」考、晩年の西田哲学に深く翳る憂愁などもこの文脈で捉えることができまいか。そうだとすれば、無縁墓地そのものが、彼らにとっての最後の隠喩、死者のメッセージであるとみることも可能だろう。

つまり、グローバリゼーションとナショナリズムの狭間で引き裂かれ、その際に生じた政治的しがらみに苦しんだ彼らは、魂の巡礼の果てに縁切尼寺である東慶寺に駆け込んだ、とも捉えられるわけである。

ともかく、彼らがここに永眠しているというこの真実は、コミュニティの縁・役を免れたインミュニティのもつ無縁の原理、それが過去の文化のみならず現在の文化に対しても、いかに重要な役割を果たしているのか、沈黙のなかで雄弁に語っているのである。

註

第一章

（1）多田富雄『免疫の意味論』（青土社、1993）、十二―二八頁参照。なお、多田富雄によれば、ニワトリの身体にウズラの脳を移植する実験が報告されているという。この「キメイラ」生物は数十日生き延びたが、結局、免疫は脳を非自己と判断し拒絶してしまったために死に絶えた。このことからもおよそ理解されるとおり、身体において自己を決定する器官は脳にではなく免疫にあるといえるだろう。

（2）小林康夫『表象の光学』（未来社、2003）、三―二十六頁参照。

（3）『表象の光学』、九頁。

（4）アンリ・ベルクソン『物質と記憶』（合田正人、松本力訳、筑摩書房、2007）参照。なお、ベルクソンがここで批判しているのは、科学と常識とによる錯覚、すなわち時間の空間化（範疇化）、質の量による計測化、心身並行性（身体の死を魂／精神の死と等価に置くこと）などである。だが、同時にこの著書は唯心論的視点から解かれたものではなく、魂と身体、記憶と脳、潜勢的に現在する過去と潜勢的現在との合一の営為を解いたものとみることができる。

（5）『免疫の意味論』、一六六―一七八頁参照。

（6）T. S. Eliot, *Notes towards the Definition of Culture*（London: Faber and Faber, 1948）, pp.21-34 参照。ヴィクター・ターナーもまた文化を「静的な構造」としてではなく、「有機体」として捉えることの重要性を「リミナリティ（文化の境界性）」、「リマノイド」、あるいは「コミュニタス（反構造）」の観点から力説している。Victor Turner, *Image and Pilgrimage in Christian Culture*（New York: Columbia University Press, 1978）, pp.22-5 参照。

（7）『免疫の意味論』、三六―四七頁参照。

（8）多田富雄『免疫・「自己」と「非自己」の科学』（ＮＨＫブックス、2001）、一六九―一八二頁参照。なお、現代のテロルを「自己免疫」

とみなしたのは、ジャック・デリダである。ユリゲン・ハーバーマス、ジャック・デリダ、ジョバンナ・ボラッドリ『テロルの時代と哲学の使命』（藤本一勇、澤里岳史訳、岩波書店、2004）、一二五—一二一頁参照。

（9）『免疫の意味論』、五七—七七頁参照。

（10）『免疫の意味論』、五二—五七頁参照。

（11）坂部恵『仮面の解釈学』（東京大学出版会、1976）、一—五〇頁参照。坂部恵『鏡のなかの日本語』（筑摩書房、1989）、三七—五八頁参照。坂部恵『ペルソナの詩学』（岩波書店、1989）、一二六—一四六頁参照。

（12）L・ビンスワンガー／M・フーコー『夢と実存』（荻野恒一、中村昇、小須田健訳、みすず書房、1992）、七一頁。

（13）ジョルジュ・アガンベン『事物のしるし——方法について』（岡田温司、岡本源太訳、筑摩書房、2011）、一六四頁参照。

（14）中井久夫『徴候・記憶・外傷』（みすず書房、2004）、三—四頁。

（15）「文化」 西洋における「文化」の前形はラテン語の **cultura**（耕作）で、語源はラテン語の **colere** である（現代の漢字語になっている「文化」と「文明」は西洋の概念の漢語への置き換えであり、これが中国に逆輸入されたものである）。その意味は「住む」「耕す」「守る」「敬い崇める」と多様である。「住む」は **colony**（植民地）、「耕す」は耕作と結びついて「精神の養育＝教養（キケロがいう「魂の耕作 **cultura animi**」）」、「敬い崇める」は **cultus**（礼賛）を経て、**cult**（崇拝）となった（レイモンド・ウィリアムズ『キーワード辞典』参照）。現代用いられる「文化」を最初に前景化し、文化の多様性を説いたのはドイツの思想家ヘルダーであり、ドイツの **Kultur** の伝統は彼に負うところ大であるが、彼の文化概念はドイツロマン主義の「教養 **Bildung**」やナショナリズムと一つになって、ゲルマン的文化概念の伝統を生み出していく。これに対しフランスにおける文化概念は、普遍化を志向し、これが「文化人類学」を生む母胎となった。だがドイツは、この普遍的文化規定に懐疑的であり、むしろこれを「文明化」であると批判した。第一次世界大戦から続く仏独緊張関係は仏の「文明」対独の「文化」の理念闘争であるとする見方もある。イギリスにおいて「文化」を前掲化させたのは、マシュー・アーノルド（『文化と無秩序』（1869））であるが、彼にとっての文化とは「教養」の意味であり、教養とはモラルの意味である（この時期、英においては、E・タイラーの『原始文化』（1874）にもみられるように文化それ自体を前景化しようとする動きが活発化してくる）。この意味を継承したのが「スクリューティニ」派の英文学批評家、F・R・リーヴィスであり、これをニューレフトの立場から継承したのがレイモンド・ウィリアムズであるとみることができる。なお、文化唯物論の立場から文化のもつ政治的側面に注目した著書としてテリー・イーグルトン『文化とは何か』（大橋洋一郎訳、松柏社）がある。ただし彼の文化定義には、文化的営為のすべてを唯物論化し、政治化する狙いのもとで書かれているために偏りがある。彼は文化から精神的営為を排除する狙いのゆえであろう、「〈文化〉というのは最初はとことん物質的な過程を意味していた」と述べ、その根拠を文化の語源に求めているものの、その根拠自体が逆に文化は物質的ではなく、有機的免疫作用（排泄行為も含む）であることを明白に示しており、彼の理論をおおいに裏切るに十分なものとなっている点は皮肉である。結局、彼の文化唯物論に欠如しているのは生物学的、免疫学を視座に入れた文化学的視点であるとみることができる。

(16) クロード・レヴィ＝ストロース『野生の思考』（みすず書房、1976）、参照。

(17)『免疫の意味論』、六四頁参照。

(18) 山口昌男『文化の詩学』Ⅱ（岩波書店、1983）、五二頁参照。

(19) レヴィ＝ストロース、二九四―三二五頁参照。

(20) J・ル・ゴフ『中世の身体』（池田健二、菅沼潤訳、藤原書店、2006）、二五頁。

(21) V・シクロフスキー『散文の理論』（水野忠夫訳、せりか書房、1971）、一五―一六頁。

(22) 山口昌男「文化記号論研究における『異化』の概念」『山口昌男コレクション』（筑摩書房、2003）、四九七頁。

(23) 組織として「文化学」の成立はバーミンガム大学現代カルチュラル・スタディーズ・センター（CCCS,1964）であるが、その源流は「スクリューティニ」派のF・R・リーヴィスとE・トムソンに求められ、これを継承したレイモンド・ウィリアムズが「文化学の父」とされる。レイモンド・ウィリアムズはイギリスのリベラルなマルクス主義、ニューレフトであり、彼の立場を継承する「文化学」は今日まで基本的にはニューレフトである。彼はT・S・エリオット的なヨーロッパの普遍精神＝カトリシズム＝「伝統」に対しては、リーヴィス的な「大いなる伝統（英的もの）」を支持したが、その場合の「伝統」とは彼にあっては労働者階級に体現されるものである。CCCSの初代センター長R・ホガートも同様である。「文化学」が大衆文化を重視するのはこの伝統によるだろう（「オーデン（英詩人）派」のホガートについての詳細は風呂本武敏『半歩の文化論』（渓水社）が詳しい）。なお、今日の文化学の中心はメディア論であり、その流れをつくったのがホガートの後を受けてCCCSのセンター長に就任したスチュワート・ホール（ジャマイカ系イギリス人）である。彼のメディア理論の中心はデコーディングとエンディコーディングによる文化の可逆的流動性であり、その理論のなかにジェンダー、階級、人種、サブカルチャーの視点が取り入れられている。その理論は仏・露の構造主義から多くを負っており、のちにこれがアメリカに渡り一つの主義となっていったとみることができる。この動きは半ば文化のもつ歴史性、伝統に対する否定であることから、これに対する反省として「新歴史主義」の視点が導入されたとみることもできる。

(24) カルロ・ギンズブルグ『チーズとうじ虫』（杉山光信訳、みすず書房、1984）、四、九頁。

(25) 『チーズとうじ虫』、四一頁。

(26) ガストン・バシュラール『空間の詩学』（岩村行雄訳、筑摩書房、2002）、二二三頁。『空間の詩学』には以下のようなきわめて示唆に富む指摘もある――「かれは岩の奥底、岩の貝殻のなかでいきたいとねがう。この岩の住まいは、ぶらさがった瘤のために、いまにもおしつぶされはしないかという悪夢にうなされる。岩のなかの螺旋によって、この住まいを欲するひとはありふれた恐怖をおさえることができる。ブルナール・パリッシーは、その夢想のなかでは、地下生活の英雄なのだ。かれはこうかたる。かれは空想のなかで、洞窟の入口でほえたける犬の恐怖をたのしみ、曲がりくねった迷路のなかで歩みをとめる訪問者のためらいをたのしむ。ここでは孤独な人間にとって、すなわち単純なイメージによって身をまもり、かばうことをこころえた偉大な孤独者にとって、貝殻＝洞窟は〈砦の町〉にほかならない。柵や鉄の扉は必要ない。中へはいってゆくのがこわい……」（『空間の詩学』、二三四頁）。うずまき貝と洞窟が「暗い入口」をもっているという意味で、イメージの連鎖をもつというバシュラールの指摘は、ケルト神話にしばしば登場する「大釜」が真珠で縁取られていることからも理解される。目下、対象としようとするイェイツの詩が、最終的に貝の最終的イメージ連鎖の帰結点を「真珠」に求めているのもこのことによって理解される。すなわち、真珠で施された大釜は、「真珠の門」と呼ばれており、これが意味しているのは、生と死の門を潜る通過儀礼の門、すなわち、魂の錬金術を象徴するものである。もちろん、フロイト的深層心理学を待つまでもなく、門は洞窟、貝と同様、女性性器を暗示するものであることはいうまでもない（*Macbeth* におけるケルトの魔女たちが用いる「大釜」も、一つの錬金術を意味するものだろう）。この際、真珠は大釜によって、宝石へと変貌する最良の隠喩となる。真珠は貝、すなわち自然の洞窟、あるいは錬金術の大釜の〈体内〉で生成され、粗雑な石が宝石へと変貌を遂げるからである。

（27）E・ミンコフスキー『精神のコスモロジーへ』（中村雄二郎、松本小四訳、人文書院、1983）、一〇九―一一〇頁。ただし、彼がいう反響を自己の主体が反響のなかで完全に溶解した、いわば神秘的な没我体験を意味していない点には注意が必要である。彼がここでいわんとしているのは、反響の場が個々の存在の境界と差異を含みながら自己と他者の接触がもたらす響きあいだといっているのである。というのも、そもそも反響とは接触面との衝突によってもたらされた境界の音＝痕跡だからである――「（反響とは）その音で環境全体を充たしながらその境界を定め、その環境との接触を維持しそれを形づくり、同時にわれわれの内部に浸透しながら自己と世界とをもたらし、われわれを美しく響きわたる全体のなかに溶けこませる旋律なのである」（ミンコフスキー、一一四頁）。

（28）W. B.Yeats, *The Poems* (London: Everyman's Library, 1990) , p.35. この版からの引用はすべて以下、文中に示す。潮の満ち引きは月の引力の差異によって生じるのであり、その差異は時を生み出す地球の自転によるのであるから、潮騒の音は時の調べの最良の隠喩である。この点で、のちの『ヴィジョン』のさりげない冒頭が海辺の町、イタリアのラパルロの描写――「湾を囲む南風しかとおさない山岳」――からはじまっているのは、二つの詩の背景となるインドの海辺の架空のアルカディアとの平行関係が暗示されているという意味で意義深いものである。さらに、『ヴィジョン』の歴史的回帰が「月の二十八相」によって表現されているという意味でも興味深いものがある。

（29）W. Edward Said, *Orientalism* (New York: Vintage Books,1979) ,p.3, 8.

（30）『チーズとうじ虫』、二五二頁。

（31）伊東俊太郎『十二世紀ルネサンス』（講談社、2006）、参照。

（32）網野善彦『網野善彦著作集　第十二巻・無縁・公界・楽』（岩波書店、2007）、参照。

（33）『無縁・公界・楽』、七―九頁。

（34）多田富雄『能のみえる風景』（藤原書店、2007）、八―一〇頁。

(35) シグムンド・フロイト『フロイト全集 トーテムとタブー』12（門脇健訳、岩波書店、2009）、一九九―二〇六頁参照。

(36) カルロ・ギンズブルグ『闇の歴史―サバトの解読』（竹山博英訳、せりか書房、1992）、三六五―四三一頁参照。

(37) 吉田敦彦『オイディプスの謎』（青土社、1995）、二一頁。

(38) 吉田敦彦、一五九―一七四頁参照。

(39) ルネ・ジラール『暴力と聖なるもの』（吉田幸男訳、法政大学出版局、1982）、九九―一〇九頁参照。

(40)『暴力と聖なるもの』、一一〇―一四三頁参照。誤解を避けるためにここで断っておかなければならないが、本章で展開されたジラールの供犠の理論は、おもに『欲望の現象学』『暴力と聖なるもの』、『世の初めから隠されていること』、『身代わりの山羊』などの読解から得た知見を、本書の文脈に引きつけて論者なりに再解釈したものである。したがって、各著書で提示されている彼の各供犠論から純粋に判断すれば、多少ずれている部分もある。ただいうまでもなく、本書の目的はジラールの供犠理論の信憑性の云々を批評することではなく、彼がいう供犠の働きと免疫の働きが、その根本において平行していることを提示することである。そのため、彼が各著書で展開している供犠論における各内容・意味の差異について踏み込んで述べてはいない。各々の供犠の捉え方の違いは各々確認するにしくはないが――ジラールを総括的に論じたM・ドゥギー／J・P・デュピュイ編著『ジラールと悪の問題』（古田幸男、秋枝茂夫、小池健男訳、法政大学出版局、1986）はその手引になるだろう――、その際に、まず考慮しておかなければならないことは、上述した四作品はいずれも供犠の背景になる時代も対象も異なっている点である。『欲望の現象学』（あるいは『羨望の炎』、『ドストエフスキー』）における供犠の問題は、十六世紀（ロマネスク）から近現代であり、対象は文学作品である。『暴力と聖なるもの』においては、時代は人間社会化の曙期であり、対象はおもに神話である。『世の初めから隠されていること』においては、前者二つを統合したうえで、対象を聖書の方に移行させている。『身代わりの山羊』においては、時代は旧新約の時代、対象は聖書が中心である。なお、私見では、ジラールの供犠自体に対する捉え方が各著書に推移がみられ（自ら「還元論者」であることを公言するジラールはこれを認めないだろうが）、しだいに生成・修正されているという印象を受ける。たとえば『暴力と聖なるもの』（一九七二）によれば、供犠の犠牲者となるものは、共同体における「復讐」という欲望＝模倣の悪の連鎖を断ち切るために利害関係のない無実の無縁者（あるいは動物）が選ばれるとしている。しかも、この犠牲者はたまたま供犠の対象になったにすぎず、そこに供犠になることの必然性はないとしている。これを彼は「生贄選択の恣意性」と呼んでいる。だがこの見解は、一九七八年に書かれた『身代わりの山羊』で問題にしている「殉教者」としてのバプテスマのヨハネ、さらに供犠の成就者キリスト、その生贄の選択には必然性があることは明らかであることを思えば、二つの著書には一部矛盾があるように思われる。このような場合、本論では内容の変遷における帰結点を重視することで対処することを図った。「モデル」が主体的スタイルをもつ共同体の周縁者であると解釈したのはその理由による。

(41)『文化の詩学』Ⅱ、四〇―六二頁参照。

(42)谷川謙一『魔の系譜』(講談社、1984)、小松和彦『異人論』(筑摩書房、1985)、参照。

(43)『暴力と聖なるもの』、四―五頁参照。

(44)カール・バルト『イスカリオテのユダ』(新教新書、1963)、三五―一二三頁参照。

(45)『暴力と聖なるもの』、四七七―四八三頁参照。

(46)アンドリュー・J・マッケナ『暴力と差異』(法政大学出版局、1997)、参照。

(47)『暴力と聖なるもの』、三五三―四〇一頁参照。

(48)J・デリダ『散種』(藤本一勇、立花史、郷原佳以訳、法政大学出版局、2013)、九六―一七五頁参照。

(49)J・デリダ『コーラ』(守中高明訳、未来社、2004)、参照。

(50)ミルチャ・エリアーデ『聖と俗』(法政大学出版局、1969)、一九―四〇頁参照。

(51)Edward Said, p.5.

(52)Edward Said, pp.5-6 参照。

(53)ヘーゲル『歴史哲学講義』上(長谷川宏訳、岩波書店、1994)、三四八、三六〇頁参照。

(54)フレデリッヒ・ニーチェ『善悪の彼岸』(竹山道雄訳、新潮社、1954)、一一頁。

(55)フレデリッヒ・ニーチェ『ツァラトゥストラはこう言った』(氷山英広訳、岩波書店、1967)、一―三七頁。なお、原文はFriedrich

Nietzsche, *Also sprach Zarathustra* (Berlin:Ein Buch für Alle und Keinen, 1883) を用いた。

(56) 高柳俊一『精神史のなかの英文学』(南窓社、1977)、八頁。

第二章

(1) ジャック・ル・ゴフ『煉獄の誕生』(渡辺香根夫、内田洋訳、法政大学出版局、1988)、九頁。

(2) 鶴岡真弓『ケルト/装飾的思考』(筑摩書房、1993)、三六〇頁。

(3) カール・ケレーニイ『迷宮と神話』(種村季弘、藤川芳郎訳、弘文堂、1998)、三一頁。

(4) 『闇の歴史』、三八六頁参照。ここには、以下のすぐれた卓見があるので記しておく——「踊りの名前は、個々の踊り手の仕種と鶴の歩き方との類似を強調している、と推測されている。この種の儀礼は、すでに述べたテーセウスの偉業の持つ通過儀礼的性格と両立しうると思える。迷宮が死者の世界を示し、迷宮の女主人のアリアドーネが死者の女神であることは、かなり可能性の大きい推測である。アテーナイでは、ディオニュソスとアリアドーネの結婚は、毎年、アンテステーリア祭の二日目に祝われていた。それは古来の春の祝祭であり、繁栄と有害な影響をもたらす両義的存在で、水と、煮炊きした穀物を捧げて鎮めるべき、死者の魂が、地上に戻る時期と一致していた。テロスでは鶴の踊りはアポロン神殿の周囲で行われていたことが分かっている。」

(5) 『闇の歴史』、三九四—五、三九九—四〇三頁参照。

(6) イツハク・カツェネルソン『滅ぼされたユダヤの民の歌』(飛鳥井雅友、細見和之訳、みすず書房、1999)、一四頁。

(7) 「ケリュグマは神学者のルドルフ・ブルトマンに関係があるが、彼はそれを神と対照し、ケリュグマが自立するためにはまず聖書における神話的要素を除去するか、何か別のものを変えるべきものとして見る。……それは通常の修辞を意味するものではなくて、聖書の生地から分離できない神話的・文学的特質を考慮に入れる言語様態を意味するものでなくてはならない。つまり、詩的なものの〈反対側〉にある言語様態である。」とみることができる。ノースロップ・フライ『力に満ちた言葉』(山形和美訳、法政大学出版局、2001)、一二三頁。

（8）ヘブル語の原義では主に「Ot」として用いられる徴は、ギリシア語では「セメイオン」と訳されるが、『聖書思想事典』（三省堂）によれば、旧約の「徴」を以下のように要約される。「神は、その民の信仰を養おうとするとき、かつて与えた過去の徴を想起させながら、現在においても徴を送る。他方、彼らの希望をふるい立たせようとするとき、きたるべき未来の徴を告知する。」なお、ギンズブルグは、「徴候」の学問的起源の一つとして、古代ギリシアの医学者ヒッポクラテスが用いた「兆候」を例に挙げているが、これは「セメイオン」である。なお、ジョルジョ・アガンベンは『事物のしるし』において、「しるし」に対する預言者に割り当てられた象徴的活動は「救済」であり、この活動は天使に割り当てられた象徴的活動としての「創造」に対し、「序列」においては「優先」するという。したがって、聖書の釈義においては実のところ「救済」は「創造」に先行するとしている（『事物のしるし』一六五―六頁参照）。これは、一見荒唐無稽な解釈に思われるが、生物学者やゲーテにとっては、馴染みの考え方である。なぜならば、あらゆる種は大木の形相を宿しているからである。

（9）フランク・カーモード『秘義の発生』（山形和美訳、松柏社、1999）、参照。ミドラーシュの伝統は西洋の解釈学に脈々と受け継がれている。解釈学とは、テキスト解釈（ヘルメティック）の技法を意味するが、西洋の知的伝統においてはまずは旧約聖書と新約聖書の釈義の技法として発展し、次いで法典や法律の解釈技法に転用され更なる発展を遂げた。というのも、旧約聖書が「トーラ」、すなわち「聖なる法典」を意味し、この伝統がキリスト教的中世ヨーロッパの法的規範となり、思想においても中世スコラ哲学（その規範はアウグスティヌスとトマス・アクュナスたちの神学とアリストテレスの哲学の結合に拠っている）の伝統に大いに反映されていったからである。もっとも、現代の解釈学はこのような知の伝統の脱構築を目指していることに一つの特徴がみられる。とはいえ、これは逆説的にいかに現代の解釈学が聖書の釈義＝ミドラーシュに影響を受けているかを雄弁に証している。たとえば、その痕跡は、現代の解釈学の父とも呼ぶべきハイデガー、彼一流の表現である「隠しつつ明かされる」に表れている。ちなみに彼は以下のようにも述べている――「私を創造的哲学者の規範で測らないでくれたまえ、私は一個のキリスト教神学者なのだから」（カール・レヴィナスに宛てたハイデガーの手紙より）。G・スタイナー『ハイデガー』（生松敬三訳、岩波書店、1992）、一四頁。

（10）ノースロップ・フライ『力に満ちた言葉』（山形和美訳、法政大学出版局、2001）、四〇五頁。

（11）マラナタとは、新約聖書「黙示録」の最後に記された「主イエスよ、来りませ」の意味であるが、これは迫害の時代のユダヤの古代キリスト教徒たちの間でキリスト教徒であることの秘密の合い言葉として用いられた。今日でも、キリストの再臨を願う信者（とくに終末論的感覚、いわゆる「ディスペンセーション」を重視するプロテスタントの信者）たちの手紙の文末の敬具的記号としてしばしば用いられている。この言葉の概念が西洋文学に重要な意味を持っていると解したのは、『声の文化と文字の文化』の著者で知られるW・J・オングである。彼のマラナタ論を念頭におけば、ユダヤ人としてのデリダがいう「砂漠（絶望）のメシアニズム」もマラナタを前提に、それを逆説化している概念であるとみることもできる（彼は自らの唯一の「同伴者」を彼と同じアルジェリア出身のアウグスティヌスに求めている点にも注目したい）。

（12）G・スタイナー、一四頁。

（13）カルロ・ギンズブルグ『ピノッキオの眼』（竹山博英訳、せりか書房、2001）、九頁。

（14）『ピノッキオの眼』、一五三、一八七頁参照。

（15）『ピノッキオの眼』、二一一―二一二頁。

（16）後藤正英、吉岡剛彦編共著『臨床知と徴候知』（木原誠「徴候と予表」）（作品社、2012）、二五四―二五五頁参照。

（17）『聖書』からの引用は新共同訳（日本聖書協会）を用い、適宜、『創世記』『ヨシュア記・士師記』『ルツ記・コヘーレト書』『サムエル記』（以上、岩波書店）を参照した。

（18）『闇の歴史』、三八二、四一九頁参照。

（19）ハロルド・ブルーム『聖なる真理の破壊』（山形和美訳、法政大学出版局、1990）、一一二頁参照。

（20）Harod Bloom, *The Western Canon*（London: Macmillan, 1994）,p.5.

（1）高柳俊一、八頁。

（2）高柳俊一、七―三一頁参照。

（3）山田晶『アウグスティヌス講話』（新地書房、1986）、八七―一一三頁参照。この点は本書にとって、きわめて重要であるので、これに関連する箇所をそのまま以下に掲載しておく――「これについて、二つの説が分かたれます。一つは、聖霊は御父から、御子を通して発出するという説です。この説によれば、三つのペルソナはその発出の関係において、父→子→聖霊と逆三角形の形になります。つまり、父と子とは聖霊の発出において、いわば同等の起源の関係にあるものとされるのです。前者は東方教会の見解であり、後者は西方教会の見解であります。そしてこの見解の相違は、東西両教会分裂の動機となりました。（改行）教理史的に考えますと、三位一体の教理が定式化されたニケア・コンスタンチノポリスの信経（四世紀前半）には、『父より出ずる聖霊』という表現がありますが、子については何も記されていません。しかるに西方教会においては、これに『および子より』（フィリオ・クェ）という附加をしました。教会の権威によってその附加が正式に認められたわけではありませんが、またたく間に西方教会に普及しました。このことは、ニケア・コンスタンチノポリス信経を正統信仰の最後の決定であり、これは無条件に守られるべきであり、それに対していかなる訂正も附加もなされてはならないと確信する東方教会の人々にとっては耐え難いことであり、しばしばこの問題について論争が行われ、東西両教会の代表を含む会議において和解のための話し合いがなされましたが、決定的な解決に到らず、今日に及んでいます。」

（4）『十二世紀ルネサンス』、参照。

（5）『煉獄の誕生』、二五、三六、二七〇、二七六、二八二―二八六頁参照。

（6）Victor Turner, *Image and Pilgrimage in Christian Culture* (New York: Columbia University Press,1978) ,p.113 参照。

（7）『煉獄の誕生』、八〇―八五頁参照。ここで、ル・ゴフは「煉獄の父たち」の一人であるアレキサンドリアのクレメンス、あるいはオリゲネスが抱いていた煉獄の概念を「プラトン主義的なキリスト教理解」のもとで読んでいる。いわく――「クレメンスとオリゲネスのプラトン主義理解は、彼らを楽観論の立場に導いていく。例えばクレメンスは、神は復讐するものではありえないと考える。〈神は復讐心を揮うのではない。復讐とは悪に対して悪を報いることであって、神は善のためにこそ悪を懲らしめるのである。〉（『雑録』7：26）」要するに、彼らにとって煉獄とは、刑罰ではなく、教育の場であることを意味していることになる（『煉獄の誕生』、八五頁）。山田晶も『アウグスティヌス講話』第二話において、彼ら教父たちに対し同じ味方をとっている。このことを踏まえたうえで、本文で述べたことをここに重ねるならば、クレメンスは切り取られた半円の陰（死）の部分を煉獄に置き、そこを暗黙のうちに、魂の死と再生の場所として捉えているということになるだろう。もちろん、それは彼岸における魂の浄化の場であって、肉体自体の再生（回帰）の場を意味しているわけではない。だが、のちのネオ・プラトニズムの発生を待って、これが肉体の回帰へと結びついてくる。そして、これが十二世紀の煉獄の空間化（名詞化）、すなわち聖パトリックの煉獄にみられるこの世に実在する場所と結びついていくことになるだろう。第五章で詳しく述べるイェイツの煉獄観、煉獄としてのアイルランドのイメージも、このことを前提としているだろう。

（8）『煉獄の誕生』、八〇―八五頁参照。

（9）『煉獄の誕生』、九五―一二八頁参照。

（10）『煉獄の誕生』、一〇五頁。

（11）Thomas Cahill, *How the Irish Saved Civilization*（London: Sceptre Lip, 1995）,pp.35-67 参照。

（12）『煉獄の誕生』、四一頁参照。

（13）『煉獄の誕生』、二五八頁参照。

（14）『煉獄の誕生』、七頁。

（15）彼はこの問題に関して以下のように述べている――「煉獄の誕生過程における民衆文化の地位に関してである。確かにそれは重要な役割を果たしている。ここでも繰り返し言及されるだろう。……しかしながらこの方面では、私はあまり獲物の深追いをしようとしなかった。この種の問題には不確定要素が多すぎて、民衆文化の論駁の余地のない貢献部分を明確にし、掘り下げ、解釈することが容易にはできないからである。ただこの文化が煉獄の誕生に一役かったことは知っておかなければならない。煉獄の誕生の世紀はまた、学問的文化に対する民衆文化の圧力が最も強かった時代であり、教会は中世初期に破棄し、隠蔽し、あるいは無視した伝承に対し、より多くの門戸を開いた。この圧力がまた煉獄の誕生に貢献した。」『煉獄の誕生』、二一一―二一二頁参照。

（16）Haren, Michael & Yolande de Pontfarcy.ed, *The Medieval Pilgrimage to St Patrick's Purgatory: Lough Derg and the EuropeanTradition*（Enniskillen: Clogher Historical Society, 1988）, pp.169-89 参照。

（17）『煉獄の誕生』、二九六頁。

（18）マルクス・ヘンリクス『西洋中世異譚集成　聖パトリックの煉獄』（千葉敏之訳、講談社、2010）、一〇六―一三〇頁参照。英訳は *Saint Patrick's Purgatory, A Twelfth Centry Tale of a Journey to the Other World.* Transled by Jean-Michel Picard（Dublin: Four Cout Press, 1985）を適応参照した。

（19）千葉敏之、二一六頁。

（20）Haren, Michael & Yolande de Pontfarcy.ed, pp.35-57 参照。

（21）Haren, Michael & Yolande de Pontfarcy, pp.39-43 参照。

（22）Haren, Michael & Yolande de Pontfarcy.ed, pp.20-6 参照。

（23）千葉敏之、一一三頁。

（24）Douglas Hyde, *Legends of Saints and Sinners*（Dublin, 1915）,pp.287-9 参照。

（25）『煉獄の誕生』、六九頁参照。

（26）Haren, Michael & Yolande de Pontfarcy, p.8, pp.30-1 参照。

（27）盛節子「アイルランド修道院文化と死生観」『ケルト　生と死の変容』（中央大学出版部、1996）、八二―六頁参照。『煉獄の誕生』一四九頁参照。

（28）『煉獄の誕生』、三〇六、三一〇頁。

（29）本章におけるダーグ湖を中心としたドニゴール州、およびロンドン・デリー、ベルファストを中心とした現地調査は、二〇〇九年と二〇一一年の二度にわたって夏季（八月）に行われたが（それぞれ一ヶ月程度）、主に二〇〇九年の調査に基づいたものである。

（30）Joseph McGuiness, *Lough Derg*（Dublin: TheColumba Press, 2000）,pp.89-90 参照。
（31）Mary McDaid and Pat McHugh ed.*Pilgrims'Tales ...and more*（Dublin: the Columba Press, 2000）, 参照。
（32）Victor Turner, p.115 参照。
（33）Thomas Cahill, pp.145-218 参照。
（34）Joseph McGuiness,p.12 参照。
（35）Victor Turner, p.125 参照。
（36）ミシェル・フーコー『狂気の歴史』（田村俶訳、新潮社、1975）、二八頁。
（37）Haren, Michael &Yolande de Pontfarcy,pp.190-201 参照。
（38）『煉獄の誕生』、二九六頁、Joseph McGuiness, pp.22-5 参照。
（39）このようなステーション・アイランドの破壊と再生のなかにこそ生きた文化の巡礼のあり方があることを説得的に説いたのはヴィクター・ターナーである。Victor Turner,pp.104-38 参照。
（40）Seamus Heaney, *Electric Light*（New York: Farrar, Straus and Giroux, 2001）,p.3.

第四章

（1）青山誠子編著『ハムレット』（ミネルヴァ書房、2006）、一一五頁参照。
（2）石井美樹子『シェイクスピアのフォークロア』（中央公論、1993）、五八—七〇頁参照。
（3）Stephen Greenblatt, *Hamlet in Purgatory*,（Princeton: Princeton University Press, 2001）,pp.249-50 参照。
（4）*Hamlet in Purgatory*, pp.249-50 参照。
（5）*The New Shakespeare Hamlet*（London: Cambridge University Press,1968）, pp.56-7. この版からの引用はすべて以下、文中に示す。引用文の

解釈にあたっては、主に、『ハムレット』（野島秀勝訳、岩波書店、2002）を参考にしながら、私訳を試みたものである。

（6）Cleanth Brooks, *The Well Wrought Urn* (New York: Harcourt Brace Jovanovich, 1947) ,pp.22-49 参照。

（7）フィリップ・アリエス『死と歴史』（伊藤晃・成瀬駒男訳、みすず書房、1983）、八六頁参照。

（8）『死と歴史』、一―八七頁参照。フィリップ・アリエス『死を前にした人間』（成瀬駒男訳、みすず書房、1990）、九一頁参照。

（9）C. S. Lewis, *Studies in Words* (London: Cambridge University Press, 1960) ,p.203 参照。

（10）Stephen Greenblatt, p.233 参照。

（11）喜志哲雄『シェイクスピアのたくらみ』（岩波書店、2008）、一〇七頁。

（12）むろん、スティーブンズと作家を同一視する必要はない。ただし、逆にまったく無関係とすることも、ここで展開されるメタ言語を不問に付す解釈である。ルネ・ジラールは『羨望の炎』のなかで、「欲望の三角形」という彼一流の理論から、ここでのスティーブンズの『ハムレット』論を作家自身の見方とみなすべきだと主張している。ジョイスのここでの目的の一つは、当時の凡庸な文学研究者たちの権威主義的解釈に一石を投じる、つまりは異化するためであるからだとしている。ルネ・ジラール『羨望の炎』（小林昌夫・田口孝夫訳、法政大学出版会、1990）、四八〇―五一〇頁参照。

（13）ジャン・クロード・シュミット『中世の幽霊』（小林宜子訳、みすず書房、2010）、二六一頁。

（14）シュミット、一七―一八頁参照。なお、北欧サガの典型的例として、シュミットが『トールダル・サガ』を挙げている点に注目しよう。もっとも、『ハムレット』が直接下敷きにしたといわれるサクソ・グラマティクスの『デンマーク人の事績』の挿話の中には幽霊の出現はない。だが、『事績』の中には「アースヴィットとアームンドの物語」のように（シュミットの指摘）、肉体をもった幽霊と生者の激しい戦いの描写が表現されている。シェイクスピアは『事績』全体が語る幽霊のイメージをも十分考慮して、『ハムレット』を描いたと考えるべきだろう。

（15）ジャック・デリダ、『マルクスの亡霊たち』（増田一夫訳、藤原書店、2007）、参照。

（16）『煉獄の誕生』、五一、二九八頁。

(17) 栩木伸明『アイルランドモノ語り』(みすず書房、2013)、五—二六頁参照。『ハムレット』のなかで、聖パトリックの煉獄の穴の暗号として用いられている“confine”という言葉に注目したい。ここには少なくとも三つの意味が含まれていると考えられる。一つ目は幽霊の「監禁場所」としての煉獄の意味。二つ目は『ハムレット』が上演されていた当時から現代にまでいたるステーション・アイランドがもつ地政学的位相としての国境、境界、すなわちアイルランドとイギリス(北アイルランド)の境界線の意味。三つ目は「雄鶏の号令」と結びつくことでデンマークとアイルランドを関連づける「雌鳥の巣箱」(“confine”にはお産の床を設けるの意もある点に注意)の意。すなわち、「雄鶏の号令」とともに、雌鳥よろしく父の幽霊がデンマークからアイルランドの「監禁場所」=聖パトリックの煉獄の穴に戻ることが含意されているとみることができるだろう。栩木伸明の指摘によれば、雌鳥はデーン人が侵略のための〈生物兵器〉としてアイルランドに持ち込んだものだという。雌鳥は「家々の屋根に上がってはひっかいて剥がしまくって、風だの雨だのを吹きこませ「アイルランド人に害を及ぼす」ことになるとデーン人は考えたからだという。だが、雌鳥は有用な動物だと気づいたアイルランド人は逆に雌鳥が望郷の念に駆られ祖国デンマークに戻ることを恐れるようになったのだという。そこで、彼らは雌鳥の〈快適な監禁場所〉として雌鳥の〈巣箱(卵を産む場所)〉を用意することにしたのだという。なお、『アルスター年代記』によれば、聖パトリックの煉獄=ステーションを八三六年、最初に破壊したのはデーン人であった(Victor Turner、p.125参照)。このことをも考慮すれば、“confine”には、聖パトリックの煉獄の穴を通じてアイルランドとデンマークが密かに連結されてくることになる。むろん、このことをシェイクスピアが承知していたかどうかを実証的に根拠づけることはできない。とはいえ、少なくともこの仮説を前提にすれば、ここでのバーナードのセリフは、深い意味を獲得するとともに、巷の伝承を効果的に用いるシェイクスピアの才能の一端がみえてくるのではあるまいか。幽霊に出会ったバーナードが「~を聞いたことがある」的発言を連発している点にも注意したいところである。

(18) Stephen Greenblatt, p.220.

(19) 青山誠子、八四—九五頁参照。

(20) ニーチェは『悲劇の誕生』において、「世界史」の縮図としてのギリシア悲劇、その劇空間の主体の宿るところを、主人公を軸に展開される対話(プロット)にではなく、むしろ、その周縁に置かれているコーラス=コロスにこそあると説く。“tragedy”の語源は「山羊の合唱隊」、すなわち「サティラス・コロス」に由来しているからである。しかるに、彼によれば、ソクラテスの理性はコロスを文字通り〈捨て山羊（スケープ・ゴート）〉として劇空間から排除することで、「対話主義（ダイアローグ）（ロゴス中心主義）」としての近代リアリズム演劇の基盤を確立していったという（G・ドゥルーズはニーチェのこの指摘を重く受けとめている）。ニーチェがコロスの復権を目論むのは、コロスとは劇空間に響きわたる谺であり、谺とは文化史の主体者としての「影」と「響」、「影響」とみるからである。このゆえにこそ、コロスは身体における免疫と同様、中心にではなく、むしろ周縁に置かれるべきであり、かくして、コロスは劇の役者となる〈役を免れて〉、各地で開催される祭事を自由に巡り渡る山羊の合唱隊ともなって、悲劇の主体者、文化史の主体者としての使命を果たすことになる。ここに文化コミュニティにおける一つの逆説が潜んでいるだろう。ニーチェのこの〈コロス的思考〉は、今日の我が国においては、哲学者、中村雄二郎や劇作家、鈴木忠志などの理論づけ、およびその実践をとおして、広く知られるところとなっている。とはいえ、ヨーロッパにおいて「コロス」のもつ重要な意味に最初に気づいたのは、『悲劇の誕生』におけるニーチェである。「コロス」とは本来舞台の背後（周縁）で演劇の基調を奏でつつ〈舞い狂う〉「（サテュラス・）コーラス（合唱隊）」のことであり、これは劇空間という一つの「洞窟／身体」における「影（舞）」と「響（合唱）」の相互作用を体現するものであるとみてよい。だが、近代（リアリズム）演劇は、コロスを時代遅れの無用の産物とみなし、劇空間（身体）からコロス（魂）を排除することによって一つの形式、すなわち「対話主義」を生み出していくことになる。この「対話主義」のなかに、近代精神の頽廃の核心をみたニーチェは、「対話主義」に対し徹底抗戦を挑み、「コロス」復権の狼煙を上げる（当時のニーチェにとって、反逆の唯一の同伴者はワーグナーであった）。ここに、ニーチェの近代精神との激しい闘争がはじまったのであり、したがって『悲劇の誕生』の真の意図は、「対話主義／近代精神」に対し、挑戦状を突きつけることにあったとみてよいだろう。すなわち、『悲劇の誕生』は、一般に流布されるアポロン対ディオニソスの対比（そうだとすれば、ニーチェは暗黙のうちにヘーゲルの止揚を肯定していることになってしまうが、そのように読まれてしまった自らの表現の拙さを、彼は『この人を見よ』においてのちに深く自省している）は表面的問題であり、その核心は、G・ドゥルーズも指摘するとおり、コロス主義と対話主義の対立であり、それは最終的にはコロスの体現者ディオニソス＝音楽（聴覚）精神に対する対話主義＝弁証法（デリダ的にいえば「ロゴス中心主義」）の体現者ソクラテスの理性（＝「エウレピデスを影で操る首謀者」）の対立とみるべきである。ニーチェは、「コロス」こそ、ギリシア・アッティカ悲劇の「起源（＝母体）」であり、そこにこそ悲劇の「真髄」としての「生」（歴史）の根源的声が潜む、と説く――「現象はたえず変転するにもかかわらず、事物の根底にある生命は不滅の力をもち、歓喜に満ちているという形而上的な慰め――この慰めこそサテュロス・コーラスとして、自然的存在の合唱隊として、生身の肉体をそなえた明瞭な姿であらわれるものであり、これら自然的存在者こそ、いわばいっさいの文明の背後に絶えることなく生きつづけ、世代や民族史がいくたびか移り変わっても永遠に不変なのである。」この根源的生の声は、アポロンが体現するギリシア的視覚（彫塑）作用と、ディオニソスが体現するオリエント（ペルシア起源）的聴覚作用（音楽衝動）の激しいせめぎ合い（友愛行為）のなかで受肉し、ここにギリシア・アッティカ悲劇は誕生する、と彼はみる。ただし、ここにおける「アポロン」とは、ニーチェにとって太陽を意味しておらず、太陽の「鏡」である月（月光）を意味し、「彫塑作用」とは理性ではなく、「夢の作用」である、と定義されている点には注意したい。すなわち「アポロン」とは、視覚＝鏡＝月＝夢の作用なのであり、これは、白日の太陽に曝された明晰な理性＝光（イデア）というよりは、逆に、月夜の鏡のなかで夢みる行為、月影／月光＝〈影（ファンタスム）〉とみなければならないだろう。これに対し、ディオニソスは、劇空間の周縁にこだまするコロス＝コーラスの声（＝音楽衝動）を体現する（音楽としての）太陽であり、この声の主体者は〈響〉であるとみるべきである。（＊一般にこのことが理解されない理由は、詰まるところ、あらゆる通念を逆説化せんとするニーチェ一流の「仮面（道化）」のレトリックの罠に読者がはまっているからに相違ない。すなわち、ニーチェは『悲劇の誕生』において、「アポロン」の使命を「照り輝くもの」＝「太陽」の使命としながらも、この作用についていっさい触れず、むしろ、実体（生の根源）としての「ディオニソス」の作用＝「陶酔＝音楽（聴覚）作用」を、「仮象化」し＝「仮面化〈＊「仮面＝ペルソナ」の原義は「～をとおして響く」の意〉」し、「鏡」に映す「夢の作用」であると明確に定義し、これをもって「アポロン」の「彫塑＝視覚作用」としている。つまり、「アポロン」とは「仮象化」＝「鏡化」＝「視覚化」作用である、とニーチェは述べていることになる。これが意味しているものが、〈夢みる刻〉を支配し、実体である太陽の光を「映す＝仮象化する」ことで夜を照らす〈太陽の鏡〉、月影＝月光としてのアポロンの作用であることは明白である。裏を返せば、「ディオニソス」とは、月光である「アポロン」に映し出される太陽＝光＝音楽を指していることになる。『悲劇の誕生』において想定されている時刻、すなわち、芸術美が誕生する時刻は、視覚に支配されない〈夢の刻〉、夜の静寂の〈月の刻〉に暗黙のうちに設定されているのはこのためである。

あるいは、『悲劇の誕生』のフル・タイトルが『音楽の精神からの悲劇の誕生』であることもこのためである――「リヒァルト・ワーグナーが次のように言っている。文明とは、ランプの光が日光によってかき消されるように、音楽によって打ち消されるものである、と。」そうだとすれば、『悲劇の誕生』は、影であるナルキッソス＝アポロンが自己の視覚作用（白日のもとに曝されたリアリズムの鏡に映る自己）に溺れることなく、メネシスの呪いから解かれ、エコーであるディオニソスの呼び声（聴覚作用）に「速やかに相応ずる」ことで、「影響」という意味、すなわち、一つの歴史作用が産声を上げたことを語っていることになる（エコーは古代ギリシア以前にはアッコーと呼ばれ、「神の声の最後の反響」を宿すディオニソスの一化身とされていた）。つまり、悲劇の根源である周縁（心臓）のコロス（谺としての音楽）の発散が、形相の影／実体であるアポロンと交わって形式を得、生としての歴史に影響を及ぼす、「ドラマというあの幻影を放射することになる」というわけである。このようにみてくると、近代演劇によるコロスの排除が意味するものが、もう一つのナルキッソスとエコーの悲しい恋の物語であったことに改めて気づかされるだろう。すなわち、ドラマという〈洞窟〉のなかで、主人公が言い難き嘆きをもって語る独白（科白の核心）は、実は、洞窟に潜むエコー（ディオニソス）の呼び声（ソクラテスによびかけたダイモンの最後の声）に応じるナルキッソス（アポロン、すなわち〈音楽をするソクラテス〉）の〈応答歌〉なのであり、この応答（相応性）によってこそ、影（視覚）の作用としての彼は響（聴覚作用）である彼女に対して「責任／レスポンシビリティ／応答可能性」（ヨーロッパにおける「責任」の語源は「応答歌」）は果たされるのであり、ここに、「影響」の意味、歴史（生）の影響作用が誕生することになるのである。若きニーチェが逆説と背理と余白（余韻）のなかで語る「悲劇の誕生」、これが意味するものの核心もここにあるだろう（『道徳の系譜』における「責任」の系譜参照）。古代ギリシア悲劇においては、独白がコロスに向かって語られることが、様式化されていたのもこのことによって説明される。だが、コロスが劇空間から排除されるとき、すなわち、うずまき貝のなかに宿を借りたエコーがお払い箱にされた劇空間は、貝の耳を失って、すなわち、独白は語りかける対象（響／魂）を失って、空しく観客の耳にひびくことになる。つまり、ここにおける独白は、もはやエコーに即応するナルキッソスの声ではなしに、自己愛に溺れる目覚めを知らぬ、呪縛されたナルキッソス＝影であり、影は響から乖離して、エコーの悲しい恋の物語、ナルキッソスとソクラテスの呪詛の第二章がまたここにはじまることになる。それでも、かつての演劇においては、コロスなきあとの独白の対象は、聖なるものへの告白という意味合いをとどめていたであろう。だが、神なき時代の観客（私たち）にとって、この約束事はもはや有名無実なものにすぎない。こうして独白は、狂人の語る独りよがりの戯言、「怒りと響き、なんの意味もない」ものにもなってしまう。私たちにとって、ドラマとはあくまでも観るもの（ときに現代演劇は狂人を観るだけの、〈覗き小屋〉という不遜な意味合いさえも帯びてひびかないだろうか）であっても、参加するもの（儀式）ではもはやありえないからである（＊ここに、ドラマにおける、〈見るものと見られるもの〉との近代的二分法による相乗効果を想定することもできよう。その点では、〈独白は狂気＝マニアのもつ、不条理という名のもう一つの真理である〉と解く見方とて、一見、知的に開かれた視点を提供しているようにみえながら、その実、独白が語りかける真の対象というものを想定することができていない以上、自己に拘泥する近代的ドラマツルギーの表裏を示しているにすぎないだろう）。

（21）ミハイール・バフチン『フランソワ・ラブレーの作品と中世・ルネッサンスの民衆文化』（川端香男里訳、せりか書房、1973）、三三八頁。

（22）Stephen Greenblatt, p.16, 235 参照。

（23）『煉獄の誕生』、七〇頁。

（24）青山誠子、二三―三四頁参照。

（25）徳善義和『マルティン・ルター』（岩波書店、2012）、四七―六七頁参照。

（26）Stephen Greenblatt, pp.241-2 参照。

（27）カルロ・ギンズブルグはメノッキオのうじ虫論争の背景に、宗教改革による煉獄否定があるとみている。『チーズとうじ虫』、七六頁参照。

（28）川村祥一郎『ハムレットは太っていた』（白水社、2001）二二二―二三二頁参照。

（29）Stephen Greenblatt, pp.241-2 参照。

（30）Haren, Michael & Yolande de Pontfarcy,pp.41-3 参照。

（31）Haren, Michael &Yolande de Pontfarcy,"The French Acount",pp.94-5 参照。ここで、Huge Shields は、「ダーグ湖の聖パトリックの煉獄巡礼がサンティアゴ巡礼としばしば対にして記されていた」としているが、その例に挙げている「ジョリー・フェローの道化劇」を読む限り、後者の巡礼は前者の巡礼のパロディとして取り扱われていることが分かる。ハムレットのパロディとして語られている点を考慮すれば、二つの巡礼が対になっており、しかも後者が前者のパロディとして機能しているヨーロッパの文学的伝統の継承であるとみることも可能だろう。

第五章

（1）田村栄子編共著『ヨーロッパ文化と〈日本〉』（昭和堂、2006）木原誠「アイルランド独立蜂起にみるナショナリズムとテロリズム」、四八―七三頁参照。

（2）W. B. Yeats, *Essays and Introductions*（London: The Macmillan Press, 1961）, p.226.

（3）W. B. Yeats, *The Collected Works of W. B. Yeats VolumeV*（London: Scribners, 1994）, p.204.

（4）ヴィクトル・I・ストイキツァ『影の歴史』（岡田温司、西田兼訳、平凡社、2008）、二〇一―二〇七頁参照。

（5）マックス・ミルネール『ファンタスマゴリア』（川口顕弘、篠田地和基、森永徹訳、ありな書房、1994）、十三―十六頁参照。

（6）Stephen Greenblatt, pp.81-101 参照。

（7）『闇の歴史』、二二五頁。

（8）*Essays and Introductions*, p.226 参照。

（9）W. B. Yeats, *Mythologies*（London: The Macmillan Press, 1959）, p.331.

（10）*The Works of William Blake, Poetic, Symbolic and Critical*, E.J. Ellis and W. B. Yeats eds., three Vols.（London: AMS Press, 1979）, I, p.288 参照。ちなみに、ここにおける「仮面＝ケルブ」には、のちのイェイツの月の二十八相の原型がある。イェイツはこの書において、「ケルブは二十七の天国あるいは二十七の教会、つまり二十七の不動態に分割され、典型化され、人間の人生の物語となる」と述べているからである。おそらく、ここでイェイツが「ケルブ」が「エゼキエル書」28章14節からとられたものであると指摘していることもこのことと関係しているだろう。というのも、二八：一四という数字は十五夜の月を境に、満ちていく月と欠けていく月が交互に表裏反転し循環する「月の二十八相」を大いに想起させ、この数字自体が一つのカバラ的暗示と解せるからである。確かに28章14節には副次的にケルブの言及があるものの、「エゼキエル書」中、ケルブが最も鮮明に表れるのは第一章、その名が初出し詳細に語られるのは9章から10章にかけてであり、学問上、28章14節だけを特記する根拠は薄いのである。つまりこの数字には、二五歳のとき入会した「黄金の夜明け」を通して彼が秘儀としてのケルブの機能、二重咬合螺旋運動を承知していたことが暗示されているとみることができるだろう。そうすると、*Unicorn* における「一角獣」や「車輪」のイメージにはすでに「ケルブ」を結節点として、のちの「月の二十八相」や「大車輪」の体系が念頭にあったといえそうである。

（11）**W. B. Yeats**, *Explorations*（New York: The Macmillan Press, 1962）, p.263.

（12）*Explorations*, p.266-4 参照。

（13）*Essays and Introductions*, p.185.

（14）イスラエル・リガルディ『黄金の夜明け：魔術全書』第二巻（江口之隆訳、国書刊行会、1993）、八七頁には以下の記述がある――「いわば**巨大な車輪**が回転しているようなものである。〈ケルブのかたわらに地の上に輪があった〉と聖書にも記されている。原初動の天球の名前ラシス・ハ・ギルガリムは**渦巻き運動ないしは回転**の開始点を意味する。**神秘なる周行**におけるこの輪に関していえば、上昇面はイシスの柱の下からはじまる。しかし、**逆周行ではこれが逆**になる。」

（15）**W. B. Yeats**, *Autobiographies*（London: The Macmillan Press, 1955）, pp.71-2. 参照。

（16）*The Confession of Saint Patrick*, Translated by John Skinner（London: Image Books, 1998）, p.45.

（17）*The Confession of Saint Patrick*, p.45. なお、聖パトリックの『告白』の原文は、きわめて癖のあるラテン語で書かれているため、イェイツがラテン語を好まなかった（苦手だった）点を考えると、『告白』を原文で読んだ可能性は低く、英訳から読んだものと推測される。ただ残念ながら、イェイツがどの英訳で『告白』を読んだのかは現時点では確定できない。ところで、ここで問題になっている箇所、**“I was utterly pierced to my heart’s core”** に関しては、**“This touched my heart deeply”** と訳されている場合もある。そうだとすると、実証的には、『イニスフリー湖島』の **“my heart’s core”** の詩句が『告白』のこの箇所を直接敷衍しているという根拠は得られないことになる。だが実証的な裏づけを待たずとも、本文で分析したように、この詩の内容は、他の二つの引用文と関連させて読めば、この箇所に限らず『告白』を念頭に記していることは間違いないところである。したがって、"my heart's core" を記したイェイツには、『告白』のこの箇所が響いていると考えてよいだろう。

(18) *Autobiographies*, p.153 参照。

(19) ルネ・ジラール『身代わりの山羊』(織田年和、富永茂樹訳、法政大学出版局、1985)、二七四—三〇五頁参照。

(20) Haren, Michael & Yolande de Pontfarcy, p.41 参照。また、ジャン・クロード・シュミットによれば、聖パトリックに関する聖人伝説のなかには、山賊に取り憑いた悪霊に名を語らせ、犯した罪を告白させる聖パトリックの姿が描かれているものがあるという。彼はこれを聖マルティヌスの聖人伝の継承であるとして以下のように記している——「ガリアに広まったキリスト教のすぐれた模範とも言うべき聖マルティヌスは、住民がまるで山賊の『不潔な霊』に名を語らせ、犯した罪を告白させた。この話は、将来、他の聖人を主人公とした聖人伝作者たちによって繰り返し利用されることになる含蓄のある一つの模範を提供した。五世紀に活躍したアイルランド出身の宣教者、聖パトリキウスの場合がその一例であり、彼が聖マルティヌスとほぼ同様の行いをしたことが彼の聖人伝に記されている」(シュミット、三九—四〇頁参照)。聖マルティヌスがガリア、すなわちケルト人の宣教師であることを念頭におけば、イェイツの戯曲においてはじめて黙示的側面が表れる『星から来た一角獣』の主人公がマーティン(マルティヌスの英語名)であることは示唆的である。イェイツはアイルランドの聖マルティヌスとしての聖パトリックを暗示させる狙いがあったとも解せるからである。

(21) *Autobiographies*, p.72 参照。

(22)「アイルランド修道院文化と死生観」、四七頁参照。

(23)「アイルランド修道院文化と死生観」、四五頁参照。

(24)『煉獄の誕生』、三二四頁。「アイルランド修道院文化と死生観」、五二頁参照。

(25)「アイルランド修道院文化と死生観」、四七—四八頁参照。

(26)「アイルランド修道院文化と死生観」、八三—一〇〇頁参照。

（27）*The Confession of Saint Patrick*, p.42 参照。

（28）イェイツの作品に密かに『ケルズの書』がしるしづけられている点に関しては、木原謙一『イェイツと仮面』に詳細にわたって実証づけられている。木原謙一『イェイツと仮面――死のパラドックス』（彩流社、2001）、参照。

（29）『煉獄の誕生』、二九九頁参照。

（30）『死と歴史』、三三一―四九九頁参照。

（31）*The Collected Works of W. B. Yeats Volume V*, p.208.

（32）*Yeat*, ed.John Unterrecker（New York: Prentice-Hall,Inc.,Englewood Cliffs, N.J. ,1963）, p.94.

（33）*Mythologies*, pp.308-15 参照。

（34）*Mythologies*, pp.293-307 参照。

（35）*Mythologies*, pp.267-93 参照。

（36）W. B. Yeats, *A Vision*（London: The Macmillan Press, 1939）, pp.31-56 参照。

（37）*A Vision*, pp.204.

（38）Denis Donoghue, *Yeats*（Glasgow: Fontana, 1971）,p.67 参照。イェイツはロマン派詩人コールリッジではなく、「超人に向かって呼びかける。」「超人」とは、ツァラトゥストラとしてのニーチェであり、その思想的祖父、ヘラクレイトスである。二人を繋ぐものは、ゾロアスター的炎の不滅の生成をおいてほかにはないからである（ツァラトゥストラのモデルはヘラクレイトスともいわれる）。これはイデア的楽園の現出ではなしに、むしろその強烈なまでの否定なのである。この〈炎〉のことをイェイツはついに隠さず、はっきりとこう呼ぶ――「私はそれを生中の死、死中の生と呼ぼう。」この詩句の典拠は直接的にはコールリッジの言葉であっても、ドノヒューがいうように、ここでの真の意味はヘラクレイトス『断章』66に求めるべきだろう。しかも、ここでいう「超人」とはニーチェのことであり、したがって、ニーチェとヘラクレイトスは一つの延長線のなかで捉えられている。この二人がイェイツのなかではほとんど同一者として捉えられていることは、たとえば、以下に示す戯典『復活』（*The Resurrection*, 1927）において明確に現れているところである――ああ、アテネ、アレキサンドリア、ローマよ、何かが、おまえどもを破壊しに来た。ひとつの幻の心臓が鼓動している。人間は死にはじめた、ああヘラクレイトスよ、ついにおん身の言葉がさやかに聞えた。神と人間は互いの生を死に、互いの死を生きるのだ。プラトンとヘラクレイトスの想像力の決定的差異は、やはりイェイツにとって決定的だといわねばなるまい。カーモードの解釈は二つの想像力を暗黙のうちに同一線上に取り扱われているために、「ビザンティウム」の核心から完全に逸れてしまっている。イェイツは『復活』におけるこのセリフ、ヘラクレイトスの生成としての「生中の死、死中の生」を、ニーチェの永遠回帰の概念、悲劇が永遠に回帰する人間の歴史的相のなかにみようとしているのである。

（39）ポルフュリオス『ニンフたちの洞窟』（大橋喜之訳、ヘルモゲネスを探して）http://blog.livedoor.jp/yoohashi4/archives/53102983.html なお、本書における『ニンフたちの洞窟』からの引用は、すべて大橋訳に依るが、イェイツのこの書の影響については、トマス・テーラー訳を参照した。Porphyry, *On the Cave of the Nymphs in the Thirteenth Book of the Odyssey,* Translated by Thomas Taylor（London: John M. Watkins, 1917）、参照。

（40）*Explorations*, p.267.

（41）W.B. Yeats, *The Letters of W. B. Yeats*. ed. Allan Wade（London: Ruper Hart-Davis, 1954）p.548.

（42）Otto Bohlman, *Yeats and Nietzsche: An Exploration of Major Nietzschen Echoes in the Writings of William Butler Yeats*（Totowa, N.J.: Barnes and Nobel, 1982）, pp.47-9 参照。

（43）この点に関する詳細、および「彫像」自体の解釈については木原誠『イェイツと夢――死のパラドックス』（彩流社、2001）、二四二―二六三頁を参照。

（44）『影の歴史』、十二頁。

（45）『影の歴史』、十一―三六頁参照。

（46）『影の歴史』、二一頁参照。

（47）W.B. Yeats, *On the Boiler*（Dublin: The Cuala Press, 1939）, p. 28 参照。

（48）Harold Bloom, *Yeats*（New York: Oxford University Press, 1970）, pp.3-7, 76-82 参照。
（49）*The Mabinogion*, Translated by Jeffrey Gantz（London: Penguin Books, 1976）, P.243.
（50）*Essays and Introductions*, p.176.
（51）Robert Graves, *The White Goddess*. ed. Grevel Lindrop.（London: Faber and Faber, 1997）, pp.21-2 参照。
（52）ハロルド・ブルーム『聖なる真理の破壊』（山形和美訳、法政大学出版局、1990）、一三〇―一三三頁参照。
（53）*A Vision*, pp.27-8 参照。
（54）Von Hügel, *The mystical Element of Religion as Studied Catherine of Genoa and her Friends*（London: Longman,1967）,p.2 参照。
（55）Martin Green, *Yeats's Blessing on Von Hügel*（London: Longman,1967）,pp.1-29 参照。
（56）Martin Green, p.2 参照。
（57）*The Letters*, p.785 参照。

補論

（1）A Norman Jeffares and A.S.Knowland, *A Commentary on the Collected Plays of W. B. Yeats*（London: The Macmillan Press, 1975）, p.82 参照。
（2）*Essays and Introductions*, p.221.
（3）戸井田道三氏によれば、能のシテ一人による独演主義を強く主張したのは野上豊一郎で、戸井田氏もこの説を取る。戸井田道三『能：神と乞食の芸術』（せりか書房、1989）、一〇八―一〇九頁参照。
（4）鈴木大拙『禅』（工藤澄子訳、筑摩書房、1987）、一四頁参照。
（5）ダンテ的あるいはカトリシズムとしての煉獄観については、『アウグスティヌス講話』（新地書房、1987）、四五―八四頁参照。なお、神話構造から考えるならば、「煉獄」（"Purgatory"）という語は、異教の子宮＝神殿すなわち「底知れぬ穴」（"abaton"）に対してしばしば用いられ、一つの入信儀礼として、冥界に落ちてそこから脱出することによって、再生を受けると考えられている。したがって、ダンテ以後の西洋的煉獄のイメージがもつ、上昇的山のような円錐のイメージは、むしろ、特異なイメージの例だと考えることもできる。『神話・伝承辞典』（大修館書店、1990）、六五七―六五八頁参照。

（6）*Yeats*, pp.307-8 参照。

（7）プラトンにおいても、位相的差異はすでに存在していたことについての詳しい言及は、井筒俊彦が行っている。プラトンにおいて、エロス（生）の道はアナバシスであり、タナトス（死）の道はカタバシスであると呼ばれる。井筒俊彦『神秘哲学』第2部（人文書院、1987）、九〇―一四二頁参照。ここに、ネオ・プラトニズムでいう〈カタバシスへの回帰〉の祖型をみることができるかもしれない。しかし、イェイツがいう「どぶのなかへの回帰」はネオ・プラトニズムの回帰で捉えることはできない。ネオ・プラトニズムの回帰は浄化を前提にしているからである。

（8）梅原猛は『地獄の思想』において、西洋と東洋の地獄観の差異に触れ、キリスト教的地獄は罪の世界で、この世界は客観的救済をもつのに対し、仏教的地獄は苦の世界であり、これはあくまでも主観的なもので、心に宿る地獄の暗を凝視することに、天台から浄土に通じる地獄の世界はあると述べている。また仏教でその人間観察の深い眼を人間の内面に向け、こうした人間観察の知恵のうえに、世阿弥の眼もむかっているという。この意味からすると、イェイツの煉獄観は、仏教的主観に存在する〈業〉としての地獄観に近いともいえよう。梅原猛『地獄の思想』（中公新書、1991）、参照。

（9）T. S. Eliot, "The Noh and the Image", *The Egoist*（August, 1917）, p.103.

（10）先に引用した大拙がいう禅の革命的思想、プラジュニャーの覚醒と能との直接の結びつくところは、自己呵責による覚醒と考えることもできよう。

（11）*Yeats*, pp.295-8 参照。ただし、この劇を観劇するものというよりは、純粋にテキストとして読めば、ブルームの解釈も十分正当化されるだろう。ここに、この劇の特殊な問題が潜んでおり、それは、ひいては、文学批評における演劇というジャンルを研究することの難しさ、あるいは罠の一つの縮図があるといえそうだ。そこで以下、『鷹の井戸』における問題について、少し考察してみることにしたい。

『鷹の井戸』は、これをテキスト化された西洋の詩劇として読むか、能の影響を受けた舞踏劇として観劇するか、つまり、読むか観るか、西側に立つか東側に立つかによって、主人公と脇役の役割が取り変わってしまうという、なんとも不可思議な演劇であるといえる。たとえば、『鷹の井戸』を観劇することなしに、純粋にテキストとして読んだとしよう。そうすると、これは若者クフーリンと老人、二人の対話を主体とする詩劇、あるいは英雄クフーリンによる叙事詩として読むことが可能である。その場合、ハロルド・ブルームを含む西洋の多くの研究者がそうみなしているように、主人公はクフーリンであると捉えるのが通常の読みというものだろう。少なくとも、台詞がまったくないような鷹の女を主人公として読んでいくことはきわめて困難である。ところが、この劇を能の影響を受けた舞踏劇であることを前提に、実際にこれを観劇するならば事態は一変することになる。とくに、この劇が『羽衣』にもっとも影響された作品であるという前提に立てば、ワキとシテにおける面と直面は逆となっているものの、クライマックスが延々と舞う鷹の女の舞いにおかれているわけだから、シテ／主人公は紛れもなく鷹の女として観劇することになるだろう——もっとも、この劇に『養老』の影響をみることも可能であるが、しかしその前提に立てば、この舞踏劇は、二人の舞を観劇することが主な目的であるということになり、それは明らかに鷹の女の舞を劇のクライマックスに設定したイェイツの意図に反するものになってしまう——このとき観客は（もちろんそれは予めテキストを読んでいる観客に限られるが）、テキストという空間と舞台という空間の差異のなかに生じる不可解な現象を目の当たりにすることになる。すなわち、詩においては背後に隠れていたはずの不可思議な存在X、老人と若者の夢が造り出す幻にすぎない“shadow”が、黒衣を脱いで舞台の前面に躍り出てくる様を観ることになるのである。〈テキストを飛び出し現れ出でたる影法師が肉体を纏って舞っている〉、この衝撃を体感した観客にとって、もはや鷹の女は物言わぬ「影」（彼女には台詞がないか、あるいは初演では楽士扮するエズラ・パウンドが苦し紛れに「タカー」と鳴いただけである）としての存在なのではなく、一つの実体となるのであり、つまり彼女は視覚においてシテ化されるというわけである。イェイツはテキストと舞台の間のずれによって生じるこの圧倒的効果を十分承知したうえで、この作品を創作したと考えられる。少なくとも、鷹の女がこの劇を決定的に支配者する主人公であると一度舞台において体感してみるのでなければ、この劇の核心的部分は依然として朦朧としたままだ。そうだとすれば、舞踏演劇としての視点から作品を（読むのではなく）観ることは、それ自体、テキスト中心主義の西洋詩学に一つのアンティ・テーゼを投じ、その死角を鋭く突くものとなるだろう。とはいえ、この作品は一度観劇するだけで完全に理解されるという種類の演劇には属さない。むしろ、より広い視野からみれば、この劇はやはり一つの詩劇とみなければならない要素も十分に持ち合わせているし、そのことをイェイツ自身十分念頭において舞踏劇を書いたと推測される。なぜならば、『鷹の井戸』は通常の劇とは異なり、これを実際に観劇できる者は選ばれた少数者に限られるのであり、この作品を知る者のほとんどは、実質上、観客ではなく読者のはずだからである。その意味では、たとえばシェイクスピア劇を観劇せずにテキスト分析をおこなう方法と同一に並べることはできない。これはどういうことかといえば、この劇は初演に象徴されるように、元々、観客が劇を自由に観劇することができないように配慮されており、つまりイェイツがこの劇を観るに相応しいと考えた少数の観客だけを招待したからである。換言すれば、観客が劇を選ぶのではなく、劇作家が観客を選ぶという逆しまの論理から出発した劇であり、その意味で、『鷹の井戸』は劇というよりは厳格な宗教的祭儀の意味合いを多分に帯びてさえいる。だがテキストは一度出版されれば、読者を選ぶことなどできない。つまり、『鷹の井戸』はテキストとしては開かれ、劇としては閉じられているという不思議な特質をもつ作品であるといえる。しかも、この劇が能的様式による舞を前提とするものであることを考慮するならば、西洋においてこれを舞うことができる役者は極めて稀であるといわねばならず、したがって、上演は必然的に極めて制限されてくるはずである。事実、伊藤道郎がアメリカに発ってからイェイツは失望し、しばらくこの劇の上演を控えていたほどである。そうだとすれば、イェイツはこの作品を十分テキスト作品としても成立する言葉の芸術、詩劇としても読めるように考案したと考えるのが道理だろう。このように考えてみると、『鷹の井戸』はやはり詩劇なのであり、したがって、これを完全に舞踏劇という視点からだけで判断することは危険であるということになる。そこにも当然、死角が生じてくるからである。それは、いうなれば、「百聞は一見にしかず」をモットーとする舞踏演劇の立場に必然的に生じる盲点、観るという視覚作用を暗黙の裡に聴覚作用の上におこうとすることによって生じる死角である。というのも、『鷹の井戸』はこれを舞踏劇として観劇した場合、観客の目は劇のクライマックスで延々と舞う鷹の女の舞、この圧倒的な存在感の前に完全に支配されてしまうことは避けられず、もはやこれを一旦、客体化し、本来「影」であると記されている彼女の舞、その実体、正体はそもそも何であるかという問い、すなわちその舞が一体何を象徴し、その象徴をとおし作品は何を伝えようとしているかという本質的問いを不問に付してしまう恐れがあるからだ。実際、舞踏劇側の視点に立脚して論を進める研究者の多くは、鷹の舞を重視するあまり、舞の様式論に終始し、かえって、この本質的問いを忘れている場合が少なくないのである。それはあたかも『鷹の井戸』における老人とクフーリンが鷹の女の舞に幻惑され、この舞が一体何を意味しているのか問うことを忘れ、井戸の水を飲み損ねてしまった事情に似ている。しかし、イェイツは劇の冒頭で、このことに対して予め鋭く警鐘を鳴らし、楽士の口をとおし、「私は心の眼に呼びかける」と述べている点を留意すべきである。ところで、〈心の眼〉すなわちイメージで捉えるということは、これはドラマツルギーの問題というよりはむしろ詩学の問題である。一つの詩を決定的に支配するイメージに直面した場合、詩学はこれが象徴するものは何であるかを考えずに済まされない。その際の基本的アプローチは、まずは目を閉じて詩人の言い難き内なる声に耳を澄ませることからはじめるのであり、そうだとすれば、この詩学の取る基本的な方法は、舞踏演劇を観劇する際に生じる先の死角を気づかせるものともなるだろう。こうして『鷹の井戸』は、詩学と舞踏演劇双方の視点をとおし、すなわち互いに自らの立場に固執することなく、逆に他の視点を取ることによって、互いの視点が他方の死角を写す鏡となるのであり、こうしてはじめてこの劇の中枢部分に迫っていくことができるように思われる。興味深いことに、互いの視点を交換するというこの方法は、イェイツ文学の中核をなす「仮面」の詩法をそのまま説明するものでもある。彼が詩を書くときたえず念頭においていたのは演劇的方法であった。逆に演劇を創作するときたえず念頭にあったのは詩的方法であった。つまり、詩は観劇されるように、劇は読み聴かれるようにイェイツは作品を創作していったといえる。そして、実はこの交換（チェンジリング）の手法のことを称して彼は「仮面」の詩法と呼んでいるのである。

（12）『新潮日本古典集成：謡曲集下』（新潮社、1988）、三〇頁参照。

（13）Ezra Pound and Ernest Fenollosa, *The Classic Noh Theatre of Japan*（New York: New Directions, 1959）, pp.76-88 参照。錦木と細布には以下の註もある――“The 'Nisikigi' are wands used as a love-charm. 'Hosonuno' is the name of a local cloth which the woman weaves.” p.76. またケルブ的なイメージを連想させるところは以下の下り――“Narrow is the cloth of Kefu, but wild is that river , that torrent of the hills , between the beloved and the bride. The cloth she had woven is faded, the thousand one hundred nights were night-trysts watched out in vain .” p.77. 二人を隔てるものはこの細布であり、しかもこの細布＝衣は肉体のように、日々に色あせてゆくという暗示を感じさせる。これに対しワキは古い洞窟＝シテの夢のなかで、男の炎の情熱をみる――“Strange, what seemed so very old a cave / Is all glittering-bright within,/ Like the flicker of fire." p.83。

（14）W. B. Yeats, *The Collected Plays of W. B. Yeats*（1934; 2nd ed. with additional Plays, 1952）.（London: Macmillan, 1952）, pp. 433-4. 以下、ここからの引用は *C.Pl.* として文中に頁を記す。

（15）W. B. Yeats, "Note on The Dreaming of the Bones;" *Plays and Controversies*（London: Macmillan, 1923）, p.454.

（16）*A Vision*, pp.219-40 参照。

（17）Earl Miner, *The Japanese Tradition in British and American Literature*（Connecticut: Greenwood Press, 1976）, p.262 参照。

（18）しかし、ニーチェはのちに（『この人を見よ』において）、『悲劇の誕生』のなかに、弁証法が潜んでいたことを認めている。すなわち、「この作品にはヘーゲル的嫌な臭いがする」、と。おそらく、ニーチェがここでいいたいのは、アポロンとディオニュソスの対立と相補性とはヘーゲル的止揚の概念と通じるところ大であり、のちの「永遠回帰」と相容れないものがあるからだろう。

（19）この問いとしての応答と能の宗教的背景にある禅問答は、本質的に近いところにあるように思われる。大拙はいう――「自分の中から出て来た問いに対する答えは、自分自身の中に見つけ出せ、なぜならば、答えは問いのあるところにこそある。」『禅』、一五―一六頁参照。

（20）T. S. Eliot, *After Strange God*（New York: Faber and Faber, 1934）, p.50. *On Poetry and Poets*, p.302 参照。

（21）「眠りのうちで意識がまどろむとき、夢のうちでは実存が目覚める。眠りの方はといえば、これは生へと向かい、これをみずから準備し、それに区切りを入れ、それを助成する。眠りが死の見かけを呈するにしても、それは死ぬまいとする生の詭計によるものなのである。眠りは「死を装い」はするが、それは〈死を恐れて〉のことであって、眠りは依然として生の次元にとどまっているのだ。」フーコー、六〇―六一頁参照。

（22）「果して心象は、本当にサルトルの望んでいるように、現実そのものを――否定的に、そして非現実的という様態において――指示するものなのだろうか……あらゆる自殺の願望は、もはや私がここやそこにではなく、いたるところに現前している世界、隅々まで私に透明であり、どこをとっても私の絶対的な現存在に帰属していることを示しているような世界で満たされているものである。」フーコー、九二―一一二頁参照。

（23）Peter Ure, p.107 参照。
（24）ブルームは『煉獄』をイェイツ自身の優生学的志向として捉えている。*Yeats*, p.426 参照。
（25）『愛について』を記し、真の恩寵への道を示そうとしたキルケゴールは、同時に『死に至る病』において一つのモメントとして「絶望」に徹しなかっただろうか。逆説的視点に立てば、老人は己の自己呵責を徹底することによって、最終的に祈りという〈問いとしての応答〉を発したのであり、この問いのなかにこそ、逆説的答え＝救いの可能性はあるとみることもできよう。しかし、このことを描くためにイェイツは『煉獄』を記したのではなく、これはあくまでも、読者の受容の問題に委ねられるだろう。

第六章

（1）和辻哲郎『古寺巡禮』（岩波書店、1919）、八〇—八一頁参照。
（2）和辻哲郎『面とペルソナ』（岩波書店、1937）、十七頁参照。
（3）石井進『もうひとつの鎌倉』（そしえて、1983）、参照。赤坂憲雄『境界の発生』（講談社、2002）、十三—三四頁参照。
（4）桑田佳祐『素敵な夢を叶えましょう』（角川書店、1999）、六八頁。
（5）田代慶一郎『謡曲を読む』（朝日新聞社、1987）、一七七頁参照。
（6）兵藤裕己『王権と物語』（岩波書店、2010）、二頁。
（7）兵藤裕己『琵琶法師』（岩波書店、2009）、一—二〇頁参照。
（8）『琵琶法師』、一一頁。
（9）中井久夫、二四頁。
（10）レヴィ＝ストロース『やきもち焼きの土器づくり』（渡辺公夫訳、みすず書房、1990）、八—九頁。
（11）W. B. Yeats, *The Poems* ,pp.42-5 参照。

(12) 田代慶一郎、一五四—一九〇頁。
(13) 谷川健一『魔の系譜』(講談社、1984)、一一—一二頁。
(14)『琵琶法師』、二六頁参照。
(15)『琵琶法師』、二六—二七頁参照。
(16)『琵琶法師』、一〇一頁参照。
(17)『琵琶法師』、一〇一—一〇三頁。
(18)『琵琶法師』、一三一—一四一頁参照。
(19) 赤坂憲雄『異人論序説』(筑摩書房、1992)、二二三—二三七頁参照。
(20)『無縁・公界・楽』、七—九頁参照。
(21) 井上禅定『東慶寺と駆込女』(有隣堂、1996)、一九—二四頁参照。
(22)『松岡山 東慶寺』(東慶寺、1997)、参照。
(23) 高木侃『三くだり半と縁切寺』(講談社、1992)、参照。
(24) 廣松渉『〈近代の超克〉論』(講談社、1989)、参照。
(25) 小林秀雄『本居宣長』(新潮社、1973)、参照。
(26) 井上禅定、三八—六四頁。
(27) 井上禅定、五七—五八頁参照。
(28) サザンオールスターズ『KAMAKURA』、桑田佳祐作詞「鎌倉物語」(ビクター、1985)。
(29) 夏目漱石『漱石全集　第九巻』(筑摩書房、1975)、九四—九五頁。
(30) 中沢新一『森のバロック』(せりか書房、1992)、二〇四—二〇六頁参照。
(31) 円覚寺の門前には、手水舎があり、そこには「漱石」と大きく記されている。この文字は、若き漱石が初めて円覚寺の「門」を潜った際に、すでに記されていたものである。ここで、彼はしばらく滞在し、釈宋演に教えを乞うたわけであるから、この文字に気づかないはずもないだろう。（この体験が、漱石の『門』の背景にあることは周知のとおりである）。むろん、「漱石」という名は、のちに、直接的には正岡子規から譲り受けた名であるとされており、この手水舎の文字に由来しているとはいえない。ただし、この時期は、彼が未だ「漱石」を名乗る前、子規から名を譲り受ける前のことであるから、彼にとって、この名はすでにお馴染みの名であっただろう。というのも、「漱石」という文字は、禅に通じた江戸の文人のなかでは、きわめて人気のある名であったからだ（「漱石」には、尼寺の手牛舎で見かける「石女」の文字と同様、無縁のもつ多産性の逆説表現とみることができ、それ自体、出家を含意する一つの公案であり、『門』における老僧が彼に与えた公案＝命題、「父母未生の面目」と同意と考えられる）。子規が数ある自身のペンネームから、彼にこの名を譲ったのは、夏目がこの名に以前から愛着をもっており、自分よりも彼の方がこの名に相応しい、と考えたからだとはいえまいか。そうだとすれば、「老僧」のモデルである釈宋演を東慶寺に訪れる前に、門前での「顰に倣った」この行為は、彼が差し向かいにある円覚寺の門前に刻まれた自己の名を意識し、自己の名を「マーキング」し、若き日の記憶をしるしづけることの暗示として受けとめることができまいか。

あとがき

夏休みをむかえ、ほっと一息ついた二〇一四年のある日の昼下がりのこと。僕の心のどこかに間借りしている野良犬の「ポチ」が、「ここ掘れワン！」、と深く唸るように雄叫びを上げた。ここ三〜四年の間、忘れかけていた懐かしい声である――「ああ、ポチよ、待ってましたよ、この雄叫びを。君の声が聞こえなくなってから、僕はさっぱりで、なにも書けなくなっていた。だがこれでもう大丈夫だ。この声を聞いたが最後、僕のＤＮＡに組み込まれたA.D.H.D.（注意欠陥・多動症）の血統が黙っているはずもない。」

それにしても、この度の雄叫び、尋常ではないほど深いところから響いてくるように思われる。心の浮きがぐっと深く沈んでいくのを感じるのだ。「こいつはタダモノではない。いや、今回は絶対にアタリだ。未確認深海魚かもしれない。竜宮の使いであっても少しもおかしくはない。」心は躍る。すると、眠っていた僕の心のゴースト・ライターが深い冬眠からむくっと目を覚ます。とはいえ、こいつが目覚めると大変なことになる。なにせ、こいつときたら、一度目覚めると、とにかく猪突盲進、ひたすら書いて書いて書きまくり、行くところまで行かないと気が済まぬ、そんな奴なのだ。その間、こちらにどんな事情があろうが、まったくお構いなしだ。風呂に入ること、服を着替えること、飯を食うこと、眠ることとさえも面倒ときている。

こうして十日間、奴はほとんど睡眠もろくに取らず一心不乱に書き続け、疲れきったのか、ピタリと筆を置いた。僕はほっとして我に返る。そこにあるのは原稿の山。お百姓さんが刈り取ったばかりの稲穂を束ねては、誇らしげにその香りを嗅ぐように、僕は奴が書き散らかした原稿をかき集め、原稿をペラペラと捲ってその手触りを確かめながら、鼻を押しあててクンクンとその筆汗を嗅いでみる。「ああ、なんともいえぬいい香りだ」、ひとしきり悦に入る。収穫がどんなものだろうが、まずはそのズシンとした質量感を、手触りと臭覚で確かめてみること、これが僕なりの流儀である。

しばらくして、また我に返り、それから収穫物の中身を確かめてみようと、おもむろに原稿を読んでみる。「なんじゃ、これは！」悪文などという言葉で表現するにはあまりに生ぬるい。ほとんど漢字もなく、改行はおろか、句読点もままならないひらがなの波がうねるように延々と続いている。しかも、一文に幾つもの主語が鎌首を擡げているという始末。小学校低学年が書いた文章と較べてもはるかに見劣りする。知能も精神年齢も七〜八歳程度。秘められたもう一人の私。見た目はオッサン、頭脳は子供、〈名探偵逆コナン〉とでもいうべきか。……そして僕は途方に暮れる。

こんな文章を十日間もかけて書いてしまったこと、いかに恥知らずの僕といえども認めるわけにはいかない。もちろん、絶対に誰にも見せることなどできるはずもない。学生や同僚に見られたら最後、身の破滅だ。だが、妙な話だが、同時にこの悪文に奇妙な愛着を覚えるもう一人の僕がいる。鼻糞さえ捨てるのが惜しかった少年の頃の僕に戻っている。捨ててしまえば、貴重な夏休みの十日間が無駄になってしまう、それも嫌だ。「夏休みの友」が書けずに先生に叱られた悪夢が蘇ってくるのが怖いのだ。とにかく、イメージの連鎖のなかで蠢いているこの不可思議な生命体、その流れを追ってみる作業だけはしておこう。ひとつの命題に向かって突き進んだはずの流れが、一体どこで別の海流に飲み込まれ、難破してしまったのかを。そうでないと、僕の愛すべきポチがあまりに不憫だ。奴は自分が漂流しているとも知らず、大洋のど真ん中をせっせと犬掻き、誇らしげに突き進んでいるではないか——「ポチよ、こんなところじゃ深海魚も棲んじゃいない。とにかく、取りつく島だけでも見つけてあげよう。それが僕の役目だ。ここじゃ自分の墓穴を掘ることさえもできやしないぞ。」

そこでもう一度、原点に立ち返って冷静に考えてみる。そもそも、ポチは何を嗅ぎ分けて雄叫びを上げたのだろう。そうだ、思い出した。あいつはひとつのイメージに反応していたのである。近所の公園で少年たちが夢中になっている独楽回し。そして、そのイメージにアイルランドの歴史のかたちを幻視し、それを描こうとしたのが僕のゴースト・ライターであったわけだ——「ブーン、ブーン」と羽音のような低く静かに唸り声を立てて激しく回る独楽の運動。止まっているようにさえみえる独楽。その芯はまったく見えない。だが、芯の回転のもつ激しさは地中をどんどん掘り進めていくその様で分かる。これぞまさに僕が久しく追い続けてきた周縁アイルランド、その究極のイメージではないか。アイルランドが歴史に果たした大いなる潜在的な影響力、そのかたちそのものではないか。ポチも幽霊もこのイメージを僕に告げようとしていたのに違いない。

こうして、ポチが鳴き、幽霊が漕ぎ、僕が舵を取るという方法で僕らの大冒険ははじまり、気づくともう夏休みは終わっていた。そして、ともかく書き上げたのが本書の粗型というわけである。小学生の頃、どうしても書けなかった「夏休みの友」、そのせめてもの罪滅ぼしに書いた『ポチと幽霊と私の大冒険』。

それならば、この本を書いた真の主体者は、僕のなかの周縁者、ポチと幽霊であることを率直に認めなければならないだろう。僕はただ彼らの主体的な声と彼らが描くイメージに導かれ、無い知恵を振り絞り、足りないオツムをなんとか肌で補いながら、ちょいと研究者の真似事をしてみたまでのことである。

もっとも、それはそれで大変な作業だったし、りっぱな仕事であると自負している。ゴースト・ライターが描いたイメージの群れ、その奇妙奇天烈な暗号を解読し、それらを作品や文献やフィールド・ワークで得た知見と照合しながら分析・再解釈してみる。それができたら注釈を付け、編集する。しかも、すべては時間との戦いのなかで行わなければならないのだ。いまや大学においては研究者気取りを演じられる期間は厳しく制限されている、それが実情である。少なくとも、僕の場合、ここ五〜六年間というもの、想像力の翼を羽ばたかせ、夢想が許される時間は夏休みの僅かな期間に限られていた。夏休みが終われば、また山のような校務と講義と雑務、あの目まぐるしい現実が待ち構えているのだ。僕のような特異体質のアナログ人間にとって、このような情況は大きな痛手である。イメージと思考（意識）の流れの中断は僕にとっては致命傷、それはほとんどお蔵入りと同じ意味でしかない。一度中断してしまった研究がのちに陽の目をみたためしなど一度もなかったからだ。だがここで愚痴をいってもはじまらない。とにかく、どんなに不細工なものになろうが結論までは導き出しておこう。そうすれば、あとは野良犬よろしく、時間と知の切れ端を見つけては、チャッカリ・コツコツ、加筆・修正していけばよいではないか。野良犬には野良犬なりの流儀と方法ってものがあるのだ。

こんな風に自分に言い聞かせながら、一心不乱、なりふり構わずお宝求めて採掘作業を進めていった。命題を証明するための一助になるものならば、ジャンルなどお構いなしにどんな知でも漁ってやろうと思った。過去に書いた自分の論考でさえも穿り返し、大幅に加筆・修正しながら、一部、再利用する試みもやってみた。第二章の一部、第三章の一部、第六章の補論などがそうである。所変われば品変わる、路上に捨てられた知の山だって、どっこい見方を変えれば宝の山に変貌するかもしれないではないか。とにかく役に立つものなら、何でも利用し知の肥やしにしてやる、そんな気持ちで目をつけた文献をひたすら読み漁り、漁っては掘り、掘っては漁る、そんな採掘作業に明け暮れた暑い夏休みだった。

こんな悪戦苦闘の末に、「文化学」という名の母屋、その軒下を借りて、ようやく本書は産声を上げげた。もとより、毛並みの揃わぬ野良犬の子である。だが、毛並みの良い飼い犬などよりは、ハイブリットな野良犬の方がはるかに免疫力が強いと聞くし、各々が個性的である彼らの方に僕は愛着を覚える。それになんといっても、「打たれてナンボ、笑われてナンボ」のあの逞しく生きる姿勢、それが僕は好きだ。

そういうわけで、本書に対する読者の皆様方からの貴重な御指摘、御批判は知のご褒美、真摯に受けとめ、不備を訂正していくつもりである。「ひとつの命題を鼻息荒く不器用に掘り続け、ついには己の墓穴を掘ってしまったのか」とのご批判も甘んじて受けるつもりである。否、このようなご批判・叱責こそ逆に本書にとって最高の褒め言葉であるとさえ考えている。「煉獄」を名乗る本書にとって、自己の墓穴とは煉獄の幽霊がこの世に回帰するための目標地点、あの世の灯台にほかならないからである。そもそも、書物とはそういう要素を多分に帯びているものではないだろうか。書物、その大半は、今は亡き人、つまりは幽霊となった作家によって書かれたものだからである。自身が苦労して掘った「書物」という名の墓穴の回りでときに激怒し、批判・叱責し、ロゴスの火花を散らす読者の様子を見て、あの世で喜ばない作家などどこにいるだろうか。書物の真の価値は作家が鬼籍に入ったあとで、熱く厳しい批判の矢面に曝されるかどうか、そこにかかっているとさえ僕は考えている（本書におけるデカルト、デリダ、フーコー、サイードといった居並ぶ知の巨人たちへの我が身を顧みぬ批判も、この信念に基づいて、今は亡き彼らへの僕なりのオマージュとして記したつもりである）。少なくとも、生きながらにして書物の真の主体をゴースト・ライターに委ねる本書にとって、書物を記すとは紛れもなく自己の墓穴を掘る行為にほかならない。

ただ欲をいえば、読者の皆様方に、「この墓穴、どうしようもなく不細工に掘られてはいるが、ひょっとするとかの煉獄の穴に通じているかもしれないぞ」、「よくみるとこの野良犬、ときよりカワイイ表情を浮かべているぞ」などとお世辞のひとつでも述べていただければ、ポチと幽霊共々、これにまさる幸いもない。「煉獄のなかの本書」も、きっとその言葉を胸に希望を抱いて浄罪の刑罰を甘んじて受けてくれることだろう。

本書に記した研究の多くは、科学研究費・挑戦的萌芽研究・研究題目「〈文化免疫学〉からの挑戦」（二〇〇九～二〇一一年）、「〈文化地霊学〉からの挑戦」（二〇一二～二〇一四年）、基盤研究C「〈免疫の詩学〉の構築」（二〇一五～二〇一七 ＊予定）の援助を受けて行われたものである。貴重な資金を多年に亘ってご提供くださった日本学術振興会に対し、改めてここに感謝申し上げます。

彩流社社長竹内淳夫氏に対し、心から謝意を述べたい。氏には処女作『イェイツと夢——死のパラドックス』の出版以来、様々なかたちで本当にお世話になっている。この度も、当初の計画よりもはるかに大部になってしまったにもかかわらず、近年の厳しい出版事情のなか、本書の出版を快くお引き受けくださった。氏の簡潔にして適切なアドバイスとコメント、そのなかに滲む深い人情と気骨ある知性にどれだけ励まされたか計り知れない。彩流社のますますのご発展をお祈りいたします。

この本をまとめるにあたっては、彩流社編集部の林田こずえさんにたいへんお世話になった。彼女の細やかにして鋭いご指摘には何度も脱帽の思いであった。ありがとうございました。

煉獄のアイルランド

免疫の詩学／記憶と徴候の地点

2015年8月14日　第1刷発行

著者　木原誠

発行者　竹内淳夫

発行所　株式会社 **彩流社**

〒102-0071　東京都千代田区富士見2-2-2

電話 03 (3234) 5931（代表）FAX 03 (3234) 5932

http://www.sairyusha.co.jp

装丁　宗利淳一

印刷　(株)平河工業社

製本　(株)難波製本

定価はカバーに表示してあります。

落丁本・乱丁本はお取替えいたします。

ISBN978-4-7791-2154-8　C0090

JASRAC 出 1507730-501 号

【著者】
木原　誠
（きはら・まこと）

一九六一年、福岡県生まれ。佐賀大学文化教育学部教授（国際文化課程）。

著書に『イェイツと夢—死のパラドックス』（彩流社、2001）（第一回日本キリスト教文学会賞）。

編共著に『周縁学—〈九州／ヨーロッパ〉の近代を掘る』（昭和堂、2010）、

『歴史と虚構のなかのヨーロッパ—国際文化学のドラマツルギー』（昭和堂、2007）。

共著に『臨床知と徴候知』（作品社、2012）、

『ヨーロッパ文化と〈日本〉—モデルネの国際文化学』（昭和堂、2006）、

『愛のモチーフ—イギリス文学の風景』（彩流社、1995）。

索引

1 註を除く、本文から採用した。ただし、すべての事項、作品、人名からは採っていない。

2 人名、作品に関しては、原名・原作の表記を付けた。ただし、ヘブル語、ギリシア語、ラテン語、ロシア語等の表記に関しては英語表記で示した。

3 人名には生没年、作品には出版年を付けた。ただし、不明なものは記していない。

4 事項については、必ずしも言葉が一致しなくても内容が一致する場合も含めた。重要と思われる事項は、さらに、区分、整理して記した。

事項

＜さ行＞

＜ら行＞

＜わ行＞

作品

<な行>

<は行>

＜ら行＞

＜わ行＞

人物

＜か行＞

＜さ行＞

<ま行>

<や行>

<ら行>

＜わ行＞

参考文献

邦文

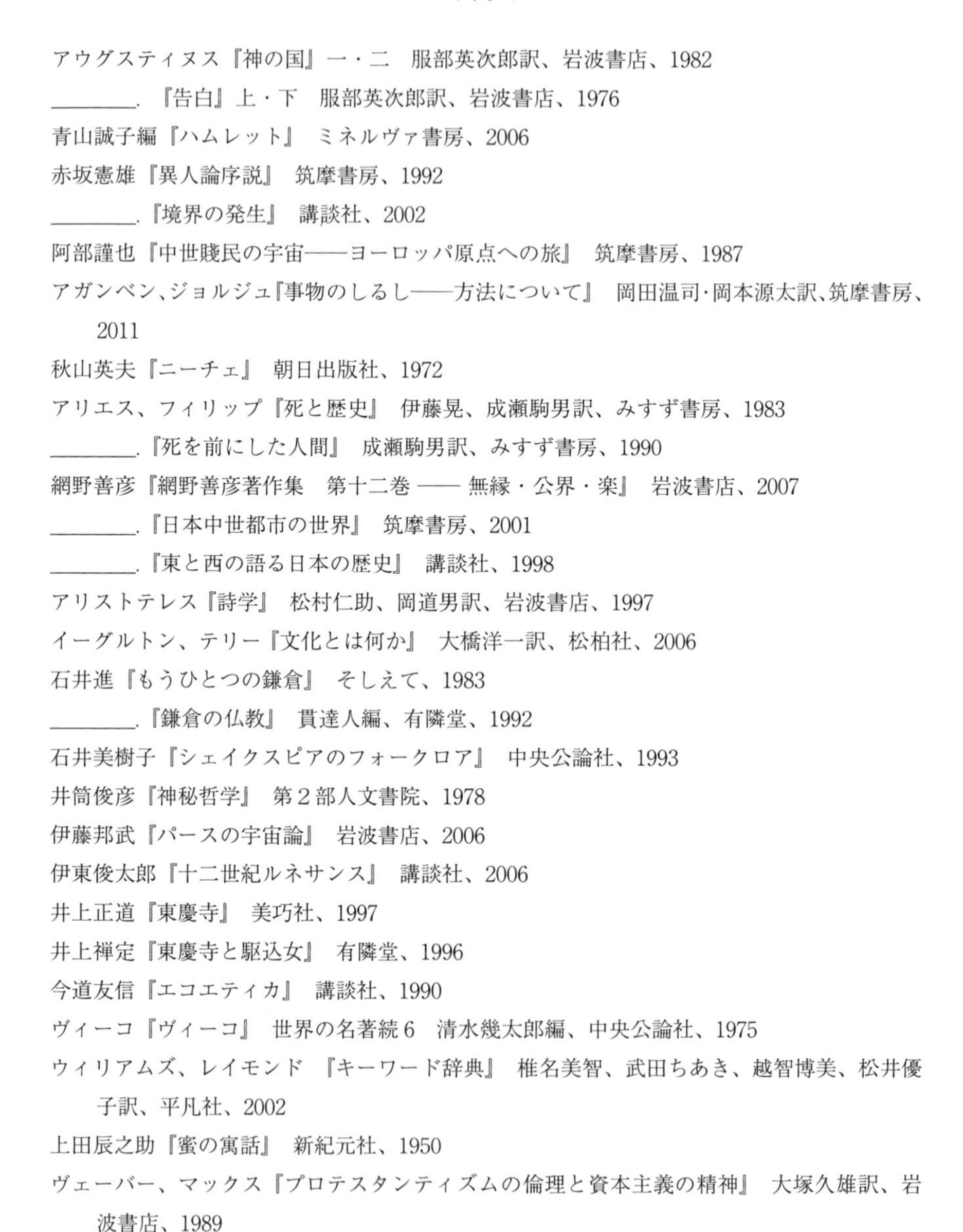

アウグスティヌス『神の国』一・二　服部英次郎訳、岩波書店、1982

________.『告白』上・下　服部英次郎訳、岩波書店、1976

青山誠子編『ハムレット』 ミネルヴァ書房、2006

赤坂憲雄『異人論序説』 筑摩書房、1992

________.『境界の発生』 講談社、2002

阿部謹也『中世賤民の宇宙――ヨーロッパ原点への旅』 筑摩書房、1987

アガンベン、ジョルジュ『事物のしるし――方法について』 岡田温司・岡本源太訳、筑摩書房、2011

秋山英夫『ニーチェ』 朝日出版社、1972

アリエス、フィリップ『死と歴史』 伊藤晃、成瀬駒男訳、みすず書房、1983

________.『死を前にした人間』 成瀬駒男訳、みすず書房、1990

網野善彦『網野善彦著作集　第十二巻 ―― 無縁・公界・楽』 岩波書店、2007

________.『日本中世都市の世界』 筑摩書房、2001

________.『東と西の語る日本の歴史』 講談社、1998

アリストテレス『詩学』 松村仁助、岡道男訳、岩波書店、1997

イーグルトン、テリー『文化とは何か』 大橋洋一訳、松柏社、2006

石井進『もうひとつの鎌倉』 そしえて、1983

________.『鎌倉の仏教』 貫達人編、有隣堂、1992

石井美樹子『シェイクスピアのフォークロア』 中央公論社、1993

井筒俊彦『神秘哲学』 第２部人文書院、1978

伊藤邦武『パースの宇宙論』 岩波書店、2006

伊東俊太郎『十二世紀ルネサンス』 講談社、2006

井上正道『東慶寺』 美巧社、1997

井上禅定『東慶寺と駆込女』 有隣堂、1996

今道友信『エコエティカ』 講談社、1990

ヴィーコ『ヴィーコ』 世界の名著続６　清水幾太郎編、中央公論社、1975

ウィリアムズ、レイモンド 『キーワード辞典』 椎名美智、武田ちあき、越智博美、松井優子訳、平凡社、2002

上田辰之助『蜜の寓話』 新紀元社、1950

ヴェーバー、マックス『プロテスタンティズムの倫理と資本主義の精神』 大塚久雄訳、岩波書店、1989

ウォーカー、バーバラ『神話・伝承事典』 山下主一郎ほか訳、大修館書店、1988
梅原猛『地獄の思想』 中央公論社、1967
エーコ、ウンベルト『薔薇の名前』上・下　河島英昭訳、東京創元社、1990
エリアーデ、ミルチャ『聖と俗』 風間敏夫訳、新潮社、1969
オットー、ルドルフ『聖なるもの』 山谷省吾訳、岩波書店、1968
折口信夫『折口信夫全集』第一巻　古代研究　中央公論社、1975
________.『折口信夫全集』第二巻　古代研究　中央公論社、1975
カツェネルソン、イツハク『滅ぼされたユダヤの民の歌』 飛鳥井雅友・細見和之共訳、みすず書房、1999
蒲池千鶴『シェイクスピアのアナモルフォーズ』 研究社、1999
川村湊、網野善彦、吉本隆明『歴史としての天皇制』 作品社、2005
川村祥一郎『ハムレットは太っていた』 白水社、2001
カーモード、フランク『秘義の発生』 山形和美訳、松柏社、1999
カンブレンシス、ギラルドゥス『アイルランド地誌』 青土社、1996
喜志哲雄『シェイクスピアのたくらみ』 岩波書店、2008
木原謙一『イェイツと仮面—死のパラドックス』 彩流社、2001
木原誠／相野毅／吉岡剛彦編『歴史と虚構(イストワール)のなかの < ヨーロッパ > ――国際文化学のドラマツルギー――』 昭和堂、2007
________.『イェイツと夢—死のパラドックス』 彩流社、2001
キルケゴール、セーレン「あれか、これか」『キルケゴール著作集』第1巻　浅井真男訳、白水社、1963
________.「哲学的断片」『キェルケゴール著作全集』第6巻　大谷長訳、創元社、1989
________.「二つの論理的・宗教的小＝論文」『キェルケゴール著作全集』第12巻　大谷長訳、創元社、1990
________.『反復』 枡田啓三訳、岩波書店 1980
ギンズブルグ、カルロ『糸と痕跡』 上村忠男訳、みすず書房、2008
________.『ピノッキオの眼—距離についての九つの省察』 竹山博英訳、せりか書房、2001
________.『チーズとうじ虫—十六世紀の一粉挽屋の世界像』 杉山光信訳、みすず書房、1984
________.『神話・寓意・徴候』 竹山博英訳、せりか書房、1988
________.『闇の歴史—サバトの解読』 竹山博英訳、せりか書房、1992
________.『歴史・レトリック・立証』 上村忠男訳、みすず書房、2001
________.『歴史を逆なでに読む』 上村忠男訳、みすず書房、2003
クラカウアー、ジークフリート『探偵小説の哲学』 福本義憲訳、法政大学出版局、2005
クレーリー、ジョナサン『観察者の系譜』 遠藤知巳訳、以文社、2005

コクターネク、A.M.『シュペングラー』 加藤泰義、南原実訳、新潮社、1972
桑田佳祐『素敵な夢を叶えましょう』 角川書店、1999
ケレーニイ、カール『迷宮と神話』 種村季弘、藤川芳郎訳、弘文堂、1996
後藤正英、吉岡剛彦編共著『臨床知と徴候知』 作品社、2012
小林秀雄『本居宣長』 新潮社、1979
小林康夫『表象の光学』 未来社、2003
小松和彦『悪霊論』 筑摩書房、1997
________.『異人論』 筑摩書房、1985
ゴッフ、ジャック・ル『煉獄の誕生』 渡辺香根夫、内田洋訳、法政大学出版局、1988
________.『中世の身体』 池田健二、菅沼潤訳、藤原書店、2006
『ケルト　生と死の変容』 中央大学人文科学研究所編、中央大学出版部、1996
坂部恵『仮面の解釈学』 東京大学出版会、1976
________.『鏡のなかの日本語』 筑摩書房、1989
________.『ペルソナの詩学』 岩波書店、1989
サザンオールスターズ『KAMAKURA』、 桑田佳祐作詞「鎌倉物語」 ビクター、1985
シェイクスピア、ウィリアム『ハムレット』 野島秀勝訳、岩波書店、2002
________.『マクベス』 野上豊一郎訳、岩波書店、1938
ジェネップ、アルノルド・ヴァン 『通過儀礼』 秋山さと子、彌永信美訳、思索社、1977
シュペングラー、オズワルト『西洋の没落』第1巻、第2巻　村松正俊訳、五月書房、1984
『新潮日本古典集成：謡曲集下』 伊藤正義校正、新潮社、1988
シクロフスキー、V.『散文の理論』 水野忠夫訳、せりか書房、1971
シュミット、ジャン・クロード『中世の幽霊』 小林宜子訳、みすず書房、2010
ジラール、ルネ『羨望の炎』 林昌夫・田口孝夫訳、法政大学出版局、1999
________.『暴力と聖なるもの』 吉田幸男訳、法政大学出版局、1982
________.『身代わりの山羊』 織田年和訳、富永茂樹訳、法政大学出版局、1985
________.『欲望の現象学』 吉田幸男訳、法政大学出版局、1971
________.『世の初めから隠されていること』 小池健男訳、法政大学出版局、1984
鈴木大拙『日本的霊性』 岩波書店、1972
________.『禅』 工藤澄子訳、筑摩書房、1987
スタイナー、ジョージ『ハイデガー』 生松敬三訳、岩波書店 , 1992
ストイキツァー、ヴィクトル・I『影の歴史』 岡田温司、西田兼訳、平凡社、2008
ストロース、クロード・レヴィ 『神話論理 I 生のものと火を通したもの』 早水洋太郎訳、みすず書房、2006
________.『神話論理 II 蜜から灰へ』 早水洋太郎訳、みすず書房、2007

________.『やきもち焼きの土器づくり』 渡辺公三訳、みすず書房、1990
________.『野生の思考』 大橋保夫訳、みすず書房、1976
ソクラテス『ソクラテスの弁明』 久保勉訳、岩波書店、1964
________.「ティマイオス」『プラトン全集』 種山恭子訳、岩波書店、1975
________.『パイドロス』 藤沢令夫訳、岩波書店、1967
ソポクレス『オイディプス王』 藤沢令夫訳、岩波書店、2009
________.『コロヌスのオイディプス』 高津春繁訳、岩波書店、1973
園井英秀『冬の目覚め—ロバート・グレイヴズの詩と批評』 九州大学出版会、1999
高木侃『三くだり半と縁切寺』 講談社、1992
高橋保行『ギリシャ正教』 講談社、1980
高柳俊一『精神史のなかの英文学』 南窓社、1977
田代慶一郎『謡曲を読む』 朝日新聞社、1987
田中純『都市の詩学—場所の記憶と徴候』 東京大学出版会、2007
田村栄子編『ヨーロッパ文化と＜日本＞——モデルネの国際文化学——』 昭和堂、2006
ダグラス、メアリ 『汚穢と禁忌』 塚本利明訳、筑摩書房、2009
多田富雄『能のみえる風景』 藤原書店、2007
________.『免疫・「自己」と「非自己」の科学』 NHK ブックス、2001
________.『免疫の意味論』 青土社、1993
谷川健一『魔の系譜』 講談社、1984
鶴岡真弓『ケルト／装飾的思考』 筑摩書房、1989
________.『聖パトリック祭の夜』 岩波書店、1993
『哲学・思想事典』 岩波書店、1998
戸井田道三『能：神と乞食の芸術』 せりか書房、1989
ドゥギー、ミシェル・J. E. デュピュイ編著『ジラールと悪の問題』 古田幸男、秋枝茂夫、
小池健男訳、法政大学出版局、1986
ドゥルーズ、ジル『ニーチェと哲学』 足立和浩訳、国土社、1982
栩木伸明『アイルランドモノ語り』 みすず書房、2013
徳善義和『マルティン・ルター』 岩波書店、2012
中井久夫『徴候・記憶・外傷』 みすず書房、2004
中沢新一『東方的』 せりか書房、1991
________.『森のバロック』 せりか書房、1992
中村雄二郎『魔女ランダ考』 岩波書店、1983
デリダ、ジャック『雄羊』 林好雄訳、筑摩書房、2006
________.『コーラ』 守中高明訳、未来社、2004
________.『散種』 藤本一勇、立花史、郷原佳以訳、法政大学出版局、2013

________.『マルクスの亡霊たち』 増田一夫訳、藤原書店、2007
夏目漱石『漱石全集　第九巻 』 筑摩書房、1974
波平恵美子『ケガレ』 講談社、2009
ニーチェ、フレデリッヒ『ニーチェ全集』第２巻　塩屋竹男訳、理想社、1963
________.『ニーチェ全集』第７巻　茅野良男訳、理想社、1962
________.『ニーチェ全集』第９巻　吉澤傳三郎訳、理想社、1969
________.『道徳の系譜』 木場深定訳、岩波書店、1940
________.『善悪の彼岸』 竹山道雄訳、新潮社、1954
野島秀勝『迷宮の女たち』 TBS ブリタニカ、1989
松田誠思「古代アイルランド社会における Druids」風呂本武敏編著『ケルトの名残とアイルランド文化』 渓水社、1999
ハイデガー、マルティン『存在と時間』上・下　桑田務訳、岩波書店、1960
『マビノギオン』 中野節子訳、JULA 出版局、2000
バシュラール、ガストン『空間の詩学』 岩村行雄訳、筑摩書房、1969
________. 渋沢孝輔『夢みる権利』 筑摩書房、1979
バフチン、ミハイール『フランソワ・ラブレーの作品と中世・ルネッサンスの民衆文化』 川端香男里訳、せりか書房、1995
ヒーニー、シェイマス『シェイマス・ヒーニー全詩集』 村田辰夫、坂本完春、杉野徹、薬師川虹一訳、国文社、1995
廣松渉『< 近代の超克 > 論』 講談社、1989
ビンスワンガー、L .M. フーコー『夢と実存』 荻野 恒一、中村昇、小須田健訳、みすず書房、1992
フーコー、ミシェル 『監獄の誕生』 田村俶訳、新潮社、1977
________.『言葉と物』 渡辺一民、佐々木明訳、新潮社、1974
________.『狂気の歴史』 田村俶訳、新潮社、1975
フライ、ノースロップ『力に満ちた言葉』 山形和美訳、法政大学出版局、2001
フロイト『フロイト全集　トーテムとタブー』12　門脇健訳、岩波書店、2009
________.『新訳モーセと一神教』 渡辺哲夫訳、筑摩書房、1998
ブラウン、テレンス『アイルランドの社会と文化 1922-85』 大島豊訳、国土社、2000
ヘーゲル『歴史哲学講義』上　長谷川宏訳、岩波書店、1994
ヘンリクス、マルクス『西洋中世異譚集成　聖パトリックの煉獄』 千葉敏之訳、講談社、2010
『松岡山 東慶寺』 東慶寺、1997
ミルネール、マックス『ファンタスマゴリア』 川口顕弘、篠田知和基、森永徹訳、ありな書房、1994

ミンコフスキー、ユージン『精神のコスモロジーへ』 中村雄二郎、松本小四訳、みすず書房、1983
ハンデルマン、A・スーザン 『誰がモーセを殺したか』 山形和美訳、法政大学出版局、1987
兵藤裕己『王権と物語』 岩波書店、2010
________.『琵琶法師』 岩波書店、2009
ブルーム、ハロルド『聖なる真理の破壊』 山形和美訳、法政大学出版局、1990
________.『カバラーと批評』 島弘之訳、国書刊行会、1986
風呂本武敏『半歩の文化論』 溪水社、2002
ベルグソン、ヘンリー『宗教と道徳の二源泉』 平山高次訳、岩波書店、1953
________.『物質と記憶』 合田正人、松本力訳、筑摩書房、2007
ポルフュリオス 『ニンフたちの洞窟』 ヘルモゲネスを探して 、 大橋喜之訳、2014
山田晶『アウグスティヌス講話』 新地書房、1986
山形和美編『愛のモチーフ』 彩流社、1995
山口昌男「文化記号論研究における『異化』の概念」『山口昌男コレクション』 筑摩書房、2003
________.『山口昌男著作集２ 始原』 筑摩書房、2004
________.『山口昌男著作集３ 道化』 筑摩書房、2004
________.『山口昌男著作集５ 周縁』 筑摩書房、2004
________.『文化の詩学』II 岩波書店、1983
吉田敦彦『オイディプスの謎』 青土社、1995
ユング、C. G.『変容の象徴』上・下 野村美紀子訳、筑摩書房、1985
リガルディ、イスラエル 『黄金の夜明け：魔術全書』第三巻 江口之隆訳、国書刊行会、1995
レヴィット、カール『ニーチェとキルケゴール』 中川秀恭訳、弘文堂、1943
和辻哲郎『古寺巡禮』 岩波書店、1919
________.『面とペルソナ』 岩波書店、1937
涌田佑『新編 鎌倉事典』 文芸社、2011

外国語関係

Abrams, M. H. *The Mirror and the Lamp.* London: Oxford University Press, 1971.

Baynes, Norman H. and H. Moss. *Byzantium.* London: Oxford University Press, 1961.

Blake, William. *The Complete Writings of William Blake with variant Reading*. ed. Geoffrey Keynes. London: Oxford University Press, 1966.

Bloom, Harold. *Agon: Towards a Theory of Revisionism.* New York: Oxford University Press, 1983.

________.*The Western Canon.* Macmillan, 1995.

________.*Yeats.* New York: Oxford University Press, 1970.

Bohlmann, Otto. *Yeats and Nietzsche: An Exploration of Major Nietzschen Echoes in the Writings of William Butler Yeats.* Totowa, N.J.: Barnes and Nobel, 1982.

Bradford, Curtis. "Yeats's Byzantium poems: A Study of their Development" *Yeats,* ed. JohnUnterrecker. New York: Prentice-Hall, 1963.

Brooks, Cleanth. *The Well Wrought Urn.* New York: Harcourt Brace Jovanovich, 1947.

Cahill, Thomas. *How the Irish Saved Civilization.* London: Sceptre Lip, 1996.

The Confession of Saint Patrick, Translated by John Skinner.London: Image Books, 1998.

Cowell, Raymond. *W. B. Yeats.* London: Evans Brothers, 1969.

Donoghue, Denis. *Yeats.* Glasgow: Fontana, 1971.

Eliot, T. S. *After Strange God.* New York: Faber and Faber, 1934.

________. "Ezra Pound", *Poetry*: *A Magazine of Verse.* Sept. 1946.

________.*Notes towards the Definition of Culture.*London: Faber and Faber, 1949.

________.*On Poetry and Poets.* New York: Noonday Press, 1961.

________. "The Noh and the Image," *The Egoist.* August, 1917.

Ellmann, Richard. *The Identity of Yeats.* London: Macmillan, 1954.

________.*Yeats*: *The Man and the Masks.* London: Macmillan, 1949.

Frazer, James George. *The Golden Bough, Adonis Attis OsirisVol.I.* London: Macmillan, 1955.

________.*The Golden Bough, The Magic Art Vol.I.* London: Macmillan, 1955.

________.*The Golden Bough, The Magic Art Vol.II.* London: Macmillan, 1955.

Graves, Robert. *The White Goddess.* ed. Grevel Lindrop. London: Faber and Faber, 1997.

Greenblatt, Stephen. *Hamlet in Purgatory.*Princeton: Princeton University Press, 2002.

Green, Martin. *Yeats's Blessing on Von Hugel.* London: Longmans, 1967.

Haren, Michael &Yolande de Pontfarcy.ed.*The Medieval Pilgrimage to St Patrick's Purgatory: Lough Derg and the EuropeanTradition.* Enniskillen: Clogher Historical Society, 1988.

Heaney, Seamus. *Electric Light.* New York: Farrar, Straus and Giroux, 2002.

________.*Opened Ground: Poems 1966-96.* London: Faber and Faber, 1998.

________.*Preoccupations.* New York: The Noonday Press, 1980.

Hügel, Von. *The Mystical Element of Religion as Studied Catherine of Genoa and her Friends.* London: Longman,1967.

Hyde, Douglas. *Legends of Saints and Sinners.* Dublin,1915.

Jeffares, A. Norman and A. S. Knowland. *A Commentary on the Collected Plays of W. B.Yeats.* London: Macmillan, 1975.

________.*W. B. Yeats: Man and Poet.* London: Routledge & Kegan Paul, 1962.

________.*A Commentary on the Collected Poems of W. B. Yeats.* California: Stanford University Press, 1968.

Joyce, James. *A Portrait of the Artist as a Young Man.* ed. Chester G. Anderson. New York: Viking Press, 1968.

Kermode, Frank. *The Sense of an Ending: Studies in the Theory of Fiction* (Oxford University Press, 1967.

________.*Romantic Image.* London: Routlege and Kegan Paul, 1966.

Koch, Vivienne Koch. *W. B. Yeats Tragic Phase.* London: Routledge and Kegan Paul, 1951.

Lewis, C. S. . *Studies in Words.* London: Cambridge University Press, 1960.

The Mabinogion, Translated by Jeffrey Gantz London: Penguin Books, 1976

McDaid, Mary and Pat McHugh ed. *Pilgrims'Tales ...and more.* Dublin: the Columba Press, 2000.

McGuinness, Joseph. *Lough Derg.* Dublin: The Columba Press, 2000.

Miner, Earl. *The Japanese Traditon in British and American Literature.* Connecticut: Greenwood Press, 1958.

Nietzsche, Friedrich W. *The Complete Works Vol. 1.* ed. Oscar Levin. *The Birth of Tragedy or Hellenism and Pessimism. trans.* William Hausemann. Edinburgh and London: T. N. Foulass, 1909.

________. *Nietzsche Werke, V, V1i, V1ii.* Belin: Walter de Gruyter, 1972.

________. *Die Geburt der Tragodi; Unzeitgemasse Betrachtungen I-III (1872-1874).* Berlin: Walter de Gruyter, 1972.

________. *Also sprach Zarathustra.* Ein Buch fur Alle und Keinen (1883-1885).Berlin; New York: Walter de Gruyter & Co., 1968.

________. *Jenseits von Gut und Bose; Zur Genealogie der Mora*l (1886-1887). New York: Walter de Gruyter & Co., 1968.

________. *The Portable Nietzsch.* ed. Walter Kaufman. New York: Penguin, 1954.

Oppel, F. Nesbitt. *Mask and Tragedy: Yeats and Nietzsche,* 1902-10. Charlotteville: University Press

of Virginia, 1987.

O'Shea, Edward. *A descriptive Catalog of W. B. Yeats.* New York and London: Garl and Pub,1985.

Piggott, Stuart. *The Druids.* London: Thames and Hudson, 1968.

Porphyry. *On the Cave of the Nymphs in the Thirteenth Book of the Odyssey.* Translated by Thomas Taylor.London: John M. Watkins, 1917.

Pound, Ezra and Ernest Fenollosa. *The Classic Noh Theatre of Japan* (1917). New York: New Directions, 1959.

Raine, Kathleen. *Yeats the Initiate.* Dublin: The Dolmen Press, 1986.

Ramazani, Jahan. *Yeats and the Poetry of Death.* London: Yale University Press, 1990.

Said W. Edward. *Orientalism.* New York: Georges Borchardt Inc. 1978.

Shakespeare, William. *The New Cambridge Shakespeare Hamlet.* London: Cambridge University Press,1968.

________.*The Works of Shakespeare.* ed. W. G. Clark and W. Aldis Wright. London: Macmillan, 1911.

Saint Patrick's Purgatory, A Twelfth Century Tale of a Journey to the other World. Transled by Jean-Michel Picard.Dublin: Four Cout Press, 1985.

Suzuki, D. T. *An Introduction to Zen Buddhism.* London: Rider, 1949.

Powell, T. G. E. *The Celts.* London: Thames and Hudson, 1958.

Victor Turner, *Image and Pilgrimage in Christian Culture.* New York: Columbia University Press, 1995.

Unterrecker, John. *Yeats.* New York: Prentice-Hall,Inc., Englewood Cliffs, N.J. ,1969.

Ure, Peter. *Yeats the Playwright.* London: Routledge and Kegan, 1963.

Worth, Katharine. *The Irish Drama of Europe from Yeats to Beckett.* London: The Athlone Press, 1978.

W. B. Yeats, Edwin John Ellis and W. B. Yeats. *The Works of William Blake, Poetic, Symbolic and Critical, Three Vols.* first published in 1893 by Quaritch, reprinted by AMS Press. New York: AMS Press, 1979.

________. *Idea of Good and Evil.* London: A. H. Bullen, 1903.

________. *Plays and Controversies.* London: Macmillan, 1923.

________. *A Critical Edition of Yeats's A Vision* (1925). ed. Geroge Mill Harper and Walter K. Hood. London: Palgrave Schal, Paint UK, 1978.

________. *Collected Poems of W. B.Yeats.* (1933; 2nd ed. with additions, 1950). London: Macmillan, 1959.

________.*The Collected Plays of W. B.Yeats.* (1934; 2nd ed. with additional Plays, 1952). London: Macmillan, 1953.

________.*A Vision.* London: Macmillan, 1937.

________. *On the Boiler.* Dublin: The Cuala Press, 1938.

________. *The Letters of W. B. Yeats.* ed. Allan Wade. London: Rupert Hart-Davis, 1954.

________. *Autobiographies.* London: Macmillan, 1955.

________. *The Variorum Edition of the Poems of W. B.Yeats.* ed. Peter Alt and Russell K. Alspach. New York: Macmillan, 1957.

________. *Mythologies.* London: Macmillan, 1959.

________. *Essays and Introductions.* London: Macmillan, 1961.

________. *Explorations.* London: Macmillan, 1963.

________. *The Variorum Edition of the Plays of W. B. Yeats.* ed. Russell K. Alspach. New York: Macmillan, 1966.

________.*Uncollected Prose by W. B. Yeats: vol. 2.* collected and edited by John P. Frayne and Colton Johnton. "Review, Article and Other Miscellaneous Prose, 1897-1939". London: Columbia Univ. Press , 1970.

________.*The Poems: Collected Edition.* ed. Richard J Finneran. New York: Scribner. 1983.

Where There is Nothing (1903) ／ *The Unicorn from the Stars.* ed. Katharine Worth. Washington D.C.: Cuaress ／ Colin Smythe, 1987.

________. *Later Essays; The Collected Works of W. B.Yeats Vol.V*, ed. William H. O'Donnell. New York: Scribner, 1994.

________. *Later Articles and Reviews: Uncollected Articles. Reviews, and Radio Broadcasts written after 1900.; The Collected Works of W.B.Yeats Vol.X.* ed. Colton Johnson. New York: Scribner, 2000.